М. ГОРЬКИЙ

高尔基文集

14

意大利童话

俄罗斯童话

三天 老板 旧事

1911
—
1917

М. Горький

马克西姆·高尔基

目　次

意大利童话 …………………………………… 1
俄罗斯童话 …………………………………… 173
三天 …………………………………………… 257
老板（自传之一页）………………………… 345
旧事 …………………………………………… 459

意大利童话

楼适夷　译

《意大利童话》共辑短文二十七篇。这些作品自一九一一年一月至一九一三年四月之间,先后发表在《明星报》、《同时代人》、《基辅思想报》、《路》、《生活要求》、《敖德萨新闻报》、《俄罗斯言论报》、《教育》和《真理报》等报刊上。

十月革命前,这些作品曾遭到沙皇图书检查机关的恣意删改,革命后苏联刊行的版本均已复原。

这些作品不同于传统意义上的童话,与本卷《俄罗斯童话》中那些谢德林式的童话也大异其趣,说它们是讴歌为真理而奋斗的"新人"风貌的壮怀激烈、情景交融的特写,也未始不可。列宁称赞这些作品为"革命的檄文",是再确当不过了。

译者于一九四三年根据日本改造社的《高尔基全集》本转译了这些作品,陆续发表在《求知文丛》月刊上。一九四六年经校订后在上海由开明书店出版,书名作《意大利故事》。一九五六年我社印行单行本和这次收入本文集时,先后两次根据俄文版《高尔基三十卷集》第十卷校订重排。

序*

高尔基的名字是大家够熟悉的了,关于他,没什么新的可讲。

《意大利童话》是他在一九〇六至一九一三年间写成的,当时他正住在欧洲大陆上的一个最美丽的国家意大利。

其实,这并不是"童话",也就是说并不是人的幻想;严峻的现实或者是生活的极端无聊,太使人感到厌倦和疲惫啦,是他为了安慰自己和亲人们,就利用自己的想象力创造出另一种生活,另一种更明亮的和欢乐的、更亲切的和温暖的、或者甚至哪怕是更可怕的生活;这些童话也不是作家的"虚构",其中包含着教诲或者潜藏着明显的真理,好像著名的伏尔泰、拉伯雷、萨尔蒂科夫-谢德林以及其他作家的神奇而聪明的童话那样。高尔基的"童话",是他在意大利亲眼见到的现实生活的图景;他称这些图景是童话,只不过因为意大利的大自然,意大利人的习俗以及意大利人的整个生活,和俄罗斯人的生活很少有相似之处,普通的俄国人的确会觉得它们是童话。

也许,作者有些美化了意大利人,但是他们的国家的大自然是那样美丽,于是这个国家的人民就无意中使人觉得,也许,他们要比他们

---

* 一九一九年至一九二〇年间,格尔日宾拉出版社准备出版这个童话集,曾请高尔基写一篇序,但是后来并没有出版。这篇序,直到一九四六年六月十八日,才根据高尔基文献保管所的原稿,发表于《消息报》。这篇序,高尔基是用编辑部的名义写的。译自《高尔基全集》第十二卷。

实际上更好些。但一般说来，将人多少稍加美化，这个过失并不大；因为人们过于频繁而且固执地讲他们太坏，差不多完全忘记他们（就他们的愿望来说）也许会更好一些。

假如老是只向人们讲他们的缺陷的痛苦的真相，这就会显出他们是那样阴郁的美人，他们像野兽一样互相畏惧，完全失去对亲人的信任、尊敬和兴趣的感情，而他们的这种感情并不是发展得很充分的。真理——是必要的。它的火焰锻炼坚强的心灵，使得它更有力量，可是，要晓得，在我们当中坚强的心灵并不多，脆弱的心灵会由于真理的火灼，而只出现恶毒、憎恨的病态的水泡，引起易怒的自尊心的疥癣。在人们身上，除去巨大的缺点之外，还有细小的优点，这正是人非常缓慢而且经受很大的苦难才在自己身上形成的优点。这些优点是必要的，有时要加以美化，加以夸大，为了提高它们的意义，使得善的幼芽灿烂盛开；我们可以相信，这些幼芽会生长得茂盛而且鲜艳！

我们热情地爱护花朵，我们也像爱花一样，热烈地爱着其他许多美丽然而无用的东西，但是对于人的心灵，对于人的心——我们不善于像应该那样地热情去加以爱护。

应该学会爱护人。要晓得，人，即使有着种种丑恶，但无论怎样，到底是大地上最伟大的。

假如人们知道他们是怎样不好，这就是他们会变得好起来的确实的保证。

对人的指摘是必要的，但是对人的赞扬更加必要，也许，比指摘还更加有益。

戈宝权　译

没有一种童话,能比
生活本身所创造的更美丽。①

　　　　　　　　——安徒生

① 丹麦作家安徒生在作品中谈到生活时说过这类意思的话,这里高尔基显然只是转述了安徒生的意思,并非直接引用安徒生的原话。

一

那不勒斯的电车工人罢工了；里夫埃拉·基阿亚的全部轨道上，停满了一连串空车，胜利广场上聚集着一群司机和售票员——一些总是取笑逗乐、打打闹闹、像水银一样好动的那不勒斯人。他们头顶上和公园铁栅的上空，有一股剑一般细的喷泉在闪闪发光。一大群人带着敌视的态度围住他们，这是一些有事要乘车到这大城市各处去的人。这帮店员、工人、小商人和裁缝们，都气愤地大声责骂罢工工人。一片愤怒的喧嚣，恶意的讥笑，不停地舞动着手臂；那不勒斯人用手势讲话的时候，也跟他们用那吵吵嚷嚷的言语一样，既富于表现力，又很有说服力。

和风从海上吹来，市公园大棕榈树的浓绿枝叶像扇子似的轻轻摇摆，大树干很像巨象的笨拙的大腿。那不勒斯街头上半裸体的孩子们大声笑闹着，扰乱着宁静的空气，跟麻雀一样跳来跳去。

城市像一幅古老的木刻画，洒满了骄烈的阳光，全城都在歌唱，跟一架大风琴一样。港湾里的蓝色波涛拍击着石岸，发出轰隆的巨响，应和着人们的喧嚣和叫喊，好像敲打铃鼓。

罢工工人几乎不去理睬那些人们气愤的叫喊，大家面色阴沉，紧挤在一起，有的趴在公园的铁栏杆上，神情不安地越过人群的脑袋向大街那边瞭望，活像一群被狗围住的狼。谁都明白，这些服式一律的人，是遵照一项坚定的决议，紧密团结在一起的，他们不会妥协让步。这更加引起了群众的愤怒。但群众中间也有一些心平气和的人，他们安详地抽着烟，说服着那些热心反对罢工的人：

"唉,老兄!要是没有足够的通心粉喂饱孩子,那又有什么办法呢?"

衣冠整齐的市警察局的警探们,三三两两,站在一旁维持秩序,不让人们妨碍交通。他们严守中立,以同样平静的态度望着责难者和被责难者双方,不论哪一方的举动和叫喊显得过分激烈时,他们便和善地向那一方开开玩笑。为了防止大的冲突,在一条狭窄的街道上,靠墙站着一队手持短枪的宪兵。这是一些相当凶恶的人,一个个头戴三角帽,身披短大氅,裤子上有两道血红的镶条。

对骂、嘲笑、责难和劝解——一切声音都突然静息下来,人群中出现了一种仿佛要使大家和解的新气氛。正在瞭望的罢工工人的脸色更加阴沉了,这时他们更紧密地挤在一起。群众中发出一片叫喊:

"军队!"

可以听到有人冲着罢工工人吹出讥笑和幸灾乐祸的口哨声,同时也有人发出欢呼声;一个身穿灰色夏装、头戴巴拿马草帽的胖子,在石板路上跺着脚,跳起舞来。售票员和司机穿过人群慢慢地向电车走去,有的跳上电车的踏板;他们的脸色越发阴沉难看了。他们一边以反唇相讥来回敬人们的叫喊,一边迫使人们给他们让出路来。街头安静下来了。

从圣柳奇亚滨海大街开来一队身穿灰制服、个子矮小的士兵,他们有节奏地踩响着两脚,机械而单调地挥动着左手,用跳舞一般轻快的步子跑过来,一个个活像是带发条的铁皮玩具,显得十分脆弱。带队的一个高个儿军官,样子很威武,紧蹙着眉头,轻蔑地撇着嘴。他身边跟着一个戴高筒礼帽的胖子,跳跳蹦蹦地走得很快,不停地用手比画着,说着什么。

人群离开电车,潮水似的向后退去;士兵像一串灰色的玻璃球沿电车散开,停在踏板旁。踏板上站着罢工的工人。

戴高筒礼帽的胖子和他身旁的几个威风凛凛的人,拼命地挥手叫嚷:

"最后一次……Ultima volta!① 听见了没有？"

军官无可奈何地拈着胡髭，歪着脑袋，胖子挥着礼帽，跑到他跟前，嘶哑着嗓子向他嚷了些什么。军官斜视着他，把身子伸直，挺起胸脯，大声发出命令。

这时，士兵们便纷纷跳上电车的踏板，每个车厢两个；与此同时，司机和售票员从踏板上跳了下来。

人群看到这情景觉得可笑，立刻爆发出一片吼叫声、口哨声和哄笑声，但随即又停息了下来。人们沉下铁灰的脸，吃惊地瞪大眼睛，开始默默地、步履艰难地离开车厢，向第一辆电车拥去。

人们看见，在离第一辆电车车轮约两步远的地方，一个士兵脸型的司机，从白发苍苍的头上摘下帽子，横卧在轨道上，他胸脯向上，一撮小胡子示威似的翘向天空。另外一个身材矮小、动作像猴子一样敏捷的年轻人也跟他并排躺到地上。接着，越来越多的人，一个接一个从容地躺倒了……

人群中发出一片低沉的喧闹声，有人胆怯地呼唤起圣母来了。一些人郁郁不乐地咒骂着，妇女们发出尖叫声和叹息声。孩子们看到这场面惊慌不安，跟皮球一样跳来跳去。

戴高筒礼帽的人歇斯底里地叫嚷着什么。军官望着他，耸耸肩膀：他的任务想必只限于率领部队代替工人开车，并没有受到用武力弹压罢工工人的命令。

这时，戴高筒礼帽的人由一群阿谀奉承者簇拥着，向宪兵队那边跑去；宪兵队出动了，他们走到轨道旁，弯腰去拉躺在地上的工人。

斗争和骚乱开始了。忽然，那些穿着灰衣服、身上落满尘土的看热闹的人群开始骚动起来。他们大声怒吼着向轨道拥去。那个戴巴拿马草帽的人把帽子摘下来，向空中一扔，首先跟着罢工工人一起躺倒在地上，同时拍拍工人的肩膀，大声鼓励了几句。

---

① 意大利语：最后一次。

接着，一大群快乐的爱打闹的人——他们的腿像被砍断了似的——也一个个在轨道上躺下来；他们是两分钟以前才赶到这儿来的。他们趴在地上，咻咻地笑着，互相使着眉眼，冲着军官大叫大嚷。军官摘下手套，在戴高筒礼帽者的鼻子下挥一挥，晃动着漂亮的脑袋，冷笑着对他说些什么。

躺在轨道上的人越来越多了，妇女们丢开手里的筐子和包裹，孩子们笑嘻嘻地趴在地上，像冻僵的狗似的蜷缩成一团，一些衣着讲究的人也在地上乱滚，弄得浑身是土。

站在第一辆电车踏板上的五个士兵，用手扳住车柱子，摇晃着双腿，仰头向前探着身子，望着躺在车轮下面的一大堆人，哈哈大笑起来。现在，他们不再像带发条的铁皮玩具了。

……半小时以后，电车发出隆隆的响声，在那不勒斯市各处奔驶起来。踏板上站着胜利者，扬扬得意地微笑着；他们在车厢里来回走动，彬彬有礼地问着：

"车票？！"

乘客们把红色的和黄色的车票递给他们，做着眉眼，微笑着，和气地发几句牢骚。

二

热那亚火车站前的小广场上,挤满了群众——大部分是工人,也有不少衣冠楚楚、营养良好的人。站在前面的是市政府的委员们,他们头顶上飘着一面绣得很精致的市旗,旁边飘动着一些五颜六色的工会旗。金黄色的旗穗、流苏和飘带熠熠发亮,旗杆顶端的梭镖闪闪发光,丝绒的旗面簌簌作响,情绪激昂的人群发出一片嗡嗡声,犹如一个合唱队在低声咏唱。

在人们头顶上,哥伦布的石像屹立在一座高台上,他是一位因信仰而受灾受难,也因为有信仰而获得胜利的幻想家。现在他俯瞰着人群,好像在用大理石的嘴向人们说:

"只有有信仰的人,才能获得胜利。"

乐队队员们把铜喇叭排列在他脚下台座的周围,铜乐器在阳光下闪着黄灿灿的光芒。

火车站笨重的大理石建筑物,伸开两翼,形成向内凹进的半圆形,好像要把人群拥抱起来。从码头传来轮船沉闷的喘息声,轮翼在水中的转动声,链索的银铛声,汽笛声和喧闹声。广场寂静而闷热,一切都曝晒在骄烈的阳光下。沿街房屋的阳台和窗口上,站着手捧鲜花的妇女和穿着节日盛装,像花朵一样鲜艳的孩子们。

火车头鸣着汽笛,驶进车站。人群像一群黑鸟似的晃动起来,有人把皱瘪的帽子抛到空中,乐队队员拿起喇叭,几个面色严肃的老人,把身上的衣服抻一抻,走到前面,冲着人群讲了几句话,并向两边挥动着胳膊。

人群慢慢向两边闪开,留出一条通向街道的宽路。

"他们在欢迎什么人?"

"从巴马[①]来的孩子们!"

[①] 意大利北部城市。

巴马正在罢工。老板不肯让步,工人处境困难,他们把自己饿病了的孩子们送来,交托给热那亚的同志们照管。

从车站的大圆柱后面,走出一支整齐的小孩子的队伍。他们衣衫褴褛,蓬头垢面,活像一些奇形怪状的长毛小动物。他们五人一排,手拉着手走过来——个子都很矮小,浑身落满尘土,显然都很疲劳。但他们脸色严肃,眼中闪出生动明亮的光辉。当乐队奏起《加里波第之歌》①,对他们表示欢迎的时候,他们那面黄肌瘦的小脸上,掠过一丝愉快满意的微笑。

人群发出震耳欲聋的欢呼声,欢迎这些未来的成人;旗帜在他们面前低垂下来,铜喇叭嘟嘟地吹个不停,孩子们被这种热烈的欢迎仪式弄得眼花缭乱,茫然不知所措,不禁向后退了几步,但随即又昂首挺胸,重新站好,排成整齐的行列。几百个声音好像从同一个胸膛里发出来似的,齐声高呼:

"Viva Italia!②"

"巴马的孩子们万岁!"人群喊声震天,迎着孩子们跑过去。

"Evviva Garibaldi!③"孩子们呼喊着,像灰色的楔子插进人群中,消失不见了。

在旅馆的窗口和楼房顶上,无数挥动着的手帕像一群群白鸽在飞翔,一束束鲜花和洪亮的欢呼声,像下雨似的飘落在人们的头上。

一切都像过节似的,显得生气勃勃,连灰色的大理石也发出明亮的光辉。

旗帜在摇动,帽子和鲜花在飞舞,大人的头顶上冒出孩子的小脑袋,他们挥动着黑黝黝的小手,一边接受鲜花,一边向人们招手致意。洪亮的欢呼声响彻长空。

---

① 朱泽培·加里波第(1807—1882),意大利民族英雄,杰出的统帅。《加里波第之歌》是加里波第红衫军在意大利民族解放战争时期流行的进行曲。
② 意大利语:意大利万岁!
③ 意大利语:加里波第万岁!

"Viva il Socialismo!①"

"Evviva Italia!"

几乎所有的孩子都被人又抢又夺地抱走了,他们骑在大人肩头上,偎依在面孔严肃、留着胡子的男人宽阔胸怀里。在一片喧哗、欢笑和叫声中,可以隐约听到音乐的声音。

妇女们在人堆里挤来挤去,找寻剩下来的孩子,互相叫嚷着:

"阿乌塔,您领了两个吗?"

"对啦。您也是两个?"

"有一个是给瘸子马尔加里塔领的……"

到处是愉快欢乐的情绪,到处是兴高采烈的面孔和湿润和善的眼睛。有的地方,罢工工人的孩子已经在啃面包了。

"我们年轻的时候,做梦也想不到会有这样的事情!"一个嘴里叼着黑雪茄的鹰钩鼻子老人说。

"其实——这很简单……"

"是啊!既简单又聪明。"

老人从嘴里取下雪茄,向烟头上望一望,吁了一口气,掸去烟灰。接着他发现自己身边站着两个巴马的孩子,像是兄弟俩。于是他故意做出一副怪相,装出吓唬人的样子——两个孩子严肃地盯着他,——他把帽子往眼上一拉,张开两只手,那两个孩子身子紧挨着身子,皱着眉头,往后退了一步;老人突然蹲下身子,大声学了一声公鸡打鸣,学得挺像,孩子们大笑起来,赤裸的小脚在石板地上蹦跳着。老人站起来,戴正帽子,显然认为他已经做完了他应该做的事情,踉跄着向一旁走去了。

哥伦布石像的台座旁,站着一个头发斑白的驼背女人,尖下颏上长着灰白的硬毛,脸像童话里的妖婆;她用褪色的披肩的一角抹着通红的眼睛哭泣。她面色阴沉难看,在这些情绪激昂的人群中,显得十

---

① 意大利语:社会主义万岁!

分孤独……

一个黑头发的热那亚女人,手里拉着一个七岁左右的小男孩,迈着跳舞的步子走过来。那孩子穿一双木靴,戴一顶十分宽大的灰色呢帽,他一边走一边摇晃着小脑袋,想把帽子甩到脑后去,可是帽子仍盖着他的脸。女人从小孩头上把帽子摘下来,高高地举在空中摇晃着,一边唱,一边笑。小孩仰起头笑容满面地望着她,然后跳起身子,想抢回自己的帽子。两个人渐渐走远了。

一个高个子男人,围一条皮围裙,露着两只大胳膊,肩头上扛着一个六岁左右、鼠灰色头发的小女孩;他对一个正跟他并肩同行、手拉一个红头发小男孩的女人说:

"你明白吗,要是这种做法形成风气……谁再想制服咱们,就不那么容易了,你说对吧?"

他声音浑厚、得意扬扬地大笑起来,同时把自己肩头上的那个小姑娘抛向空中,喊道:

"Evviva Parma—a!"[①]

人们牵的牵、抱的抱,把所有的孩子都领走了。广场上剩下来的,只是被踩坏的花朵、糖果纸、一群快活的行李夫以及他们头顶上那位新大陆发现者的高贵的石像。

从大街上,像从大管子里似的悦耳地传来了那些正走向新生活的人们的愉快的喊叫声。

---

① 意大利语:巴马万岁!

三

闷热的正午,远处刚响过一声午炮①——声音清脆而奇怪,好像打破了一个大臭蛋。在炮声震撼的空气中,可以闻到一股股刺鼻的街市的臭气,橄榄油、大蒜、葡萄酒和晒热的垃圾味更浓烈了。

被午炮沉重的吼声所淹没的南方炎热正午的喧闹声,有一阵工夫紧贴在马路的热石板上,然后又重新升到大街上空,变成一条混浊的大河,向海中流去。

城市像过节一般显得光彩夺目,五色缤纷,宛如神父身上花团锦簇的法衣。在街市的热烈的喊叫、喧嚣和嘈杂声中,虔诚地响着生活之歌。每座城市都是用人的劳动建造的宫殿,一切工作都是对未来的祈祷。

烈日当头,炎热的蓝天使人目眩眼花,一道道灼热的青光,好像从天空的每一点上,向地面和海面投落下来,深深刺进城市的石头和流水之中。海面闪烁着细密的光波,好像一幅用银丝织成的彩绸。碧艳艳的暖波飘荡如梦,轻轻地拍着岸边,低声吟唱着赞美生活和幸福的源泉——太阳的智慧之歌。

一群满身尘埃和油汗的人,欢快热闹地互相叫嚷着,吃午饭去了;很多人向海边跑去,迅速地脱掉灰衣服,跳进海水里。黝黑的躯体一落进水里,立即变小了,小得叫人看着好笑,就像飘在一大杯葡萄酒里的尘粒。

水花像玻璃珠似的飞溅起来,消除了疲劳的身体,发出欢乐的呼声,孩子们高声笑着、叫着——这一切,以及因人们的跳跃而溅起的五颜六色的水花和泡沫,都冲着太阳升起来,好像是献给太阳的欢乐的祭品。

---

① 在意大利的许多城市里,都有每天中午鸣午炮的习惯。

一幢大楼的阴影落在人行道上，那里坐着四个修路工人，正在料理吃午饭的事——一个个像灰色干硬的石头。一个浑身落满尘土的白发老人，眯着一只贪馋而锐利的眼睛，正用刀子切一块长面包，小心地把每片面包切得厚薄均匀。他头上戴一顶红绒线便帽，帽子的流苏垂到脸上。老人摇晃着使徒般的大脑袋，鹦鹉鼻子发出咻咻的喘息，鼻孔张得挺大。

老人旁边，热烘烘的石板上，躺着一个古铜色皮肤的小伙子，他胸口朝上，脸像甲虫一般黑。面包屑碰着他的脸，他懒懒地眯着眼睛，像做梦一般，嘴里低声哼着小调。另外还有两个人，背靠在房子的白墙上坐着，睡眼蒙眬地打着瞌睡。

一个小孩，一手提着瓶葡萄酒，一手拿着个小纸包，向他们走来。他昂头走着，嘴里像小鸟似的高声叫嚷，因此全然不知从包酒瓶的麦秸中，漏出大滴大滴的浓葡萄酒，跟红宝石一般晶红灿烂，滴落在地上。

老人见了，赶忙把面包和刀子放在躺着的小伙子的胸脯上，着急地挥着手，呼喊那个孩子：

"快走呀，瞎了眼的！瞧，酒都流出来啦！"

孩子把酒瓶举到脸边，吁了一口气，飞快地跑到修路工人跟前，大伙立刻围上来，一边摸着瓶子，一边气呼呼地嚷着。于是孩子又箭似的跑进一户人家，双手捧着一只大黄碗，以同样的速度飞快跑回来。

他们将碗放在地上，老人小心翼翼地将红色液体倒在碗里。四对眼睛紧盯着葡萄酒中的光波，大家贪馋地咂吧着干燥的嘴唇。

路边走来一个妇女，穿着天蓝色的连衣裙。黑发上蒙着一块金黄色的花边头巾，棕色高跟鞋发出清脆的响声。她用手搂着一个鬈发的小女孩，小女孩右手拿着两枝鲜红的石竹花晃来晃去，一边摇摇摆摆地走路，一边哼着：

"啊，妈，啊，妈，啊，我的妈……"

她走到老修路工背后，停下来不唱了。她探着身子，从老人肩上注视着葡萄酒怎样向黄碗里流。那红色的琼浆一边流，一边发出汩汩的响声，仿佛在接唱她的歌。

小女孩从那妇女手里挣出自己的手，从花枝上摘下几片花瓣，高高举起麻雀翅膀似的小黑手，将几片红花瓣扔进酒碗里。

四个人吃了一惊，怒气冲冲地抬起满是尘土的脑袋——小女孩子拍着小手，蹦着小腿，嘻嘻地笑着。母亲发了窘，连忙拉住她的手，大声训斥了几句。小男孩捧着肚子哈哈大笑。碗中浓黑的葡萄酒上，泛着几片花瓣，宛如粉红色的小舟。

老人不知从哪儿拿出一只玻璃杯，连花带酒舀了一杯，慢慢站起身来，把杯子举到嘴边，认真地说道：

"太太，没有关系！孩子的礼品如同上帝的赏赐一样……漂亮的太太，祝您健康，还有这位小姐，也祝你健康！愿你将来也跟妈妈一样美，比妈妈加倍幸福……"

他把灰胡子浸到酒杯里，微微眯起眼睛，牵动着弯曲的鼻子，呕吧着嘴唇，慢慢地把那黑色的浆液喝下去。

母亲点点头，嫣然一笑，拉着小女孩的手，向旁边走去了。小女孩用小脚踏着街石，摇摆着身体，眯起眼睛大声唱道：

"啊，妈……啊，我的妈……"

修路工人疲倦地转过头，望望葡萄酒，再望望小女孩的背影，一边望一边笑，用南方人快速的声调互相谈论着什么。

碗中深红色的葡萄酒上，飘着几片粉红色的花瓣。

海在歌唱，城市发出一片嗡嗡声，太阳发出灿烂的光辉，创造着各种美妙的童话。

四

  幽静的碧湖,四周环绕着常年积雪的高山。花园像黑色的花边,倒映在湖水里,形成美丽的皱纹。从湖边向水中望去,许多临水的白屋子好像是用糖块堆砌成的。四周的一切,像婴儿正在酣睡。

  早晨,从山头飘来清幽的花香。太阳刚刚升起,草木茎叶上还闪烁着露珠。一条道路像灰色的带子,通到静寂的山沟去;它虽然是用石块砌成的,却显得像丝绒一般柔软,使人不禁想用手去抚摩。

  一堆碎石旁坐着一个甲虫般黧黑的工人,他胸前挂着一枚奖章,面孔显得英俊而和气。

  他把一双青铜色的大手放在膝盖上,微微昂起头,直勾勾地望着一个站在栗子树下的过路人,并对他说:

  "先生,这是我在辛普朗隧道①干活时得来的奖章。"

  接着,他耷拉眼皮,望着自己的胸部,对那块精致的小金属片,温和地笑笑。

  "嗨,任何工作,在引不起兴趣的时候,干起来总是很吃力,可是一旦发生了兴趣,它就会鼓舞你,干起来也就比较轻松了。不过,干这种活毕竟很辛苦啊!"

  他轻轻摇着头,对太阳微笑着;接着突然兴奋起来,挥着一只手,两只黑眼睛炯炯发光。

  "有时候也真叫人感到害怕。要知道,泥土大概也是有知觉的——那可不?我们在山上打了一个洞,深深地爬进去,洞里的泥土气势汹汹地迎接我们。它向我们吐出一阵阵热气,熏得我们心里发紧,头昏脑涨,骨节发痛,——许多人都尝过这种滋味!后来它又拿石块砸我们,用滚烫的水浇我们,真叫人害怕啊!有时候用手灯一照,水是红的。

---

① 辛普朗隧道,是一条连接意大利和瑞士的隧道,位于阿尔卑斯山辛普朗山口,一八九八年至一九〇六年建成,长一九·八公里,宽五米,是世界上最长的隧道之一。

我老子对我说:'咱们把土地弄伤了,它会用自己的血淹死咱们,烧死咱们的,你等着瞧吧!'这当然是幻想,可是在深深的地下,闷室的黑暗中,呜咽的流水声和铁器碰在石块上的叮当声中,听了这样的话,你就会忘记它们是幻想了。亲爱的先生,那里的一切都是神奇玄妙的;我们这些人都很渺小,可是被我们凿开的山却高得快要碰到天上了……啊唷,要是不亲身经历,是不会明白的!应该看看我们这些小人物所凿开的黑窟窿。每天早晨太阳升起,我们就爬进那个黑窟窿里去。太阳带着悲伤的样子,望着爬进大地肚子里去的人们的背影。应该看看那些机器和高山的苦恼的面孔,听听深洞里沉闷的轰隆声和爆破声的回响,那声音就像狂人在哈哈大笑。"

他望望自己的两只手,摸摸灰褂子上的奖章,轻轻叹了一口气。

"人是有劳动本领的!"他自豪地继续讲道。"啊,先生,一个小小的人,当他想要劳动的时候,就是一种不可战胜的力量!您得相信:这个小小的人,会最后完成他想要完成的一切事情的。可是我那老头子,一开头却不相信这一点。

"他说:'要想打通一座山,从一个国家通到另一个国家,这是违反上帝把山当城墙划分边界的意旨的,你们会看到,圣母是不会帮助咱们的!'可是他这话没有说对,圣母永远帮助那些爱她的人。后来,老头子也开始相信我现在跟您说的这些话了,因为他感到自己比山还高,比山还强。有时遇到过节,面对着桌上的葡萄酒,他对我和别的人大讲起来:

"'上帝的孩子们,'这是老头子爱说的口头禅,因为他是一个心地善良而又虔诚的教徒。'上帝的孩子们,别这样跟土地作对吧,土地受了伤,一定会替自己报仇的,到头来,土地总不会输!你们等着瞧吧,等咱们挖到山的心窝里,碰着它的心,它一定会把火喷到咱们身上,烧死咱们的。谁都知道地心里全是火。种地,是另一回事,治理土地,使它多打粮食,那是咱们的本分;但现在咱们是毁坏土地的脸,改变土地的面貌。你们瞧吧,咱们挖得愈深,空气就愈热,呼吸就愈困难'……"

听的人用手指捻捻胡髭,轻轻地笑起来。

"这可不是他一个人的想法,事实上也正是这样——愈往深处挖,隧道里就愈热,害病的人一天天多起来,许多人晕倒在地上。再加上热泉滚滚地流出来,山石从头顶上掉下来;这样,两个从卢加诺来的伙伴,终于发了疯。晚上,我们宿舍里有好多人说梦话,发梦魇,惊吓得从床上跳下来……

"'对不对,我没有说错吧?'老头子说,眼里带着几分恐惧,他咳嗽得愈来愈厉害了……'对不对,我不是早就说过了吗?'他又说:'土地是不能触犯的!'

"老头子终于躺倒了,再也没有起来。我老子是身子骨很结实的,他跟死神顽强地搏斗了三个多星期,也像那些明白自己价值的人一样,他没有说过一句抱怨的话。

"'喂,保罗,我的活儿干完了,'有一天半夜里他对我说。'当心自己的身体,回家去吧,圣母保佑你!'说着,闭上眼睛,喘着气,沉默了好久。"

听的人站起来,环视着群山,用力伸了个懒腰,把骨节弄得咯吱咯吱直响。

"他把我的手拉到他身边,又对我说(先生,这完全是真事!):'保罗,我的好儿子,你要知道,我相信这工程一定会成功——咱们将在半山腰里碰到从对面挖过来的人①,我们会碰到一起的,你相信吗?'我说我相信。'好,我的儿子,你一定得相信。干什么事都应该相信一定会成功,相信上帝。圣母会请求上帝帮助人做好事的。儿子,我托你一件事,要是那日子来了,要是你碰见从对面挖过来的人,你就到我坟头上来,对我说:爸爸,成功了! 我也急着想知道呢!'

"这是件好事,亲爱的先生,我就答应了他。说完这话之后,第五

---

① 指瑞士人。

天他就死了。可是临死前两天,他要我和别的伙伴把他埋葬在他干过活的隧道里,他要求得很坚决,不过,我觉得这是梦呓……

"我老子死后,过了十三个星期,我们跟从对面挖过来的人在山中碰头了。先生,那真是一个疯狂的日子啊!嘿,当时我们在地下黑漆漆的地方,听到了对方干活的声音。先生,您要明白,那声音是从地下传来的,大地的巨大重量随时都会把我们这些渺小的人压得粉碎!

"我们听到那声音已经有好多天了,那隆隆的响声一天天更加清楚,我们高兴得像打了胜仗一样,简直发了疯!我们一个个像魔鬼似的,拼命地干活,既不觉得累,也不等候上头的命令——这太好啦,就好像在晴朗的阳光下狂欢跳舞。真的,这是实在的!我们都变得像小孩一样可爱,和善。嘿,您想想看——我们跟穿山甲一样,成年累月钻在地下黑暗中干活,我们多么迫不及待地渴望碰上从对面挖过来的人啊!这种愿望是多么强烈呀!"

他兴奋得涨红了脸,走到听者跟前,满怀深情地凝视着对方的眼睛,平静而高兴地继续说下去。

"终于,岩石层打穿了,从缝隙中露出火炬的红光,露出一张黝黑的充溢着喜悦眼泪的脸。接着又是一些火炬和人脸,爆发了胜利的呐喊,欢乐的呐喊。啊,这是我一生中最高兴的日子。我一想起这个日子,就感到这一辈子没有白活。先生,我可以对您说,我在这儿干过活,这里也有我的一份劳动,这劳动是神圣的!当我们从地底走到阳光下,许多人伏在大地的胸脯上,一边哭一边吻它——这好像是童话里的世界,使人有说不出的快活!是的,我们亲吻了被我们战胜了的高山,亲吻了大地。先生,这一天,大地也显得跟平时不同,我觉得它特别可亲可爱,我们互相更加了解了,我爱上了它,就像爱上了一个女人。

"不用说,我到老头子坟上去了!当然,我知道死人听不见我说话,但我还是去了:应该尊重那些为我们劳动过、比我们受过更多苦难的人的意愿——您说对吗?

"是的,我上老头子坟上去了,按照老人的遗嘱,我脚踩着泥土对他说:

"'爸爸,成功啦!'我说。'人胜利了! 成功啦,爸爸!'"

五

青年音乐家用一双黑眼睛凝视着远方,悄悄地说:

"我要作一支曲,内容是这样的:

"一个小孩在通往大城市的道路上不慌不忙地走着。

"城市横陈在大地上,一堆沉重的建筑物紧压着地面,发出呻吟,发出沉闷的吼叫。远远望去,城市好像刚刚遭受到一场火灾的破坏,因为晚霞的红光还没有从城市上空消失,教堂的十字架、高塔和风信塔的尖端依然染成一片殷红。

"黑云的边缘,也同样环绕着火焰,大建筑物嶙峋的断片,在赤色斑点中呈现出奇怪的轮廓;到处是闪闪发亮的玻璃,如同伤口一样;遭到破坏、疲倦不堪的城市——为幸福而进行不屈不挠战斗的战场——正在流血,它的热血化作黄色的浓烟,慢慢腾起,憋得人透不过气来。

"小孩在暮色苍茫的原野上,在一条像灰色的宽带子似的道路上行走。这条道路直得像一把剑,被一只肉眼看不见的强壮的手紧握着,直刺城市的腰窝。路边的树木,像没有点着的火炬,那黑魆魆的巨大的枝干,凝然不动,耸立在沉默不语,仿佛在期待着什么的大地上。

"天空乌云密布,没有星光,也没有阴影。夜色深沉,四周静寂,只有那小孩缓慢而轻微的脚步声,在沉睡着的原野的疲劳的沉默中隐约可闻。

"夜,无声地跟在小孩后面走,仿佛用一件黑斗篷把他身后的道路蒙住了,使他忘却了他来自何处。

"夜色渐浓,孤零零地坐落在山岗上,温顺地紧贴着大地的红色和白色的房舍,都被隐藏在它那温暖的怀抱里。果园,树木,烟囱——四周的一切,都被夜幕罩住,变成黑压压的一片而消失了,它们好像很惧怕这个拖着手杖的小孩,故意躲着他,和他捉迷藏。

"他默默地走着,安详地望着城市,并不加快脚步,这个孤单的小孩,好像带着一件重要的、城里所有的人都早已翘首盼望的东西,城市亮起蓝色的、黄色的、红色的灯火,焦急不安地迎接他。

"晚霞消逝了。十字架、风信塔、高塔的铁尖端,也都融化而消逝了,城市紧贴在无声的大地上,变得低矮而渺小。

"城市上空,渐渐升起蛋白石色的云朵,像磷光一样微带黄色的薄雾,极不均匀地笼罩在密密麻麻的建筑物的灰网上。现在再也看不见城市上空那种火烧血染似的色彩了——屋顶和墙垣的参差不齐的线条,好像是一种具有魔力又尚未完成的作品,那个设计建造这座大城市的人,似乎正倦极入眠,或者因感到绝望,抛却一切而去了,或者因失去信心而死了。

"但城市却活着,它沉醉在一种不能遏制的希望里,想使自己变得更美丽,傲然屹立在太阳面前。渴望得到各种幸福的奢望和狂想,使它呻吟;对生活的强烈欲望,使它激动不安;被压抑的各种声响,如同涓涓流水,向围绕着它的默默不语的茫茫原野缓缓流去。天空像一只黑碗,愈来愈多地注满了混浊的恼人的光。

"小孩停下脚步,昂起头,扬起眉毛,用一双英俊大胆的眼睛,平静地望着前方,抖擞一下身体,把脚步加快了。

"夜跟在他后面,以母亲般慈爱的声音,悄悄地对他说:

"'是时候了,孩子,快去呀!他们正等着你呢……'"

"……这当然是不能作曲的!"青年音乐家若有所思地微笑着说。

他沉默了一会儿,然后合起双手,惴惴不安地、充满怜爱地小声喊道:

"圣母马利亚啊!迎接他的是什么呢?"

六

太阳燃烧在正午的碧空,把各种色彩的灼热的光线,投射在水面和地面上。海水朦胧地冒着乳白色的雾气,碧蓝的海面上发出钢一般的光亮,散发着一阵阵浓烈的咸水味。

波浪懒洋洋地拍着灰色的礁石,在礁石旁哗哗地翻滚,冲得卵石沙沙作响,低低的浪头跟玻璃样透明,也没有泡沫。

山头缭绕着炎热的淡紫色的雾霭,橄榄树的灰叶子在阳光照耀下,像一块块旧银币;半山腰果园的梯田上,天鹅绒般幽暗的绿茵上,闪烁着金黄色的柠檬和柑子,红艳艳的石榴花露出妍丽的笑脸,到处是盛开的鲜花,鲜花。

太阳是爱这块土地的……

岩石上坐着两个渔人,一个是戴草帽的老人,胖胖的脸,面颊上、嘴唇上、下颔上长满灰色的硬毛,眼睛浮肿,鼻子通红,两手被太阳晒成青铜色。他坐在岩石边上,把细长的钓竿远远投到海面上,毛茸茸的两条腿吊在绿水里。波浪跳跃起来泼洗他的脚,从黑脚趾缝里渗下大滴大滴晶亮的水珠,落在海里。

老头背后,站着一个黑眼睛、黑皮肤的小伙子,他身材匀称,细高个儿,戴一顶红色便帽,隆起的胸脯上罩着一件白绒衣,下身穿一条蓝裤子,裤腿卷在膝盖上。他抬起右手,用手指捻着唇髭,若有所思地凝视着遥远的海面,那儿漂浮着一排排渔船,像黑色的带子,在渔船后面老远的海面上,可以隐约望见一张白色的孤帆,像云朵一样凝滞不动,正在炎热的阳光中熔化。

"那位太太很有钱吧?"老人没有钓上鱼来,他沙哑着嗓子问道。

小伙子低声回答:

"我想是的!胸口那串嵌着大蓝宝石的项圈,还有耳环,手上戴着那么多戒指……再加上手表……我想准是一个美国女人……"

"长得漂亮吗?"

"啊,当然啦!身段很苗条,真的,眼睛像两朵花,你知道吗,还有微微张开的樱桃小嘴……"

"这是诚实女人的嘴,一生亲一次也是难得的。"

"我也是这样想……"

老人把钓竿往上一甩,眯起眼睛瞧瞧空鱼钩,苦笑着嘟哝道:

"鱼儿并不比咱们傻呀……"

"谁在正午还钓鱼呢?"青年把身子蹲下来问道。

"我就钓,"老人一边安诱饵,一边说。

他重新把钓线远远投进海里,又问:

"你们一直划到天亮,是吗?"

"我们上岸的时候,太阳已经升起来了,"青年深深地叹了一口气,高兴地回答。

"给了你二十里拉①?"

"嗯。"

"她还可以多给些……"

"她可以给许多……"

"你和她都谈了些什么?"

青年伤心失意地低下脑袋。

"她懂不上十句我们的话,我们没谈什么……"

"你知道吗,真正的爱情,"老人转过身去,笑容可掬地露出两排洁白的牙齿说,"就跟闪电一样打进心坎里,也跟闪电一样没有声音?"

青年捡起一块大石头,想把它投到海水里,但一挥手,却扔到了身后,然后说:

"有时候我简直弄不明白,人们干吗要说各种不同的语言?"

"有人说,住后就不会有这种事了!"老人想了一想说。

---

① 意大利货币名。

远方,在笼罩着乳白色雾霭的碧蓝海面上,跟云影似的,悄然滑过一条白色的轮船。

"是开往西西里岛去的!"老人点着头说。

他不知从哪儿掏出一只长长的弯曲的黑雪茄,折成两半,回过头把半截递给青年,问道:

"你跟她坐在一起,心里都想些什么?"

"人总是往幸福方面去想的……"

"所以人总是傻子!"老人平心静气地插了一句。

他们抽起烟来了。缕缕蓝烟在岩石上袅袅上升,慢慢消散在充满肥沃泥土味和浓郁海水味的无风的空气里。

"我给她唱歌,她微笑着……"

"后来呢?"

"你知道,我唱得并不好。"

"那倒是的。"

"后来,我放下桨,仔细瞧着她。"

"哦?"

"我看着她,心里默默地说:你瞧,我年轻力壮,你要是烦闷,可以爱上我,好让我也过一阵子好日子!"

"她烦闷?"

"一个人要是不孤单烦闷,谁会跑到外国来玩?"

"说得对!"

"我心里想:我以圣母马利亚的名义起誓,我要好好对待你,我们四周的一切人,也会因此而好起来……"

"对!"老人仰起大脑袋喊道,接着低声嘿嘿地笑起来。

"我要对你永远忠诚……"

"唔……"

"我还这么想:我们暂时过一阵子,我会爱上你的,爱到你满足的程度为止,然后,你给我一点钱,让我买一条小船、绳索和一块土地,那时我就可以回到自己可爱的家乡去,我将永远怀念你……"

"这话倒不蠢……"

"后来天亮了,我又想,也许我什么都不需要,也不需要钱,只需要她,即使一个晚上也好……"

"这更简单啦……"

"只要一个晚上!"

"真有你的!"老人说。

"彼特罗大叔,我想短促的幸福永远是可宝贵的……"

老人闭上刮光的厚嘴唇,凝神注视着绿色的海水,不作声了。青年却伤心地低声唱起来:

"啊,我的太阳……"

"是的,是的,"老人摇着头,忽然又说,"短促的幸福是宝贵的,但长期的幸福更好……穷人总是长得俊美,但富人更有势力……普天之下都是如此,都是如此!"

波涛哗哗地响着,溅起飞沫。缕缕蓝烟像佛光一样在人头上萦绕,青年站起来,把雪茄衔在嘴角上低声哼唱。他背靠在灰色的岩石上,两手叠在胸口,用一双幻想家的大眼睛,凝视着遥远的海面。

老人一动不动。耷拉着头,似乎在打瞌睡。

笼罩在群山上的紫霭渐渐变得更浓、更温柔了。

青年唱道:"啊,我的太阳!"

> 太阳升起,
> 变得更美丽,
> 比你还美丽!
> 啊,太阳,太阳!
> 请把我的心头照亮!

快活的绿波发出清脆的响声。

七

在罗马和热那亚之间的一个小车站上,乘务员打开车门,由一个满身油污的加油工搀扶着,人们把一个独眼的小老头儿,差不多像搬行李样搬进我们的车厢里。

"好大的年纪啊!"人们异口同声地说,一边和善地微笑着。

不过,老人精神很矍铄;他伸出一只满是皱纹的手,向帮助他的人们道谢,然后彬彬有礼地、快活地把皱瘪的帽子,从白发苍苍的头上往上举一举,用一只锐利的独眼向座位上打量一下,问道:

"可以坐吗?"

人们让座位给他;他坐下来,如释重负地透了一口气,然后把两手放在瘦骨嶙峋的膝盖上,张开缺牙的嘴,和气地笑笑。

"到哪儿去,很远吗,老公公?"我的同伴问道。

"啊,只有三站路!"独眼老人高兴地回答。"我是去喝孙子的喜酒呢……"

几分钟之后,在车轮隆隆声中,他像阴雨天被风吹断的树枝,摇晃着身子,开始滔滔不绝地讲起来:

"我是利古里亚①人,我们利古里亚人都长得挺结实。我有十三个儿子,四个女儿,孙子多得把我都给数糊涂了。这一次是第二个孙子结婚。这是件好事,你们说对吧?"

于是他用那只已经失掉光泽但仍显得很愉快的独眼,得意地向大家望一望,又微笑着说下去:

"瞧,我给国家和皇上养育了多少人呀!

"我为什么失掉了一只眼?这是好久好久以前的事了,那时候我还是一个毛孩子,但已经帮我老子干活了。老子正在葡萄园里锄土,

---

① 利古里亚是意大利北部的一个区,紧靠热那亚湾。

我们那儿的泥土,硬得很,不容易对付,因为石头多。石子从老子的十字镐下跳起来,弹到我的眼睛上,我记不得当时我是否感到了疼痛,可是吃午饭的时候,我的眼珠子就掉出来了——当时那情景真吓人呀,先生们!……家里人帮我把它放在老地方,弄一片热面包贴住,但是,眼睛却瞎了。"

老人使劲揉揉棕褐色的干瘪的脸颊,又和善而愉快地微笑起来。

"那时候没有现在这么多的医生,人们都糊里糊涂地过日子……是这样的,也许正因为这缘故,人们才那么和善吧,对不对?"

现在,他那张只剩下一只独眼、布满深深的皱纹、长着像发了霉一样的灰绿色毛发的面孔,又变得狡黠和欢喜了。

"人活到我这么大年纪,对世界上一切人都可以放胆说话了,对吧?"

他像对谁示威似的,庄严地向上伸出一只弯曲的黑指头。

"诸位先生,我就给你们讲点人间的故事吧……

"我老子死的时候,我才十三岁,——要知道,当时我个子比现在还矮。可是我手脚麻利,干起活来从不知道劳累——这是老子留给我的全部遗产;我们的土地和房屋都卖掉还债了。就这样,我靠一只眼睛和两只手过活,只要有活干,我什么地方都去……生活当然很艰难,但年轻人是不怕吃苦的。对吧?

"十九岁时,我碰到一位跟我一样穷苦的姑娘,我爱上了她。这姑娘挺大的个儿,比我还结实,和一个害病的老妈妈住在一起,跟我一样,哪儿有活就到哪儿去干。她长得不怎么漂亮,但心眼儿好,也很聪明,天生一副好嗓子。真的!唱起歌来跟女演员一样,这是很难得的啊!我也唱得不坏。

"'咱们结婚吧?'我对她说。

"'独眼龙,你说什么鬼话呀!'那姑娘不高兴地回答我。'你我穷得什么也没有,咱们拿什么过日子呢?'

"这是千真万确的:我们俩两手空空,一无所有!可是年轻时代的爱情又需要什么呢？诸位知道，爱情是不需要什么东西的。我横说竖说，终于把她说服了。

"'也许你说得对。'伊达终于说道。'既然圣母现在肯帮助咱们这样单身的男女，那么咱俩生活在一起，她更会帮助咱们的！'

"那样，我们到神父那儿去。

"'这简直是发疯！'神父说。'利古里亚的叫花子难道还少吗？像你们这样不幸的人，应该拒绝魔鬼的引诱，要不然，你们干下了错事，将来会吃大苦头的！'

"村镇上的年轻人笑话我们，老年人责备我们。可是，青年时代是最倔强不过的，而且又有自己的聪明！结婚的日子到了，我们一点儿积蓄也没有，甚至还不知道第一夜睡在哪儿。

"'咱们到野外去！'伊达说。'这有什么不可以？无论在哪儿，圣母对人都同样慈悲。'

"我们就这样决定了：地是我们的床，天是我们的被！

"这儿又发生了另一桩故事，诸位先生，你们注意听吧，这要算是我这漫长一生中最好的故事了！结婚前一天大清早，乔凡尼老爹——我常常在他家干活——从牙缝里嘟哝着对我说了下面一番话，因为他并不把这当成一回事！

"'胡哥，你最好把那间老羊圈打扫打扫，铺点草。那儿虽然干爽，一年多也没关过羊，不过，要是你跟伊达乐意住在那儿，还是应该把它好好收拾一下。'

"这样我们就有了屋子！

"我正干着活，唱着歌，老木匠康斯坦齐奥站在门口问：

"'你跟伊达就住在这儿吗？你们的床呢？你干完活，到我家去搬一张吧，我有一张床空着没人睡。'

"我一走到他那儿，那个火暴脾气的马丽亚——木匠铺的女主人便嚷叫起来：

"'没有被褥也没有枕头，你们两个穷光蛋就想结婚吗？你简直是

31

发疯啦,独眼龙!把你的新娘子领到我这儿来吧……'

"接着,那个总是害风湿病和寒热病的瘸子埃托雷·维亚诺,也从自己门口对那妇人喊道:

"'你问问他,给客人预备的酒多不多?嗨,谁家办喜事会像他们这样轻率?'"

老人那张布满皱纹的脸上,闪烁出欢乐的泪水,他仰起头,露出尖喉结,轻轻地笑起来,笑得脸上的老皮直哆嗦,同时像孩子似的挥着两只手。

"啊,诸位先生!"他气喘吁吁地笑着说。"到结婚那天的早晨,凡是一个家庭所需要的东西,我们全有了——圣母像,吃饭的杯盘,替换的衣衫,家具——都是大家送的!伊达又是哭又是笑,我也一样;大家都笑了——结婚的日子不能哭——于是所有的自家人都冲着我们笑……

"诸位先生!如果有权利称呼别人为自家人——这是件天大的好事!真能感觉到大家都是自己的亲人,那就更好了,亲人是不会拿你的生活开玩笑的,也不会把你的幸福视作儿戏!

"就这样,我们举行了婚礼。嘿,那天天气真好!全镇的人都来看望我们,我们那间小屋子焕然一新,大家都拥进来了……我们什么都有:有酒,有水果,有肉,有面包,大家一起吃,高兴得不得了……因为天底下再没有比为别人做好事更快乐的事了。请诸位相信我的话,再没有比这更美好和更快乐的了!

"神父也来了。他话讲得很认真,也很好:'他们俩替诸位干活,你们关心他们,想使他俩在他们一生中最幸福的日子里得到快活,这是件好事。你们应该这样做,因为他俩为你们干活。干活,比金钱更有价值,劳动的价值总是比付的工钱高。钱可以花掉,可是干的活儿却永远存在……他们俩性情快活,谦虚朴实,日子再苦,从来不出怨言。往后,他们的日子还会更苦,但他们是不会抱怨的。你们要在他们困难的时候帮助他们。他们俩都有一双好手,可是他们的心地更

好……'

"神父还对我、伊达和全镇的人讲了许多称赞的话！……"

老人显得十分得意,用他那只仿佛变得年轻的独眼环视着大伙,问道：

"诸位,这就是人间的故事。它很有趣,对吧？"

八

春天,阳光灿烂,人们心头乐开了花,就连古老的石头房子的玻璃窗,也在温和地微笑。

小镇的街道上,流动着身穿节日盛装的人群,像一条绚丽多彩的水流,整个镇上,工人、士兵、市民、牧师、官吏、渔民,都陶醉在明媚的春光里,大声谈论,尽情欢笑和歌唱;所有的人都结合成一个健康的整体,充满着生的欢乐。

妇女们五颜六色的阳伞和帽子,孩子们手中的红蓝气球,宛如一朵朵奇异的花卉;到处是孩子们——大地的欢乐之王的欢笑声,他们那一张张喜气洋洋的小脸,像童话里国王锦袍上的宝石,闪闪发光。

树上的嫩叶还没有抽齐,紧缩成一团的娇嫩的蓓蕾,贪婪地吸收着和煦的阳光。远处乐声悠扬,吸引着行人。

给人一种这样的印象:似乎人们已经熬过了自己的不幸,昨天是那艰苦的、大家都感到厌倦的生活的最后一天,今天大家都苏醒了,像孩子一样精神焕发,对自己充满坚定明确的信心——相信自己的意志是不可战胜的,在这种意志面前,一切都得弯腰低头;现在大家都和衷共济、满怀信心地向着未来前进。

令人感到奇怪、难堪和沮丧的是,在这生气蓬勃的人群中,也出现了一些阴郁的面孔:一个高大结实的男子搀着一个年轻女子的胳膊,正走过街去;他大概还不满三十岁,但头发已经斑白。他把帽子拿在手里,圆圆的脑袋上泛着银光,消瘦而健康的脸庞显得既安详又悲伤。一双被长睫毛掩遮着的深黑的大眼睛,平静地看着人,只有那些不能忘却自己所经受的沉重苦难的人,才会用这样的目光看人。

"你瞧这一对男女,"我的同伴对我说,"特别要注意那男的,他经历了一场意大利北方工人中间愈来愈频繁出现的那种悲剧。"

于是我的同伴开始对我讲了:

"他是一个社会主义者,一家地方工人报纸的编辑,他本人是个工人,彩画匠。他是这样一种人:知识变成了信仰,信仰反过来又点燃起强烈的求知欲。他是一个激烈而又聪明的无神论者——你瞧,那些身穿黑法衣的神父们正斜眼看他的背影呢!

"五年前他担任宣传员的时候,在一个小组里遇到一个一见倾心的姑娘。这地方的女人,都默默地、但坚定不移地怀抱着一种信仰,几个世纪以来,神父们就竭力在她们心中培养这种信仰,他们终于达到了目的。有人说过一句很恰当的话:天主教堂是建造在女人心头上的。对圣母的崇拜,不但带有异教的美,而且首先是一种极聪明的崇拜;圣母比基督单纯,她更接近人心,她身上没有矛盾,也不拿地狱之火吓唬人,她只有爱、慈悲和宽容,她很容易俘获一个女人的心,使她一辈子做她的俘虏。

"可是,他在这儿遇到的却是一个爱说爱问的姑娘,他总是感到,在她的问题中,除了对他思想的天真的惊奇和对他坦率的不信任之外,还常常带有一种恐怖和厌恶。

"这个担任宣传工作的意大利人,常常讲到宗教,猛烈抨击教皇和神父。每次当他讲到这些的时候,他总在那个姑娘的目光中看到一种对自己的轻蔑和厌恶。她发问时,语气带着敌意,柔和的声调中好像充满仇恨。显然,她是熟读过那些反社会主义的教会书籍的,在这个小组里,她的话也同样能引起别人的注意,并不亚于他。

"这地方对待女人的态度,要比俄国简单得多,粗暴得多,直到最近,意大利妇女仍把这种状况归咎于自己;除了教会以外,她们对什么都不感兴趣,对于男人从事的文化事业,充其量也只能抱一种漠然置之的态度,一点也不了解它的意义。

"他那男性的自尊心受到了伤害,著名宣传家的声望,在与这个姑娘的冲突中受到了影响。他生气地用俏皮话讥讽过她几次,可是她并不退让。在不知不觉中,她引起了他对她的敬意,使得他在她到场的集会上演讲时,不得不特别慎重做准备了。

"同时他也注意到,当他讲到现社会的种种弊病,它怎样压迫人,伤害人的身体和心灵,他描述人类内心和外界都将获得自由的未来生活的图景时,他看到她往往变成另外一种样子:她以一个饱尝人生痛苦的刚强而聪明的女子的愤怒心情和倾听奇妙故事的孩子的贪婪的好奇心(这种故事是完全适合他们那同样奇妙而复杂的心理的),倾听着他的演讲。

"这使他产生了一种战胜敌手的预感。这个敌手有可能成为一个很好的同志。

"他们的竞争差不多持续了一年,但他们之间并没有产生互相接近的愿望和进行面对面较量的想法,他终于首先去接近她了。

"'小姐,您是我的老论敌了,'他说,'您是否认为,要是我们互相接近起来,会对我们的事业更好一些呢?'

"她欣然同意了,可是几乎从第一次谈话,他们就争吵起来:她热烈地为教会辩护,说教堂是这样一个地方,在那里,痛苦的人可以在精神上得到休息;在慈悲的圣母面前,一切人都是平等的,一切人虽然有衣衫的差别,却一律平等地受到她的怜悯;他反驳说,人所需要的是斗争,而不是休息,没有物质享受上的平等,就不可能有公民权利的平等,圣母背后躲着一批人,他们专门从人们的不幸和愚蠢中得到好处。

"从那时起,他们就经常争论,每次见面照例有一场热烈的辩论,而且日益明显地暴露出,他们的信仰是根本无法调和的。

"在他看来,生活是扩充知识的斗争,是使自然界的神秘力量服从于人类意志的斗争,一切人都必须同样武装起来去参加这一斗争;这种斗争的结局将是自由和理智的胜利,理智是一切力量中最强大的力量,是世界上惟一的自觉活动着的力量。而在她看来,生活就是人为了一种神秘的东西作出痛苦的牺牲,就是理智对于那些只有神父才知道的意志、规律和目的的服从。

"他不胜惊讶地问道:

"'那么,您为什么要听我的演讲呢?您期待于社会主义的是什

么呢?'

"'是的,我知道我是在犯罪,我是在反对自己!'她凄然承认道。'但我实在喜欢听您演讲,并想象众人的幸福有可能实现!'

"她长得并不很漂亮——身材瘦小,有一张聪明的脸,一双大眼睛,目光温柔而带着嗔怒,娇媚中含有粗犷。她在纺丝厂做工,同年迈的母亲、断腿的父亲和在技工学校上学的妹子住在一起,她有时显得很快活,但并不吵闹,而是带着一种含情脉脉的神气。她喜欢去博物馆和老教堂,醉心于绘画和美术,她一边观看那类美术品,一边说:

"'简直不堪设想,这样美好的东西,过去却藏在私人住宅里,有些人竟认为只有他们自己才有权享受它们!美的东西应该让大家都能看到,只有这样,它才能有生命力!'

"她常常说这种古怪的话,他似乎觉得,这种话正是从他所不了解的她,从充满痛苦的心灵中发出来的,好像是一个受伤者的呻吟。他感到这个姑娘以一种充满恐惧与怜悯的深厚的母爱,热爱着人类和生活。他耐心地期待着自己的信仰能够激发起她心中的爱,使她那平静的爱再转化为热烈的感情。他觉得这个姑娘更加注意地听他演讲,她在心里已经赞同他的观点了。于是他更加热情洋溢地对她讲道:必须进行不屈不挠的斗争,使人——人民和人类——从古老的锁链下解放出来,那锁链的铁锈已经锈住了人们的心灵,毒害着人们,使人们变得更加愚昧和落后。

"有一天在送她回家的路上,他对她说他爱她,希望她做他的妻子——但这话在她身上引起的激动,使他大吃一惊。他看见她好像被他击了一拳似的,打了一个趔趄,睁大眼睛,脸色煞白,把两手反叠在身后,背靠着墙,惊恐万状地望着他的脸说:

"'我料到这样的事会发生的,我几乎已经感觉到了,因为我自己也早就喜欢您了,可是——我的天哪!现在该怎么办呢?'

"'现在,你我幸福的日子,咱们俩共同工作的日子开始了!'他扬声说。

"'不,'姑娘低下头说。'不行!我们俩不应该谈恋爱。'

"'为什么?'

"'你会在教堂举行婚礼吗?'她低声问道。

"'不!'

"'那么,再见!'

"她很快就离开了他。

"他追上去向她解释,她默默地听着,不加反驳,然后说:

"'我和我的父母都信教,我们活着是教徒,死了也是教徒。在市政管理局举行婚礼,我觉得并不是结婚,要是这种结合生了孩子,我想这孩子是会很不幸的。只有在教堂里举行婚礼,才能使恋爱变得神圣,也只有这样的结婚,才能使人得到平安和幸福。'

"他知道她是不会马上让步的,他当然也不会让步。他们分手了,临别时她说:

"'我们别互相折磨了,以后也别来找我!唉,你最好能离开这里!我不能够,我是这样穷……'

"'我不能作任何承诺。'他回答。

"两个倔强的人之间的斗争开始了:不消说,他们又见面了,而且比以前次数更多。因为两个人当中的任何一个,都希望对方会忍受不住那种未能如愿以偿的、愈来愈炽烈的爱情的折磨。他们的会面充满着失望与苦闷,每次见到她,他都感到自己已经精疲力尽,软弱无力;他知道她经常到教堂去流泪忏悔,他感到神父筑起的那道黑墙,一天天在增高,一天比一天更坚固,拼命地使他们分开。

"有一个假日,他和她到郊外田野里去散步,他丝毫没有恫吓的意思,忽然随口说:

"'你知道吗,有时我觉得我会把你杀死……'

"她没有作声。

"'你听到我的话了吗?'

"她妩媚地望着他的脸,回答道:

"'是的。'

"于是他明白了:她死也不会对他让步。在她说出这句'是的'以前,他常常拥抱她,吻她,她尽力拒绝,但她的反抗是无力的。他幻想着,只要她一旦让步,那时她的女性本能,就会帮助他把她战胜。但现在他明白,这并不是胜利,而是征服。从那以后,他就不再去唤醒她身上的女性了。

"就这样,他同她一块儿彷徨在她人生观的幽暗圈子里,他把他所能点燃的一切热情之火,都点燃在她的面前。但她像一个盲人似的,脸上带着朦胧的微笑,倾听着他的话,却不相信他。

"有一天,她对他说:

"'有时我也明白,你讲的一切是有可能实现的,但这大概是因为我爱你的缘故!我能够理解,却不能相信!只要你一离开我,你所说的一切也就随着你一起离开了。'

"这样差不多继续了两年光景,后来她病了。他撂下工作,停止参加小组的活动,以借债度日,避免跟同志们见面,在她家附近流连徘徊,或守候在她的病床旁,眼看着她发高烧,一天天变得更加消瘦、憔悴,两眼像火炭似的燃烧着,病情愈加严重了。

"'你给我讲讲未来吧!'她请求他。

"但他只讲目前的事情,用报复的口吻,列举着他将永远与之斗争的一切毁灭人类的东西,列举着那些应该像肮脏的破烂一样将其从人类生活中抛掉的东西。

"她听着,但当她痛得难以忍受的时候,便碰碰他的手,用哀求的目光望着他的眼睛,请他不要再讲了。

"'我快要死了吧?'有一天她问,这是在医生告诉他,她害的是急性肺结核,病势已经无救了的好多天以后。

"他耷拉眼皮,没有回答。

"'我知道,我很快就要死了,'她说,'把你的手伸给我。'

"他伸过手去,她用滚烫的嘴唇吻着他的手说:

39

"'请原谅我吧,我太对不起你了,我错了,我使你蒙受了痛苦。现在,当我快死的时候,我才看清,我的信仰,只不过是对于自己所不了解的东西的一种恐惧而已,尽管我不希望这样,尽管你也竭力劝我不要这样。这是一种恐惧,但它已深深侵入我的血液,这是我与生俱有的。我虽然有自己的——也许是你的——智力,但我的心并不属于我……你是对的,我了解这一点,但我在内心里却不能同意你……'

"过了几天,她死了。在她病危期间,他的头发变白了,二十七岁的青年时代,就两鬓如霜了。

"不久前,他跟那姑娘的惟一的一位女友,也是他自己的女学生结了婚。他们现在是到她的墓地去,——每逢星期天他们都要到那儿去,在她的坟头献上鲜花。

"他并不相信自己的胜利,他确信,当她对他说出'你是对的'时,只是为了安慰他而故意撒谎。他的妻子也这样认为,他们俩都怀着真诚的爱怀念她。这个好人死亡的沉痛历史,激起他们要为她复仇的强烈愿望,鼓舞他们更加孜孜不倦地工作,并赋予他们的共同工作以一种特殊的、远大而美好的特点。"

……阳光下涌流着生气勃勃的、穿着艳丽的节日服装的人群,其中夹杂着欢乐的喧闹。孩子们叫着、笑着;当然,并非所有的人都感到轻松和愉快,大概,许多心灵被阴郁的哀愁压得紧缩在一起,许多头脑被各种矛盾折磨得痛苦不堪,但我们仍然向着自由,向着自由前进!

而且,我们愈是齐心协力,我们前进的步子就迈得愈快!

九

我们赞美做母亲的妇女——胜利的生命的无穷无尽的源泉!

这儿要讲的是铁石心肠的帖木儿①,瘸腿豹,幸运的征服者萨希勃·基拉尼②,要讲的是异教徒称为达梅尔兰的那个人,也就是那个想要破坏整个世界的人。

他在大地上横冲直撞了五十年,他的铁蹄践踏了许多的城市和国家,就像大象的腿践踏蚁穴;他的足迹所到之处,殷红的血像河水一样向四面横流。他用被征服的人民的白骨建造高塔,他尽力和死神争吵,破坏生命。他对死神进行报复,因为死神夺去了他儿子杰刚基尔的生命。这个天煞星,想要从死神手里劫取一切贡物,让死神忍受饥饿,郁郁而死!

自从他儿子杰刚基尔夭折丧命,所有的撒马尔罕人都在头上撒满尘灰,披上黑色和蓝色的丧服,迎接这位征服凶暴的杰德人③的人以来,一直到他在奥特拉尔遇到死神而被战败④,整整三十年中,帖木儿从来没有笑过——他紧闭着嘴唇,对谁也没有低过头,三十年中,他的心从未发过一次慈悲。

我们赞美世界上做母亲的妇女——惟一能使死神屈服的力量!这儿要讲述一个母亲的真实故事,讲述死神的仆人和奴隶,铁石心肠的达梅尔兰——这个大地上的血腥暴君,如何在她面前低头的故事。

故事是这样发生的。

帖木儿正在开遍彩云般的玫瑰花和素馨花的美丽的卡尼古尔山谷——撒马尔罕的诗人称为"花之爱都"的地方,举行酒宴,从那儿可

---

① 帖木儿(1336—1405),中亚帖木儿帝国的创立者,跛足。兴起于撒马尔罕。欧洲人称他为达梅尔兰。
② 以上均为帖木儿的绰号。
③ 古时,居住在蒙古、东土耳其斯坦和准噶尔地区的人,皆称为杰德人。
④ 帖木儿东侵时,病死于靠近中国边界的奥特拉尔。

以望见大城市中碧蓝的清真寺高塔和清真寺教堂的碧蓝圆顶。

一万五千座圆形营帐,像一把把大扇子展开在山谷里,它们的形状很像郁金香花,每座营帐上插有几百面绸旗,鲜花似的迎风飘扬。

正中央是古鲁甘帖木儿①的营帐,它好像一位女皇被近侍环绕着。这座营帐每边长百步,成正方形,有三枝矛那么高,正中由十二根人体般粗的金黄色圆柱支撑着,上面是蓝色的圆顶。整个营帐由黑、黄、蓝三色绸子组成,用五百条红绳固定在地上,使它不致飞上天空。四角装饰着四只银制大鹰。圆顶下,帐幕正中高坛上坐着王中之王——百战百胜的古鲁甘帖木儿第五。

他穿着天蓝色的宽大锦袍,锦袍上缀满了明珠——足足有五千颗!他那威风凛凛、白发苍苍的脑袋上,戴一顶镶着红宝石的尖顶白冠,颤巍巍地晃动着。一对充血的眼睛发出睥睨世界的光芒。

瘸腿大王的脸像一把因染血过多而生锈的大刀,因为他曾经在血泊中浸泡过上千次;他的眼睛细小,却明察秋毫,目光像阿拉伯人所珍视的翠蓝宝石的寒光,异教徒把这种宝石叫做绿玉,能医治疯癫症。大王的两耳上挂着一对红宝石耳环,跟少女的朱唇一般美丽。

地上,最上等的绒毡上,放着三百只金樽玉斝以及御宴上应有的一切器皿。帖木儿身后坐着乐师,没有一个人跟他并坐;他的嫡亲、王公大臣和将领们坐在他的脚边,坐得最近的是醉仙诗人凯尔马尼②。有一次,那位世界的破坏者曾这样问他:"凯尔马尼!要是有人出卖我,你看我能值多少钱?"凯尔马尼对这位死亡和恐怖的传播者回答说:

"二十五个土耳其士兵。"

"这价钱只够我的一条腰带!"帖木儿惊讶地大声说。

"我想的也正是那条腰带,"凯尔马尼答道,"仅仅是那条腰带,至

---

① "古鲁甘"是帖木儿的封号,意为"女婿"或"妹丈",近似中国古时的"驸马"或"驸马爷"。
② 凯尔马尼,帖木儿的宫廷诗人。

于你本人,那是一个大钱也不值的!"

这就是诗人凯尔马尼对罪恶与恐怖之人、王中之王所说的话,我们要将这位诗人——真理之友的声誉,永远放在帖木儿的声誉之上。

我们赞美这样的诗人,他们惟一的神便是用美丽、无畏的语言所表述的真理,他们的神是不朽的!

正当人们兴冲冲地纵酒狂饮,得意扬扬回忆战争与胜利的时候,正当大王营帐前处在一片民间游艺和音乐的喧嚣声中:一大群身穿五颜六色服装的杂耍师欢蹦乱跳,大力士在摔跤,绳技者扭动着没有骨头的腰身,在绳索上竞技,士兵们击剑,表演杀人的技巧,还牵出被染成红绿两色、有人见了害怕有人见了发笑的大象供人们娱乐,正当家将们陶醉在帖木儿的威风、骄气和胜利后的疲劳之中,欣喜若狂地痛饮葡萄酒和马奶酒的时候——在这疯狂的时刻,突然,一个女人的呼喊声,犹如雌鹰的高傲的啼鸣,像闪电一般刺破乌云,从一片喧闹声中,传入拜亚齐德①苏丹的征服者耳中,这是他那因久受死神的凌虐,对人和生活变得冷酷的心所熟悉的声音。

他命令查清是谁发出这种没有欢乐的呼喊。于是有人报告说,有一个风尘仆仆、衣衫褴褛的女人,像疯子一样,讲一口阿拉伯话,要求——她竟要求!——会见世界上三大国的统治者——他。

"把她带进来!"帖木儿说。

出现在他的面前的是一个赤足的女人,身上裹着被阳光晒褪了色的破衣烂衫,披散着一头黑发,掩住了袒裸的胸脯,她的脸赤如红铜,目光中含着凛然的威仪,用一只黝黑的手指着瘸腿大王,面无惧色。

"打败拜亚齐德的就是你吗?"她问。

"对,是我。我打败过很多人,也打败过他。我还没有因为胜利而感到疲乏。可是,妇人,你有什么话要说啊?"

---

① 拜亚齐德(1347—1403),土耳其苏丹,在位时曾征服塞尔维亚,后又不断侵略欧洲,疆土扩展到自爱琴海至多瑙河一带。一四〇二年,帖木儿入侵小亚细亚,土耳其军在安戈拉(今安卡拉)战役中大败,拜亚齐德被俘,翌年死于囚禁之中。

听着！"她说。"不管你干出了多大的事业，你还只是一个人，可我——是母亲！你服务于死亡，我却为生命服务。你对我犯了罪，所以我来要求你赎自己的罪。我听说你的口号是'力量寓于正义'，我不相信这句话，不过你对我必须公正，因为我是母亲！"

聪明的君王在她那出口不逊的言语中感到一种威力，便说：

"请你坐下来说吧，我愿意听听你的话！"

她在坐满诸王的地方，找到一个适当的位置，在绒毯上坐下来，讲了下面的故事：

"我是从萨勒诺附近来的，那地方在意大利，离这儿很远，你不知道那个地方！我的父亲和丈夫都是渔人。我丈夫长得很美，是一个幸福的人——是我使他得到了幸福！我还有一个儿子——是世界上最美的孩子……"

"跟我的杰刚基尔一样，"老勇士小声插了一句。

"不，世界上最美最聪明的是我的儿子！当萨拉秦海盗①到我们海岸上打劫的时候，他已经六岁了。他们杀死了我的父亲、我的丈夫和许多别的人，掳去了我的儿子，我在世界上寻找他已经四年了。我知道他现在在你这里，因为拜亚齐德的军队捉住了海盗，而你又打败了拜亚齐德，夺走了他所有的一切，你一定知道我的儿子在哪里，你应该把他交还给我！"

大家都笑起来。这时候那些王公们说话了——他们总是自以为很聪明！

"这是一个疯子！"所有帖木儿的亲友、王公大臣和将军们都这么说了，而且一齐大笑。

只有凯尔马尼严肃地注视着她，而达梅尔兰则瞪大惊异的眼睛。

"她像一个母亲那样发疯了！"醉仙诗人凯尔马尼轻声说；可是那位君王——和平的敌人——却说：

---

① 萨拉秦人是阿拉伯人的古称。

44

"妇人！你是怎样从我不知道的那个国度，渡过大海和河川，越过高山和森林到这儿来的呢？那些野兽，那些往往比最凶恶的野兽更凶恶的人，为什么没有触犯你？你一个人孤孤单单地行走，又没携带武器——孤独者只要手上有气力，那惟一的朋友——武器就不会背叛你了。你想叫我相信你，使我对你的惊异不妨碍我去理解你，你必须把这一切讲给我听！"

我们赞美做母亲的妇女，她的爱是无边无际的，全世界都是靠她的奶哺育的！人的一切美好品质，都是从太阳的光线和母亲的奶汁中生长出来的——正因为如此，我们才对生活充满着爱！

她对帖木儿说：

"我只经过一个大海，那儿有许多岛屿和渔船，当人们去寻觅爱者的时候，海上便有顺风吹来。对于在海边出生、在海边长大的人来说，渡过江河更不算一回事。高山？我可没有遇到过。"

醉仙诗人凯尔马尼俏皮地说：

"对于爱着的人来说，高山也会变成平地！"

"路途上有森林，的确有的！我遇见过野猪、熊、山猫和脑袋拱地的可怕的野牛，我还两次遇见过眼睛跟你一样斜睨的豹子。可是任何野兽都有一颗心，我跟它们说话就像跟你说话一样，它们相信我是一个母亲，就叹息着走开了——它们都同情我！莫非你不晓得，野兽也爱它们的孩子，为了孩子的生命和自由，它们比人斗得更勇敢？"

"对的，妇人！"帖木儿说。"我知道它们常常比人爱得更热烈，斗得更坚决！"

"每个人，"她像孩子似的继续说下去，因为每个母亲都有一颗极为纯真的赤子之心，"每个人都是自己母亲的孩子，因为谁都有母亲，谁都是别人的儿子，就连你，老公公，你是晓得的，也是女人生的呀。你可以不承认上帝，但是你，老公公，却不能不承认这一点！"

"对，妇人！"无畏的诗人凯尔马尼感叹道。"对的，一群公牛生不出小犊来，没有太阳鲜花不会开放，没有爱便没有幸福，没有女人便没有爱,没有母亲便没有诗人和英雄!"

于是那妇人说:

"请把我的孩子交还给我吧,因为我是母亲,我爱他!"

我们要向妇女致敬——因为妇女生了摩西①、穆罕默德和伟大的先知耶稣。正如舍里夫艾登②所说,耶稣虽然被恶人杀害了,但他还会复活,会来审判生者和死者的,这事将发生在大马士革,大马士革!

我们要向孜孜不倦地为我们生育伟人的那个妇女致敬!亚里士多德③是她的儿子,还有菲尔多西④、像蜂蜜一样甜的萨迪⑤、像毒酒一样辣的莪默·伽亚谟⑥、伊斯康德⑦和双目失明的荷马——他们都是她的儿子,他们都吃她的奶。当他们还没有郁金香花高的时候,是她拉着他们每个人的手到这世界上来的,世界上的一切光荣和骄傲都来自母亲!

于是,白发苍苍的城市破坏者、瘸腿虎帖木儿沉思起来了,他沉默了很久,然后对大家说:

"我是神的奴仆帖木儿!我,神的奴仆帖木儿,要说我应当说的话!我活了很久,许多年来,大地在我的脚下呻吟,三十年来,我用这只手破坏了死亡的收获,——我之所以要破坏,是为了向死神复仇,因为死神夺走了我的爱子杰刚基尔,熄灭了我心中的太阳!人们为保卫国土和城市而跟我作战,但是从来没有人为保卫人而跟我作战。在我的眼里,人是没有价值的,我不知道人是什么,他为什么要拦住我的去

---

① 摩西,据《圣经》传说,他是古代犹太人的首领,先知,神意的表达者,曾颁布过犹太教教义。
② 显然是指舍里夫-艾登-阿里,十五世纪波斯历史学家。
③ 亚里士多德(前384—前322),古希腊哲学家,科学家。
④ 菲尔多西(941—1020),波斯诗人。
⑤ 萨迪(约1203—1292),波斯诗人,代表作有训世故事诗集《果园》和《蔷薇园》。
⑥ 莪默·伽亚谟(1048—1123),一译奥马尔·哈亚姆,波斯诗人,数学家,天文学家。在著名四行诗集《鲁拜集》中,否定来世和宗教信条,谴责僧侣的伪善,宣扬自由,诗中充满哲学意味。
⑦ 伊斯康德,是古希腊亚历山大·马其顿大帝的阿拉伯语名字。

路？当我帖木儿打败拜亚齐德的时候,我对他说:'呔,拜亚齐德,你应当知道,在上帝的眼中,国家和人民都算不了什么。你瞧,上帝把国家和人民交给我们这样两个人——你,一个独眼;我,一个瘸腿,来管理!'当他带着镣铐被押到我面前的时候,当他因身负重荷而站立不住的时候,我就是这样对他说的;看着不幸中的他,我就这么说了。我感到人生是苦蓬,是瓦砾中的杂草。

"我,神的奴仆帖木儿,有话要说!在这里,在我面前,坐着一个妇人,像她这样的妇人何止千千万万,但她使我心中产生了一种陌生的感情。她站在平等的地位跟我说话,她不是哀求,而是要求。我看出了,我明白了,这个女人为什么这样坚强——因为她心中有爱,这爱使她认识到,她的孩子是生命的火花,从这火花中可以发出永久的光焰。所有的先知岂不都是孩子？英雄岂不都是弱者吗？啊,杰刚基尔,我眼中的火花呀,如果你能够长大,你也许能使大地得到温暖,在大地上种满幸福——因为我已经用鲜血灌溉了大地,使它变成沃土了!"

万民的暴君经过好半天沉思,终于又说了:

"我,神的奴仆帖木儿,我要说我应该说的话!我命令:派三百名骑士马上出发到我领土的四方,去寻觅这位妇人的儿子,她在这儿等着,我也跟她一起等着。谁若在自己的马鞍上带回孩子,他便会得到幸福——这是帖木儿的命令!妇人,你满意了吧？"

她从脸上撩开黑发,向他微微一笑,颔首答道:

"皇上,我满意了!"

当这位可怕的老人站起来向她默默致敬的时候,乐天派诗人凯尔马尼像孩子似的兴高采烈地吟诵道:

什么东西比花和星星的歌儿更美好？
任何人会立即回答:爱情之歌!
什么东西比五月中午的太阳更美丽？
恋人回答:我所钟爱的那个女子!

我知道——午夜天庭中的繁星无限美好!
我知道——夏日晴空中的太阳灿烂无比!
我知道——我爱人的明眸比一切鲜花更美丽!
我知道——她的微笑更可爱,更令人欢喜!

然而,还有一支最美的歌儿尚未咏唱——
这是一支关于世界万物之源的歌,
这是一支关于世界的神秘心灵的歌,
拥有这颗心灵的是我们称为**母亲**的那个妇女!

帖木儿对自己的诗人说:

"对的,凯尔马尼! 神特意挑选你的嘴说出他的智慧,算是没有挑错!"

"嗳! 神自己就是一位最好的诗人!"醉仙诗人凯尔马尼说。

妇女微笑着,所有的王公大臣、将军和其他的孩子们都笑容满面地看着她——这位母亲!

这是一个真实的故事,这儿所讲的一切都是千真万确的,我们的母亲们知道这一点。你们若去问她们,她们会这样说:

"是的,这是一个永恒的真理,我们比死神更强大! 我们不断地把圣贤、诗人、英雄送给世界,我们在世界上种下了一切,世界因而才显得那么光荣,那么可爱!"

十

天气酷热,一片静寂。生命凝固在明朗的宁静中。天空睁着明亮的蓝眼睛,和蔼地俯瞰着大地,太阳是它赤热的眸子。

大海好像是用青钢炼成的,显得又平坦又柔滑;渔舟点点,凝然不动,仿佛焊在了像天空一样澄澈的半圆形的海湾里。海鸥懒洋洋地鼓翼飞去;海水中,映出另一种鸟,比空中飞翔的更白更美。

远方烟波浩渺;在那儿,有一个紫蔚蔚的岛屿,犹如在烟雾中轻轻漂浮,又像被太阳晒成赤热而熔化了。那岛屿是海中的一个孤岩,是那不勒斯海湾指环上的一颗可爱的宝石①。

岩石突兀的岸边,参差不齐地一级级向海中倾斜下去,整个岸边都被葡萄架、橙子树、柠檬树、无花果树的黑沉沉的叶子,以及橄榄树的银灰色叶子遮掩着。显得美丽而华贵。透过那一片连接着海水的绿树的浓荫,金黄色的、白色的和红色的鲜花,娇媚地微笑着;黄澄澄的果实,宛如夏季饱和着潮气的昏暗无月的夜空中的繁星。

空中、海上和人们的心中,漾溢着宁静,真想听听一切有生物怎样向神圣的太阳歌唱无言的赞歌。

一条小路蜿蜒在果树林里,一个身材高大、穿黑衣服的女人,在石径上轻轻地一步一步向海边走去。她的衣服被阳光晒出褐色的斑点,甚至从老远就可以看到它上面的补丁。她头上没戴帽子——满头白发泛着银光,一绺绺卷曲着披散在她那宽阔的脑门、鬓角和黝黑的面颊上,这种头发大概是很难梳平的。

她脸上的线条明显而粗糙,这种脸只要看见过一次,便会使人永远难忘:在这张枯瘦的脸上,似乎有一种远古的东西,谁若看见过她那

---

① 指卡普里岛,位于那不勒斯海湾南面的入口处。高尔基曾长期在该岛居住休养。

直视的阴沉的目光,就禁不住会联想到东方炎热的沙漠,联想起底波拉①和犹滴②来。

她一边走,一边低头编着一件红色的织物,钢针闪闪发光,毛线球藏在她的衣服里,一条红线好像是从她的胸中抽出来。小路险峻而曲折,砾石在她脚下沙沙作响,但这位银发女人,好像脚上长着眼睛,稳健地向海边走去。

人们都说,她是一个寡妇,她的丈夫是渔人,婚后不久,便下海打鱼去了,丢下正在怀孕的新妇,一去再也没有回来了。

孩子出生后,她不给别人看。她不像别的母亲那样,常常抱着孩子到大街上去,站在阳光下炫耀自己的儿子。她用破布把他包起来,藏在自己房舍的黑暗角落里,因此有好长时间,没有一个邻人仔细端详过新生婴儿的长相,只瞧见他长着一个大脑袋,焦黄的脸上有一对呆滞的大眼睛。人们还注意到,她以前身强力壮,手脚麻利,不屈不挠地跟贫穷作斗争,使别人见了心里也增加几分勇气,现在却变得寡言少语,沉思默想,眉宇紧锁,总是用奇怪的目光,透过一重悲愁的云雾看待一切,那目光似乎在询问着什么。

没过多久,大家就明白她痛苦的原因了:原来这孩子一生下来就是个怪胎,所以她将他藏起来,并感到十分苦恼。

于是,邻居们对她说:他们当然了解一个女人生出一个怪物来是多么羞耻;她是否应当受到这样残酷的惩罚和耻辱,那只有圣母知道了。但孩子并无任何过错,何必叫他失掉阳光呢?

她听从别人的话,将孩子给他们看——他的胳膊和腿都短得跟鱼鳍一样,一条细弱的脖子,勉强托着一颗大皮球似的圆脑袋:脸上像老头儿一样布满皱纹,还有一对浑浊的眼睛和一张茫然张开的大嘴。

---

① 据《圣经》传说,底波拉是古代犹太人的先知,诗人,又被称为"以色列之母"。以色列将领巴拉奉她之命,战胜了由西西拉统帅的迦南军队,使国内太平了四十年。
② 犹滴,《圣经》故事中的女英雄,为了拯救自己的故乡,被比伦军队围困的犹太城市伯利恒,她化装潜入敌营,以自己的美色迷惑住了巴比伦军队的统帅罗浮尼,并用他的宝剑割下了他的首级。

妇女们瞧着他,直淌眼泪,男人们则板起面孔,流露出鄙夷的神色,闷闷不乐地走开。怪物的母亲坐在地上,一会儿耷拉着脑袋,一会儿又抬起头来望着别人,好似在默默地询问一个谁也无法解答的问题。

邻居给怪物做了一个棺材似的木箱,里面铺上纸屑和破布,把怪物放在这柔软温暖的窝里,再把箱子搁在屋外阴凉处,心里暗自期待着,在每天都创造着奇迹的太阳的照耀下,也许会出现另一个奇迹。

可是,一天天过去了,他照旧是那么一副模样:一颗大脑袋,长长的躯体上长着四件软弱的附属品;只是他那总是傻笑着的脸上,愈来愈明显地露出一种吃不饱的馋相,嘴里长出两排尖利弯曲的牙齿。短短的手学会了抓面包片,几乎准确无误地把食物送进贪吃的大嘴里。

他是个哑巴,但当附近有人吃东西的时候,他便会嗅到食物的香味,于是张开大嘴,摇晃着笨重的脑袋,发出喑哑的咿呀声,混浊的眼白上布满血丝。

他胃量很大,吃得一天比一天多起来,并且不停地发出咿呀声。母亲两手不停地干活,但挣来的钱却很少,有时连一个子儿也挣不到。她并无怨言,尽管不好意思,但总是默默地接受邻居们的周济。有时她不在家,邻居们被那咿咿呀呀的声音弄得心烦意乱,便跑过来,把一些面包屑、蔬菜、水果之类和一切可吃的东西,塞进怪物的贪馋无厌的嘴里。

"这小东西会把你的骨髓都吸进去的!"人们这样对她说。"你干吗不把他送到孤儿院或医院去呢?"

她怏怏不乐地答道:

"我生了他,就得养他。"

她长得很俊,许多男人向她求婚,但谁也没有成功。她对她最喜欢的一个男人说:

"我不能做你的妻子,我怕再生出一个怪物来,这会使你也蒙受羞耻的。不,你走吧!"

那个男人劝导她,要她相信圣母对母亲是公平的,她会把她们当作自己的姊妹来看待。怪物的母亲回答道:

"我不知道我造了什么孽,让我受到这样悲惨的报应。"

他苦苦哀求,哭得都快发疯了,但她却说:

"你走吧!不要做连自己都不相信的事情!"

他便永远到遥远的异乡去了。

就这样,她数年间一直用食物填满那张不断咀嚼着的无底洞似的嘴。他贪馋地吞噬着她的劳动果实,她的血和生命。他的脑袋愈长愈大,愈长愈怕人,像个大皮球似的,快要从细弱无力的颈子耷拉下来,碰到墙角上,懒洋洋地晃来晃去。

任何一个从她门口走过的人,都会不由自主地停下脚步,探头朝院子里张望,他们由于不明白自己看见了什么,站在那里直发怔:在挂满葡萄藤的墙边,一块祭坛似的石头上,放着一个木箱,箱子里露着一个人脑袋,一张颧骨很高的布满皱纹的脸,在绿色背景的衬托下显得分外鲜明,引起过路人的注目。一对茫然无神的眼球,从眼窝里瞪着人,使见过的人永远铭刻在记忆里;扁平的大鼻子不停地翕动着,颧骨和颚骨显得特别发达,松弛的嘴唇微张着,露出两排贪馋的长牙齿,一对野兽般灵敏的大耳朵,好似有着独特的生命力——这张吓人的脸上盖着一头乱蓬蓬的黑发,卷成一个个细小的圆圈,跟黑人的头发一样。

那怪物用一只蜥蜴爪似的又短又小的手抓着一块食物,像小鸟啄食一般,低着头用牙齿啃咬,嘴里发出吧嗒吧嗒的声音,一边吃,一边哼哼着。当他吃饱以后,总是龇牙咧嘴地瞧着人。他的眼珠歪斜在鼻梁上,跟这张半死不活的脸上的无数含糊不清的斑点融合在一起,脸上的表情使人想起病人断气前的状态。要是肚子饿了,他便把脖子向前伸出,张开血盆大嘴,伸着蛇似的细舌,有所求地发出咿咿呀呀的声音。

人们画着十字,念着祷词,回想着自己亲身遇到的一切丑事,一生中遭到过的一切不幸,悄然走开了。

有个性情忧郁、喜欢沉思的老铁匠,常常这样说:

"我一看见这张愈来愈馋的嘴,就觉得有一个像他这样的人吮吸着我的精力,我仿佛觉得,我们活着和死去,都是为了这种寄生物!"

这个哑巴的脑袋,使所有的人感到悲伤,惶惑不安。

怪物的母亲听到别人的议论,默不作声,她的头发很快变白了,皱纹出现在脸上,她早已失掉了笑容。大家还知道,她每天晚上呆呆地站在门口,仰望长天,好像在等待着什么。他们互相说:

"她在等待什么呢?"

"你把这孩子放在老教堂门前的广场上去吧!"邻居们劝她。"那儿常有外国人走过,他们每人会丢一些铜子给他的。"

母亲吓得浑身打哆嗦,说:

"这太可怕了,外国人见了这孩子——他们会对我们有什么想法呢?"

人们回答她:

"天底下到处有穷人,谁都明白这一点!"

她不同意地摇摇头。

那些百无聊赖的外国人到处闲逛,向每家院子里都要张望一下,当然也探头探脑地朝她院子里瞧瞧。那天她正好在家,她看见那帮饱食终日的闲汉们,脸上流露出厌恶的神情,撇着嘴,挤眉弄眼地谈论她的儿子。特别刺伤她的心的,是他们带着幸灾乐祸、鄙夷不屑和敌视的神气所说的几句话。

她以一个意大利妇女和母亲的心,感到那几句外国话里带有侮辱的意味,她便默默地在心里念了几遍,记住了它们的发音。当天,她到一位熟识的官员家里去,问这些话是什么意思。

"那是些很无礼的话,"他做着苦脸回答说,"意思是说:'意大利将比一切讲拉丁语的民族灭亡得更早。'这些胡言乱语你是从哪里听来的?"

她什么也没回答,便回家去了。

第二天,她的儿子由于吃得过饱,被什么东西卡住,抽搐着死去了。

她坐在屋外木箱子旁边,手放在死去的孩子的脑袋上,用询问的目光望着来看死婴的人们,平心静气地在等待着什么。

大家都不作声,没有人问她一句话。也许很多人想祝贺她,因为她从奴役下摆脱了出来;或者对她讲几句安慰的话,因为她失掉了儿子,但谁也没有作声。人们知道,有时有些话是用不着完全说出来的。

这件事发生以后,在很长一段时间里,她仍直勾勾地望着别人的脸,仿佛想要询问什么,后来她就变得跟常人一样了。

十一

母亲的故事是讲不完的。

城市被披甲戴盔的敌人团团围住,已经有好几个星期了。一到夜间,敌营升起篝火,火焰在黑暗中睁开无数血红的眼睛,紧紧盯着城墙,幸灾乐祸地燃烧着。这些窥伺着的火焰,在围城中引起一种阴森森的恐怖气氛。

从城头上,可以望见敌人包围圈天天在缩小,篝火旁闪动着敌人的黑影子,还能听见喂饱了的战马嘶声长鸣和兵器的铿锵声,敌人的哄笑声,和深信胜利在握的欢歌声——天下还有什么比敌人的笑声与歌声更使人感到可怖的呢?

所有向城市供水的溪流,都被敌人扔进了尸体。他们烧掉城郭的葡萄园,践踏庄稼,砍倒花木——城市已经变得毫无掩蔽,而且敌人的枪炮几乎每天都把弹丸射进城内。

一队队半饥不饱、疲惫不堪的士兵,在市内狭窄的街道上没精打采地开过去。从每座屋子的窗口,传出伤员的呻吟声、梦中的叫喊声、妇女的祈祷声和孩子的哭泣声。人们怯生生地小声说话,常常说半句就互相打断,留神谛听——敌人是不是发动进攻了?

黄昏后,城内的生活变得特别令人难受:呻吟和哭泣的声音在静寂中显得更加清楚,更加多了;远方山谷中现出蓝黑色的阴影,遮住了敌营,并向残缺不全的城墙逼近;黑黝黝的山峰上升起了月亮,像被剑砍坏的残破的盾牌一样。

没有可以期待的救兵,希望一天比一天更加渺茫。被苦难和饥饿折磨得精疲力竭的人们,怀着恐怖的心情望望月亮,望望群山的峰尖、山谷的黑口和人声嘈杂的敌军兵营——一切都使他们想到死亡,更没有一颗星为他们发出安慰的光亮。

每户人家都不敢点灯,黑暗笼罩着街道。在黑暗中,犹如河底深处的一条鱼儿，隐约闪现出一个女人的身影，她从头到脚裹在一件黑色的斗篷里。

人们看见了她，互相询问：

"这就是那个女人吗？"

"是她！"

人们躲在门口旁边的战壕里，或低着头默默地从她身旁走过去；巡逻队队长向她吆喝道：

"您怎么又到街上来啦，马里安娜太太？当心！您会被人杀死的，而且谁也不会去替您捉拿凶手……"

她挺直身子等待着，可是巡逻队从她身旁走过去了，他们不想，也许不屑于用手去碰她。携带武器的人们绕着她走过去，就像绕过一具尸体。她孤零零一个人站在黑暗中，然后又悄悄地、茫无目的地从这条街向另一条街走去。这个沉默无言、身穿黑服的女人，正好比是这城市的灾祸化身。在她的四周，到处是呻吟声，哭泣声，祈祷声，对胜利丧失信心的士兵的郁郁不乐的谈话声——各种悲切凄凉的声音，折磨着她的心。

作为一个公民和母亲，她想着自己的儿子和亲爱的城市：攻城的敌军的首领正是她的儿子，一个快乐而残暴的美男子；不久前她还为自己的儿子感到自豪，把他看作是她奉献给家乡的宝贵的礼物，看作是她所生出的援救全城居民的最好的力量——这城市是她本人出生的地方，也是她生育和哺养儿子的地方，有千百条割不断的线把这颗心同她祖先建造家园和修筑城墙所使用的古老石块，同她亲属埋葬遗骨的土地，同许许多多的传说、歌谣和人们的希望联系在一起。如今这颗心失掉了它最亲近的人，因而哭泣着；这颗心犹如一架天平，不过它现在衡量的是对儿子的爱和对城市的爱，她无法区分，这两种爱孰轻孰重？

就这样，她每天夜里在街头流连徘徊，许多不认识她的人，吃惊地以为这个穿黑服的女人是正在向大家逼近的死神的化身，而认识的人则默默地从这个叛徒的母亲身旁走开,躲避着她。

有一天,在城墙附近的一个阴暗角落里,她看见另一个女人——跪在一具尸体旁,身子像一堆泥土一样凝然不动,抬起悲伤的面孔,仰望着天上的繁星,正在祷告;她头顶上的城墙上,守兵在低声谈话,兵器碰在石头的雉堞上铿然作响。

叛徒的母亲问:

"是丈夫吗?"

"不。"

"兄弟?"

"儿子。丈夫十三天前就阵亡了,今天,儿子又牺牲了。"

死者的母亲站起身来,恭顺地说:

"圣母一切都会看见的,她一切都明白,我感谢圣母!"

"为什么?"第一个女人问,另一个答道:

"他现在既已为保卫家乡英勇捐躯,我可以说了:这孩子委实让我放心不下,他太轻浮,太爱过享乐的生活,我害怕他会因此而背叛我们的城市,就像马里安娜的儿子一样,他现在是我们敌军的首领,是一个天人共愤的家伙。这种人应当受到诅咒,怀孕他的那个女人也应当受到诅咒!……"

马里安娜掩着脸走开了。第二天早晨,她来到城防军那里,说:

"我的儿子已经成了你们的敌人,请你们杀死我吧,要不然,就请你们打开城门,让我到他那儿去……"

他们回答说:

"作为一个人,你一定热爱自己的家乡;你的儿子是我们每个人的敌人,也就是你的敌人。"

"我是母亲,我爱他,他变成现在这个样子,这是我的过错。"

于是他们商量如何处置她,最后这样决定:

"为了维护我们的名誉,我们不能因为你儿子有罪就把你杀死,我们明白你没有叫你儿子犯这种滔天大罪,而且了解你心中的痛苦。但

57

我们也用不着让你去做城市的人质——因为你儿子并没有把你放在心上,我们想,他已经把你忘记了,这个恶魔!如果你认为你应当受到这样的报偿,这便是对你的惩罚!我们认为这比死刑更可怕!"

"是的!"她说。"这更可怕。"

他们打开城门,放她出城,并从城头上久久地望着她如何踩着被她儿子灌满了鲜血的家乡的土地,一步步走去:她走得很慢,十分艰难地从这块土地上抬起脚步,躬身向城市保卫者的尸体行着敬礼,用脚恨恨地踢开破碎的兵器——母亲们只承认那些自卫的武装,而仇视进攻的武器。

她那双藏在斗篷下的手,好似端着满满一碗水,生怕水溢出来似的;她渐渐走远了,影子也渐渐缩小了。那些从城头上望着她的人,似乎觉得,随着她的离去,所有的悲观和消沉情绪也离开了他们。

他们看见,她在中途停下,从头上摘下风帽,久久地凝望着城市。对面敌营中发现她孤身一人站在田野里,一些像她一样穿着黑服的人,不慌不忙、小心翼翼地向她走近。

他们走过来,问她是谁,往哪儿去?

"你们的首领是我的儿子,"她说。没有一个士兵怀疑她,便带着她走了。一路上他们称赞她儿子如何智勇双全,她傲然昂起头,听着他们的话,一点也不感到惊奇——她的儿子就应该是这个样子!

现在,她已经站在那个人的面前,这人出生前九个月她就知道他了,而且从未把他放在心外。他站在她面前,满身绫罗绸缎,武器上镶着宝石,闪闪发光。一切都和预想的一样,她已经梦见过他很多次了,他就应该是这么一副模样:豪华富贵,名声赫赫,受人爱戴。

"母亲!"他在她手上亲吻着说。"你到我这儿来了,这就是说,你已经了解我了,明天我就要攻占这座可恶的城市!"

"是生你养你的城市,"她提醒说。

儿子正陶醉在自己的功勋中,一心追求更大的功名。他以年轻人的巨大热情对她说:

"我出生在这个世界上,就是为了要震惊世界!我为了你,才饶恕了这个城市——它好像是我脚底上的一根刺,妨碍我称心如意地迅速获得荣誉。现在,明天,我就要把这个顽固派的老巢彻底捣毁!"

"这个城市中的每一块石头都记得你的童年,"她说。

"石头算什么,人不叫它开口,它不过是哑巴;我要使群山呼唤我的名字!"

"可是——人呢?"她问。

"啊,对啦,我也想到过人,母亲!我需要他们,因为只有在人们的记忆中,英雄才是不朽的!"

她说:

"英雄是不顾死活去创造生命的人,是战胜死亡的人……"

"不!"他反驳说。"破坏城市的人,也跟建造城市的人一样享有荣誉,你想想看,建造罗马的,我们不知道是埃涅阿斯还是洛摩罗斯,可是破坏这个城市的阿拉里克和其他英雄的名字,我们却记得清清楚楚……"

"但是罗马的名字,比所有的名字都更久长,"母亲又提醒他说。

就这样,他跟她一直谈到太阳落山。她愈是驳不倒那狂妄的见解,她的骄傲的头就愈耷拉下去。

母亲是创造者,是保卫者,在她面前讲破坏,就意味着反对她,但他不明白这一点,从而也就否定了她生存的意义。

母亲永远是反对死亡的;母亲们憎恨和仇视那些把死亡带进人们住宅里去的人。但她的儿子不懂得这一点,他已经被毒害灵魂的功名心的寒光弄得目眩眼花了。

他不晓得天下的母亲,当她们自己所创造所保护的生命受到侵犯的时候,她们便会变成一匹无比聪明、冷酷无情和无所畏惧的野兽。

她弯着身子坐下,从首领的敞开着的华贵营帐里,望见了那座城市,在那里,她第一次感觉到了怀孕的甜蜜的颤动和生这个孩子时的痛苦的抽搐,这孩子如今却想要毁掉那座城市。

夕阳把城墙和瞭望台染得像血一般红,玻璃窗闪射出不祥的幽光,整个城市好像已经遍体鳞伤,从千百个伤口流淌着鲜红的生命的汁液。又过了一会儿。城市像尸体一般开始变暗,天上的繁星如同丧礼的烛光,在城市上空闪耀。

　　她看见:在那一幢幢黝黑的房子里,人们都不敢点灯,以免引起敌人的注意;街道上笼罩着黑暗,充满死尸的臭味和等待死亡的人们的窃窃私语——她看见了一切和所有的人。她所熟悉和感到亲近的一切都展现在她的眼前,默默地等待着她下定决心,她感到自己是这城市中所有居民的母亲。

　　乌云从漆黑的山峰落向山谷,犹如长着翅膀的马,在那座注定要毁灭的城市上空奔驰着。

　　"也许等不到天亮,我们就要向城市发起猛攻,"她的儿子说,"如果今夜没有星光的话!太阳出来以后,兵器闪光耀眼,不便于杀人——那时候,剑劈下去往往砍不准。"他一边说,一边端详着自己的剑。

　　母亲对他说:

　　"过来,把你的头靠在我胸口,休息一会儿吧,想想你小时候是多么快乐,多么和善,大家又多么爱你……"

　　他听从了她,伏在她膝盖上闭着眼睛说:

　　"我只爱声名,只爱你,因为你生了我这样的英雄。"

　　"女人呢?"她弯下腰去问他。

　　"女人有的是,她们像一切太甜的食品,很快就会叫我厌倦了。"

　　她向他发出最后一个询问:

　　"你难道不想要孩子吗?"

　　"要孩子做什么?为了让人家杀死吗?像我这样的人,不论谁都会杀死他们的,这会使我感到痛苦,到那时即使想替孩子报仇,也已经老了,不中用了。"

　　"你长得很俊,但却像一道闪电,没有内容。"她喟然长叹道。

他笑着回答说：

"对，像一道闪电……"

说着，他像一个孩子一样，靠在母亲胸头蒙眬睡去了。

这时，她用自己的黑斗篷盖住他的身体，掏出匕首，刺进他的心窝，他的身子抽搐了一下，立刻就死了——因为她很清楚儿子的心窝在哪里。于是她将他的尸身，从自己膝头推到惊恐万状的卫兵脚边，冲着城市的方向说：

"作为一个人，我已经为家乡做了我能做的一切，作为一个母亲，我要跟我的儿子留在一起！我已经不能再生养儿子了，我活着对谁也没有用处了。"

于是，她紧紧握住那把被他的血——也是她自己的血——所温暖的匕首，刺进自己的胸口，依然很准确地刺中了心窝，因为创痛的心窝是很容易刺中的。

十二

蝉在叫。

好像有无数条钢丝紧绷在橄榄树的浓密叶丛中,风吹动着坚硬的叶子,叶子触碰着钢丝,这轻轻的不断的触动,使空气里充满热烈的、令人陶醉的声音。这还不是音乐,然而,似乎有许多双无形的手,正调弄着千百架无形的竖琴,使得你时时刻刻都屏着呼吸,等待那沉默的一刹那的到来,然后突然奏起赞美太阳、天空和海洋的雄壮有力的弦乐来。

风吹动着树枝,婆娑摇曳。树木好像摇晃着脑袋,正从山头走向海边。波浪按着一定的节拍,闷声闷气地洗泼着岸边的岩石;海面上到处漂浮着起伏的白点,像是大群飞鸟落在碧蓝的海面上,向同一方向漂去,隐没在深渊中,然后又重新漂出来,发出隐隐约约的响声。有两只帆船,高高地扬起三层风帆,在水平线上摇晃着,仿佛想把白点招引到自己身边,它们本身也像两只灰鸟。这一切宛如一个已半被忘却了的旧梦,而不是现实的存在。

"今天夜里要刮大风!"一个老渔人坐在石砾沙沙作响的小浴场的岩影下,这样说道。

海浪把暗红色的、金黄色的、草绿色的、气味浓烈的海藻卷到石滩上;海藻被太阳和晒热的石头烤干了,带盐味的空气里充满着酸涩的碘味。波浪一阵阵卷起来,互相追逐着,奔涌到浴场上。

老渔人很像一只鸟——一张瘦小的脸紧绷着,尖尖的鹰钩鼻子,黑色皱纹里隐藏着一双想必是十分锐利的圆眼睛,手指弯曲而笨拙,像干枯的树枝。

"这是五十年前的事情了,先生,"老人应和着蝉鸣和海浪的呼啸声讲道,"有一天,天气也像今天这样晴和,一切都在欢笑和歌唱。那时我老子是四十岁,我十六岁。我正在恋爱;在我们这阳光和煦的地方。一到十六岁,发生钟情是很自然的事。

"'喂,葛维多,咱们下海捉贝佐尼去,'老子说。先生,贝佐尼是一种身子狭长、味道鲜美的鱼,长着玫瑰色的鳍,又叫做珊瑚鱼,因为它栖息在有珊瑚的深水里。捉这种鱼时,我们往往把船抛了锚,用拴着重铅锤的钩子去钓。这种鱼样子很好看。

"这样,我们抱着满载而归的热望下海了,没想到会发生什么变故。我老子气力很大,是一个老练的渔人,不过在这以前,他刚害过一场病——胸口痛,而且他的手指患有关节炎——这是渔夫的通病。

"风是很狡猾、很凶恶的,它在岸上吹得那么平和,静悄悄地送我们到海上去,可是一到海上,它忽然猛刮起来,好像受了侮辱一般,偷袭着我们的小船。船马上被打坏了,随风漂去,有时船头向天,把我们浸泡在水里。那只有一刹那工夫,我们来不及脱险,甚至连喊一声上帝也来不及,就打起转转来,把我们吹得远远的。海盗也比这种风更通情达理一点,人总是比自然力更通情达理。

"就这样,风把我们吹到离海岸四公里的地方;这并不算远,可是风却像一个胆小鬼或坏蛋一样,总是突然袭击我们。

"'葛维多,使点劲儿!'老子用两只病手扳住桨说。'用力抓住呀,葛维多!快抛锚!'

"当我正拉锚的时候,桨打在老子的胸口上,他两手松开桨,昏过去倒在舱底了。我来不及去扶他,我们的船随时都有被打翻的危险。起初这一切都来得很快——等我坐下来去扳桨,我们已经浑身水淋淋,飘到不知什么地方了。风卷起浪尖,像神父一样往我们身上浇水,而且更卖力气,但完全不是为了洗刷我们的罪孽。

"'情况危险,我的孩子!'老子醒过来以后,望着岸边说。'这风还要刮很长时间,亲爱的孩子!'

"人在年轻时是不大相信危险的,我试着划回去,凡是在海上遇到险情时所应该做的一切,我都做了,可是风却像恶魔一样在呼吸,给我们挖了千百座坟墓,分文不取地唱着安魂歌。

"'坐好,别动,葛维多,'老子抖掉头上的水,笑着说。'火柴杆划大海,济什么事呢?留着你的劲儿吧,要不然家里人就等不到你回去啦。'

"绿色的海浪像孩子抛球似的抛着我们的小船,它从船舷上探过头来望着我们,越过我们的头顶咆哮着,摇晃着。我们一会儿落进深水涡里,一会儿又浮在白色的浪峰上——海岸线离我们愈来愈远了,也像我们的小船一样在跳舞。这时我老子对我说:

"'你也许可以回到陆地,我可是不行啦!喂,我要跟你讲讲鱼儿和捕鱼的事情,你好好听着……'

"于是他开始对我讲各种鱼类的习性,它们都聚集在什么地方,什么时候和如何巧妙地捕捉它们。

"'爹!我们最好还是做祷告吧!'我看到我们的处境不妙,便这样说。我们好像是两只兔子,四周是一群对我们龇着牙齿的白狗。

"'上帝看得见一切!'他说。'上帝知道,人是为陆地而创造的,在海里就得灭亡;他也知道,一个人到了绝望的时候,就应该把自己的知识传授给儿子。大地与人类都需要劳动,——上帝明白这个道理……'

"老子讲完了干活上的知识,接着便讲应当怎样做人。

"'现在是教训我的时候吗?'我说。'你在陆地上可从来没有讲过这种话!'

"'在陆地上我没有感到死亡这样逼近。'

"风跟野兽一般咆哮着,波浪奔腾着——为了使我听得见,老头子不得不大声喊,于是,他这样喊道:

"'你应当常常这样想:没有一个人比你好,也没有一个人比你坏——这是实话!贵族和渔人,神父和士兵,好比是一个完整的躯体,你也跟别的一切人一样,是这整体中不可缺少的一部分。接触别人的时候,决不可光看他的坏处,不看他的好处,应当多看好处,少看坏处——这是实话!人应当贡献出别人要求于他的东西。'

"当然,这些话不是一口气说出来的,而是像发号令一样——因为我们正被海浪颠簸着,一会儿高,一会儿低。我是在浪声中听到这些话的,有好些话,没有传到我的耳中,中途被风吹散了。又有好些话我听不明白——当随时都有可能溺死的时候,先生,你怎能听得进教训呢!我心里害怕得很,我是第一次看见大海这样发怒,感到自己在大海里已经精疲力竭了。我说不清是当时,还是后来当我回忆那时情景的时候,反正那种害怕的感觉我至今仍然记得一清二楚。

"我现在仍然清楚地记得我老子的模样——他坐在船底,伸开有病的双手,用手指紧紧抓住船舷,头上的帽子被海水卷走了,浪头忽而从左忽而从右洗泼着他的脑袋和双肩,从前面和从后面撞击着他,他摇着头,呼哧着鼻子,不停地喊我。他像一只落汤鸡,人也变小了,不知是因为害怕还是因为疼痛,眼睛瞪得大大的。我想,大概是因为疼痛吧。

"'听着!'他喊我。'喂——你听见了吗?'

"有时我回答他:

"'听见啦!'

"'记住——一切好事情都是人做出来的。'

"'知道啦!'我回答。

"他在陆地上从未对我讲过这种话。他是一个快乐而善良的人,可我觉得,他总是把我看作一个孩子,用嘲笑和不信任的眼光瞧着我。这有时使我很生气——年轻人的自尊心总是很强的。

"他的叫喊减轻了我的恐怖,也许就因为这个缘故吧,我一切才记得这样清楚。"

老渔人停顿了一会儿,望着白茫茫的海面,眨眨眼睛,微笑着说:

"我仔细观察过很多人以后,先生,我才知道记住跟理解完全是一回事。你理解得愈多,便会更多地看到别人的长处,——是这样的,您应该相信这句话!

"现在再讲下去——至今我还记得他那张可爱的湿淋淋的脸和他

那双大眼睛,那双眼睛严肃而慈祥地看着我;我那时知道,我纵然死也决不会死在这一天。我虽然很害怕,但我知道我不会死。

"不用说船被打翻了。我们俩落进咆哮着的海浪里,泡沫弄得我们头昏眼花,海浪卷起我们的身体,将我们抛到船的残骨上。在这以前,我们紧紧攀住舱板上一切可攀的东西,我们的手还抓住绳子,尽力不从船身离开——可是在水里抓东西是很困难的。我们几次被抛上船骨,立刻又被打落下去。最糟的是,这时候我们已被撞得头昏眼花,什么东西也听不见和瞧不见了——耳朵里和眼睛里都灌进了水,肚子里也喝进不少的水。

"就这样经过很长时间——大约七个钟头,后来风向突然变了,猛烈地向岸边吹去,海浪把我们往陆地上冲,我高兴得大叫起来:

"'用力抓住呀!'

"老头子也喊了几句什么,我只听见一句:'会撞坏的……'

"他认为我们会撞在礁石上,其实离礁石还远得很,所以我心里有点不相信。但他比我懂得多——海浪把我们播弄得很凶,我们已经筋疲力尽,全身麻木,失去了知觉,像蜗牛一样被海浪推着,向生育我们的陆地漂过去。漂了好久好久,当我们望见岸边的山影时,速度突然加快,快到无法用言语形容的地步。大山摇摇晃晃地向着我们移过来,倾斜在海面上,好像马上要压在我们的头上。白浪不停地把我们的身体往上抛,我们的小破船像踩在皮鞋后跟下的核桃一样,发出嘎吱嘎吱的响声。我被甩出船身,立刻望见残破的礁石露出尖刀一般的黑棱角。我看见老子的脑袋在我头顶上晃了一下,然后就陷进了那恶魔的爪子里。两个钟头以后,人们找到了他,但脊背已被摔断,脑袋撞得稀烂。头部伤势很重,流出了一部分脑髓,我还记得从伤口流出一块带着红血管的灰色物体,像一块大理石,又像血泡。他遍体鳞伤,差不多是粉身碎骨了——但脸色却很清秀、安详,眼睛紧闭着。

"我么?对,我也伤得很厉害,当人们把我拖上岸的时候,我已经不省人事了。人们把我们送到阿马利菲附近的陆地上——一个陌生的地方，但都是自己人，也是渔民。这种事并不使他们感到吃惊，只会激起他们的善心，——过危险生活的人，永远是善良的！

"我觉得，关于老子的事，我无法把我所感受到的一切，五十一年来一直埋藏在我心头的一切，全讲出来，这需要用一种特别的语言，甚至诗歌来表达，——可我们都是一些鱼一样简单的人，我们无法把我们想说的话表达得那么完美！一个人感受到和知道的东西，总是比说出来的要多。

"在这儿，最重要的是：他，我的老子，临终前知道自己已经逃不过死亡，但他并没有害怕，没有忘掉我——他的儿子，而是鼓足气力，抓紧时间把他认为最紧要的话，一一告诉了我。我已经活到六十七岁了，我可以说，他教给我的那些都是实话！"

老人把那顶本来是红色、现在已变成褐色的绒线帽摘下来，从里边拿出烟斗，奋拉着青铜色的秃脑袋，用力地说：

"一切都是实话，亲爱的先生！人这个东西就像您希望看到的那样，您要用善良的眼光去看他们，这对您和对他们都有好处，他们会因此变得更好，您也如此！这是很简单的道理！"

风愈刮愈大了，浪头更高更尖，也更白了。海上的群鸟鼓起翅膀，慌慌张张地向远方飞去，那两条三帆船已经消失在蔚蓝色的水平线上。

海岛的陡峭的岸边飞溅着浪花，碧蓝的海水汹涌澎湃，发出哗啦啦的响声，蝉不屈不挠地、热情地叫着。

十三

事情发生的那一天,正刮着西洛可风——从非洲吹来的潮湿的风,一种令人讨厌的风!它使人心烦气躁,情绪不佳,因此,两个马车夫——朱塞佩·奇罗塔和卢吉·梅塔——吵起架来。他们是无意吵起来的,也不知是谁开的头,人们只见卢吉扑在朱塞佩的胸口,想卡住他的喉咙,可是朱塞佩却缩着头,把自己涨得通红的粗脖子藏起来,同时举起又黑又硬的拳头。

人们马上把他们拉开了,问:

"怎么回事?"

卢吉气得脸色发青,嚷着说:

"让这公牛把他说我老婆的话,当着众人的面再说一遍!"

奇罗塔想走开,他鄙夷不屑地做着鬼脸,藏起他的小眼睛,摇摇又圆又黑的脑袋,拒绝重复那句侮辱人的话。这时梅塔大声说:

"他说他尝到了我老婆的甜头!"

"唉呀!"人们说。"这可不能乱开玩笑,应当好好注意。卢吉,你冷静点!你在这里是外路人,你太太可是本地人,我们从小就认得她,要是她有什么对不起你,我们大家都要承担一定的责任,因此我们一定要秉公处理这件事!"

大家问奇罗塔:

"你这样说过吗?"

"嗯,说过,"他承认了。

"那么,这是真的了?"

"谁能证明我说过谎呢?"

奇罗塔是个正派人,也是个顾家的人,因而事情弄得不明不白。大家都有点不安,认真思考起来;另一方面,卢吉回到家里,对孔切姐说:

"我要走啦！要是你不能证明那坏蛋说的话是造谣,我以后就不想认你了。"

不消说,她哭起来了,但眼泪并不能证明自己无罪。于是,卢吉便离开了她,她带着一个孩子孤零零地留下来,没有钱,也没有面包。

妇女们参与进来了:第一个跑来的是女菜贩、聪明的狐狸精卡塔林娜,您知道吗,她就像一只里面装着骨头和肉,外面有很多皱纹的破口袋。

"太太们,"她说,"你们都听到了,这件事跟咱们大家的名誉都有关系。这可不同于在月夜里闹着玩,而是关系到两个母亲命运的大事情,对不对？我把孔切妲带回去,让她住在我家里,一直到我们把事情弄个水落石出。"

果然就这样办了。后来,卡塔林娜和嗓门大得可以传到三里以外的瘦老婆子柳奇娅去找那个可怜的朱塞佩,找来以后,她们立即就像拧破抹布似的揪起他的心来:

"喂,好人儿,你说说——你把她,孔切妲,弄到手很多次吗？"

胖子朱塞佩鼓起腮帮子,想了想说:

"一次。"

"这用不着想就能说出来,"柳奇娅自言自语地大声说。

"这是在傍晚,夜间还是早晨？"卡塔林娜像法官似的审问道。

朱塞佩不假思索地顺口答道,在傍晚。

"当时天还亮着吗？"

"是的,"那傻瓜说。

"那么说,你一定看见她的身体喽？"

"那当然！"

"你跟我们说说,她的身体是什么样子？"

这时候他才明白了审问的意义,于是他像一只被大麦粒卡住喉咙的麻雀一样,张着嘴发愣了。他明白过来之后,嘴里嘟嘟哝哝,气得两只大耳朵开始充血而且发紫了。

"什么?"他说,"这叫我怎么说得出来?我并没有像医生那样仔细瞧她的身体。"

"你吃水果不是也先欣赏一番吗?"柳奇娅问道。"不过,你总该留心孔切妲身上有些什么特点吧?"她继续审问下去,像蛇似的向他挤着眉眼。

"统共只有一刹那工夫啊!"朱塞佩说。"真的,我什么也没有看到。"

"那就是说,你并没有把她弄到手!"卡塔林娜说。"她是一位好太太,遇到紧要关头,是决不肯马虎的。"

总之,她们逼他陷入了自相矛盾的境地,那小伙子终于耷拉着他那糊涂颠顸的脑袋,承认道:

"其实并没有这回事,我只是因为恨他,才故意这么说的。"

这句话并未使两个老婆子感到吃惊。

"我们早料到是这么回事,"她们说完,心平气和地放他走了,然后把问题交给男人们去审判。

第二天,我们工人协会开会了,被指控犯有诬蔑妇女罪的奇罗塔站在大家面前。老铁匠贾科莫·法斯卡作了一场精彩的演说:

"诸位公民,诸位同志,正直的人们!我们要求别人公正地对待我们,我们彼此之间也应该采取公正的态度。我们要让大伙都知道,我们对我们所要求的东西,是重视它的宝贵价值的;我们并不像我们老板,只把正义当作一句空话。这个人诽谤了妇女,侮辱了朋友,破坏了一个家庭,也给另一个家庭带来了不幸,使自己的妻子因嫉妒和耻辱而感到痛苦。我们必须对他采取严厉的态度。大家有什么意见,请讲吧。"

六十七条舌头一齐说:

"把他逐出公社!"

可是有十五个人认为这样做过头了,于是引起了辩论。他们拼命地大声争吵,因为事情关系到一个人的命运和前途,而且不止他一个人:他还有妻子和三个孩子,妻子和孩子有什么罪过呢?他有房屋,葡萄园,两匹马,四匹出租给外国人的驴子——这一切,都是他辛辛苦苦挣来的,长年劳动的积蓄。可怜的朱塞佩,就像魔鬼落在一群孩子的手里,一个人独自阴沉地缩在角落里,耷拉着脑袋,弯腰坐在凳子上,拿自己的帽子在手中揉捏着,帽带已被揪掉,帽缘上扯开了一个小缝。他的手指头像弹琴似的跳着舞。人家问他有什么话要说,他很费力地挺直身子,站起来说:

"我请求大家宽大。人人都会有过错的。把我从这块我生活了三十多年、我祖祖辈辈劳动过的土地上驱逐出去,这是不公平的!"

妇女们也不赞成把他驱逐出去,最后,法斯卡提出一项这样的解决办法:

"朋友们,我的意思是这样:咱们叫他负担卢吉老婆跟孩子的抚养费,也就够他受的了,要他支付卢吉收入的半数!"

又经过长时间的辩论,最后就这样决定了。朱塞佩·奇罗塔由于只受到这样轻的惩罚,感到十分满意,大家也因为这件事没有经过衙门,没有动枪动刀,就在自己内部解决了而感到高兴。先生,我们不喜欢报纸上使用那种如同老人嘴里的牙齿一样稀少罕见的语言来描写我们的事情,我们也不喜欢那些法官先生,那些和我们格格不入、一点也不了解生活的老爷们,使用这样一种口吻来谈论我们,仿佛我们都是一些野人,他们是上帝的天使,其实他们并不善于品尝葡萄酒和鱼儿的滋味,他们也没有接触过妇女!我们是一些普通的人,我们对生活的看法也很简单。

事情就这样决定了:朱塞佩·奇罗塔抚养卢吉·梅塔的妻子和孩子们。但事情并没有因此而结束。当卢吉听说是奇罗塔故意造谣,他的老婆并没有过错,又得知了我们的判决时,他写了一封简短的信,叫她到他那边去:

"请你到我这儿来吧,我们将重新好好地过日子。不要拿那个人的一文钱——要是你已经拿了,就对着他的眼睛扔过去!我也没有对不起你的地方，我哪能想到有人竟会在男女情爱这种事情上说谎话呢！"

他另外还写了一封信给奇罗塔：

"我有三个兄弟，我们四个人已经互相发誓，你要是胆敢离开海岛，到索连托、卡斯特拉马雷、托雷或别的什么地方去，我们就把你像一只羊一样宰掉。只要我们找到你就把你宰掉，你好好记着吧！正如你们公社的人都是正直的好人一样，这句话也是千真万确的。我的妻子不需要你的帮助，就是我的猪也不吃你的粮食。不得到我的许可，你休想离开海岛一步！"

有人说奇罗塔拿了这封信给法官看过，问他能不能用恐吓罪控告卢吉。据说那法官这样说：

"当然可以，不过即使控告了，他的兄弟们也会杀死你的，他们会赶到这儿来杀你。我劝你还是等一等吧！这样会好些。愤怒不是爱，它不会长久的……"

法官也许真的说过这些话，他在我们这儿是个非常善良和聪明的人，做得一手好诗——但我不相信奇罗塔会拿这封信给他看。不，奇罗塔也是一个正派的小伙子，他不会再干出另一件蠢事来，他要是真那样干，岂不叫人笑话。

我们是普普通通的工人，先生，我们有自己的生活，有自己的看法和见解，我们有权按照自己的愿望建设更美好的生活。

是不是社会主义者？啊，我的朋友，我认为工人都是天生的社会主义者，虽然我们不识字，但我们可以嗅到真理的气味——要知道，真理就像劳动的汗水一样，总是有一股强烈的气味！

十四

在被老葡萄园的粗大藤蔓掩遮着的一家白色小酒馆的门前,在缠绕着牵牛花和中国小蔷薇藤蔓的凉棚下,粉刷匠温钦佐和钳工乔万尼坐在一张桌子旁,桌上放着一瓶葡萄酒,粉刷匠是个面孔黧黑、骨瘦如柴的小个子,一双亮晶晶的黑眼睛里闪露出幻想家的深沉而温柔的微笑;尽管上唇和两颊已刮成青色,但由于面带微笑,他脸上流露着一种孩子般的稚气。他的嘴像姑娘的樱桃小口,又小巧又美丽,胳臂很长,灵活的手指上转动着一朵金黄的玫瑰花,并把它紧贴在圆润的嘴唇上,同时闭着眼睑。

"也许是的,我不知道——也许是的!"他一边摇晃着从鬓角向后缩进去的脑袋,一边轻声说道,一绺绺鬈曲的金发披散在他那高高的脑门上。

"当然,当然!愈往北,人愈倔强!"乔万尼肯定地说。他是一个大脑袋、阔肩膀的青年,长着一头黑油油的鬈发;他的脸是红铜色的,鼻子上盖着被阳光晒焦的皮肤的白鳞,眼睛像牛眼一样又大又和善,左手没有大拇指。他说话跟他那沾满油污的铁屑的手所作的手势一样,也是慢吞吞的。他用指甲残破的黑手指,夹着酒杯,继续低声说下去:

"米兰,都灵,那些地方,有顶好的工厂,那儿正造就着新人,培养着新脑筋!你等着瞧吧,不用多久,世界就会变得诚实而聪明的!"

"对!"小个子粉刷匠说。他举起酒杯,望着葡萄酒里映出的阳光,小声哼道:

啊,我们幼小时,大地是那么温暖!
我们长大成人,又觉得它冷若冰霜!

"我是说,愈往北,人愈爱干活。法国人就不像我们这么懒惰,再过去是德国人,最后是俄国人——那才是真正的人呢!"

"对!"

"在那儿,那些无权利的人们,正冒着失掉自由和生命的危险,进行着宏伟壮丽的事业;在他们的感召下,整个东方也迸发出了生命的火花!"

"那是一个英雄的国度!"粉刷匠点着头说。"我真想和他们生活在一起……"

"你?"钳工用手掌拍一拍自己的膝盖,扬声说,"你到了那边,一星期后就会冻成冰块的!"

两个人和气地笑起来。

他们四周,开放着蓝色和金黄色的鲜花,一束束和煦的阳光在空气里颤动,透明的玻璃酒瓶和酒杯中的亚曼丁葡萄酒熠熠发光,远处传来大海的温柔的低语声。

"你听着,我的好朋友温钦佐,"钳工满脸堆笑地说,"我给你讲讲,我是怎样变成一个社会主义者的。你可以为此做一首诗。这事你知道吗?"

"不知道,"粉刷匠往杯里斟上酒,对着那红色的琼浆微笑着说,"你一次也没有讲过,不过我想这层皮恰好跟你的骨头相适合——你就是在这层皮里生长的呀!"

"我跟你和许多别的人一样,生来就是一个穷光蛋和傻小子;我年轻时一心想讨个有钱的太太;在军队里拼命用功,想考军官。当我明白世界上的一切并非都那么美好,糊里糊涂生活下去太可耻的时候,我已经二十三岁了!"

粉刷匠将臂肘支在桌上,仰头眺望着高山,那儿有一棵大杉树晃动着枝条,傲然屹立在悬崖上。

"我们,我们的连队被派往波伦亚,那儿正发生农民暴动——一些人要求减租,一些人高喊着要求增加工钱,我当时觉得这两件事都是不对的。我想,减租和增加工资——多愚蠢的想法呀!这会使地主破产的……我一向住在城市里,认为这样做是瞎胡闹,毫无道理,而且非常生气,再加上天气炎热,部队经常转移,晚上还要值班站岗,弄得我更加心烦气躁。那些农民多凶啊,捣毁地主的机器,焚烧谷仓,破坏一切不属于他们的东西。"

他呷了一小口葡萄酒,更加兴致勃勃地继续讲起来:

"他们跟绵羊一样成群结队地在田野里走着——沉默不语,目光威严,神态严肃。我们用刺刀,有时用枪托将他们赶走、驱散,但他们并不害怕,不慌不忙地散开,然后又聚拢起来。干这种事,简直就跟做弥撒一样,叫人厌烦,而且跟发疟疾一样,一天天拖下去,没完没了。我们的下士班长卢奥托,是个非常好的小伙子,他是阿布鲁齐人,也是农民出身;他十分苦恼,气得脸色又黄又瘦,曾几次对我们说:

"'兄弟们,非闹出坏事来不可! 看来不得不开枪了,真该死!'

"他的抱怨使我们更加焦躁不安,另一方面,从每个墙角里,山丘上,树荫下,闪动着农民们倔强的脑袋,他们怒视着我们——这帮人对我们当然没有什么好感。"

"喝吧!"小个子温钦佐,把满满一杯酒推到朋友面前,亲热地说。

"谢谢。那么——让我们为坚强的人们干杯吧!"钳工大声喊着干了杯,一边用手抚摩着小胡子继续说:

"有一天,我在橄榄园里站在一个小山丘上保护树林,以防农民砍伐。当时山丘下有一老一少在干活,像是掘土沟。天很热,太阳像火烤一般,心里烦躁得很,真想变成一条鱼,跳进水里去。我记得我很生气地望着那两个人。到了正午,他们停下手里的活,拿出面包、奶酪和一罐葡萄酒,——我心里想,见你们的鬼去吧! 这时候,那个在此以前一直没朝我看过一眼的老头儿,忽然对小伙子说了句什么,小伙子摇摇头不答应,老头儿嚷嚷了起来。

"'你去!'他很严厉地喊道。

"小伙子提着酒罐走过来,来到我面前,不大高兴地说:

"'我爸爸说您一定口渴了,叫我拿这葡萄酒请您喝几口!'

"我有点窘,不过心里很高兴,我向那老头儿点头致谢,他眼望着天空对我说:

"'喝吧,朋友,请喝几口吧!我们是把您当作朋友,而不是当作士兵请您喝酒的。我们并不指望一个士兵会因为我们的葡萄酒而变得和气些。'

"'鬼东西,还出口伤人!'我这么想着,喝了三口并向他道谢。他们在山丘下开始吃饭。以后我就交班了。接替我的是胡哥,是萨勒诺人。我小声对他说,那两个农民挺和善。那天晚上,我在一座农具库前站岗,屋顶上掉下来一块瓦,正砸在我头上,不过并不厉害;接着又是一块,却重重地砸在我肩上,把我的左手给砸坏了。"

钳工张大嘴,眯着眼睛,哈哈大笑起来。

"瓦片,石头?棍子,"他笑着说,"那时候,在那个地方,这些东西都是独立活动的,不过这些死东西的独立活动,却常常把我们的脑袋弄出大疙瘩来。士兵们正走路、站岗——脚边常常突然蹦出一根棍子来,头上常常落下石头,我们当然很生气!"

小个子粉刷匠目光凄然,脸色苍白,小声说道:

"听到这种事,总是叫人害臊……"

"有什么办法!人总是慢慢地才聪明起来的。你听我往下说:当时我呼救起来,人们把我抬进屋里,屋里已经躺着一个脸被石头砸伤的士兵。我问他怎样受的伤,他阴沉地笑着答道:

"'伙计,是被一个老婆子,一个白发苍苍的老太婆打伤的,她还要我把她杀死!'

"'逮捕了吗?'

"'我对队长说,是我自己跌倒撞伤的,队长不信,因为他亲眼看见了当时的情形。说实在的,被一个老婆子打伤,说出来也够害臊的!鬼东西!他们的日子很不好过,他们显然不喜欢我们。'

"'对!'我自忖道。一位医生跟两个太太走进来,其中的一个长得很漂亮,满头金发,大概是个威尼斯女人;另一个的模样我记不清了。他们察看了我的伤口——当然不太严重,敷上药布,就走了。"

钳工做了一个苦脸,沉默起来,使劲地搓着手。他的同伴又斟上两杯葡萄酒,一边斟,一边把酒瓶提得高高的,葡萄酒的红色浆液在空中飞溅着。

"我们两个坐在窗口,"钳工郁郁不乐地说下去,"避开阳光。这时我们听见了那个金发女子的柔和的声音——她正跟她的女伴和医生在窗外花园里散步,说着我所熟悉的法国话。

"'你们注意到他那目光了吗?'她说。'不用说,他也是农民,如果脱掉制服,也许就会像我们这里所有的人一样,马上变成一个社会主义者的。有那种目光的人,都巴望着征服世界,改造整个生活,把咱们赶走,消灭掉,以便使那种盲目无聊的正义得到胜利!'

"'一些傻小子!'医生说。'一半是孩子,一半是野兽!'

"'对,正是野兽!可他们身上有什么孩子气呢?'

"'那种关于人人平等的空想!……'

"'你们想想看,我能跟这个长着一对牛眼的小伙子,还有那个长着一张鸟脸的人去谈平等吗,我们大家——您、我和她,能同他们这种血统卑贱的人平等吗?这些人只配请来去枪杀那些跟他们一样也是野兽的人……'

"她很兴奋地说了许多话,我一边听一边想:'原来如此,好太太!'我见到她已经不是第一次了,你当然明白,当兵的对女人的幻想是特别强的,不消说,我原以为她是一个和善、聪明、有良心的女人,我那时总以为贵族都特别聪明。

"我问同伴:'你懂他们的话吗?'他不懂。我便把金发女子的话翻译给他听,他气得跟魔鬼一样,在屋里乱蹦起来,一只眼睛直冒凶光——因为他另一只眼上缠着绷带。

"'原来如此!'他嘴里喃喃地说。'原来如此!她一方面利用我,一方面却不把我当人看!为了她,我使自己的人格受到侮辱,而她竟否定我的人格!我为了保护她的财产竟冒险毁灭自己的灵魂……'

"他是一个相当聪明的小伙子,感到自己受到了莫大的侮辱,我也是这样感觉。第二天我和他一起毫无拘束地大声谈论起那个女人来。卢奥托只是哼哼哈哈,劝我们说:

"'当心点,弟兄们!别忘了你们是军人,军人应当守纪律。'

"不,我们没有忘记这一点。从那天起,我们当中很多人,说实在的,几乎是所有的弟兄们,都装聋作哑起来了。那些农民小伙子毫不迟疑地利用了我们的漠不关心,他们胜利了。他们对我们非常好。那个金发女人可以从他们身上学到很多东西,例如,他们将会出色地教会她应当如何尊敬好人。我们被派到那里,本来是去制造流血事件的,可是当我们调走的时候,许多人却得到了送别的鲜花。我的朋友,你要知道,当我们从村子里走过时,人家扔过来的已经不是瓦片和石头,而是鲜花了!我觉得我们是受之无愧的。在受到热烈的欢送之后,也就可以把当初那种恶意的欢迎忘掉了!"

他笑了起来,然后又说:

"温钦佐,你应当把这写成一首诗……"

粉刷匠沉思地微笑着,回答道:

"对,这完全是诗的题材!我想我会写成的。人一过二十五岁,就会渐渐变成一个蹩脚的抒情诗人。"

他把揉坏的鲜花扔掉,又摘了一朵,环顾一下周围,小声继续说道:

"人经历过从母亲的胸怀到爱人的胸怀之后,就应当向另一种幸福前进……"

钳工摇晃着杯中的葡萄酒,沉默不语。大海在葡萄园后边柔和地喧闹着,炎热的空气里飘溢着阵阵花香。

"这太阳把我们弄得太懒散,太温和了,"钳工喃喃地说。

"我的抒情诗做得不好,连我自己也不大满意,"温钦佐耸动着细长的眉毛低声说。

"你已经做好了?"

粉刷匠慢吞吞地说：

"唔，昨天，在科莫饭店的屋顶上。"

接着，他若有所思地像唱歌似的低声吟诵道：

  秋天的夕阳温和地、恋恋不舍地
  向荒凉的岸边和古老的苍山落去。
  贪婪的波浪拍击着黑色的礁石，
  把阳光冲洒到寒冷的碧海里。

  被秋风吹落的黄铜色的树叶，
  像斑驳的鸟尸在浪花中闪烁；
  苍天啊无限悲愁，大海啊郁郁不乐。
  只有太阳微笑着，恭顺地向下沉落。

  他们两人沉默了好久，粉刷匠低头凝视着地面；个头挺大、举止笨重的钳工微笑着，最后说：

  "一切事物都可以写得很美，但最美的还是关于好人的故事，关于好人的歌儿！"

十五

阳光宛如扯在空中的一条条金线,透过浓绿的葡萄架,像金雨似的洒落在旅馆的阳台上。在用灰瓷砖砌成的地面上和洁白的桌布上,映出荫影的奇形怪状的花纹,似乎只要久久地细瞧那些花纹,便可以把它们当诗句来诵读,并了解它们所说的话的涵义。一串串葡萄在阳光的映照下,像珍珠,又像奇异的杂色的橄榄石,桌上玻璃瓶里的水好像天蓝色的宝石。

桌子间的走道上,有一条绣花边的小手帕,不用说是哪位太太失落了的。她一定美得像仙女——在这充满炎夏抒情调的恬静白昼,当一切平淡乏味的东西都好像因自惭形秽而消融在阳光下时,人们再也不能想象任何别的东西。

一片寂静;只有小鸟在花园里啁啾,蜜蜂在花朵上营营,山顶的葡萄园里传来热烈的歌声——一对男女在那儿对歌,每唱完一段,都要经过短暂的沉默,使那歌声像祈祷,具有一种奇特的吸引力。

一个妇人,从花园里慢慢地走上大理石宽台阶;这是个身材高大的老太太,她面如秋霜,双眉深锁,薄薄的嘴唇固执地紧闭着,好像一辈子都在那儿说:"不!"

她那瘦削的肩头上披一件形似大氅、十分宽大并绣着花边的金黄色绸斗篷,和身材相比,她的脑袋似乎显得小了一点,白发苍苍的头上蒙着一块带花边的黑纱,一手打一把长柄红伞,另一手提个绣银线的黑丝绒手提包。她穿过阳光的蛛网,像军人似的昂然走上台阶,用伞柄触着瓷砖,发出清脆的声音。从侧面望去,她的面孔显得更加严峻,钩鼻子,尖下颏,下颏上长着一个很大的灰瘤,凸出的脑门重重地压在皱纹如网的黑眼窝上,眼睛深深地陷进去,使这老妇人显得像个瞎子。

在她身后台阶上,悄然无声地出现了一个驼子,耷拉着的大脑袋上,戴一顶灰色软帽,隆起的身子像只公鸭,左右摇晃。他两手插在坎肩口袋里,使身体显得更加横宽和突兀不平。他穿一身洁白的西装,脚穿白色的软底皮鞋。他的嘴病态地微微张开,露出参差不齐的黄牙齿,上嘴唇上竖立着一小撮稀稀落落的坚硬黑髭。他时时使劲地呼吸着,鼻子抖索着,可是胡髭却一动不动。两条短腿全无雅相地摆动着,一对大眼闷闷不乐地望着地面。他躯体虽小,却佩戴着许多大型的装饰物——左手无名指上戴一只嵌宝石的金戒指,连接表链的黑绦带的一端,缀着一枚很大的金质纪念章,上嵌两块红宝石,插在蓝色领带上的一枚可怜的宝石别针,更是大得异乎寻常。

接着,阳台上又悠然出现了第三个人,也是一位老妇人:她身材矮小而肥胖,面色和善而红润,有一双灵活的眼睛,想必是一位性情活泼、爱饶舌的女人。

他们经过阳台向旅馆门口走去,就像贺加斯[①]画上的人物一样:丑陋,俗气,滑稽可笑,同这阳光下的一切极不协调,似乎任何东西只要遇上他们,便会立即变得黯然无色,失去光彩。

他们是荷兰人,姐弟俩,一位钻石商人和银行家的后代;倘若那些关于他们的带有嘲讽意味的传闻是可信的话,他们俩的确是两个命运奇特的人物。

这驼子小时候性情沉静温和,不引人注目,他喜欢遐思默想,不爱玩具。这些个性特点,除了他姐姐,没引起过任何人的特别注意——他的父母认为不幸的孩子就应当是这个样子,然而他的这种性格却使年纪比他大四岁的姐姐深感不安。

她常常整天跟他在一起,竭力使他活泼起来,设法逗他发笑,悄悄地弄玩具给他。他将玩具一件件堆起来,堆成一些尖塔。他很少笑过,即使笑也很勉强,平时总是瞪着一双茫然无神的大眼睛,郁郁不乐地看着他姐姐,就像看一切东西一样,这种目光使她很恼火。

"你不许这样看人,这样会变成白痴的!"她跺着脚嚷道,拧他,打

[①] 贺加斯(1697—1764),英国油画家、版画家和艺术理论家。

他。他一边哭,一边把两只长胳臂向上举起,护着脑袋,但从不逃开,挨了打也不抱怨。

后来,当她认为他已经多少懂些事的时候,便劝他说:

"你既然天生残废,就应该成为一个聪明人,要不然,大家会为你感到丢脸的,爸爸,妈妈,我们大家!就是别人,一提起这样有钱的人家,却出了个小怪物,也会感到不好意思。有钱人家中的一切都应该是漂亮、聪明的——你懂吗?"

"嗯,"他把大脑袋耷拉下来,认真地应了一声,同时用毫无生气的、阴沉的目光,望着她的脸。

父母很佩服这小姑娘对兄弟的态度,当着他的面称赞她心好,这样她就在不知不觉中被默认为驼子的保姆——她教他玩玩具,帮他准备功课,给他朗读王子和仙女的故事。

可是他仍跟以前一样,把玩具堆得山一般高,似乎竭力想做成点什么,对功课却不肯用心,不认真做,只有童话中那些神奇玄妙的故事,能引起他模糊的微笑。有一次他问姐姐:

"王子都是罗锅吗?"

"不。"

"骑士呢?"

"当然也不!"

这孩子颓丧地叹了一口气,于是她把手放在他那粗硬的头发上说:

"不过聪明的魔术师往往都是罗锅!"

"那么,我也要当魔术师,"驼子顺从地说。过了一会儿,他想了想,又补充说:

"仙人都长得很美吗?"

"很美。"

"跟你一样?"

"也许是的!不过我想比我更美,"她诚实地说。

他满八岁了,姐姐发现,每当他们出去游玩,步行或乘车从正建筑着的房屋旁边经过时,弟弟的脸上往往流露出一种惊异的表情。他聚精会神地久久地观看人们干活,然后默默地抬起眼睛,询问地望着她。

"你觉得这很有趣吗?"她问。

沉默寡言的弟弟回答道:

"是的。"

"为什么?"

"我不知道。"

但是有一回,他解释道:

"人跟砖头都这么小,造成的房子却这么大。整个城市都是这样造成的吗?"

"是的,当然是这样。"

"我们的房子也是这样造成的吗?"

"当然!"

她看了他一眼,然后斩钉截铁地说:

"你会成为一个有名的建筑师的,一定会这样!"

于是她给他买了许多积木,从这时起,他对建筑发生了浓厚的兴趣。他整天坐在自己房间的地板上,默默地搭着高塔,高塔哗啦一声倒下来,他便再搭。这已成了他的一种需要,甚至坐下来吃午饭时,他也想拿刀叉和餐巾结子搭点什么。他的目光变得集中而深沉了,手也变得灵活起来,不停地活动着,不论遇到什么东西,都要用手指去碰碰。

后来,当他们在街头散步的时候,他往往一连几个小时站在正建造着的房子前面,观看那些小东西怎样变大,变高,矗向天空。他的鼻孔一边嗅着砖灰和热石灰的味儿,一边翕动着,两只眼睛像蒙眬欲睡的样子,罩上一层凝神静思的薄雾。姐姐对他说,老站在街上有失体面,他也听不见。

"咱们走吧!"姐姐拉着他的手催促他。

83

他一边低头走路,一边还不停地回头张望。

"你会成为一位建筑师的,对吧?"她暗示地问。

"嗯。"

有一次吃完午餐,正在客厅里等咖啡的时候,父亲说他也该丢掉玩具,开始认真念书了。姐姐用公认的聪明人和重要人物的口气要求道:

"爸爸,我希望您还是别让他进学校吧!"

父亲是一个大个子,脸刮得净光,不留胡须,身上佩戴许多晶光灿烂的宝石,他一边吸着雪茄一边说:

"为什么呢?"

"您知道为什么!"

因为别人在讲他,驼子悄悄地走开了;他一边慢慢地走,一边听姐姐说些什么。

"大家会取笑他的!"

"哎哟,对啦,这话不错!"母亲用秋风一般潮湿而浑厚的嗓音说。

"这样的人,应该把他藏在家里!"姐姐热烈地说。

"哎哟,对啦,反正没有什么光彩!"母亲说。"啊,这小姑娘多聪明呀!"

"也许你们是对的,"父亲说。

"不,这姑娘太聪明啦……"

驼子走回来,站在门口说:

"我也不是白痴……"

"咱们等着瞧吧!"父亲说;母亲继续夸奖女儿道:

"谁也想不出这样的好主意……"

"你将留在家里念书,"姐姐拉他坐在自己身边,宣布道。"你要学习建筑师所应该知道的一切学问——你喜欢建筑吗?"

"是的。你看得出来。"

"我看得出来什么?"

"我的爱好。"

她只比他高半头,但她什么事情大包大揽,连父母都得听从她的意见。那时她才十五岁。他像一只蟹,而身段苗条、匀称、健美的姐姐,在他眼中却像一个仙女。全家人,包括他罗锅,都完全听她支配。

于是,一些文质彬彬、态度冷漠的人常上家来给他讲课,问他问题。他冷淡地对他们说,他们讲的课他一点不懂。上课时他也不看老师,心不在焉地望着别处,光想自己的心事。大家看出,他的思想委实有点与众不同,他很少说话,却常常提出一些奇怪的问题:

"一个人要是什么都不想干,他会变成什么样子?"

举止文雅的老师,穿着黑礼服,钮扣紧紧地扣着,俨然一位牧师和军人,回答他道:

"凡是能想象到的一切坏事情,这种人都能做!比方说,其中有些人就变成了社会主义者。"

"谢谢您!"驼子说,他像成年人一样,对待老师既有礼貌,又很冷淡。"什么叫社会主义者?"

"往好里说——是一些空想家,懒汉;一般说——他们都是一些道德上的畸形儿,他们不承认上帝,不承认私有财产,失掉了民族观念。"

老师的回答总是很简短,但他们的回答却像马路上铺的石块一样,牢牢地填塞在他的记忆里。

"老太太也会变成道德上的畸形者吗?"

"哦,那当然,其中……"

"小女孩呢?"

"也有。这是一种天生的特性……"

老师们对他下了这样的评语:

"他对数学的理解力很差,但对道德问题却有浓厚的兴趣……"

"你话说得太多了,"姐姐了解到他和老师的谈话后,便对他说。

"他们比我说得还多呢。"

"你很少祷告上帝……"

"上帝医治不好我的罗锅……"

"哎哟,你怎么会这样想!"她不胜惊讶地喊了一声,然后对他说:

"我原谅你这一次,不过你得把这种想法永远抛掉,听见了吗?"

"嗯。"

她已开始穿连衣裙了,他才刚满十三岁。

从此以后,常常有很多不快的事落在她身上:当她走进弟弟工作室时,几乎每次都有木棍、木板或工具之类的东西落在她的脚上,打着她的肩头,或者碰破头皮,或者砸破手指。驼子总是叫嚷着警告她:

"当心!"

但每次都已来不及了,她只好忍着疼痛。

有一次她气得脸色发白,瘸着腿走到他跟前,恶狠狠地冲着他喊道:

"你这是故意的,你这窝囊废!"说着,扇了他一耳光。

他腿站不稳,跌倒了;坐在地板上,既不流泪,也不感到受辱,却小声地对她说:

"你干吗这样想呢?你不是挺爱我吗?你说,你爱我吗?"

她哼哼唧唧地跑开了,后来又走来解释道:

"你知道,你从前可没有干过这种事……"

"从前也没有这些东西呀,"他平静地说,一边伸出长长的胳臂,画一个大圆圈,指指屋子四角堆着的木板木箱之类,一切显得十分杂乱,连靠墙放着的木工台和旋床上,也堆满了木料。

"你干吗弄进这么多无用的废物?"她一边嫌恶多疑地朝四下里打量,一边问。

"你自己瞧吧!"

他已经开始建造了:做成了兔笼,狗舍,又发明了捕鼠机——姐姐嫉妒地注视着他的工作,可是吃饭时,却又得意扬扬地把这事告诉了父母,父亲嘉许地点点头说:

"一切都是从小事开始的,万事都是这样开始的!"

母亲一边拥抱女儿,一边问儿子:

"你知道吗,你应该感谢姐姐对你的关心!"

"嗯,"驼子回答。

他造好了捕鼠机,请姐姐到自己房间里来,一边给她看那笨拙的机械,一边说:

"这已经不是玩具,可以呈请专利特许证了!你瞧,这么简单,却有很大的劲儿,你摸摸这儿。"

姑娘碰了一下,只听格嗒一声,她发疯似的叫嚷起来,驼子一边在她身边蹦跳着,一边嘟哝着说:

"嗨,我没有叫你碰那儿,是摸那儿嘛……"

母亲跑进来,仆人们也来了。砸毁捕鼠机,救出被夹青的指头,抬走了晕过去的姑娘。

傍晚,他被姐姐叫去,她问:

"你是成心这样干的,你恨我——你为什么这样恨我?"

他耸动着背上的罗锅,心平气和地小声说道:

"没有的事,是你自己碰错了地方。"

"你撒谎!"

"那么——我为什么要弄痛你的手?况且又不是你打我的那只手……"

"当心点,窝囊废,你并不比我聪明!……"

他同意说:

"我知道。"

他那凸凹不平的脸上跟平时一样不动声色,眼睛专注地盯着人,使人很难相信,他是出于怨恨故意伤害人,或是在撒谎。

从此以后,她不常到他那儿去了。她的女友们——一些穿着花花绿绿的衣服、很爱打闹的姑娘们常来看她。她们在那间略显阴冷的大屋子里快活地跑来跑去——使那些陈设着的图画、雕像、盆景、镀金的装饰品,在她们面前变得比较温暖和有生气了。姐姐有时带她们到他

87

房间里来——她们拘谨地向他伸出染成玫瑰红指甲的纤纤素手,小心翼翼碰碰他的手,好像生怕把自己的手指折断。姑娘们跟他谈话时,都特别柔情脉脉和娇媚多姿,带着惊诧,但兴致索然的神情,打量这个掩埋在工具、图样、碎木头和刨花屑当中的驼子。他知道这些姑娘们都叫他"发明家",——这是姐姐提示她们的。他很有希望,前途无量,一定会给他父亲的声望增加光彩——姐姐以确信不移的口吻这样说。

"他的相貌当然不好看,但他非常聪明,"她常常这样告诉她们。

她十九岁了,已经有了未婚夫。她的父母有一天乘游艇疾驰,被一条美国货船上喝醉了的水手撞翻,淹死在大海里。她本来也要乘游艇去的,只因突然犯了牙痛而没有去。

当父母的死讯传来的时候,她忘记了自己的牙痛,在屋子里乱跳乱跑,举着两手叫嚷:

"不,不,不会有这样的事!"

驼子站在屋门口,用门帘掩着身体,仔细望着她,耸动着背上的罗锅说:

"爸爸长得那么肥大虚胖,我不明白他怎么会淹死……"

"住嘴!你对谁都没有感情!"姐姐大声喝道。

"我只不过不会说温情脉脉的话罢了,"他说。

父亲的尸首没有捞到,母亲是落水以前撞死的——人们把她找到了。她躺在棺材里跟活着时一样,像一截枯死的树枝,干枯而易折。

"只剩下我们俩了,"把母亲安葬完以后,她用灰色锐利的目光,紧盯着兄弟,严厉而悲痛地说,"往后我们的日子将很难过,我们什么也不知道,也许要损失很多财产。真可惜,我又不能马上出嫁!"

"哦!"驼子叹了一口气。

"你哦什么?"

他想了一下,说:

"只剩下我们两个了。"

"你说这话,好像你很高兴似的!"

"我并没有高兴。"

"实在令人遗憾!你一点不像个活人。"

每天晚上,她的未婚夫都到家里来——他长得矮小精悍,一头黄头发,晒黑的圆脸上留着毛茸茸的短髭。他整个晚上都在不停地笑,大概他会连续笑一整天的。他们已经订了婚,在市内一条最洁净最幽静的街道上,正在为他们建造一所新楼房。驼子从未到工地去过,他也不爱听他们提起建造楼房的事。未婚夫用带戒指的胖胖的小手拍拍他的肩头,露出两排细牙齿,对他说:

"你应该去看看,对不对?你说呢?"

在很长一段时间里,他都用种种借口谢绝了,最后终于让了步,便跟他和姐姐一同去了。可是当他和姐夫一起爬到脚手架最上一层的时候,忽然失足跌了下来——未婚夫一直落到地面,掉进石灰池里,弟弟衣服被脚手架板勾住,倒挂起来。砌石工人们把他救下来,只是胳臂和腿脱了臼,脸划破了。未婚夫跌断了脊梁,肋骨受了重伤。

姐姐吓得昏过去,两只手抓地,扬起一片白灰。她哭了一个多月。从此以后她就变得跟母亲一样——又瘦又高,开始用潮湿而冰冷的声音说话:

"你真是我的灾星啊!"

他把大眼睛垂下来望着地面,默不作声。姐姐穿上黑衣服,两眉锁成一条线,一见兄弟就咬牙,连颧骨的尖端都牵动起来。于是他尽量避开她,孤独地、默默地画着什么图样。他们就这样一直生活到成年,但是从这一天起,他们中间开始扎下了一辈子明争暗斗的根子——这种明争暗斗,以互相侮辱和埋怨的坚固连环,把他们紧紧地拴在一起。

待到成年的那一天,他用长者的口气对她说:

"既没有聪明的魔术师,也没有善良的仙女,有的只是人,有的人阴险,有的人愚蠢,关于善良的一切谈论,只不过是一种童话而已!但我想把童话变成现实。你还记得吗,你曾说过有钱人家中的一切都应该是美丽而聪明的？在富庶的城市里一切也应该是美丽的。我准备在市郊买一片土地,替自己和像我这样的残废人盖一所房子,我要让他们离开这个他们实在难以生活下去的城市,要不然,像姐姐这样的人,见了他们总会觉得不快……"

"不,"她说,"你绝不能这样做！这是疯狂的想法。"

"这是你的想法。"

他们审慎而冷静地争论起来；凡是互相怀有深仇宿怨的人,当他们感到再也无须隐瞒这种仇恨的时候,总是这样的。

"我已经决定了！"他说。

"我不同意,"姐姐回答。

他耸耸背上的罗锅出去了。过了不久,姐姐听说他已买好了地皮,而且已经破土动工,正在掘地基,几十辆马车运送砖瓦、石头、铁条和木料。

"你以为你还是一个小孩子吗？"姐姐责问他。"你以为这是闹着玩吗？"

他沉默不语。

身材瘦小、苗条而高傲的姐姐,每星期一次乘坐一辆小马车,自己驭着白马到市郊去,缓缓地驶过工地,冷眼瞧着一块块红砖在钢骨架子里叠起来,黄木条像不整齐的线条一样横在砖块中。她远远望见弟弟的身子好像一只蟹,手中提着手杖,戴着皱瘪的帽子,满身尘灰,像一只灰蜘蛛似的在脚手架上爬来爬去。然后,回到家,她凝视着他那兴冲冲的脸和一双黑眼睛,——他的眼睛变得更加温和和明亮了。

"真的,"他轻声说,"我想得不坏,这对你我都同样有好处！建筑是一件奇妙的事业,我似乎觉得我很快就要变成一个幸福的人了……"

她用神秘的目光打量他残废的身体,问道：

"变成幸福的人？"

"对啦！要知道,那些工匠跟我们完全不同。他们使人产生一种特别的想法。当石工走过他建造了许多房子的街道时,他一定会感到很得意!工人当中有许多社会主义者,他们首先是一些头脑清醒的人,而且他们确实明白自身的价值。我常常想,我们对自己的人民实在太不了解了……"

"你尽说怪话,"她说。

驼子一天比一天变得更加精神饱满和爱说话了。

"的确,一切都在照你的希望进行——我正在成为一个聪明的魔术师,使城里再也没有一个残废的人,而你呢,只要你情愿,也可以成为一个善良的仙女!你为什么不回答我?"

"这件事,我们以后再谈吧,"她一边玩弄着金表的链子,一边说。

有一次,他用一种她完全不熟悉的口气说:

"也许我对不起你的地方,比你对不起我的地方更多……"

她大吃一惊。

"我有什么对不起你的地方?"

"你听着!说实在的——我并没有像你想象的那样对不起你!因为我走路不稳,说不定那时我碰着了他,但绝非出于恶意,真的,请你相信我!以前,我想弄痛你打过我的那只手,实在比这件事更对不起你……"

"别说这些啦!"她说。

"我觉得人应该变得更善良!"驼子喃喃地说。"我认为善良并不是童话,它是能够做到的……"

市郊的庞大建筑物以非常快的速度兴建着,在肥沃的土地上扩大起来,巍然矗立在永远是灰色、永远像在下雨的天空中。

有一次,工地上来了一批公务员,他们来检查工程的进度,互相低声交谈了一阵,然后下令停止施工。

"这都是你出的鬼主意!"驼子跳到姐姐面前大嚷大叫,伸出有力的长胳臂去抓她的喉咙,可是旁边赶来一些陌生人,将他拉开了。姐姐对他们说:

"诸位,你们看到了吧,这个人的神经的确有点不正常,一定得有人监护!他这种病是从先父去世后突然发作的,他非常爱先父,你们可以问问用人,大家都知道他的这个毛病。他们之所以一直没有说出来,这是因为他们都是好人,他们非常珍视他们从小就在这里生活的主人家的名誉。我一直隐瞒着这件不幸的事——兄弟是白痴,对我并没有什么光彩……"

当他听完这番话以后,气得脸色煞白,两眼从眼眶里凸出来,他哑然了,默默地用手指去抓那些拉他的人。她继续说:

"修建这幢楼房是一件非常浪费的举动,我决定把它捐献给市政府,办一座以我父亲的名字命名的精神病医院……"

他尖叫着昏过去了,人们把他抬走。

姐姐继续建造,以原来的速度完成了工程。当楼房建成后,第一个进医院的病人便是她的弟弟。他在那儿被幽禁了七年——七年的幽禁生活足够使一个人变成真正的白痴。他的忧郁症厉害起来了,他姐姐在这期间也变老了,失掉了做母亲的希望,等她看出自己的宿敌已被彻底击垮,不会再复活了,她便将他带出去,由自己加以监护。

于是,他们像两只瞎眼的小鸟,在地球上到处飞窜,毫无意义和毫无乐趣地看着一切,而且无论来到哪里,他们除了自身以外,什么也看不见。

十六

　　碧蓝的海水油一样浓,轮船的螺旋桨徐缓地、几乎无声地在水中转动。脚下的甲板纹丝不动,只有矗入晴空中的船桅,拼命地晃过来晃过去。弓弦样绷紧的桅索,发出轻微的颤鸣——但习惯了这种震颤以后,也就浑然不觉了。于是,这条白天鹅样洁白而又体态匀称的轮船,好像凝滞在柔滑的水面上,只有向舷外望去的时候,才会觉得船在移动。船舷外,碧绿的水浪离开白色的船身,掀起层层波纹,变成一条宽阔柔软的水带,弯弯曲曲地向船后散去,像水银似的闪烁着,发出催人入眠的潺潺声。

　　早晨,大海还没有完全睡醒,日出前蔷薇色的朝霞还没有从天空消失,但轮船已经驰过了戈尔戈纳岛——那是一座林木茂密的险峻的孤山,山顶上矗立着圆形的灰色塔楼,沉睡的水边矗立着一排排白色房舍。几条小船从轮船旁急急滑过——那是去捕捞沙丁鱼的岛民。长桨有节奏的拍水声和渔人清晰的身影,永远留在人们的记忆里——他们是站着划的,身子一躬一躬,好像在对太阳行鞠躬礼。

　　船尾留下一条泛着绿色泡沫的宽阔的水带,海鸥在上面懒洋洋飞翔。有时不知从哪里游来一条水蛇,身子伸得像雪茄似的,悄然无声地掠过水面,突然又箭一般钻进海水里。

　　一片淡紫色的山峦——利古里亚海岸,像云朵一样从遥远的海面上浮现出来;再过两三个钟头,轮船就要驶进狭小的、像大理石一般又白又光滑的热那亚港湾。

　　太阳渐渐升高了,预告着一天的炎热。

　　甲板上跑出来两个侍役:一个是年轻的那不勒斯人,身材瘦小,动作敏捷,活泼的脸上有一种捉摸不定的表情;另一个是中年人,白胡髭,黑眉毛,圆脑袋上硬头发泛着银光,长一个鹰钩鼻子和一对严肃聪明的眼睛。他们连笑带嚷迅速收拾好喝咖啡的桌子,又跑去了。接着,乘客一个接一个从船舱里慢慢出来——一个是大胖子,小脑袋,他面孔浮肿,两颊绯红,愁容满面,疲倦地微张着圆润的紫嘴唇;另一个是高个子,留着灰色的连鬓胡子,浑身上下平平整整,像熨过了一般,焦黄而扁平的脸上长着一双不易被人看到的小眼睛和一个钮扣似的小鼻子;在他们后面,一个红头发的矮胖子,从舱口的铜门槛上踉踉跄跄地跳出来,腆着大肚子,留着军官型的唇髭,身穿登山服,戴一顶插绿羽毛的帽子。三个人并肩走到船边,大胖子忧郁地眯着眼睛说:

"多么平静呀,是吧?"

连鬓胡子两手插在口袋里,像一把剪刀似的张开两条腿。红头发拿出一只像钟摆一般大的金表,看看金表,看看天空,又看看甲板上,然后晃动着表,踏着脚板吹起口哨来。

又走出来两个妇人——一个是年轻的胖太太,面色跟瓷器一样,生一双妩媚动人的浅蓝眼睛,黑眉毛好像用笔描过,一边比另一边稍微高些;另一位太太年岁较大,花白头发梳得很光洁,尖尖鼻子,左颊上一颗大黑痣,脖子上挂两条金项链,银灰色连衣裙的腰带上挂着许多装饰品,手里拿着一副带柄眼镜。

咖啡端上来了。年轻的妇人默默地坐在桌边,特意把赤裸到肘部的胳臂弯成圆形,开始斟黑色的饮料。男人们走到桌边,默默坐下,大胖子端起杯子,叹息着说:

"天气将要热起来……"

"你把咖啡撒在膝盖上了……"年长的妇人说。

他低下头——他的下颏和脸颊紧碰着胸口——把杯子放在桌上,用手帕把撒在灰裤子上的那几滴咖啡拭去,又擦擦脸上的汗。

"是的!"红头发摇晃着短腿,忽然大声说。"是的,是的!如果连左派也埋怨起暴乱的行为来,这就是说……"

"伊凡,你等会儿再说废话吧!"年长的妇人打断他。"丽莎还没有出来吗?"

"她有点不舒服,"年轻的妇人大声回答。

"其实,今天海面上很平静……"

"唉,一个女人怀着孕……"

大胖子微微一笑,甜蜜地闭上眼睛。

船舷外,海豚打破平静的海面,翻着身子。连鬓胡子仔细望着海豚说:

"海豚很像猪。"

红头发应声说道:

"在这儿,像猪一样肮脏的东西真是多得很。"

头发花白的妇人把咖啡端到鼻子下嗅了嗅,满脸不高兴地皱起眉头。

"味道真难闻!"

"还有牛奶也是一样,对吧?"大胖子惊慌地眨眨眼睛,附和着说。

脸色像瓷器的妇人唱歌似的接下去说:

"什么都是肮脏的,肮脏极了!一切都很像犹太人……"

红头发气喘吁吁地一直在和人胡子附耳低语,好似一个读熟了功课并为此感到骄傲的学生在回答老师的问题。对方兴趣盎然地听他讲,一边轻轻地左右摇晃着脑袋,扁平脸上的嘴张大着,犹如干燥的木板裂开一条缝。他有时也想说点什么,使用奇怪而含糊的嗓音开言道:

"在我们省……"

但他没有再说下去,又专心把脑袋凑到红头发的唇髭上。

大胖子深深叹了口气,说:

"伊凡,你总是唠叨个没完……"

"喂,请把咖啡递给我!"

他把自己的椅子移近桌边,发出吱吱吱吱的声音;他的对谈者意味深长地说:

"伊凡是个有理想的人。"

"你没有睡醒吧,"年长的妇女用带柄眼镜望着连鬓胡子说。他用手掌摸摸脸，又望望手掌。

"我好像觉得脸上涂了一层白粉，你没有这种感觉吗？"

"哎呀，舅舅！"年轻的妇人扬声说。"这就是意大利的气候特点！住在这里的人皮肤都干燥得要命！"

年长的妇人问道：

"你注意到没有，丽蒂，他们的糖也很糟？"

这时甲板上出现了一个身材高大的人，卷曲的白发上戴一顶帽子，鼻子很大，有一双快活的眼睛，嘴里叼着雪茄。站在船边的侍役都殷勤地向他躬身敬礼。

"你们好呀，诸位，你们好！"他笑眯眯地点着头，用沙哑的嗓音大声说。

那些俄国人都斜眼瞟着他，停止了谈话，留着唇髭的伊凡小声说：

"这是一个退伍军人，一眼便看得出来……"

那位白头发发觉别人在看他，便把嘴上的雪茄拿下，彬彬有礼地向俄国人点点头——年长的妇人仰起脸，把带柄眼镜放在鼻梁上方，挑衅似的仔细打量他；留着唇髭的那个人不知为什么红起脸来，马上转过身去，从衣袋里掏出金表，重新在空中摇晃起来。只有大胖子把下巴紧碰着胸口，还了一个礼——这使意大利人感到很不好意思，他又神经质地把雪茄放在嘴角上，小声向一个老侍役问道：

"是俄国人吧？"

"是的，老爷！一位俄国的省长和他的眷属……"

"他们的面孔总是那么和善……"

"一个很好的民族……"

"在斯拉夫人中，当然是最好的……"

"不过依我看，他们都有点傲慢……"

"傲慢？是吗？"

"我以为是这样——他们对人很傲慢。"

俄国胖子脸上有点发热，他笑容可掬地低声说：

"他在谈论我们呢……"

"他说些什么?"年长的妇人厌恶地皱着眉头问道。

"他说我们是最好的斯拉夫人,"胖子嘿嘿地笑着说。

"他们倒会奉承人,"妇人说;红头发伊凡把表收起来,两手拈着短髭,轻蔑地说:

"可是,他们对我们一点也没有礼貌……"

"他在称赞你呢,"胖子说,"你却认为他们没有礼貌……"

"废话!我不是说他,我是说一般的人……我自己也知道我们是最好的人。"

一直在聚精会神观赏海豚在水中翻筋斗的大胡子,吁了一口气,摇着头说:

"多蠢的鱼呀!"

白头发意大利人身边,又来了两个人。一个是身穿黑色常礼服、戴眼镜的老头子;一个是白脸、高额、浓眉、长发的年轻人。他们三个站在离俄国人约五步远的船舷边,白头发低声说:

"我一看见俄国人,就不由地回想起墨西拿①来……"

"您还记得我们在那不勒斯欢迎俄国水兵时的情景吗?"青年问。

"是的!他们在自家的深山老林里是不会忘记那一天的!"

"您见过发给他们的那种勋章吗?"

"我不喜欢那玩意儿。"

"他们在讲墨西拿,"大胖子向自己的同伴报告说。

"他们还笑呢!"青年妇人扬声说道。"真奇怪!"

一群海鸥追上轮船,其中一只用力拍打着弯曲的翅膀在船边停下来。青年妇人便把饼干扔过去,海鸥啄食着碎片,跳到水中去了,然后

---

① 墨西拿,意大利港口城市,位于西西里岛东北岸。一九○八年的大地震使该市损失惨重,有三万人丧生。由"皇太子号"、"光荣号"和"马卡罗夫海军上将号"三只战舰组成的俄国分舰队,参加了该地的抢险救灾工作。俄国士兵表现出来的舍己忘我精神,博得了当时意大利舆论界的高度评价。

又贪婪地啼叫着,向海上的晴空飞去。侍役把咖啡端到那些意大利人跟前,他们也照样把饼干投给鸟吃,——妇人严肃地蹙着眉毛说:

"像猴子一样模仿人!"

大胖子侧耳谛听意大利人活泼的谈话,又来报告了:"那人不是军官,是个商人,他在讲如何从我们俄国购买粮食,还说,在俄国可以买到煤油、木材和煤。"

"我一眼就看出他不是军人,"年长的妇人说。

红头发又开始咬着大胡子的耳朵说起话来,大胡子一边听,一边怀疑地咧着嘴;年轻的意大利人斜眼瞧着俄国人说:

"真可惜,我们对这些绿眼睛大个子的国家一点也不了解!"

太阳已经升高,天气热起来,海面上光波闪烁,令人目眩,在船右首遥远的海面上,渐渐浮现出山峦或云朵来。

"安娜,"大胡子笑得嘴角咧到耳边说,"听听这个滑稽的伊凡,他想出一个消灭农村暴乱的好方法来啦,真是妙极了!"

于是,他坐在椅子上左右摇晃着,慢条斯理地、枯燥无味地讲起来,就像翻译一种外国语一样。

"他说,趁赶集的日子,或者趁乡村的什么节日,让当地长官用公款准备好棍子和石头,另外用公款给乡下佬备上十桶、二十桶、五十桶——依照人数而定——伏特加酒,此外,就什么也不需要了!"

"我不明白!"年长的妇人说。"这岂不是闹着玩吗?"

红头发赶快回答:

"不,是真的!你想想,ma tante①……"

年轻的妇人瞪着大眼,耸耸肩膀说:

"真没意思!用公款请他们喝酒,这样,他们岂不就……"

"不,你等等,丽蒂!"红头发跳在凳子上喊道。大胡子张开大嘴,把身体左右摇摆着,发出无声的笑。

---

① 法语:姑母。

"你想想,那些流氓抢不到酒喝,一定会拿起棍子和石头互相殴打起来,——明白吗?"

"为什么要让他们互相殴打呢?"胖子问。

"这岂不是闹着玩吗?"年长的妇人又问道。

红头发从容不迫地把两只短胳臂一摊,热烈地证明说:

"当局镇压他们的时候,左派大嚷大叫,说什么残暴呀,凶恶呀,所以我们必须想一个法子,让他们自己去镇压自己——对不对?"

轮船摇晃起来,胖妇人惊慌地扶住桌子,杯盘碰得叮当叮当作响。年长的妇人伸手抓住胖子的肩膀,吃惊地问:

"怎么回事?"

"我们的船在拐弯……"

海岸线愈来愈高,愈加清晰地从海面上浮现出来——烟雾弥漫的山丘和山坡上,布满果园和花圃。能依稀望见葡萄园中青色石头,浓云般的绿荫中,隐约露出白色的房舍,玻璃窗在阳光下闪闪发光,亮晶晶的光点投进乘客的眼帘。岸边岩石下隐藏着一所小小的房舍,它正面临海,被密密一层淡紫色的花丛遮掩着,一簇簇鲜红的天竺葵,跟小溪的流水一般,从阳台石栏杆上倒泻下来。岸上景色秀丽,显出蔼然可亲、殷勤好客的样子,群山的柔美的轮廓,召唤人们到果园的浓荫深处去。

"这里的一切都显得很狭小,"胖子叹息着说。年长的妇人不以为然地看了他一眼,随后又用带柄眼镜向岸上眺望,高高地昂起头,紧闭着薄薄的嘴唇。

甲板上已经出现了许多穿浅色服装、面孔黝黑的人,他们热闹地谈论着。俄国太太轻蔑地望着他们,就像女皇傲视群臣一样。

"他们总是打手势,"年轻的妇人说。胖子喘着气解释道:

"这是因为他们的语言太贫乏,必须用手势来帮助……"

"我的天哪!我的天哪!"年长的妇人深深地叹息着,然后想了想,又问:

"热那亚也有很多博物馆吗?"

"大概只有三个,"胖子回答她。

"那边是公墓吧?"年轻的妇人问。

"是圣地。当然也是教堂。"

"马车夫也跟那不勒斯一样坏吗?"

红头发和大胡子站起来,走到船边,热烈地谈起来,两个人都抢着说话。

"意大利人在讲什么?"妇人整一整华美的发髻问。她的肘部是尖形的,耳朵又大又黄,像凋枯的树叶子。胖子很注意地谛听着鬈发意大利人的高谈阔论。

"诸位,他们国家里大概有一条很古老的法律①,不准犹太人到莫斯科去,——这显然是专制时代的残余。你们大概知道伊凡雷帝吧!就是在英国,现在也还保留着许多无政府主义的法律。不过,也许是那个犹太人故意欺骗我,总之,不知为什么他却无权到沙皇的古都——神圣的莫斯科去……"

"在这点上,我们的罗马倒是犹太人的乐土,市长是犹太人②,罗马比莫斯科更古老,更神圣,"青年笑着说。

"他要比那个裁缝教皇③聪明得多!"戴眼镜的老头儿狠狠地拍了一下手掌,插嘴说。

"那老头儿在嚷什么?"妇人放下两手问。

"一些废话罢了。他们的话都带着很重的那不勒斯土音……"

"那个犹太人说,他到了莫斯科找不到住处,只好去妓院,因为别

---

① 俄国女皇叶卡特琳娜二世在一七九六年颁布过一项法令,规定下列地区为犹太人居住区:白俄罗斯,叶卡特林诺斯拉夫区,乌克兰的塔夫里达省。其他地区一律不许犹太人居住。

② 指罗马市长埃尔涅斯·纳丹,他于一九一〇年九月二十日,借罗马和拉齐奥区并入意大利王国四十周年之际,发表过一篇带有激烈反宗教色彩的演说。

③ 指一九〇三至一九一四年间的罗马教皇朱塞佩·萨尔托。在意大利语中,"萨尔托"这个姓有"裁缝"的意思,故又称他为"裁缝教皇"。

的地方都不让他住……"

"胡说!"老头儿果断地说,向讲话的人挥着手。

"他说这是真的,我也这么想。"

"以后又怎么样了?"年轻人问道。

"妓女将他交给警察,她开头还拿了他的钱,犹太人似乎还跟她睡过呢……"

"无稽之谈!"老头儿说。"他实在是一个信口雌黄的家伙。我在大学时有几个俄国同学,他们都是很好的小伙子……"

俄国胖子用手帕擦擦脸上的汗,懒洋洋地、冷淡地对妇人说:"他在讲一个犹太人的故事。"

"讲得那么起劲!"年轻的妇人冷笑了一下;另一个妇人说:

"这些人说起话来又是打手势,又是嚷嚷,不过仍叫人看着无聊……"

海岸上的城市渐渐呈现在他们眼前,山脚下现出一排排互相紧靠着的房舍,形成一道密实的墙壁,在阳光照耀下,好像是象牙雕成的。

"有点像雅尔达,"年轻的妇人一边站起来一边说。"我这就到丽蒂那儿去。"

她穿一件天蓝色的衣衫,摇摆着肥胖的身子,从甲板上姗姗走过;当她走过那几个意大利人身边的时候,白头发停止了谈话,悄悄地说:

"那双眼睛多美呀!"

"对啦,"戴眼镜的老头儿摇着头说:"巴西丽娜①大概就是这个样子!"

"巴西丽娜是拜占庭女子吧?"

"依我看,她是斯拉夫人……"

"他们在谈论丽蒂,"胖子说。

---

① 显系指罗马皇帝朱利厄斯·君士坦兹(337—350年在位)的第二个妻子巴西丽娜,罗马皇帝背教者朱利恩(361—363年在位)的母亲,她于公元三三一年生朱利恩时死于君士坦丁堡。

"什么?"妇人问。"当然是些无聊话喽?"

"他们称赞她的眼睛……"

妇人挤了挤眉眼。

轮船上的铜器闪闪发光,轮船迅速而平稳地向岸边驰去。已经能望见黑黝黝的防波堤了,堤后边有几百条桅杆矗向天空,到处悬挂着色彩鲜艳的旗子,一动不动。黑烟慢慢消散在空中,远处飘来油脂和煤屑的气味,传来码头上干活的喧闹声和大城市的各种声响。

大胖子忽然笑起来。

"你笑什么?"妇人眯着失去光彩的眼睛问。

"德国人会把他们消灭掉的,真的,你等着瞧吧!"

"这有什么高兴的?"

"没有什么……"

大胡子一边望着自己脚下,一边大声地、严格遵守文法地向红头发问道:

"你对这种难以预料的偶然事件是否感到高兴呢?"

红头发严肃地捻着胡子,不作回答。

轮船行驶得更加缓慢了。混浊的暗绿色海水不停地拍击着白色的船舷,发出如泣如诉的呜咽声;大理石房子,高塔,带花纹的阳台,都没有把影子映在水里。港口张开黑色的大嘴,想把停泊在那里的许多船只一口吞进去。

十七

……饭馆门口,一张铁桌边,坐着一个穿浅色西装的人,身材干瘦,脸刮得精光,很像美国人;他坐在那里用唱歌般的声音懒洋洋地喊道:

"茶房……"

周围一切都落上厚厚一层洋槐树的白花,像金子一样闪闪发亮;到处是灿烂的阳光,大地和天空都洋溢着春天静谧欢乐的气息。街道中间,一头大耳朵的毛驴嘚嘚跑过,笨重的马慢吞吞移动着四条腿,人不慌不忙地走着,——一切生物,显然都想争取更多时间,浸浴在阳光中,呼吸充满着馥郁花香的空气。

春之使者——儿童们蹦蹦跳跳地跑来跑去,阳光给他们的衣服染上鲜艳的色彩。身着花花绿绿衣衫的女人们,扭动着腰肢飘然走过,——在阳光灿烂的日子里,她们是那么不可缺少,就像夜空需要繁星的点缀。

那个穿浅色西装的人,模样十分古怪:好像他原来很脏,只是今天才洗干净了身体,可是由于洗得太用力,竟把身上的光彩都洗掉了。他用一双暗淡无神的眼睛凝望着四周,仿佛在计算太阳撒在房屋墙壁上、昏暗的街道上和街心花园大石板上的光点。他干枯的嘴唇像萎谢的花朵正在收缩,他用很低的声音认真地吹着一种异样凄凉的曲调,一边用白皙的长手指敲着回音很响的桌边——指甲闪出暗淡的光;另一只手里拿一双黄手套,用手套在膝盖上打拍子。从脸型上看,他是一个聪明果断的人——只可惜脸上的光泽和生气都被一种粗糙而笨重的东西磨去了。

侍者恭恭敬敬地弯着腰,在他面前放上一杯咖啡、一小瓶绿色的甜酒和一碟饼干。另一张桌子旁,坐着一个胸脯宽大、眼睛像玛瑙一样又黑又亮的人,——他的面颊、脖子和双手都被烟熏黑了,他那粗壮的体格像铁打似的坚硬,好像一台大机器上的部件。

当那个服装整洁的人,把疲倦的目光落在他身上时,他微微欠起身来,用手碰碰帽子,透过浓密的胡髭说:

"您好,工程师先生。"

"啊,又是您,托拉马!"

"是的,是我,工程师先生……"

"又要发生什么事了吗,嗯?"

"您工作怎么样?"

工程师薄薄的嘴唇上浮现出一丝微笑,说:

"老弟,我想我们总不能老用这类问话来交谈吧……"

对方将帽子往耳边一拉,张开嘴大笑起来,他边笑边说:

"啊,那当然!不过,说老实话,我很想知道……"

一头拉煤车的花毛驴站下来,伸长脖子悲嘶起来;但在这样好的天气,这种声音大概连它自己也有点不大喜欢,便连忙中断高亢嘶鸣,抖抖毛耳朵,低下头,踏响蹄子,又向前跑去了。

"我等待您的机器可等得发急,就像等待一本能使我增长知识的新书……"

工程师一边啜饮着咖啡,一边说:

"我不大明白您的这个比喻……"

"难道您不认为,机器可以解放人的体力,就如同一本好书可以鼓舞人的精神吗?"

"啊!"工程师仰起头说。"原来是这个意思!"

他把空杯放在桌上,问道:

"您当然又要开始进行宣传喽?"

"我已经开始了……"

"再来一次罢工和骚动,是吗?"

他耸耸肩头,抿嘴微笑着。

"当然最好不发生这种事……"

一个身穿黑衣服、面孔像女修士一样严峻的老太婆,默默地向工程师兜卖小束的紫兰花,他拿了两束,把一束递给谈话的对方,若有所思地说:

"托拉马,说实在的,您头脑那么聪明,只可惜您是一位幻想家……"

"谢谢您的鲜花和夸奖。您是说——可惜吗?"

"是的!您实在是一位诗人,不过,要想做一个像样的工程师,您还得好好学习……"

托拉马露出两排白牙齿,轻轻地笑着说:

"啊,这话说得对!工程师是诗人——我同您在一起工作,更加深信这一点了……"

"您真是一个可爱的人……"

"而且我想——为什么工程师先生不能成为一个社会主义者呢?社会主义者也应当是诗人……"

他们两个都用同样聪明的目光瞧着对方,笑了起来;但他们又是两个迥不相同的人:一个身材枯瘦,神经过敏,磨去了棱角,两只眼睛黯淡无神;另一个却像昨天刚刚被铸造出来,尚来打磨光。

"不,托拉马,我宁愿有一个自己的工厂和三十来个像您这样的青年。啊,如果这样,我们就可以立即干出一番事业来……"

他用手指轻轻地敲着桌子,叹了一口气,接着把花插在钮扣孔里。

"真是活见鬼!"托拉马兴奋地喊道。"怎么能让这些琐事妨碍生活和工作呢……"

"托拉马师傅,难道您把人类历史也称作琐事吗?"工程师机智地微笑着问。工人摘下帽子,拿在手中扇着,热烈而活泼地说:

"那么,我祖先的历史又是什么呢?"

"您祖先的?"工程师带着更加机智的微笑反问道,他着重强调着第一个字。

"是的!是我的!这也许有点狂妄吧?狂妄就狂妄!难道乔尔丹

诺·布鲁诺①、维柯②、马志尼③,不是我的祖先吗——难道我不是生活在他们的世界上,每天都在享用着他们伟大智慧的成果吗?"

"啊,原来从这个意义上说!"

"那些故去的人们留给世界的一切东西中,当然也有我的一份!"

"那当然,"工程师把眉头紧皱着说。

"在我以前——在我们以前——所完成的一切,就好比是矿砂,我们应当把这矿砂炼成钢;这难道不对吗?"

"谁说不对? 这是显而易见的!"

"要知道,你们这些有学问的人,也和我们工人一样,都是靠过去的智慧成果生活的。"

"我不和你争辩,"工程师低着头说;他身边,站着一个穿灰色破衣服的小孩,身材像玩破了的皮球一般小,龌龊的小手里拿着一束番红花,一个劲地说:

"先生,请买我的花……"

"我已经有了……"

"花多买点没关系……"

"好哇,小孩!"托拉马说。"好哇,给我两束……"

小孩把花给他,他微微举起帽子对工程师说:

"要吗?"

"谢谢。"

"天气真好,对吧?"

"连我这五十岁的人都感觉到了……"

他眯起眼睛沉思地向四周扫了一下,接着感叹地说:

---

① 乔尔丹诺·布鲁诺(1548—1600),文艺复兴时期意大利伟大的思想家,唯物主义者和无神论者。他进一步发展了哥白尼关于宇宙构造的学说,由于拒绝放弃自己的观点,被宗教裁判所烧死。
② 扎姆巴基·维柯(1668—1744),意大利资产阶级哲学家,社会学家,法律家。
③ 朱泽培·马志尼(1805—1872),著名的意大利革命家,资产阶级民主主义者,意大利民族解放运动的领袖和思想家之一。

"我想您大概特别强烈地感觉到春天的阳光在血管里汹涌奔流着,这不仅因为您年轻,而且我认为,整个世界在你们看来和在我们看来是大不相同的,您说对吗?"

"我不知道,"他笑着说,"不过生活总是美好的!"

"是因为它充满希望吗?"工程师怀疑地问。这问话好像刺伤了对方——他把帽子戴好,很快地说:

"生活之所以美好,因为其中有我所喜爱的一切!总之,我亲爱的工程师,照我看来,语言不仅仅是声音和字母,——当我读书、看画或欣赏美好的东西时,我感到那些东西好像都是我自己创造出来的!"

他们两个人又笑了起来——一个向后仰着脑袋,挺起宽阔的胸膛,张开大嘴,纵声大笑,仿佛在夸耀自己有纵声大笑的本领似的;另一个则咧着嘴,露出金牙,像是哽咽住了一般,几乎是不出声地笑着,他牙缝里的金子好像不久前被他咬碎了,而且忘记了去洗刷那发绿的牙齿。

"您真是一个好小伙子,托拉马,见了您总是叫人感到愉快,"工程师说,然后又眨眨眼睛补充道:

"不过您最好不要闹事……"

"啊,我总是要闹事的……"

他脸上故意露出严肃的神色,接着眯起那双深不可测的眼睛,问道:

"我只希望到了那时,我们彼此都能采取完全合乎礼貌的态度,可以吗?"

工程师耸耸肩膀,站了起来。

"啊,是的。是的!您要知道,这件事曾使企业损失了三万七千里拉……"

"如果再把工资计算在内,那就更聪明了……"

"哼,您的算法并不高明。更聪明?任何野兽,都有自己的聪明。"

他伸出一只又黄又瘦的手,当工人握它时,他说:

"我还是要对您说,您应当好好学习……"

"我随时都在学习……"

"您会成为一个富于幻想的工程师的。"

"嘿,幻想并不妨碍我生活……"

"再见,固执的小伙子……"

工程师迈着瘦长的腿,穿过阳光的网,在洋槐树下慢慢走去;他一边走,一边细心把一只手套戴在右手的瘦指头上。一个矮小黝黑的侍者,离开刚才听这场谈话的饭馆门口,对那个正伸手从钱包里掏钱的工人说:

"我们这位很有名望的工程师,现在也衰老得多了……"

"他还会坚持自己的看法的!"工人以确信不移的口吻扬声说道。"他的脑盖下还蕴藏着很多的热情……"

"您下次在哪儿演讲?"

"还是在那儿,职业介绍所。你听过我演讲?"

"听过两次,同志……"

他们互相紧紧地握握手,微笑着告别了。一个朝和工程师相反的方向走去,另一个沉思地哼着小调儿,开始收拾桌上的杯盘。

一群戴着白围裙的男女小学生,在马路中间列队行进,队伍中迸发出一片喧笑声。打头的两个大声吹着用纸卷成的喇叭,洋槐树的白花瓣雪片似的纷纷飘落在他们身上。无论什么时候,特别是在春天,你一看见孩子们,就禁不住想在他们背后大声欢呼:

"喂,孩子们! 你们的未来万岁!"

十八

如果生活把一个人逼到那种地步,他在埋葬着自己祖先遗骨的沃土上已经找不到一片面包,为饥寒所迫,不得不忍痛离开自己的家乡,流落到远达三十天路程的南美洲去,——如果生活把一个人弄到了这种地步,你对这样的人还能抱什么希望呢?

不管他是怎样的人,反正都一样!他好像一个离开母亲怀抱的孩子,对于他来说,异国的酒的滋味是苦的,不但不能使他得到欢乐,反而使他感到忧伤,他的心变得跟海绵一样松软,而且也跟海绵吸水一样,这颗远离故乡怀抱的心,会贪婪地吸收一切罪恶,生出阴暗的感情来。

在我们卡拉布里亚地区,年轻人在漂泊海外以前,大半是要先结婚的——也许是为了用女人的爱情来加深对家乡的眷恋吧,因为女人也和家乡一样,有一种吸引人的力量。再没有什么东西,比这种召唤他返回故乡土地的怀抱和爱人胸前的爱情,更能保护远方的游子了。

然而,那些为贫困所迫注定要流浪海外的人,他们的结婚几乎往往变成厄运,变成复仇和流血的可怕惨剧的序幕。亚平宁半岛的塞纳尔基亚村社里,不久前就发生过一桩这样的事情。

这个平凡而又骇人听闻的故事,如同从《圣经》上摘引下来的一般,需要从头,也就是从五年前讲起。五年前,在一个叫萨拉钦纳的小山村里,住着一位美人,名叫爱米丽娅·布拉科,她的丈夫到美洲去了,她住在公公家里。她是一个身体强壮、手脚麻利的劳动妇女,天生一副好嗓子,性情活泼开朗——爱说爱笑,而且喜欢卖弄风情,热烈地撩拨着村中小伙子和山上管林人的欲望。

她虽然喜欢逗笑取乐,却善于保护自己作为一个已婚女子的贞洁和名誉,她的笑声常常引起许多人甜蜜的梦想,可是谁也不能夸口说在她身上取得了什么胜利。

你们知道,世界上最爱嫉妒的要算是魔鬼和老太婆了。爱米丽娅也有一位婆婆,而魔鬼这东西,凡是可以作恶的地方,它总是无所不在的。

"亲爱的,你男人不在家,你也玩闹得太过分了,"婆婆说,"我也许会写信把这事告诉他的。当心,我注意着你的一举一动,你要记住:你的名誉就是我们一家人的名誉……"

一开头,爱米丽娅心平气和地要婆婆相信,她爱她的儿子,她的行为并没有什么可责备的。可是后来那老婆子愈来愈多疑了,老是羞辱她。老婆子像被魔鬼迷住了一般,到处胡言乱语,说自己的儿媳妇是个不知羞耻的女人。

风声传进爱米丽娅的耳朵里,她惊慌不安起来,央求鬼老婆子不要胡说八道,破坏她的名誉。她发誓说:她并没有做出任何对不起丈夫的事,她做梦也没有想到过要对他变心。可是,老婆子却不相信她的话。

"我是知道的,"她说,"我也有过年轻的时候,我知道这种誓言值几个钱!好啦,我已经给儿子写信去了,叫他赶快回来,为自己的名誉报仇。"

"你写信去了吗?"爱米丽娅小声问。

"写了。"

"那好吧……"

我们这儿的男子都跟阿拉伯人一样爱嫉妒。爱米丽娅知道丈夫一回来,她会受到怎样的威胁。

第二天,婆婆到树林里去拾干柴,爱米丽娅在裙子下藏着一把斧头,跟在她后面。这美人儿亲自向警察所长自首说:她砍死了婆婆。

"我没有做什么不名誉的事,与其让人家到处说我不规矩,我倒不如做个杀人犯,"她说。

审判的结果,她胜利了。几乎全塞纳尔基亚的居民都出来替她做证,许多人甚至流着眼泪对法官说:

"她没有罪,她平白无故被人败坏了名誉!"

只有大主教科齐出面反对这可怜的女人:他不愿意相信她的贞洁,他说必须遵守民间古老的传统习俗,还警告人们不要重犯古希腊人为弗里娜①进行辩护的错误,一看见淫妇生得美,就神魂颠倒。他说了他应该说的话。也许就因为他的缘故,爱米丽娅被判了四年徒刑。

如同爱米丽娅的丈夫一样,她的同村人多纳托·格瓦纳齐亚也到海外谋生去了,把年轻的妻子留在家里,使她过着佩涅洛珀②式的郁郁寡欢的生活——靠编织生活的幻想过日子。

三年前,多纳托接到母亲的一封信,信中说,他的妻子特雷莎,跟他父亲——她的丈夫——有了首尾,姘居厮混。你们瞧,这又是老太婆跟魔鬼勾结在一起了。

儿子多纳托买到第一艘开往那不勒斯的轮船票,像从天而降似的,突然回到家里。

妻子跟父亲都装出很吃惊的样子;但他是一个严酷而又多疑的小伙子,一开始显得很平静,想证实一下这件事是否属实,——因为这时他已听到了爱米丽娅·布拉科的案情。他对自己的妻子百般爱抚,在一段时间里,他们两人好像又重新度起新婚的蜜月和青春的热宴来了。

母亲竭力往他耳朵里灌毒汁,但他阻止了她:

"够了!我要亲自证实一下你的话是否属实,请不要妨碍我。"

他心里明白,受辱者的话是不能轻易相信的,哪怕是自己的生身

---

① 弗里娜,古希腊高等艺妓,曾做过古希腊雕塑家伯拉克西特列斯(公元前四世纪)的模特儿。她的非凡的美貌被伯拉克西特列斯通过塑像《爱神》表现了出来。另一位古希腊画家阿佩莱斯也曾以她为模特儿,把爱神阿芙罗狄蒂(即罗马神话中的维纳斯)画成从海上出现的样子。

② 佩涅洛珀,古希腊神话中奥德修斯的忠实妻子。奥德修斯外出远征二十年,杳无音讯,她一直守在宫里,虽有许多人求婚,终不改嫁,一直等到丈夫归来。古希腊著名史诗《奥德修记》(一译《奥德赛》)对这段故事有详细的描述。

母亲也一样。

半个夏天几乎平安无事地过去了,也许一辈子都会这样过下去的。可是有一次当儿子偶然离开家的时候,他的父亲又去勾引儿媳妇了。她拒绝了老色鬼的纠缠,这使他老羞成怒——突然的拒绝使他未能享受到年轻的肉体,于是他决心向女人报复。

"你会倒霉的,"他恐吓她。

"你也一样,"她回答。

我们这儿的人都寡言少语。

第二天,父亲对儿子说:

"你可知道,你的妻子对你不忠?"

他脸色刷地白了,直勾勾地望着父亲的眼睛问道:

"您有证据吗?"

"有的。她的情人对我说,她肚子底下有一颗大痣——这是真的吧?"

"那好吧,"多纳托说。"爸爸,既然您对我说她有罪——她就该杀!"

父亲无耻地点了点头:

"对!淫妇就应该杀。"

"还有男的!"多纳托一边走,一边说。

他走到妻子面前,两手重重地放在她的肩上……

"你听着,我知道你对我变心了。为了你变心前和变心后我们夫妻间的恩爱,请告诉我,你跟谁发生了关系?"

"哎呀!"她突然发出一声叫喊。"你去问你那该死的老头子好了,只有他一个人……"

"是他?"多纳托问,他的眼睛充血了。

"他强迫我,威胁我,可是这件事必须从头到尾说清楚……"

她憋得喘不过气来——丈夫摇晃着她的身体说:

"你说吧!"

"啊,是的,是的,"她绝望地小声说,"我们发生了关系,他跟我,就如同夫妻一样,发生过三十次,四十次……"

多纳托跑进屋里,抓起枪,跑到田野里找到了父亲。在那儿,他对他说了男子之间在这种时候所能说的一切话,接着,开了两枪,结果了他的性命。然后向他尸体上啐唾沫,又用枪托打碎他的天灵盖。有人说,他对死者作弄了好久——还在他背上跳了死神舞。

后来,他来到妻子面前,给枪装上子弹,对她说:

"你后退四步,跪下来祷告吧……"

她号啕痛哭起来,哀求他饶命。

"不行,"他说,"我照规矩办事,如果我有罪,你也应该这样对待我……"

他像打鸟一样打死了她,然后去向当局自首。当他从村中街道上走过时,人们都给他让路,许多人说:

"多纳托,你真是个好汉……"

开庭审判时,他那蒙昧的心灵里产生出一种邪恶的热情,他用粗野的言词,精力充沛地为自己辩护。

"我娶妻子是为了由我们两人的爱情生出孩子来,我们俩,她和我的生命,都应该活在孩子身上!一个人爱着的时候——既无父亲,也无母亲,有的只是爱情,爱情是永恒的!因此男女双方,只要有一方破坏了爱情,就应该受到诅咒,就应该受到断子绝孙、恶病或暴死的报应……"

辩护律师要求陪审官判他为激怒杀人罪,但陪审官却证明多纳托无罪,他的话在听众当中引起暴风雨般的掌声,——于是多纳托带着英雄的荣光回到塞纳尔基亚。人们向他致敬,认为他能够严格恪守古老的民间传统,为受辱的名誉进行流血的复仇。

多纳托被宣判无罪释放后不久,他的同村人爱米丽娅·布拉科也获释出狱了。当时正是寂寞无聊的冬天,圣诞节快要到了。在这种时候,人们都特别强烈地希望跟亲人团聚,共享天伦之乐。但爱米丽娅和多纳托却是两个孤身无靠的人——他们的光荣毕竟不是一种令人尊敬的光荣,杀人犯终归是杀人犯,他可以使人惊叹,但也仅此而已。他可以被证明无罪,但又怎能叫人去爱他呢?他们两人手上都沾满过鲜血,他俩的心都已破碎,两个人都经历过公堂受审的惨痛悲剧。因此,当这两个有着共同遭遇的人互相要好起来,决定去修补他们那被破坏了的生活时,这件事并未使塞纳尔基亚的任何人感到惊奇;两个人都还年轻,两个人都需要爱情。

"我们总不能老是沉浸在对过去的悲伤回忆里,我们该怎么办呢?"经过最初的几次接吻之后,多纳托对爱米丽娅说。

"我的丈夫要是回来,他会把我杀死的,因为我的心现在的确已经不属于他了,"爱米丽娅说。

他们决定筹足旅费后便到海外去,也许他们在这世界上会找到一个安静的角落,使他们能得到一些幸福。可是在他们四周,有些人却这样想:

"我们可以容许为爱情而杀人,我们赞成为保护名誉而犯罪,可是现在呢,他们流了那么多血,保护了的那个传统,他们自己却又违反起来了!"

这种严厉而恶毒的批评和冷酷的古老风俗的余音,叫嚣得愈加厉害了,最后终于传到爱米丽娅的母亲塞拉菲娜·阿马托的耳朵里。她是一个高傲而强壮的女人,虽然已经五十岁了,但仍未失去山村妇女的风韵。

起初她不相信那些使她感到屈辱的流言蜚语。

"那是造谣,"她对人们说,"你们可别忘了,我女儿为了保住自己的名誉,曾蒙受过多少痛苦!"

"不,忘记这些的不是我们,而是你女儿自己,"人们回答她。

于是,住在外村的塞拉菲娜来找她的女儿,对她说:

"我不想让别人讲你的坏话,你过去干的事情,尽管流了血,究竟是诚实而正直的,应当使那件事成为教训,让人们引以为戒!"

女儿哭着说:

"整个世界都是为了人,人若不为了自己,那么人活着是为了什么呢?"

"你既然傻得连这点道理也不明白,那你去问神父吧!"母亲回答她。

后来,她又去找多纳托,竭力警告他:

"你不要再打搅我的女儿了,要不然,你不会有好下场的!"

"请听我说,"青年向她央求道,"我要永远爱这个不幸的女人,因为她跟我一样不幸!请允许我带她到外国去吧,一切都会好起来的!"

这番话等于火上浇油。

"你们想私奔?"塞拉菲娜发出狂怒的绝望的叫喊。"不行,这办不到!"

他们吵得跟野兽一样凶,互相用充满敌意的火辣辣的眼睛凝视着对方,然后分手了。

从这天起,塞拉菲娜像一条灵敏的猎狗追逐野禽,留心着恋人们的动静。但她并不能阻止他们晚上幽会,因为恋爱像野兽一样,又狡猾又敏捷。

但是,有一次她偷听到女儿跟多纳托商量私逃的计划——这时,她决心要干出一件恐怖的行动来。

星期日,人们都上教堂做礼拜;前排站着的是身穿节日艳丽服装的女人,男人跪在她们身后;这一对恋人也来向圣母祈祷,求她保佑。

塞拉菲娜·阿马托是最后一个来教堂的,她也穿着过节的新衣服,裙子上围着一件绣花的宽罩衫,罩衫下藏着一把斧头。

她嘴里念着祷词,慢慢走近塞纳尔基亚守护神米迦勒大君的神像旁,躬身下拜,用手摸摸神像的手,吻了一下,然后偷偷走到正在跪着的女儿的情人的身边,在他脑袋上砍了两下,砍成罗马数字的 V 字形,即字母 V 形——表示复仇的意思①。

---

① 在意大利文中,Vendetta(复仇,族间仇杀)一词的第一个字母是 V。

教堂里笼罩着一片恐怖的气氛,人们叫喊着向大门口拥去,许多人昏倒在瓷砖地上,许多人像小孩一样号哭起来。塞拉菲娜手执斧头,站在受伤的多纳托和昏迷的女儿身边,活像村镇上的复仇女神涅墨西斯。

她这样站了好半天,等人们清醒过来以后,将她逮住了;她昂首仰望着天空,眼中燃烧着狂喜的火焰,大声祷告道:

"神圣的米迦勒大君,我感谢你的恩典!你使我有勇气为我女儿受辱的名誉报仇!"

但当她听说多纳托没有死,被人用椅子抬着到药房包扎可怕的伤口去了,她吓得浑身战栗起来,瞪大一双疯狂的充满恐惧的眼睛,说:

"不,不,我相信上帝,这个人一定会死的!我砍得他很重,我手上有感觉。上帝是公正的,这个人该死!……"

不久就要对这个女人进行审判了,她当然要被判重罪。然而,当一个人认为他砍伤人是正直的行为,判重罪又如何能改变他的信念呢?铁是愈炼愈硬的。

人们审判一个人时,会对他说:

"你犯罪了!"

他可以回答"是"或"不",但一切仍像以前一样,依然故我。

不过,诸位,归根结底还是应该这样说:人应当在上帝使他降生的地方,在土地和女人爱他的地方生长和繁衍……

十九

乔万尼·图巴老爹,年轻时就因为海洋而背弃了陆地。那碧蓝的海面有时像少女的眼睛妩媚而安详,有时又像充满热情的女人的心汹涌澎湃,那吸收着对鱼儿毫无用处的阳光的烟波渺茫的海面,在同活泼的灿烂阳光接触时,除了发出美丽耀眼的光辉,不会长出任何东西来;然而永远歌唱着的狡猾的大海,却往往激起人们想远涉重洋的强烈欲望,它从多石的、沉默的土地上夺走了很多人,因为土地需要天空降下很多很多的雨水,十分贪婪地要求人们付出大量辛勤的劳动,可是给人的欢乐却很少!

图巴年幼时,就在山坡上筑有灰石墙的梯形葡萄田里劳动。当他在枝叶坚硬的橄榄树和掌形的无花果树中间,在夏桔和纵横交错的石榴树的浓荫里,在炎热的阳光下,灼热的泥土上,馥郁的花丛中干活的时候,还在那时,他就常常张大鼻孔,目不转睛地凝视着蔚蓝色的大海,眼睛里流露出这样一种神情,仿佛脚下的土地并不坚牢,土地在摇荡,在融化,在漂浮。他一边凝视着,一边呼吸着带盐味的空气,感到如痴如醉,渐渐变得心不在焉,浑身发酥,桀骜不驯了。凡是被海洋迷住,听从海洋的召唤,从心眼里爱上海洋的人,往往都有这种情况……

每逢休息日,一大清早,当太阳刚刚从山后升到索伦托上空,天空仍然泛着一片像被杏花染成的粉红色的时候,蓬头垢面的图巴便像牧羊犬一样,向山下跑去,他肩上扛着钓竿,从一块石头跳到另一块石头,犹如一块没骨头的富有弹性的肉团,向海边跑去,他那张由于长满雀斑而变成红褐色的大脸上,现出微笑。早晨的新鲜空气里,迎面飘来一股浓烈的香味和海浪的絮絮低语,掩过了从梦中醒来的花木的清香。海浪在下面拼命地拍击礁石,像少女一样把他引诱到自己的身边……

他坐在一块暗红色的石头上,吊着两条青铜色的腿,用一双像李子般又黑又大的眼睛,凝视着澄澈的碧水;透过玻璃般晶莹透亮的海水,他看见了一个比一切童话更奇幻更美丽的世界:在海底,在那铺着绒毯的岩石中间,生满金红色的海藻;从海藻丛中,游出堪称为海中活花的五颜六色的"维奥拉"鱼,而眼睛迟钝、鼻子上长满花纹、肚子上有蓝色斑点的"佩尔基亚"鱼,则像喝醉了酒似的跄跄地游出来,很快地掠过了金色的"沙尔巴"鱼和带着不同颜色条纹的大胆的"卡尼"鱼;黑色的"奎拉钦"鱼像快乐的魔鬼一样穿来穿去;"斯巴拉利奥"鱼和"奥克亚特"鱼像银盘似的闪闪发光,还有许多其他美丽漂亮的鱼儿!这些鱼儿都狡猾得很,它们在用圆圆的嘴吞进钩上的钓饵之前,往往先用小小的牙齿轻轻触碰一下——真是聪明极了!

长须的虾儿像空中的飞鸟,在清澈透明的海水中游泳,隐士似的海蟹,背着带花纹的甲壳房子,在石块上爬动;血红的海星鱼静静地向前移动着,淡紫色的水母默默地摇晃脑袋;有时从礁石下面探出海鳗凶恶的脑袋,它长着锋利的牙齿,全身布满红斑,盘绕着蛇似的长身体,犹如童话里的女妖,不,比女妖更可怕,更丑陋难看;像肮脏的抹布似的灰章鱼,忽然在水中伸展开柔软的身体,跟猛禽一样不知扑到哪里去了;龙虾颤动着竹钓竿似的长须,慢吞吞地爬着;还有许多奇形怪状的生物,栖息在透明的海水里,栖息在像海水一样明净、但比海水更加空旷广漠的天空下。

海洋在呼吸,它碧蓝的胸脯有节奏地起伏着;泛着白沫的绿波,拍溅着图巴脚下的礁石,它们拍溅着,嬉戏着,发出哗啦哗啦的声音,想跳到这小伙子的脚上来,有时成功了,他便浑身哆嗦一下,微微一笑,——波浪也发出欢乐的笑声,但好像有点害怕似的,连忙从礁石上退回去,接着又重新向礁石涌过来。阳光温柔地穿过波浪的胸膛,深深地射进水里,形成漏斗形的亮光,——于是他心头,什么也不想,万念俱灰,默默地、愉快地观赏着眼前的一切,沉溺在甜蜜的梦境里。这颗心里也荡漾着一种听不见的明净的波浪,而且它包罗一切,也跟海洋一样有无限的自由。

他就这样度过了休息日,后来不是休息日也想下海了——要知道,人的心灵一旦被海洋所俘虏,他自身也就成了海洋的一部分,正如心灵只不过是活人身上的一部分一样。于是图巴把土地留给兄弟,跟着那些和他一样爱上了辽阔大海的朋友们,一起上西西里海岸采珊瑚去了。这是一种既困难又光荣的劳动,每天都有十次被淹死的危险,可是,当他们从碧蓝的海水里吃力地扳起边上缀有铁齿的半圆形的网时,可以看到许多令人惊异的东西——那网里,如同人脑中的思想一样,蠕动着各种五光十色的生物,中间还夹着海洋的贵重礼物——粉红色珊瑚枝。

被海洋所俘虏的人,就这样永远对陆地失掉了兴趣。他也曾爱过几个女子,像做梦一样,默默地爱着,时间却不长。他跟那些女子谈话时,所谈的也无非是他所熟悉的鱼儿呀,珊瑚呀,波浪呀,狂风呀,以及向无边大海驶去的大轮船呀。他在陆地上时,性情温和,小心翼翼地走路,不轻易相信人,跟鱼儿一般沉默寡言,总是用锐利的目光看着所有人的眼睛,仿佛在观测变幻无穷的深渊,但又不敢相信;可是一到海里,他却变得安详而快活,对伙伴们关心备至,动作像海豚一样敏捷。

但是不论人们为自己选择了怎样好的活计,到头来也只有几十年可干。被海水腌透了的图巴,活到八十岁的时候,他那害风湿病的两手再也不能劳动了——它们已经劳动够了!歪斜的双腿好容易才能支撑住佝偻的身体。于是,这个经历了许多风霜雨露的老人怀着郁郁不乐的心情回到海岛上,爬上山,走进儿孙绕膝的兄弟的破茅舍里——这一家人过着十分清苦的生活,要他们乐善好施,慷慨解囊,是很难做到的,况且年迈的图巴已不能像从前那样给他们带来许多鲜美的鱼儿了。

老人生活在他们当中,感到非常烦闷;当他用弯曲的黑手把一片面包送进自己缺牙的嘴里时,他们都瞪大眼睛,直勾勾地望着他。过了不久,他明白自己在他们当中是一个多余的人,这使他黯然神伤,心中充满哀愁,被太阳晒干的皮肤上的皱纹更加深刻了,他的骨节总是莫名其妙地酸痛。他一天到晚坐在茅舍门口的一块石头上,用一双衰老的眼睛望着那曾使他迷恋过一辈子的光辉的大海,望着在阳光下闪闪发亮、像梦境一般美丽的蔚蓝色海面。

这儿离海还很远,老人要想走到海边并不是一件容易的事。但他已下定了决心;有一天,夜深人静时,他像一只被压烂的蜥蜴在尖石上爬动一样,从山坡上往下爬。当他爬到海边时,波浪用他所熟悉的、比人声还亲热的低语声,用洗泼岸石的清脆悦耳的歌声欢迎他。这时候——人们后来才得知——老人双膝跪下,翘望着天空和远方,默默地为所有那些对他说来是陌生的人们祷告了几句,然后从骨瘦如柴的身上,脱下破烂的衣服,把这身破旧的皮——依然是身外物——放在岩石上,接着便跳进水里,抖动着白发苍苍的脑袋,仰身躺下,望着天空,向海心游去。在遥远的海面上,暗蓝色的天幕的边缘与黑丝绒般的波涛连接在一起,星星和海面离得很近,似乎伸手可摘。

在静悄悄的夏夜里,大海显得十分平静,如同白天玩累了的儿童一般,在酣睡着;大海发出轻微的鼾声,大概正在做着快乐的梦吧。一个人如果在夜间,在这样浓厚而温暖的海水里游泳,他手下会迸发出蓝色的火花,蓝色的火焰向四周散射,人的灵魂也会在这像母亲讲的童话一般温柔的火焰中,静静地熔化。

二十

太阳在神圣的静寂中升起来,一抹灰蓝色的雾霭,饱和着金黄色荆豆花的香气,从海岛的岩石上向天空升腾上去。

在沉睡着的幽暗平坦的海面上,在苍茫的天穹下,这个海岛仿佛是供奉在太阳神面前的祭品。

繁星刚刚消逝,只有苍白的金星,仍在寒冷昏暗的空高中,在透明的羽毛状云层上面,孤零零地放射着光芒;云层微微染成蔷薇色,在第一道阳光的火焰中静静地燃烧着。它们的反光映射在平静的海面上,宛如从深绿色的海底浮现出来的珠母。

由于蒙上一层银白色的露水而显得沉甸甸的草叶和花瓣,昂然挺起身体去迎接太阳。那晶莹透亮的露珠悬挂在草叶头上,渐渐涨大,掉落下来,滴在正沉睡着的汗涔涔的泥土里。真想听一听它们轻微的滴落声,如果听不到,会使人感到寂寞的。

鸟儿醒来了,在橄榄树茂盛的叶子中间飞翔着,鸣唱着。被太阳唤醒了的大海,发出阵阵轻微的喘息声,从下面传到山顶。

四周依然静悄悄的,人们还在沉睡。在早晨清新的空气里,花草的幽香比一切声音都显得更强烈。

葡萄园里有一所小小的白屋,像一只被大海绿波包围着的船,埃托尔·西科老人正从那座小白屋的门口迎着太阳走出来。他是一个孤身独居的老人,长着两只像猿臂般的长胳膊,有一颗哲学家的秃脑袋,饱经风霜的脸上布满皱纹,松弛的皱纹几乎把眼睛全给掩盖住了。

他把一只黧黑多毛的手,慢慢举到脑门上,向染成玫瑰红的天空望了好久,然后又向四周眺望着。在他的眼前,在淡紫的岩石上,泛着绿宝石色和金黄色的丰富色调,粉红色的、黄色的和红色的花卉光彩夺目。老头儿阴沉的脸上浮现出一丝和蔼的微笑,他用沉重的圆脑袋肯定地点了几下。

他稍稍弓着背,撑开两腿站在那儿,仿佛肩负着千钧重担。初升的太阳在他身边快乐地闪耀,葡萄园的绿荫闪烁着亮晶晶的光波,山雀和金翅鸟在高声鸣唱。在黑莓子和铁线莲的草丛里以及大戟草的密丛中,鹌鹑拍打着翅膀,像那不勒斯人一样爱打扮和无忧无虑的黑鸫,不知在哪儿打着唿哨。

西科老人把两只疲惫的长胳臂举到头顶上,伸了一个懒腰,仿佛想跳进像杯中的酒一样平静的海水里。

他把老骨头舒展了一番之后,便坐在门口石头上,从上衣口袋里拿出一张明信片来,举到离眼睛老远的地方,然后眯着眼仔细打量起来,不出声地搐动着嘴唇。他那张好久没有刮过的泛着银光的大脸上,又浮现出了微笑;那微笑中,奇妙地混合着慈爱、悲哀和自豪。

他眼前的这张厚纸片上,用蓝色印着两个阔肩膀的青年人的照片,他们并肩而坐,愉快地微笑着,两个人都是鬈发,大脑袋,长得跟西科老人本人一模一样;他们头上边清清楚楚印着几行大字:

奥图罗和安里科·西科

两位为本阶级利益而斗争的高贵战士。他们曾把每周工资只有六美元的二万五千名纺织工人组织起来,并为此被捕入狱。

为社会正义而斗争的战士万岁!

西科老人是个文盲,这儿印着的又是外国字,但他却晓得上面写的是什么。他很熟悉这几行字,每个字都像铜号似的发出震耳的鸣响。

这张蓝明信片,曾给老人带来许多的不安和忧虑——他在两个月以前接到了它,他以一个父亲的本能,立刻感到了不祥之兆,因为穷人的照相只有在犯法的时候才会印出来。

西科把这张纸片放进衣袋里,像一块大石头一样压在他的心上,而且一天比一天更加沉重。他有好几次想把它拿给神父看,但长期的生活经验使他确信人们说得对:"神父也许会把人的真实情况告诉上帝,但他对人是决不会说实话的。"

第一个被他打听过这张明信片的秘密意义的,是一位红头发的外国画家——一个身材修长而消瘦的青年人,他常到西科家附近一带来,架好画架,把脑袋放在已经动过笔的图画的方影子里,舒舒坦坦地躺在旁边睡觉。

"先生,"他问画家,"他们干了什么事?"

画家望一望老人儿子们的快乐的脸说:

"大概是干了什么可笑的事吧……"

"那上边印的是什么字?"

"这是英文,除了英国人,就只有上帝知道了。我的太太也懂,只要她肯实说就行。她是往往不肯说实话的……"

画家像金翅鸟一般爱饶舌,看来他说什么都不会认真的。老人郁郁不乐地离开了他。第二天,他去找画家的太太——一个胖女人,他在花园里找到了她,她穿一件宽大透明的白罩衫,躺在帆布软床上,一双绿眼睛气鼓鼓地望着蔚蓝的天空,消解着暑气。

"他们被关进监狱啦!"她用半生不熟的意大利语说。

他的腿发抖了,好像整个海岛都摇晃起来,但他仍鼓起勇气问道:

"偷了东西,还是杀了人?"

"啊,不。只因为他们是社会主义者。"

"社会主义者是什么?"

"这是——政治,"太太用有气无力的声音说,接着就闭上了眼睛。

西科知道外国人都是一些糊里糊涂的人,他们比卡拉布里亚①人还要笨。但他想知道孩子们的实情,所以在太太身边站了好半天,等待她把无精打采的大眼睛再睁开来。她终于睁开了眼,他用手指着纸

---

① 卡拉布里亚是意大利南部的一个区。

片问道：

"这是正当的事情吗？"

"我不知道，"她不高兴地回答，"我已经说过——这是政治，懂了没有？"

不，他没有懂：因为在罗马，政治是由那些部长大臣们和有钱人管理的，为的是向穷人征收更多的捐税。他的儿子是做工的，住在美国，而且都是挺好的小伙子——他们干吗要去过问政治呢？

他两手捧着孩子的相片，坐了整整一夜。在月光下，他显得郁郁不乐，心头更加阴暗了。第二天早晨，他决定去请教神父。那个穿黑长袍的神父，简短而严厉地说：

"社会主义者是一些否定神权的人——你只晓得这一点就够了。"

接着，他望着老人的背影，又添了几句：

"你这么大年纪了，对这种事还有兴趣，也不害臊！……"

"我幸而没有把相片拿给他看，"西科心里想。

又过了三天，他到讲究穿戴、思想轻浮的理发师那儿去。这个身体结实得像毛驴似的小伙子，有人说他为了金钱，姘上了一些美国老妇人，那些老妇人表面上是为了欣赏美丽的海景，到这儿来游玩，其实是专来找穷小子寻欢作乐的。

"我的天呐！"这坏小子看了纸片上的字以后便惊叫起来，他的两颊兴奋得发红。"原来是奥图罗和安里科呀，我的老伙计！哦，埃托尔老爹，我衷心向您和我自己表示祝贺！我又有两个大名鼎鼎的同乡了——我怎能不为此感到自豪呢？"

"别说废话啦！"老头儿警告他。

他却挥着两手喊道：

"这太好了！"

"关于他们的事是怎样写的？"

"我看不懂，但我确信上面写的是实话。穷人只有成为伟大英雄的时候，才会把他们的真实情况讲出来！"

"住嘴,我求你别再说啦,"西科一边说,一边气鼓鼓地用木屐跺着石板地走了。

他又到一个俄国人那儿去,人们都说那俄国人是一个很和气的好人。他跑去了,坐在那位垂死的病人的床边,问:

"这上面关于他们两个人都写了些什么?"

俄国人眯起一双由于疾病而失去光泽的、充满忧伤的眼睛,用软弱无力的声音,念了纸片上的说明,然后和气地向老人笑笑;老人问他:

"先生,您瞧,我已经老啦,马上就要见上帝了。要是圣母问我,我和我的儿子们都干了些什么,我应当把实情一五一十地告诉她。这照片上是我的两个儿子,我不知道他们干了什么,为什么要坐牢?"

这时候,俄国人十分认真和简单明了地劝他说:

"您就对圣母说,您的孩子完全明白圣母的儿子的主要戒律——他们对邻人充满真诚的爱……"

谎话是不会说得这样简短的,谎话需要使用耸人听闻的词句,而且还要加上许多修饰语,——因此老人相信了俄国人的话,紧紧握住他那瘦小的不知劳作的手。

"这么说,他们坐牢不算一件丢脸的事啦?"

"不,"俄国人说。"您要知道,有钱人只有在他们作恶太多而又隐瞒不住的时候才坐牢,可是穷人只要想做点好事,就会被人关进牢狱。您是一个幸福的父亲,这就是我要对您说的话。"

接着,他用衰弱的嗓音,又对西科讲了好久:好人对生活抱有什么样的看法,他们如何想去战胜贫困和愚昧,以及由贫困和愚昧中所产生的一切凶恶可怕的东西……

太阳像火花一样在天空闪耀,金粉似的阳光撒在灰色的岩石上;一切生物——绿油油的青草,天空样碧蓝的鲜花,从岩石的每个隙缝里贪婪地向太阳伸着身子。金黄色的太阳的光点,在水晶似的饱满的露珠里闪耀着,又熄灭了。

老人注视着四周的一切如何吸收着阳光,从阳光里吸取生命的力量。鸟儿来回飞翔,筑巢,歌唱。他想念自己的儿子:他们远隔重洋,被关在大都市的监狱里——这对于他们的身体不大好,一定不大好……

但他又想:他们坐牢,这说明他们已成长为正直诚实的小伙子了,他们的父亲,一辈子都是这样的人——这对于他们是有好处的,也使他心里得到了安慰。

于是老人那红铜色的面孔,好像融化在骄傲的微笑中。

"大地是富饶的,但人却很穷;太阳是和善的,但人却很恶。我一辈子总是这么想,虽然没有对他们说过,他们却懂得老子的心思。一星期挣六块美金,只有四十个里拉。唉!他们嫌太少,二万五千名跟他们一样的工人,也赞成他们的意见——对于想生活得更好一点的人说来,这点钱确实是太少了……"

他确信,隐藏在他心头的想法,已经在儿子们身上进一步发展了,他觉得这是值得骄傲的。但是他也知道,人们并不相信自己每天都在创造着奇迹,因此他总是闭嘴不说。

只有当他那年迈而宽阔的心头充满对儿子前途的思念时,只有在这种时候,老西科才伸直疲乏的脊背,挺起胸膛,鼓足最后的气力,向着大海,向着儿子所在的远方,沙哑着嗓子呼喊道:

"瓦—利—奥![1]……"

于是,太阳在浓厚而柔和的海面上高高升起,微笑着,人们从葡萄园里应和着老人的呼喊:

"奥——!……"

---

[1] 这里的意思是:你们要坚强!

二十一

快到深夜了。

小小的卡普里广场上的碧空中,低低飘动着浮云,时而闪露出明亮的星斗,淡蓝色的天狼星忽隐忽现,从教堂门口飘出管风琴的低沉而庄严的歌唱,所有这一切——浮云的飞驰,繁星的闪烁,映在墙壁和广场石板地上的阴影的闪动,这一切也好像是低微轻柔的音乐。

在这音乐的庄严旋律下,整个广场宛如歌舞剧的舞台布景,不停地晃动着,一会儿变得狭窄幽暗,一会儿变得宽阔明亮。

在蒙特-苏里亚罗峰①的上空,灿烂的猎户星座延伸开来,山巅上布满了轻柔绮丽的白云;那带着深深裂痕的千仞峭壁,仿佛是一位被关于世界和人类的伟大思想弄得疲惫不堪的古代思想家的阴沉面孔。

在六百米高处,一座荒芜的小修道院被云雾遮掩着,旁边是一小片墓地,为数不多的坟墓像花坛一般,在坟墓里,在花丛下躺着的都是这个修道院的修道士。修道院的灰墙,不时从云隙里露出来,好像在偷听山下发生的事情。

孩子们一边放花炮,一边在广场上热闹地奔跑着。花炮噼噼啪啪地响个不停,放射出鲜红的火花,像火蛇一样在石头上打转;时而有一只大胆的手把燃着的花炮高高地扔向天空,发出咝咝的声音,像受惊的蝙蝠一样在空中乱窜,那些轻快灵活的黑影,连喊带笑地向四处散开——只听咚的一声,火星四射,一瞬间照出了躲在角落里的孩子们,几十对活泼的眼睛,在黑暗中闪射着喜悦的目光。

花炮的爆炸声几乎接连不断,掩盖住了笑声、惊呼声和木屐踏在熔岩上的清脆悦耳的脚步声。一道道黑影颤动着,向上升起,在云天上映出红色的反光;房屋的古老墙壁仿佛在微笑——它们还记得老年

---

① 卡普里岛的最高山峰,海拔五八五米。

人的儿童时代,它们在这圣诞节之夜曾千百次观赏过孩子们这种略带几分危险的欢乐的游戏。

但静寂只持续了一刹那工夫,接着又重新传来管风琴弹奏祈祷歌的庄严乐曲;在下边,惊涛拍岸的轰隆声和柔如抚帛的鹅卵石的簌簌声交相应和。

海湾犹如一只盛满泛着泡沫的红葡萄酒的大碗,它的边缘上闪烁着一道五彩宝石的活动光带,那是城市的灯火——海湾的金项链。

那不勒斯上空映着蛋白石色的天光,像北极星光一样不停地颤动着。几十枚花炮火箭似的冲上天空,开放出一束束光彩夺目的火花,瞬息间又消失在光波战栗的云层中,发出一声声沉重的轰响。

海湾整个半圆形的岸边上,灯火辉煌,交相辉映——那不勒斯港的白色灯塔和米曾角的红眼睛①,发出一道道寒光,波罗奇达的灯火和伊斯基山麓的灯火,犹如一排排硕大的金刚石,缀在天鹅绒般柔软的夜幕上。

海湾里掀起一堆堆白浪,透过浪涛的洪亮悦耳的拍溅声,从远处传来花炮的隐约的爆炸声。管风琴依然在嗡嗡地响着,孩子们在欢笑——忽然,塔楼上的自鸣钟当当地响了四下,接着又响了十二下。

弥撒做完了,身穿五颜六色服装的人群,狂涛巨浪般地从教堂门口拥到宽阔的台阶上来,鞭炮的火蛇马上跳跃着去迎接他们。妇女们吓得大叫大嚷,孩子们快活地放声大笑。这是他们的节日,在这种时候,任何人也不能禁止他们放鞭炮。

稍微惊吓一下那些仪表端庄、穿节日服装的大人,让那些暴君似的家长们一看见咝咝发响、火花四射的花炮在他们脚下乱转,追逐个不停,便连忙远远地躲开,——这实在是一件极大的欢乐!而且一年只有这一次……

---

① 指米曾角的红色灯塔。

在这圣诞节之夜,孩子们感到自己是生活的帝王和主人,他们不惜利用这短暂的快乐时刻,来报复大人们整整一年令人不愉快的统治——那些上年纪的长辈们,笨拙地蹦跳着,避开烟火,而且和气地向他们求饶:

"够了!你们这些小坏蛋,够了!"

高原地带的街头乐师——从阿布鲁齐来的牧羊人,披着瓦蓝色的短斗篷,戴着宽边帽子,匆匆走过。他们细长的腿上穿着白羊毛袜,用黑皮带绑成十字花纹。两个人斗篷下挂着风笛,另外四个人手里拿着高音木喇叭。

他们一年一度到这岛上来,在这里住上整整一个月,每天都用奇妙优美的音乐为基督和圣母唱赞歌。

早晨,他们像演戏一样把帽子扔在自己脚边,站在圣母像前,出神入化地望着圣母慈祥的容颜,用乐器奏出难以用语言形容的动人的旋律,歌颂她的光荣——这种旋律,曾经有一个很确切的名称,叫做"神的肉体的感觉";看着他们的表演,确实令人感动。

现在,牧人们向存放着圣婴摇篮的老木匠巴奥利诺家走去,他们准备把圣婴请到圣特雷莎教堂中来。

孩子们跟在他们后边跑着,狭窄的街道吞没了他们幽暗的身影。有几分钟光景,广场上几乎空无一人,只有教堂门口石级上挤满了等待看游行队伍的人群。浮云的影子亲热地、无声地从建筑物的墙壁上和人们的头顶上掠过,仿佛是在向他们表示温存和抚爱。

海在喘息。黑暗中,海岛的岬角上耸立着一棵伞形松树,好像一只放在小巧玲珑的支架上的大花瓶。天狼星闪射着令人目眩的光辉,乌云从蒙特-苏利亚罗峰头爬出来,可以清楚地望见悬崖上一座悄然屹立的小修道院和修道院前面那棵卫兵似的孤树。

从街口的拱门下,像从一个管子里似的传来牧人的欢快的歌声,那歌声宛如小溪的淙淙流水,清脆而悦耳。这些不戴帽子、长着鹰钩鼻子、披着斗篷的牧人,活像一些大鹏鸟,他们边走边唱;一群用长杆挑着灯笼的孩子们，簇拥在他们周围。几十盏灯火在空中摇曳，照着巴奥利诺老爹那又小又圆的身躯，照着他那银发苍苍的脑袋，——他两手捧着摇篮，在堆满花束的摇篮中，躺着圣婴的蔷薇色的身体，笑眯眯地举起两手，好像在为人们祝福。

老爹望着这用陶土做的玩偶，感动得不知如何是好。在他看来，这似乎是一个有生命的形体，他会呼吸，正在向人们预言：等太阳出来，"大地上将有和平，人们将得到幸福。"

一颗颗不戴帽子的白发苍苍的头颅，一张张严肃的面孔，从四面八方俯向摇篮，到处闪烁着爱抚的目光。点燃起了孟加拉花炮，黑暗完全从广场上消失了，仿佛突然进入了黎明时分。孩子们唱着，叫着，笑着，大人们的脸上浮现出甜蜜的微笑，可以感到，他们也想蹦跳喊叫，可是又怕在孩子们面前丧失自己的尊严。

黄灿灿的烛光在人群头顶上像金蝴蝶似的颤动着，更高处，繁星在深蓝色的天空中闪射出五颜六色的光芒。从另一条大街上又涌出一队行列——这是一些抬着圣母塑像的小姑娘们。又是音乐，又是明亮的灯火，欢乐的叫喊和孩子们的嬉笑声，——人们心里充满节日的喜悦。

圣婴被搬进古老的教堂里，这座小教堂已经破旧不堪，好长时间不做礼拜了，整年关闭着；可是今天，古老的墙壁上却挂满了花朵、棕榈叶、金黄色的柠檬和柑桔，一幅精致的基督降生图把整个教堂装饰得焕然一新。

在那幅图画上，高山、洞穴、伯利恒[①]和山顶上古怪的城堡，都是用大块的槲树皮砌成的，山坡上蜿蜒着一条羊肠小道，林间草地上有一群群绵羊和山羊在啃草；用碎玻璃片嵌成的瀑布，闪闪发光，一群牧羊人仰望着天空，天空中闪耀着一颗金星，天使们在空中飞翔，他们一手

---

① 伯利恒，犹太教和基督教的圣地，位于耶路撒冷的南边，据说是以色列王大卫的故乡。耶稣也出生在伯利恒。

指着引路的明星,一手指着洞穴,圣母和约瑟①就住在洞穴里,圣婴也躺在那里,两手向天空举着。五光十色、服饰华丽的术士和王子的队列在行进。在他们头顶上,用银线系着的天使,手里举着棕榈和玫瑰花枝。身穿鲜艳的绸衣服、留着大胡子的术士们骑在骆驼上,留着满头蓬松卷曲的金发。身穿锦袍的王子骑在马上,还有头发卷曲的纽米基亚人,阿拉伯人,犹太人以及数百个穿着奇装异服的用陶土烧制的偶像。

在摇篮四周,头缠白布的阿拉伯人已经摆好了小摊,出售蜡制的兵器、绸缎和糖果;还有不知什么种族的人在那儿卖葡萄酒;妇女们捐着水罐到泉边去汲水;农人牵着驮木柴的毛驴。圣婴周围有许多人跪着祈祷;孩子们在游戏。

这些都制作得很精巧,装饰得很华美,可说是巧夺天工,好像一切都是活的,都在喧闹。

孩子们站在去年已看过的壁画前,很注意地观赏着,他们那敏锐的、记忆力很强的目光,立刻看出哪些是今年新添的东西。他们交谈着自己的新发现,辩论着,笑着,叫着,屋角上站着制作这些精美工艺品的人,很满意地倾听着小鉴赏家们的溢美之词。

当然,那些大人和严肃的家长们似乎认为,如果对玩具表示过分的热心,未免有失尊严,于是便装出对一切都漠不关心的样子。但孩子们往往比大人更聪明,更诚实,他们知道老人听到自己的赞赏,是会感到高兴的,所以他们还是对匠师们大加称赞,弄得那些匠师们只好一个劲儿抚摩着胡子,以掩饰他们得意的、欢喜的微笑。

孩子们一堆一堆地聚集在一起,很用心地商量着组织"铜管乐队"的事。每逢新年前夕,他们都带着古老的乐器,成群结队,锣鼓喧天地到这座布满枞树和繁星的海岛上来游玩。在这种滑稽乐器的伴奏下,儿童歌咏队唱起了快活的异教歌曲——本地的诗人们,每年这一天都

---

① 据《圣经》传说,约瑟是大卫的后代,圣母马利亚的丈夫,耶稣之父。

要为他们编制歌词。

　　　　诸位女士、先生们，
　　　　恭贺新禧！
　　　　请你们高兴地听听
　　　　小朋友的敬意！

　　　　请支起你们的耳朵，
　　　　请打开你们的心扉和宝囊：
　　　　今天是个好日子——主的生日，
　　　　大家兴高采烈，欢快无比。

　　　　我们的救世主一生下来——
　　　　就命途多舛，一贫如洗。
　　　　是公牛用它的呼吸
　　　　温暖着他赤裸的身体。

　　　　救世主想使我们
　　　　摆脱一切苦难与不幸；
　　　　为了拯救穷苦大众，
　　　　他贡献出了自己的一生。

　　　　为了纪念基督的诞生，
　　　　为了不辜负他的圣名——
　　　　诸位呀尽情欢乐吧，
　　　　趁着这良辰美景！……

　　当一个"乐队"翩翩起舞，唱着这支异教赞美曲时，那边，另一个

"乐队"唱出了更加欢乐的歌儿,压倒了他们的歌声:

> 请记住:牧羊人
> 曾和王子、术士们一起
> 双膝跪在圣婴的摇篮前,
> 祝贺他降生于尘世!

鼓声咚咚,震耳欲聋。尖细的横笛好像因为跟不上孩子们的歌唱而有点害臊,它独自在一旁滑稽地吹奏着……

> 残暴的国王希律①,
> 非常害怕圣婴。
> 他下令把全国的婴儿
> 全部杀光,一个不剩!

> 但那个时代早已过去,
> 希律死了,我们却活着。
> 如今,为了纪念耶稣的复活,
> 我们只需杀鸡宰羊,表示庆贺!

欢快活泼的歌声也使大人们兴奋起来。身体强壮的马车夫卡尔罗·巴姆博拉,大摇大摆地混进孩子的队伍里,涨红着脸大声叫嚷,压倒了孩子们的声音:

---

① 据《圣经》传说,希律是一位残酷的犹太王。耶稣出生在犹太人的伯利恒城,有几个术士从东方来到耶路撒冷,说他们这里出生了一个将来要做犹太王的人。希律听后,心里非常害怕,遂派人去寻找那个婴儿,但未找到。于是他下令把伯利恒城内和四境不满两岁的婴儿全部杀光。

不用担心,
不用发愁,
无灾无病,
无须怨尤!

瞧——高高的天上
群星灿烂,月儿分外明。
但愿我们的生活也像
日月一般温暖,充满光明!……

妇女们的黑眼睛观望着孩子们,闪射出幻想的光芒;人们的目光更加明亮和喜悦了。穿着节日盛装的姑娘们狡黠地冲着小伙子们微笑。天上的繁星渐渐稀少了。不知从高处什么地方——屋顶上或窗口——传来了只闻其声不见其人的洪亮的男中音:

打起精神,尽情地欢乐吧,
幸福的时辰即将来临!

从老教堂里传出孩子们的欢笑声——世界上最好听的音乐。岛上的天空已经发白,黎明即将到来,繁星渐渐消失在碧蓝的高空。

在海岛果园的浓荫里,金黄的圆橙闪闪发光,黄灿灿的柠檬好像猫头鹰的大眼睛,从朦胧的晨雾中向外窥视着。橙子树的树颠闪耀着嫩绿的新芽,橄榄树的叶子发出混浊的银光,光秃秃的葡萄藤蔓摇曳不停。

石竹的鲜艳花朵和鼠尾草的红花,迎着曙光露出妩媚的微笑。空气中飘溢着水仙花的浓香,跟海水的带盐味的香气混合在一起。

清澈的海浪的拍击声,愈来愈大,浪花像雪一样白。

二十二

圣雅各区①以喷泉出名,不是没有根据的:不朽的乔万尼·薄伽丘②曾经在这喷泉旁休憩和进行愉快的交谈;托马索·阿尼洛③的朋友,大画家萨尔瓦托·罗萨④曾不止一次地将这喷泉描绘在大幅油画上,——穷苦老百姓都管托马索·阿尼洛叫"马萨尼洛",他曾为穷人的自由而战,并壮烈牺牲了;"马萨尼洛"就诞生在我们这个区。

总之,我们这个区出过许多优秀人物,也住过不少优秀人物。古时候出的优秀人物比现在多,也容易受到重视,现在大家都穿上了西装,每天跟政治发生关系,要出人头地就变得非常困难了。报纸束缚住了人的精神,精神的成长受到了很大限制。

去年夏天以前,依恰是我们这个区的另一个骄傲,她是一个女菜贩,是世界上最快乐的人,是我们这一带最漂亮的美人。在这一带,日照时间比全市其他任何地方都要长。喷泉不消说还是古代留下来的老样子,它虽然随着岁月的流逝而渐渐变黄,但它那饶有风趣的美,仍将长久地使外国人惊叹不置——大理石的儿童群像是不会衰老的,他们的嬉戏也永远不会疲倦。

可爱的依恰,是去年夏天在大街上跳舞的时候死去的。人很少有这种死法,因此这件事很值得讲一讲。

她是一个非常快活而且对人十分热忱的女人,很难和丈夫共度平静的生活;她丈夫一直不能理解这一点——总是大嚷大叫,破口大骂,

---

① 那不勒斯市的一个区。
② 乔万尼·薄伽丘(1313—1375),意大利文艺复兴时期的大作家,人文主义的重要代表,其代表作为《十日谈》。
③ 托马索·阿尼洛(1623—1647),绰号"马萨尼洛",本是一个渔民,他领导了一六四七年那不勒斯平民反抗西班牙统治的起义,历史上称谓"马萨尼洛起义"。起义后第十天,被雇佣刽子手暗杀。
④ 萨尔瓦托·罗萨(1615—1673),意大利画家,那不勒斯人,曾参加过一六四七年的那不勒斯平民起义。

挥动拳头,甚至拔出刀来恫吓人。有一次他果真把刀子刺进人家的腰部,而警察是不喜欢开这种玩笑的,于是斯特范诺坐了一段时间的牢,后来就动身到阿根廷去了。换换空气对于火气大的人是有好处的。

二十三岁的侬恰,带着一个五岁的小女孩,守起寡来,她有两头毛驴,一块菜园和一辆手推车,——快乐的人不需要更多的东西,这些对于她已经足够了。她很会干活,乐意帮她干活的人也很多,当她手头拮据,付不起工钱的时候,便用笑声、歌声以及其他比金钱更有价值的东西来偿付。

并非所有的女人都赞成她的生活方式,男人们当然也不是个个都赞成,不过她心地诚实,善良,不但不触犯已婚的男子,而且常常善于帮助他们跟自己的太太讲和,她说:

"对女人发生厌倦的人,就不懂得真正的爱情……"

有一个叫阿尔图·拉诺的渔夫,年轻的时候想当牧师,在神学校里念过书,后来陷进酒馆和娱乐场的泥坑里,失掉了穿法衣和上天国的道路。这个拉诺以编造秽亵的山歌而出名,有一次他对侬恰说:

"你认为爱情也跟神学一样,是一门高深的学问吗?"

她回答说:

"我不懂什么学问,但你编的山歌,我倒全会唱。"

于是她向胖如木桶的拉诺唱了一段:

　　结识私情
　　是在春天——
　　圣母怀孕
　　就在春天。

不消说,拉诺把一对聪明的小眼睛藏进红扑扑脸颊的肥肉中,放声大笑起来。

这位八面玲珑的美人,自己过着快乐的生活,也给许多人带来了欢乐。甚至她的女伴们,也开始明白人的性格是扎根在骨头和血液里的,又想到圣徒有时也难以克制自己,所以就恢复了对她的好感。何况,男人毕竟不是神,只有对神才可以坚信不疑。

侬恰是大家公认的第一美人,是我们区里最出色的舞手,她像一颗明星似的红了十来年;假如她是一位姑娘,她一定会被选为市场上的皇后的,她在许多人的眼中也的确是一位皇后。

她甚至被推荐给了外国人,许多外国人都很想跟她单独谈话,——这往往惹得她捧腹大笑。

"这些洗得干干净净的先生们,打算用什么语言跟我谈情说爱呢?"

"当然是用金钱的语言啰,傻瓜!"一些举止庄重的人劝她道。但她却这样回答:

"除了洋葱、大蒜、马铃薯,我对外国人是什么也不出卖的……"

有时,一些诚心诚意希望她幸福的人,一个劲儿劝导她:

"只消一个月,侬恰,你就可以变成富翁了!你仔细想想吧,你还有一个女儿呢……"

"不,"她反驳道,"我爱自己的身体,我决不能使它受到玷污!我知道——自己心里不高兴的事情,只消做上一次,自尊心就永远失掉了……"

"可是——你有时并不拒绝别人呀!"

"那是自己人,而且我心里高兴……"

"自己人,这话是什么意思?"

她说:

"所谓自己人,就是我在其中成长起来的那些人,就是了解我的心的那些人……"

话虽这么说,她却跟一位英国人有过一段艳史——那人虽懂本地话,却出奇地沉默寡言。年纪轻轻,头发已经斑白了,脸上有一块伤疤,面孔像海盗,眼睛却像圣徒。有人说他在写书,也有人说他是个赌徒。她甚至跟他到西西里什么地方去游玩过,回来后,她瘦了一大块。他不像是一个有钱的人,因为侬恰既未带钱回来,也未带回任何礼品。她又开始在自己人中间生活了——像平时一样有说有笑,给大家带来欢乐。

可是有一天,恰好是节日,当人们从教堂里出来的时候,有人吃惊地说:

"喂,看呀——尼娜长得完全跟她妈妈一样了!"

这话就跟五月晴朗的白天一样真实:在人们看来,侬恰的女儿不知不觉地变成一颗闪闪发亮的明星了,跟她母亲一样光彩夺目。她还只有十四岁,但个子相当高,一头蓬松的头发,一对亮晶晶的眼睛,看起来外貌比实际年岁大,她已经完全成长为一个成熟的女人了。

甚至连侬恰自己也一边仔细瞧着女儿,一边暗自感到诧异:

"圣母啊!莫非你,尼娜,想要长得比我更漂亮吗?"

女儿笑着回答说:

"不,只要能跟母亲一样,我也就满足了……"

这时候,人们在这位快乐的女人脸上,第一次发现了忧伤的阴影。那天晚上,她对女友们说:

"瞧,这就是我们的生活!自己的杯子还没有喝到一半,又伸出一只新手来抢杯子了……"

当然,开头的时候,母亲和尼娜之间,还没有发生明显的摩擦——女儿一举一动都谦虚谨慎,也不大上外边抛头露面,不喜欢在男人面前开口,但母亲眼中贪婪的欲火燃烧得更旺了,说话的声音更有一点魅力了。

每当侬恰出现时,人们便精神焕发,簇拥在她的周围,犹如晨曦中,船帆遇到了第一道阳光。的确是这样,对于许多人来说,侬恰就是爱的一天中的第一道阳光;许多人怀着感激的心情,默默地看她推着菜车从街头走过,那苗条的身姿,如同船桅一样挺拔端正;她的嗓音飞扬到每座屋顶上。即使在市场上,她也显得非常出色,她站在一大堆五颜六色的鲜嫩蔬菜前面,宛如绘画大师画在教堂白墙上的美女画,——她的菜车恰巧停在圣雅各教堂门口台阶的左边,她后来就死在离那儿只有三步远的地方。她站在那里,如同一团燃烧的火,她那愉快活泼的谈笑声,她的歌声(她会唱几千首歌),像欢乐的火花翻飞在人们的头顶上。

她很会打扮,合体的衣着使她显得更加娇美好看,就如同水晶玻璃杯中盛满上等的美酒:玻璃杯愈是晶莹透亮,也就愈能显出酒的灵魂;颜色往往可以增加香气和风味,使人一口气喝干那无言的红色琼浆,我们喝它,是为了给我们心灵中注入一些太阳的活力。美酒,啊,我的上帝!人若不趁良辰美景把那满杯的红色琼浆灌进自己贫乏的心灵中去,整个世界连同它的喧嚣和庸俗,就连一个驴蹄子的价钱也不值。美酒如同圣餐一样,可以使我们洗涤罪恶的污尘,教会我们去爱和宽恕这个充满许多卑鄙龌龊勾当的世界……你们只要透过玻璃杯去看太阳,酒就会向你们讲述这样的故事……

依恰站在阳光下,她使人们感到愉快,人人都想博取她的欢心——人若不能在美女面前显露头角是可耻的,他们常常想蹦跳得比自己更高。依恰做了许多好事,她唤醒了许多力量,并把这力量贯注到生活当中去,美好的东西往往会激发人们去追求更美好东西的愿望。

是这样的,可是女儿愈来愈经常出现在母亲身边,她像尼姑一样谦卑,又像一把未出鞘的刀。男人们观望着,比较着,有些人大概已经渐渐理解到这女人的苦衷和她经常感受到的烦恼了。

日月如梭,时间愈来愈加快自己急促细碎的步子。从时间角度看,人就如同灿烂阳光中的金色斑点,一闪即逝。依恰常常蹙眉颦额,有时紧闭着嘴唇,用眼睛盯着女儿,就像赌徒盯着对方手中的纸牌一样。

一两年过去了,女儿出落得愈发像她的母亲了,而且超过了。大家看出,有些青年人已经分辨不出是母亲还是女儿更加妩媚了。女伴们是最会搔人痒处的,她们问道:

"怎么,依恰,女儿把你压倒了吗?"

她笑着答道:

"一颗大星星,即使在有月亮的时候,也会被人看得见的。"

作为一个母亲,她为自己女儿的美貌感到骄傲,但作为一个女人,依恰却不能不对青春充满妒忌。尼娜好像站在她与太阳之间——母亲处在阴影中,感到十分烦恼。

拉诺编了一首新歌,第一节是这样的:

> 我要是一个男子汉,
> 定叫女儿生出一个
> 漂漂亮亮的小姑娘,
> 就像当初我生她一样……

依恰不喜欢唱这首歌。有人说,尼娜不止一次地对母亲说:

"妈妈要是明智点,我们本可以过得更好。"

不久,女儿终于对母亲说出了这样的话:

"妈妈,你把我跟别人完全隔开了,我已经不小啦,我希望过自己的生活!你已经过过不少风流的日子,现在是不是也该让我来过一过啦?"

"这话是什么意思?"依恰心虚地垂下眼皮问道,其实她是明白女儿的意思的。

安里科·博尔博内从澳大利亚回来了,那是一个任何人都容易发大财的神奇国度,他在那边当伐木工,回到家乡来是为了多吸收一些阳光,暖暖身子,然后再回到那个自由的天地去。他三十六岁,长着一脸大胡子,身强力壮,性格活泼,津津有味地讲述自己的冒险故事和茂密森林中的生活。大家只当他吹牛,只有母女俩信以为真。

"我看得出来,安里科喜欢我,"尼娜说,"可是你却跟他打得火热,把他弄得三心二意的,阻挠我们交往。"

"我明白啦,"依恰说,"好吧,你用不着去向圣母告你妈的状……"

于是她毅然决然地抛开了那个男子。谁都看得出来,他比任何人都更中她的心意。

不过人所共知,轻易得来的胜利往往会使胜利者骄傲自满,如果这胜利者是个孩子,事情就会更糟。

尼娜跟母亲讲话的态度,已使依恰有点难以忍受了。有一次,在圣雅各节,那是我们区里的佳节,人人都满心欢喜。依恰刚刚出色地跳完了泰兰特拉舞,女儿便当着众人的面警告她说:

"你跳的时间是不是太长啦?这对于你这样年纪的人是不适宜的,你要当心你的心脏呀……"

大家听见这句用亲热态度说出来的冒失话,刹那间都不作声了。依恰两手托着苗条的腰肢,怒气冲冲地喊道:

"我的心脏?你为它担心吗?那好吧,小姑娘,多谢你!咱们看看,谁的心脏更坚强!"

她想了一下,提议道:

"你跟我赛跑好吗?从这儿跑到喷泉,来回三次,当然不准休息……"

许多人都认为女人赛跑是件荒唐可笑的事,也有人觉得这是一种有伤风化的丑事,但大多数人出于对依恰的尊重,怀着半开玩笑的严肃态度看了她一眼,鼓励尼娜接受母亲的挑战。

选出了裁判员,规定了跑步的最大速度,一切都按运动场上的办法作了精确的规定。许多女人和男人都一心希望母亲得胜,为她祝福,并向圣母许愿,求神把力量赐予依恰,使她获得胜利。

母女俩并肩站好,谁也不看谁,只听手鼓一响,她们很快地跑起来,宛如两只大白鸟,沿着街道向广场飞去——母亲头上裹一块红头巾,女儿裹一块蓝的。

在最初几分钟里就已经看出,女儿比不上母亲的敏捷和气力——

侬恰跑得从容自然,姿势优美,仿佛大地在驮着她奔跑,就像母亲怀抱着婴儿一样。人们从窗口,从人行道向她的脚边扔过鲜花来,呼喊着,为她拍手助威。两个来回之后,她已超过女儿四分钟以上的路程。尼娜受了失败的打击,眼中含泪,气喘吁吁,倒在教堂门口的台阶旁,再也没有力气跑完第三圈了。

侬恰却像猫一样生气勃勃,一边跟大家一道狂笑着,一边俯在女儿身上去看。

"喂,小宝宝,"她伸出有力的手,抚摩着小姑娘散乱的头发说,"小宝宝,你应该知道,只有经受过生活磨炼的女人的心,只有善于娱乐、劳动和恋爱的心,才是最强的心。要认识生活,得过三十岁……孩子,你可不要悲伤呀……"

跑完后也没有休息,侬恰又要跳泰兰特拉舞了:

"谁跟我一起跳?"

安里科走出来,摘下帽子,向这位光荣的女性深深鞠了一躬,有好长时间,他的头一直恭敬地低垂着。

手鼓咚咚地响起来,最后变成一片嗡嗡声,一场火焰似的舞蹈开始了,那舞蹈如同陈年老酒一样令人陶醉。侬恰像金蛇飞舞似的扭动着腰肢,旋转着,——她是很理解这种充满激情的舞蹈的。看着她那优美好看、富有弹性的腰肢如何摇摆,如何扭动,简直是一种极大的享受。

她又跳了很长时间,跟许多人都跳过,男人们一个个都困乏了,她却仍不满足。当她喊出下面几句话时,已经是半夜了:

"来呀,再跳一次,安里科,最后一次了!"她又重新同他缓缓地跳起来,她眼睛瞪得大大的,流露出无限的深情与媚态,那里面有许多微妙的暗示。不料忽然,她急遽地叫了一声,两手一扬,像被砍了一刀似的,栽倒在地上。

医生说她是因心脏破裂而死。

这也许是确实的……

二十三

笼罩在严肃的静寂中,海岛正在沉睡,大海也睡着了,睡得像死去了一般,——好像有谁用一只强有力的手,把这块形状奇怪的黑色礁石从天空扔在大海的胸口上,谋害了它的生命。

要是从金弓似的银河与黑沉沉的海水相接的地方遥望这个海岛,它便像一匹巨额怪兽,弓着毛茸茸的脊梁,一张大嘴紧贴在海面上,默默地喝着油一般凝滞的海水。

每到十二月,经常会遇到这种死一般沉寂的黑夜,它是那么静寂,仿佛除了喁喁私语和小声谈话外,说任何话都是不适当和不必要的,仿佛大声说话会妨碍什么;在这天鹅绒一般的碧蓝夜空下,在这悄无声息的沉默中,好像有一种东西正在秘密地成长着。

有两个人坐在海岛岸边的乱石上小声谈话:一个是海关巡逻兵,身穿黄边黑地短褂,肩挂一枝短枪,留神注视着是否有农民或渔夫去挖取岩石缝里凝结起来的盐;另一个是老渔夫,黑黝黝的脸刮得像西班牙人一样干净,从耳朵到鼻梁边有一道银须,他的鼻子很大,像鹦鹉嘴似的弯曲着。

岩石好像是用白银炼成的,但海水把这白色的金属酸化了。

巡逻兵还很年轻,他讲的无非是一些青年人所关心的事情,老人很不乐意听,有时气冲冲地反驳他:

"谁还在十二月里谈情说爱呢?那是养儿子的季节……"

"不,不!我们年轻人是等不及的……"

"等不及也得等……"

"你等过吗?"

"老弟,我不是当兵的,我是干活的,凡是人应当经历的一切磨炼,我年轻时候都经历过了……"

"我不明白……"

"你将来会明白的……"

离岸边不远,水中映出淡青色的天狼星;要是长时间凝视着这颗映在水里的朦胧的斑点,便会看见它旁边漂着一个软木浮标,圆圆的像人脑袋,而且凝然不动。

"你干吗还不去睡觉?"

老人敞开自己身上那件由于天长日久渐渐变成红褐色的破旧大氅,咳嗽一下,回答道:

"我们投了网——你没瞧见浮标吗?"

"唔……"

"三天前,有一伙朋友的网给扯破了,弄得七零八碎……"

"是海豚干的?"

"冬天哪儿会有海豚?不,当然不是。可能是鲨鱼,冬鳍……谁知道呢!"

不知是什么野兽的脚爪在抓动,从山上滚下一块石头来,沙沙地滚过枯草,落到海里,扑通一声,打破了海水的静寂。静夜似乎很乐意听这短促的声响,殷勤地把它迎接到自己的深渊中,仿佛想要永远铭记住它。

巡逻兵小声哼着一支滑稽小调儿:

　　——老头儿为啥睡不好?
　　温倍尔托,你可猜得着?
　　——因为年轻那会儿
　　葡萄酒喝得太多了……

"反正说的不是我,"老人嘟哝着说。

　　——老头儿睡不好还有啥原因?
　　聪明的贝格托,你可知道吗?

——那是因为年轻那会
谈恋爱谈得不够多……

"这一首好吧,巴斯卡莱大叔?"
"你过了六十岁就明白啦……这用不着问!"
为了和万籁俱寂的深夜保持和谐的气氛,他们俩沉默了好半晌。后来,老人掏出烟斗,在石头上敲敲,侧耳谛听着短促干燥的声响,说:
"你们这些毛孩子就会取笑人,我不晓得你们会不会像老辈子那样正儿八经地谈恋爱……"
"咦,又是老生常谈……我认为谈恋爱任何时候都是一样……"
"你认为!你知道什么?山那边住着一户姓森查曼奈的人家,你去向他们打听一下卡尔洛奈老爷子的故事吧——这对于你老婆会有好处的。"
"既然你知道这个故事,你就自己讲吧,何必让我去问陌生人……"
夜鸟不知在哪里飞过——空中颤动着一阵别致的、奇怪的声音,好像有人在用一种丝织品匆忙地拭擦干燥的岩石。
地面上的黑暗变得更浓、更潮湿、更温暖了,天空愈来愈高,银河系里雾茫茫的繁星显得越发明亮了。
"从前,女人是很宝贵的……"
"是吗?我没听说过。"
"人们常常打仗……"
"那么,寡妇一定是很多……"
"常常闹海盗,兵荒马乱,差不多每隔五年,那不勒斯就要换一个统治者,——女人都锁在家里。"
"这办法现在行起来倒也不坏……"
"那时候偷女人,就跟偷母鸡一样……"
"我倒觉得她们更像狐狸……"

老人沉默了,给烟斗点上火——一缕清香的白烟悬挂在停滞不动的空气中。火花一亮,映出弯曲的黑鼻子和修短的唇髭。

"喂,后来呢?"巡逻兵懒洋洋地问。

"你要是想听,就别作声……"

天狼星不停地闪烁,这颗妄自尊大的星,仿佛想要把一切星体的光芒都给掩盖下去。海面上尽是金色的光点,这些天空的隐约的反光,似乎给那黑沉沉的无言的海面增添了几分生气,使它充满着变幻无定的光辉。好像有千万只磷火闪耀的眼睛,从海底仰望着天空……

"我听着呢,"巡逻兵急不可耐地打破渔夫那抱屈的鱼儿似的沉默,于是老人不慌不忙地开始小声讲述一个任何时候都会叫人洗耳恭听的故事。

"大约在一百年以前,那边,那个长满茂密的松树的山上,住着一户姓埃切拉尼的希腊人,他是一个驼背的老头子,是一个魔术师和走私贩子。这老头子有个儿子叫阿里斯蒂多,是打猎的——那时岛上还有野山羊。当时这地方上最有钱的一户人家姓加利亚迪,现在他们改用祖父的绰号'森查曼奈'为姓,这一带的葡萄园,半数以上都是他们家的。他们家有八座地窖,一千多桶酒。当时我们的白葡萄酒在法国也很出名,听说那边的人除了葡萄酒,什么东西都不认。那些法国人都是些赌徒和酒鬼,他们总是赌博,把自己皇帝的脑袋都输给了魔鬼……"

巡逻兵轻轻地笑起来,随着他的笑声,附近海水里哗啦响了一下。他们探过头去望海,默默地仔细打量着:微微荡起的涟漪,一圈一圈地离开岸边,向外散去。

"这是'切尔尼亚'鱼想吃钓饵呢……"

"继续讲呀……"

"是的……加利亚迪一家人。他们弟兄三个,事情发生在老二卡尔洛奈身上。他生着一张大嘴,嗓门大得惊人,所以人家都这样叫他。他看中了一个贫穷的姑娘,铁匠的女儿朱丽娅,她是个很聪明的女孩子，——要知道，力气大不一定都聪明。他们的婚事受到阻挠，他们心急火燎地等待着结婚。但希腊人的儿子也是一个不含糊的小伙子，他也很喜欢朱丽娅，煞费苦心地想呀想呀，如何才能博取她的欢心，但都没有成功。于是他决心使姑娘蒙受耻辱；他知道卡尔洛奈·加利亚迪是不会娶一个受过玷辱的女子的，那样他就容易把她弄到手了。那时候，对这一点要比现在严格……"

"哪儿的话，现在还不是一样……"

"放荡——是有钱人的娱乐，但我们都是些穷光蛋，"老人严肃地说，仿佛在回忆自己的过去。他接着讲下去：

"有一天，那姑娘正在收拾砍下来的葡萄藤，希腊人的儿子假装跌了一跤，从她家葡萄园围墙上面的小路上滚下来，正好滚到姑娘的脚边。她是一个虔诚的基督教徒，连忙弯下腰去，问他有没有跌伤。他假装疼得很厉害，请求她：

"'朱丽娅，不要叫人来帮忙，我求求你！我心里很害怕——要是你那个爱吃醋的未婚夫看见我跟你在一起，他会杀死我的……让我休息一会儿吧，我马上就走……'

"说着，他把脑袋枕在她的膝盖上，假装昏迷过去的样子。她惊慌失措了，赶忙呼唤起人来。可是当人们跑来的时候，他却忽然好好地跳起来，故意装出害臊的样子，大声嚷着说他是爱她的，决没有欺骗的意思，他虽然触犯了少女，但发誓要以结婚来报答她。经他这么一说，事情竟成了这样：他似乎为朱丽娅的妩媚动人所陶醉，便躺在她膝盖上睡着了。他的诡计成功了。那些脑筋简单的人，也不管姑娘正在发怒，便相信了他的话，他们忘记了，正是她自己首先招呼人来帮忙的。谁也没有想到希腊人的性格原来这样狡猾。为了给基督教徒的一切事情捣乱，恶魔是特地给希腊人施了洗礼的。姑娘发誓说希腊人是撒谎，但他却使人们相信，朱丽娅是因为害臊才不敢承认事实，怕遭卡尔洛奈的毒手。他终于胜利了。姑娘像发疯一样，拿石头向人群乱扔，人们把她捆起来带到镇上。卡尔洛奈听到她的喊声，迎着她跑来，但当他听了事情的经过以后,他忽然在人群中跪下,然后又跳起来,用左手打了未婚妻一个耳光,右手正要去扼希腊人的咽喉,人们好容易才把他拉开了。"

"一个傻小子,"巡逻兵埋怨道。

"好人的聪明才智是藏在心里的!我讲的这件事发生在冬天,正好在圣诞节前几天。在这个节日期间,我们那里的人都习惯把自己多余的葡萄酒、水果、鱼、家禽,互相赠送——大家都赠送,不用说,最穷的人得到的最多。我不知道卡尔洛奈后来是怎么弄明白真相的,但他终于明白了事情的真相。圣诞节的第一天,朱丽娅的爹妈都没有上教堂去,他们只得到一件礼物:一只用松枝编成的小篮子,里面放着卡尔洛奈·加利亚迪的一只左手——就是那只打过朱丽娅的手。她本人和她爹妈都吓了一跳,赶忙跑到他家里,卡尔洛奈跪在自己家门口迎接他们,他胳膊上包着血布,像孩子似的哭着。

"'你这是干什么?'他们问他。

"他回答道:

'我做了我应该做的事——那个侮辱了我爱人的人,他不能活在这世界上,我把他杀了……这只打过我无辜的爱人的手,它也侮辱了我,我把它砍掉了……我现在请求你,朱丽娅,原谅我,请求你和你们全家人……'

"他们当然原谅了他,可是那条连坏蛋也要保护的法律却不原谅人。由于希腊人的缘故,加利亚迪坐了两年牢,他的兄弟们花了许多钱,才把他从狱中保释出来……

"后来他同朱丽娅结了婚,一直白头到老,只是他们在岛上改了一个新姓——'森查曼奈',意思是没有手的人……"

老头儿使劲抽着烟,不作声了。

"我不喜欢这个故事,"巡逻兵小声说,"你讲的这个卡尔洛奈是个野人……大家都很蠢……"

"你今天的生活,再过一百年,看起来也就是愚蠢的了,"老头儿庄

严地说,在黑暗中喷出一大口白烟,然后又补充道:

"要是有人能记得你曾活在这世界上,也就算不错了……"

静寂中,又响起海水的拍溅声,现在那声音是强烈而急促的。老头儿脱下大氅,赶忙站起来,消失在黑暗中,好像被黑沉沉的海水吞没了。岸边又泛起微带青光的明亮的涟漪,宛如银白色的鱼鳞。

二十四

夜披着天鹅绒般的衣服,悄悄地从原野向城市走来,城市点燃起万盏金光灿烂的灯火迎接它。两个女人和一个青年,也像迎接黑夜一般,向原野走去。在他们身后,隐约传来被白天的劳累弄得疲惫不堪的城市生活的喧嚣声。

三双脚轻轻地踏着由罗马各族奴隶所铺成的古道上幽暗的石板走着,发出沙沙声。在温暖的寂静中,可以听到女人和蔼而恳切的话声:

"你可不要对人粗暴啊……"

"妈,你看见我对人粗暴过吗?"青年沉思地问。

"你太爱和人斗嘴……"

"那是因为我热爱我的真理……"

青年左边走着一位姑娘,木屐踩得石板喀哒喀哒直响,她像盲人似的昂头仰望着天空——那颗很大的太白星在天上闪闪发光,星下边燃烧着一抹红通通的晚霞,两株白杨树好似没有点着的火炬,耸入火红的天空。

"信仰社会主义的人,常常得蹲监坐牢,"母亲叹着气说。

儿子平心静气地回答道:

"将来就不会这样了。要知道,这样做完全是枉费心机……"

"是呀,可是目前……"

"不,现在和将来,没有一种力量能够扼杀世界上年轻的心灵……"

"这是歌中的词儿,我的孩子……"

"千万个声音都在唱这首歌,全世界愈来愈认真地倾听着这首歌……妈,您想想看,您以前什么时候像现在这样,耐心、和蔼地听我和保罗唱这首歌呢?"

"是的！是的……不过由于这次罢工,你却不得不离开自己的家乡……"

"这地方对于我们两个人来说是太小了,让保罗留下吧！我们的罢工胜利了……"

"胜利了,"姑娘高声应和道,"你跟保罗……"

她不等说完便小声笑起来。以后有一分钟光景,三个人都默默地走着。在他们前面,矗立着一个黑色的土堆——一座建筑物的废墟,一棵散发着芬芳香味的油桉树的细嫩枝条,若有所思地低垂在土堆上。当他们三个人走到树旁时,树枝仿佛在轻轻地颤动。

"瞧,保罗来啦,"姑娘说。

一个高大的黑憧憧的身影,从废墟中走出来,站在道路当中。

"是你心里在想吧?"青年笑着问。

前面的那个人应声说道:

"是你吗?"

"是我。这是我的亲人。你们不要远送我,没有必要！我到罗马只有五个钟头的路程,我是特意步行去的,以便在路上集中精力思考一下……"

他们站下来……高个子摘下帽子,用压抑的声音说:

"你不要为你妈和妹子担心,——一切都会好起来的!"

"我知道。再见,妈妈!"

她小声啜泣着,悲叹着,然后是三声热烈的接吻和青年的悲壮的声音:

"妈,你回家安心休息去吧,在这些动荡的日子里,也够让你操心的了！回去吧,一切都会好起来的！保罗就跟我一样,也是你的儿子！喂,妹妹……"

又是接吻声和脚踏在石板地上的干巴巴的沙沙声——敏感的静夜像镜子一样反映着一切声响。

被黑暗所笼罩的四个黑憧憧的人影紧紧偎倚着,融为一个巨大的躯体,久久不能分离。后来他们终于默默分开了——三个人悄悄朝亮着灯光的城市走去,另一个急忙向前,向西走去;西方天空中的晚霞已经消失,碧蓝的夜空亮起许多灿烂的明星。

"再见!"低沉悲哀的声音在黑夜中回响着。

远远地,一个精力旺盛的声音在回答:

"再见! 不要悲伤,我们很快就会见面的……"

姑娘的木屐干巴巴地踩响着石板,一个略微暗哑的声音在劝导说:

"他不会失败的,唐娜·菲洛缅娜,您可以相信这一点,就像相信您的圣母的慈悲一样。他头脑聪明,心地善良而坚强,他善于爱人,也善于使别人爱他……对人的爱,就好像长在身上的翅膀,有了这翅膀,人就可以飞得比什么都高……"

城市在黑暗中亮起更多怯生生的苍白的灯火;那高个子的话也跟火花一样闪闪发亮:

"一个人心里只要装着能把全世界团结起来的语言,他随时随地都会找到认清自己真实价值的人!"

紧靠城墙,有一座低矮的白色酒馆,亮着灯光的大门,瞪着正方形的眼睛,在那儿招呼行人。门口放着三张小桌子,一些黑憧憧的人影正坐在桌旁喧哗着,吉他的琴弦发出凄婉的声音,曼陀林琴的金属声音神经质地颤抖着。

当三个人走到门口时,乐声戛然而止,喧哗声也停息了,有几个人站起来……

"晚上好,同志们!"高个子说。

十来个声音愉快而友好地回答:

"晚上好,保罗同志! 到我们这儿来啦? 喝杯葡萄酒吧?"

"不喝了……谢谢。"

母亲赞赏地说:

"我们的人都很喜欢你……"

"我们的人,唐娜·菲洛缅娜?"

"嗨,别笑话我了……对于我们这儿的人来说,我也不是外人呀……大家都爱你们:你和他……"

高个子挽住姑娘的胳膊说:

"大家,还有这一位,……对吧?"

"对,"姑娘低声说,"当然啦……"

这时候,母亲低声笑了:

"啊,孩子们!……听着你们说话,看着你们,我就不能不相信:你们将来的生活一定比我们好……"

接着,三个人并排消失在城市的一条街道上,那条街道像破旧衣服的袖子一样,又狭窄,又脏乱……

二十五

　　从早晨起就哗哗地下着倾盆大雨,但到中午的时候,黑云消散了,阴暗的云幕稀薄起来,分裂成无数的云块,被风吹到海里去。在大海的上空,又聚成一团团灰蓝色的云雾,把浓厚的阴影投射在雨后平静的海面上。

　　东方漆黑的天空中不时有闪电掠过,但在海岛的上空,灿烂的太阳却照耀得令人眼花缭乱。

　　要是从海上遥望这个海岛,它一定像一座节日的富丽堂皇的教堂:全部洗刷一新,披满姣妍的鲜花,到处闪烁着大滴的水珠——那些水珠,在葡萄藤的嫩黄枝叶上像黄玉、在石菖蒲的须子上像紫晶、在天竺葵的红花瓣上像红宝石一般闪耀着;草丛上、茂密的灌木丛的绿茵上和树木的枝叶上,蒙着一层绿宝石似的翠幔。

　　万籁俱寂,每逢雨后都是如此。从岩石缝里,从大戟草、黑莓丛和散发着馥郁香味的铁线莲的藤蔓下,隐约传来一条看不见的小溪的潺潺流水声。下面,大海发出温柔的低语声。

　　黄尝木①的金黄色茎干像箭似的刺向天空,茎叶上沾满水珠,轻轻地摇曳着,悄然无声地把水珠从它奇异的花朵上抖落下来。

　　在一片浓绿的背景上,淡紫色的石菖蒲同鲜红的天竺葵和蔷薇,在斗姿争妍,大戟草的黄中带红的花缎,同黑天鹅绒般的鸢尾花和紫罗兰纵横交错,相互掩映——一切都显得十分妍丽而明朗,似乎鲜花也像小提琴、笛子和热情洋溢的大提琴一样在歌唱。

　　潮湿的空气里充满着浓郁的花香,如同陈年老酒一般令人陶醉。

　　在被炸药炸开、裂缝里撒满铁锈的灰色岩石下,在散发着火药味

---

① 一种豆科灌木。

的黄色和灰色石块之间,有四个采石工人坐在那里吃午饭;他们都是庄稼汉,身上穿着湿淋淋的破衣服,脚上穿着皮凉鞋。

他们端着大碗,不慌不忙地、津津有味地嚼着用橄榄油炸过、跟土豆和西红柿炒在一起的坚硬的章鱼干,轮流从一只酒瓶里喝着红葡萄酒。

他们当中有两个人刚刮过脸,长得跟兄弟俩一样相像,简直就像孪生子;另一个身材矮小,独眼,瘸腿,他那干瘦的身子不停地抖动着,活像一只拔掉了毛的老鸟;第四个宽肩膀,大胡子,鹰钩鼻子,是个满头白发的中年人。

他撕开一大片面包,用面包片拨开被酒蘸湿的胡子,把一片面包送进黑洞洞的嘴里,有节奏地抽搐着多毛的下巴,说道:

"这全是胡说八道!我并没有干过什么可怕的事情……"

他那双褐色的眼睛,从浓眉下郁郁不乐地、带有嘲讽意味地圆睁着。他的嗓音沉重而嘶哑,说起话来慢慢吞吞,像是不乐意说似的。帽子上,毛茸茸的强盗脸上,一双大手上,整个藏青色呢衣服上,全是白色的石粉——一看便知,他是个打岩洞的火药手。

三个同伴不去打断他,都很注意地听着,不时地挨次望着他的脸,似乎在说:

"讲下去……"

他耸动着白眉毛,继续讲道:

"这个人,他叫安德雷阿·格拉索,有一天夜里,像小偷似的来到我们村上;他穿得破破烂烂,像个叫花子,帽子跟靴子一个颜色,上面尽是窟窿。他是一个贪得无厌、厚颜无耻和心狠手毒的家伙。七年以后,连我们那些当权的老年人,也对他摘帽行礼了,他却只是略微点点头。周围四十里的人,都欠着他的债。"

"真有这种人,"瘸子叹了一口气,摇着头说。

讲话的人瞧了他一眼,带着嘲弄的神气问:

"你见过吗?"

老人默默地摇摇手,那两个刮光脸的人齐声笑起来。鹰钩鼻子呷了一口葡萄酒,一边眺望着苍鹰在晴空中飞翔,一边继续讲道:

"那时候我十三岁,他造房子,雇了我和许多别的人去搬石头。他对待我们比对待牲口还残酷。有一次,我的同伴鲁基诺把这意思对他直说了,他却说:'驴子——是我的,你又不是我的亲人,我干吗要怜悯你呢?'这句话刺痛了我的心,从此以后我就更留心着他。依我看,他对谁都同样粗暴和无礼——不论是老年人还是娘儿们都一样。有些德高望重的老年人对他说,这样不好。他却冷笑着说:'我穷的时候,也没有人可怜过我呀。'他跟神父、宪兵、警察往来密切,别的人只是在手头拮据、万般无奈的时候才去找他,那时他就可以随便摆布他们了。"

"真有这样的人,"瘸子又低声说道,三个人都同情地看了他一眼;一个刮光脸的人默默地把葡萄酒瓶递给他,老人接在手里,对着阳光瞧了瞧,在喝酒以前说:

"为圣母圣洁的心灵干杯!"

"他常常说:'穷人给富人干活,傻瓜给聪明人干活,历来如此,永远如此。'"

讲故事的人冷笑一声,伸手去拿酒瓶——瓶子已经空了。他漫不经心地把酒瓶随便丢在乱石堆上,那儿放着铁锤,十字镐,一根火药引线的黑线头像蛇似的伸展着。

"那时候我还年轻,我和伙伴们听了这话都特别生气——这些话扼杀了我们的希望,打消了我们追求更美好生活的愿望。有一天,我和我的朋友鲁基诺,在傍晚时分遇到他骑着马在野外闲逛,我们便客气而严肃地劝告他:'我们请求您对人和善一些。'"

两个光脸哈哈大笑,独眼龙也低声笑起来,讲故事的人喟然长叹了一声。

"嗯,当然喽,这很蠢!不过年轻时候心地单纯,相信语言的效力。我可以说:青年时代是一个人一生中最有良心的时期……"

"他怎么说呢?"老人问。

"他气势汹汹地对我们大声喝道:'放开马,强盗!'说着,掏出手枪来,一会儿对准我的朋友,一会儿对准我。我们对他说:'格拉索,您用不着害怕,也用不着生气,我们不过是劝劝您罢了!'"

"说得对!"刮光脸的人说,另一个同意地点点头;瘸子紧闭着嘴唇,注视着一块石头,并用弯曲的手指去抚摩它。

他们吃完了饭。一个人拿一根细树枝,打落草叶上像玻璃一样晶莹透亮的水珠,另一个望着他,摘一段干草梗去剔牙齿。四周渐渐变得更干燥、更闷热了。正午的短短的影子很快消失了。大海轻轻地拍溅着,严肃的故事继续缓慢地讲下去。

"这次会见,对鲁基诺的命运发生了不好的影响——因为他爹和叔叔都欠格拉索的债。可怜的鲁基诺消瘦了,咬着牙齿,目光也不再是姑娘所喜欢的那种样子了。有一次他对我说:'唉,我们把事情弄糟了,把好话讲给狼听是不值得的!'我暗自揣想:鲁基诺可能要行凶杀人。我替这小伙子和他善良的一家人担心起来。我自己呢,孑然一身,又是个穷光蛋。那时候我妈刚死。"

长着鹰钩鼻子的采石工,用沾满白石灰的手捋捋唇髭和胡子——他的左手食指上戴着一只光亮的沉甸甸的银戒指。

"我的行动要是干得彻底,也许会对别人有些好处,可是我的心太软了。有一次,我在街上碰见格拉索,我和他并排走着,我尽量客气地对他说:'您这个人太吝啬,心又太毒,人们很难跟您相处,您会逼得人家向您捅刀子的。我劝您还是赶快离开这儿吧,您走吧!'——'你这个傻小子!'他说。但我坚持要他走。他笑着问:'给你几个铜子儿,你才不来麻烦我呢?一个里拉够吗?'这当然是侮辱我,但我强忍住了。'我再对您说一遍,您离开这儿吧!'我们并肩走着,我在他右边。他偷偷掏出刀向我刺过来。因为左手不好使,只划破我胸口一寸光景。不消说,我把他按倒在地,像踢猪一样用脚使劲地踢他。他在地上爬着,我对他说:'我还是要劝你快快滚蛋!'"

两个光脸疑惑地望一望讲话的人,垂下眼皮。瘸子弯下腰,重新把鞋带束好。

"第二天早上我还睡在床上,宪兵就来了,把我带到他们长官那里,那长官是格拉索的教父。他说:'契罗,你是个诚实的人,你大概不会否认昨天晚上你想谋杀格拉索吧。'我说这是鬼话,是他说谎。可是,他们对这种事有自己的看法。我在监狱里蹲了两个月,最后判了我一年零八个月。'好吧,'我对法官说,'不过,我认为这件事还没有完!'"

他从石头缝里拿出一瓶还没有喝过的酒,把瓶口放进自己的胡楂子里,喝了好半晌。他的毛氅氅的喉结贪馋地搐动着,胡楂子倒竖起来。三对眼睛静默而严肃地望着他。

"讲这种事没啥意思,"他一边把酒瓶递给同伴,抹去胡子上的酒沫,一边说。

"后来,当我回到村里,我明白村上已经没有我立足之地了:大家都怕我。鲁基诺告诉我,这一年,他的生活更坏了。他很苦闷,穷得像烧焦的木炭一样。'原来是这样,'我心中暗想,便跑到格拉索那儿去。他一看见我,就吓坏了。'对啦,我回来了,你现在就给我滚蛋!'我说。他抓起枪来向我打了一枪,但那是一支鸟枪,里面装的是沙子,所以只打伤我的一条腿,我甚至没有跌倒。'你要是打死我,纵使到了坟墓里,我也要爬出来找你算账。我已向圣母发了誓,非把你从这个地方赶走不可!你脾气倔强,我也倔强。'我们扭打起来,不料我无意中扭断了他的胳臂。我本无心打架,是他先动的手。人们跑过来将我抓住。这一次,我坐了三年零九个月牢。刑期满的时候,有个看守对我很好,他明白我的案情,竭力劝我不要回家,叫我到阿普利亚他舅舅那边去做帮工——他的舅舅在那边有许多田地和葡萄园。但我是一不做二不休,既然已经开了头,就得干到底。我回家时,暗自下了这样的决心,以后绝不再多说废话;那时我已经明白,说十句往往有九句是废话。我心里只有一个念头:'你给我滚!'我回到村上那一天,恰巧是礼拜日，我马上到教堂去做弥撒。格拉索也在那里，他立刻就瞧见我了，连忙站起身来，扯着嗓门喊起来，声音大得全教堂都能听见：'这个人是来杀我的，诸位，魔鬼叫他来取我的灵魂来了！'我还没有碰着他，还没来得及对他说出我想要说的话，人们便把我围起来了。不过，结果都一样，他扑倒在石板地上——中风了，右半边身体和舌头都麻木了。过了七个星期，他就死了……这便是事情的全部。人们编造了我许多故事……说我十分可怕，那都是不真实的。"

他嘿嘿地笑了笑，望着太阳说：

"该动手干活啦……"

三个人静静地不慌不忙地站起来。鹰钩鼻子眼睛盯住落了厚厚一层红铁锈的石缝，又重复了一句：

"动手干活吧……"

烈日当头，所有的阴影都消失不见了。

水平线上的云朵低垂在海面上。海水变得更加平静，更加碧蓝了。

二十六

贝贝才十岁左右,他长得瘦小孱弱,但动作却像蜥蜴一样麻利;窄小的肩头上披着一件斑驳陆离的烂褂子,从无数的破洞里露出被阳光晒黑和沾满泥污的皮肤。

贝贝犹如一株枯草,任凭海风吹来吹去,到处飘荡。他在海岛的岩石上蹦来蹦去,随时都可以听到他那不知疲倦的歌声:

美丽的意大利,
我的意大利啊……

一切东西都能引起他的兴趣:像一股股溪水似的在肥沃土地上流布着的鲜花,紫色石缝里的蜥蜴,清晰可辨的橄榄树叶丛中和碧绿的葡萄藤蔓上的小鸟,幽暗的海底花园里的鱼儿,在市内纷乱的狭窄街道上行走着的外国人:脸上带着剑伤的肥胖的德国人,样子像演员、总是习惯于扮演厌世者角色的英国人,热心模仿英国人但又模仿得不像的美国人,总是像发响的玩具一样叫嚷个不停的无与伦比的法国人。

"瞧那张脸!"贝贝用锐利的大眼睛瞟着一个德国人对自己的小伙伴们说,那个德国人绷着脸,显得十分傲慢,连头上的头发都竖了起来。"那张脸比我的肚子还大呢!"

贝贝不喜欢德国人,他关心的是街头巷尾人们的议论和情绪——本地人常常坐在街道上、广场上和昏暗的小酒馆里,一边喝酒,打牌,一边看报,谈论政治。

"在我们看来,"他们说,"在我们这些穷苦的南方人看来,巴尔干的斯拉夫人,要比用非洲的沙漠来报答我们友谊的亲善同盟者[①]更加

---

① 意大利在非洲的殖民主义扩张,受到了德意志帝国的极力唆使。一八八五至一八八

亲切和可爱。"

这些平凡的南方人愈来愈频繁谈论这一点,他们的话贝贝全都听到并记住了。

一个英国人,百无聊赖地迈着剪刀似的两条腿走过来。贝贝走在他前面,嘴里哼着一首送葬弥撒曲或哀歌:

> 我的朋友新近死了,
> 我的妻子非常烦恼……
> 她为什么这样烦恼
> 我也感到莫名其妙。

贝贝的伙伴们跟在后面一边笑,一边翻筋斗。当那外国人用暗淡无神的眼睛平静地打量他们时,他们便像耗子似的往墙角和灌木丛中逃去。

关于贝贝,有许多有趣的故事可讲。

有一次,一位太太托他把一篮子从自己园子里摘来的苹果给她的一位朋友送去。

"你可以得到一个铜板!"她说。"这对你并没有坏处呀……"

他痛痛快快地答应了,把篮子顶在头上就走了。直到傍晚他才回来领铜币。

七年间,意大利侵占了埃塞俄比亚和索马里。一八九五至一八九六年的意埃战争,以意军在阿杜瓦的惨败而结束,意大利不得不暂时放慢了向非洲的推进。一九一一年至一九一二年对土耳其的战争,是意大利殖民主义扩张政策的下一个阶段。意大利在军事上的胜利,在很大程度上与俄国和法国保持中立态度有关。意大利侵占了土耳其在非洲的一些属地:的黎波里塔尼亚和昔兰尼加。法国和俄国在外交上对意大利的支持,导致了意大利退出三国同盟(一八八二年缔结的德奥意同盟)和意德关系的急剧恶化,致使意大利在第一次世界大战期间站到了德国的敌对阵营方面。

161

"你倒一点也不着急呀!"太太对他说。

"这一趟可真把我累坏啦,亲爱的太太!"贝贝气喘吁吁地回答。"他们有十来个呢!"

"怎么,满满一篮子苹果,只有十多个?"

"我是说那帮小家伙,太太。"

"那么,苹果呢?"

"先说那帮小孩,有米凯勒,乔万尼……"

她开始发火了,摇着他的肩头说:

"快说,你把苹果送到了没有?"

"我走到广场上,太太!您听听我干得多漂亮:一开头他们嘲笑我,我没有理他们,心想,就让他们把我比做驴子好了,太太,出于对您的尊敬,我一切都可以忍受的。可是后来他们又骂起我妈来啦,我想,嘿,这一回可不能轻饶你们了。我便把篮子放在地上,抓起苹果,对准那帮小强盗砍过去。亲爱的太太,您要是看见了,那才有趣呢,您一定会大笑一阵的!"

"他们把我的苹果都抢走了吗?"妇人叫嚷起来。

贝贝伤心地叹了一口气说:

"哦,没有。那些没有砍中的苹果,都在墙上碰碎了,其余的,等我打败他们,跟他们讲和以后,大家分着吃掉了……"

妇人劈头盖脸地对贝贝大骂起来,她骂了好半天,把所有能骂出口的脏话都骂出来了。贝贝老老实实地听着,不停地咋着舌头,还不时发出低声的赞叹:

"哦,骂得好! 词儿真新鲜!"

等她骂累了,袖子一甩走开之后,贝贝在她背后说:

"说句实话,要是您亲眼看见我怎样把您那些红通通的苹果,百发百中地砍在了那帮小坏蛋的脏脑袋上,您就不会这样生气了! 嘿,您要是看见了那场面,您就会答应给我两个铜板了,而不是一个!"

那位愚蠢的太太,不理解胜利者谦逊的自豪感,她只晓得挥着铁拳头吓唬他。

贝贝的姐姐比他大好几岁,但却不如他聪明。她在一家有钱的美国人的别墅里当女仆——收拾房间。她很快就变成了一个衣着整洁、面颊绯红的姑娘;由于吃得好,她的皮肤开始明显地灌满健康的汁液,像八月的梨一样鲜嫩。

有一次弟弟问她:

"你每天都有东西吃吗?"

"两次,三次,我想吃几次就吃几次,"她自豪地回答道。

"当心你的牙齿吧!"贝贝忠告她;后来想了一想,又问:

"你家主人很阔吗?"

"他? 我想他比王子还阔呢!"

"喂,别说傻话了! 我问你,你家主人有几条裤子?"

"说不清!"

"有十条吗?"

"恐怕还要多……"

"你去弄一条给我,不要太长,要厚实一点的,"贝贝说。

"为什么?"

"你看我这条裤子烂成什么样子了?"

的确叫人不忍细看——贝贝腿上的那条裤子,不露肉的地方已经不多了。

"好吧,"姐姐同意了,"你是得换一条啦,不过,主人会不会说我们偷东西?"

贝贝严肃地对她说:

"再没有比咱们更傻的了! 从许多东西当中稍微拿一点,这不叫偷,这叫做分!"

"那不过是说说罢了!"姐姐反驳道。但贝贝很快又说服了她。等她拿着一条质地很好的浅灰色裤子回到厨房时,原来那裤子比贝贝全

163

身还要长一点,但他立即又想出了对付的办法。

"拿剪刀来!"他说。

他们俩很快就把美国人的裤子改成一件十分便当的童装:样子像一只口袋,稍微有点肥大,穿起来一定很舒服,用绳子把它系在肩头,再在脖子上打一个结子,两只裤口袋,正好当袖子。

他们本来还可以改得更好更合适一点,不料那裤子的女主人没让他们这样做——她闯进厨房来了,开始用各种蹩脚的外国话骂出一大堆不堪入耳的话来,美国人一向就是这样。

贝贝怎么也阻止不住她那滔滔不绝的咒骂,只好蹙紧眉头,一只手放在心口,一只手拼命地抱住脑袋,累得直喘大气。而她呢,直等丈夫来到,才平静了下来。

"怎么回事?"他问。

贝贝马上说:

"先生,您这位太太忽然这样大叫大嚷,使我感到十分吃惊。我真有点替您害臊。我想,她大概以为我们把您的裤子糟蹋了,不过,我敢向您保证,我穿上这条裤子正合适!她也许以为我把您的最后一条裤子给拿来了,您再也买不起别的了……"

美国人不动声色地听完他的话,警告他说:

"你这个小坏蛋,我认为应当去叫警察。"

"是吗?"贝贝惊讶地说,"为什么呢?"

"为了把你关进监狱……"

这句话使贝贝很伤心,他几乎要哭起来,但又忍住了。然后,他颇有自尊心地说:

"先生,要是您高兴,要是您喜欢把人关进监狱的话,您当然可以这样做!不过,假如我有很多条裤子,而您一条也没有的话,我是不会这样办的!我会给您两条,甚至三条,虽然谁也不能同时穿三条裤子,特别是在大热天……"

美国人哈哈大笑起来;要知道,富人也有开心的时候。

后来,他请贝贝吃巧克力糖,又给了他一个法郎。贝贝接过硬币,用牙咬了咬,表示感谢道:

"谢谢您,先生!看来是一块真的硬币呢!"

贝贝最舒心的时候,是当他独自一人站在岩石上,若有所思地注视着岩石的裂缝,好像在细读岩石的朦胧的生活史。每逢这种时候,他那双灵活的眼睛便瞪得大大的,上面蒙着一层美丽的薄雾,细瘦的胳臂叠在身后,头微微垂下来,像花萼似的轻轻摇晃着。他嘴里小声哼着什么——他不论什么时候总是在唱歌。

当他观望墙头上像紫色溪流一样流淌着的紫藤花时,他的姿势也显得非常好看。这孩子笔直地站在满墙的紫藤花前,仿佛在谛听那丝绸般的花瓣在海风吹拂下所发出的轻微瑟瑟声。

他一边看,一边唱:

"花哟……花哟……"

远处传来海水低沉的叹息声,如同敲打着大铃鼓。蝴蝶在花丛中游戏——贝贝抬头凝视着它们,由于阳光强烈而眯起眼睛,脸上浮现出一丝微带嫉妒和哀愁、但终归是大地上长者所应该具有的和善的微笑。

"喳!"他拍着手掌喊道,惊吓着那些碧绿的蜥蜴。

当海面波平如镜,海浪的白沫从岩石上消逝以后,贝贝便坐在岩石上,瞪着两只锐利的眼睛望着清澈透明的海水——在海水里,鱼儿在浅黄色的海藻中间轻快地游泳,小虾一闪而过,蟹儿横着身子爬行。在碧绿而静谧的海面上,轻轻飘荡着他那嘹亮、深沉的歌声:

"啊,大海……大海……"

大人们在谈到这孩子时,说:

"他将来准会变成一个无政府主义者!"

但是那些心地更加善良、对生活具有更深刻观察力的人,却有不同的看法:

"贝贝将会成为我们的诗人……"

有个叫巴斯克伐利诺的木匠,长着一颗银铸似的脑袋,面孔如同镌刻的古罗马硬币上的人头像,——这位头脑聪慧、德高望重的老人,也发表自己的意见说:

"孩子们将比我们强,他们的生活将会美好些!"

很多人都相信他的话。

二十七

在基督受难周的最后一个夜晚——礼拜六的无月黑夜里,有一个女人在城边狭窄的街道上缓慢地走着;她披着一件黑斗篷,面孔被风帽遮掩着,因而看不见,宽大斗篷上的无数皱褶,使她显得格外肥大;她默默地走着,好像是无限悲哀的沉默的化身。

她身后,一群乐师紧紧地挤在一起,如同一个人体,也以同样缓慢的速度向前移动着。铜乐器可怕地向前伸着大嘴,冲着黑暗的天空发出哀鸣般的吼叫和呻吟;黑管像睡眠不足的修道士一样低声哼着,巴松管如同狂风怒吼;铜号的复仇般的哀号和法国号绝望的悲鸣,前呼后应,巴里东号悲切地祈祷着;大鼓敲打着沉闷的进行曲拍子,发出震耳的咚咚声,小鼓发出细碎的干巴巴的颤音,同几百只脚踏在石板上的沙沙声融合在一起。

铜乐器像昏黄的灯火一样闪烁着朦胧的光芒,那些腰缠乐器的人们,模样儿显得十分古怪;木制的管乐器像大象鼻子一样高高地翘起——走在前头的那群乐师犹如一条大黑蟒的脑袋,他们黑魆魆的身子在狭窄街道的灰墙中间艰难地爬行。

在基督受难周的最后一个夜晚,这个奇怪的游行队伍,常常涌流到轮廓不规则的小广场上去(那些小广场像是城市的石头衣服上被时间磨蚀的破洞),然后,又重新流进狭窄的街道上,好像要把街道撑宽似的。这条每一环节都由活人身体组成的大黑蛇,在被沉默的天空笼罩着的城市里,跟在那个引起人们种种奇妙猜想的女人后面,已经爬行不止一个钟头了。

那个沉默不语、身穿黑衣服的女人,好像充满无限的悲哀,正在黑夜中寻觅着什么,她把人们的想象力引向古代宗教信仰的深渊,使人们回想起那位哥哥和丈夫被凶恶的战争与沙漠神堤丰所杀害的伊底斯①;她那神秘的身影似乎发出一种幽暗的光辉,给过去曾经存在过、今晚即将复活的一切,披上一层恐怖的暗影,使人们永远想到:他们是同过去联系在一起的。

哀乐重重地叩击着沿街人家的窗子,玻璃微微颤动,人们低声谈论着什么;但是所有这些声音,都被几千只踏在石板路上的脚步声淹没了——脚下的石板虽然坚硬,地面却显得不大稳固,它是那么狭窄,充满着浓厚的人的气味,使人不由得翘首仰望天空,烟雾弥漫的天空中闪烁着朦胧的星光。

突然——远处高墙上和黑色方窗里,忽隐忽现地映出红色灯火的反光,于是人群中发出一片压抑的低语声,犹如春风吹荡着丛林:

"来了,来了……"

在前边,传来另一支游行队伍的更加清晰的喧闹声,那声音愈来愈大,火光也更加明亮。那个女人加快脚步向前走去,后面的人群更加生气勃勃地跟着她向前拥,连乐声也刹那间失去了节奏——变得低弱而混乱了,笛子慌慌张张地高叫起来,引起一片低沉的笑声。

忽然,犹如童话中的奇迹一样,前面出现了一片小广场,广场中间站着被火炬和孟加拉花炮的闪光所照亮的两个人影:一个穿着白色长袍,鹤发童颜,是人人都熟识的基督的身影,另一个穿着蓝色长袍,是耶稣最喜爱的门徒约翰。他们俩周围是手举火把的黑魆魆的人群,这些南方人的黝黑的脸上,流露出一种大致相同的无比欢乐的笑容,这种欢乐是他们用谶言咒语召唤到生活中来的,因而他们为它感到自豪。

基督也很高兴,他一手拿着缀满鲜花的刑具,另一只手很快地挥

---

① 伊底斯(或伊西斯),埃及古代最受人尊敬的女神之一,太阳神拉的女儿,奥底里斯的妹妹和妻子。奥底里斯被凶恶的战争与沙漠神堤丰所杀害。伊底斯找到了奥底里斯的尸体,并用咒语使他复活。

动着,在说着什么。跟犹俄尼索斯①一样年轻漂亮、不留须髯的约翰,仰起鬈发的头在笑。

人群像浓油似的流向广场,立刻围成一个圈子。那个像多云的夜空一般黝黑的女人,忽然身轻如燕地飞到基督的身边,紧贴着他站下来,从头上摘下风帽,黑斗篷像云朵一般落在她自己的脚边。

这时候,在灯火的欢快而骄傲的闪耀中,圣母那颗光辉灿烂的头从风帽下抬起来,满头松软好看的金发闪闪发光;从她的斗篷下,从靠近这位圣母的人们的手里,几十只白鸽,拍打着翅膀,向黑暗的天空飞去;刹那间,这位穿着银光闪闪的白衣服、佩戴花环的女人,还有全身洁白透亮的基督和身着蓝衣的约翰——这三位令人惊异的、非尘世所有的尊神,在白鸽翅膀的不停的扇动中,仿佛由一群天使簇拥着,向天空翩翩飞去。

"Cloria, madonna, gloria!②"黑憧憧的人群挺起千百个胸膛叫喊着,于是周围发生了奇妙的变化:所有的窗口都亮起了灯光,无数擎着火炬的手向天空举起,到处飞起金色的火花,燃起绿色的、红色的、紫色的灯光,白鸽在人们头上飞翔,每个人的脸都向上仰着,兴高采烈地喊道:

"光荣啊,圣母,光荣啊!"

房屋的墙壁在灯光中摇晃,从每个窗口露出孩子、妇女和姑娘们的笑脸——色彩斑斓的节日服装,像一朵朵鲜花,竞相开放。身穿白衣的圣母,站在基督和约翰之间,好像在燃烧,在融化,——人们这时才看清楚,她有一张粉里透红、又白又大的脸庞,一双明亮的大眼睛,一头细碎的金色鬈发像王冠一般华美好看,如同两道溪流垂落在她的肩头。复活的基督大声畅快地笑着,碧眼金发的圣母面带微笑向人们频频颔首致意,约翰举着火炬在空中挥舞,火星向四面飞散——他还完全是一个小孩子,显出挺顽皮的样子,他身材瘦小,目光敏锐,动作

---

① 犹俄尼索斯,希腊神话中的酒神,系宙斯和塞墨勒所生。
② 拉丁语:"光荣啊,圣母,光荣啊!"

像小鸟一样灵活。

他们三个人都在纵声大笑,只有生活在南方阳光下和欢乐的大海边的人,才会有这样爽朗的笑声;人们望着他们的脸,也在嘻嘻地发笑,——这是一些性格快活的人,他们善于从一切事物中创造出优美壮观的景象,他们本身就是一大奇观。

不消说,这儿也有孩子们,他们在那三个人周围跑来跑去,如同他们头顶上的鸽子一样,大声地、愉快地、兴高采烈地喊着:

"Cloria,madonna,gloria!"

老婆子们在祈祷——她们望着这三个如同梦幻般美丽的人像,心里知道:基督是由皮沙卡内大街的一位木匠扮演的,扮约翰的是一个钟表匠,扮圣母的叫阿尼妲·勃拉加利娅,是一个刺绣女工。老婆子们很熟悉这些人,尽管如此,她们还是向他们祈祷,从干瘪的嘴唇中叨念着美好的祝词,感谢圣母的一切恩惠……特别是祝愿圣母永在。

从远处传来庄严的歌唱,使人不禁回想起那首熟悉的古老歌曲:
《祝贺死神的灭亡……》

天渐渐亮起来;教堂里响起快乐的钟声,钟声气喘吁吁地急忙宣告春之神基督的复活。广场上的乐师们围成一个小圈子,奏起了音乐,许多人踏着音乐的拍子向教堂走去。在教堂里,管风琴正弹奏着赞美歌,圆穹窿下,群鸟飞翔——这些鸟儿都是人们特地带来的,只有当管风琴为复活的春之神弹奏悦耳动听的赞美歌时,才放出来。

把一切生物中最纯洁的小鸟,作为人们佳节的伴侣,这是一个很好的风俗。当几百只羽毛颜色不同的小鸟在教堂中飞翔、鸣叫,飞上祭坛,停在圣像和天花板架子上时,人们的心也在无比欢畅地歌唱着。

广场上的人影渐渐稀少了,三个光辉的人像互相携着手,和睦而美好地唱着歌向街头走去,乐师们跟在他们身后走着,群众也跟上来。孩子们奔跑着,在灿烂灯火的照耀下,他们好像是撒在地上的一串串珊瑚。鸽子停在屋顶上、房檐下,咕咕地叫着。

人们不禁又回想起一首美妙的歌曲:

《基督复活了……》①

我们大家也将用死亡消灭死亡,从死亡者当中复活。

---

① 东正教教堂在耶稣复活节时唱的颂歌。

俄罗斯童话

王健夫 译

《俄罗斯童话》共辑短文十六篇。其中十篇(一至二,四至十一)写于一九一一年年底至一九一二年二月初,最初分别发表在一九一二年《当代世界》月刊第九期和一九一二年九月三十日《真理报》上。

第三篇发表在一九一二年十二月十六日《俄罗斯言论报》上。颓废派诗人索洛古勃认为此文系影射他本人和他妻子而发的,致书高尔基表示抗议。高尔基复信反驳,指出作品主人公斯梅尔佳什金这个形象是对颓废派作家和诗人的特点的艺术概括,其中自然也包括索洛古勃,但用意决非对个人进行攻击。

后五篇(十二至十六)写于一九一七年,同年三至七月先后发表在《新生活报》和《自由思想报》上。

全部十六篇,于一九一八年由彼得堡"帆"出版社出版单行本。

在这十六篇童话中,作者用讽刺幽默的手法,对斯托雷平统治时期的俄国反动势力作了无情的揭露和辛辣的嘲讽,举凡鱼肉百姓的沙皇官僚、伪善的资产阶级自由派、文坛上的颓废派、"勿抗恶"的社会思潮,无不受到作者猛烈的鞭挞。作者利用民间口头创作表现新的思想,并对官场语言和自由派的浮丽辞藻进行讽刺性的模拟,从而继承和发展了谢德林的讽刺文学传统,这也是这本童话集与散见于本文集别卷中的传统童话迥然不同之处。

译自《高尔基三十卷集》第十卷。

一

有个年轻人,长得很难看,他自己也知道这一点,却对自己说:

"我聪明。我会成为一个有学问的人。在我们这里,这很容易做到。"

他开始阅读大部头的著作。他的确不笨,懂得要想证明自己有学问,最简便的方法,莫过于引经据典。

他读了很多哲理艰深的书籍,以至成了近视眼。他高傲地翘着被眼镜压红了的鼻头,向众人宣布道:

"嘿,谁也骗不了我啦!我可看透了,所谓人生,不过是自然界为我设置的罗网而已!"

"那么,爱情呢?"生命的精灵问道。

"谢谢,幸而我不是诗人!我不会为了一小块干酪,钻进那难以摆脱的种种义务的铁笼子里去!"

不过,他终究不是一个特别有才华的人,因此他决定接受哲学教授的职位。

他晋见国民教育大臣,说:

"启禀大人,我能够宣传这样的道理:人生是毫无意义的;对于自然界的启示也没有必要服从!"

大臣沉思起来:"这合适不合适呢?"

然后问道:

"当局的命令总应该服从吧?"

"当然应该服从!"哲学家说,一边毕恭毕敬地低下他那被书本磨光了的秃脑袋。"因为人的欲望……"

"嗯,这就对啦!请上讲台授课吧。月薪十六卢布。不过,要是我下令采用自然法则作为教程的话,您要当心,可不得自行其是啊!我绝不允许!"

大臣思忖片刻,悒郁不乐地接下去说:

"以我们现今所处之时代而论,为了国家的整体利益,也许不得不承认:自然法则不仅是实际存在着的,而且是有某些用处的!"

"哪有的事!"哲学家暗自感叹道。"您也信起这一套来了,真是……"

但他嘴里却没有吐露半个字。

他就这样安顿下来,每周授课一小时。他站在讲台上,对各种风度文雅的青年人讲道:

"诸位!人既受外界制约,也受内在制约,自然界是人的敌人,女人是自然界的盲目工具。由此观之,我们的生活是毫无意义的!"

他已习惯于这套思想了。他在讲课时全神贯注,因而常常讲得娓娓动听,感情真挚。青年学生们兴高采烈地给他鼓掌,他感到很满意,温和地向他们点着光秃秃的脑袋,感动得连他那小红鼻头都闪出了亮光。一切都很顺利。

在饭馆里用餐,对于他是有害的,因为如同所有的悲观主义者一样,他也患有消化不良症,所以他结了婚,二十九年来,一直在家里用餐;而且在公务之余,不知不觉地有了四个孩子。后来,他就死了。

跟在他灵柩后面送葬的,有他的三个女儿和她们年轻的丈夫,还有他的儿子——一位钟情于世界上一切美貌女子的诗人。他们恭恭敬敬,面色阴郁地走着。他的学生们唱着《永垂不朽》这首送葬曲,歌声很洪亮,也很欢快,却很难听。已故哲学家的生前友好,在墓前发表了辞藻华丽的讲演,称颂死者形而上学思想体系的完整。葬礼举行得盛大而隆重,有一阵工夫甚至令人非常感动。

"老家伙终于死了!"人们在墓地分手时,一个大学生对同伴们说。

"他是一个悲观主义者,"另一个答道。

第三个问:

"嗯?真的吗?"

"一个悲观主义者兼保守派!"

"这个秃老头子！我却没有看出来……"

第四位是个穷大学生,他关心地问：

"会请我们参加葬后宴吗?"

是的,他们受到了邀请。

由于已故哲学家生前写过一些好书,书中热情而美妙地论证了人生的毫无意义,因而那些书销路很好,人们都很乐意读,因为不管怎么说,人总是喜欢华美的东西的!

死者的遗族在生活上有了可靠保障——悲观主义也能使生活得到保障！葬后宴办得很丰盛,那位穷大学生美餐了一顿,回家的路上,他憨厚地微笑着想道：

"不,悲观主义也是有用的……"

二

还有一个这样的故事。

有个人,自认为是诗人,常常写诗,但不知为什么总是写不好,这使他很恼火。

一天,他在街上走着,忽然看见马路上蜷曲着一根鞭子;是马车夫丢失的。

于是诗人产生了灵感,他头脑里立刻形成了一个形象:

像根黑色的鞭子躺在路边尘埃里,
那是一具被辗碎了的死蛇的尸体。
一群苍蝇在蛇尸上惊慌地乱叫,
周围蠕动着的——是甲虫和蚂蚁。

从撕裂开的鳞片中间,
纤细的肋骨泛着白光……
蛇啊!你使我回想起
我那死去了的爱情……

鞭子用鞭柄的一端站了起来,摇摆着身子说:

"喂,你干吗撒谎呢?你是个结了婚的人,又知书识礼,还存心撒谎!要知道,你的爱情并没有死去呀,你既爱老婆,又怕老婆……"

诗人生气了。

"这不干你的事!……"

"可是你的诗却写得很糟……"

"连这样的诗你还想不出来呢!你只会发出哨声,而且还不是靠自己的力量。"

"可是你究竟为什么要撒谎呢？你的爱情不是还没有死吗？"

"管它死没死,反正我想让它死……"

"唉哟,你老婆会揍你的!快领我去见她……"

"想得倒美,你等着吧!"

"那好吧,上帝保佑你!"鞭子说完,盘成一圈,躺在马路上,思考起人间的事来。诗人走进一家小酒馆,要了一瓶啤酒,也陷入沉思。不过,他想的却是他自己的事。

"鞭子算什么,一件废物罢了!不过,这首诗又写得有点蹩脚,这倒是真的!怪事!有的人写诗总是写不好,可是,有的人有时却能写出好诗来,这世上的事该多么不公道啊!这个愚蠢的世界!"

他这样坐着,喝着酒,愈益深刻地剖析着这个世界,终于得出一个坚定不移的结论:"应该讲实话:这个世界是完全不中用的,人活在这个世界上,简直是一种耻辱!"他顺着这个思路想了大约一个半小时,最后想出这样一首诗来:

强烈的欲望如同斑斓的鞭子,
把我们往死蛇的盘结里驱赶①。
我们在大雾中踯躅不前,犹豫彷徨,
啊,让我们把自己的愿望彻底埋葬!
愿望诱使我们奔向远方,
我们在耻辱的荆棘丛中艰难穿行,
一路上——悲伤刺痛着我们的心,
走到头——每个人定将送命丧生……

下面的诗句,都是这样一种格调,一共二十八行。

"太妙啦!"诗人大喊一声,自满自足地回家去了。

---

① 这是对俄国象征派诗人费·索洛古勃某些诗作的讽刺性模拟。

回到家,他把这首诗读给妻子听,妻子也很喜欢。

"不过,"她说,"头四句似乎不太那个……"

"不,头四句才脍炙人口呢!普希金写诗,开头也总是'不太那个'。……你再看看格律怎么样?地道的悼念体!"

说完,他便跟自己的小儿子玩起来了:他把儿子放在自己的膝盖上,一边把他往上抛着,一边用男高音轻声唱道:

跳呀——跳呀,
跳上别人的桥!
嘿,我要是发了财——
就造一座自己的桥,
谁也不许在上面跑!

这天晚上过得很快活。第二天早晨,诗人把诗拿给编辑看。编辑看完后,深思起来。所有的编辑都是谨小慎微的,因此,他们的杂志才办得那样枯燥乏味。

"唔,您听我说,"编辑摸着自己的鼻头说,"这首诗写得不坏,主要是与时代精神很合拍,非常合拍!嗯,您大概终于领悟到自己使命之所在了。唔,先生,您就按这种格调写下去吧……每行十六戈比,一共四卢布四十八戈比……我祝贺您!"

几天后,诗登出来了。诗人像寿星佬一样乐不可支,妻子一个劲地吻他,同时懒洋洋地说:

"啊,我—我的诗人啊……"

他们的日子过得很美满!

然而,有一位青年,一位正在苦心探求人生意义的很好的青年,读过这首诗以后,自杀了。

他显然以为诗的作者在否定人生以前,也像他一样,曾长期而痛苦地探求过人生的意义。他哪里知道,这些晦暗的思想是按每行十六戈比的价格售出的呢！他太认真了！

　　读者千万不要以为我有这样的意思：似乎一根鞭子，有时也能够给人们带来益处。

三

叶夫斯季格涅伊·扎基瓦金在无声无息的谦卑和胆怯的妒忌中生活了很久,突然,他出乎意外地名声大噪起来。

事情是这样的:在一次阔绰的酒宴之后,他花掉了自己最后的六十戈比,第二天早晨醒来,还有一种酒后头沉的难受感觉。他悒郁不乐地坐下来干他已经习惯了的工作:用诗的形式为匿名殡仪馆制作广告。

他坐下来,出了一身冷汗,然后用确信不移的口吻写道:

　　不论揍你的脖子还是前额——
　　反正你得躺到昏暗的棺材里……
　　不论你是好人还是坏蛋——
　　你终归要被送到坟墓里去……
　　不论你讲实话还是撒谎——
　　反正一样:你必死无疑!……

诸如此类,写了足足一俄尺半长。①

他把诗送到殡仪馆,但未被采用。

"对不起,"那里的人说,"这些诗无论如何也不能刊登:许多死者会感到委屈的,即使躺在棺材里,他们也会气得浑身打哆嗦。再说,也用不着劝活人去死。上帝保佑,他们会自然而然死掉的……"

扎基瓦金伤心起来:

"见你们的鬼去吧!你们对死者关怀备至,为他们树碑立传,开追悼会,可对活人呢,——饿死活该……"

---

① 一俄尺等于 0.71 米。

他怀着绝望的心情走过大街小巷,忽然看见一块招牌,上面白地黑字写着:

死神丰收馆

"又是一家殡仪馆,我却不知道!"叶夫斯季格涅伊高兴起来。

其实,这并不是殡仪馆,而是一家新的无党派进步杂志编辑部,是专为青年男女和自修深造者创办的。编辑兼出版人莫凯·戈沃鲁欣亲自热情地接待扎基瓦金;莫凯是著名的脂油和肥皂制造商安季普·戈沃鲁欣的儿子,[①]一个精力充沛而体质瘦弱的年轻人。

莫凯看了那些诗,大加称赞道:

"您的灵感,"他说,"正好是谁也未曾讲述过的新诗的语言,我正要打点行装,像那个寻找金羊毛的勇士希罗斯特拉特[②]一样,去寻求这些诗句呢……"

他说的当然全是谎话,这是受了那个喜欢到处旅行的批评家拉扎尔·瑟沃罗特卡的影响;拉扎尔也经常撒谎,正因为如此,他才名噪遐迩。

莫凯用笼络人心的目光瞧着叶夫斯季格涅伊,重复道:

"这些材料对我们正合适。不过,请您注意,我们可不白登诗!"

"我所期望的正是付给我一些稿酬,"叶夫斯季格涅伊坦率地说。

"付给您?为了这些诗?您真会开玩笑!"莫凯冷笑着说。"先生,我们的招牌挂出来才三天,可是这三天里已经给我们寄来了七十

[①] 暗讽二十世纪初一些自称"无党派进步"刊物对资产阶级"钱袋"的依赖。这里是指所谓学术和文艺的庇护者、大财主巴·巴·里亚布申斯基和谢·伊·马蒙托夫,《金羊毛》和《艺术世界》等杂志就是靠他们的资助出版的。

[②] "寻找金羊毛的勇士",是古希腊神话中的一群英雄人物,为了获取神龙守护的金羊毛,他们曾历尽艰险,勇敢地在大海上航行。希罗斯特拉特是小亚细亚的希腊人,并非上述神话中的勇士,他为了扬名于世,于公元前三五六年纵火烧毁了古代艺术的杰作——以弗斯的女神庙。作者让莫凯把互不相干的两种人物形象混为一谈,意在讽刺莫凯的不学无术,知识谫陋。

九俄尺的诗!而且全都署着名!"

但叶夫斯季格涅伊不肯让步,最后商妥:每行五戈比。

"这只是因为您一开始就写得这么好的缘故!"莫凯解释道。"应该给您起个笔名才对,'扎基瓦金'听起来不够文雅①。如果您不介意的话,比方说,叫斯梅尔佳什金②,怎么样?雅致得很!"

"我无所谓,"叶夫斯季格涅伊说,"只要能拿到稿酬就行:我很想吃点东西……"

他是一个憨厚的青年。

过了几天,他的诗在该杂志第一期第一页上刊登出来了,标题是:

永恒真理之声

从那天起,叶夫斯季格涅伊就出了名。居民们读了他的诗,感到非常高兴:

"这小子说的全是实话。我们也勉勉强强活着,忙这忙那,可就是看不出我们的生活其实一点意思也没有!斯梅尔佳什金真棒!"

于是,人们开始邀请他参加晚会、婚礼、葬礼或葬后宴,他的诗刊登在各种时髦杂志上,稿酬竟高达每行五十戈比。在文学晚会上,乳房隆起的太太们,一边妩媚地微笑着,一边读着《斯梅尔佳什金诗集》:

> 我们每天受到生活的打击,
> 死亡到处威胁着我们!
> 从各个角度看——
> 我们只不过是腐朽的牺牲品!

"太好啦!谢-谢!"居民们喊道。

---

① 扎基瓦金,有摇摇晃晃的意思,故云。
② 在俄语中,斯梅尔佳什金(Смертяшкин)是从"死亡"(смерть)一词变来的。

"莫非我真的是一位诗人?"叶夫斯季格涅伊暗自思忖道。他渐渐变得骄傲起来:购置了一双带花格的黑色短袜和一条领带,裤子也是黑色的,带着白横纹;他开始用懒洋洋的声调说话,一边说一边拿眼睛打量着四周:

"哎,生活多么庸俗啊!"

他在朗读安魂祈祷词的时候,常常使用一些陈旧的字眼:"又复","迄今","枉然"……

各种各样的批评家麇集在叶夫斯季格涅伊周围,花着他的稿费,劝导他:

"再深刻些,叶夫斯季格涅伊,我们支持你!"

的确,当《幻想的悼亡词与愿望的墓志铭,叶夫斯季格涅伊·斯梅尔佳什金诗集》出版后,一批知音的批评家对作者那极端阴暗的情绪倍加赞赏。叶夫斯季格涅伊在欣喜兴奋之余,决心要结婚了:他走到他熟识的摩登女郎尼姆芙多拉·扎瓦利亚什金娜跟前,对她说:

"哦,长得这么丑,名声又不好,没有一点可取之处!"

她等这句话已经等待很久了,于是立即扑到他的怀里,喁喁情话起来,完全陶醉在幸福之中。

"我情愿和你手挽手走向死亡!"

"一个注定要毁灭的女人!"叶夫斯季格涅伊扬声喊道。

曾经蒙受过情欲的致命打击的尼姆芙多拉答道:

"我将要消失得无踪无影的人儿啊!"

不过,她顿时又完全恢复了生机,提议说:

"我们一定要安排一种别具一格的生活!"

斯梅尔佳什金对很多事情已经司空见惯,因而立即就明白了她的意思。

"当然啰,"他说,"我是高出于一切偏见之上的,如果你愿意的话,我们就在墓地教堂里举行婚礼吧!"

"我愿意不?嗽,愿意!最好让所有的傧相在婚礼举行完以后,立刻开枪自杀！"

"所有的候相恐怕不会这样做,只有库金会这样,因为他已经自杀过七次了。"

"神甫也要找一个年纪最大的,你知道吗,就是说,要找一个……快进棺材的。"

就这样,他们在异想天开的幻想中,一直坐到月亮从一片阴森可怖的坟墓后面露出它那悲伤的面容;那些坟墓里埋葬着无数个熄灭了的太阳,结冰的星球在那儿跳着死亡的舞蹈。月亮从已消亡的世界的空旷而又深不可测的墓穴里冉冉升起,悒郁不乐地照射着吞噬一切生物的大地……哎,那死去了的月亮的可怕光辉,犹如朽木的微光,总是使敏感的心灵联想到:生存的意义就在于腐烂,腐烂……

斯梅尔佳什金立刻振奋起来,毫不费力地就编好了一首诗,他用郁郁不乐的声音对着情人的未来骷髅的耳朵低语道:

> 听,死亡正用它公正的手
> 敲打棺盖,如同敲打铃鼓一般！……
> 我已清晰地听到死亡的召唤,
> 在这庸俗无聊、杂乱无章的世上。

> 生命用虚伪的呼唤同死亡争吵着,
> 招呼人们去接受它的欺诳与蒙骗;
> 然而我和你哟,绝不再使
> 被生命所俘获的奴隶的数目增添！

> 谁也不能用甜言蜜语把我们收买,
> 因为我们俩都清楚地知道:
> 生命只不过是痛苦的短暂的一瞬,
> 生命的意义——就在棺盖下面！

"像死一般寂静!"尼姆芙多拉赞叹道。"简直有点坟墓的味道!"

她对这一套玩意儿一向是心领神会的。

在这以后的第四十天,他们在蒂丘克地区尼古拉大寺院附近的一座旧教堂里举行了婚礼;教堂周围是一片挤得满满腾腾的墓地,墓地上密密麻麻地布满了怡然自得的坟墓。为了别出心裁,他们请了两位掘墓老人充当证婚人,男傧相也分明是一些已经作好自杀准备的人;还挑选了三个歇斯底里的女人给新娘做伴娘,其中一个已经喝过了酒精,另外两个正准备喝,而且有一个还发誓说,要在婚礼举行后的第九天结束自己的生命。

当他们走下教堂门前的台阶时,男傧相一个脸上长着粉刺并在自己身上试验过六〇六粉效用的小伙子,打开马车的门,阴沉地说:

"请上灵车!"

新娘身穿缀有黑色飘带的白连衣裙,头罩黑面纱,高兴得要死;斯梅尔佳什金一边用湿润的眼睛环视着观众,一边问傧相:

"有新闻记者吗?"

"还有摄影师呢……"

"尼姆芙奇卡①,别动……"

出于对诗人的尊重,新闻记者穿着擎火把者的服装,摄影师则打扮成剑子手的模样,至于居民们,他们不论看到什么,都会感到同样开心的!他们拍手叫好道:

"Quel Chic!②"

就连一个总是饿着肚皮的庄稼汉也附和着喊道:

"Charmant!③"

"是的,"斯梅尔佳什金在墓地对面一家饭馆进晚餐时对新娘说,"我们已经绝妙地埋葬了我们的青春!这才算得上是对生命的胜

---

① 尼姆芙多拉的别称。
② 法文:多么漂亮呀!
③ 法文:迷人极啦!

利呢!"

"你还记得吗,这些可都是我的主意呀?"尼姆芙多拉柔声细调地问。

"你的?是吗?"

"当然啦。"

"嗯……反正都一样:

我和你心连心,骨肉相依!
我和你已经永远融为一体。
这是死神的睿智的命令,
我们都是它的仆从和奴隶……
"

"不过,我可不能让你把我的个性全给吞没掉!"她娇声娇气地警告说。"其次,念'仆从'这个词时,我觉得应该把声音拖长一点,念成'仆——从'!而且,我觉得'仆从'这个词儿用得也不是地方……"

斯梅尔佳什金试图再一次用诗征服她:

我们还分什么你和我,
我已死去的妻哟!
分个你我,不分你我,
反正都是一样哟!
积极也好,消极也好,
反正你不会长生不老!

"不,这些诗还是读给别人去听吧!"她娇声细调地说。

经过长时间诸如此类的口角之后,斯梅尔佳什金家中意外地出生了一个婴儿——小女孩。于是,尼姆芙多拉盼咐道:

"你去定做一个小棺材盒式样的摇篮来!"

"尼姆芙奇卡,这太过分了吧?"

"不,一定要这样!你若是不想让批评家和公众指责你言行不一和不诚实,就得严格保持你自己的风格……"

原来她是一位很会持家的家庭主妇:亲手腌黄瓜,细心地把所有评论丈夫诗歌的文章搜集起来,把不赞同的毁掉,把赞赏恭维的留下来,并利用诗人崇拜者的钱印了几个单行本。

因为吃得好,她渐渐变得又白又胖,她的两眼总是罩着一层幻想的迷雾,从而在男人身上激起一种俯首听命的强烈愿望。她把一个体格强壮、长着满头红头发的批评家养在家里,让他坐在自己身边,一边用迷离的目光直盯着他的心窝,一边故意用难听的鼻音朗读着丈夫的诗,颇为自信地问:

"深刻吧?有力吧?"

那位批评家起初只是哼哼哈哈,不置可否,后来开始每月就斯梅尔佳什金的诗写一篇热情洋溢的评论文章,称赞诗人"以难以置信的认真态度,深刻探索了我们这些不幸的人称之为死亡的那个可怕奥秘的无底深渊,然而他对天真无邪的孩子却怀着纯洁的爱。他那颗琥珀般纯净的心并未因意识到无目的生活的可怕而消沉,而是把这种恐惧化为平静的欢乐,化为甜蜜的召唤,号召人们去摧毁我们这些无知之辈称之为生命的那种绵延不绝的鄙俗与无聊"。①

这是一位红头发的批评家,按信念说,他是一位神秘主义者和唯美主义者,按职业说是一个理发师,姓普罗哈尔丘克②。在他的亲切关怀下,尼姆芙多拉为叶夫斯季格涅伊举办了一次诗歌朗诵会。叶夫斯季格涅伊走上讲台,忽左忽右地扭动着双膝,用泛白的羊眼睛瞧着听众,一边摇晃着他那长满各种红棕色杂毛的脑袋,一边用冷漠的口吻

---

① 高尔基在这里以讽刺手法模拟并嘲笑了费·索洛古勃的崇拜者经常使用的那种文体。例如亚·别雷在颂扬索洛古勃的文章中写道:"他是死亡的歌手,但他却是以诵读祈祷词时的那种温柔语调和炽烈热情去歌颂死亡,他谈论死亡,就如同热恋中的情人谈论他所钟爱的女子一样。"

② 意为吃光喝光的人。

朗诵道：

> 我们的生活仿佛是——
> 通向黑暗阴间的一个车站；
> 我们随身携带的行李愈少，
> 我们就愈加感到轻松和方便！
>
> 我们要过无为而简朴的生活！
> 头脑空虚会使人变得纯洁。
> 从摇篮到墓地的路程很近！
> 给生命驾车的司机就是**死神**！……

"太棒啦！"心满意足的听众大声喊道。"谢-谢！"

他们彼此说：

"这小子真机灵，讲得头头是道，亏他琢磨得出来！……"

当然，那些知道斯梅尔佳什金以前曾为匿名殡仪馆写过诗的人，就是现在也仍然确信，他的这些诗是写给殡仪馆作广告用的；不过由于他们对任何事情都抱着同样漠不关心的态度，因而都沉默不语，只牢记着一句话：

"每个人都得吃饱肚子！"

"也许我的确是一位天才！"斯梅尔佳什金一边谛听着人们赞不绝口的喝彩声，一边这样想。"其实，谁也不知道天才是怎么一回事。有人甚至断定说，所谓天才，似乎就是一些疯疯癫癫的人物[1]……要是这样的话……"

于是，他跟熟人见面时首先不是问好，而是问：

"您准备什么时候死？"

---

[1] 指意大利资产阶级精神病学者龙勃罗梭（1836—1909）的学说，著有《天才与精神病》一书。他的观点在上世纪九十年代的俄国颓废派作家中流传甚广。

这样一来,他便在居民中博得了更大的声誉。"

他老婆把客厅布置得跟墓穴一样;小沙发椅全是绿色的,活像一个个小坟丘;墙上挂满戈雅①的拓印画,还有几张魏尔兹②的画。

她夸口道:

"在我们家,即使是儿童室里也可以感到死亡的气息:孩子们都睡在小棺材盒里,保姆穿的是修女的裙袍,——你们晓得吗,就是那种黑色的无袖长衫,上面饰有骷髅、骸骨之类的白花纹,真是有意思极了!喂,叶夫斯季格涅伊,你领太太们去看看儿童室吧!先生们,我们到卧室去……"

她一边狐媚地微笑着,一边指给客人看卧室的布置:一张石棺模样的床上蒙着黑棺罩,上面缀着银白色的穗带,用橡木雕成的头盖骨支撑着,棺罩上的图案装饰,尽是一些很小的骷髅,活像坟丘上蠕动着的蛆虫。

"叶夫斯季格涅伊完全沉浸在他的理念之中了,"她解释道,"他连睡觉时都穿着殓衣……"

有些人感到诧异:

"睡-觉?"

她凄然一笑。

叶夫斯季格涅伊是个心地诚实的青年,他有时情不自禁地想:

"就算我是一个天才,又怎么样?批评界大谈什么权威呀,斯梅尔佳什金流派呀,我却……不信这一套!"

普罗哈尔丘克走进来,一边活动着筋骨,一边端详着他,用低沉的声音问:

"又写诗了吗?老弟,你就尽情地写吧。其他的事由我和你妻子负责料理……你妻子是个漂亮女人,我也爱她……"

斯梅尔佳什金本人早就看出了这一点,不过由于没有闲工夫和喜

---

① 戈雅(1746—1828),西班牙画家。
② 大概是指德国画家赫尔曼·维尔茨(1836—1899)。

欢安宁,他并未采取任何防范措施。

普罗哈尔丘克舒舒坦坦地坐在圈椅里,一本正经地说:

"老弟,你要是知道我手上磨出了多少老茧就好了,这些老茧有多厚啊!拿破仑手上也不会有这样的……"

"我可怜的人儿!"尼姆芙多拉叹息道。斯梅尔佳什金却喝着咖啡想道:

"俗话说得好:在女人和仆人的眼里,不存在伟人!"

当然,如同所有的男人一样,他对自己妻子的评价并不正确,——她在激发他的写作热情方面是十分卖力气的。

"斯季格涅伊什卡①,"她爱抚地说,"你昨天好像什么也没有写,是吗?亲爱的,你最近越来越不珍惜自己的才华了!你去写吧,我这就叫人给你送咖啡去……"

他走到桌旁坐下来,突然写出几行崭新的诗句:

> 尼姆芙多拉哟,我曾写过多少
> 平庸无奇而又无聊的诗句,
> 为了女服,为了皮大衣,
> 为了女帽、花边和裙裾!

这几行诗把他吓了一跳,但他随即又提醒自己不要忘记:

"孩子们!"

他有三个孩子。他们需要穿黑天鹅绒衣服,每天上午十点钟,照例有一辆华贵的柩车开到门前台阶旁,送孩子们到墓地去游玩——这一切都需要花钱。

于是,斯梅尔佳什金闷闷不乐地一行接一行写下去:

---

① 叶夫斯季格涅伊的别称。

> 死神在世界上到处
> 喷洒着油腻的死尸味道。
> 生命已被死神的魔爪捕获，
> 犹如绵羊落入鹞鹰的利爪。

"你注意到没有，斯季格涅伊什卡，"尼姆芙多拉含情脉脉地说。"这几句似乎并不完全……该怎么对你说呢？马夏①，这该怎么说呀？"

"这不像你的诗，叶夫斯季格涅伊！"普罗哈尔丘克摆出一副行家的神气，低声说。"你是《死亡颂》的作者，你应该多写颂歌才对……"

"可是，这是我心灵感受的新阶段呀！"斯梅尔佳什金反驳道。

"得了吧，亲爱的，得啦，这算什么心灵感受呀？"妻子规劝道。"你也该到雅尔达去换换空气了，不然，尽在这儿胡思乱想！"

"你不要忘记，"普罗哈尔丘克用阴沉的语调劝诫道："你曾经答应过要

> 毫无恶意地、恭顺地
> 歌颂死亡的权力……②

此外，你要当心：'犹如绵羊落入……'，这一句，很容易使人联想到一位大臣的姓氏——科科夫采夫③，这可能被视为政治上的越轨行为！公众是愚蠢的，政治是庸俗的！"

"嗯，那好吧，我不写了，"叶夫斯季格涅伊说，"我不写了！这一切全是胡说八道！"

---

① 普罗哈尔丘克的小名。
② 费·索洛古勃曾写过一首题为《我要冷漠地歌颂死亡》的诗。
③ 在俄语中，"犹如绵羊落入……"（Как овца в…）与科科夫采夫（Коковцев）这个姓，形与音均近似，故云。弗·科科夫采夫（1853—1943），曾任沙俄政府财政大臣和首相。

"你还应注意,对你最近一个时期的诗感到大惑不解的,不光是你妻子一个人!"普罗哈尔丘克警告说。

一天,斯梅尔佳什金看见他五岁的小女儿莉莎在花园里玩耍,便挥笔写道:

> 一个小女孩在花园里走着,
> 用白皙的小手随意揪着花朵……
> 小女孩哟,你不要随意把花朵揪掉,
> 花朵也像你一样风姿绰约!
>
> 小女孩!凶恶的无言的**死神**
> 正悄悄地跟在你后面走着;
> 你一弯腰——它就会龇牙咧嘴
> 举起镰刀——冷笑着,等待着……
>
> 小女孩!**死神**和你如同姐妹;
> 你不要毁坏娇艳的花朵和花枝,
> 不然,**死神**就会用永远锋利的镰刀
> 把你这样的小孩统统砍死……

"这太感伤了,叶夫斯季格涅伊!"尼姆芙多拉气愤地惊叫起来。"得啦,你要到哪儿去?你怎么能这样对待自己的才华?"

"我再也不想写了,"斯梅尔佳什金怏怏不乐地说。

"你不想写什么?"

"不想写这种诗了。死亡,死亡,够啦!我讨厌这个字眼!"

"对不起,你简直是一个傻瓜!"

"傻瓜就傻瓜!谁也不晓得天才是怎么回事!我再也不能写这种诗了……让死亡和坟墓统统见鬼去吧……我是人……"

"哎哟,原来是这样!"尼姆芙多拉冷嘲热讽地扬声说。"你仅仅是一个人吗?"

"是的。我也爱一切有生命的东西……"

"可是当代批评界已经证明,诗人不应当重视现实生活,也不应当考虑世俗琐事!"

"批评界?"斯梅尔佳什金吼叫起来。"住嘴,你这不知羞耻的女人!我亲眼见过当代批评家在柜子后面如何和你亲嘴!"

"这是因为你的诗叫人陶醉的结果!"

"我们的孩子都是红头发——这也是陶醉的结果吗?"

"无聊!这可能纯粹是精神影响的结果!"

突然,她一屁股坐在圈椅里,宣布道:

"唉呀,我不能再和你生活在一起了!"

叶夫斯季格涅伊感到又高兴又害怕。

"你不想跟我过啦?"他将信将疑并怀着几分恐惧的心情问道。"那么孩子呢?"

"对半分!"

"三个孩子怎么分?"

但她坚持要这么办。后来,普罗哈尔丘克走进来,问明情况后,感到十分沮丧,便对叶夫斯季格涅伊说:

"我还以为你是个了不起的人物呢,原来只不过是一个渺小的男子!"

他开始把尼姆芙多拉各式各样的女帽归拢在一起。趁他郁郁不乐地干这件事的时候,尼姆芙多拉对丈夫讲出了真心话:

"你的才思已经枯竭了,可怜虫!你一点才华也没有了,一点也没有了!听着:什么也没有了!"

她怒火中烧,憋得透不过气来,最后说:

"你过去从来就没有过任何才华!要不是我和普罗哈尔丘克,你恐怕得给殡仪馆写一辈子广告呢,你这个没出息的东西!坏蛋!窃取我的青春和美貌的强盗……"

她激动的时候,一向是善于辞令的。

她就这样离开了他。没过多久,她在普罗哈尔丘克的指导和实际参与下,挂起了一块招牌:

巴黎吉姗女士美容所

专治各类皮茧

不消说,普罗哈尔丘克又发表了一篇题为《阴郁的幻影》的抨击性文章,详尽地论述叶夫斯季格涅伊非但没有才华,而且是否有这样一位诗人也可存疑。即使有过这样一位诗人。即使公众承认过他,那也应归咎于批评界的匆忙、轻率和考虑欠周。

叶夫斯季格涅伊感到苦闷和厌倦,可是(俄国人是会很快自我安慰的!)他意识到:必须抚养孩子!

他把过去,把所有那些歌颂死亡的诗歌全扔在一边了。他又重操旧业,干起他早已熟谙的工作:给一家新殡仪馆制作令人开心的广告,招徕顾客:

我们都希望长久地、甜蜜地

和光明正大地活在这世界上,

然而命运之神一到,

生命之线便被剪断了!

应该冷静地,从各个方面

对这种事加以研讨;

奉劝诸位采用敝馆

最上等的殡葬材料!

敝馆出品四海扬名,
没有磨损,没有旧品;
欢迎贵客频频光临
我们的新殡仪馆!

　　　　　馆址在墓地大街十六号

这样,各人又都回到了自己原来的生活道路。

四

从前，有个虚荣心很重的作家。

当人们骂他时，他总觉得骂得太过分，而且不公平，当人们恭维他时，他又觉得恭维得太少，而且不高明；因而他总是牢骚满腹，对什么都不满意，一直到他快死的时候，都是如此。

作家躺在床上，破口大骂起来了：

"哼，真倒霉！还有两部长篇小说没有写完呢。搜集的材料足足够写十年。这条自然规律以及其他所有的规律，真是太可恶了！简直是瞎胡闹！本可以写出几部好作品来的，可是偏偏有人臆造出了这恶作剧般的普遍义务来。仿佛不这样就不行似的！而且总是不期而至——连一个中篇还没写完呢……"

他很生气，可是病魔已经钻入他的骨髓，咬着他的耳朵低声说：

"你发抖了，是吗？为什么要发抖呢？你整夜睡不好觉，是吗？为什么睡不好觉呢？你由于苦恼而喝酒了，是吗？你高兴时不是也喝酒吗？"

他皱眉蹙额，最后看到实在没有别的办法，便向自己的作品挥挥手，死掉了。他虽然很不愿意死，但还是死了。

好。人们把他擦洗干净，给他换上一套体面一点的衣服，把头发梳得平平整整，然后把他放在停尸床上。他躺在那里，像个士兵，身子挺得笔直，脚跟并拢，脚尖分开，鼻翼下垂。他安详地躺着，什么感觉也没有了，只是有些诧异：

"多奇怪呀——我现在什么感觉也没有了！这还是有生以来第一遭呢。妻子在哭鼻子。得了吧，你现在泪水汪汪，可是平时，你动不动就发火动怒。小儿子也在一旁嘤嘤啜泣。这孩子长大，准是一块废料。作家的孩子大抵都是一些废料，这我见过的多了……这大概也是一条自然规律吧。这些规律真多啊！"

他这样躺着,想着,对自己的冷漠态度惊诧不置——他是不习惯于冷漠的。

当人们把他送往墓地时,他突然感觉到:给他送葬的人寥寥无几。

"不行,这是妄想!"他自言自语道。"就算我是一个渺小的作家,可是,也该尊重文学呀!"

他从棺材里探出头来一看,果然:给他送葬的人,除家属外,只有九个,其中还有两个乞丐和一个背梯子的掌灯人。

于是,他勃然大怒道:

"这帮忘恩负义的东西!"

他蒙受了这场奇耻大辱,立刻振奋起精神,复活了。他个头不大,悄悄地爬出棺材,跑进一家理发店,刮掉胡须,向理发师借了一件腋下缀着补丁的黑大衣,把自己那套西装留给理发师,脸上显出十分悲伤的样子,变得跟活人一模一样,叫人认不出来了!

他甚至怀着他那种职业所固有的好奇心,向理发师问道:

"怎么,您对这件怪事不感到惊奇吗?"

理发师只是俯就地捋捋胡子。

"得啦,"他说,"我们生活在俄国,对什么都司空见惯了……"

"可是,一个死人突然换了一身衣服……"

"这正是时代的风尚呀!您算什么死人?只不过外表有点像罢了。其实,所有的人还不都一样,——愿上帝保佑!如今活着的人,还要更加麻木不仁呢!"

"我的脸色一定很黄吧?"

"这才符合时代精神呢,就应该这样!如今,所有的俄国人都过着黄色的生活……"

谁都知道,理发师是世界上第一流的谄媚者,也是最讨人喜欢的人。

作家告别了理发师,跑着追赶灵柩去了,他十分渴望能够最后一次表示一下他对文学的尊重;他追上灵柩,送葬者的人数于是增加到

十个,这对作家来说,也算增添了一份光荣。迎面走来的人都惊讶地说:

"瞧,在给一位作家送葬呢!"

一些通晓事理的人,因事路过这里,看到这般情景,不无自豪地想:

"看来,文学的意义越来越为国人所深刻理解了!"

作家跟在自己的灵柩后面走着,装做是文学的狂热爱好者和死者的朋友,同掌灯人攀谈起来:

"跟死者很熟吧?"

"那还用说!还受用过他的某些好处呢。"

"听到您这句话,我很高兴!"

"是的。我们干的这种差事,没有什么价值,就跟麻雀一样,落到哪儿就在哪儿觅食!"

"此话应如何理解?"

"很容易理解,先生。"

"很容易?"

"嗯,是的。当然啦,从某种观点看,这样做似乎有点不大光彩,可是,要是不要点滑头,日子就过不下去呀!"

"是吗?您这样认为吗?"

"当然啦!就拿路灯来说吧——有一盏路灯正好对着他的窗口,他每天夜里都要坐到天亮,这样,我就用不着去点那盏路灯了,因为从他窗口射出的光线已经相当亮,这么一来,路灯的灯费就完全归我了!我怎能不念叨他的好处呢!"

就这样,作家心平气和地跟这个聊聊,跟那个谈谈,不觉来到墓地。他必需在墓前为自己发表一篇演说,因为那天送葬的人恰巧都患了牙痛病,——要知道,这件事是发生在俄国呀,俄国人常常不是这儿痛,就是那儿痛的。

他发表了一篇相当不错的演讲,有一家报纸甚至对他赞扬道:

"送葬的人群中,有个演员模样的人,在墓前发表了一篇热情洋溢而又令人感动的演讲。在我们看来,他在演讲中显然过高评价并夸大了死者那本来是微不足道的功绩,因为死者属于一个老的流派,他还未摆脱掉那个流派的令人厌恶的一切缺点——幼稚可笑的劝喻主义和臭名昭著的'公民精神'。尽管如此,他的演讲无疑却充满着对于语言的热爱。"

当全部仪式按照规矩举行完以后,作家这才躺进棺材里,心满意足地思忖道:

"嗯,一切都齐备了,一切都安排得非常之好,很体面,很像样子!"

于是,他完全死去了。

对待自己的事业,哪怕文学也罢,就应该抱如此尊重的态度!

五

有一位老爷,已经活了大半辈子,突然感到自己身上缺少点什么,于是大为惊慌起来。

他摸摸自己身上,似乎一切都很完整,样样都待在原来的地方,肚子甚至有点腆起;照照镜子,鼻子、眼睛、耳朵,凡是正常人所应该具备的一切,他全有;数数手上的指头,十个,脚指头,也是十个;可是,他仍感到缺少点什么。

"这是怎么回事?"

他问夫人:

"喂,米特罗多拉,你认为我身上一切都齐全吗?"

夫人颇有把握地说:

"齐全!"

"可我总觉得……"

她是一个笃信宗教的女人,便劝说道:

"你要是觉得有什么不好,就在心里默诵:'上帝显灵,弭敌祛灾'……"

他悄悄地去向朋友们打听,朋友们回答得含含糊糊,但又都拿疑惑的眼光瞧着他,似乎认为他身上确实有一种应该受到严厉谴责的东西。

"这究竟是怎么一回事?"老爷沮丧地想。

他开始回忆过去,过去的一切似乎都很顺利:信仰过社会主义,唆使过青年造反,后来又宣布同一切脱离了关系,他早已热心种起自家地里的庄稼来了①。总之,正像所有的人一样,他也是顺应着时代的潮流和启示走过来的。

---

① 这几句话是暗讽俄国资产阶级庸俗经济学家、政治家彼·司徒卢威(1870—1944)一类人物的变节行为。

他煞费苦心地想呀想呀,终于想出来了:

"天哪!我原来没有国民的脸相!①"

他赶忙去照镜子。的确,脸上的表情有点模糊不清,就如同一篇印得很糟、而且未打标点符号的翻译文章一样,再加上译者的粗心大意和文理不通,以至人们一点也看不明白文章中的意思:究竟是要求唤起人民的自由精神呢,还是主张必须充分承认当前的国家体制。

"哼,这太不像话了!"老爷思忖片刻,立即拿定了主意:"不行,长着这么一副脸相,真叫人感到不好意思……"

他开始每天用昂贵的肥皂洗脸,也无济于事:脸皮虽然闪闪发光,却依旧模糊不清。他开始用舌头舐脸——他的舌头很长,也很灵巧,因为这位老爷曾干过新闻行业,——舌头也未能帮上他的忙。又改用日本的按摩术,结果起了满脸疱,好像被人狠狠揍了一顿一样,但脸上仍缺乏明确的表情。

他什么苦办法都尝试过了,仍一无所获,只是体重减轻了一俄磅半。幸而,他突然打听到,他们那个区段的警察所长冯·犹丁弗列斯②,一向谙于此术,对民族问题颇有研究。于是他跑到所长那里问道:

"请问大人,您能否帮我解答一个疑难问题?"

警察所长当然感到十分荣幸:一个有学问的人不久前还被人怀疑从事秘密活动,现在却轻信地跑来请教如何改变脸相。所长哈哈大笑,十分高兴地喊道:

"再没有比这更简单的了,我最亲爱的朋友!您简直就是一块美洲的钻石。您去跟外族人接触接触吧,您马上就会露出真面目来

---

① 司徒卢威在《知识分子与国民脸相》一文中,对俄国社会民主派的国际主义大肆攻击,企图用民族主义和大国沙文主义对抗国际主义。高尔基在这里对司徒卢威的下述言论作了讽刺性的模拟描写:"在最近几年的艰苦考验中,我们俄罗斯的民族感大大增长了,尽管它有些改观,变得更为复杂和精细了,但同时也得到了发展和壮大。我们不应将它视同儿戏,不应把我们的真实面目隐藏起来。"

② 这是一个德国姓,意为:吃犹太人者。

的……"

老爷也顿时高兴起来：千钧重担终于从肩上卸下来了！他恭顺地胁肩谄笑着，连他自己也感到惊奇：

"我怎么没想到这一点？"

"小事一段，不值一提！"

他们像一对好朋友似的分手了。老爷立即跑到大街上，站在拐角处等着。当他看到一个犹太人从他身边走过时，便向那人猛扑过去并训斥道：

"既然你是犹太人，"他说，"那你就应当是俄国人，你要是不愿意，我就……"

人们从各种市井笑料中知道，犹太人是一个神经过敏且又胆小怕事的民族。然而这一位的脾气却有点古怪，他忍受不了对他的侮辱，便抡起拳头，朝老爷左脸颊上狠狠打了一拳，打完以后，竟自回家去了。

老爷靠墙站着，拭拭面颊，心中暗想：

"要想显露出民族的脸相，原来还得尝尝皮肉之苦！不过也罢！尽管涅克拉索夫是个劣等诗人，但他有一句话却说得很对：

不付出代价什么也休想得到，
命运要求补偿的牺牲……"

这时，突然有个高加索人走过来。正像各种奇闻趣谈所证实的，高加索人都有点粗野，而且性情暴躁。他一边走，一边大声哼着：

"我爱米格列尔人的土房……"

老爷向他猛撞过去：

"不，"他说，"对不起！既然您是格鲁吉亚人，那您当然也就是俄国人；您不应当爱米格列尔人的土房，命令您爱什么就爱什么好了，至于班房嘛，就是不下命令您也得爱……"

格鲁吉亚人一脚把老爷踢翻在地,然后走进一家酒馆,喝自己家乡的葡萄酒去了。老爷躺在地上,暗自琢磨起来:

"难道果真都是这样?还有鞑靼人,亚美尼亚人,巴什基尔人,吉尔吉斯人,摩尔达维亚人,立陶宛人——天呐,真多啊!这还不是全部……此外,还有我们斯拉夫人……"

这时正好有个乌克兰人走过来,不用说,他也是边走边唱着一支含有谋反意味的小曲儿:

我们的祖先勤劳、善良,
世世代代生活在乌克兰土地上……

"不,"老爷站起来说,"今后你们也要使用 bl 这个字母①,否则,你们就会破坏帝国的完整统一……"

他还向那个乌克兰人讲了很长时间的大道理,对方一声不吭地听着,因为正像小俄罗斯②旧闻轶事汇编中所确凿证明的那样,乌克兰人天性迟钝,干什么事都喜欢不慌不忙,而我们这位老爷却是一个爱纠缠不休的人……

……一些好心的人把老爷扶起来,问他:

"您住在什么地方?"

"大俄罗斯……"

不用说,他们立即把他送到警察所。

他一边走,一边摸着自己的脸,尽管有些疼,却不无自豪地感到自己的脸大大变宽了,心想:

"这一次大概成功了……"

他们把他交给冯·犹丁弗列斯。所长对自己人一向是充满仁爱的,连忙派人去请所里的医生。医生来到后,大伙带着惊奇的表情小

---

① bl 是一个俄文字母,乌克兰文不用。
② 这是革命前对乌克兰的卑称。

声交谈起来,也不管是否得体,一个劲儿噗嗤噗嗤发笑。

"我行医以来,还是头一次遇到这种事,"医生轻声说,"我简直不知道应该如何理解……"

"这话是什么意思?"老爷心里感到纳闷,便问:

"喂,怎么样?"

"老皮全磨掉啦,"冯·犹丁弗列斯答道。

"总的说,脸相变了吗?"

"那是毫无疑问的,不过,您要知道……"

医生赶忙安慰说:

"您的脸,先生,现在已经变成这么一副模样,应该用裤子把它蒙上才好……"

他一辈子都是这么一副脸相。

这里没有寓意。

六

另一位老爷喜欢用历史为自己进行辩护。每当他想要撒谎的时候,便吩咐手下的人说:

"叶戈尔卡,快去从历史上找些根据来,证明历史是不会重演的,恰恰相反……"

叶戈尔卡是个机灵鬼,他很快就找到了根据,老爷用历史事实把自己打扮起来,根据客观情势的需要去证明他想要证明的一切,他的论据往往无懈可击。

顺便说说,他过去还曾经是一个造反派呢;有一个时期,所有的人都认为必须当造反派。他们私下里大胆地评论道:

"英国人有人身保护法①,可我们这里只有通缉令!"

他们对于两个民族间的这点差别极尽讽刺挖苦之能事。

与此同时,为了排遣公民的郁闷,他们常常坐下来玩文特牌,一玩就玩到鸡叫三遍;当报晓的晨鸡宣告白天快要到来的时候,老爷又吩咐道:

"叶戈尔卡,快引证一些既能振奋精神、又符合此时此景的东西来!"

叶戈尔卡摆好姿势,翘起手指头,煞有介事地朗诵道:

> 雄鸡在圣罗斯大地上一声啼叫——
> 圣罗斯大地上很快就将破晓!……

"对,"老爷们说,"现在肯定已经是白天了……"

于是,他们休息去了。

---

① 指十七世纪英国国会通过的关于保障"人身权利"的法律。

好。可是突然，老百姓开始骚乱起来。老爷看到这般情景，连忙问：

"叶戈尔卡，老百姓为什么骚乱？"

叶戈尔卡兴冲冲地禀告道：

"他们想过人样的生活……"

老爷顿时产生了一种自豪感：

"是吗？这是谁开导他们的？是我开导的呀！五十年来，我和我的先辈就一直在教导说，我们也该过过人样的生活了，对吧？"

他开始自我陶醉起来，不停地吩咐叶戈尔卡：

"你去从欧洲土地运动史上找些根据来……从福音书里找有关平等的经文……从文化史上找私有制的起源，快！"

叶戈尔卡高兴得不亦乐乎！他跑来跑去，累得浑身是汗，所有的历史书都被撕开了，只剩下一些硬书皮；他把一大堆令人兴奋的证据抱到老爷面前，老爷对他大加夸奖道：

"好好干吧！等制定宪法的时候，我让你当一家大型自由报刊的编辑！"

老爷最后壮起胆子，亲自给那些最通晓事理的农夫讲解道：

"此外，"他说，"还有古罗马的格拉古兄弟①，还有英国的，德国的，法国的……这一切都是历史的必然呀！叶戈尔卡，拿证据来！"

他随即引经据典地论证说，每个民族都应该渴望自由，尽管当局不希望这样做。

农夫们当然很高兴，他们喊道：

"太感谢啦！"

一切都进行得非常顺利，和睦友好，充满着基督之爱和相互的信任。可是突然，农夫们问：

"您什么时候走？"

---

① 指提比留·格拉古（前162—前133或132）和盖约·格拉古（前153—前121），他们是古罗马的政治家，先后出任保民官，提出过土地法案。

"到哪里去?"

"离开这儿呀?"

"离开哪儿?"

"离开土地……"

他们嘿嘿地笑着,觉得这个人真怪——他天文地理无所不知,无所不晓,可是一遇到这个最简单的问题,他却不懂了。

他们笑着,老爷生着气……

"对不起,"他说,"既然土地是我的,要我到哪儿去?"

农夫们不相信他的话:

"怎么是你的呢?你不是亲口讲过,一切都是上帝的,早在耶稣基督之前就有不少正人君子懂得这个道理了吗?"

他不能理解他们,他们也不理解他。老爷又把叶戈尔卡叫到跟前:

"叶戈尔卡,快把所有的历史都搬出来……"

叶戈尔卡桀骜不驯地答道:

"所有的历史都查遍了,到处写的都是反证……"

"撒谎,你这个叛逆者!"

然而,事实的确如此:他跑到藏书室一看,所有的书都只剩下书脊和书皮了。这一出乎意料的情况,吓得他出了一身冷汗,他懊丧地抱怨起先人来:

"谁叫你们把历史写得这么片面呢!现在只得自食其果了……唉!活见鬼,这算什么历史呀?"

农夫们仍一个劲地坚持自己的要求。

"既然,'他们说,"你给我们讲得那么天花乱坠,那就请赶快离开吧,否则,我们就把你赶走……"

叶戈尔卡已经完全站到农夫方面。他把鼻子歪向一边,一遇见老爷,便抱怨起来:

"人身保护法哪里去了!自由主义哪里去了……"

209

情况非常不妙。农夫们唱起歌来,兴高采烈地把老爷的一垛干草扒开,抱到自己院子里去。

老爷突然想起他还有最后一个法宝:行将就木的曾祖母还在阁楼上坐着,她已经衰朽不堪,早把人间的语言忘得一干二净,只记得两个字:

"不给……"

从一八六一年起[①],除了这两个字,她已不会再说任何别的话。

他怀着十分激动的心情跑到阁楼上,跪在她脚前,恳求道:

"老祖宗啊,你就是一部活历史呀……"

她当然只能咕哝着说:

"不给……"

"到底该怎么办呢?"

"不给……"

"难道让他们把我抢劫一空吗?"

"不给……"

"要不要让我去通知省长一声?"

"不给……"

他终于听懂了这部活历史的声音,就以曾祖母的名义寄发了一份感情激动的紧急求援报告,然后走到农夫们面前,宣布道:

"你们惊动了老祖宗,她派人搬兵去了。不过你们可以放心,不会出什么事的,我不会让士兵伤害你们!"

真的,威严可怕的马队开来了。当时正值隆冬季节,那些马一路上跑得浑身是汗,这时又蒙上了一层霜,冻得直打哆嗦。老爷怜悯起马来,赶忙把它们安置在自己的庄园里。安置妥当后,出来对农夫们说:

"你们赶快把从我这里非法抢走的那些干草送回来吧,好喂这些

---

① 指一八六一年俄国废除农奴制的改革。

马吃;要知道,牲畜并没有过错呀,对吧?"

士兵们由于饥饿,把村上的公鸡全给宰掉吃光了。老爷周围变得鸦雀无声。叶戈尔卡自然又转到了老爷一边,老爷仍像以前那样让他去查找历史。他购买了一套新的历史书,吩咐叶戈尔卡把凡是容易引起自由主义的地方全部涂掉,不能涂掉的,则补充以新的涵义。

对于叶戈尔卡来说,这又算得了什么?他干什么都是行家里手。为了表示自己的忠诚,他甚至写起淫书来了。不过他仍感到有些内疚——一边奉命涂改着历史,一边凭自己的良心写了几首感伤的诗,并用"败绩的战士"这个笔名发表出来。

　　啊,报晓的美丽的雄鸡哟!
　　你为何不再发出骄傲的啼鸣?
　　我一切全看见了——代替你的
　　是那阴森可怕的猫头鹰。

　　我们的主人不喜欢未来,
　　我们又回到往昔的时光……
　　哦,报晓的雄鸡哟,
　　你已经被人炖熟吃光……

　　我们何时会重新对生活充满希望?
　　谁将为我们报晓?
　　哎,既然雄鸡已被吃掉——
　　我们只好蒙头睡大觉!

农夫们当然也安静下来,恭恭顺顺地生活着。由于无事可干,他们竟编起插科打诨的顺口溜来:

哎哟，我的妈呀！
春天来了真可怕——
我们再叹几口气，
就会活活饿死啦！

俄国人民——是快乐的人民……

七

在某个王国里,在某个国度里,住着一些犹太人,一些普普通通的犹太人,他们备受蹂躏与诽谤,国家想怎样对待他们就怎样对待他们。

积久成习:只要土著居民一对自己的生活表示不满,长官们便从瞭望所里发出诱惑性的召唤:

"百姓们,快到宝座前来呀!"

老百姓被召唤来了,长官们则把他们引入歧途:

"为什么发生骚乱?"

"长官,没有东西可吃呀!"

"还有牙齿吗?"

"还有几颗……"

"一眼便看得出来,你们总是想方设法耍花招,欺骗长官!"

倘若长官们认为可以通过把牙齿全部拔掉的办法来平息骚乱,他们会毫不犹豫地采取这种办法的;但当看到这样做不足以造成关系的和谐时,他们便假惺惺地进一步问明情况:

"你们想要什么?"

"土地……"

有几个脾气暴躁的人,全然不顾国家的利益,进而央求道:

"请进行一点改革吧,最好能明确规定:牙齿、肋骨以及我们的五脏六腑,全归我们自己所有,不许别人乱动!"

这时,长官们开导他们说:

"哎呀,弟兄们!干吗要这样想入非非呢?《圣经》上说:'人活着,不是单靠食物。'[①]还说:'上交一个死的,赏给两个活的!'"

"他们同意吗?"

[①] 引自《新约·马太福音》第四章第四节。

"谁?"

"活着的呀!"

"上帝保佑!那还用说!三年前,刚刚过完圣母升天节①,英国人曾向我们提出这样一个要求:把贵国的老百姓都发配到西伯利亚去吧,让我们代替他们;我们会规规矩矩给你们纳税,准能让每个弟兄每年喝上十二桶烧酒,而且……我们却说:不,干吗要这样呢?我们的老百姓好得很,又温顺,又听话,我们会和他们和睦相处的……喂,伙计们,你们与其这样胡闹,还不如好好去整治整治那些犹太人,对吧?要他们有什么用?"

土著居民琢磨了半天,最后看出,除了按长官安排的去做,是不会有任何好处的。于是他们下定决心道:

"喂,弟兄们,就这样干吧,得到允许啦……"

他们烧毁了五十来座房屋,屠杀了一些犹太人,累得精疲力尽,也就不再提什么要求了。秩序高奏起凯歌!……

除了长官、土著居民以及被用于平息骚乱和熄灭热情的犹太人以外,这个国度里还生存着一些好心人。每次大屠杀后,他们便把自己的全部人员(总共十六个成人)召集起来,向全世界提出书面抗议:

"尽管犹太人亦属俄国之臣民,然吾等确信,将他们斩尽杀绝并非至当。有鉴于此,吾等谨对这种肆意屠杀活人之行为提出谴责。古马尼斯托夫、菲托耶多夫、伊凡诺夫、库赛古宾、托罗佩金、克里空诺夫斯基、奥西普·特罗耶霍夫、格罗哈洛、菲戈福鲍夫、基里尔·梅福季耶夫、斯洛沃捷科夫、卡皮托利娜、科雷姆斯卡娅、前陆军中校涅佩皮沃、律师纳雷姆、赫洛波童斯基、普里图利欣、七龄童格里沙·布杜谢夫。"②

每次蹂躏犹太人的暴行发生后,都要提出类似的抗议。所不同

---

① 旧历八月十五日。
② 这些签署者的姓氏大都是有涵义的,如古马尼斯托夫,意为"人道主义者",克里空诺夫斯基意为"空谈家",斯洛沃捷科夫意为"爱说空话的人",等等。

者,只是格里沙的年龄在不断增长,代替纳雷姆签名的(他突然到一个和他同名的城市去了),是科雷姆斯卡娅。

有时,这些抗议还得到外省的响应:

"赞成,我也要求签名,"拉兹杰尔加耶夫从德列莫夫省打来电报说;米亚姆林市的扎托尔坎内也来电表示声援;表示声援的还有奥库罗夫城的"萨莫格雷佐夫等人"。不过,大家心里都明白,这里所谓"等人",只不过是虚张声势而已,因为在奥库罗夫城,是没有任何别的人的。

犹太人看到抗议书,哭得更加厉害了。有一次,他们当中一个非常机灵的人建议说:

"你们有什么高招没有?没有?这样吧,下一次发生大暴行以前,我们把所有的笔墨纸张都藏起来,看看这十六个人以及格里沙将怎么办?"

犹太人同心同德,说到做到:他们收购了所有的纸张和笔墨,把它们藏好,把墨水倒进黑海里,然后坐在那儿等着。

没过多久,便接到了上边的命令,摧残犹太人的暴行又开始了。犹太人躺在医院里。人道主义者们在彼得堡四处奔走,寻找纸张和笔墨,但哪儿也找不到,只有长官办公室里才有,但长官却不肯借给他们。

"你们想得倒美!"他们说。"我们晓得你们要这些东西干什么用!即使没有这些东西,你们也会有办法的!"

赫洛波童斯基哀求道:

"我们会有啥办法?"

"哼,"长官们说,"我们教你们如何提抗议教得也够多了,你们自己想办法吧……"

格里沙(他已经四十三岁)哭着说:

"我要提抗议!"

但没有写抗议的纸张。

215

菲戈福鲍夫闷闷不乐地想出一个主意：

"咱们写在围墙上如何？"

可是彼得堡没有围墙，只有铁栅栏。

他们跑到市郊，在屠宰场后面找到一堵破旧的围墙。当古马尼斯托夫刚刚用粉笔写出第一个字母时，突然，仿佛是自天而降似的！一位警官走过来，开始教训他们道：

"你们这是在干什么呀？要是小孩子在墙上乱涂乱写，我非把他们吓跑不可。可你们似乎都是一些体面的先生，唉呀呀，竟干这种事！"

他当然不能理解他们，还以为他们是一千零一条[①]上所指的那种文人呢。他们羞得满脸通红，乖乖地散开，跑回家去了。

没有人对这次蹂躏犹太人的暴行提出抗议，人道主义者们也未能如愿以偿。

那些懂得民族心理学的人说得对：犹太人是个狡猾的民族！

[①] 在旧俄时代的《刑法典》和《感化法典》中，这一条叫做"关于查禁有伤风化之图书、图画、戏剧和言论之办法"。

八

某地住着两个扒手,一个是黑头发,另一个是红头发。两个人都很无能:偷窃穷人吧,于心有愧;偷窃富人吧,又苦于难以接近。他们凑合地活着,一心只惦着蹲监狱,吃公家的伙食。

艰难的日子终于到来了,这两个懒汉陷入了窘境:新任省长冯·杰尔·佩斯特①到任,巡视过全城后,下了一道命令:

"从即日起,凡信奉俄国国教之臣民,不分性别、年龄和职业,均应竭诚为祖国效劳。"

黑头发和红头发的伙伴们踌躇起来,叹息一阵,便各奔东西了:有的当了暗探,有的做了爱国者,头脑更机灵一点的,则二者兼之。只有红头发和黑头发孤立无援,一筹莫展,受到众人的怀疑。改革②后约一个星期,他们的肚子饿瘪了,红头发再也熬不下去,便对伙伴说:

"万尼卡,咱们也去为国效劳吧?"

黑头发感到不好意思,垂下眼皮说:

"真羞死人……"

"没关系!如今许多人都吃得比咱们饱,也干起这一行来了!"

"他们迟早会被关进犯人营的……"

"胡说!你瞧,如今连那些文人学士都这样教导人:'尽情地生活吧,横竖是要死的'……"

他们争论来争论去,最后也未能取得一致意见。

"不,"黑头发说,"你去干吧,我最好还是去偷……"

说完,便干自己的老行当去了。他从托盘上偷了一个白面包,还未来得及吃,便被逮住了。人家把他狠狠地揍了一顿,然后把他送到调解法官那儿。调解法官公正地判他去吃公家的伙食。黑头发在监

---

① 这是一个德国姓,意为:瘟神。
② 指一八六一年俄国废除农奴制的改革。

狱里蹲了大约两个月,肚子也见胖了,放出来以后,立即跑到红头发那儿去做客。

"喂,你怎么样?"

"我正在为国效劳。"

"干什么差事?"

"扑灭儿童。"

由于对政治一窍不通,黑头发听后大吃一惊:

"为什么呢?"

"为了安宁呗。每个人都接到了'要安分守己'的命令。"红头发解释道,但眼里却流露出沮丧的神色。

黑头发摇摇头,又干他的老行当去了。不用说,他再次被关进监狱,由公家养起来。干这种事最简单,良心也受不到谴责。

放出来以后,他又去找自己的同伴:他们俩很要好。

"还在扑灭儿童吗?"

"可不是嘛……"

"你不觉得可怜?"

"我只挑选那些患瘰疬腺病的……"

"你不能雇人去干?"

红头发默不作声,只是一个劲儿长吁短叹,他愁苦得连头发都变黄了。

"你到底是怎么一回事呀?"

"是这样的……有人从别处捉到孩子,送到我这里,让我从他们嘴里问出实话来。可我什么也问不出,因为他们都快死了……唉,看来,我不适于干这种事……"

"请告诉我,为什么要干这种事?"黑头发问。

"为了国家的利益呗,"红头发说,他声音发颤,眼里噙着泪水。

黑头发很怜悯自己的同伴,他沉思起来:能给他找个什么独立的工作干干呢?

他忽然想出一个主意!

"喂,你盗窃过很多公款吧?"

"那还用说?已经习惯了……"

"嗯,这样吧,你来办个报纸!"

"为什么?"

"好登出售避孕套的广告呀……"

红头发很喜欢这项工作,他得意地微笑了。

"为了不生孩子吗?"

"当然喽!干吗让他们生下来活受罪呢?"

"此话有理!不过,为什么要办报纸?"

"为了掩饰做生意呀,傻瓜!"

"编辑们大概不会赞成吧……"

黑头发不胜惊讶地打了一声呼哨。

"哪有的事!如今编辑本人都把自己当作活标本免费赠送给女读者呢①……"

就这样决定了:红头发在"优秀文学力量的参与下"办起报纸来了。他的办公室附有法国最新产品常设展销处,为了免失体统,他还在编辑部大楼上为那些有地位的人物设了一间幽会室。

生意兴隆,红头发也发福了,长官对他很满意。他的名片上印着这样的字样:

万 事 通

有 问 必 答
《天南地北日报》编辑兼发行人
"疲于法纪诸公休憩斋"主人兼创办人
本斋承包批发和零售阴茎套

---

① 这是高尔基对当时报刊上大登广告之风的讽刺,那些报刊为了扩大订户,往往许诺将某位作家的作品免费馈赠给读者。

黑头发从监狱里出来,到伙伴那儿去喝茶,红头发却用香槟酒款待他,并夸口说:

　　"老兄,我现在连洗脸都使用香槟酒了,真的!"

　　他高兴得眯起眼睛,胁肩谄笑道:

　　"你给我出的这个主意太高明了!这才算得上为国效劳呢!人人都很满意!"

　　黑头发也很高兴:

　　"嗯,那你就这样生活下去吧!祖国对咱们并不苛求。"

　　红头发深受感动,便向同伴发出邀请:

　　"万尼卡,你来给我当采访员吧!"

　　黑头发笑着说:

　　"不,老弟,我大概是个守旧派,我要照旧做扒手……"

　　这里没有寓意。一点儿也没有。

九

有一次,长官们在与异端分子作斗争中感到疲倦了,但又想获得最后的桂冠,便下了一道极其严格的命令:

> 着将所有异端分子从其隐蔽处加以清查,不得手软,查出后即采取一切必要措施,彻底铲除,此令。

被委派执行这项命令的,是屠杀男女老幼的雇佣刽子手、曾为富埃戈人①国王陛下和火地岛②统治者效过力的前大尉奥伦基·斯捷尔文科③。为此,专门拨给他一万六千卢布的经费。

所以要委派奥伦基干这件事,并非因为他有惊人的才干,也并非因为本国再也找不到比他更机灵的人了,只是因为他外貌长得非常吓人:浑身是毛,一年四季可以不穿衣服,来去自如,两排牙齿足足有六十四个,因而博得了上司的特别信任。

尽管有这些优点,他仍煞费苦心地思索起来:

"怎样才能把他们清查出来呢?他们一个个都沉默不语!"

的确,该城居民都处在严密的控制之下——他们彼此存有戒心,认为对方是奸细,谁也不肯明确表达自己的意思,即使跟母亲说话,也都使用暗号和外国语:

"N'est-ce pas?④"

"Maman⑤,该吃饭啦,n'est-ce pas?"

---

① "富埃戈人"是高尔基根据西班牙语 fuego(意为:火,火灾)一词创造出来的一个带有讽刺意味的新词,实无这种人。
② 火地岛位于南美洲的最南端。
③ 斯捷尔文科(стервенко)是从"兽尸"(стерва)一词变来的,此外,它还含有"坏蛋"、"卑鄙无耻的家伙"等意思。
④ 法语:是这样吗?
⑤ 法语:妈妈。

"Maman,我们今晚要去看电影,n'est-ce pas？"

尽管如此,经过一番苦思冥想之后,斯捷尔文科终于想出一个揭露秘密思想的办法:他用过氧化氢洗了头发,修刮一番,使头发变成淡黄色,然后穿上一身褪了色的破旧衣服——这样,就不会被人认出来了!

天一黑,他来到大街上,若有所思地走着;忽然看见一个居民,听从大自然的感召,正悄悄地往什么地方躲藏。他从左侧迎头拦住他,用试探的口吻小声问:

"伙计,难道你对这种生活感到满意吗？"

那人先把脚步放慢,仿佛在回忆什么。这时正好有一个警察从远处走来,那人便大声喊道:

"警官,抓住他……"

斯捷尔文科像老虎似的跳过篱笆,蹲在荨麻丛里,暗自寻思道:

"这些人真难对付,叫你一点辫子也抓不到！鬼东西！"

与此同时,经费在逐渐减少。

他换了一身新衣服,开始采取另一种办法捉人:大胆地走到一个居民跟前,问:

"先生,您想当密探吗？"

那个居民冷静地反问他:

"多少薪水？"

另一些人则婉言谢绝道:

"谢谢您,我已经受雇了！"

"嗯,"奥伦基心里想,"回头把他抓住！"

与此同时,经费在一天天减少。

他向臭蛋综合利用公司瞥了一眼——原来这家公司是在三位主教和宪兵司令的大力支持下开办的,虽说每年只召开一次会议,但每次都得到了彼得堡的特别许可。

奥伦基觉得很无聊,与此同时,经费也像得了急性结核病似的在日益缩减。

他生气了。

"那好吧!"

他开始采取直截了当的办法:走到居民跟前,单刀直入地问:

"你对现在的生活满意吗?"

"非常满意!"

"哼,可是长官却不满意!请……"

谁若回答"不满意",其后果自然是:

"抓起来!"

"请等一等……"

"等什么?"

"我不满意的只是:当局还不够坚决。"

"是吗?抓……"

结果,他在三个星期内就抓到一万名各种各样的居民。起初把他们随便关在什么地方,后来分别悬吊在各处,为了节省开支,使用的自然是居民自己的工具。

一切都很顺利。一天,最高长官外出猎兔子,走到城外一看,田野上热闹非凡:公民们都在心平气和地忙碌着——他们互相提供罪证,互相悬吊,互相挖坑掩埋,斯捷尔文科手持铁棒在他们中间走来走去,给他们鼓气加油:

"快呀!你这个黑头发小子,高兴点儿!喂,老弟,您干吗像木头似的待着不动?绳套已经准备好啦,喂,快往上爬呀,不要耽搁别人!小孩,喂,小孩,你干吗抢在你爹前头?先生们,别着急,来得及的……为了等待这太平世道的到来,你们已经忍耐了多年,难道再忍耐几分钟就不行了吗?庄稼佬,你往哪儿跑?……这个大老粗……"

长官骑在一匹烈马的脊背上,边看边想:

"他抓的人真多啊,好样的!怪不得城里家家户户都关着窗户……"

可是蓦地,他看见自己的姑妈正两脚不沾地被悬吊起来,因而大吃一惊。

"是谁下的命令?"

斯捷尔文科赶快跑过来。

"是我,大人!"

长官随即说:

"哼,老弟,原来你是个傻瓜!你纯粹是白白糟蹋公款!把支出报告拿给我看看!"

斯捷尔文科呈上支出报告,上面写着:

为执行扑灭异端分子之命令,卑职查出并拘禁男女异端分子共一○一○七名。

其中

杀……………………………………………………729 名男女

绞死…………………………………………………541 名男女

拷打致残……………………………………………937 名男女

事先死亡……………………………………………317 名男女

自杀……………………………………………………63 名男女

共扑灭……………………………………………1876 名男女

费用………………………………………………16,884 卢布

每名均按七卢布计

超支…………………………………………………884 卢布

长官看毕,气得浑身打哆嗦,咕哝着说:

"超—支?呸,你这个富埃戈人!你们的整个火地岛,连国王,连你加在一起,也不值八百卢布!你想想看,要是你也这样一点一点儿揩油,那么,我这个地位比你高十倍的大人物,该怎么办呢?遇到这么大的胃口,整个俄国也不够吃上三年,况且想活下去的也不止你一个人,这一点你懂吗?再说,这上面有三百八十人是添加上去的,瞧,这

‘事先死亡’和‘自杀’两项就明明是添加上去的！你这个强盗，怎么把他们也给算上了？……"

"大人！"奥伦基分辩道，"要知道，是我使得他们不想活下去的呀！"

"这也能按每名七卢布计算吗？你大概还把许多毫不相干的人也算进去了！全城居民总共是一万二千人。不，老弟，我要把你送交法庭审判！"

果然，对富埃戈人的行为进行了严格调查，发现他侵吞公款九百一十六卢布。

法庭对奥伦基作出了公正的判决：坐牢三个月，迁升的希望自然是没有了，富埃戈人要吃三个月的苦头！

讨好长官——并不是一件容易的事……

十

有个好心人,煞费苦心地想呀想呀——怎么办?

他终于拿定了主意:

"我不再以暴力去抗恶了,我要以忍耐战胜恶[1]!"

他并不是一个优柔寡断的人,一旦拿定主意,便坐在那儿忍耐起来了。

伊格蒙的密探们得知此事后,立即报告说:

"在我们管辖的居民中,有一个人突然默默地静坐起来,其目的显然是要蒙骗长官,使人误认为他已经不存在了。"

伊格蒙勃然大怒:

"怎么?谁不存在了?长官不存在了?把他带来!"

带来以后,又吩咐道:

"搜身!"

浑身上下搜了一遍,把所有贵重的东西都给没收了,例如:拿去了金壳怀表和赤金订婚戒指,剔去了牙缝里镶填的金子,新裤带被解下来,钮扣也摘掉了。然后报告说:

"伊格蒙,全搜过啦!"

"怎么,什么也没有吗?"

"什么也没有,凡是多余的东西都给没收了!"

"脑袋里呢?"

"脑袋里似乎什么也没有。"

"让他进来!"

居民走进伊格蒙的房间。单从他提着裤子走进来的那副模样,伊

---

[1] 出自基督教的诫律:"我告诉你们,不要与恶人作对"(《新约·马太福音》第五章第三十九节),是托尔斯泰"勿抗恶"学说的基础。这里是对这种消极思想的讽刺性模拟。

格蒙一眼便看出,他已做好应付生活中一切不测事件的充分准备。但为了从精神上摧毁对方,伊格蒙仍声色俱厉地大声喝道:

"喂,那个居民来了吗?"

居民温顺地回答:

"全在这儿了。"

"你到底是怎么一回事,嗯?"

"我没什么,伊格蒙!我只不过是想以忍耐战胜……"

伊格蒙一听,连头发都竖了起来,怒声呵斥道:

"又是这一套?又是战胜?"

"我是说战胜恶……"

"住口!"

"我不是指您……"

伊格蒙不信:

"不是指我?是指谁?"

"指我自己。"

伊格蒙大吃一惊。

"等一等!你的恶在哪里?"

"就在于抗恶。"

"你撒谎?"

"不,是真的……"

伊格蒙不禁出了一身冷汗。

"他怎么啦?"他一边瞧着那个居民,一边想道。他思忖片刻,又问:

"你想干什么?"

"我什么也不想干。"

"真的什么也不想干吗?"

"真的!请允许我以现身说法去教导民众如何忍耐吧!"

伊格蒙又咬着胡髭沉思起来。他是一个耽于幻想的人,喜欢洗蒸汽浴,而且总是心旷神怡地格格笑个不停,一般说,他是喜欢经常感受生活中的欢乐的。他惟一不能容忍的是反抗和固执任性,他对那些具有反抗精神和脾气执拗的人使用的是软化手段,即:把他们的筋骨熬成稀粥。不过,他在感受欢乐和软化居民的余暇,他常常幻想全世界的和平以及如何拯救我们的灵魂。

他仔细端详着那位居民,感到大惑不解。

"曾几何时还那么固执任性,如今却变成了这个样子!"

过了片刻,他又产生了温情,叹息着问道:

"是什么促使你转变的呢,嗯?"

居民答道:

"进化……"

"是呀,老弟,它可是我们的命根子啊!一会儿这里出问题,一会儿那里出问题,连年闹灾荒。我们辗转反侧,不知把身子侧向哪一边才能睡得着……这些都由不得我们自己选择,是这样的……"

伊格蒙又感叹了一番:此人究竟还爱祖国,是靠祖国哺育大的。但各种危险的想法接着又在伊格蒙的脑海里翻腾起来:

"看着居民这样温顺善良,驯服听话,自然叫人感到高兴。不过,要是大家都停止反抗,岂不将导致出差费和驿马费的削减吗?也许连奖金也会受到影响……不,他绝不会束手就擒。纯粹是装蒜,这个骗子!必须对他进行考验。我能派他干什么呢?当密探?脸上的表情那么散漫任性,戴上任何假面具也掩饰不住的,况且,他显然不善于词令。当刽子手吗?力气又那么单薄……"

他终于想出一个主意,便对手下的人说:

"把这个糊涂虫派到第三消防队去清扫马厩!"

就这样决定了。那位居民任劳任怨地清扫马厩,伊格蒙在一旁瞧着,被他那吃苦耐劳的精神感动了,他又对居民产生了信任。

"要是人人都这样就好了!"

经过短时间的考验,伊格蒙把他调到自己身边,让他誊抄由自己亲手编造的各种经费支出报告。居民恭笔誊完以后,一言不发。

伊格蒙被彻底感动了,甚至流出了眼泪。

"不,这个人还是有用的,尽管他很有学问!……"

他把居民叫到自己跟前,说:

"我相信你了!去宣传你的那套真理吧,不过,要当心!"

居民穿过各个集市,走遍大大小小的城镇,逢人便大声喊道:

"你们都在干什么呀?"

人们看到他是一个诚实可信和十分温和的人,便向他供出了自己的种种罪过,甚至把内心的隐秘也对他讲了:一个人说,他想偷东西而又不受惩罚;另一个说,他想骗人;第三个说,他想说某人的坏话。总之,他们都是道道地地的俄罗斯人,都希望摆脱自己对生活的各种义务,忘却自己的责任。

他对他们说:

"你们放弃一切杂念吧!有人说得好:'任何生活都是苦难,而苦难是由欲望引起的,因此,要想消除苦难,就必须首先弃绝各种欲望。'①的确是这样!我们一旦弃绝了欲望,一切的烦恼苦闷也就会自然而然消除了,真的!……"

人们当然都很高兴,因为这既正确,又容易做到。大家立即在原地躺下,不动了。周围变得空虚而寂静……

不知过了多久,伊格蒙突然发觉,四周悄无声息,宁静得叫人感到可怕,但他仍装出勇敢的样子。

"全是装蒜,这些骗子手!"

只有各种昆虫仍在继续履行自己的天职,大量繁殖起来,而且变得越来越猖獗了。

"奇怪!多么寂静呀!"伊格蒙心里想道,一边瑟缩着身子,不停地抓耳搔腮。

---

① 这是斯多葛学派的典型观点。该派的唯心主义伦理学的基本特点是提倡听天由命,恬淡寡欲,摈弃人生乐趣。

他把一个得过勋章的仆人叫到跟前：

"喂，你去把这些多余的东西给我赶走……"

那人说：

"我不能。"

"什——么？"

"我无论如何也不能，因为尽管它们搅扰人，可它们终究是活物呀……"

"你等着瞧吧，我这就把你变成一个死物！"

"悉听尊便！"

不论问到谁，都是如此。大家都异口同声地回答：悉听尊便。他一边下达着诸如此类的命令，一边感到烦闷得要死。伊格蒙的宫殿在慢慢地倒塌，耗子成群，咬破了公文，中毒之后，就一个个死掉了。伊格蒙本人益发深深地陷入无所事事的状态。他躺在沙发上，开始回忆过去——那时候日子过得多好啊！居民们采取各种方式反抗当局的法令，只要处决几个，死者的家属定会举办丧宴，请吃馅饼，好好地款待一番！哪个地方的居民企图闹事，他便亲自前往进行镇压，从而定会领到一笔驿马费！往上打一个报告，声称"卑职管辖之区域内，所有的居民皆已杀尽斩绝"，立即就会得到奖赏，并送来新的移民！

伊格蒙幻想着过去，可是邻国，其他民族的伊格蒙们，仍像过去一样按照自己的老规矩生活着。他们手下的居民你反对我，我反对你，吵吵闹闹，乱成一片。各种各样的骚乱不断发生，不过谁也不介意，因为这对他们有利，甚至很有趣。

伊格蒙蓦地领悟到：

"我的天哪！我上了那人的当啦！"

他一跃而起，跑遍全国，把所有的人推醒，命令道：

"起来，醒来，站起来！"

然而，毫无用处！

他去抓他们的衣领，可是衣领已经霉烂，抓不住。

"鬼东西！"伊格蒙焦虑不安地喊道。"你们怎么啦？看看人家邻国吧！……甚至连中国也……"

居民们紧贴地面躺着，一声不吭。

"天哪！"伊格蒙伤心起来。"怎么办？"

他于是去哄骗他们：俯向一个居民，对着他的耳朵小声说：

"喂，公民！祖国遭到危难啦！真的，我说的是实话——祖国正处在危机中，情况非常严重！快起来进行抵抗吧……听着，任何主动精神都允许发挥了……公民！"

可是，那个正在腐朽着的公民却喃喃地说：

"我的祖国在上帝那里……"

别的公民都像死人一样，一声不响。

"该死的宿命论者！"伊格蒙绝望地喊道。"起来呀！任何反抗都允许啦……"

一个过去爱取笑逗乐和打架的人，微微抬起身子，向四周瞧瞧，然后说：

"还反抗什么呀？什么都没有了……"

"还有昆虫呢……"

"我们已经习惯它们了！"

伊格蒙的理智完全混乱了。他站在自己国土的中央，声嘶力竭地大声喊道：

"我什么都允许啦，弟兄们！快拯救你们自己吧！行动起来呀！我什么都允许啦！你们互相咬起来呀！"

鸦雀无声，可喜的平静。

伊格蒙看到一切全完了！

他号啕痛哭起来，热泪横流，用力揪自己的头发，大声疾呼道：

"居民们！亲爱的居民们！现在该怎么办？莫非要让我一个人去进行革命吗？你们好好想想吧，要知道这是历史的必然，民族的需要呀……光我一个人是不能进行革命的，我连可用的警察也没有，他们全给昆虫吃掉啦……"

居民们只是眨巴着眼睛——即使把木橛子插在他们身上,他们也不会哼叫一声!

所有的人就这样无声无息地死掉了,陷入绝望的伊格蒙,是最后一个死去的。

由此可见,即使在忍耐中也应该遵守中庸之道。

十一

居民中的智者贤士们终于对这一切思考起来：

"这是怎么回事？极目所至，到处都是一团糟！"

经过一番认真的思考，他们得出结论：

"这都是因为我们缺乏个性的缘故①。我们必须创造一个中心思考器官，使它不受任何约束，没有任何依附性，完全超然于一切事物之上，而且总是处在一切事物的最前列，就像走在一群绵羊前头的公山羊……"

有人提出了异议：

"弟兄们，我们吃那些中心人物的苦头难道还少吗？……"

贤士们不喜欢这种意见。

"这岂不是又要涉及政治和社会弊端？"

那个人仍慢吞吞地说：

"既然政治已经深入到生活的各个角落，怎能回避它呢？当然啦，我指的是监狱里大有人满为患，流放地已拥挤得转不开身子，因此必须扩大权利……"

可是，贤士们却严肃地向他指出：

"我的先生，这是意识形态，现在是该抛弃它的时候了！②……如今需要的是新人，别无其他……"

于是，他们按照圣父遗训中指出的方法创造起人来：他们往土里啐唾沫，不停地搅拌着，转眼工夫便弄得浑身是泥，甚至连耳朵上也沾

---

① 一些立宪民主党人在《路标》文集中曾多次表达过这种思想。例如，谢·布尔加科夫写道："现在，俄国知识分子面临着一条重新培养个性的漫长而艰巨的道路，在这条道路上没有突变，没有动乱，有的只是顽强的自我克制……"米·格尔申宗也随声附和道："没有个性，只有芸芸众生……"

② "路标"派认为社会暴力摧毁个性，他们号召抛弃社会主义思想，只需进行个人的自我完善。

满了泥巴,然而,成效甚微。由于他们瞎忙一气,土地上所有的珍奇花卉和茁壮的禾苗都被他们踩坏了。他们使劲地搅呀拌呀,累得浑身是汗,可是,除了满口空话和互相指责缺乏创造才能之外,没有任何结果。他们那股热心劲儿,到后来把老天爷也给激怒了:顿时间狂风大作,雷鸣电闪,干热的暑气像火一样烘烤着潮湿的大地。由于暴风雨下个不停,空气里充满各种难闻的气味,憋得人透不过气来。

不过,老天爷渐渐息怒了。雨过天晴,犹如混沌初开,造出来的新人终于降临于人间!

大家欢呼雀跃,然而,唉,短时间的欢喜很快又变成令人苦恼的困惑。

因为——在农民土地上造出来的新人,立即就变成老于世故的商人,他们一走进生活,便开始把国土一块一块地出卖给外国人,一片土地的售价只有四十五戈比;他们的发财欲望愈来愈大,后来竟把整个省连同上面的生物和全部思考器官一起卖掉了。

在商人土地上造出来的新人,或者是蜕化变质分子,或者渴望成为有权有势的官僚;在贵族领地上造出来的人,仍像过去一样,都恨不得把国家的全部收入吞没掉;至于小市民和小业主的土地上,则大量地滋生着形形色色的奸细、虚无主义者和悲观厌世者,如同繁茂的野草一样多。

"这种人我们遇到的已经够多了!"聪明的居民互相说,并一本正经地思考起来。

"莫非我们在创造技术上出了什么毛病?毛病究竟出在哪里呢?"

他们坐在那儿认真地思考着,周围的泥水如同大海的波涛,哗哗地响个不停。天呐,多可怕啊!

他们争吵起来了:

"您呀,谢利杰列·拉夫罗维奇,啐的唾沫也太多啦,到处都是您的唾沫星子……"

"您呀,科尔尼松·卢基奇,连这点勇气还没有呢……"

新生的虚无主义者,俨然以瓦西卡·布斯拉耶夫[①]自居,对一切都采取藐视的态度,大喊大嚷道:

"哈哈,你们这些饭桶,好好动脑子想想吧!让我们也帮你们……啐上几口……"

他们啐呀,啐呀……

大家都觉得无聊,互相怨恨起来,每个人身上都沾满了脏泥。

这时,米亚姆林中学二年级的学生、著名的外国邮票搜集者、外号叫"钢爪子"的米佳·科罗特什金,正巧逃学回来,从一旁经过。他边走边看:人们都坐在水洼里,不停地往里面啐唾沫,仿佛在思考着什么。

"都是大人啦,还弄得这么脏!"他带着少年人所特有的那种鲁莽神气暗想道。

他仔细看看他们当中有没有当老师的,一看没有,便问:

"叔叔,你们干吗都坐在水洼里呀?"

一个居民感到自己受了委屈,便争辩说:

"这哪里是水洼?只不过有点像开天辟地以前的混沌世界罢了!"

"你们在干什么?"

"我们想创造一种新人!像你这样的,真叫人讨厌……"

米佳觉得很有趣。

"按照谁的模样造呢?"

"你是问怎么造法吗?我们想创造一种无与伦比的人……去你的吧!"

米佳由于年纪小,尚未立下宏图大志去探索自然界的奥秘,因而能有机会亲临现场参观这项十分重要的工作,自然感到高兴;于是他天真地建议说:

"你们造个三条腿的人吧!"

[①] 弗拉基米尔大公时代(1113—1125)的英雄。

"为什么?"

"他跑起来,样子一定很滑稽……"

"快走开,小家伙!"

"要不,造个带翅膀的怎么样? 那才好玩呢! 你们就造个带翅膀的人吧,真的! 让他把老师们都叼到天上去,就像《格兰特船长的儿女》①中的那只兀鹰一样;当然啦,书上的兀鹰叼去的不是老师,不过,最好把老师给叼走……"

"小家伙! 你尽说些无用甚而有害的废话! 还是好好复习复习日课前后的祷词吧……"

不过,米佳是个爱幻想的孩子,他对这件事越来越入迷了:

"趁老师去学校的时候,他忽的一下跳出来,从后面抓住他的衣领,然后把他带到天上去——不论带到哪儿都行! ——老师只顾乱蹬两条腿,书本散落在地上,让他永远也找不到……"

"小孩! 你要尊重长辈!"

"他从天空扯着嗓门对老婆喊:'再见啦,我要像以利亚和以诺②那样升天了';他老婆跪在马路中间,哭哭啼啼地喊道:'我的当家人呀,我的导师呀!'……"

他们对他发火了。

"滚开! 这种无聊的废话没有你也会有人说的,轮到你还早着呢!"

他们把他赶跑。他跑开几步,停下来,想了想,又问:

"你们果真在造人吗?"

"那还用说……"

"是造不出来吗?"

---

① 《格兰特船长的儿女》是法国作家凡尔纳的一部著名科学幻想小说。船长格兰特的儿子罗伯尔在横穿美洲的旅行中,曾被一只巨大的兀鹰叼去,飞向天空。
② 均系《圣经》传说人物。以利亚是犹太先知,一生行了不少神迹奇事,后来乘旋风升天(《旧约·列王纪下》第二章)。使徒以诺,活了三百六十五岁,后来被神接到天上(《旧约·创世记》第五章)。

他们郁郁不乐地叹息着说:

"是的。你别问了……"

米佳于是跑到离他们更远一点的地方,故意吐着舌头,逗弄他们:

"我知道为什么造不出来,我知道为什么造不出来!"

他们追他,他在前面拼命地跑。不过,他们究竟是一些习惯于从一个营垒跑到另一个营垒的人,不大一会儿就追上了他。他们揪着他的头发说:

"啊哈,你……竟敢捉弄大人!"

米佳哭着央求道:

"叔叔……我送你们一张苏丹邮票……我有重样的……我再送你们一把铅笔刀……"

他们拿校长来吓唬他。

"叔叔!我发誓,我以后再也不捉弄大人了!不过,我真的知道你们为什么造不出新人来……"

"你说吧!"

"你们松开我一点!"

他们稍微松开一点,不过仍抓住他的胳膊不放。他对他们说:

"叔叔!现在的土地已经不是从前的那种土地了!这种土不中用,我以名誉担保这是实话。不管你们啐多少唾沫,也不会有任何结果的!……要知道,上帝按照自己的形象和模样创造亚当的时候,土地还不属于任何人,现在的土地都归一定的人所有,就连土地上的人也都是有主的……所以,问题完全不在于吐多少唾沫……"

这一番话把他们说得目瞪口呆;他们放开他的胳膊,米佳趁势拔腿便跑,跑了老远以后,把拳头举到嘴边,冲着他们喊道:

"你们这些红皮肤的科曼契人!你们这些伊罗克人!"[①]

他们又一齐坐在水洼里,其中最聪明的一个说:

[①] 科曼契人,指美国的印第安人;伊罗克人是北美洲印第安人六个部落的总称。

"伙计们,咱们继续干咱们的事情吧！别管那个调皮的小孩了,毫无疑问,他准是一个化了装的社会主义者……"

唉,可爱的米佳!

十二

伊凡内奇人,是一个很好的民族!无论怎样对待他们,他们都丝毫不会感到惊奇!

他们生活在不受任何自然法制约束的奥勃斯托亚泰①王国的狭小天地里;奥勃斯托亚泰国王对他们无所不用其极:从伊凡内奇人身上剥去七张皮以后,又威严地问:

"第八张呢?"

伊凡内奇人一点儿也不感到惊奇,恭顺地答道:

"还没有长出来呢,大人!再宽限几天吧……"

奥勃斯托亚泰国王急不可耐地等待着第八张皮长出来,同时用书面和口头形式向邻国夸口道:

"我国老百姓都乐于俯首听命,无论怎样对待他们,他们丝毫也不感到惊奇!不像贵国,譬如说……"

伊凡内奇人就这样生活着,——他们辛辛苦苦地干活,交纳各种赋税,该行贿的行贿,该送礼的送礼,在干完这些事情后的空闲时间,有时也悄悄地互相鸣几句不平:

"弟兄们,生活真艰难啊!"

比较聪明一点的则预言道:

"更艰难的日子还在后头呢!"

他们当中有个人有时还给这句话添加一两个字,于是人们便怀着敬佩的心情谈论起那个人来:

"嘿,他在字母 i 上加了一个圆点!②"

---

① 奥勃斯托亚泰,是俄文 обстоятельство 一词的译音,意为:情况,环境。
② i 是俄文中的一个旧字母。"在字母 i 上加圆点!"是俄国的一句谚语,意为:多此一举,多余的解释。此处是讥讽人们的愚昧无知,无所事事。

后来,伊凡内奇人居然在一个花园里租赁了一座大楼①,并派专人进去,让他们天天磨炼雄辩的口才,往字母 i 上加圆点。

这座大楼里聚集着大约四百人,其中四个人开始像苍蝇似的往上面加起圆点来。一开始只是在警察局局长出于好奇心所允许的范围内加圆点。他们一边加,一边向全世界夸口道:

"我们在堂堂皇皇地创造历史呢!"

后来,警察局局长看出他们纯粹是瞎胡闹,当他们刚要试图往别的字母上加圆点时,便断然制止他们道:

"请你们不要糟蹋所有的字母了,"他说,"没事干,回家去吧!"

他们被赶出了大楼。但他们对此并不感到惊奇,反而自我解嘲地说:

"没关系!我们所以要把这些不成体统的事写进历史的篇章,就是为了使他们丢脸!"

伊凡内奇人立即三三两两悄悄地聚集在自己的住宅里,小声议论起来,——他们也同样不感到惊奇。

"我们选出的人又不能发挥自己的雄辩才能了!"

一些大胆莽撞的人则互相附着耳朵说:

"法律并不是为奥勃斯托亚泰王国制定的呀!"

伊凡内奇人总是喜欢用一些谚语安慰自己:每当他们中间有人因偶尔与奥勃斯托亚泰国王步调不一致而被关进监狱的时候,他们便心平气和地议论道:

"不是自己的雪橇莫要坐!②"

有的则幸灾乐祸地说:

"灶上的蟋蟀围着炉台爬!③"

伊凡内奇人就是按照这样的规矩生活着。最后,字母 i 上的圆点

---

① 暗指沙皇政府设立的咨议性"代议机关"——国家杜马。
② 俄国谚语,意为:不要多管闲事。
③ 俄国谚语,意为:应当安分守己。

全给加完了,一个也没剩!伊凡内奇人再也无事可干了!

奥勃斯托亚泰国王看到这一切已经没有任何意义,便下令在全国颁布一项极其严格的法令:

> 今后,禁止在字母 i 上添加圆点,除书报检查机关外,一般平民在书信往来中一律不准使用任何圆点。违者,按刑法典有关条款严加惩处。

伊凡内奇人一个个都傻了眼!怎么办呢?

他们别的什么也没学过,惟一会儿干的一件事,现在又被禁止了!

于是,他们三三两两偷偷地聚集在黑暗的角落里,小声议论起来,就像旧闻轶事中的波谢洪尼耶人①一样:

"伊凡内奇!可不得了啦,咱们要不要求老天爷保佑?"

"嗯,什么?"

"我不是说那个,不过究竟该咋办才好呢?……"

"就算老天爷知道了,也是白搭!啥用也不顶!你说话,顶个啥!"

"我能顶个啥?我啥也顶不了!"

除此以外,他们再也说不出任何话来!

---

① 波谢洪尼耶,是旧俄时代雅罗斯拉夫省的一个小县城,那里的居民以愚昧无知著称,流传着许多关于他们的趣闻笑谈。俄国讽刺作家萨尔蒂科夫-谢德林在长篇小说《波谢洪尼耶遗风》中,对那里的风土人情作过翔实的描写。

十三

大地的一边住着库兹米奇人,另一边住着卢基奇人,他们中间隔着一条河。

地方狭小,人心贪婪而嫉妒,因而他们常常为了一些鸡毛蒜皮的小事而打架;只要谁稍微有一点不顺心,便立即呐喊起来:"冲呀!"——"狠狠地打呀!"

他们打得不可开交。经过一场混战,双方互有伤亡。回头一算胜负盈亏,不禁大吃一惊:奇怪呀,打的时候似乎都很勇敢,毫不留情,可是结果谁也未能占到便宜!

库兹米奇人琢磨起来:

"一个卢基奇人最多能值七戈比,可是打死他们一个,却要耗费一卢布零六十戈比!这是怎么回事?"

卢基奇人也盘算起来:

"一个活着的库兹米奇人,按他们自己估的价,连一个铜币也不值,可是消灭他们一个,却要耗费九十戈比!"

"这是怎么搞的?"

可是,他们彼此又都对对方感到恐惧,于是下定决心道:

"必须制造更多的武器,这样,战争就会结束得更快些,打死人也不至于耗费那么多钱财了。"

他们的商人,一边往钱袋里装钱,一边喊:

"小伙子们!赶快拯救祖国吧!祖国可比什么都贵重呀!"

双方都储存了大量的武器,选择好适当的时机,又互相打起来了。谁都恨不得把对方从地球上消灭掉!

他们打呀打呀,彼此又把对方洗劫一空,结果又是两败俱伤。回头一算胜负盈亏,他们感到困惑莫解!

"看来,"库兹米奇人说,"准是我们这方面出了什么问题!上次打死一个卢基奇人,耗费一卢布零六十戈比,这次消灭一个却要付出十六卢布!"

他们垂头丧气起来!卢基奇人也闷闷不乐。

"糟糕!既然战争的代价这么昂贵,干脆别打了!"

但他们都是一些脾气执拗的人,因而又下决心道:

"弟兄们,必须生产更多的毁灭性技术兵器!"

他们的商人,一边把钱袋填得满满的,一边大声喊:

"小伙子们!祖国正处在危机中!"

可是,他们背地里却把树皮鞋的价格拼命往上提。

卢基奇人和库兹米奇人都发明了毁灭性的技术兵器,他们又把对方洗劫一空,打得不分胜负,回头一计算战果,不禁哭起鼻子来了!

活着的人,一个臭钱不值,可是打死一个活人,却要付出越来越高的代价!

在休战的日子里,他们互相抱怨起来:

"照这样打下去,我们非破产不可!"卢基奇人说。

"会彻底破产!"库兹米奇人表示同意道。

可是,当一方的鸭子潜到另一方水域的时候,他们又打起来了。

他们的商人们,一边往钱袋里装钱,一边发牢骚:

"这些纸币真叫人伤脑筋!不论弄到多少,总觉得少!"

库兹米奇人和卢基奇人打了七年仗,他们互相残杀?彼此都蒙受到重大损失:城市变成废墟,一切化为灰烬,就连五岁的婴儿也遭到机枪的扫射。打到最后,一方的人只穿着树皮鞋,另一方除了领带,已经一无所有;两个民族都赤裸着身子。

他们互相打呀,抢呀,最后又落得两败俱伤。回头一算胜负盈亏,双方都目瞪口呆了!

他们眨巴着眼睛,咕哝道:

"真是岂有此理!小伙子们,看来咱们根本没有力量再打下去了!瞧,打死一个库兹米奇人,竟耗费了一百卢布!不,得想个别的办法……"

他们商量了一下,便成群结队地一齐来到河岸上。对面河岸上也站着一大群敌人。

不用说,他们互相瞧着对方,都感到有点不好意思,好像问心有愧似的。犹豫了一阵以后,一方的人向对岸喊道:

"你们站在那儿干什么呀?"

"我们不干什么。你们呢?"

"我们也不干什么。"

"我们只是出来看看河水……"

"我们也是……"

他们抓耳搔腮地站在那儿,一些人感到羞愧,另一些人闷闷不乐地长吁短叹。

后来,又喊叫起来:

"你们有外交官吗?"

"有,你们呢?"

"我们也有……"

"嘿,真有你们的!"

"你们不也一样吗?"

"我们怎么啦?"

"我们又怎么啦?我们也是来看……"

他们互相明白了对方的意思,于是把外交官扔进河里,直接对起话来:

"你们知道我们是为什么而来的吗?"

"似乎知道!"

"为了什么?"

"你们想讲和。"

库兹米奇人大吃一惊。

"你们怎么猜到的?"

卢基奇人嘿嘿地笑着说：

"其实，我们也是为了这个而来的！战争的代价太昂贵了。"

"说得对！"

"就算你们是无赖，不过，还是让我们和睦相处吧，怎么样？"

"就算你们是盗贼，不过，我们赞成你们的意见！"

"让我们像亲兄弟一样友好地生活下去吧，真的，这样就不会浪费那么多钱了！"

"那好吧！"

大家都很高兴，发疯似的跳呀，蹦呀，点起了篝火，互相把对方的姑娘抢来做妻子，还偷对方的马，随后又互相拥抱，喊道：

"亲爱的弟兄们！这样不是很好吗？尽管你们……比方说……"

库兹米奇人答道：

"亲爱的乡邻们！咱们可是山水相连，唇齿相依呀！尽管你们有点那个……不过，算了，别提它啦！"

从此以后，库兹米奇人和卢基奇人就过起安定与和平的生活，把打仗的事完全搁到一边了，尽管他们相互之间仍进行一些小规模的非军事性的抢劫。

可是那些商人们，仍像以往那样，按照上帝的法律生活着……

十四

脾气执拗的万尼卡在凉棚下安静地躺着:他干活干累了,正在休息。一个贵族跑来,对他大声喊道:

"万尼卡,起来吧!"

"干什么?"

"快去拯救莫斯科吧!"

"莫斯科怎么啦?"

"波兰人正在蹂躏它①!"

"这些冒失鬼……"

万尼卡拯救莫斯科去了。鬼博洛特尼科夫②对他喊道:

"傻瓜,你干吗要替贵族老爷们白卖力气呢?好好动脑子想想吧!"

"我已经不习惯动脑子了,教堂的神甫会替我把一切考虑周全的。"万尼卡说。

他救出了莫斯科,回到家一看,凉棚已经没有了。

他叹了一口气,说:

"这帮盗贼!"

万尼卡侧身向右躺下,以便做一些好梦。一睡就是二百年。一天,村长突然跑来说:

"万尼卡,起来吧!"

"又出什么事啦?"

"快去拯救俄国吧!"

---

① 指一六〇四至一六一二年间波兰立陶宛王国和瑞典王国封建主对俄罗斯国家的入侵。
② 伊·伊·博洛特尼科夫,是一六〇六至一六〇七年俄国农民起义的领袖,他曾号召农民消灭地主贵族,废除封建奴役,并答应给农民以土地。

"谁又欺负它了?"

"就是那个长着十二条舌头的拿破仑!"

"原来是他……这个被革出教门的家伙!"

万尼卡拯救俄国去了。鬼拿破仑咬着他的耳朵低声说①:

"万尼卡,你干吗要替老爷们卖命呢?万纽什卡②,你也该从农奴制度的束缚下解放出来了!"

"他们自己会解放我的,"万尼卡说。

万尼卡救了俄国,回到家一看,木板房的房顶已经被人拆掉。

他长叹一声:

"这帮狗东西,把什么都给抢走了!"

他跑到地主老爷面前,问:

"怎么,我救了俄国,什么东西也不给我吗?"

地主老爷反问他:

"你是想让我用鞭子抽你吗?"

"不,不想!谢谢。"

他干活,睡觉,不知不觉又过了一百年;做了一些好梦,但总是饥肠辘辘,饿着肚皮。有了钱,他就去喝酒,没有钱,他便暗自寻思道:

"唉,要是能喝上一盅,该多好啊!……"

一天,村里的警官跑来喊道:

"万尼卡,起来吧!"

"又出什么事啦?"

"快去搭救欧洲吧!"

"欧洲怎么啦?"

---

① 拿破仑·波拿巴(1769—1821),法国资产阶级政治家和军事家,法国皇帝(1804—1814,1815)。进攻俄国以前,拿破仑已在普鲁士和欧洲其他国家废除了封建特权。一八一二年卫国战争后,俄国农民运动高涨起来,纷纷要求取消农奴制,投入这一运动的不仅有农民,而且有贵族阶级中的进步人士。沙皇政府被迫让步,于一八一六至一八一九年在波罗的海沿岸地区取消了农奴制。

② 万尼卡的别称。

"德国人正在欺负它呢!"

"这些人干吗总是不安分守己?要是好好地过日子……"

万尼卡搭救欧洲去了。这一次,德国人打断了他的一条腿。万尼卡一瘸一拐地回到家,一看,木板房已经无影无踪,孩子们都已饿死,妻子正给邻居家干粗活。

"咳,糟糕!"万尼卡大吃一惊,他抬手去搔后脑勺,可是他却没有长脑袋!

十五

从前,在可爱的米亚姆林①城,有一个叫米克什卡的人。他不会过日子,总是邋邋遢遢,穷困潦倒;各种卑鄙龌龊的事情接连不断地在他周围发生,就连妖魔鬼怪也都戏弄他。他游手好闲,无所事事,浑浑噩噩地生活着,头不梳,脸不洗,蓬头垢面。他向上帝诉苦道:

"主啊,主啊!我过的算是什么生活呀,简直糟糕透顶!连猪猡也在嘲笑我。主啊,你把我给忘掉啦!"

他发了一通牢骚,痛哭了一场,然后躺下睡觉,幻想着:

"为了我的温顺和贫穷,哪怕那些妖魔鬼怪能给我带来一些小小的改革也好啊!好让我把脸和身上洗洗干净……"

可是,妖魔鬼怪愈加戏弄起他来,一再把执行自然法则的承诺推迟到"黄道吉日"的到来,每天因为米克什卡的缘故下着诸如此类简短的通令:

不准开口。违犯此令者,其子孙七代均受行政革职之处分。

或:

兹命令尔等诚心诚意地爱戴上司。不执行本通令者,处以……

米克什卡一边读着通令,一边环顾四周:米亚姆林人全都沉默不语,德列莫夫②城的人对上司毕恭毕敬,沃尔格勒③城的居民则互相偷对方的鞋穿。

---

① 意为:犹豫不前,缺乏毅力。
② 意为:昏沉欲睡。
③ 意为:小偷城。

米克什卡抱怨道：

"主啊！这算什么生活呀！最好能发生点什么事……"

忽然，来了一个大兵[①]！

谁都知道，大兵是天不怕地不怕的，他驱散了妖魔鬼怪，把它们关进黑暗的地窖里，扔进水井中，塞进冰窟窿里，随后又伸手从怀里掏出一百万卢布——大兵对什么都不吝惜！——递给米克什卡说：

"给，拿去吧，穷光蛋！到澡堂洗个澡，从头到脚收拾一下，也该做个像样的人了！"

大兵给完一百万卢布，便回自己家去了，仿佛压根儿就不曾有过他这个人似的！

请不要忘记，这是童话。

米克什卡手里攥着一百万卢布，他能干些什么呢？由于各种禁令的缘故，他早已不会干任何活，他只会发牢骚。不过，他仍跑到市场布店里，买了一块红布，给自己做了一件衬衣和一条裤子。他把新衣服穿在脏身子上，不分平时和节假日，白天黑夜在大街上闲逛，和人们吵嘴抬杠，夸口说大话，帽子歪在一边，脑袋里稀里糊涂。

"我嘛，"他说，"要是想干，早就会变成这样了，只是不想干罢了。我们是大城市米亚姆林的居民，在我们看来，妖魔鬼怪还比不上跳蚤可怕呢。我们一动手，它们就完蛋。"

米克什卡闲逛了一个星期，一个月，把他会唱的歌，什么《永恒的怀念》呀，什么《和圣徒一起安息》呀，全都唱完了。他对节假日厌倦起来，可是又不想干活。由于不习惯，他开始感到无聊。一切都不合他的心意，他看什么都不顺眼：没有警察，长官的派头不足，是从邻国招募来的，而且，如今无须惧怕任何人——这很不好，很不正常。

米克什卡抱怨道：

"从前，闹鬼的时候，秩序要比现在好得多。街道有人及时清扫，

[①] 暗指一九一七年俄国二月资产阶级革命。

每个十字路口站着维持秩序的警察。你要是步行或乘车到什么地方去,警察便喊:向右拐!现在可好,随便往哪里走,也没人吭一声。这样会走到最边上的……瞧,有人已经走到……"

米克什卡愈来愈感到无聊,愈来愈消瘦了。他瞧着手中的一百万卢布,不禁生起气来:

"一百万够我干什么用?别人手里的钱比我更多!要是一下子给我十亿卢布,嘿,那还差不离……可是——就只有这一百万!哼!我拿这一百万能干什么?现在连母鸡走起路来也像雄鹰一般神气,所以,一只母鸡竟贵到十六卢布!可我总共只有一百万……"

米克什卡突然高兴起来,原来他又想出抱怨诉苦的理由来了,——他一边在泥泞的大街上走着,一边大声喊道:

"给我十亿卢布呀!我什么也干不成!这算什么生活呀?街道无人扫,没有警察,到处杂乱无章!给我十亿卢布吧,要不然,我就不想活啦!"

这时,有一只老掉牙的田鼠从地下钻出来,对米克什卡说:

"傻瓜,你喊什么?你向谁要呀?向你自己要吧!"

米克什卡仍不停地喊着:

"我需要十亿卢布!街道没人扫,火柴涨价,没有秩序……"

童话没有完,不过下文还未经过审查呢。

十六

从前有个女人——我们姑且管她叫马特廖娜吧,给一位陌生的大叔尼基塔①和他的眷属以及许许多多的奴仆们干活。

这女人日子很不好过,尼基塔大叔对她一点儿也不关心,可是却在邻居面前夸口说:

"我的马特廖娜是爱我的,我想怎么对待她就怎么对待她!她像一匹驯服的马,既温顺,又听话……"

尼基塔家中那些纵酒无度、厚颜无耻的奴仆们,时时刻刻都在欺负马特廖娜:不是偷她的东西,就是殴打她,有时出于无事可干,还要平白无故地辱骂她一顿。可是,他们彼此见面时却说:

"咱们的马特廖娜真是好样的!这女人有时也确实叫人可怜!"

他们口头上说可怜,背地里却依旧继续残酷地折磨她,掠夺她。

除了这些有害的人,马特廖娜周围还有许多于她无益的人,他们都对她那忍辱负重的精神深表同情。他们站在一旁,瞧着她,大发慈悲道:

"你这多灾多难、贫穷而又孱弱的女人啊!"②

有些人,甚至还对她大加赞颂道:

"你是不能用尺度来衡量的,你太伟大了!也不能用头脑去理解你,对你只能坚信不疑③!"

马特廖娜像母熊一样,辛辛苦苦地干活,干了一天又一天,干了一个世纪又一个世纪,但到头来全是白干:她干活挣来的东西,都被大叔

---

① 指沙皇专制制度,特别是指沙皇尼古拉二世(1868—1918)。
② 这句话是根据俄国诗人涅克拉索夫长诗《谁在俄罗斯能过好日子》中的一首歌(《俄罗斯》)的歌词套改成的。
③ 试比较俄国诗人费·伊·丘特切夫的诗句:
  俄罗斯是不能用头脑来理解的,
  也非一般的尺度所能衡量……

家的奴仆们抢走了。周围净是酗酒打骂、淫荡作乐和各种卑鄙龌龊的勾当,空气窒闷得叫人透不过气来!

她就这样生活、干活和睡觉。空闲时,她暗自悲叹道:

"天哪!大家都爱我,可怜我,可是却没有一个真正的男子汉!要是能来个真正的男子汉,他会伸开有力的双臂,紧紧地把我抱住,爱上我这个女人的,我也会给他生男育女,天哪!"

她伤心地哭了。除了哭泣,她没有任何别的办法!

有个铁匠向她献殷勤,可是马特廖娜却不喜欢他:他的相貌让人看着不顺眼,浑身被烟熏得黑黑的,性情又粗野,说起话来也叫人听不懂,好像是在瞎吹牛:

"马特廖娜,您只有从思想上同我结合在一起,才能过渡到文明的下一个阶段……"

她对他说:

"嗨,老哥,你怎么啦,你说些什么呀?我连你的话都听不懂呢!况且,我既伟大又富有,你却那么渺小!"

她过的就是这种生活。大家都可怜她,她自己也可怜自己。可是,光可怜是没有任何用处的。

突然——英雄出现了①。英雄一来,便将尼基塔和他的奴仆们赶跑,并向马特廖娜宣布道:

"从今以后,你完全自由了,我是你的救命恩人,就像旧硬币上的那位胜者格奥尔吉②一样!"

马特廖娜向四周一看——她果然完全自由了!她自然很高兴。

可是,铁匠也宣布道:

---

① 指二月资产阶级革命。
② 胜者格奥尔吉,基督教的圣徒中的一位英雄和殉教者。相传他听说利比亚有毒龙每天吃一个童女,就跑去用长矛刺死毒龙,救出了英国国王的女儿。后来英国人把他奉为国家的保护神。在沙皇费多尔·伊凡诺维奇当政时期(1584—1598)俄国铸造的一种硬币上,镌刻有胜者格奥尔吉像,奖给英勇作战的军人,佩戴在帽子或袖子上。

"我也是你的救命恩人!"

"他这是出于嫉妒,"马特廖娜心里思忖道,可是嘴里却说:

"当然啦,老哥,你也是!"

于是,他们三个人过起欢天喜地的日子来了①——每天不是举行婚礼,就是办丧宴,每天"乌拉"声喊叫不绝。大叔家的仆人莫凯宣布自己是共和主义者——乌拉!雅卢托罗夫斯克城和纳雷姆城宣布组成合众国②——乌拉!

他们痛痛快快地过了两个来月,沉醉在一片欢乐中,就像苍蝇爬进蜜罐里一样。可是,突然,——在圣罗斯,一切都是突然发生的!——突然,我们的英雄感到烦闷起来!

他坐在马特廖娜对面,问:

"是谁解放了你?是我吗?"

"嗯,当然是你啰,最最亲爱的!"

"这就对了!"

"我呢?"铁匠说。

"还有你……"

过了一些时候,英雄又追问道:

"是谁解放了你,是不是我?"

"天哪,"马特廖娜说,"是你,正是你呀!"

"嗯,你可要好好记住!"

"我呢?"铁匠问道。

"嗯,还有你……你们两个……"

"两个?"英雄捋着胡子说。"哼……我不知道……"

于是,他每隔一小时就要盘问马特廖娜一次:

"傻瓜,是不是我救了你?"

---

① 指一九一七年二月沙皇专制政体被推翻后出现的两个政权,即临时政府和工兵代表苏维埃并存的局面。

② 这是对临时政府因奉行大国政策而引起的分离倾向的嘲讽。

盘问的口气越来越严厉了:

"你的救命恩人是我还是别人?"

马特廖娜看见铁匠皱着眉头,跑到一边干自己的活去了。小偷偷东西,商人做生意,一切又都回复到了大叔当年那个老样子。我们的英雄每天依旧挖苦,盘问不止:

"是我救了你,还是别人?"

他甚至动手扯她的耳朵,揪她的头发!

马特廖娜吻他,博取他的欢心,用好言劝慰他:

"亲爱的,对我来说,你就是意大利的加里波第,英国的克伦威尔①,法国的拿破仑呀!"

可是一到夜里,她便小声啜泣道:

"天哪,我的天哪!我原以为真会发生点什么变化的,结果却成了这个样子!"

请记住:这是童话。

---

① 克伦威尔(1599—1658),十七世纪英国资产阶级革命时期的活动家。

三　天

程　文　译

中篇小说《三天》写于一九一二年初,同年四月、五月首先分期发表于《欧洲导报》月刊,同时在柏林出版单行本。

译自《高尔基三十卷集》第十卷。

一

磨坊主纳扎罗夫驾着四轮轻便马车,不慌不忙地来到大门口,老成持重地钻出车篷,摘下便帽,一边仰望天空,画着十字,一边对雇工列翁说:

"你去摸摸马的左前腿。"

说着,冷漠、疑惑地看了看那幢已经开始下陷的房子,像注视人的眼睛似的注视着那两孔小窗,咳嗽了一声,摇着便帽驱赶着烦人的野蜜蜂①,笨重地一屁股坐在门旁的长凳上。

"塔季扬!"

秃头列翁用男高音似的嗓门儿在院子里答应道:

"下河洗衣服去了。"

"浴室里生好火了吗?"

"那还用说!"

河对岸黄沙岭上绵延着一排黑黢黢的木屋,阳光下,玻璃窗发着刺眼的光芒,村后耸立着一片绿色云雾般的树林。这边河岸上,有个庄稼人正在一条小船跟前忙活着。

"是斯乔普卡·罗加乔夫,狗东西,"磨坊主心里琢磨着。

"你到底还是把这匹骟马的腿给弄伤了!"列翁从大门口向外张望着,说。

"去叫一下达什卡。尼古拉哪里去了?"

---

① 又叫熊蜂或丸花蜂,是一种与蜜蜂近似的野蜂。

"尼古拉在修桶呢,那不正在敲吗,没听着?达—里—娅①!她在菜园里,去找找看吧!"

主人一边在圆木上蹭着酸痛的脊背,一边摊开疲惫的两腿,嘟嘟哝哝地说:

"这些城市……说是街道都铺平了,实际上,大坑套着小坑,车不管怎么走,你瞧,总还是碰坏一点什么……"

这时,披头散发,翘鼻子,两颊上有两个红疙瘩的大高个儿达里娅,从院子里冲了出来。

"您好啊!"

说着,她把头摆了两摆,抬手迅速挽起她那一头晒褪了色的灰白头发来。

纳扎罗夫厌恶地看了她一眼,啐了一口唾沫,把头扭向一旁。

"哪怕把扣子扣上呢,怪物,干吗露着两个奶子到处跑!把衣服拿去,抖一抖,把茶炊摆上……"

"这会儿哪有工夫扣扣子!"姑娘用一只大脏手捂上胸脯,生气地答道。

她噘着嘴,两道浓眉揪到一起,低低地压在那双小小的蓝眼睛上,然后大声地抽着鼻子,重重地踏着一双赤脚,走开了。

磨坊主看着她的身影,心想:

"我要再年轻一些,她就决不会这么副打扮!我会把所有的钮扣都给你扣上……"

老人累得骨头都像散了架子,周身发懒,本该去看看儿子在干什么,但他背靠着墙,半合着两眼,深深吸着充满树脂、杂草和畜粪气味的热乎乎的空气,懒洋洋地伸了伸两腿。

"站住!"列翁一边勒住马,一边吆喝道。寂静中,可以听到小锤子在钉帽上清脆的敲击声,河边洗衣棒槌闷哑的铿铿声,堤坝上传来银

---

① 达里娅是达什卡的正名。

铃般清亮的流水声。村后树林顶上,火焰般的晚霞烧红了半边天空,大地散发着芳香的暑气。夕阳把河面和村庄照映得一片通红,莽莽苍苍的树林,一团团馥郁氤氲的烟云腾空而上。

噢,姑娘,姑娘哟!①

达里娅高声唱着。

"列翁!"听到一个年轻人的声音悄悄唤道。

"呃?"

"是我爸回来了吗?"

"是啊!"

"你这个秃子,干吗不说一声?"

"你自己听不到?"

深更半夜,你们不要到处游逛,哎哟哟!

达里娅哀伤地曼声唱道。

"在家千日好!"置身在这傍晚的幽静环境里,纳扎罗夫极目环顾着周围几十俄里他所熟悉的土地,这样想道。这片土地时常浮现在他的记忆中,它像一个沉甸甸的圆盘,上边锦簇荟萃般布满着树木丛林,大小村庄,曲流蜿蜒的众多溪涧,多么令人赏心悦目,多么可爱的土地!他法杰伊·纳扎罗夫的磨坊就坐落在这片土地的中央,它虽然陈旧,但仍是这一带的精粹所在,他已经安排好的根基牢固的家业,将在这里安然地,受人尊敬地发展下去。他所苦心积蓄下的家产也已有可以托付之人——将有一双聪明能干的手把它承受下来……

---

① 这是当时一首很流行的俄罗斯民歌的头一句。

在密林中,在黑暗中,噢……

"达什卡你号也白搭!"老头想着,咳嗽了一声。

一想到这个女用人,立刻又勾起了他另一端思绪:

"我说老也老得太快了!才刚刚五十又七的年纪,这年纪算大吗?"

儿子来到了大门口;他一头鬈发,头发上沾满刨花,袖子卷在肘弯上,没扎腰带,是个身材敦实、胸脯宽厚的小伙子。

"我正在找你,我说,爸爸哪里去了?"

"把我热坏了。"

"马车一路上还好走吧?"

"还好。眼看要到了,马……"

他望望儿子那身湿漉漉的、被泥土、油垢沾染得脏糊糊的衣服和汗涔涔的、颧骨凸露的脸,又重复道:

"没什么,挺好!"

尼古拉那双乌黑的、微微眯缝着的眼睛微笑着,——可老头却不喜欢这副笑容,小伙子上嘴唇和下颏上长出了黑黑的胡须,看上去就像尼古拉吃了蜜糖饼干忘记了擦嘴似的。

"桶修好了?"

"明天就完。"

"你真够磨蹭!"

"着什么急呢?又没有粮食要磨。"

儿子身上散发着一股热乎乎的汗臭,老人端详着他那粗壮的脖颈、滚圆的肩膀,他眼睛下面的几条愠怒的皱纹顿时也就和蔼地舒展开了。

"给你带回了一件礼物,一件你早就喜欢的东西。你这么懒,瞧,我还总是送给你东西……"

尼古拉好奇地瞥了一眼父亲的脸,盯着他那只伸在大肥裤子兜里的手,抖搂着毛蓬蓬的脑袋,撩起衬衫底襟擦着自己的手掌。

"喝茶去吧!"传来了达里娅的喊叫。

父亲小心翼翼地把一个小包递给儿子,看着尼古拉不声不响、全神贯注地解开手帕的结子,打开一层层的纸。

"表——!"他把手往前一伸,说道。

"复活节的时候我就想买,没买成。这下你该出出风头了。买它花了十一个半卢布呢!"

"好重啊,像个流星锤!"

他们不声不响地进了院子。尼古拉把表托在手掌上掂量着,表闪烁着熠熠寒光。

老人清了清喉咙,脸色阴郁地提醒他说:

"也许,该说声谢谢吧?"

"谢谢,爸!"儿子急忙说。

"这就对了!"

"这么说,我明天就戴上吧?"

"愿戴就戴呗!"

人们在赶牲口。远处牛群嘈杂的哞哞声和妇女小孩吵吵嚷嚷的吆喝声优美而又和谐地汇成一片。铃铛声叮叮咚咚,羊群在惘然若失地咩咩乱叫,河上传来哗哗啦啦的溅水声,有人正在洗澡,像公马似的咴咴直叫。

菜园里,浴室旁边一棵高大的老松树底下,在底座埋在地里的一张石桌上,大茶炊正发怒似的尖叫着,从圆盖下喷着一团团滚滚的热气。茶炊烟囱里①袅袅地升起呛人的蓝烟。

"瞧这个蠢货!"老头坐到桌边说。"又没有蚊子,可她往烟囱里塞了这么多草! 这个傻瓜!"

"这个女人挺不错的,"儿子一边灵巧地倒茶,一边为她说好话。

---

① 俄罗斯自燃茶炊,形状近似我国的火锅,烟囱在中间。

"买这块表,你说,花了十一卢布?"

"十一个半。怎么?"

"哦!"

儿子叹了一口气,向旁边看着,解释道:

"亚基姆·马卡罗夫,就是那个县警,要卖一块表,我跟他讲了讲价,他最后要九卢布。说不定,七卢布就能卖……"

"旧的吧?"

"戴了还不到一年。"

老头吃惊地哼了一声,把空茶杯往旁边一推,说:

"大概总比不上我买的这块吧?"老头脸色阴沉、抱怨地问道。

"我把它拿给你看看。你一看就知道——并不差。他是等钱用才卖的,"儿子试探地说。

父子俩好一阵子没说话,各自不慌不忙地、大声地从小茶盘里一口一口地喝着茶;他们头顶上空宽阔地伸展着老松树树冠的两片墨绿色的枝梢——褐色的树干在离地面四俄尺来高的地方开始分叉,形成一个浓密厚实的天篷。

"这么说,"老头开口说,"我是白白扔掉了四个卢布。"

他严厉地盯着儿子的脸,接着说:

"你总是这样!什么事都从来不跟父亲讲,自己闷头过日子!无论有点什么计划,总是悄没声地闷在心里,你本可以跟父亲我商量商量嘛!可这下你瞧,结果造成这样的损失!如果你及时告诉我这块表的事……"

尼古拉冷笑了一下。

"这怎么好说?你该以为我要死气白赖地求你……"

"以为,以为,"父亲嘟嘟哝哝。

他眉头一扬,用羹匙底部烦躁地敲打着桌边,睁大猫头鹰般的圆眼,瞪着尼古拉;这双眼睛已经失去了光泽,瞳孔上布满了蛛网般的细密血丝。老头高高的大脑门儿,从两侧太阳穴以上已经完全秃光,裸露出两只像野兽似的长满绒毛的大耳朵。一缕缕已经花白的头发从囟门儿耷拉在前额上,遮着几条有的通到蓬松的眉毛,有的一直伸展到头发里的深深的皱纹,大软骨鼻子在一脸浓密的大胡子中间倒显得很小了。

"你怎么知道该以为什么呢?向父亲提点要求是可以的,不是什么大不了的丢人事!可你从来不提任何要求。这是你们现今这些人的一种傲气……"

"我什么也不需要,"尼古拉心平气和地答道。

"怎么,不需要?"父亲生气地叫道。

儿子抬起一双眯缝眼,问道:

"干吗发火呢?"

老头子望了望如花似锦的园圃、微微泛白的柳荫和虹光闪烁的浴室玻璃窗。

"我没发火,"他说着叹了一口气。"不过是心里不安!眼看到冬天你就二十二了;我是准备着让你过上好日子,富裕、体面、应有尽有;可你对一切都冷漠。送你点东西,一看——又嫌我弄错了价钱……"

几个女人在院子里嚷嚷:

"达什卡!绳子哪里去了,蠢货?"

"不就在菜园里嘛!"达里娅就像从地底下说话似的闷声闷气地答道。

从村子那边徐徐传来人们的呼唤声和隐隐约约的狗吠声;白天带着疲惫和渴望宁静的慵困昏昏欲睡了。

尼古拉颧骨凸露的脸上流露出烦闷的神色。他用手捻揉着下巴颏上的黑色细绒毛,另一只手像在一分一秒地数着时间似的不时地拍打着膝盖。

"你从不和姑娘们来往,哪里也不去!"老头子若有所思地说。"这当然也好。又不喝酒,又有文化,你还有这些书,这我没什么好说!可我就不明白,这么身强力壮的个小伙子……"

他凝视着儿子的脸,悄声地问了一句:

"你平常动不动达什卡?"

"她跟我大概不合适吧……"

老头子冷冷一笑:

"我不是说非得结婚,我知道不合适……"

"万一有了孩子呢?"儿子问道,斜睨了父亲一眼。

"呃,姑娘有几个生孩子的……"

"那干吗要动她们……"

"既然有这些娘儿们在这儿。你看着办吧!不过,也要当心,娘儿们都是些无赖。我一路上就想你的事:你该结婚了。还等什么呢?"

"晚不了。"

"如今世道不同了:以前,是父母去相亲,看中了,你就得和她过!可现在,你瞧……你跟各种人交朋友,我就不理解。"

"这你都说过了!"儿子说着,用巴掌把洒在桌子上的茶水拂落下去。

有人在给母牛挤奶,听得到奶水滋到桶里的刷刷声。钟楼上突然敲了一下钟,接着又是第二下,第三下,钟声又急促,又刺耳。

"是的,说过!"老头画着十字作了下祈祷,接着扳着指头数落起来:"喏,教师,这还没有什么,是个有用的人,了解村里的情况,又懂得法律。再就是亚科夫·伊里奇,也没有什么,是个会营生的老爷。可斯齐普卡·罗加乔夫算得上是你的什么朋友?穷光蛋的儿子,扛长活的,懒鬼,对谁都不尊敬……他母亲是个巫婆……"

老头讲话的声音瓮声瓮气,像离得很远的穷叫花子在哀声求乞,又单调,又悲怆。

"你让他尊敬谁呢?"尼古拉叹了一口气,用烦闷的目光朝菜园里望着,突然,也许是不由自主地问道。

"你倒是无须尊敬谁,可他对谁都应该尊敬……"

松树上空湛蓝的穹苍中飘浮着一抹散乱的黄云。一切声响都已消散开来,疲惫地沉到地下,融合在地面上的暖流之中。

磨坊主的表妹塔季扬娜是个寡妇,大高个儿,生就一副气汹汹的赤红面孔,一只大鼻子。此刻,她拎着一篮子沉重的湿衣服来到菜园里,瞟了表哥和侄子一眼,就高高扬起手往绳子上晾起衣服来。

"怎么连个招呼也不打?"磨坊主脸色阴郁地问道。

"你好……"

尼古拉不慌不忙地站起来,问父亲:

"你去不去教堂?"

"我要洗澡。脊梁疼痛得厉害。教堂里,你自己应该勤去着点!"

"该去的时候我就去……"

"你现在干什么去?"

"到村里去一趟,兹沃雷金来了,也许能向他要点钱……"

"塔季扬,收拾一下,我要洗澡!"

"让我先把洗的衣服晾上……"

纳扎罗夫生气地用手把桌子一拍:

"叫你干什么你就干什么!"

女人高高地把头一扬,扯起衣襟擦了擦手,就出了菜园;磨坊主把胡子满把一抓,像只要捕老鼠的猫似的,隔着桌子把身子向前一探。

尼古拉来到院子里,停下来,摇了摇头,列翁向少东家丢了个眼色,说:

"老将军又开仗了。"

尼古拉像个当家人似的看了看院子里被牲口踩得很深的一层黑乎乎的烂泥,吩咐说:

"去,列翁,把工具棚里的家什收拾一下。"

达里娅蓬头散发的脑袋从牛圈里探出来:

"他要去洗澡吗?"姑娘发愁地问。

"是的。"

"唉,老天爷!"她唉声叹气地说。"还不又得让我去给他搓澡、按摩？尼古拉·法杰伊奇,真让我丢人!还兴干这种时髦事儿,难道雇我来就是干这个的?"

一只小牛犊从她腋下伸出头来,不以为然地哞哞叫着,仿佛也对她这话表示同情。

"这事你跟他讲去,甭跟我说,又不是给我搓澡!"小伙子冷冰冰地说罢就向院外走去。

"喔,魔鬼!"只听到她冲他背后轻轻长叹了一声。

"你们自个儿才是些魔鬼呢!"他在心里顶了她一句,带搭不理地啐了口唾沫,倒背着两手,迈着强壮有力的两腿,一摇一摆地向河上走去。

他没戴帽子,赤着脚,肮脏的衬衣外边套着件扯得破破烂烂的上衣,穿一条沾满了泥巴的大灯笼裤,样子像个雇工。然而,他那副颧骨凸露、冷漠而又威严的面孔,以及他整个的气质,都显示着他是主子,是个深知自己身价的人。他一边走,心里一边琢磨:村里的小伙子和姑娘们又该像通常那样笑他这身衣着了,他知道,只要他稍稍眯起眼睛朝这些爱开玩笑的人们看上一眼,一句话不用说,他们就会不再对他尼古拉·法杰耶维奇·纳扎罗夫这样嘲弄了。人们习惯于以貌取人,那就由他们去吧。

他老远就看到了桥桩旁的一只小船和船上的渔夫,他一边往桥上走着,一边喊了一声:

"斯捷潘!"

渔夫一动没动地答应道:

"怎么?"

"巴维尔·伊凡内奇来了吗?"

"来了。"

从桥上可以看到渔夫头发修得很短、显得有些凹凸不平的大头顶、弓着的脊背和两只长长的胳膊。小船下无声地奔流着几条细流,流水轻轻地荡着钓鱼竿上的漂子。顺河道再往下望去,这些细流隐没了,水面变得平静可鉴,在幽暗的水光里映出披着寥寥几丛爆柳的黄土河岸的连绵丘陵。

纳扎罗夫向旁走近两三步,隔着木栏杆俯身端详着自己投在水中的倒影,看到的是在水中若隐若现地荡动着、仿佛想离开水面飞跃上来的一块灰蒙蒙的模糊不清的斑点。这令他感到不舒服。

"上钩吗?"

"钓了七条。见到赫里斯京娜了吗?"

"昨天见到过,"尼古拉闭上眼睛,说道。

纳扎罗夫狠狠地啐了一口,唾沫正吐在自己的倒影上,影子颤动着,就像受了委屈似的扭曲得更加难看,尼古拉生气地皱着眉头,继续向前走去。

"你要去哪儿?"他听到桥下问了一声。

"到村里去。"

渔夫默默地把钓竿向前伸出,小船下几股细流湍湍而去,绘成一片犹如少女披散的发辫似的精美的波纹。

纳扎罗夫爬上岸边从沙丘上挖开的一个慢坡,拐向河边,他两手插在兜里,高高地仰着头,站到河边一座陡峭的断崖上。

博洛马河由于经年冲刷形成一些幽黑、平缓的小河湾和水底深渊,两岸是断崖峭壁和连绵起伏的黄色岬形缓坡,带着泥沙的黑色河水沿着宽阔的洼地形的河底,向西滚滚流去。河左岸是肯斯科伊公爵家那座绵亘无际的树林——一座疏伐得当的古松林;一排排树干倒映在河里,像一排排红色圆柱,把水染得一片通红。河右岸一溜慢坡伸向远方;沿岸庄稼地里是层层叠叠温馨的、杏黄色的波浪,此时此刻,正披上一层黄昏的阴影。从断崖高处放眼望去,种满庄稼的大地显得分外温存、肥沃而又丰美,从它身上散发出一股健壮的汗香,激起了尼古拉胸中的许多美好的遐想。

他引颈凝望着远方,想象在那里,在那片河套里,在那因长满白杨和白桦树林而显得更加高耸的山岗上,盖起一座有绿色百叶窗和屋顶瞭望塔的高大的砖石结构楼房,楼房四周造一套与主楼非常谐调的铁皮顶的马蹄形附属房屋,再在山脚下开辟一块块种植不同庄稼的耕地,向四面八方伸展出去。从楼顶上,凭借一双敏锐的眼睛可以观察到四周大片土地以及人们在田里干活的情景。楼房对面的小山上营造果园,春季里,楼内楼外将时时闻到苹果树、樱桃树飘来的甜蜜的花香……

繁星从幽深遥远的穹苍中静静地沉落下来,高高悬留在大地上空,喜悦地向人间许诺着明天晴朗的天气。夏夜从盆地深处悄然升起。在夜色温柔的暖意之中,小树林、村落、五色斑斓的田野都在不知不觉之中隐没了,河上那清粼粼的银光也渐渐消失了。

四周越黑,那座隐藏在用白花装点起来的半圆形花园深处的红砖房就越鲜明地浮现在尼古拉的眼前。

"我要修一道石头围墙把花园圈起来,"他这样想着,一边急切地倒换着两脚,"赫里斯京娜饲养家禽,要繁育它三四百只,到过圣诞节的时候我们就可以宰了……"

一切都早已有过周密的考虑,他已满怀深情地把全部土地都丈量过,并作上了标记,几乎每天的闲暇时间他都反复斟酌自己的计划,就像一个用功的学生温习自己的功课似的经常回想着它。

一个未来的家庭主妇的形象经常热情地浮现在他的眼前:身材高大,比他高出一头,胸部丰满,身强力壮,在咕咕哒哒的家禽中间自豪而又从容地满院子走来走去,带着一副持家有方的神气紧锁着她浓密的眉峰,但一切都在她的眼中,一切都能照管到。瞧,她正在花园里走着,粉红色的柔软的花瓣落满了她结实的双肩;他正和她一起待在塔顶上——他们搂抱着坐在一起,眺望着自己的田野,自己的土地。屋内将有一个很宽敞的房间,房间中央有一张像亚科夫·伊里奇家那样的可坐十来人的大圆桌,每逢过节,这张圆桌周围将会坐满附近一带出类拔萃的人士。

"这就是他,尼古拉·法杰伊奇,"他们会这样说,"庄稼人,可家业经营得不比人家贵族老爷差。"

渴望尽早看到这种自由、美好生活的折磨人的愿望使尼古拉感到闷热,他深深舒了一口气,皱着眉头,不屑地朝他父亲的磨坊所在的地方看了看,他觉得这磨坊又讨厌,又没用。

在昏暗的夜色里,依稀可以看到父亲那片占地甚多,低矮而宽敞的建筑物坐落在河岸上,和一大片黑压压的树木融合在一起,其中只看到一高一低地闪烁着两处红色的灯光。磨坊的轮廓很像一个人前额很宽的脑袋,它从地面上微微翘起,眨巴着两只高低不一的眼睛,警觉而喷怒地注视着任性的河流。

眼下,河水很平静,但现在是夏季,它正无所事事,河水在枉费着它的气力;秋天,雨季到来,它就会变得桀骜不驯,凶猛恣肆,要求人们随时留神它的脾气;春季里,它会突然泛滥成灾,浑浊冰冷的河水向四面八方恣意横溢,开始悄悄地、却又顽强地冲决甚至完全摧垮堤坝,从尼古拉记事以来,它就曾不止一次地将人们置于倾家荡产的危险境地,迫使人们不得不日夜操劳,以扼制住它鲁莽的水力。

断崖下传来轻轻的拍水声,在河流幽暗的水面上,像玻璃板上的一只苍蝇似的,漂来一只小船。

"是你吗,尼古拉?"渔夫悄声地问道。

纳扎罗夫没有搭腔,他谛听着河水在船桨拍击下的均匀的喘息声,心想:

"他不着急!他没有急着要去的地方。"

晚祈祷结束了。听到一片人声喧嚷和脚步杂沓的声音。有人准备去夜牧,狗在汪汪叫,马蹄在嗒嗒响,是谁无人回应地在扯着嗓门儿沮丧地喊:

"万一卡……吃—晚—饭—啦……"

二

离纳扎罗夫的磨坊不远,博洛马河流经一个高高的土岗,河水把它切掉了一半,让一道道五色斑斓的土层赤裸裸暴露在光天化日之下,将冲下的泥沙堆积在自己的河床上,聚成一个尖尖的岬角,河水在这儿拐一个急弯,绕过岬角,重又依傍在风光秀丽的河岸旁。

岬角上长起了河柳丛,有一座房顶装了又高又细的烟囱的灰不溜秋的扬水站。岬角后身,在一片绿荫的遮蔽下,矗立着一幢涂饰着蓝白条纹的浴棚。河岸用粗木固定着,顺着河岸斜坡开辟出一条山路,一溜河岸都密密地栽满了小白桦树,从上边,越过葱郁的树梢,向下边河面和草地望去,有一幢四周围有玻璃凉台的低矮小楼,由上看去,就像被它顶上的半层平台、那蹩脚的瞭望塔和红色风信旗整个儿压在了地面上。

尼古拉·纳扎罗夫绕过岬角,用一只桨灵巧地拨着船靠了岸,随即收起双桨,跳上了通向浴棚的小桥。小伙子像照镜子似的向水里看了看,抿了抿头发,扣好绣花衬衣领扣,穿上坎肩,看了看表,接着又把表托在手上掂了掂,不以为然地摇了摇头。然后,他把一件新蓝上衣搭在胳膊上,好像要选择一下带着一种什么样的表情上去更得体一些似的活动着脸上的肌肉,不慌不忙地向山上走去。

可是,他刚一走上凉台前的平台,就看到了亚科夫·伊里奇·布季洛夫,他的面孔就自然而然地变得恭顺、严肃,而且有几分腼腆了。

这位性情平和的贵族老爷,坐在白桦树荫下的一张大桌跟前,一只手里拿着手帕,另一只手拿着圆规在一张白得刺眼的纸上测量着什么。他本人也是上下一身白,从肩膀到脚跟就像撒满了一层白雪,惟有脖子、面庞和凉帽是黄色的,但色调各有所不同:凉帽比较鲜明,皮肤略显灰暗。黄蜂在他头上飞来飞去,他懒洋洋地摇着手帕,从牙缝里嗤嗤地打着唿哨。

纳扎罗夫摘下便帽,厚底皮靴擦着地皮沙沙地走着。亚科夫·伊里奇直了直腰,在桌子下边伸直两条瘦腿,透过圆眼镜看着客人的脸,好几分钟工夫没有说话,随后,他那几根向下耷拉着的稀稀拉拉的黄胡子抖动了一下,露出一口黑牙。

　　"啊,是您?"他说话的声音有点喑哑,柔和并带有鼻音。

　　尼古拉凑到桌子跟前。

　　"祝您健康!"

　　"谢谢!"布季洛夫答道,一边用手指捻动着圆规。

　　"我不碍您的事吧?"

　　"一点也不碍事!坐吧。不过我要对您说:您每次来到我这里总是说:'祝您健康',随后就是:'我不碍您的事吧?'是这样吧?"

　　"正是。"尼古拉松了一口气,附和道:

　　"喏,有时候也该说点别的,设法换换样儿嘛。比如说:'中午好!'问一声:'身体好吧?'"

　　老爷一边说着,一边在纸上移动着圆规;尼古拉就一边听着,一边端详着这个在语言、思想上令人感到拘束的人。这位贵族老爷的面孔很像茶叶店招牌上画的中国人:那样窄窄的眼睛,圆圆的脸庞,光秃秃的下巴,两撇向下耷拉的胡子,从鼻翼两侧到嘴角上边也有那么两道深深的鼻唇沟,也是那样的宽鼻子。眼镜片使他那双灰色的眼睛时大时小,在他脸上飘忽不定似的。

　　"怎么样,日子过得还好吗?"

　　"还好,先生。"

　　老爷把鼻子耸成一团儿。

　　"瞧,又是'先生'长'先生'短的……"

　　"习惯,"尼古拉抱歉地说。

　　"坏习惯!"

　　布季洛夫抬起疲惫的眼睛看着小伙子的脸,用略带厌烦的低音瓮声瓮气地说:

"是个坏习惯！仆人这样说话是一种礼貌。可您不是仆人，是农民。是的。仆人如果对人不称先生太太，人家就不赏他小费。"

他把凉帽往后脑勺上一推，露出了光秃秃的前顶，两手插进裤兜里，低头端详着自己的白鞋，接着说：

"对波克罗夫斯基您也并不是言必称先生嘛！"

尼古拉毕恭毕敬地微笑着答道：

"波克罗夫斯基先生是位教师，他是靠我们、靠农民生活的，就是说，是服侍人的，可您就另当别论了，先生，哪能……"

老爷鼻涕流出好长，抱歉地大声抽着鼻子。

"哎呀呀！我的老弟，有什么可另当别论的！不都一样嘛！我跟您讲过：教师教书，我盖教堂，您磨面，我们都做着人们所需要的事情，我们也都一样值得尊敬，应该懂得这一点嘛！应当尊重一切劳动，这才能把所有人都造就成为文明人，文明人是不应该说这种恭维话的。"

"我——忘了，"尼古拉说，在对方责备的目光下，他面红耳赤地耷拉着脑袋。

"想喝点茶吗？"亚科夫·伊里奇摘下眼镜来擦着，问道。

"谢谢，不想喝。"

"怎么会不想喝呢？回头我再给您看一箱新蜂。"

凉台玻璃窗内悄没声地闪过一个黑色的人影，随之听到茶匙轻轻的叮当声，主人的讲话声，蜜蜂的嗡嗡声，以及各种鸟的啾啾啼鸣——这一切仿佛都在这闷热的空气中熔化了，汇成一片单调的轰响，使纳扎罗夫感到烦闷。

"怎么，跟父亲谈过了？"

尼古拉两手揉搓着便帽，耸了耸肩膀：

"没有，从那以后再没谈过。除了吵嘴，不会有任何结果。他就死抱着他这个磨坊不放，说：'爷爷是磨坊主，我也是，你也应当……'"

"愚蠢！"

"就是愚蠢！看来不行，只好先等等，等他死了再说。"

亚科夫·伊里奇不知是咳嗽了一声,还是冷笑了一声,摘下凉帽来对着自己的脸扇了扇。

"是——啊,得等着?"他耸了耸鼻子,拖着长音说。"这对我来说可不太方便——等着……"

"他的身体已经越来越不行了……"

"可是,这种事,您要知道……"

"亚沙①,喝茶了,"凉台上有人喊道。

布季洛夫站起来,他干瘦、清癯,脸色苍白,上下一身新衣服。

"像一具尸体,"尼古拉心想。

"走吧!不必穿上衣,我母亲不是娇小姐;如果有几个小姐在场的话,那就……"

凉台上,桌后坐着一位高大膨脖的老太太,她绷着脸,像憋了一肚子闷气,鼓着一双浑浊的眼睛,下嘴唇像睡着了时那样耷拉着,灰白色的头发梳得光溜溜的在后脑勺上绾了个蔓菁纂儿。尼古拉向她鞠了一躬,她向前欠了一下身子作为答礼,那样子使他觉得她活像一个用锯末楦起来的布袋玩偶。

"这里不热吗,亚沙?"

"到处都热,"布季洛夫答道,一边在藤椅上坐下来。"得习惯啊,妈妈。地狱里还要热得多呢……"

"得—了—吧,"老太太撇了撇嘴,说。

"那里的气温高达三百度。"

"地狱里的事我们一点儿也不清楚……"

儿子认真而且有点责备地说:

"您明明不清楚,妈妈,可您还老说!其实,七年以前有位德国学者就到那里去过,他统统测量了一番才弄清楚的。人家往地里钻了个窟窿,用铁链子吊着他,就那么放进去了!——就在高加索一带,

---

① 亚沙是亚科夫的小名。

275

真的。"

老太太龇了龇一口黄黄的大板牙,摇了摇头,说:

"这是永远也弄不清楚的,亚沙,你是在逗着玩儿还是说正经的!我倒无所谓,我已经习惯了,可他是会当真的。"

"我知道,亚科夫·伊里奇是在逗乐儿,"尼古拉微笑着说。

"逗乐儿!说话应当准确嘛。这里说的是一个人——逗乐儿,没有这样逗乐儿的。小丑和滑稽演员才逗乐儿呢。"

纳扎罗夫感到又难堪,又气恼。

"是啊,"建筑师舔了舔钵子里舀果酱的羹匙,又把它放到茶杯里,继续说,"您当然知道,所有这些鬼神、妖怪、地狱等等,这都是所谓偏见、迷信,就是说——都是胡说八道……"

"巴维尔·伊凡诺维奇讲过……"

"就是嘛,这很好。他是个很认真的人,您就听他的吧。您瞧,"布季洛夫用指头敲着桌子说,"我持的是跟他完全不同的观点,但我仍然说:他是个好人。这就叫做对反对派也要论功行赏。您也应该学会这一点。是的。当波克罗夫斯基讲起沙皇、贵族、当局……总之,讲到政治问题的时候,这些您可以不听。政治对您来说是不适合的。以后,等您当家做主了,您自然就会懂得什么样的政治对您最合适。如果一个人没有一点自己的东西,他也就不可能理解什么是国家,为什么要国家,它需要奉行一种什么样的政策……懂吗?"

"懂。"

"这就对了,尼古拉,好好听着,记住,"老太太开导似的说,儿子却皱起眉头,拉长了脸,忧郁地说:

"这茶一股肥皂味……"

"瞧,你怎么了,亚沙?"母亲吃惊地大叫道,"喝着,喝着,突然又……"

"妈妈!"亚科夫·伊里奇说着,伤心地摇了摇头,"您也该懂这个道理:泥土里总是有碱腥气的。这是很自然的,妈妈,泥土,它本身有油性,经过不断在空气中翻弄,就碱化……"

"去你的……"

尼古拉用手掌擦着额头上的汗,深深地喘了一口气。他很看不惯这家人吃东西的样子:布季洛夫取饼时,就像嫌脏似的,用几个纤纤的指尖捏下一块,送到嘴边,像马一样把嘴唇向前一伸,耸耸鼻子;然后,用嘴唇贴一贴,勉强地把它塞到嘴里,就像尽义务似的慢吞吞地嚼着,残渣碎屑弄得到处都是;所有这一切都使小伙子觉得这个娇生惯养、吃刁了嘴的人在糟蹋东西,看了让人不舒服。

老太太不停地吃着,眼珠子转到哪一块食物上,她就贪婪地打量着它,在尚未塞进她那张肌肉松弛的大嘴巴之前,先把碎渣全部拂到手上,像乡下老太婆那样,脑袋向后一仰,圆圆的喉结一梗,把它倒在嘴里,她那双黯然失神的眼睛,一直在桌上转来转去,她的手总在舀果酱或取饼,几个短粗的、胖鼓鼓的手指总是牢牢地抓着食品。使人感到她是个斤斤计较的吝啬女人。有时候嚼累了,她便吃力地喘着气,闭上眼睛,但不一会儿,又抓起杯子,迅速地呷几口茶,随后扯起带流苏的小餐巾擦擦嘴,重又伸出手去,边轰苍蝇,边取食物。

"我看庄稼人吃饭倒文雅得多,"尼古拉心想,同时皱着眉头注视着两位主人的动作举止,他觉得这样想使他心思好受得多。他自己吃得很小心,吃得不多,而且咀嚼的时候尽量不出声,尽管他不习惯这样吃,感到别扭,但还是不敢出声,因为布季洛夫曾经说过他母亲:

"妈妈,吃饭别老吧嗒嘴!"

她气愤地说:

"你怎么了,亚沙,这么说话!难道是我吗?"

"可不就是您!"

纳扎罗夫脑袋嗡嗡作响,就像被老爷打了一记耳光,他抱歉地微微一笑,嘟嘟哝哝地说:

"是我……"

"真的?"布季洛夫好像很惊讶。"是啊,吃东西嘛,不一定非吧嗒嘴不可！"

他没完没了、不厌其烦地讲起了应当怎么吃东西。纳扎罗夫垂下眼睛，听他说着，心里狠狠地骂了一句：

"假正经，厚脸皮！"

他们不出声地吃了几分钟的饼，喝了一阵子茶，随后，布季洛夫把空茶杯往前一推，好像旧话重提似的又说起来：

"需要的不是政治，而是文化，先知而后行，而不是像我们时兴的这样，本末倒置。是的。如果您不喝酒，并且能够为自己挑选中意的妻子，那一切都会变好的。烟也不要抽，读书也要读好书。多读些托尔斯泰的作品，不过也要当心！他说到：不要采取暴力，不要互相欺侮——这是对的，这是真正的基督教文化的声音，这是应当汲取和牢记的。"

他朝茶炊冲亮的一面看了看，捻了捻胡子，当胡子重又耷拉下来的时候，他吁了一口气。

"但是，他那些不要国家，不要科学的叫嚷，都是胡说八道！现今没有科学连靴子都不能做，没有国家，阁下，你们就会把我的脑袋咬下来。这种哲学您可以等上了年纪，有了子女之后再读去。那时候，如果您也相信破坏的必要性——那就反正一样了，这对您和对别人就都没什么危险了。那时，您已经有自己的种种习惯，而习惯是任何时候都能战胜舆论和信仰的。您喝好了？咱们走吧。谢谢，妈妈！"

"谢谢！"尼古拉一边鞠躬，一边随声附和道，并及时闭住了嘴，差点没顺口也叫出一声"妈妈"。

老爷用两个指头扯着他的衬衣袖子，把他领到花园里，谈得越发兴致勃勃：

"人生在世应当谦逊，丝毫不要轻人傲世，不要自我夸耀，但是要让自己周围所有的人都清楚地看到自己的过失，自己的愚昧和贪欲，而把他们的生活奉为自己的楷模。"

火红的太阳渐渐消失在天空蔚蓝色的圆穹中，缕缕霞光斜射在花园绿荫之上,大地罩上了一片金光斑斓的花纹,两人姗姗地漫步在小径上,身上被夕阳照得斑斑驳驳,显得既好笑,又出奇。

"当每五平方俄里都能有一个明白人的时候,我的老弟,那就一切都好了!应当让到处都有能够教会人如何把火炉砌得更好、更能保暖,懂得什么样的苹果树更适于在这块地上栽培,如果会给马治病,真的……"

他摘下眼镜,挥动它比画着,眯缝起他那双灰色的、潮润的眼睛环视着四周。

"我们需要的首先就是这种善良的、什么都懂得的人。那种空谈家、阴谋家——不需要!需要的是善于热爱劳动的、有文化的人。您瞧——我已经跟您说过——我买了这块杂草丛生、垃圾成堆的地方,还有这幢地板腐朽、屋顶破烂、家徒四壁、毁坏殆尽的小楼。窗户毁了,门扇被卸走了,全被偷光了;这是一户愚蠢、持家无方的人家的坟地。七年后,你瞧,一切变得多好……"

亚科夫·伊里奇停下脚步,用手比画着周围。

随着他的手势望去,纳扎罗夫回忆起了他所熟悉的一片废墟——起初,孩子害怕这个地方,以后,他常跟斯捷潘·罗加乔夫一起到这里来,为一些卖蒸梨的人捡废铜烂铁。是有过这样的事:他们拆走过门上的把手和合页,拆走过窗户上的插销,拖走过火炉上的风门,他们像田鼠一样乱挖乱掏,根本不怕那个经常喝得醉醺醺的、贪睡的看门人。

"你瞧,人可以有多大作为?"他听到了布季洛夫讲话的那种柔和的,但已经不那样乏味的低音。

四周到处是粗大的、千疮百孔的老菩提树的树干,旁边已经栽上了小树,茂密的草地上繁花闪烁,到处耸立着各种各样的蜂箱的红色和黄色的箱顶,这里不见人影,的确可以想见,这一切都是由布季洛夫一人经营起来的。从不远的地方传来咝咝的水声,房后院子里有抽水机轻轻的嘎吱声和叹息声,隐隐约约听到一个老人鼻音很重的咕咕哝哝的说话声。

透过层层绿荫的帷幕,可以看到一堵堵坚固的墙壁和一片附属用房的红色瓦垄铁顶,所到之处,无不留着一个聪明能干的人的劳动印迹,这人说道:

"这里没有一寸土地不是我亲手触摸过的!"

纳扎罗夫深怀敬意地看了看这只晒得黝黑的、手指纤细、手掌瘦削的手,随后又匆匆斜睨了一眼自己那只骨节粗大的右手,立即握起了拳头。

"是啊。当时这一带遍地疮痍,残败不堪,我能重建一部分毁坏殆尽的生活,我也感到自豪,"他把手搭在尼古拉的肩上,看着他的眼睛说。"您也这样试试:根据自己能力所及,选一块土地好好耕作一下,给别人做个榜样。这会唤起人们对您的敬意,也会由于对自身特点的认识而得到褒奖。您试试看,如果我们每个人为了自己的生活都善于去美化一块土地,哪怕只美化一俄亩①呢,百十年之后,大地将是一番什么景象,啊?整个大地将会变成一座美丽的花园,人生的意义恰恰就隐在其中,懂吗?"

一年多来,纳扎罗夫几乎每个星期天都到这里来找这位在他心里唤起了一股羡慕、尊敬和强忍的屈辱交织在一起的复杂感情的人,为的正是能听到这一席话。从老爷的谈吐举止中,从他那奇妙而又诙谐的笑话里,以及他对同一件事情的不厌其烦的重复上,尼古拉感觉到在这位教区建筑师的心目中,自己是个半愚半傻的小子,这一点一直刺伤着纳扎罗夫的自尊心,但他发现,的确一到这位老爷面前他就变得更加愚蠢。但是,布季洛夫关于人生意义、关于必须要有聪明人、必须要有在自己土地上的顽强劳动的言论,对尼古拉来说却是十分珍贵的。这些言论,在他的心里进一步巩固了他的理想,使它变成了他未来的一幅鲜明的、轮廓已被勾画得十分清晰的蓝图。

"可您,亚科夫·伊里奇,能等等再卖那块地吗?"他悄声地问道。

---

① 一俄亩等于 1.09 公顷。

"等等——还等什么?"

"是这样,等我父亲……"

布季洛夫瞟了他一眼,皱着他那枯黄的眉头,说:

"开磨坊的都能活到一百岁。唉,老弟,我可等不起!我等钱用。萨亚诺夫村的农民已经出到了两千七。稍微再讲讲价钱就成交了!真的!不过,您别着急,土地有的是!"

"唉,您呀,我的上帝,"尼古拉叹了一口气,愁眉苦脸地低下了头。"我舍不得您的地,实在舍不得……一切都考虑好了,能这样我可就发迹了……"

"开磨坊的都像大象一样长寿,"老爷说,一边在衣兜里摸索着,"就因为这一点,大伙才把他们都当成魔法家,是的,我亲爱的先生……"

他停下来,掏出一支雪茄,用一把小剪刀,仔细地、慢吞吞地剪掉尖头,点火抽着,挥手驱散眼前的一缕青烟,沿着林荫小径继续向前走去。尼古拉看了看他的背影,突然要和他告别。

"那么,蜂箱呢?"老爷眉头一扬,问道。

"对不起,改日再看吧,今天我得赶紧回家了,父亲说他胸口堵得难受……"

他低下头,原地倒换着两脚,嘟嘟哝哝地说,没抬头看布季洛夫的脸。他心里像突然有了什么心事,急于想离开这里。

"您看着办!"布季洛夫不高兴地、冷冰冰地说。

尼古拉急忙下了山,坐上小船,大开大合地划着双桨,就像刚从哪里逃出来,身后有人紧紧追赶着似的,驱舟逆流而去。

船桨碰到下垂到水中的柳条上,搅在睡莲的茎蔓里,碰掉了它金黄色的莲蓬头。河水在船下像喘息似的潺潺作响。他忽然想起了母亲——那个生有一双鼠眼的小老太婆:她正站在父亲面前,挥动着一只纤细无力的手臂,声音嘶哑、上气不接下气地说:

"你这个恶棍、流氓,你哪怕让我死了呢,也比让我这么活受罪好……"

父亲,这个膀大腰圆、体魄愚笨的汉子,四仰八叉地躺在窗前的一条长凳上,懒洋洋地、狡狯地答道:

"我碍着你了?你死好了……"

母亲浑身发抖,两手摸着自己疼痛的喉咙,看着屋角里的圣像,又沙哑着嗓子说着一些枯燥而又令人惊心的话:

"至高无上的圣母啊,惩治他吧!挖他的心,圣母!让他死都得不到忏悔……"

父亲跳起来。

"滚,妖妇!……"

她像只小狗似的弓着身子跑开。可晚上,她躺在院子里的马车上悄悄地对尼古拉说:

"他快把我累死了,这头放荡的公猪,他不光丢我的人还揉搓我的心啊,尼古卢什卡①,我的好孩子,我真受不了啦,哎哟……"

这是六年以前的事了。

一只碧绿的小鸟像一块翡翠掠过水面,小船像一支蓝箭沿河面浮游而去;有人在岸上灌木丛中轻声喊道:

"喂,哪儿去?我在这儿……"

他看也没往岸上看,也没搭腔,就把船深深地划进了芦苇丛里,固定住,往岸上一跳,两只脚一下踩进了烂泥里,生气地抱怨道。

"找这么个地方,就没有个更好点的?……"

他面前站着一个丰满、高大的姑娘,穿着一件绿地带黄色花纹的裙子,上身穿着一件黄色短上衣,头上系着白色头巾。

"反正还不一样?"她声音浑厚地说。

"喏,瞧,靴子弄得这么脏!"

"这有什么大不了的!"

---

① 尼古拉的小名。

他们走进旁边的树棵子里,在小松树中间找到一块草坪,尼古拉疲惫地一下倒在树下阴凉里,她小心地把裙子向两边扯开铺在草地上,紧挨着尼古拉坐下来,皱着浓密的眉毛,用一双不太大的深栗色的眼睛探求地看着他的脸。

　　"又不高兴了?"

　　尼古拉背向她别过脸去,狠狠地啐了一口唾沫,嘟嘟哝哝地说:

　　"那个'中国人'一时也等不及,就要把地卖给萨亚诺夫村的人了!"

　　她叹了一口气,不慌不忙地从腰里掏出一条手帕,关切地擦了擦尼古拉脸上的汗,然后,把一条粗大的辫子搭在胸前,默默地玩弄着系在辫梢上的粉红色的发带。她眉毛连成了一条线,她紧紧地抿着殷红的嘴唇,用一种探究的眼神盯着纳扎罗夫气恼而阴郁的面孔。

　　"现在怎么办呢?"他问,由于怕太阳,他眯起眼睛,把头搁在她的膝上。

　　"看来,你是不会很快就能过上人家上层人那种富裕生活的,"她慢声慢气地说道。

　　尼古拉咂了一下嘴,闭上眼睛,皱起了眉头:

　　"瞧你,哪怕说句亲热话儿呢……"

　　"光靠亲热无济于事,亲爱的……"

　　"唉,你呀!"纳扎罗夫平静而又沮丧地叹息道。

　　"我怎么了?"

　　"不怎么。赫里斯京娜,你不怎么喜欢我,没别的。"

　　她一只手移动到他的脖子下边,轻轻把小伙子的头抬起来,按在自己胸脯上。

　　"你可别这么说! 要不爱你,我早就跟斯捷潘好上了。"

　　"跟个叫花子好?"

　　"你也并不富……"

　　"我会富起来的。"

"像蜗牛爬……"

"等着吧,只要父亲一死……"

"如果这事能由你做主……"

尼古拉睁开眼,蓦地起来,跟她并排坐在一起,严厉、闷哑地问道:

"你说什么?"

"我?"

赫里斯京娜惊讶地闪开他,就像要把自己的脑袋藏起来似的使劲耸起肩膀。

"我说什么了?"

"就是你刚刚说的!"尼古拉说。他薅了一把草,没好气地向旁一扔。

"你少给我出这种主意!"

"什么主意?"

他们互相看了看,先是尼古拉扭过头去,随之赫里斯京娜又笑容满面地搂住他的脖子,晃了晃,凑到他耳朵跟前悄声地说:

"可你何苦啊!我的小情人!你啊,别老想……"

"想什么?"他疑心地问道。

"什么也别想,就把正经事设法办得更好一些,此外……"

"说的是,可怎么办?你瞧他,这个小丑……"

"你是说布季洛夫吗?"

"就是他。"

"他真是个小丑!"

"你瞧他说的:'开磨坊的人能活到一百岁'……真的!"

赫里斯京娜思忖了片刻,叹了口气,说:

"是……啊,他们寿命长……"

随即又冷冷一笑,急忙说:

"前两天,就是这个布季洛夫,我们在他地里薅草的时候,他坐在窗户跟前用望远镜在看,一直在看我们……在偷看索罗金家那个阿纽塔。她是个什么人,谁都知道。你只要对她眨眨眼……"

"别管她,"尼古拉说,"关你什么事!"

可他脑子里始终没忘了那句语义双关的话:

"长—寿……永—生,"

他重又躺到了赫里斯京娜的腿上,赫里斯京娜忧郁地垂下她那已经褪色的睫毛,闭上眼睛,不再说话,用手梳理着他的头发。两人老半天都不吭一声。

万籁俱寂,只有草丛中传出依稀可闻的窸窣声,胡蜂的嗡嗡声,偶尔,一只灰蓝色凤头鸡在树棵丛中飞出飞进,在空中留下隐隐约约的扑棱小翅膀的声音。小松树碧绿的针叶颤巍巍地向太阳伸展着,在它的上空盘旋着一只鹞鹰,它越来越高地升入深远莫测的穹苍之中。

纳扎罗夫仰望着鸟儿的翱翔,他觉得在他心中也油然浮起了一个黑色的圆球。任何思想也没有,也不愿意去想什么,只是惊恐地注视着天空中的和反映在他心底里的这个黑点。

突然又想起了赫里斯京娜的话:

"你什么也别想——干就是了……"

"她这话是不是有所暗示呢?看来是在暗示!她需要什么呢?要得手就算她赌赢了;不得手,我就算完了,她再跟别人好……"

可赫里斯京娜亲昵地抚摩着他,悄声抱怨说:

"你要能快一点单独生活该多好啊,我亲爱的,完全自由自在地做自己的主人……"

他担心地侧过身来,不愿再去仰望天空了,开始由下而上地端详着她的面孔,生气地说:

"你想劝我干什么?"

"亲爱的科连卡①,我多么想跟你……"

"最好还是亲我一下吧!"

---

① 尼古拉的小名。

"我也正要亲亲你,"她俯下身去轻声地说。尼古拉两手勾住她的脖子,把她搂到自己脸前,闭上眼睛,和她的嘴唇紧紧贴在了一起。

"哎哟,放开!"她悄悄地说着,推开他,挣脱出来,轻轻把小伙子从自己双膝上往下一推,站起来,伸了个懒腰,说:

"弄得人家连气都喘不上来了……"

他翻身滚到松树底下,趴在地上嘟嘟哝哝地说:

"时间一点点的过去了,可你——找罪受!咳,天哪!"

赫里斯京娜不说话了,掸了掸裙子上的针叶和草屑,然后,抬头看了看太阳,说:

"该回家了……"

"等等!"

"不,该……"

沉默了一会儿,又补充道:

"该去了……"

尼古拉坐在地上,整理了下头发,戴上帽子。

"好,那就上船吧……"

但赫里斯京娜却退向一旁,用一种抱歉的口气说:

"科利亚①,今天我要走回去……"

"为什么。"

"不为什么。"

他站起来,回头看着,仔细听了听——旁边不远的地方有只长腿秧鸡在拍打翅膀,赫里斯京娜小声地说:

"我得到米申家去一下……"

她眼睛转来转去,脸上泛出撩人的微笑。

"你撒谎,"尼古拉小声地说。

"真的,我说的是真话!"她把两手按在高耸的胸脯上,大喊了

---

① 尼古拉的另一个小名。

一声。

"撒谎,"小伙子又重复了一句,然后想了想,摇了摇头,凑到她跟前,"你看着我的眼睛——喏?"

她惊慌地圆睁着一双栗色的眼睛,脸上的笑容消失了,嘴唇直打哆嗦。

"你怎么了,科连卡?"

"我知道你在想什么!"他气冲冲地说。"你今天为什么不跟我一起坐船走,我心里明白!"

"你怎么了!"她满心委屈地再一次问道,"你觉得怎么?上帝保佑。真的!"

他逼近到她跟前,低声地问道:

"那一次星期天,你跟我讲费多西娅·希洛娃的事是什么意思?"

"我都不记得了……"

"真的不记得了?"

她突然脸一红,把手一摆,大挥大舞的画着十字,急忙说:

"瞧——原来是这么回事!我敢画着十字起誓——这是真的!大家都在讲她,只不过没法证明,他死了已经七个月了嘛……"

她直盯着他的眼睛,越说越滔滔不绝,越说越起劲儿。他心想:

"也许是我想错了,难道是我以己度人……"

他想着想着,和解地脱口而出:

"我不是说的这个!还用得着我去管别人的事吗?……"

"那你说的什么?"她诧异地问道。

"是这样……你一向都是从这里坐船和我一起走,可今天突然好像怕什么,要一个人走,步行!"

她两眼顿时闪烁出绿莹莹的火花,但立刻又熄灭了,她搂着他的脖子,吻了他一下,对着他的耳朵悄声地说:

"你别怕!"

"怕什么?"纳扎罗夫问道,也拥抱着她,她胸部紧紧贴住他,懒洋

洋地眯上眼睛,诱惑地应允道:

"什么也不要怕,噢,我会爱你一辈子的!"

说着,她身子一下瘫软下来,沉甸甸地吊在他的胳膊上。

他的脑袋甜蜜地眩晕起来,心怦怦直跳,他把她搂得更紧,吻着她张开的热乎乎的嘴唇,紧紧抱着她那富有弹性的、柔软的肉体,正要把她按倒在地上,她却出乎意外地一个灵巧的动作从他手里挣脱出来,推开他,气喘吁吁地沮丧地喊道:

"去,走开!"

他踉跄着向她走过去。

"走开,尼古拉!"她又喊了一声。"我不干……去你的吧……"

他冲动得浑身发软,醉眼惺忪地看着她,咕咕哝哝地说:

"你把我戏弄到这种地步……你是成心勾引人干坏事,你瞧着吧,赫里斯京娜……"

说着,他猛然转身,穿过灌木丛,向小船走去。

当他把小船撑离岸边的时候,他从郁郁葱葱的灌木丛上方又看到了她的面孔:那么激动,那么容光焕发,半张着的唇边挂着微笑,整个面庞宛如一朵绽开的玫瑰花。她没系头巾,粗大的发辫垂在胸前,她把头巾拿在手里向他挥舞着,手挥动得很疲惫,含义不清,也可以认为姑娘是让他再回去。

他紧握双桨,把它放入水中,使劲地往怀里一划,大声地、恼恨地哼哧了一声。

"晚上咱们还见面吗?"赫里斯京娜声音不大地问。

他愤怒地挥动双桨,拍打着河水,不答理她。

三

船划到村边,他上了岸,在一种烦乱不安、使他不愿回家去的悒郁心情的驱使下,他去见教师波克罗夫斯基。

巴维尔·伊凡诺维奇是个孱弱、清癯的小个子,颅骨窄长,面庞瘦小,就像用几块碎骨草草粘合起来,包上了一张破旧的面皮,留着一绺山羊胡子;斯捷潘·罗加乔夫是个身体粗笨、长着像鞑靼人那样的高颧骨、蓄着像猫似的稀稀拉拉的几根胡子,得过伤寒病后脑袋剃得溜光的小伙子,他们俩正在一起喝茶。

纳扎罗夫萎靡不振地微笑着对教师打了个招呼,欢迎他的到来。波克罗夫斯基很关切地问他:"干吗这么闷闷不乐的?"他只推说父亲病了,再没说别的;于是教师又操着他那柔和的低音,重又兴致勃勃、滔滔不绝地向斯捷潘讲起了什么彗星、恒星的事。尼古拉没听他讲这些,他敢肯定,教师那些诸如"上帝恩典"之类的话他都听熟了,这些话都很有意思,但对于人生来说却是多余的;谁也不需要星星,随便地球怎么转动,反正碍不着任何人的事。人需要的东西,既简单又明了:一块土地,一幢宽敞明亮的住房,一个不痴不傻、受人尊敬,又不招事生非的好妻子——这才是使人站稳脚跟,让他心里感到踏实的东西。这是首要的,至于其他的,像谁爱好什么等等,以后再说。不要勉强人家,人家愿意怎么生活,就让人家怎么生活去好了。人们天天都在证明着,想让他们都按一种方式生活是办不到的,他们没有这种本事,人们遇到的课题都各不相同。

"这人也没有什么了不起,"他懒洋洋地琢磨着这位教师,"一个平庸之辈,没有什么生活目的……"

可是斯捷潘在教师面前的那种放肆态度,言谈问话的熟不拘礼,使他感到厌恶和妒忌:他皱着眉头注视着罗加乔夫,看着他把烟头久久地立在左手食指上,盯着它,然后用右手指猛力一弹,看着烟头在空

中翻着筋斗飞出窗外,远远地落在沙地上,这时,罗加乔夫用一种沉厚而不恭敬的声调说:

"依我看,谁也不会相信老百姓能有多少智慧!"

"这倒是,"纳扎罗夫心想。

"嗯——,"教师拖着长音说。"你哪来的这种想法?"

"本来嘛!老百姓啥书都看不懂。就像人们去打猎——就看能不能碰上个好运气!要紧的是交上好运……"

"你说话没有根据,斯捷潘!"

"怎么?"

"这不好。"

云彩把一轮燃烧着的太阳吞了进去,它自己也被烧红了,熔化了,把西边天空染成了一片金灿灿、橙黄紫红相间的彩河,从河底深处,呈扇面形喷射出一道道霞光,就像一把把锋利的巨剑,划破蓝色的天空,直刺苍穹。

纳扎罗夫在想:

"布季洛夫的地要卖了……"

嗡嗡地飞来一个甲虫,一头撞在茶炊上,仰面跌下来,无可奈何地挣扎着几只黑黑的小爪子。罗加乔夫把它捡起来放在自己手掌上,一边若有所思地听教师说话,一边打量甲虫,然后从窗口把它扔了出去。

教师低沉的话语就像一股黏稠的大麻油似的流着,他满脸堆笑,一只干瘦的手时而握起,时而伸开地在空中挥舞着。

"渐渐地,在成千上万的农村中,"他激奋得上气不接下气地说着,"每年都会有一些年轻的有志之士走入生活,因此,俄罗斯很快也就可以看到自己变得聪明和诚实了。"

"布季洛夫也这样说,"尼古拉心想。

"当然,"斯捷潘捻着胡子说道,"日子一定会越过越好的——怎么会不是这样呢?"

尼古拉站起来,向教师伸出手。

"我该回家了,我只是顺便来看看,要不——就不好了,我父亲在那儿……"

"我也走,"罗加乔夫说,"我去磨坊后边看看下的渔网去。"

"等一下,"教师还一直沉浸在遐想之中,他微笑着说,"我和你们一起走,我到神父阿法纳西那里去!我马上换换衣服。"

斯捷潘站起来,伸了下懒腰,两手几乎触到了天花板,他说:

"我不喜欢神父!"

"他有什么可喜欢的?"教师一边在屋角里忙碌着,一边答应道,"我也是因为公务不得不去照个面,以示尊敬,总是有些诸如此类的事。好,走吧!"

半边深蓝色的天空繁星闪烁,另半边,即田野上空,笼罩着一片瓦蓝色的阴云。随着远处雷电的闪动,云层中立即透出微红的火光。村里只有神父那里、茶馆里和谢多夫的小店铺里透出几道黄色的灯光。这三处的灯光把教堂那已经失去了清晰轮廓的浓厚的楼影从黑暗中隐约显现出来。河面上闪动着金星和其他一些大星星的反光,只有根据它才可辨别出河流隐匿的地方。

黑暗中,森林变得就像起伏的山峦,一切熟悉的东西都显得新奇,大地潮润的气息清新而又温馨。

"布季洛夫要卖地了,"尼古拉悒郁不乐地思忖道,"要卖了!唉,父亲他……"

罗加乔夫和教师一边交谈,一边姗姗地向前走着,他停下来,看了看他们的背影,便拐弯向桥上走去。他忧心忡忡,情绪抑郁,但过了桥他又觉得不想回家。他在岸上几棵白柳树下停住了脚步,背冲着磨坊那讨厌的灯光转过身来,看看那已经带着昏沉沉的叹息进入了睡乡的村庄。从农舍窗口透出的稀稀落落的灯光,就像村庄那又黑又难看的躯体上一块块深深的伤口,声音也像是痛苦的呻吟。村子在傍晚和夜间的景象总是在纳扎罗夫的心里引起一些不愉快的念头和联想:只要打开这些农舍的墙壁,他就会看到在那些狭小、臭气熏天的巢穴里病得奄奄待毙的老头老太婆,看到即将分娩的、肚皮高高凸起的婆娘,以及羸弱多病、遍身疥疮的孩子,还可看到淫乱、酗酒、殴斗和到处令人窒息的污泥浊水。人们就像蛆虫一般蠕动在这一片污泥浊水之中……

他知道,全村的人对磨坊主纳扎罗夫又恨又怕,而且对他的这种仇恨部分地也反过来落到了他的头上,人们不喜欢法杰伊·纳扎罗夫是因为他有钱,因为他放高利贷,因为他万事亨通而又淫逸放荡。

"这与我有何相干?"尼古拉对人们深怀敌意地、很不以为然地想道,"难道是我的过错?"

他认为自己受了不公正的委屈,于是就为这些遗产而暗地里怪罪父亲。有些时候他也很想跟人们和平友好相处,可别人对他都是侧目而视,不是信不着他,就是巴结讨好,阿谀奉承他。有一次,尼古拉被这种愤恨和虚情假意弄得受不了,便阴郁地对罗加乔夫说:

"老乡们何苦都像狼一样瞪着我呢……"

"是—啊,"斯捷潘低下眼睛,拖着长音说。"人们都急着……"

尼古拉没明白他的意思。

"急着干什么?"

"他们是为将来打算,"罗加乔夫想了想,冷冷一笑。

"也许我会对他们发善心呢?"纳扎罗夫生气地大声喊道。"怎么知道我将来对他们怎样呢?"

"看来他们并不期望什么善心,"斯捷潘再次若有所思地说,叹了口气,又补充道:"我看着这些事常想:做个坏人很容易,做个好人可就难了!真的,是这样!"

"这使我心里很难受!"尼古拉说。

罗加乔夫没搭腔,也没看他一眼,尼古拉心里却想:

"你也和大家一样……"

河对岸科佩洛夫家里亮起了灯,一道明亮的光线洒在通往大桥的路上,光亮中清楚地显出三个黑乎乎的人影,其中一个,尼古拉立刻就认出是斯捷潘,另一个是赫里斯京娜。他向前闯了几步,一只手抓住一棵树,可人影已经隐没在黑暗中,消失了,随后又听到一阵杂沓的脚步声和姑娘的笑声。纳扎罗夫不慌不忙地向磨坊走去,但他立刻又转回来,跑到桥底下,在一片潮湿和朽木气味中蹲了下来。从这里隐隐约约可以听到河水拍溅着河边沙滩发出的潺潺声,平静的河面上颤悠悠闪动着星星的反光。桥面上传来沉重的脚步声和女人鞋后跟发出的橐橐声,并听到罗加乔夫清楚的说话声:

"现在你们这些姑娘,个个都跟小伙子们由着性子胡混,好像以为他们跟自己挺般配,等你们匆匆忙忙一出嫁,就全完了!反正就像地球上根本没有你们,在你们自己之间怎么骂都可以,可一到了丈夫跟前,就一句话都没有了,就像绵羊……"

"那你就对丈夫说句话试试吧!"有个姑娘兴致勃勃地大声说,纳扎罗夫凭声音听出了这是赫里斯京娜那位活泼的女友纳塔利娅·科佩洛娃。"想必他就是个上司,马上就会揪你的头发……"

"不能由着他!"

"说得倒好,哪有那么大力气……"

他们刚好停在了纳扎罗夫头顶的桥上,从桥缝里漏下来的脏土,正好落在他的无檐小帽和肩膀上。

"你们不再往前走了?"斯捷潘问道。

"我是不走了,可我想,人家克里斯佳①是要到磨坊去找她的情人去……"

"我刚刚见到过他,"赫里斯京娜悄声地、慢吞吞地说,纳扎罗夫觉得她这话有点漫不经心,不太礼貌。

"那好,我走了……"

罗加乔夫下了桥,姑娘们向回走了,纳塔利娅轻轻唱起来:

---

① 都是赫里斯京娜的表爱小称。

"你要见到我亲爱的,

捎个话,就说我爱他……

是这样吧,克里斯秋什卡①?"

"他在我面前总是郁郁不乐的,还亲爱的呢……"

"郁郁不乐,可人家有啊。"

"得了吧……"

"没关系,主动点嘛!这么好的姑娘……"

脚步声盖过了纳塔利娅的说话声。

纳扎罗夫屏息暗听,看着顺河岸紧贴水边缓缓移动着脚步的斯捷潘的高大身躯,和在他身旁水面上漂动的一团黑影。纳扎罗夫佝偻着身子蹲在这朽烂桥板底下,觉得委屈、别扭;等罗加乔夫完全消失在黑暗中之后,他从桥下钻出来,厌恶地拍打了下身上,想到斯捷潘的那些话,心里好不生气:

"夸夸其谈……"

而想到赫里斯京娜却骂道:

"蠢货!她也来这一套,说我对她郁郁不乐……下贱东西……"

随后,他反背着两手,耷拉着脑袋,朝磨坊走去,在这暖融融的、令人倦怠的黑夜里,他觉得自己孤单极了。

---

① 都是赫里斯京娜的表爱小称。

四

他悄悄走进前厅,在敞开着的正房门前停下来,房里躺着病人,从里边冒出一股热乎乎的酸臭气味。

桌上点着一盏灯,几扇窗户都开着,灯头黄色的火苗摇曳着,时升时落,圣像前还隐约看到一台铜制神灯,里边闪动着另一种蓝莹莹的火光,房间里笼罩着一片昏暗。尼古拉看着这两盏灯光,面对着罗加乔娃老太婆的絮叨、病人的呻吟、黑洞洞的窗户和这明灭不定的神灯,他感到很不舒服,实在不愿再到父亲跟前去。

"就这样,我的好太太,"巫婆罗加乔娃压低嗓门儿曼声说道,"他们弄出了孩子……"

病人用沉厚的、像打鼾似的声音咕嘟道:

"天哪!你……你—让—我……"

"他好像在要什么?"塔季扬娜姑妈说。

"说胡话呢!她把这事儿一说……"

尼古拉一步跨进门槛,冲着坐在床边的姑妈闷闷不乐地说:

"把灯拨拨不好吗……"

回头又向罗加乔娃说:

"病更重了?"

这个矮小、浑圆、小脸红润、生就一双耗子眼睛的小老太婆,用毛巾在病人头上扇着,把一只手按在老头发红的额头上,甜言蜜语地、亲切地答道:

"不见好,看来如果半夜里……"

老磨坊主在枕头上滚动着脑袋,皱起眉头,急忙说:

"天哪,老天哪……"

他脸色赤红,胡子乱成一团,显得脸又宽又长,满头蓬乱的长发把颅顶弄得凹凸不平、四棱八角。从他那膨脖的躯体上散发着热气和难闻的龌龊气味。

"完全不省人事吗?"尼古拉一边往一旁躲着,一边问道。

巫婆摇摇头,又沮丧地叹了口气。

"好像是,亲爱的……"

"没问起过我吧?"

"问来着,哪能……"

"什么时候?"

"老半天了……"

尼古拉在一条长凳上坐下来,一边看着姑妈摆弄神灯,灯火烧着了指头,她急忙吹了吹,一边打量着四面墙壁,墙抹得很光滑,墙上空无一物,看上去是乳黄色,像奶油似的,可现在却是一种令人很不舒服的铅灰色,他心想:

"说糊墙纸招臭虫,没有的话,招臭虫是因为不干净。在这里我还得住两三年,因为得自己盖起新房,把这旧屋卖了……举行婚礼前我一定裱上糊墙纸。"

他重新欠起身子,越过床靠背端详父亲脖大、肿胀的身躯。

苍蝇嗡嗡乱飞,蚊子抱怨似的哼哼,什么地方有只蛐蛐儿在叫,外边传来一片蛙鸣。罗加乔娃坐在椅子上摇晃着身子,一直在挥动着毛巾,她身下的椅子随之发出咯吱咯吱的响声。

"谁在这儿?"病人突然厉声问道,立刻咳嗽起来。

"是我,爸,"尼古拉答应了一声,绕过巫婆身边,站到了老人跟前。

"打发人去请大夫了吗?"磨坊主用哆哆嗦嗦的手指把嘴里的胡须理开,声音嘶哑地问。

"去了,"尼古拉轻声答道。

"我听不见!"

"打发人去了。"

"打发谁去了?"

"瓦纽什卡·斯科尔尼亚科夫。"

"列翁呢?"

"喝醉了。"

"嗨——!"老头子哼哼起来,张大嘴贪婪地吸着气。"瞧,又喝醉了,没让他死了,又来这一套了……"

"今天是过节,"尼古拉提醒道。

"还过什么节,父亲都快死了! 当家的都快死了!"父亲嘶哑着喉咙狠狠地说着,眼看就要哭出来,两手拍打着床帮,脑袋来回滚着。两只耳朵揉搓得皱皱巴巴,红得像蜕了一层皮似的。他用一双浑浊的、布满血丝的眼睛盯着儿子的脸,嘴里一直不停地嘟嘟哝哝地抱怨,尼古拉又听到姑妈在身后提醒他说:

"你可要留神,万卡他去了吗? 刚才不一会儿,就在牲口回圈前不久,我还看到他在桥头,喝得醉醺醺的,跟几个姑娘站在一起来着……"

"住嘴,姑妈!"尼古拉说。

"什么?"父亲惊恐地瞪着眼睛问道,"你在喊喊喳喳说什么?"

"我没说什么,爸……"

可老头子好像并不相信儿子的话,吃力地转动着干涩的舌头,盘问道:

"用谁的马?"

"你是说瓦纽什卡吗?"

"用谁的?"

"他自己的……"

"咳—,"磨坊主闭上眼睛,哼哼起来,"本该用咱们的,用咱们的……"

"还瘸着呢……"

"应该赶紧点儿,瞧你们……"

他又开始说胡话,呻吟。

尼古拉走到窗口,坐下,沉思起来;他不记得父亲什么时候闹过病,今天吃午饭的时候,他还不相信老人竟会病得这么重,可现在……他既不害怕也不惋惜,只觉得心里冷冰冰的不舒服,暗自琢磨道:

"看来,他是不行了,人们要是知道我没打发人去请医生,就会谴责我,说我是成心这样干的……"

河对岸树林顶上蓝莹莹的天空中悠悠升起半个黄色的月亮,群星为它让路,退避到了高远的苍穹,朦胧中,枞树尖顶和松树的圆冠已经隐约可见了。猫头鹰惊慌地高声尖叫,坝里的水面上发出清脆的响声,四下里,一片从容不迫的蛙鸣,此唱彼和。黑夜往窗里呵着浓郁的潮气,使房间里充满了它那含糊的、多声部交织一起的低沉的歌声。

几个女人在床前悄声低语:

"人家霍穆托夫可是个聪明的庄稼人……"

"只要和人家一样过日子就别怕,谁也不会动你……"

尼古拉想起了那个留着大胡子,身材魁伟,脸庞瘦削、英俊,生有一双严肃而又善良的眼睛的庄稼汉,想起了自己那个机灵活泼的教妹小达什卡和她的哥哥,那个下落不明的大高个儿小伙子叶菲姆。姑妈的话使他想起了罗加乔夫对他父亲的指责,说父亲把自己的干亲家霍穆托夫搞得倾家荡产,以至于坐牢。现在听到塔季扬娜喊喊喳喳讲的这些话,尼古拉心里又是喜又是忧:她的话仿佛是在为他对父亲的冷酷态度辩解,但同时,一想到斯捷潘,他又觉得很不舒服——他打心眼儿里不愿意斯捷潘居然还有哪些方面是正确的。

"好吧,姑妈!"他说,"请大夫的事怎么办好?我还没打发人去请,原想,不请也能对付过去。你看,还是派人去吧?"

女人们都不说话了。这时,外边哗哗的流水声听得更加清晰,随后,罗加乔娃老太婆仿佛有点抱怨地说:

"还是去吧,有时大夫也还是顶事的……"

"既然他要请,最好还是请一下吧!"塔季扬娜肯定地说。

"那只好我亲自去了,——别人能派谁呢?"

"可以让达什卡去,"姑妈提议说,"我去找她一下,不知她在村里什么地方给小伙子们厮混呢……"

"不,"尼古拉想了想说,"我自己骑马去一趟吧……"

塔季扬娜感到奇怪:

"干吗骑马?大夫怎么办?"

"他有马。再说,兴许还碰不上他……"

最后这句话是无意中脱口而出,尼古拉立刻觉察到这话多余,于是又补充道:

"他也是白天夜里到处跑……"

"现在是夏天嘛,不会的,"罗加乔娃说。

尼古拉狐疑地瞥了她一眼就出了屋,紧跟着传来老人呼吸困难的、浓重的呼噜声,仿佛在催促他快些去。

他把马牵出来,把四折叠好的帆布搭在马背上,骑上马,从院子里一步一步地朝敞开着的黑洞洞的大门走去。

"上帝保佑,"塔季扬娜说。

"愿上帝保佑,"他机械地答应道。

他不愿从桥上和村子里经过,于是策马顺河边走去——在大坝以下大约四俄里的地方有个可以涉过的浅滩,再往下去,另有一座新桥。他沿着小径慢腾腾地走着,小径两边是灌木丛,灌木的枝叶蹭着马的两胁,马胆怯地抖动着耳朵,摇晃着脑袋,眼睛斜睨着两侧,不时地打着响鼻。右边,人和马的黑影沿着被月光照亮的蓬乱灌木移动,轻轻拨开树枝;左首,在一道黑魆魆的苗床后边是波光粼粼的河水,河水看上去像一匹布满白点,带有深色花纹的绸缎。紧靠河岸那面是一片密林,有的地方露出一条林间小道通向树林深处,隐没在浓密的蘖枝之中,就在那片幽暗的枝叶中间,常觉得有什么东西在叹息,在动弹。

他提着缰绳,轻轻地吧嗒着嘴,心里在琢磨着父亲的事,力求寻思出个什么牢靠的、干脆的法子。

自打尼古拉记事以来,他就没听到过人们对他父亲说过一句由衷的好话。如果父亲一死,身后将留下一大堆债务需要去讨还,尼古拉心里明白,这势必更加引起人们对他的反感,虽说,欠债总是该还的。

"是不是免了呢——就算为他送终了?"他暗自问自己,可一想到债务多达两千卢布,他又沉重地叹了口气。

"很多人的欠账反正是收不回来,"他想,忽然又觉得他想这些事是有意为了要打消一些别的更重要的念头——这些念头一桩桩一件件飞快地掠过他的脑际。

"我并不可怜他,甚至巴不得他死。赫里斯京娜前几天已经猜到了这一点,她干脆暗示我不要怕,她准是指的这个。她是个穷姑娘,穷人都是贪心的;看来,这也不能怪罪他们……"

从灌木丛里扑喇喇飞出了一只鸟儿,掠过小道,马一惊,停了下来;尼古拉身子向前一冲,生气地用两靴后跟向马两胁一踢,可是当马快步跑起来时,他又勒住了它,继续思索着刚才所想的事,而且越想越不加掩饰。

"巴维尔·伊凡内奇和斯捷潘总是期望着人们之间要建立起交情,要相互亲近——不能相信这一套,不能!既然在儿子和父亲这种同一血统的人们之间尚且没有交情,在一起生活互相都这么无情无义,那么,在外人之间还能期望什么呢?子女不被当人看,他们自己对父辈也绝不会有丝毫的尊敬,任何地方都是这样!这就是说,既然连父子之间都没有点人情,这也就永远理当如此了。"

前边,河面扩展成一片差不多像一面圆镜子似的小湖,湖中央有个长形的黑点,样子像一条鱼,在水面徐徐漂浮。尼古拉一提缰绳,把马勒住。

"是斯捷潘!"他心想。

他很想掉转马头回去,想着便扯起缰绳,向右转弯,但马却原地踏着步不往灌木丛中去。

"他会听到的,"纳扎罗夫生气地想道,就在这时,小船一抖,沿着明亮的、平静无波的水面,急速地、悄无声息地向岸边浮来,船后水面上留下一道鳞状的波纹。

尼古拉看到,他非遇上罗加乔夫不可了;这使他十分恼火,他恶狠狠地抽了马一鞭;马把他往起一颠,向前急跑起来,脚下一绊,他被从马头上摔了出去,跌到了灌木丛里。当他站起来时,斯捷潘已经摊开两手站在了小路上,啧啧的咂着嘴在诬赖那匹惊慌失措、原地倒换着前蹄的马。

"没伤着吧?"他关切地问道。

"没有,"纳扎罗夫没好气地答道,立刻又补充一句:"是你把它吓的!"

"有这样的事,"斯捷潘啪啪地拍着马的脖子冷冷一笑,"我刚听到那边有马蹄声,突然间……怎么回事?我就跑过来了。"

他说得又亲切,又高兴,显然是有什么事叫他得意。

"是请大夫去吗?"

"嗯。"

"父亲病得很重?"

"很重。"

"那就上马,快走吧……"

纳扎罗夫站在灌木丛里没出来,不慌不忙地整理着衣服,一声没吭。

"你大概摔伤了吧?"斯捷潘上下打量着他,担心地问道。"这样吧,你回家,我去一趟,听到了吗?"

"不要。我这就去……"

他走到马跟前,抓住马鬃,冷冷一笑,带着一种出乎自己意料的一时心血来潮的温厚心情说:

"瞧我摔了这么一跤!"

罗加乔夫也微微一笑。

"常有的事!可我,老弟,运气不错,可以说——简直好极了!抓了一条鳊鱼足有五俄磅①,好容易把它拽上来,明天给布季洛夫送

---

① 一俄磅合 409.51 克。

去——能值一个卢布！还有两条梭鱼,满好的两条梭鱼！给神父送去——也值半个卢布！还不止这些,几个袋网里兴许还能有点什么,另外,又下了一排滚钩。我在里要一直等到明天早上……"

尼古拉叹了一口气,满心不快地爬到马背上。

"夜色多好!"罗加乔夫一边退到一旁,一边若有所思地说。"简直不像是黑夜,倒像是个可爱的女伴。好,别磨蹭了,快走吧!"

"是啊,夜色挺好的……"

突然,他又几乎是带着一种嫉妒心情嘟哝道：

"你的日子倒省心,斯捷潘……"

"快走吧,老弟!"

纳扎罗夫骑着马一溜颠步小跑来到了浅滩,一过了河,夜色中,迎面便是一片令人望而生畏的高高耸立的针叶树林,马又懒洋洋地放慢了脚步。

脑子里平静地琢磨着斯捷潘的事,不错,他似乎有些自命不凡,过分不加掩饰地炫耀自己那些爽直的见解,可他毕竟是全村出类拔萃的青年,他总是希望大家都好。就是前几天在桥上跟姑娘们说话时,也不曾说过一句伤人的话……

"他教姑娘们学好——这样做了妻子才不至于成为绵羊。可谁晓得赫里斯京娜爱的是什么呢——是爱我这个人呢,还是图跟我在一起可以吃饱穿暖,不至于受苦受累呢？我得跟斯捷潘和睦相处才是。"

道路上空松枝如盖,就像剪下了一片黑夜蒙在了这里,幽暗而宁静。柔和的月光透过斑斑驳驳的空隙,投射在这些桅材松的黝黑的树干上,使这些古树的火红的表皮反射出晦暗的古铜颜色,疖疤处一坨坨的松脂晶晶然闪烁着黄玉和琥珀色的光亮。马蹄踏在掺杂着浸透了森林夜露的碎松针的沙土路面上,几乎悄无声息,只偶尔发出几声干树枝的脆裂声和马儿呼吸着充满浓郁的松香味的空气的呼噜声。在这沉静而又敏锐的静谧中,在这被微弱的月光装点得迷离恍惚的昏暗里,覆盖着零落树影的路面像隐藏在草丛下的、若有若无、悄无声息的溪流,蜿蜒伸向远方,有时它像被一片粗大的树干挡住了去路,但陡然一转弯却又重新进入了密林那仿佛无边无际的幽暗之中。

他昏昏欲睡、晃晃悠悠地骑在马上,思忖着,仰望着斑斑晦冥的天空,看着不时闪现出的依稀可辨的、苍白的点点星光。

脑子里想起了父亲对斯捷潘的那些议论,——以前,罗加乔夫到磨坊来时,父亲常常谈起他,但是,让人格外深深铭记在心的是这样一些话:

"苍蝇跟蜜蜂是混不到一块的,所以,你不该跟斯捷潘那样的年轻人混在一起。你要继承祖父和父亲的工作,做事业的主人,你要站稳脚跟啊!"

短暂的夏夜很快地逝去,林中浓厚的昏暗渐次稀落起来,变成一片灰蓝色的幽冥。前边发出喀嚓的皱裂声,像是折断了一根有弹性的树枝,一只松鼠顺着松树梢下来,轻轻摇动着枝梢。然后摇晃着蓬松的尾巴从路上一闪而过,登时,一只大鸟重重地拍打着翅膀飞了过去——想必是一只大角枭或是猫头鹰。

纳扎罗夫哆嗦了一下,抬起头,把缰绳一提,马顺从地停了下来,他用睡意惺忪的眼睛环视着四周。可是,松林里重又像教堂里一样鸦雀无声;一棵棵松树,就像正在作弥撒的庄稼汉,枝柯交错,默默地、密集地伫立着,使人感到好像有个看不见的人藏在黑暗里,就像站在祭坛上的神父,在默默地进行着黎明前的圣礼。

"托上帝的福,一切都会好的,"已经沉睡的念头又慢慢苏醒起来。

草根上幽暗地闪耀着露珠,黑夜越来越快地从大路上向林中退去,把扎满黑色根须的赤褐色沙地裸露出来。

马怕冷地抖动着皮毛,原地倒换了几下四蹄,又慢慢走起来,骑马人一晃,蒙眬中觉得好像是在走着回头路,但却不愿睁开眼睛,舍不得破坏这全身沉浸在早晨清新空气之中的甜蜜的宁静感。他更紧地闭起了眼睛。他听到山鸟讥诮的啁啾,交喙鸟的啼啭,黄鹂的惊叫,乌鸦粗声粗气的哀鸣,蓦地,耳边响起了赫里斯京娜诣媚的话语,压倒了这一切声音：

"亲爱的,亲爱的,我想跟你一起生活,咱们一起会过得很好的……"

他脸上感到了她温馨的、使人眼睛发痒的呼吸。他探过身去拥抱姑娘,忽然……幸亏他急忙全身向后一仰,才勉强支持住没从马背上掉下来。

"你是怎么了,鬼东西,"阳光晃得他眯起眼睛,嘟哝道。

马一只脚触到水,便低下头,站在河边上。

尼古拉把手掌遮在眼眉上方,环顾四周,愤怒、气恼地勒紧缰绳,用脚踢起马的两胁来。

"哪儿去,哪儿去,魔鬼！"

马深沉地喘了一口气,蹚水向前走去,他无力地垂下手臂,一任它走着,当它来到了对岸后,他悒郁地寻思：

"也许本该如此,这并非没有道理……"

于是,他亲昵地拍了拍马的脖子,赶它走得更快一些。瞧,在泛着粉红的水面上又看到了斯捷潘那叶小舟和翘首在船头的渔夫,只听他轻声问道：

"去过了？"

"托上帝的福！"纳扎罗夫抱疚地说。

"谢天谢地！你回来得够快的……"

尼古拉马也没停地问道：

"这会儿怎么样？"

"好极了。"

纳扎罗夫把马赶得更快些。鸟儿在灌木丛中慌忙地扑打着翅膀,早晨的阳光慷慨地泼洒在河对岸的树林上,映得一片灿烂。百灵啼啭。尼古拉沉重地摇晃着脑袋,懒洋洋地寻思着：

"怎么？如果完全无能为力——那是另一码事,可那里不是还有个女巫医嘛。那是个医术高明的老太婆。"

然而他心里却觉得一阵刺疼,很不好受。

回到家,在他向父亲房间走去时,又立刻平静了下来,甚至还能勉强控制住自己不露出得意的笑容:老头子张着嘴,背靠墙坐在床上,狼藉不堪,满头蓬乱的直挺挺的灰白头发,样子可怜而又可怕。

"不出所料,"尼古拉暗自感叹道,"连牲口都感觉到了!"

"怎么样?"父亲大声地倒吸了一口气,问道。

"没碰上,"尼古拉答道。

"唉,天哪……"

"还得去找,再打发个人去,"尼古拉对病人看也不看地讷讷道。

"去啊,倒是去啊!"父亲哀求道,说着又在捯气。

尼古拉来到前厅;他眼都睁不开了。脸上像罩了一层蜘蛛网,他用两只巴掌使劲搓了搓两颊,听到塔季扬娜姑妈在院子里喊达里娅起床:

"起来吧,听到没有? 达什卡,把马卸了……"

"马倒是没累着,"罗加乔娃老太婆用甜言蜜语的腔调悄悄地说,"你瞧,啊?"

"可真的……"

"来回二十俄里①,回来的好快!"

尼古拉皱着眉头听着,心想:

"应该派达什卡去,我这就让她去……"

这时,他忽然惊恐地打了个哆嗦,迷迷糊糊地想道:

"这是在议论我,说我成心这样干的,咳,这些女妖精!"

他立刻来到门口台阶上,以主人的口气吩咐道:

"塔季扬娜姑妈,让达里娅套上枣红马,马上去请大夫去,快!"

他在门口台阶上坐下来,两手揪住脑袋,狠狠地咬着牙。

"开始捯气了,这可不好!"罗加乔娃老太太走到台阶跟前悄声地

---

① 一俄里等于1.06公里。

说,"通常都是在临终前才……"

"这么说,情况不好?"

"上帝更清楚咱们的事,依我看,倒是应该请神父去!就让达里娅顺便去一趟不好吗?"

"你告诉她吧……"

"你也别太伤心,也不小了,该像个主人……"

尼古拉站起来,走进屋去。

"我得对他们亲切一些,不然他们会说我的坏话,"他忧郁地、萎靡不振地思忖道。

"你们都怎么了,哪里去了?"父亲见他进来,说。

"我这不在这儿吗,爸!"

"你们先等等,有你们撇开我的时候,来得及……"

尼古拉倚在门框上,皱起眉头,注视着病人:这病一夜之间就把老人的身体嗫呐、咬噬得几乎使儿子认不出是他父亲了,他那严峻的面孔不久前还挺丰满,气色红润,殷红的血管清晰可见,现在变得枯黄松弛,表皮像破布似的耷拉下来,鬈毛胡子像蛛网一般乱成一团,红润、油光、淫欲而贪婪的双唇也变得灰暗枯瘦了,严厉的眼睛转来转去,惘然地、带着一种困惑莫解和隐忍着的恐惧满屋环视着。病人不断地捯气,脑袋一阵阵瑟缩着在两肩之间摇来摆去,时而用后脑勺撞墙,时而又低垂在胸前,两手在被褥上乱摸,用哆哆嗦嗦的手指拧搓着,轮番地一会儿用这只手、一会儿用那只手扯着敞开的衬衣领子,捶打着毛茸茸的胸膛。从他那张开的嘴里带着哑音和呼噜声喷出一股浓浓的、刺鼻的秽气。整个这具倍遭疾病蹂躏的、孱弱的躯体就像一块发酵过头的面团,仿佛马上就要在床上铺摊开来。

"我不行了!"老人勉强翕动着嘴唇,转动着干涩的舌头,嘶哑地、一字一顿地说。"我不行了,尼古拉!现在你就靠自己的头脑一个人活着吧。塔季扬娜——给她一百卢布,那头黑母牛,还有母亲留下的那些东西也给她!这些东西你妻子没有用。给我办丧事,要节省,要珍惜钱财!不要相信别人,要留神,别上当,对任何人都不要相信,对老婆也别信,只信上帝,除此之外谁也别信!上有天父下有你。对老婆要严加管束,要当心,最亲近的人也最危险!给霍穆托夫·瓦西里寄五十卢布去。瓦西里·彼得罗维奇,他在西伯利亚,巴尔瑙尔市。对斯捷潘·罗加乔夫——就是斯乔普卡这个人,要小心,要留神!他也在寻求正义,一有风吹草动,他会掐你的喉咙!这我是知道的。瓦西里就是这样,一心想为庄稼人做好事,可就是胳膊肘向外拐,专跟我过不去。要珍惜钱财!上帝在天有灵。每一个戈比的价值他都清楚,他看到过每个戈比都包含了多少心血。你结婚要挑选个身强力壮的姑娘。首先需要的是身体!给瓦西里寄钱时,写封信告诉他,说我死了;我跟他合不来,他得罪过我,我也得罪过他。我们两人对吵了三年,像狗一样对吠,结果——这不!再没比我跟他更亲密的朋友了!对姑妈也要留神,她是个贼……"

尼古拉两手支撑着坐在长凳上,父亲的一席话触动了他,震撼了他,因此他听着这些话,感到其中藏着临终前的哀伤压抑之下的内心极度的慌乱,他自己心里也觉得忧伤和心烦意乱。

窗外夏日的清晨景色盎然:透过嫁接树林挂满露珠的枝叶,可以看到河水像滚动的水银一样熠熠发光,夜露浓重的草地,向太阳伸展着的欣欣向荣的茎棵;黄鹂啾啾啼哝着急匆匆地觅食着满撒在道路尘土中的谷粒;鹅群扬扬自得地嘎嘎长鸣,小牛犊惊奇地哞哞欢叫,从村边顺着河道传来一种很响的扑腾扑腾的声音,仿佛有人在用一只巨大的手掌嬉戏地拍击河冰。

下菜园去干活的姑娘们——赫里斯京娜、纳塔利娅、阿纽特卡·索罗金娜和小姑娘乌斯京卡,尖叫着,说笑着从他窗外走过。

"安静点,你们这些傻丫头!"塔季扬娜冲她们喊道。

尼古拉不由地一震,心想:

"一切都一如平常,可父亲眼看却不行了……"

"去吧,躺一会儿去吧,"父亲嘶哑地说,"你没睡觉,去吧!"

尼古拉顺从地站起来向门口走去，可父亲突然又奇怪地、可怕地哀号起来，声音嘶哑地喊道：

"你这个狗东西！我死了你再去睡懒觉就等不及了？啊，咳，你这个畜生，不要脸的东西……"

尼古拉停下来，摇了摇头，两眼惊恐地看着父亲：

"是你自己让我走的嘛！"他嘟哝道。

"我自己，自己，唉，你呀！我自己……也是畜生，唉……"

小伙子觉得这嘶哑声和这号叫声好像重重地打在了他的胸口上，使他感到震动，感到空虚，他看了看，发现小油灯里的灯芯突然从白铁的十字形灯嘴儿里吐出一点依稀可见的火星。

"应该拨一拨……"

他踉踉跄跄向前屋走去，但他走着走着又停下来——父亲在床上欠起身子，伸出颤抖的手威胁着他，扯开嘶哑的嗓门儿一个劲儿地叫喊：

"你母亲也一样，也一直盼着我断气。她盼到头了吗？没有，还没有，你们等着吧！塔季扬娜都清楚……"

尼古拉的心里涌起了一股前所未有的、强烈而又惊恐不安的感觉；他站在屋子中间，看着父亲，他那面部的皮肉像打寒战似的哆嗦着，他的心也急促地跳动起来：

"别这样，爸！"他含糊其词地说。

老人一边呃逆得直抽搐，一边就像摆弄嘴唇似的用不听使唤的手指拨开妨碍他说话的胡子，乱蹬着两只赤脚，上气不接下气地讷讷道：

"鬼东西，你甭做怪相！你妈她处处和我作对，所以我这才短命早死，可你也觉得高兴！"

"我高兴，"尼古拉自己也意想不到地重复了一句，起初他还害怕，但立刻一下子气得怒火满腔。

"高兴？"他向父亲凑近去，低声说，"我有什么可高兴的？高兴你给我留下了很多钱吗？可你给我留下了多少仇恨？这你计算过吗？

你只计算你留下的钱,为了你干的事会有多少怨愤落到我头上来,这你计算过吗?为了你我只得进修道院,你晓得不!是的!我得把一切变卖了逃走……"

"你敢给我变卖!"父亲粗暴地、声音嘶哑地喊起来,瞪着一双血红的眼睛,像一只没杀死的公鸡扑棱翅膀似的无力地挥舞双手拍打着双膝。越来越频繁的捯气使他已言不成声,舌头在嘴里直打转,面孔扭曲,一缕缕灰白的头发耷拉在两颊上,跟胡须搅和在一起。尼古拉重又向前屋走去,一边冷酷、阴沉地说:

"谁能禁止得了我?做个代人受过的人,这可不是闹着玩的。"

"我诅咒你!"法杰伊·纳扎罗夫清楚地大声喝道,但顿时哆嗦了一下,两腿抽搐着滚在了枕头上。

儿子停住脚步,透过床棂端详着父亲那痉挛的、弯曲的、发着嘶哑声的躯体。

"莫非要完了?"他看到父亲嘴巴周围的胡须微微抖动,右眉颤抖着往上挑动,他心里便闪过了这样一个念头。他小心翼翼,踮着脚悄悄走到前厅,压着嗓门儿使劲儿冲着院里喊道:

"塔季扬娜姑妈!"

菜园里传来姑娘们的说话声和轻轻的笑声,阳光刺眼,晃得人头晕目眩。

"你来一下,"他对姑妈说,"他不好了!"

随后,他就像做梦似的看到姑妈跟巫婆一起扶父亲在床上坐好,让他背靠在墙上;他脑袋歪向一旁,耷拉在胸前,好像是瞪着一只眼睛瞅着脚下的什么东西,另一只眼睛却懊丧地眯缝着,并且轻轻地哼哼着。

这副灰暗、羸弱,被狡猾、嘲讽的冷笑变了相的面孔,就像在戏弄谁似的,使尼古拉觉得陌生,感到害怕。

"看来,我这些话算是白说了,"他站在那里身子摇摇晃晃地想道。

"你该去睡一会儿了,"罗加乔娃碰着他的胳膊肘说,"你的脸色

309

不好!"

"他怎么样?"

"他有什么?他的命又不掌握在咱们手里……要有什么情况,我们会叫你的……"

尼古拉来到院子里农具棚底下,往大车上满满的一车干草里一躺,立刻就睡着了。

五

达里娅叫醒了他。她蹬在车轮毂上,晃着他的肩膀,大声地向他耳语道:

"尼古拉,他不行了!起来,跟你说话呢,这个人!"

他睡得浑身软懒、汗涔涔的,一边揉着眼睛、拢着头发,从棚子里出来;姑娘们聚拢在门口平台前,赫里斯京娜忽闪着一双褐色的眼睛,站在台阶上,罗加乔娃老太婆正悄声地、急急忙忙地叙说着什么。他整了整衬衫,快步从这群姑娘们中间穿过去,但他终究还是听到了安娜·索罗金娜声音嘎哑地说:

"父亲死到临头,儿子倒高枕无忧!"

尼古拉在心里狠狠地骂了她一句,走进前厅,朝里屋看了一眼:一位穿白色上衣的大夫遮着父亲,站在床前,抓着他的一只手。他的裤子的膝部胀鼓鼓的,显得他像个罗圈腿。他左手拿着表,深深地弓着腰看着;宽脸庞、红腮帮的神父坐在桌旁,他块头膨脖、动作笨拙,像个草垛似的不慌不忙地用手指敲着一个盛着水的盘子边儿,盯着一只眼看就要在水里淹死的苍蝇。

"尼科卢什卡呀!"塔季扬娜姑妈唉声叹气地喊道。

尼古拉退到前厅里,阿法纳西神父吃力地站起来,慢腾腾地朝他走来,把一只沉甸甸的大手搭在他肩上,推他到前厅的一个黑暗的角落里,低声而威严地说:

"你这是怎么搞的,啊?你这个人哪,我的老弟?应该早点叫我嘛,可你是怎么回事呢,啊?大夫你也……"

"他不信大夫,"纳扎罗夫喑哑地说。"我跟他说过,可他说不要!"

"那为什么你姑妈说不是这么回事呢?"

"她撒谎。"

311

"塔季扬娜!"神父喊道,"你来一下!"

她撩起围裙擦着满脸的泪水,从屋里出来,他立即亲切、低声地问她:

"法杰伊是要找大夫来着,他吩咐过,是吧?"

她哽咽地斜睨着尼古拉,答道:

"他一直在说胡话,一整宿……"

"他到底让找大夫没有?"

"难道能听得懂吗?他是说胡话……"

"真是的,上帝啊!你不是说他昨天早晨还找大夫……"

"我不记得了,神父,一点儿也不记得了。要知道,我们都这么难过啊!"

神父摇了摇头,遗憾地说:

"咳,你们这些人啊!你们都是些野人!尼古拉老弟,这不好!你对老人太不上心了!瞧,由于你的过错,他连忏悔都没作就要死了,你知道吗,嗯?"

"妈妈的誓言算是应验了!"尼古拉心想。

"假忏悔倒是作过,可你呢,老弟,净睡懒觉!你这个自由党!不像话!"

大夫来到了前厅。神父问他:

"完了吧?"

大夫肯定地点了点头,掏出一支烟放到嘴里,就到院子里去了。神父跟在他后边,简短地又对尼古拉说了一句:

"你看是吧?果然!"

纳扎罗夫从门外看着父亲躺在床上,把被子蹬到一边,露着他那虚弱、散发着恶臭的躯体,看着他在哼哧、抽搐和难以辨认的脸上那灰白胡须的微微颤动。成群的苍蝇嗡嗡直响,在他那黏唧唧的额头上爬来爬去,钻到他的胡子里,爬进他黑洞洞的嘴巴里。纳扎罗夫严厉地对姑妈说:

"给他轰轰苍蝇嘛!"

姑娘们喊喊喳喳的说话声从院子里悄悄传进了前厅:达里娅像只喜鹊似的忙不迭地叙说着什么,一阵阵贪婪好奇的惊叹声不时打断着她的话:

"真的?"

"他没去吗?"

"看来她是在说我呢,这个骚货!"尼古拉揣测道,随即推开贮藏室的门,喊道:

"达什卡!"

她踮着脚跑进前厅,停下来,往那间总是传出沉沉鼾声和惊起的苍蝇那烦人的嗡嗡声的小屋里张望,一边用内衫袖子擦了擦脸上的汗,这才露出她惊恐的神色。

"你在那里跟姑娘们胡说些什么?"

"我?什么也没胡说,"她悄声地答道。

"我都听到了!在说我!"

"我敢发誓……"

"等一下!"

尼古拉沉思了片刻。该怎么跟她说更好呢?随后悄悄地问她:

"你知道我没到大夫那里去?"

"是大夫的用人说的……"

"你就向大家随便张扬?"他恶狠狠地小声说。"什么意思嘛?"

"我怎么知道这不能说呢?再说,也不是我头一个说的,是塔季扬娜姑妈!兴许是大伙都觉得好笑,去了一趟,可又没到!"

她天真地说着,看来,她还禁不住想笑,在她那有一双绵羊眼睛的红润、宽阔的脸上,两片厚实的嘴唇直哆嗦。

"你们这些魔鬼!"尼古拉忧愁地说。蓦地,出乎自己意料地带有责备意味地说道:"你这样多嘴多舌对你更不好!谁能知道我要干什么?也许我是想跟你结婚呢?"

313

"我在说些什么呀?"他暗暗地责问自己。"说这些干什么?"

达里娅吃惊地把嘴一张,眨巴了一下眼睛,就像喘不过气似的悄声说:

"那赫里斯京娜呢?"

"你是个很好的用人,"尼古拉难为情地说。"我呢?我可以随心所欲!我想挑谁就挑谁!可眼下……"

他沉默下来,心里继续寻思:

"人家会笑话……"

达里娅用手掩着嘴在笑,她的睫毛颤动着,高高隆起的乳房鼓胀起来。

"你笑什么?"尼古拉嘟哝道。"傻瓜!去叫赫里斯京娜到我这里来,到那里悄悄地,别嚷嚷!让乌斯秋什卡到村里去找一下斯捷潘·罗加乔夫,让他最好到这里来一趟。他可能正在家睡觉。"

随后,他故作亲昵地补充了一句:

"你诚心诚意地为我干事,凭着良心,我会帮助你嫁人,会好好感谢你的,听到没有?你告诉姑娘们,就说大夫的用人是瞎说……"

达里娅舒了一口气,惋惜地悄声说:

"现在人家已经都走了……"

"那就快去啊!快点去吧!"纳扎罗夫一屁股坐在面袋子上,恼火地喊道。

在贮藏室里闻到一股扑鼻的干蘑菇、面包和熏肉的香味;尼古拉想起他昨天没吃晚饭,今天也没吃东西,立刻觉得饥饿难忍,嘴里直流口水,他为自己的食欲感到害臊,于是极力把口水吞下去。仍然依稀听到一个生命垂危的人嘶哑的喘息声,塔季扬娜轻声地擤鼻涕,罗加乔娃在絮絮地祈祷。

赫里斯京娜小心翼翼地探头向门内看了看,他一把抓住她的手,急煎煎地问道:

"他们都在说些什么?"

"谁?"

"姑娘们呗,嗯?"

她一边悄悄从他手里抽回自己的手指,一边小声说道:

"放开,你现在跟我这样不好……"

"都在说些什么?"

"也没说什么!松手,"她又说了一句,突然,奇怪地把头一抬,用刚刚能听得清楚的小声说:

"你没去请大夫,这不合适!反正还不一样,他总归是死,大夫来能有什么用?"

他垂下两臂,觉得浑身无力。赫里斯京娜含含糊糊地说完几句话就走了;就在这当儿,姑妈那副长着个酒鬼似的长长的红鼻子的面孔,满是泪痕、虚情假意地从门口探进来。

"把门关上不好嘛,苍蝇都满了!"

"她也来盯着我,魔鬼!"尼古拉心想,口里却粗暴地大声说了出来:"你还有工夫顾得上苍蝇!"

时间过得真慢,就像拉着重载的大车上山,有时似乎干脆停滞不前,尼古拉也觉得像有块沉重的东西堵在胸口,它压制着所有的思绪,使他产生了一种离开这里,找个地方去躲躲的愿望。

"斯捷潘会来的,我跟他说说,"他琢磨着。"现在要抽支烟该多好,吸烟的人说,烟能帮人梳理思绪。"越发迫不及待地想吃点东西。为了别看到吃的东西,他两肘支在膝头上,用手掌捂着脑袋,呆呆地坐在那里,心里翻腾着刚刚发生的这些事。

听到大门外神父在和医生争论,从前厅门口的平台上传来罗加乔娃老太婆曼声曼气的低语:

"就是这样,我的太太们,他跟他一位上司说:'大人,您从不教我做好事,自己也落得两只鼻孔鲜血直涌不止。'打那以后他就塌了鼻子,这可完全不是害了花柳病的缘故。"

"达什卡!快去烧锅!"塔季扬娜姑妈喊道。

"这是要给死人洗身哪!"纳扎罗夫揣测道。

"什么?"院子里响起了罗加乔娃老太婆的惊叫声。

纳扎罗夫跳起来,向门外张望,看见斯捷潘一只脚蹬在台阶上,一只手扶着栏杆,听着他母亲急急忙忙小声说着什么,他不时大声地打断她的话:

"这有什么?关你什么事?妈妈,你可别瞎说!"

说着就迈步向前走,一碰上尼古拉的目光便问:

"怎么了,老弟?"

"她说什么来着?"

"还不是她自己的一些婆婆妈妈的事,"他搪塞着,向他走去。

纳扎罗夫带他进了贮藏室,随手关上门,然后就把他去找大夫,在路上睡着了,马走了回头路等等经过,跟他说了一遍。一开始,罗加乔夫还很认真地听着,后来,他嘴唇微微一颤,那颧骨凸露的脸上浮现出敦厚的笑容。

"原来是这样!我说那么快就回来了呢!你这个骑手!"

"我担心人们会不会为这事给我编造些莫须有的事呢?"

"你别担心,已经编造了嘛。"

"是吧?"

"干这种往人身上抹焦油的勾当不费多少时间!"

"怎么办呢?"

"毫无办法!这对你有什么关系?"

"有什么关系?我很想能像样地生活,别让人家说坏话……"

"欲要人不说,除非己莫为。"

"我干什么了?"

斯捷潘想了想,并无责备之意地答道:

"不管怎么说,他一病倒了就该立刻去请大夫才是。"

"他可是从来没病过!"

"人死也都是头一次嘛。"

尼古拉沉默了一会儿,回头看了看,难为情地说:

"现在饿得要死!"

"干吗饿着?这不有的是吃的嘛!"

"不好意思!"他本想这样说,可实际说的却是:"没有东西切。"

"你可真怪!"罗加乔夫慢吞吞地说,把手伸进破旧的、打了很多补丁的大肥裤子兜里。"好像家里没有刀子似的。喏,拿去。"

他把一把折刀递过去,注视着尼古拉,说:

"一宿的工夫就见瘦了……"

纳扎罗夫听到这话感到很舒服。他胡乱地切着面包,反问了一句:

"瘦了吗?我心里难受啊!"

然后,他们坐在面袋子上,津津有味地嚼着夹火腿的面包,过了不一会儿,门开了,达里娅绯红的面孔冲他探进来,惊奇地张着嘴巴,吓得悄声地说:

"你们瞧,还在这吃东西呢!"

"你要干什么?"尼古拉问道,可她已经不见影了,罗加乔夫轻轻地笑着说:

"现在她又该跑去告诉大家,说你是铁石心肠了:父亲快死了,儿子还有心思吃东西!"

纳扎罗夫把面包放到一旁,站起身来,忧郁地回头看了看,叹了口气。

"早该把门锁上!"

"就是!"斯捷潘点了点头。"要不,在葬后宴之前就别吃东西,那岂不更好!"

门又开了,塔季扬娜姑妈拖着叫花子乞讨似的长腔说:

"尼古拉,好孩子,你也该到父亲跟前去一下,最后一次了,看着他那善良的灵魂和肉体分别去吧!"

"就去,"尼古拉用衣袖擦着嘴说,接着,在姑妈未离开之前,又埋怨道：

"你听，还'善良的灵魂'呢！我跟你说，父亲实在叫她不能忍受，他任意折磨她，比对达里娅还坏，称她是贼，还总是……"

"唉，老弟，从来就是这样的，"罗加乔夫笑道。

姑娘们站在床周围，叹息，耳语，抹着廉价的眼泪；屋里挤满了村子里来的人；列翁喝得醉醺醺的，带着一股子酒味站在墙角落里，擦着他那秃顶；年迈的老人卢卡切夫坐在长凳上，颤动着黄胡子，含糊不清地、像祷告似的嘟哝道：

"从很小的时候我就认识他，主耶稣啊，他很小很小我就知知……"

屋子里充溢着姑娘们的汗味和病人的恶臭，窗外太阳下一群孩子的脏脸朝屋里巴望着，床榥上安放着两支蜡烛，它们摇曳着带着瞳孔似的黑芯的发白的烛火，宛如什么人的一双怯生生的、半失明的眼睛。父亲安稳地仰卧在床上，两手交叠在胸前，短促地、时断时续地吁着气，他那黝黑的手指间也歪歪斜斜地塞着一支点燃着的蜡烛，烛火时伸时缩，仿佛想要从那手里挣脱出来，蜡油从上边滴在他敞开着的胸膛上，颤巍巍的烛光映在老人闪亮的鼻尖上，映在他虽已入睡却还大睁着的眼睛里。

眼睛专注而威严地直视着，烛火的反光在他的眸子里焕发出生气，仿佛这光芒是从它的深处流露出来、仿佛就是它本来的样子——它的生命所在，过不一会儿，它就会耗干流尽，到那时，老人就将停止呼吸，这支随时都可能倒下来并且点燃垂死者灰白色胸毛的危险的烛火也就会跟着熄灭。

"圣母啊，圣母！"塔季扬娜一边啜泣，一边念叨，姑娘们在嗤嗤地擤着鼻涕，卢卡切夫还在嘟嘟哝哝，赫里斯京娜却独自站在一旁，低头注视着自己的两手，不声不响地动着嘴唇和手指。

"好像是在数钱，"尼古拉脑子里一闪，遂问姑妈：

"神父呢？"

"跟大夫喝茶去了，打发人去叫他了！"

"仁慈的基督啊,"卢卡切夫嘟哝道,"你就让他跟圣徒们一道安息吧,那里没有忧愁也没有悲伤……"①

可纳扎罗夫却觉得,忧愁多得就像秋天的雾霭,笼罩了他的全身,渗入了他的心胸,挤压着他的心房,冷酷地压抑着它,在胸中融化着,眼泪如注涌向他的喉咙,使他感到窒息。

"他故世了,"塔季扬娜造作地尖叫了一声。

尼古拉用脑袋撞着墙,伤心地、狼嗥似的大哭起来,跺着两脚大喊大叫:

"爸爸,现在我可怎么办哪!亲爱的爸爸!"

大家也放声号啕起来,活像是受够了这恭候死神姗姗降临之苦,都尽快地相互通报一声,他们全活下来了。

斯捷潘和赫里斯京娜把吓得几乎昏厥的尼古拉扶到院子里的太阳地里,让他坐在窗前的土台上。罗加乔夫用脚趾抠着地,一声不吭;赫里斯京娜俯身冲着尼古拉,哭哭唧唧地说:

"尼古拉·法杰伊奇,我的好人,这可怎么办哪?咱们都是要死的。你可别太难过,可别太伤心了!"

天气炎热,干燥,太阳直照在尼古拉泪湿的脸上,晒得他眼皮发痒,迫使他眯缝起眼睛,眼泪也干了,脸皮上留下一层疮痂似的泪痕。他动了动脸上的肌肉,觉得面皮发紧。哭吧,拉不下脸来,不哭又不太像话,再说也实在不愿哭了。

"让我洗洗脸吧!"他无精打采地要求道。

赫里斯京娜跑开了,斯捷潘在身旁坐下来,轻声地劝他说:

"现在你要特别留神!他们就要开始明抢暗夺、瓜分全部遗产了!"

"谁?姑妈?"尼古拉警觉地问道。

"谁都想,个个都想!你这样办吧:把赫里斯京娜她妈妈叫来,她是个诚实的女人,再说也快作你的岳母了,她是愿意维护你的财产的!"

---

① 东正教安灵祷词。

"这倒是,"纳扎罗夫深沉地叹了一口气,说。

赫里斯京娜拎着一桶水,拿着一把长柄铁勺子,跑过来。

"来,低下头!天哪,上帝保佑!"

她往头上给他浇了三勺像冰一样的冷水,他打着寒噤一边冲洗着面颊,一边寻思:

"我先等等,不叫赫里斯京娜的妈妈;这样我马上就会落到别人手里!谁晓得我决定干什么?不,还不能这么办!"

可赫里斯京娜弯着腰,对他悄悄地耳语道:

"你得到屋里去,马上就要给你父亲的遗体洗澡了,钱柜的钥匙你应该拿到手!"

"这是需要的,"尼古拉嘟哝道,于是挤了挤水淋淋的头发,就进了屋。这时,姑妈和罗加乔娃正在那里忙活着给尸体脱衣服。

"你把他的胳膊蜷过来嘛,你这个人!"老太婆对塔季扬娜说。塔季扬娜呼哧呼哧喘着粗气,生气地说:

"说得轻巧——蜷过来,我抬都抬不动他!"

纳扎罗夫朝那具庞大的蜡黄的躯体瞥了一眼,问道:

"钥匙在哪儿?"

"就在这些地方,你看看枕头下边,"塔季扬娜一边回答,一边搬着笨重的躯体,与此同时,老巫婆强拉硬拽地从他身上脱着衬衫。

他实在不愿往枕头下插手,枕头好像又黏又湿,再说,他知道那底下是找不到钥匙的,父亲一向把它带在腰包里。他看到姑妈提心吊胆地抽着鼻子,极力不看尼古拉的脸,他就知道,钥匙已经被她藏起来了,于是重新又问:

"腰包在哪儿?"

"稍等一等,小祖宗,你也不害臊,也不是看不到我这儿正忙着,"塔季扬娜大声责备地说。

尼古拉有些难为情,罗加乔娃老太婆吩咐说:

"现在,把下身托起来!"

塔季扬娜把哥哥的躯体从手里扑通往床上一扔,他脑袋侧歪着摔到枕头上,死者的一侧脸皮向他另一只眼睛扯动着,尼古拉觉得父亲好像在向他眨眼,像是在说:

"你瞧,老弟,他们就这样对待我,啊?"

"上帝保佑,你就宽恕我吧!"老巫婆一边从死者的两条粗腿上往下拽着裤子,一边嘟哝道。

"把钥匙给我,"纳扎罗夫凑近姑妈,声音嘶哑地说,她严厉地瞥了他一眼,把手伸进怀里,随后把一根肮脏的小绳扔到她侄子脚前:

"给,拿去!"

"我一定得把她赶走!"纳扎罗夫弯腰捡钥匙时,下了这个决心。

他愁眉不展,心情郁闷,咬牙切齿地来到院子里,紧挨着斯捷潘在土台上坐下来,抱怨地说:

"姑妈已经把钥匙偷去了!"

"什么钥匙?"

"钱柜上的!"

"是这样,"罗加乔夫漠不关心地答应着。他正在用小刀削着一个松树皮漂子。一群麻雀在他脚边旁若无人地跳来跳去,啄着他削下来的木屑儿,随之又失望地跳开。

纳扎罗夫很想跟他谈谈安葬父亲的事——葬礼怎么处理得更好一些,谈谈必须得把姑妈赶走的事,以及赫里斯京娜和他的一些打算,但他不知从哪里说起,这许多愿望堵得他难受,他挠着自己汗涔涔的脑袋直叹气。姑娘们就像救火似的在院子里跑来跑去地端水,达里娅像主子一样在指挥着她们,列翁百无聊赖、萎靡不振,漫无目的地在院子里瞎转,碰上什么都踢它一脚。达里娅开始冲洗身子,身上溅上了水,她高高撩起裙子抖动,露出两条结实的大腿。

"是个健康的姑娘!"尼古拉看着她,不由沉思起来。"人又随和。你想要干什么,她都能照办!加上又是个孤儿……"

想着想着,他慢吞吞地出声地说道:

"看来一切都很简单!"

"什么?"斯捷潘探问道,看也没看他一眼。

"可不是——一个人在世时,发号施令,大家都怕他,可是这人一下就没了!"

"还会有另一个的!"

"你这是说我!"

"就算是说你吧。"

"是啊,我已经是另外一种人了!"

斯捷潘把削好的漂子托在手掌上掂了掂,吹了吹上边的碎末。

"你不信吗?"

"不信什么?"

"不相信我将是另外一种人吗?"

"当然,会是另外一种!"斯捷潘望着敞开着的大门外边的河水,迟疑了片刻,答道。

"你是不会相信的!"尼古拉说着,叹着气,低下了头。

罗加乔夫微微仰了仰他那副鞑靼人似的脸,眯缝起眼睛,朝天看了看,说:

"晌午了。"

说着朝自己朋友侧过身来,把一只大巴掌遮在眼眉上向村里望着。纳扎罗夫感到自己像受了委屈。

正午烈日当顶,村子中央红色的教堂就像一堆巨大的篝火,耀眼的白色光芒从它那五个圆顶上像刺猬身上的毛刺般射向四面八方,钟楼上镀金的十字架失去了它清晰的轮廓,像融化在了蓝色的苍穹。层层叠叠的沙岭上空热气蒸腾,树林笼罩在蓝盈盈的雾霭之中;一帮帮赤身露体的孩子在河岸上戏耍,从远处望去小得令人好笑。被阳光装点得五颜六色的田野,金黄的麦田显得分外开阔,呈现在一片炎热的静谧之中,远处飘来荞麦花的浓郁的芳香。四周炙热的土地焕发着一派盎然的生机。

一群群麻雀叽叽喳喳地沐浴在灰土堆里。从堂屋的窗口里,伴随着一股腥臊气味传来姑妈枯燥而烦闷的话语:

"活来活去,都是干活儿,累断脊梁骨,唉声叹气,天哪!"

"我们就是该当受罪……"

"吃饭了!"达里娅喊道。

斯捷潘的沉默更使尼古拉感到气恼,他脑子里闪过一连串激愤、恶毒的言词和想法,但他心里明白,对这个人说这种话没有好处,再说也懒得开口——寂静和炎热使他产生了一种昏昏欲睡的心情;他巴不得马上到菜园里去,到浴室旁边的阴凉里躺下,仰望着清澈的天空,一切思绪都可以在那苍穹中消融,一种甜蜜、宁静的空虚会从那里注入你的心灵。

这种愿望是如此强烈,致使他必须提醒自己:

"父亲死了……"

达里娅来到跟前请求道:

"尼古拉·法杰伊奇,你在贮藏室里吃过东西,你就跟塔季扬娜说一声,就说是你吃了,免得让我担待不起!"

"她不是这里的一家之主,"尼古拉严厉地说。

"不管怎么说,你还是说一声吧!"

"好吧。"

达里娅走了,可他看着她的背影,心里琢磨着:

"身段长得不那么匀称,又是个孤儿,问题就在这儿!赫里斯京娜呢,有母亲、叔叔,都是些穷人,死皮赖脸的惹人讨厌。这得好好考虑考虑。她不就暗示过我,让我亲手把老爷子结果了吗,这没错,是暗示过!既然她对一个人这么无情,那对其他人也不会好。这一切都必须好好斟酌,考虑周密才是。"

他用两脚扒起了一个小土堆,看了看,觉得它很像个坟丘,于是立即又把它抹平。

"如果我借钱给斯捷潘成家立业的话,想必他对我会是另外一种

323

态度。"

在农具棚下,姑娘们聚集在一条长桌周围,姑妈和巫婆也走了过来。纳扎罗夫以一种忧心忡忡的目光向她们扫了一眼,自己对自己作出了回答:

"不,这使不得。债户是从来成不了朋友的。"

院子里炙热的地面上升起了熏得人头晕的臭气,其中可以明显地嗅出从窗口飘溢出来的一股死人的气味。

"以后我的处境够难的! 人家会说我早就盼着父亲死了,说我成心不去请大夫,在他遗留给我的罪孽上再加上这条罪过。"

瞻念未来他觉得有苦难言,不由得眼泪盈眶,于是又很想离开这里逃到别的地方去。

"我得去告诉布季洛夫,说父亲死了! 瞧你,还说磨坊主都长寿呢。老爷都错了,我怎么就会不犯错误呢。"

天气炎热,心情烦躁,他觉得口渴,舔了舔嘴唇,喊道:

"达里娅,拿点克瓦斯来!"

那边嚷嚷起来,听到急匆匆地、担心地一连重复了好几遍:

"克瓦斯! 要克瓦斯!"

纳扎罗夫内心里冷冷一笑,这一阵骚嚷倒使他感到很得意。

"承认我是主人了!"

达里娅端着一个罐子出来,她慢悠悠地、眼睛盯着罐子,来到他跟前,亲切地说:

"你请随便喝吧!"

他一气喝完,把罐子还给她,像相马似的从头到脚地将她仔细打量了一番,点了点头,简短地说了声:

"谢谢。"

他精神振作了起来,离开窗下,背靠在房屋的圆木墙上,闭上被太阳光照射得疲惫的眼睛,安然地想道:

"全都滚开吧,你们这些狗东西,我一个人过一辈子!"

六

达里娅挥舞着铲子往院子里赶鸡,公鸡不慌不忙地、傲慢地走着,母鸡扑棱着翅膀和身上的尘土、歇斯底里地咕哒咕哒叫着到处乱飞。达里娅嘴上含着一块面包,手里攥着一根黄瓜,迈着两只沉重的大脚板,吆喝着:

"噉——哧,打死你们!"

她那对膨脖的乳房像怀犊母牛的奶子似的在内衫里哆嗦着,肚子大得像个孕妇,两只脚板仿佛没长骨头。

"邋遢鬼,"纳扎罗夫皱着眉头看着她,生气地想,"丑八怪!任你怎么打扮她,也是个地臼子。这么个妻子实在没有什么值得夸耀的!我总是这样……多余,这么匆匆忙忙地……"

他闷闷不乐地回头一看,只见那帮一顿饭撑得身子都变得发沉了的姑娘正懒洋洋地在院子里散开,赫里斯京娜跟纳塔利娅搂在一起,一边走着,一边扭过头去看他,若有所思地咬着嘴唇,纳塔利娅悄悄地笑着冲她耳朵说着悄悄话儿,可以看到她那乌溜溜的、活泼的眼睛。

"家里有死人,她倒在那里笑,"纳扎罗夫心想。等到她们都去了菜园之后,他站起来,向河边看了看,孩子们正在那边灌木丛中穿来穿去地玩儿,他又细心听着没上好油的大车渐渐远去的吱轧声;而后,他想找个凉快地方,便来到了一个草棚里。在那里,他听到了姑娘们在菜园里的谈话声,就轻手轻脚凑到后墙跟前,找到一条墙缝,便窥视起来:姑娘们聚集在一棵松树下的荫凉里。苗条、瘦削的纳塔利娅两手枕在头下仰卧在地上,赫里斯京娜坐在石桌上,悠荡着一条光腿,在用一根草茎剔牙;索罗金娜后脑勺靠着桌边坐在地上,掏出她的左乳房,皱着眉头端详着上边的青斑。

"哎哟哟,瞧你叫人家弄的,"赫里斯京娜摇着头,也那么撇着嘴,说。

"情人弄的,疼也舒服,"安娜揉着乳房,声音嘶哑地答道。"你们以为怎么样?你们等着好了,将来嫁了人,会尝到滋味的,真的!有时候疼丝丝的,就像一块火炭放到身上似的,火烧火燎,可是心一下就酥了,跳也不跳了!可得尝尝这种滋味!"

纳塔利娅慢吞吞地、就像没睡醒似的问道:

"可你的情人到底是谁呀?"

"是男的呗!"

"到底在哪儿?只要谁愿意,你给谁都搞,"赫里斯京娜把那根草茎一扔,又另薅了一根,严厉而又轻蔑地说。

"我愿跟谁搞都行,就是,"安娜把乳房塞进怀里,美滋滋地往地上一躺,伸了一下懒腰,扬声说:"我是个守寡的女人,没儿没女,我怎么都行,我愿跟谁,就跟他一躺!我把眼睛一闭——随他的便,他就是我最渴望的,最心爱的!"

纳塔利娅侧过身去,背冲着安娜,打着呵欠,责备她说:

"说的对,你就是闭着眼睛混日子!"

"可我看得比你们清楚,姑娘们,清楚得多!我睁着眼睛尝到的,你们连做梦都看不到,就是——连做梦都看不到!"

她说话的声音不高,近似耳语,就像亲吻每个字似的故意呶着嘴,拖腔拉调儿。尼古拉贪婪地听着,他知道,安娜是在嘲笑这些姑娘,但这些放荡之极的话却搔得他痒呵呵的,非常惬意。他目不转睛地盯着她那副圆嘟嘟的、几乎还是孩子般的、表情丰富的面孔,它虽有点儿疲惫的神情,但闪动着矢车菊似的一双蓝盈盈的、晶莹明亮的、孩提般的眼睛。小小的秀口也带着几分孩子气,一笑起来,两腮和下颏上就出现几个小酒窝,面孔也变得和善、温柔,不知怎么那么活泼,那么可爱和娴静。

"她说话太放荡了,"他在心里提醒自己,"可这些蠢货还去细问!难道可以跟这样的女人来往吗?一定得告诉赫里斯京娜!"

赫里斯京娜也挨着纳塔利娅在地上坐下来,悄悄地问她:

"你跟斯捷潘怎么样了?"

"就那样!"姑娘叹了口气,没立即回答。"他心思不在那些事上。"她想了想,又补充了一句,可索罗金娜突然抬起头来笑着对她说:

"不知是真是假,姑娘们,好像有这样的说法,按照基督教的规矩,一切都是允许的,需要的话,可以不生孩子,——谁知道是不是真的!"

"你净瞎说,"赫里斯京娜皱着眉头,一本正经地撇着嘴说。纳扎罗夫很赞赏地想:

"真有她的! 要这样……"

"我不是说嘛,谁知道是不是真的,这也是萨亚诺夫村的一位牧师太太对我讲的。"

麻雀在拔光了杂草的菜畦上空疑惑地飞来飞去,树枝上有两只乌鸦哑着嗓子像相互有什么要事相告似的嘎嘎地叫着。

"他没有结婚的意思,"纳塔利娅心事重重地、曼声地又补充了一句,"再说,不知怎么我自己也……"

"不喜欢他了?"

"那倒不是,哪会不喜欢呢? 他是个挺好的小伙子。不是不喜欢!是这样,不知怎么,谁知道呢,我也说不清楚! 我跟他只是友情罢了。"

"我看那就挺好!"

"可不是! 就怕咱们一结婚,苦日子就来了,又是孩子,又是少不了的种种家务事。只要别失掉了情分就好,你想……"

"唉,姑娘们哪,姑娘们! 奴隶没福,老娘儿们更苦! 哪怕能什么也不干地过上一年半载呢!"

安娜要睡着了,她这话就像是在梦中说的。赫里斯京娜朝女友那张鼻头尖尖的、黝黑的面孔瞥了一眼,不赞同地说:

"就你聪明。"

纳塔利娅悄声地问道:

"你们快要结婚了吧?"

"我准备催催他。这种精神恋爱我都腻味了。"

"你们常常拥抱吧?"

"那又怎么样,想必你们也……"

"斯捷潘不喜欢这样。"

"可我那位,嚄,那个劲儿!"赫里斯京娜赞赏地说。"眼看都快变成女人了!"

纳扎罗夫得意地微微一笑,但马上一想,又不大高兴,而且有点犹豫地想道:

"看来,安娜比她们单纯!这全是斯捷潘对她影响的结果!可亲爱的赫里斯京娜,你嘴张得太早了,这块肉还没到你的手里呢!"

他像看一个陌生人似的审视着她,虽说她这些话他听了觉得不舒服,但她人长得毕竟比她这些女友们标致——这么健壮、挺秀,乳房也长得这么适体。

"这样的女人你就是给她穿得再破旧也不逊色!而且有那么一股用不完的韧劲儿。"他一边端详她那副长着直鼻梁和一字形黑眉毛的面孔,心里一边琢磨着。

"我甚至想今天晚上就跟他好好谈谈。"

"先等等不好吗?"

"等什么?他对他那个父亲还有什么孝心吗?傻丫头,我知道他的心——他可无情无义了。"

"是这样!"纳扎罗夫紧咬着牙,在心里叫道。

安娜叹了口气,睡得迷迷糊糊地哼哼着;纳扎罗夫离开后墙,从小棚子里出来到了院子里,在院子中央的太阳地里停下来,一个人静悄悄地待在那里……

"无情无义!"他回头看着,心里老大委屈地想道。"好,你等着吧!"

院子里异乎寻常的空寂、幽静。从大车里露出达里娅裸露到膝盖的、红红的小腿,列翁在工具棚里打着呼噜,前厅里像有只牛蜂在嗡嗡嘤嘤——原来是罗加乔娃在絮絮叨叨。

"父亲死了,"他又一次提醒自己,"可一切仍是一如平常!"

这使他感到诧异,甚至有点吃惊,但这种诧异和吃惊只是一闪而过,脑子里想的仍是赫里斯京娜。他忽然想象到她吓得要哭的样子:她穿着一件内衫站在他的面前,面色苍白,不断地眨着双眼,泪水从睫毛下汩汩而下,两颊满是泪痕在不停地颤动。

他冷笑着摆了摆头,重又告诫自己:

"不可仓促!"

不安的感觉在他心里越来越惶恐地起伏不定,引起了许多就像钟摆似的左右摇摆的意外想法。他清楚地感到脚下的大地不稳固了,心头像阵阵秋风吹过,不时荡起一阵苦闷的微波。

在炎热的静谧中,从屋子的窗口向院子里传出一种单调的讷讷声,这是帕罗尼科娃老太婆在念赞美诗:

"人算什么?你竟顾念他。世人算什么?你竟眷顾他。你叫他比天使微小一点,并赐给他荣耀尊贵和冠冕。你派他管理你所造的、使万物都服在他的脚下……"[1]

"念的是《诗篇》的第一章,"[2]纳扎罗夫揣测道,"对父亲来说很合适:他把一切都置于自己脚下,站得稳稳的。"

他悲伤地想道:

"父亲死得太早了;我毕竟还没有很好站稳脚跟!"

他又想起了赫里斯京娜那句伤人的话:

"无情无义。"

但眼下他并不觉得这是句伤人的话,倒像是激励着他的心的一句恨铁不成钢的感慨。

"倒挺有心机,鬼东西!"他想。

炎热难当,热得人思路不畅,只想找个地方去躺躺,睡上一会儿,

---

[1] 引自《旧约·诗篇》第八篇第四至八节。
[2] "章"(кафизма)是俄国东正教对《诗篇》分段的称谓,这里说的"第一章",即中译本《圣经》中的《旧约·诗篇》第八篇第四至八节。

他刚要走,大门口出现了个高个儿、拱腰驼背的老太婆;她拄着一根拐杖,向院里张望,目光停留在尼古拉的脸上,然后把拐杖往地上一扔,去关大门,一边以教训的口吻喑哑地说:

"家里有死人,大门也不锁,莫非还在等候死神?"

纳扎罗夫赶上去帮她,她随之指着地上说:

"劳驾,把那个拐棍儿递给我;我连弯腰的劲儿都没有,脊背疼着呢。罗加乔娃老太婆在你这儿吗?"

听到她说"在你这儿",他挺高兴;他把拐杖递给她,亲切地说:

"在这儿,怎么?"

"找她有点事!想请她到亚申家去一下,他家小姑娘脚踩到耙齿上了,给她念个咒止止血。"

"赫里斯京娜也在这儿。"

"我知道,"她一边画着十字朝窗内看着,一边嘟哝道。

罗加乔娃出现在窗口,她们悄声地谈起来。纳扎罗夫倚在门框上,瞅着老太太,他所知道的一切有关她的事顿时涌上心头。

有些人认为她有点疯疯癫癫、喜怒无常,所以常常骂她;另一些人却发现普拉斯科维娅这人很有头脑,既公正又厚道。有些男人常去找她抱怨自己的老婆;另一些男人又说她把娘儿们都教唆坏了,娘儿们却既怕她又敬重她。

她很干瘪,身子扁得像一块木板,背驼得像折断了脊梁骨。她走道儿总是走在路中间,哪怕是泥里水里;她步态细碎,但很利索,走路时总是低着头,看不到她的脸,但停下来的时候,她就抬起头来用忧郁的目光冷漠地、不以为然地看着一切。她的脸也那么扁扁的、黑黝黝的,布满了皱纹,像一幅圣像,长着个像魔鬼似的微微带钩的鼻子,嘴唇又薄又干瘪,尖尖的下颏儿,纳扎罗夫难以相信这会是赫里斯京娜的母亲,对于她,不知为什么,他从来连想都不愿去想。

罗加乔娃急急忙忙从台阶上跑下来,普拉斯科维娅一声不吭地刚要向大门口走去,尼古拉叫住了她:

"你留一下,普拉斯科维娅大婶!"

她漠不关心、闷闷不乐地看了他一眼,对罗加乔娃说:

"那好,你先走着,我随后就赶上你。"

"跟我来,"纳扎罗夫郑重其事地说,"我要跟你说几句话,咱们到菜园去吧。"

他们从在松树底下四仰八叉地躺在地上的姑娘们旁边走过时,普拉斯科维娅看了她们一眼,又看看太阳,停下来,嘟哝道:

"尽睡懒觉!该起来干活儿了!"

"等等,别惊动她们,"尼古拉急忙说。

"关我什么事?活儿又不是给我干的——是你的事。"

他带她来到浴室跟前,在土台上坐下来,用手掌往自己身旁拍了拍,突然又觉得很窘,一时不知道从哪儿跟她说起。

稍后,沉默了片刻,拿定了一副庄重的主子的口气,好不容易地措着词儿,吞吞吐吐地说:

"是这样,普拉斯科维娅大婶,大家都认为你是个公道人,我想跟你商量商量……姑妈我信不着她,父亲也不相信她……别的就再没有谁了,所以,就是说,你……"

他眼盯着脚下,东拉西扯地说着,就像在整理着自己纷乱的思绪;她久久地听他讲着,不打断他,最后,简短地问了一句:

"你是在说赫里斯京娜的事?"

"当然,也是说她……"

"那有什么!这是一辈子的大事,不过,我是她母亲,你不会相信我的……"

他想了想,说:

"我相信你。"

她用拐杖的尖头儿拨弄着草,连看也不看他,低声继续说:

"唔,相信我那就好!为了让你信得过,我告诉你,我很快就要走了。你不要指望我。"

"你去哪儿?"

"参谒圣地求神朝圣去。在这里住腻了,也看够了——听天由命去吧。女儿有了挺好的着落,这我就放心了。关于她,我要说句实话,身为母亲,我可以开门见山地说:这姑娘对你是挺般配的。她是个本分姑娘,不是那种爱抱怨挑剔、大手大脚、马马虎虎的人。她管家挺节俭,靠得住。她会成为你的个帮手。比她贤惠的姑娘也有——这倒是,可对你来说,她更好一些。你不够的地方,有她就可以弥补。"

纳扎罗夫听着,也相信。但他内心总有点忧虑的压抑之感。这个古怪的女人,用那么一副半死不活的口气,讲得那么单调乏味、有气无力,好像她的话压根儿就不指望人家会听取似的。

他们对面的一棵白柳树上落着一只小巧机灵的乌鸦,它用嘴巴梳理着双翅,歪着头,闪动着狡狯的眼睛看着他们。尼古拉嘘了一声,它一抖,扑棱了下翅膀,瞅了一会儿,重又摆动着身子梳理起羽毛。

"你真要走?"纳扎罗夫看着乌鸦,问道。

"要走。不管她是跟你还是跟谁,任凭上帝安排吧。我是要走了。这事我已经考虑了六年。你就娶她吧,娶她吧,这对你再好不过了!磨坊——把它卖了,到城里去开个店铺,你的日子会好过的。赫里斯京娜这孩子也不是个农民,站柜台才是她的正地方。"

"不错,她是个公道人,"纳扎罗夫心想,"瞧,她谈论自己的女儿就像谈论别人家的孩子一样!她不是个说媒的材料。至于开个店铺……"

"对她可得好生留心关照,"他在沉思中听到她心平气和,絮絮叨叨地说。"姑娘长得俊秀,虚荣好强,应该让她多生孩子,不然,当心,她会成为一个靠不住的女人。即使你是个很健壮的小伙子,可毕竟……"

"你为什么一定要走呢?"

"怎么叫'为什么'?"

"呶,日子不好过,还是怎么? 究竟为什么呢?"

她斜睨了他一眼,答道:

"我有一切理由离开这里。我是个身体不济、谁都不需要的人,所以我要走。不然,日子不好过的是大家,不光是我一个。"

她不出声了,用拐杖从容不迫地敲打着她穿的沾满了泥巴的男靴子的圆头儿。尼古拉也好一阵子没说话,心想:

"兴许只是因为她有点傻,所以才这么随随便便地谈论女儿,除了愚蠢没有什么别的意思?"

"该把姑娘们叫醒了,"普拉斯科维娅一边拱着腰站起来,一边说道,"该起来了,干吗老睡?"

"普拉斯科维娅大婶,你能再跟我说点什么吗?"

"说赫里斯京娜吗?"

"不,总地来说——或许帮我出点什么主意吧?"

她往一边撇了撇嘴,从旁斜瞅了他一眼,用另一种、仿佛分外温柔的声调说:

"哟,还有求老婆子出主意的?根本就没有这样的规矩——可笑!出什么主意?我什么都不懂!"

尼古拉总觉得普拉斯科维娅仿佛知道些什么,能跟他说点什么,所以,他就看着她那副挤鼻子弄眼、一下变得很狡黠的面孔,执意地说:

"我还年轻,我需要跟人们一起生活,可怎么能生活得更好呢?"

"我什么也不懂,"她摇了摇头,重复说。"这种事你问老头儿们去。要不就谁也别问,爱怎么生活你就怎么生活吧!别了!"

她摇着脑袋走了,还在地上出声地拄着拐杖,嘟哝道:

"罗加乔娃我是追不上了。"

可当她从女儿身边走过时,她用拐杖尖敲了下她的脚,赫里斯京娜抬头一看,坐起来:

"干吗呀,妈?"

"就知道睡,"老太婆边走边说,"你瞧,太阳都到哪里了!"

赫里斯京娜把两手放在脑后,闭上眼睛,伸伸身子,挺挺胸脯,这时,尼古拉看到她内衫领扣的带子开了,在一道晒得黝黑的皮肤边沿下边,闪出了她洁白的、像白面包般酥软的肉体。

"姑娘们,"她睡眼惺忪地嘟哝道,"该起来了哎!"

蓦地看到了尼古拉,她一下跳起来,走到他跟前,笑眯眯地悄声说:

"你瞧,睡得多死,唉!可是你,少东家,干吗看着,不叫醒我们呢?"

他拉过她的手,回头看了看睡着的姑娘,边领她向浴室走去,边急煎煎地说:

"你妈妈刚才来过。"

"真的?我还以为是梦到了她呢!"

"我们谈过话。"

"谈什么了?"

"谈你了。"

"我有什么可谈的?"

他把她带到浴室的更衣间,用脚把门关上,一下把她搂到怀里,搂得很紧,同时把腮贴在她胸脯上。

"我难受极了,赫里斯佳,真不知道怎么办!你就做我的亲人,和我亲热亲热吧!咱们就这样说定了,来吧,看在咱们的情分上。难道我还怕什么吗?咱们想想,到底怎么办?"

她哎哟了一声,两手支着他的肩膀要推开他,一边冲着他的耳朵急忙地、热情地小声说:

"放开,你怎么了?放开嘛!今天你怎么可以这样干呢?你把我都弄得这么疼!"

可是,他突然如醉如痴,感到心都缩紧了,全身血管里热血直涌,他讷讷道:

"赫里斯佳,和我亲热亲热吧,真的,我心里难受极了!简直要死了！突然落到这样孤孤单单的境地,什么我都不懂——该怎么办呢?你和我亲热亲热吧!反正我们是要结婚的,这是理所当然的嘛!谁都不会知道,来,赫里斯京娜,亲爱的!"

她一直在悄声地说着什么,在他怀里挣扎着,可他却觉得她那热乎乎的肉体已经和他紧紧结合在一起了,现在要和她的肉体分开,他觉得是一种残忍的折磨。

"反正一样,"他求告道,"你就可怜可怜我吧,啊?我可是一辈子都会爱你的!"

她把一只胳膊肘横在他的下颏底下,另一只手向怀里扳着他的脑袋;尼古拉憋得透不过气,只得把她放开,他跟跄了几步,并用两手抚摩着被压疼的脖子,听着她冷静而又严厉地悄声说:

"你这个疯子!你这是怎么了?这是什么日子——死人还在那里,你就……"

"你自己就是个死人,"因为她没让他得逞,他恼羞成怒,绝望地说,"你们全都是些死人!"

她整理着被扯开的内衫,用一只眼睛瞅着他,深深地叹着气,说:

"你呀,亲爱的,我的心也不是铁打的,我也不好受,可你在这种时候这么着急!应该等到咱们结婚嘛!"

"也许不结婚呢?"这话无意中脱口而出,他顿时一惊,不由地暗暗地责骂自己:

"咳,真蠢!"

赫里斯京娜沉默了片刻,然后把头一仰,声音不大、但却不知为什么显得分外清楚地问道:

"不结婚?"

"刚才我听到你议论我了,"他含含糊糊地说,"我就在棚子里!"

"听到又怎么样?"

"你并不爱我!"

她打开门,往门口一站,宛如镶在画框里的一幅画像,说:

"既然不结婚,那你就别来缠我!那不,安纽特卡活着就是为满足你们这号人的。"

"不比你差,"他低声说道,赫里斯京娜却很平静地回答说:

"既然不比我差,这不就得了。"

说罢,她扭头就走,但刚走出两三步又回过头来用一种很有分量、气愤而威胁的口吻说:

"不过,你可要知道,没有我你就要完蛋,懂吗?随你的便。人家会糟践你,挤对你的,你记着吧!你想想你都干了些什么?"

他一屁股坐到长凳上,呆呆地寻思道:

"这倒是,就凭我这种秉性,没有她,可不得完蛋!我像个醉鬼似的——这是怎么啦?赫里斯京娜知道自己的力量,也了解我这个人,这是真的!这个鬼东西,她根本就不爱我,纯粹是骗人!可我对她也一样,显然,也不爱她。至于她妈妈,那不过是疯疯癫癫的傻瓜一个。"

一种揪心的痛楚充满了他的全身,使他感到疲惫,头昏脑涨。然而,一对赤裸裸的少女的乳房却挑逗地在他眼前起伏着。

"她这是故意亮给人看,"他萎靡不振、无可奈何地想,"她诡计多端,懂得这一套!有道理,让她站柜台是再好不过了,这一点都不错!是个女小贩。"

脑子里突然闪出了一个新的思路:如果真的把这里的一切全都变卖了,带上钱到城里去,在那里慢慢物色上个温顺随和的小妞儿,跟她结婚后,开业做点小买卖怎么样?在这里人家是不会让他安生的,他们会拿父亲干的那些事找他的麻烦,会提他去请大夫的事,而赫里斯京娜,如果和她的事吹了,她在这方面就会帮人家说话——她说,没有她他会受人糟践,这话恐怕也不是白说!他久久地陷在这种种思想矛盾的混乱之中。让自己置身在一种进退两难的境地,哪里都看不到一点坚实的立足之地。

从没关严的门缝间可以看到一角蓝天和映衬在这片蓝天背景上

的斑斑驳驳的白柳树枝。姑娘们正在菜园里干活儿,安娜和纳塔利娅响亮地互相吆喝着,却很少听到赫里斯京娜那有声有色的讲话声,偶尔听到几声也是一种赌气和不乐意的腔调。

"看到尼古拉了吗?"姑妈打老远问道:

"在浴室的更衣间里坐着呢!"

"在那儿干什么?"

"你问他去!"

"哎哟,姑娘,你这么不恭敬!"

尼古拉听到赫里斯京娜嘟哝道:

"给你们干活儿,还得恭敬你们!"

安纽特卡声音嘎哑而温柔地说:

"人家怕热呗。"

满屋都是桦笤帚、霉烂物和肥皂的气味。尼古拉坐在那里想着安纽特卡:虽说放荡,可挺讨人喜欢!你要想找她开开心,亲热亲热,她准能让你满意。他享受她的爱抚已经不止一次了,但她从不向外人流露她跟他有过这种事。是个荡妇,却很含蓄。他真想叫她来坐坐,聊聊天,气一气赫里斯京娜。要不是在这样的日子,他定会这样做的。

"天哪,一个人多难受啊!"

赫里斯京娜拿着一把耙子走过,向浴室门瞟了一眼就消失了,随后又出现在门口,身子堵着门缝把头探进浴室的更衣间,一本正经地说:

"那里来了几个老乡,得做棺材!……"

"怎么?"

"该去一下呗。"

"就去,你生气了吧?"

她扭头走了,待搭不理地说:

"犯得着生气吗?我既不是你的老婆,又不是你的什么东西。"

"撒谎，"纳扎罗夫想道，有气无力地站起来，回屋子里去，安娜扛着一篮子黄瓜走在他前边，样子那么丰满、柔软，他看着她扭动着的腰肢，紧张地颤动着的臀部，心想：

"等我得势了，我要像捻死虱子一样把你们一个个全都压死，"最后还加了一句狠毒的骂娘的话结束了他这个誓愿。

在从菜园通往小棚子的过道里，安娜的篮子碰了他一下，他粗鲁地喊了一声：

"慢一点！"

"哟，我没看到，尼古拉·法杰伊奇，对不起！"

纳扎罗夫马上缓和下来：

"没事儿。"

"那干吗叫喊呀？"

他端详着她的脸，安娜柔情脉脉地笑了。

"是这样，"他难为情地说，"是心灵作怪！"

"你不应该出声！"安娜会意地说。

"也是，"他在院子里边走边想，"一个人还需要什么呢？只要给他个相应的报答就全有了，他也就心满意足了！"

一帮农夫在院子里等着求见，他们一个个穿着破旧的蓝裤子、粉红或大红色的衬衫，赤着脚，蓬头散发，虽说都穿得花花绿绿，但总显得灰不溜秋的，就像在地下埋了很久刚爬出来还没掸掉身上的尘土似的。他们默默地扯着他的手，用滑头的目光察看着他，有的哼哼哈哈地说着什么，傻呵呵、好开个玩笑的木匠尼基塔·普罗耶兹热夫扯开男高音的嗓门儿问道：

"尼古拉·法杰夫，你对我们总会比当初你父亲要稍稍和善点吧，是不？"

"尼基塔，眼下不是这么聊天的时候！"有人正儿八经地说。

尼古拉像做梦似的看着他们，搞不清楚他们有什么事，来干吗，这时普罗耶兹热夫夸口说：

"我赶做的棺材永远坏不了,哪怕用到基督再现①!"

有人阴沉地说:

"哪怕到最后审判②……"

"举行法事不?"一个长着肥大的蒜头鼻子、腮上有道伤疤的高个子老头儿跟在后边问道。

"问我姑妈去,"尼古拉说,一面走进前厅去,这时他听到身后喊喊喳喳地说:

"到底还是伤心啊!"

"父亲嘛,不管怎么说……"

屋子里一种单调的声音依旧在懒洋洋、有气无力却又很虔诚地吟诵着:

"来,啊,我们要屈身敬拜,在造我们的耶和华面前跪下,因为他是我们的神……"③

塔季扬娜姑妈弯下腰去把麻布铺在地板上,她的头顶上方伸着父亲的两只沉甸甸的、脚趾钩曲的大脚。油灯摇曳着蓝莹莹的灯头,三支蜡烛就像田野上迎风摆动的金凤花颤巍巍地摇动着黄色的火苗。

通往小储藏室的门开着,安娜在一片昏暗中忙活着往一个角落里归拢黄瓜。他进来,走到她跟前说:

"我心里难受极了,安娜!"

"那还用说,"她像以前那样温柔地答应着。

"你,"他回头望望,悄声地说,"下工以后留下,别走!"

她站起来,吃惊地小声问道:

"干什么呀?"

"我需要你。"

女的摆了摆手,向屋角里退了几步。

---

① ② "基督再现"和"最后审判"都出自《圣经》故事:前者是指基督第二次复活,常用以指不可能发生的事;后者指基督临终前对世人的审判,即所谓"世界末日"。
③ 引自《旧约·诗篇》第九十五篇第六节。

"你要干什么,干什么呀!"他听到她悄悄的、责怪的低语声,"这是什么日子? 就是给三个卢布我也不干——你呀!"

"傻瓜!"他愁眉苦脸地说,"我只是跟你说说话,鬼东西!"

"我知道你会怎么'说说话',你是个色鬼,不要脸! 瞧我不告诉赫里斯京娜——哎哟哟……"

"让她告诉去!"他内心里大叫一声,甚至还冷冷一笑,随后,满不在乎地出声说道:

"告诉去吧。反正一样! 我找你不是为了干你想的那种事……"

"算了吧,"她抱怨地说,"我知道你! 让我走!"

她侧身从他旁边走了出去。

他一个人在黑洞洞的屋里,闻着鲜黄瓜的清香,呆坐良久,思忖着这三天给他带来的一切;父亲的死并没给他增加多少思想负担,此外似乎也没发生什么特别的事,然而一切又却是这么可怕,生活一下子变得这么惊恐不安,这么纷繁无绪。

"等我站稳了脚跟,"他想再次重复自己那句威胁的话,但话到舌尖却又想起了安娜。

"鬼东西,她也学得这么死心眼儿,一点都不开窍! 还要告诉赫里斯京娜……"

他真想哭一场,但一腔怒火却又把他的眼泪烧干了,他坐在那里不停地摇着脑袋。

安娜扛着一篮子黄瓜又进来了,她把黄瓜倒在屋角里,就像把身子折成两段似的弯下腰,码好黄瓜。

"你告诉赫里斯京娜了?"

"要告诉的。"

"你不要说。"

"那你给我什么?"

"半个卢布。"

"给我个银币,怎么样?"

他懒洋洋地递给安娜一个银币,她撩起裙子,把钱塞进兜里,挤了挤眼,说:

"好吧,不说。"

她走了。纳扎罗夫摇着头,心想:

"真话不值钱!这话未必有道理。《诗篇》中说,'靠马可以使谎言得救。'①可见,借助谎言,就像骑上了骏马可以脱身一样。可是脱身于什么呢?既然借助谎言,这么说,那就是从真理中脱身出来!圣训却教会人摆脱真理!"

前厅里又听到赤脚噗嗒噗嗒走路的声音,这次进来的是赫里斯京娜,她也像安娜一样,弯下腰去归拢滚散到地上的黄瓜。

"就是这样:强奸、污辱,而后抛弃,"纳扎罗夫心想,"那你就再不会趾高气扬了……"

"还坐着呢?"赫里斯京娜弯腰干着活,嘲讽地看着他问道,眼里却闪动着泪花。他狠狠地咬着牙,一声不吭。

"你又在调戏安娜?"她拎着篮子朝他走过来,又说道。

尼古拉忽地站起来,把手一举,姑娘用篮子急忙把他挡住,溜了过去。

"我宰了你!"他嘟哝道。这时姑妈从房门口瞅了一眼,悄悄地、郑重其事地说:

"瞧,这样跟姑娘们动手动脚,也真是时候!"

纳扎罗夫冲她走过去,吭哧着鼻子,挥舞着胳膊,她急忙躲到门后边。

"这是怎么啦?"他一边往院子里走着,一边寻思。院子里老头、老太太们漫无目的地游来逛去,孩子们到处乱跑。"真不如上吊!好,等着瞧吧!这一切我会永远记在心里的。"

---

① 纳扎罗夫引用的这句话是不准确的,原经文是:"靠马得救是枉然的。马也不能因力大救人。耶和华的眼目看顾敬畏他的人,和仰望他慈爱的人,要救他们的命脱离死亡,并使他们在饥荒中得以存活。"(《旧约·诗篇》第三十三章第十七至十九节)

在老人们的嘟哝、叹息,以及如泣如诉的祈祷声的伴送下,他低着头出了大门,向河边走去。

太阳已经落山,树林和河面上空徐徐腾起一道道青蓝色的雾霭。灰色的小蛐蛐从他下脚的地方向四面八方蹦跳着,无数的苍蝇、牛虻和黄蜂在空中嗡嗡地飞来飞去。脚底下鲜嫩的草棵发出清脆的折裂声。河面上映着红艳艳的云霞。他在树棵前的沙地上坐下来,望着河面上一层层深蓝色的涟漪向他的右首扩展开去,河水宛如一匹绸缎,泛着粼粼波光。

他在想象他将对人们如何严酷和无情,他将要像父亲所嘱咐的那样,把姑妈赶走,任何东西也不给她。他要和赫里斯京娜结婚,要死死地把她管住,不让她随便花钱,不许她穿好衣服,动辄就打,朝她脸上、胸膛上、肚子上狠揍。对安卡①,也得给她点厉害。这些事,等父亲一安葬完毕,他就立即动手干,他将严厉地、毫不妥协地转眼变得翻脸不认人。

附近地方一只斑鸠在咕咕地叫着,鱼儿在河里冲破如锦似缎的水面,穿游腾跃,在上面推出一圈圈的波纹。天空变得通红,树林阴沉下来,就像充满了某种柔和、温暖、芬芳馥郁的气息。

"尼古拉·法杰伊—奇。"安娜喊了一声。

他沉默了一会儿,随后,没好气地答应了一声,她光着两只脚,高高地提着裙子和内衫,抿着她那孩子似的圆嘟嘟的小嘴笑着,来到了他跟前。

"塔季扬娜姑妈让告诉你,神父说,法事等明天再办,他往后推迟半天……"

"随他的便。"

"你闷得慌?"她向他俯下身去,问道。

他没答理,连看也没看她一眼。

---

① 安娜的俗称。

"听我说,科柳什卡①,"她回头看了看,小声地说,"依你的,咱们最后一次,就这样,夜里我一定来,喏,这下愿意了吧?"

"去吧。"

"不过你得给我五个卢布——你是财主了!"

"好吧。"

"因为这对你来说是罪过,对我来说,当然也是罪过。唉,科柳什卡,科利亚,干吗总是……"

"怎么?"他轻声问道,可索罗金娜若有所思地回答说:

"怎么说呢,不知你是在可怜大家,也不知你是想什么都不管找着地方一走了事!"

他陷入在一种极度愤恨和苦闷之中不能自制,突然啜泣了一声,讷讷道:

"等着瞧吧,我让你们都瞧瞧我的厉害,这我是不会忘记的!"

他两眼流出了最后一点人性的眼泪,他用手掌把它擦掉,一边肯定地点着头,像一条丧家狗似的恶狠狠地抱怨道:

"既然谁也不可怜谁,我也谁都不可怜!"

"科利亚,"安娜抚摩着他的头发悄声地说,"我可怜你,真的! 非常可怜你!"

"去吧,不然人家会看见的!"

"看不见。哎呀,你呀,等等再结婚不好吗? 最好你还是跟我一起过吧——真的! 赫里斯京娜这姑娘太霸道,她会随意摆布你,让你听她的!"

"我要让所有的人都听我的,"纳扎罗夫斩钉截铁地说,接着又正言厉色地补充道:"走吧,安卡,去吧,你记着我的话好了!"

她刚要走,又悄悄说了一句:

"小心,可别骗我,五个卢布——好吗? 我一定到浴室去,要

---

① 尼古拉的昵称。

当心!"

　　他默默地点了点头,注视着村内教堂顶上红红的天空中,像火灾映照下烧焦的木块似的鸦群在盘旋着。此时此刻,他的心头也正纠结着一团阴郁、孤寂的思绪。

　　炎热的一天烧尽了,温暖宜人的夜晚伴随着青蓝色的暮霭从树林中飘然升起。

老　　板

自传之一页

李辉凡　周　圣　译

自传性中篇小说《老板》写于一九一二年年底,最初发表在一九一三年《同时代人》杂志第三、第四、第五期上,同年在柏林出版单行本。作品真实地描写了作者在喀山谢苗诺夫面包作坊帮工时期的见闻、经历和感受,与作者一九二三年撰写的自传三部曲中的《我的大学》互为补充,相辅相成。一九一五年彼得堡"生活与知识"社出版《高尔基选集》时,作者在篇名下加了《自传之一页》的副标题。

　　译自《高尔基三十卷集》第十四卷。

……风搅雪在嬉戏,干燥、灰色的积雪从地上腾起,一绺绺干草和一条条带子似的椴树皮在院子里四处乱飞。院子中间站着一个圆滚滚的大胖子,他穿着齐脚后跟长的粗麻布做的鞑靼式的袢子,赤脚套一双半高筒的胶皮鞋,双手叠放在鼓胀的大肚皮上,两个大拇指骨碌碌地互相绕圈子转着。他用不同颜色的两只小眼睛(右眼是绿色的,左眼是灰色的)打量了我一番,大声说道:

"走吧,走吧,没有活干!寒冬腊月哪有什么活可干的呢?"

　　他傲慢地绷着肿胀的没有胡子的脸,薄薄的嘴唇上,几根稀疏的花白胡子在抖动,下嘴唇令人厌恶地耷拉着,露出一排密实的细牙齿。十一月的凛冽寒风打在他的身上,吹乱了他大脑门上稀薄的头发,撩起他盖到膝部的袢子,露出一双像酒瓶那样又胖又光滑、长满淡黄色毫毛的小腿。这个人好像没有穿裤子。他那不成体统的模样和那只灵活的绿眼中流露出来的不痛快的神情,引起了我的强烈的好奇心。我反正没有事情,便想同他搭讪几句。我问他:

"怎么,你是看院子的吗?"

"走开,别多管闲事……"

"老兄,不穿裤子,你会着凉的……"

　　他眉毛上的几块红斑移到了上边,两只不协调的眼睛奇怪地东张西望起来,好像要跌倒似的身体向前倾斜了一下:

"你还要说什么?"

"着凉了,你会送命的。"

"还有什么?"

"没有了。"

"什么没有了!"他闷声闷气地说道,手指头停止了转动。他分开双手,美滋滋地抚摩着肥胖的腰部,走到我的跟前,问道:"你说这些话是什么意思?"

"没有什么意思……我能见见瓦西里·谢苗诺夫老板吗?"

他吁了一口气,用那只绿眼睛仔细地审视着我,说道:"我就是老板……"

我找工作的希望破灭了。寒风变得更加凛冽,这个人也使我更加厌恶。

"怎么样?!"他冷笑道,"我就是你所说的看院子的!"

现在,当他差不多紧靠我站着的时候,我才发现那副醉醺醺的模样。他眼睛上面那块发红的地方长满了不易被人觉察的黄色绒毛,整个人很像一个巨大的发育畸形的鸡雏。

"喂,滚吧!"他朝我吐出一口浓烈的酒气,并挥了挥他的短手(这只捏紧拳头的手也很像一只带塞子的香槟酒瓶子),开心地说道。我转过身,不慌不忙地朝大门走去。

"喂!一个月三卢布,干不干?"

我十七岁,身强体壮,又有文化,替这个胖酒鬼干活一天才十戈比!不过,没有事做,冬天可不是闹着玩的;我只好忍着气说:

"好吧。"

"有身份证吗?"

我把手伸进怀里,老板却嫌恶地挥挥手说:

"我不要,去交给管家吧。到那边……去问萨什卡……"

我走进一扇敞开的、由单个活页连着的门里。这是一间后接出来的满是裂缝的房子,它歪歪斜斜地贴在两层楼房的一面黄色的、剥蚀了的墙壁上。我穿过面粉堆,走到一个窄小的角落里,迎面飘来一股略带酸味的、香喷喷的热气。突然,院子里传来一种奇怪的声音:不知什么东西发出扑哧扑哧的响声。我把脸贴近前室的墙缝里一看,惊讶得愣住了：老板把胳膊肘紧贴腰部，踩着碎步在院子里奔跑，好像有人用一根看不见的绳子赶马儿似的驱着他跑圆圈，他闪动着裸露的小腿肚子和又粗又圆的膝盖，松弛的两颊和肚子也在抖动。这个人张着鲶鱼似的圆嘴直喘气：

"呼……呼……"

院子很窄，到处散乱地、交错地搭了一些破旧的杂用房屋，门上都挂着狗头似的大锁。在一根雨淋日晒的木头上，露出几十个像死人的眼睛似的小木节。院子的一角，糖桶堆得齐屋顶高。这些圆桶的桶口都露出一些干草。整个院子就像一个大坑，人们把所有破烂东西都往里面扔。

干草、树皮漫天飘，刨花、木屑四处飞。在这个破烂堆上，一个粗壮的怪人笨拙地跳来跳去，胶鞋踩在小石子上发出啪哒的声音，好像是在耍弄这堆破烂似的，他一边跳，一边抖动着肥胖的身体，嘴里喘出粗气：

"呼，呼，呼……"

从一个角落里，猪群的粗野叫声和哼哼声应和着他的呼呼声；另一个地方，马儿在喘息、踢蹄。从二层楼的通风小窗口里传来一阵忧伤的少女的歌声：

> 我的未婚夫，无忧无虑的淘气鬼，
> 你为啥不开心？

风刮进桶口，干草沙沙作响，碎木片也不断地发出啪啪的敲击声。在库房顶上马头形的木雕上一群蓝灰色的鸽子怕冷地相互紧紧挤在一起，悲戚地咕咕叫着……

这里的整个生活都显得奇怪、混乱，而这一切的中心便是那个我从未见过的、不寻常的人，他汗流浃背，气喘吁吁，不停地跑来跑去。

"我闯到什么鬼地方来了呢？"心里有点害怕起来。

地下室的小窗户从外面用稠密的铁丝网裹着,在拱形的顶棚下笼罩着一股混杂着劣等烟草的云雾般的蒸气。室内光线暗淡。窗玻璃破了,用面团粘着,从外面溅了许多污泥。四个墙角都挂满了破布般的蜘蛛网,上面盖着一层黑色的灰尘,甚至在放圣像的黑色方框里,也整个地蒙上了一层灰色的薄膜。

一个巨大的带低拱门的炉子里炽热地闪着金色的火焰。炉门前,面包师巴什卡·齐甘魔鬼似的来回蠕动着,长柄铲子的摩擦发出沙沙声。他是作坊的主脑人,却是小个子,黑头发,留两撇分叉的胡子,一口白得耀眼的牙齿。他身穿红色裤子,不束腰带,袒胸;胸间的鬈毛长得像一幅美丽的花纹。他虽然身材矮小,却筋肉壮实、灵活,活像小饭馆里的卖艺人。他那匀称的脚上穿着一双像生铁铸成的破鞋,使人看着难受。他那有力的洪亮的叫喊声响彻整个地下室。

"快点干吧!"他一边叫喊,一边用手掌在披着黑色鬈发的漂亮的额上抹汗,接着又骂一些难听的话。

窗户下面靠墙的一张长桌子周围,坐着十八个工人。他们有节奏但却单调地微微摇晃着身子,在做甜面包卷①,一俄斤面粉做十六个。桌子的一端有两个人在切有弹性的、灰色的、长得像条带子似的面团。熟练的手指把面团捏成一个个同等大小的块块,并顺着桌子把它扔到面包师的手下;他们的动作快得几乎觉察不出来。个个人都把面团搓长,连结成 8 字形,然后用手掌拍打一下。因此,作坊里不停地发出啪哒声。我站在桌子的另一端,把做成的面包圈放进树皮编的托盘里,学徒工再把我装满的托盘运给煮面团的工人;工人们把生面团扔进沸腾的大锅里,一分钟后再用长柄铜勺把它从锅里捞出来,放在一个也是镀锡的铜长槽里,面包师重新把光滑的热腾腾的面团块移到炉口前的小台上去烘干;他把面块整齐地码在铲子上,巧妙地扔进炉子里。从炉子里取出来时,皮已呈黄色——这时面包就做成了。

---

① 原文为 Крендель,是一种"8"字形小甜面包。

我若是不能及时把送过来的面团摊开——它们马上就会变得瓷实起来，黏在一起，那就前功尽弃了。桌子周围的人就骂我，用碎面团朝我脸上打过来。

大伙儿对我都不友好，不信任，好像料定我会干出什么坏事来似的。

十八个鼻子昏沉沉地、沮丧地在桌子上面摇晃着，彼此的脸很少有什么差别，大家的脸上都同样表现出由于疲乏而恼怒的神情。揉面机的铁杆沉重地轰隆作响——跟我轮班的工人在揉搅面团。这是一种很重的活：要把七俄斤的面糊揉成稠得像橡胶那样有弹性的东西，而且里面还不能有任何一点生粉疙瘩。要做到这一点需要有很快的速度，最长不能超过半个小时。

炉膛里，柴火不时发出哗喇声；大锅里的水在沸腾；工人们一双双手在案板上拍打着，这一切汇成一种连续不断的单调的音响。有时，人们也发出几声愤懑的喊声，但这喊声也不能使气氛活跃起来。只是从坐在地上串面包圈的学徒工那里清晰地传来十一岁的亚什卡·阿尔秋霍夫的尖细而清新的嗓音。他有点翘鼻子，发音时 С、Ш① 不分。他总是一会儿皱皱眉头，做怪脸，一会儿笑哈哈，激动地讲一些不可思议的关于牧师老婆的故事：牧师老婆由于吃醋，竟用煤油浇在自己的快要出嫁的女儿身上烧她。他叙述人们如何捉住并殴打偷马贼，讲家神和巫师、妖婆和人鱼公主等故事。由于小孩的声音清脆，不停地讲这讲那，大伙便给他起了一个雅号"小铃铛"。

我得知，瓦西里·谢苗诺夫不久前（六年前）也是一个工人，面包师，他同自己东家的老婆姘上了，并唆使这个老太婆用砒霜毒死了她的酒鬼丈夫，便把全部家业攫为己有了，然后又殴打这个女人，并经常恐吓她，使她怕得像耗子一样，躲在地下生活，只求不要看见他。人们把这件事当作很平常的故事讲给我听，从他们的口气里甚至觉察不到

---

① С、Ш 是俄语中两个字母，按汉语拼音为 c‑s;ш‑sh。

一点儿对这个走运的人的嫉妒。

"他在你们这里走来走去,为什么不穿裤子呢?"

独眼老头库津板着一副阴沉的凶神恶煞似的脸庄重地解释说:

"喝醉了,他前天刚刚暴饮了一次。"

"他是不是有癫狂症?"

几对眼睛含着讽意,生气地望着我。齐甘意味深长地大声说道:

"等着吧,他就会给你颜色看的!"

从六十岁的库津到用树皮纤维串面包圈(从圣母节到复活节①只赚两卢布工钱)的亚什卡,大家在谈到老板时几乎都带有一种近乎夸耀的神情。他们说:像瓦西里·谢苗诺夫这样的人,你再也找不到第二个了!他很放荡,有三个姘头,他折磨其中的两个女人,而第三个却反过来打他。他很贪婪,给工人吃最坏的伙食,只是在节日才给一点腌肉汤,平时就给吃一些乌七八糟的东西;星期三和星期五吃青豆和掺有苎麻油的黍米粥。而干活呢,每天得做七袋面粉——和成生面就是四十九普特。每加工一袋面粉都要花两个半钟头。

"你们这样讲他,令人奇怪,"我说。

面包师翻了翻机敏的白眼,问道:

"奇怪什么?"

"你们好像是在夸他……"

"有值得夸的地方!你要知道,他原来也是一个普通工人,可是现在连警察所长见到他都得脱帽!他除了会算账,根本没有文化,却掌管着雇有四十个工人的生意——一切都在于智谋!"

库津虔诚地叹了一口气,然后肯定地说:

"耶稣给了他足够的智慧。"

巴什卡激越地大声叫道:

"甜面包卷作坊,咸面包房,面包铺,面包干铺——这一切没有账

---

① 即从十月一日到翌年四五月。

你对付得了！单是甜面包卷,一个冬天卖给几个县的莫尔德瓦人和鞑靼人的就超过五千普特;他还要批发给城里的七个小贩,这些人每人每天要卖两普特的甜面包卷和一级面包干,你知道吗?"

面包师的这股神气劲我不能理解,而且使我生气。我却有充分的理由对老板抱另一种看法和评价。

老库津把他的单只贼眼隐藏在灰色的眉毛底下,好像有意逗弄人地说:

"我的老弟呀,这可不是一个简单的人物!"

"显然是不简单,你们不是说他毒死了东家吗⋯⋯"

面包师皱了皱他的黑眉毛,不乐意地说:

"这件事并没有证据。也许是出于恶意或者嫉妒心,人家就说他杀人啦,放毒啦,霸占啦——我们的兄弟走运的时候,人家总是不乐意的。"

"他是你的什么兄弟呢?"

齐甘没有回答。库津却朝墙角里扫了一眼,生气地对学徒工说:

"小鬼,你们该去把圣像上的灰尘擦擦干净！该死的东西⋯⋯"

其他人都不吱声,仿佛他们已经不存在了⋯⋯

轮到我当班排放甜面包卷时,我就站在桌子旁边给伙计们讲所有我知道的,以及在我看来他们也应该知道的事。为了要压倒工作中的嘈杂声,就不得不提高嗓门说话。大家听得越是出神,我讲得也越带劲,声音越高。正在这样"兴致勃勃"的时候,却被老板看见了。他责罚我并给我起了个诨名。

他不声不响地出现在我背后一扇隔离作坊和面包烤房的石砌拱门里,面包烤房的地板比我们的作坊高出三个台阶。老板站在拱门里,就像镶进了框子里一样,双手叠放在肚皮上,手指不停地转动着,和平时一样穿着长褂子,肥胖的脖子上系一条装饰带,又粗又笨,活像一只装满了面粉的大口袋。

他站在那里,居高临下地用两只不同的眼睛望着大家,其中那只绿眼睛是滚圆的,它在不停地转动并缩小了,很像一只猫眼睛;另一只灰眼睛是椭圆形的,呆板而又晦暗,像死人的眼睛。

作坊里的一切声音都停息了,工作的速度变得越来越快,而我却没有发现这点,还在继续讲故事。就在此时,我的背后传来了嘲讽的声音:

"你在胡扯些什么,粗嗓门!"

回头一看,我便不好意思地打住了。而他却从我旁边走过去,用绿眼睛的刺人目光打量着我,并问面包师:

"他活干得怎么样?"

巴维尔称赞说:

"不错!挺好……"

老板斜穿过作坊,像皮球似的不慌不忙地滚了出去,在踏上穿堂门的台阶时,对齐甘急慢地低声说:

"叫他去和面,一星期不换班……"

他开门走出去了,给作坊里放进一股白雾般的寒气。

"厉害吧!"瓦诺克·乌兰诺夫拉长声调说。这是一个瘦弱的瘸腿青年,一张厚颜无耻的脸,说话、举止都是极其粗俗的。

有人嘲讽地吹口哨。面包师用生气的目光扫了大伙一眼:

"快干呀!"接着又骂一些难听的话。

从小徒工们席地而坐的角落里传来了亚什卡的生气的、责备人的声音:

"你们坐在桌子尽头的人真不像话,看到老板来的时候,也该通通气……"

"对-啊!"他的哥哥,十六岁的青年阿尔乔姆拖长声音应和道。他头发蓬乱,就像一只刚刚打过架的公鸡。"这可不是开玩笑的,要和一个星期的面,不许换班,——简直折磨人!"

坐在桌子尽头的是库津老头和患梅毒病的温和的"大兵"米洛夫。

库津闭着他的独眼,不吱声,"大兵"却负疚地说:.

"我没有想到……"

面包师嘴角拉到了耳朵边,得意地笑着说:

"如今你的名字就叫'粗嗓门'了!"

只有三个人不由地笑了笑,接着便是一阵不自然的、令人难堪的沉默,大家都尽量不看我。

"亚什卡总是第一个能见出实情的人。"奥西普·沙图诺夫突然以其浑厚的男低音感叹地说道。这个人的腰脊有点歪,一张加尔梅克人的脸,眼睛很小。"在这个世界上,亚什卡这样的人是活不长久的。"

"见你的鬼去吧!"小孩快活地大声喊道。

"应该把他的舌头割掉,"库津接着说。阿尔乔姆则气愤地呵斥库津:

"像你这样的卑鄙的告密者才该把舌头连根割掉呢!"

"嗤!"是炉子那边的人发出的声音。

阿尔乔姆站起来,悠然地走出穿堂。小弟严厉地对他说:

"你这鬼东西光着脚往哪里走?穿上鞋子,着了凉,你就完了!"

显然,类似的劝告大家已经听惯了,所以都没有作声。阿尔乔姆以眩惑地目光温和地看了兄弟一眼,表示同意,穿上了鞋。

我感到伤心。孤独感和对这些人的陌生感像一块沉重的东西压在我的胸口。暴风雪吹打着肮脏的窗户——外面很冷!像这样的人,我过去都见过,而且多少有点了解。我知道,几乎每个人都经受着痛苦的和不可避免的心灵的转变:这种心灵在农村中诞生并悄悄地成长。而现在,都市却用千百只小锤子按照自己的方式锤炼着这个恭顺、柔弱的心灵,使它变大或缩小。

当那些没有文化的人们唱自己的村歌,把他们无声的疑虑和痛苦贯注在歌词和音响里时,都市劳动的残酷性会使人感到特别明显。

不—幸的姑—娘,

突然,乌兰诺夫用很高的、几乎是女人的嗓子唱了起来。立即又有一个人不由地接下去:

夜间来到田野上……

缓慢地唱出的"田野"二字又激发了另外两三个人。他们低着头,埋着脸追忆着:

明月照原野,
微风吹拂拂……

在他们还没有唱完下一句之前,瓦诺克便用哭泣的声音接下去:

不幸的姑—娘……

现在,歌声变得更和谐更嘹亮了:

姑娘对着风儿讲:
微风呀,知心的朋友,
把我的心儿带向远方!

歌声一起,作坊里好像飘起了一股广阔田野上的清风。人们向往的是一种美好的、使心灵变得更温柔更美丽的东西。突然,有人好像对温柔词句的哀伤感到了惭愧,便嘟哝道:
"啊哈,小娘儿哭起来了……"
乌兰诺夫激动得脸色泛红。他的嗓门放得更高,调子更忧郁了:

不幸的姑—娘……

众人的发自肺腑的歌声唱出了无限的忧伤：

姑娘对着风儿苦苦哀求：
"请把我的心儿带走，
带向那茂密幽暗的丛林！……"

"这么一来，娘儿们自己可就……"歌声被猥亵的下流话打断了，从而田野的气息又被掺进了阴暗的地下室和狭窄院子的腐臭味。

"唉，我的妈呀！"有人叹息了一声。

瓦诺克和那些好嗓门却唱得越来越起劲，他们好像要把那蓝色腐臭的火焰和猥亵语言扑灭似的。人们也越来越为悲伤的爱情故事而感到惭愧，因为他们知道，都市里的爱情是只要十戈比就可以出卖的。他们干过这类事情，并且因此得了病，生了疮。对于爱情，他们已顽固地形成了另一种看法。

不幸的姑娘！
唉，没有人相爱……

"别担心，找十个也有……"

你把我的心埋葬吧
在树根下，在秋叶里。

"这些娘儿们才贱呢，她们都要嫁人，而且吊着男人的脖子不放……"

"那当然啰……"

乌兰诺夫紧紧地眯缝着眼睛，继续唱着美好的歌。在这个时刻，他那无耻、憔悴而又衰老的脸，罩上了某种亲切的小皱纹，显现出一种腼腆的微笑。

　　但是，猥亵歌曲的下流的叫喊声越来越厉害了，宛如街道上的污垢溅满了节日的服装。瓦诺克终于感到自己被击败了，于是他张开浑浊的眼睛，下流的狞笑扭歪了他那衰朽的脸颊，某种恶意的东西在他的薄嘴唇上颤动。他必须保持自己的好歌手的荣誉，因为正是这种荣誉，他这个为伙伴们所不喜欢的懒汉才得以在作坊里待下来。

　　他抖动了一下长着稀疏的红头发的，有棱角的脑袋，尖声唱道：

　　　　在普罗洛姆大街上
　　　　躺着一个彪形大学生……

　　带着一种特别令人腻味的厚颜无耻，好像尝到了唱下流歌曲时的复仇的快感似的，全作坊的工人都大声合唱起来，其中还夹杂着口哨和嗥叫声：

　　　　躺着——微笑着……

　　这情景就像一群猪闯进了美丽的花园，摧残了鲜花。乌兰诺夫的样子既令人厌恶又使人害怕：他发疯似的兴奋异常，像一团火一样，灰色的脸上呈现出一片红色斑点，眼睛鼓了出来，身体淫荡地歪扭着，作出下流的动作。他那异乎寻常的高嗓门具有某种苦闷至极的令人心碎的力量。

　　　　来呀，姑娘们，来呀，太太们，

　　他挥着双手唱，大伙也同样激奋地喊叫：

　　　　来哟，你就径直地……

径直地!

径直地……

浓烈、油腻、黏滞的污言秽语像开了锅似的沸腾着,煎熬着人们的灵魂,它们在呻吟,几乎是号啕痛哭。看到这般的疯狂,令人多么难受啊!真想一头撞在墙头上。可是我没有这样做,而是闭上了眼睛,自己也开始唱起下流歌来了,甚至唱得比别人更响亮,因为我非常怜悯人。要知道,感到自己比别人好,并不一定是愉快的。

老板常常不声不响地出现在作坊里,不然就是满头红色鬈发的管家萨什卡窜了进来。

"伙计们,好开心呀?"谢苗诺夫口蜜腹剑地问道;萨什卡则是干脆地大声呵斥:

"安静一点,混蛋!"

顿时鸦雀无声。然而,这些人越是迅速地服从淫威的吆喝,心灵中也就变得越加阴暗和沉重。

我有一次问大家:

"弟兄们,你们为什么要糟蹋好歌曲呢?"

乌兰诺夫诧异地瞧了我一眼:

"难道我们唱得不好吗?"

奥西普·沙图诺夫却用他一向似乎很冷静的低音说道:

"歌曲,最坏的莫过于糟蹋它。歌曲像灵魂,我们大家都是要死的,而歌曲却要留下来,永远活着!"

说话的时候,奥西普低下了眼睛,活像修道院里的修女、募化人。当他说完之后,他那加尔梅克人式的宽颧骨,几乎老是不停地在颤动,好像这个不合群的人老在慢悠悠地咀嚼着什么东西。

我用小木片做了一个读书架子。当我干完了一星期的和面工,回到桌边重做排放甜面包卷的活时,我便把读书架子放在面前,把书搁在上面看。我的双手一刻也不能离开工作,翻书页的差事就由米洛夫担任——他很虔敬地履行这个任务,每次都紧张到有点不自然的程度,唾液沾满了手指。当老板从自己的房子来到面包房时,他还得用脚踢我一下,让我注意。

但是,这个"大兵"却是个货真价实的粗心人。有一次,我在读托尔斯泰的《三兄弟的故事》①时,我身后传来了一阵谢苗诺夫的马响鼻似的喘气声,他伸出短粗的手抓到了书。我还没有明白过来,他已经挥动着书向炉子走去,边走边说道:

"想得真巧妙,有心计……"

我追上了他,捉住他的手说:

"这书——不能烧!"

"为什么?"

"就是不能烧!"

作坊里顿时鸦雀无声。我瞥见了面包师的愠怒的脸和龇露的白牙齿。我预料他会喊出:

"揍他!"

我眼睛冒火,两脚发颤。伙伴们却好像忙于要结束一项工作,去做另一件事情似的,全力以赴地干活。

"不许烧?"老板镇静地重问了一句。他没有看我,脑袋歪到一边,好像在倾听什么似的。

"还给我。"

"好……拿去!"

我拿到被揉皱了的书,便放开了老板的手,回到自己的位子上。他却低着头,像平时一样默默地走到院子里去。作坊里沉寂了许久,后来,面包师用剧烈的动作在脸上抹一把汗,跺着脚说:

"喝,见你的鬼,我的心都凉了!我还以为,他和你就要打起来

---

① 应为《傻子伊凡和他两个兄弟的故事》。

呢……"

"我也是这样想的,"米洛夫高兴地附和道。

"本来是可以打起来的!"齐甘遗憾地提高声音说。"现在,'粗嗓门',你要当心。他就要整你啦。嗨,你啊!"

库津摇摇他的灰白头,责怪道:

"小伙子,你不该到这里来!我们不想多惹是非。你一个人惹了老板,他可会在我们身上撒气的,会的!"

阿尔秋什卡低声骂"大兵":

"笨蛋!你真是,怎么会瞧不见呢?"

"我是没有瞧见。"

"人家不是吩咐过你,要你瞧着点吗?!"

"我没有看到嘛……"

大多数人都漠不关心地沉默着,听着他们的生气的责怪。我不晓得这些人对我是什么态度,自己却觉得不大好受。我暗自想,也许还是离开这里好。齐甘好像是知道了我的心事,生气地说:

"'粗嗓门',你去结账吧,反正你现在也不会有好日子过了!他要是唆使叶戈尔卡来对付你,事情就糟啦!"

但是,这时像裁缝似的双脚交叉坐在蒲席上的亚什卡却站了起来,挺着肚子,患佝偻病的两条腿支撑着他,摇摇欲坠,非常吓人地瞪着蓝白色的眼睛,举起小拳头喊道:

"干吗要走?去教训教训他,要是打起架来,我帮你!"

沉寂了一会儿,大家都哈哈地笑起来。这清新、健康的笑,犹如夏天的一阵大雨,荡涤了人们心灵上的污泥、灰尘及所有的污垢,显露出善良与光明,使人们结成一个怀有共同感情的紧密的实体,成为一个严整的人。

大家都停下了工作,摇晃着,捧腹大笑,号的号,叫的叫,笑得喘不过气来,热泪盈眶。亚什卡也腼腆地边笑边拉平自己的衬衣:

"不对吗?还有呢!……要拿个三俄磅的秤砣,要不就拿一块劈柴……"

沙图诺夫第一个止住了笑,用手掌擦了擦脸,谁也不看地说道:

"又是亚什卡说得在理,好样的!不该吓唬人家。他故事讲得很好,可你们却要他走……"

"预先提醒他还是需要的!"巴什卡停止了笑,说道,"难道我们是没良心的人吗?"

于是大家都和气地商量着我该如何地防备叶戈尔:

"他杀人、伤人是不当一回事的!"

最热心的是阿尔秋什卡,他很快地想出了各种不同的、荒唐的攻守计划。老库津却把独眼瞄着墙角,生气地唠叨说:

"这班小鬼,我对你们说过多少遍了,要把圣像擦干净……"

齐甘碰了碰铲子,好像自言自语地说:

"要做好各种坏的打算……在我们这里,胡来是不行的。"

窗外院子里走过去一个人,脚步声很重。万事通亚什卡兴奋地说:

"是叶戈尔去关门,——他们要圈猪了……"

另一个人小声说:

"他在医院里却没有把命送掉……"

大家没有作声,气氛很沉闷。过了一会儿,面包师向我建议:

"想看看谢苗诺夫的阅兵典礼吗?"

……我站在穿堂里,从门缝向院子望去:院子中间,老板赤脚坐在一个木箱上,在他的褂子的下摆里兜着二十个面包;四只约克夏猪哼哼着在他身边乱转,猪嘴伸进他的两膝中间。他时而将面包塞进猪的红嘴巴里,时而拍一拍猪的粉红色的胖肚皮,慈父般爱抚地小声唠叨着。这种声音是我从未听见过的:

"哦—哦,畜生就喜欢吃,连畜生也喜欢吃面包?好,吃吧,吃吧……"

他那肥胖的脸上浮现出一种柔和的、睡眼惺忪的微笑,灰色的眼睛很有神,友善地张望着。他好像完全变成另一个人了。在他的后面,站着一个宽肩的男人,麻脸,上唇留着口髭,脸刮得发青,左耳上戴着一个银耳环,帽子歪在一边,活像个铜钮扣;他用锡色的眼睛看着猪群冲撞老板,插在衣兜里的双手在颤动,衣服的下摆也微微抖动着。

"该卖了,"麻脸声音沙哑地说道,他那像斧背一样迟钝的脸却一动不动。

"不着急,"老板不高兴地大声应了一句。"什么时候还会有这么好的猪啊。"

一头骟猪用嘴在他的腰上一拱,谢苗诺夫在木箱上摇晃了一下,乐呵呵地大笑起来。他抖动着肥胖而松弛的身躯,皱着脸,他那双不同颜色的眼睛便被埋在肥厚脸皮的皱褶里了。

"滑头隐士!"他笑着尖声叫道:"平时待在黑暗的角落里,而在这里,咻,咻!你瞧它们,啊!我的隐士们,圣徒们……"

四头猪令人厌恶地长得一模一样,彼此相像得令人啼笑皆非,就好像同一只畜生在院子里窜来窜去似的。它们都是小脑袋、短腿,没有毛的肚皮快拖到地了。它们气冲冲地扬起那没用的小眼睛上的白睫毛,猛烈地撞人。我看着它们,简直就像在噩梦中似的。

约克夏猪哼着吼着、吧嗒着,把笨拙而又贪婪的嘴伸进老板的两膝间,在他的脚上、腰上擦来擦去。老板也尖声叫着,用一只手把它们推开,另一只手却拿着面包逗弄这些骟猪,一会儿伸近猪嘴,一会儿又拿开,在亲热的笑声中摇晃着身体,几乎同这些猪完全一模一样,不过是更加可怕、更加令人憎恶,也——更有趣罢了。

叶戈尔懒洋洋地抬起了头,久久地凝视着天空。这天空有一种冬日的灰暗和像他眼睛一样的寒气。在他的肩膀上端,闪光的耳环在静静地摇曳着。

"医院的一个助理护士悄悄地对我说过,"他不大自然地扬声说道,"好像不会有世界的危机……"

谢苗诺夫想抓住一头骟猪的耳朵,同时问道:

"不会有？"

"不会。"

"胡说八道，别听那蠢婆娘的……"

"也许是胡说。"

老板仍旧在抚摩淘气、干净而又肥壮的猪，不过，手的动作越来越缓慢了；显然，他已经疲乏了。

"说这话的是个高胸脯、豹眼突睛的女人，"叶戈尔吁了一口气，回忆着说道。

"助理护士？"

"是她！她说，不必等待世界危机，八月份太阳就会完全变黑了①……"

谢苗诺夫不相信地再次反问道：

"真的？完全变黑？"

"完全变黑。不过，这只有一会儿，一个影子经过罢了。"

"哪里来的影子？"

"不晓得。想必是来自上帝吧……"

老板站起来，严肃而又坚定地说：

"傻瓜！影子不可能挡住太阳，太阳能射穿一切影子，这是一；其次，上帝是光辉的，它哪里会有影子？再说，天上到处是空的，在空中哪里会出现什么影子？这是三。她真是个大傻瓜……"

"自然，娘儿们都是这样的……"

"这就对啦……把这群猪赶进栏里去……"

"我去叫一个人来。"

"去叫吧，不过不许他们打猪，谁要是打了猪，你就替我打他……"

"知道了……"

老板走出院子，约克夏猪在后面追他，像小猪缠住母猪似的……

---

① 指一八八七年八月七日在俄国中部地区能看到的一次日全蚀。

第二天清晨,老板打开从前室通到作坊的大门,站在门坎上,心怀叵测地说道:

"'粗嗓门'先生,去把面粉从院子里搬到前室去……"

寒气像一股白烟团冲进门里,直打在煮面工尼基塔的身上。他转过身来对老板说:

"瓦西里·谢苗诺维奇,请把门掩上,吹得太厉害……"

"什——么?有风?"谢苗诺夫尖声说道,用他的捏紧的小拳头戳了一下尼基塔的后脑勺,走了出去,依旧把门敞着。尼基塔已经是三十岁上下的人,但看上去他还像个孩子——个子很小,胆子也小,一张黄脸,一头浓密的毫无颜色的头发,在那双老是张得大大的眼睛里,呆然地流露出一种难以忍受的痛苦和恐惧。六年来,他每天从早晨五点到晚上八点,一直站在锅旁,不停歇地把手浸在开水里;他右边是灼热的火炉,背后是通院子的门,每天总得有几百次受到寒气的侵袭。他的手指害风湿病,弯曲了,还有肺炎,腿上静脉曲张,青筋满布。

我把空面袋往头上一搭,朝院子走去,当我走到尼基塔的身边时,他从牙缝里小声地对我说:

"这都是你惹的,真见鬼……"

从他的大眼睛里流出了浑浊的像汗水一样的眼泪。

我走到院子里,难受地想道:

"得离开这里……"

老板穿着女式狐皮大衣站在面粉包旁边,这堆面粉足有一百五十袋,窄小的前室甚至放不下它的三分之一。我对他说明了这一点,他却捉弄地冷笑着说:

"放不下,就叫你再背回来……不要紧,你很结实……"

我把面袋从头上一扔,对谢苗诺夫郑重说,不许他捉弄我,宁可给我结账,让我走。

"叫你搬,你就搬,懂吗!"他再一次冷笑着说。"大冬天你到哪里去?你会饿死的……"

"给我结账!"

他的那只灰色眼睛充满了血,而绿色眼睛却恶狠狠地闪着光,他捏紧拳头伸向空中,用抽噎的声音问道:

"你想挨嘴巴子吗?"

我火了。打掉他伸出的手,揪住他的耳朵,不声不响地拧着,他用左手推我的胸部,诧异地喊道:

"住手!你想干什么?打老板吗?放开我,鬼东西……"

后来,他时而把挨了打的右手悬放在左手上,时而揉揉被揪红了的耳朵,并用呆滞的、荒诞地睁得圆圆的眼睛直盯着我的脸,叨咕起来:

"你打老板?你?你算什么东西,啊?对……我-我去叫警察!我要把你……"

忽然,他委屈地把嘴唇卷成管状,拖长声音无精打采地吹一声口哨,然后眨巴一下右眼,滚蛋了。

我的怒火像一把干柴似的烧完了。瞧着他悄悄地躲到角落里,短大衣下面肥胖的屁股像受了冤屈似的颤动着,未免有点可笑。

天气很冷。可我不愿意回到作坊去。为了取暖,我决定把面粉袋搬到前室去,但是当我拿着第一个口袋到那里时,就看见了沙图诺夫:他像一只猫头鹰似的蹲在墙缝跟前。他那硬直的头发用树皮带子缠着,带子的两头落在脑门上,跟眉毛一起在抖动。

"你怎样对付他,我都瞧见了。"他小声说道,吃力地抖动着他那像马一样的颚骨。

"那又怎么样?"

他那蒙古人似的小眼睛,鼓了起来,流露出一种不可理解的眼神,使我感到惶惑。

"听我说,"他站起来,走到我的跟前说道。"这件事我对谁也不讲,你也不要对任何人讲……"

"我也不想告诉别人。"

"这就对了！不管怎么样,总是老板！对吗？"

"这怎么说？"

"总得听一个人的,否则,我们大伙就都互相厮打起来了！"

他说得很郑重,声音很低,几乎像耳语一样：

"应当尊重……"

我不懂他的话,生气地说：

"见你的鬼去吧……"

沙图诺夫抓住我一只手,无恶意地用神秘的耳语说：

"叶戈尔——你不用怕！你是不是知道一种治梦悸症的咒语。叶戈尔就有梦悸症,他害怕得要死。他心中有很大的罪孽……我有一次夜里打马厩旁边走过,见他跪着——在哀哭：'圣徒瓦尔瓦拉,拯救我,免除我猝然死亡。'①你懂了吗？"

"我什么也不明白！"

"你就用这一点去对付他！"

"用什么？"

"用恐吓呀。论力气你是拼不过他的,他比你强五倍呢……"

能感觉出来这个人是真心希望我好的。我说了一声谢谢,伸出手去,他并没有马上伸出手来。而当我握着他的粗硬的手时,他却抱歉似的在我手上吻了一下,低下眼睛,含含糊糊地说了些什么。

"你—说什么？"

"横竖都一样,"他说完便挥手离开我,走进作坊里去了。我一边寻思着刚刚发生的这件事,一边开始搬面袋。

我在书上读过一些关于俄罗斯人民,关于他们的群体性、社会性,关于温驯、大度及同情善举的心地,但我对人民的了解更多的却是来自直接的知识。我从十岁起就担惊受怕地独自生活,没有家庭和学校训诫。我的个人的印象似乎大部分都能很好地同书中读到的东西融

---

① 对圣徒瓦尔瓦拉的祈祷词；教会传说,她能救人于火灾和突发险情之际。

合起来:是的,人们喜爱善,珍惜善,向往善,并且总是期待着有朝一日善会在什么地方降临,去抚慰,去照亮严酷的、黑暗的生活。

不过,我却越来越频繁地想到,人们爱善,就像孩子们爱听神话故事一样,为它的美和新奇感到惊讶,像等待节日一样等待着它,却几乎大家都不相信善的力量,很少有人关心保护和培植善,大家的心都像某种未经翻耕的土地,丛生着蓬乱的杂草,即使有时偶然被风吹来一颗麦种,它的幼芽也是荏弱的,会枯萎的。

我对沙图诺夫发生了强烈的兴趣,从他的身上我感受到某种非同凡响的东西……

有一个星期的时间老板没有到作坊里来,也没有给我结账,我自己也没有坚持己见,因为没有地方可去,而且这里的生活也一天比一天变得有趣了。

沙图诺夫显然在回避我。我想同他"谈心"的愿望没有实现。对于我的问话,他垂下眼睛,动动颧骨,回答得莫名其妙:

"能知道真话固然好! 不过,每个人都有自己的心眼……"

他内心里有一种漆黑的遁世者的东西:他不多嘴,不骂脏话,但睡眠和起床时他也不做祈祷,只是在桌边坐下来吃午饭或晚饭时,他才默默地在宽阔的胸前画个十字;空闲的时候,他悄悄地躲在一个比较幽暗的角落里,或者是缝补自己的衣服,或者是脱下衬衣捉虱子。他总是静悄悄地用几乎是低八度的男低音哼着一些奇怪的、我从未听见过的歌子:

　　哎——今儿不知为什么
　　人世间的一切都不合心意……

你若开玩笑地问他:

"仅仅是今天? 昨天就合心意吗?"

他既不搭腔,也不看你,继续唱他的:

家酿啤酒真不错
可惜就是不想喝……

"你压根儿就没有家酿的啤酒……"
他像聋子似的,连眉毛也不动一动,忧郁地接着唱道:

去会会亲爱的人儿,
腿脚却不愿意移动,
哎哟,腿脚不肯移,
心里也不乐意……

巴什卡·齐甘不喜欢这枯燥无味的歌曲。
"哎,豺狼!"他咬牙切齿、气冲冲地喊道,"你又嗥叫了?"
从黑暗的角落里却一字一句地继续发出祭祷似的语句:

我的心儿隐隐作痛,
哎哟,隐隐作痛——
夜不能寐……

"瓦诺克!"面包师吩咐道,"叫他别唱了,拉长调号什么呢?我们来唱《公山羊》吧!"

他们唱下流的舞曲,而沙图诺夫也巧妙而冷漠地哼着他那十分感伤的调子,这些音调好像特别巧妙地与刺耳的黄色歌子的所有歌词和音符都能配合起来,有时把整个歌子淹没在沙图诺夫的声音里,宛如一股激流在烂泥塘的污黑的死水里消失了。

面包师和阿尔秋什卡对我的态度有明显的好转,这种新的态度不能从语言里捉摸出来,但却能很好地感觉到。而"小铃铛"亚什卡在我同老板发生冲突的第一个晚上就把装满谷草的袋子搬到了我睡觉的角落里来,郑重地说:

"现在,我同你睡在一起!"

"好吧。"

"让我们做好朋友吧!"

"好!"

他马上滚到我身边,悄悄地说:

"耗子不吃蟑螂吗?"

"不吃,那又怎么样?"

"我也认为不吃!"

他还是说得很轻,但厚舌头却转得很快。他开始给我讲故事,亲切的眼睛闪着亮光:

"你兹(知)道吗,我看见过一只耗子同蟑螂将(讲)话呢,不骗你,我真的看见了!有一次,夜里我醒了,在月光下,离我不远的地方,一只耗子正在啃甜面包卷;我静静地躺着,一会儿爬过来一只蟑螂,又来了两只,耗子停止啃面包,抖动着白胡须,那些蟑螂也动了动自己的触须,它们就像哑巴尼坎德拉那样,——在谈话……我真想知道它们在谈些什么?你说有取(趣)吗?你睡着了?"

"我没有睡!你讲吧……"

"耗子好像在对蟑螂说:'您从哪里来?'——'我是农村来的'……要知道,它们遭到了火灾,才从农村爬到城里来的……它们在火灾之前就从茅屋里逃走了,因为它们知道什么时候要发生火灾。是家神爷告诉它们的:'孩子们,快逃吧。'他们就逃出来了!你见过家神吗?"

"没有……"

"我可见过……"

不过,这时他突然打起呼噜来了,像喘不过气来似的,——"小铃铛"一直到第二天早晨都没有作声!

老板又开始差不多每天都到作坊里来,而且好像有意选择在我讲故事或读书的时候来。他不声不响地进来,坐在窗户下面离我左边不远的一个角落里放秤砣的木箱上。我发现他后,就不讲了。这时他用阴阳怪气的口吻说:

"讲吧,讲吧,教授,没关系,你说你的!"

他坐了很久,默默地鼓起两腮,以至在他那稀疏头发下面紧贴着颅骨、小得不易看见的耳朵也颤动起来。间或,他用癞蛤蟆似的声音问一句:

"什么,什么?"

有一次,在我讲宇宙的构造的时候,他尖着嗓子叫道:

"慢着,那么上帝在哪儿呢?"

"就在这儿……"

"撒谎!在哪儿?"

"你读过《圣经》吗?"

"你别想搪塞,——上帝在哪儿呀?"

"地是空虚混沌,渊面黑暗。神灵运行在水面上……"①

"水!"他得意地喊道,"你不是提到火吗!我还要问问神甫去,看是不是这样写的……"

他站起来,边走边忧郁地加一句:

"你知道得太多了,'粗嗓门',当心,这对你未必有好处!……"

巴什卡摇摇头,担心地说:

"他给你设下陷阱了!"

这之后过了两天,萨什卡跑进作坊里严厉地对我喊道:

"老板叫你去!"

---

① 引自《旧约·创世记》第一章第二节。

"小铃铛"昂起翘鼻子的、布满雀斑的脸严肃地建议道：

"带上个三普特的秤砣！"

作坊里发出一阵轻轻的笑声。我出去了。

在半地下室的一间小屋子里，靠近茶炊的桌子边，除老板外还坐着另外两个面包店的老板——多诺夫和库夫希诺夫。我在门口停了下来，我的老板殷勤而又阴险地招呼说：

"过来，'粗嗓门'教授，你来给我们讲讲星星和太阳，它们都是怎么一回事！"

他的脸绯红，那只灰色眼睛眯缝着，绿色眼睛却高兴地闪着绿宝石似的光芒。在他旁边的另两张油亮的丑脸也在微笑：一张脸是血红色的，长着火红色的鬓毛，另一张脸却黑得像长了一层霉一样。茶炊懒洋洋地在咝咝冒气，蒸汽盖住了两个怪人的脑袋。靠墙放着一张宽大的双人床，床上坐着一个灰溜溜的、像蝙蝠似的老太婆——老板娘。她两手撑着被揉皱了的被褥，耷拉着下巴，摇晃着身子，不住地大声打嗝。屋角里，一盏无人过问的长明灯怕冷似的颤抖着，发出玫瑰色的火光。在两窗之间的空壁上，挂着一幅油彩石印画：一位裸露到腰际的妇女抱着一只同她一样胖的公猫。房间里充满浓烈的烧酒味、腌香蕈和熏鱼味。行人走过窗子旁边时，两条腿就像一把大剪刀默默地在剪裁什么似的。

我朝前走，老板从桌子上拿起叉子，站起来，用叉子在桌边敲了敲，对我说：

"不，你就站在那里……站着讲，讲完我再请你吃……"

我决定以后也要款待他一番。于是我就开讲了。

人世间的生活是不轻松的。所以我非常喜欢天空。在夏日的夜晚，我常常到田野里，仰面躺在地上，这时我便觉得，每一颗星星都放射出金色的光辉照着我，照着我的心，它们以无穷的光线同宇宙连结着，我就与大地一齐飘游在星际之间，宛如在一个巨大的竖琴的琴弦之间徜徉，而地球上夜生活的微微响声则为我唱出伟大的生之幸福的歌。这种心灵与世界奇妙地融合在一起的美好时刻,把我心中从日常生活得来的丑恶印象荡涤殆尽了。

在这里,在这个肮脏的房子里,在三个老板和一个以失神的眼睛死瞪着我的醉妇面前,我也津津乐道地讲着,忘记了我周围一切侮辱人的东西。我看见,两张丑脸在令人难受地狞笑,我的老板却把嘴卷成圆管状,小声地吹着口哨,他那只绿眼睛以一种特别敏锐的注意力视察着我的脸。我还听到多诺夫沙哑而疲乏地说:

"真会扯,鬼东西!"

可是库夫希诺夫却气冲冲地叫道:

"他是疯子还是怎的?"

不过,我不管这一切,我要强迫他们听我讲,而且我觉得,他们已经被我的话折服了……

突然,老板呆然不动,从鼻子里发出一种尖细的声音,慢悠悠地说:

"好了,'粗嗓门'!谢谢,老弟!一切都很好。现在,你把星星都放回原来的位置。去,喂猪去,喂我那可爱的猪去……"

现在回想起这些来,觉得可笑,但在当时可不是一件愉快的事。我已不记得了,我当时是怎样克制住我心头的怒火的。

记得我当时跑回作坊时,沙图诺夫和阿尔秋什卡捉住我,把我带到前室,给我喝了许多水。"小铃铛"亚什卡坚持地说:

"怎么样?嗨,你不听我的话?"

齐甘却拍拍我的脊背,皱着眉头生气地唠叨道:

"想跟他打交道……他要是发起脾气来,连主教也不放在眼里的……"

喂猪被看作是一种丢脸的很重的体罚:约克夏猪都关在又黑又窄的猪栏里,当人把猪食桶提进去时,它们就马上滚到他的脚下,用短平的猪嘴拱他,很少有人能经得住这种粗鲁的情意而不跌倒在猪栏的污泥里的。

一进猪栏，就必须马上把背脊靠着墙壁，用脚把畜生踢开，迅速把食料往槽里一倒，就赶快走开，因为猪挨踢之后要发怒咬人。不过还有更糟糕的时候：叶戈尔卡打开作坊大门用沙哑的嗓门大喊：

"喂，伙计们，快来赶猪！"

这就意味着，院子里的那些猪已经玩得起劲，不想回栏了。五六个工人在院子里气喘吁吁，边跑边骂，于是老板最开心的狩猎游戏就开始了。开头，大家拼命追赶猪时还带点消遣的兴致，但很快便跑得喘不过气来，又气又累了。这些倔强的猪像木桶似的在院子里乱滚，有时还把人撞倒，老板看着，沉浸在狩猎的兴奋状态中，蹦跳，跺脚，又吹口哨，又刺耳尖叫：

"好猪，别示弱！撞倒他们！"

有人跌倒在地时，老板便兴高采烈地叫喊得更响，两手拍着自己的胖得像女人一样的胯股，笑得接不上气来。

这些桃红色的肥猪满院子乱窜，跟在它们后面奔跑的是瘦弱的两条腿的动物，他们衣衫褴褛，满身粉尘，光脚套着靴子，扬起双手呵斥着，追赶着，跌跌撞撞，有时揪住了猪腿，就在院子里拖拉着走。看到这种情景，着实可笑。

有一次，一头骟猪窜到大街上，我们六个小伙子，跟着它在城里追赶了两个钟头。后来有一个过路的鞑靼人用棍子打着了它的前腿，我们才终于把它用蒲席包着抬回家来。这引起了居民们的极大兴趣。鞑靼人都摇头，轻蔑地吐唾沫，俄罗斯人却兴致勃勃地把我们围拢起来。一个黑皮肤的调皮学生，脱下帽子，眼睛瞧着嗥叫的猪，做出同情的样子大声问阿尔乔姆：

"它是你的妈妈还是姐姐呀？"

"是我的老板！"又疲乏又恼火的阿尔乔姆回答道。

我们恨死这些猪，它们过得比我们舒服。除老板外，它们成了使我们遭大罪的根源。我们必须去照料它们的健康和温饱，去干种种最脏的活。

当作坊的弟兄们知道了我被罚去喂猪一星期时,有些人便以一种令人讨厌的俄罗斯式的怜悯来同情我,它像焦油似的黏住我的心,使我变得软弱无力。大多数人却漠然置之,不闻不问。库津用教训的口吻带着难听的鼻音说道:

"不要紧!既然老板吩咐了,就得尽力干……我们吃谁的饭呢?"

阿尔秋什卡大声喊道:

"老鬼!告密的独眼……"

"好,还有什么?"老头问道。

"走狗!快去告诉老板吧……"

库津打断了他的话,不急不躁地说:

"我会去说的,亲爱的,我什么都要说,我做人正直……"

齐甘却狠狠地骂了几句便闷声不响了。这情况对他来说是很少有的。

晚上,当我躺在墙角里,在死气沉沉的恐怖中,听着可怕的累得半死的工人的鼾声,同时在我脑海里不同形式地浮现出那些无声的、我不理解的字眼:生活、人们、真理、灵魂。正当我处在这种心情沉重的时刻,面包师悄悄地爬到我的身边躺下:

"没睡着?"

"没有。"

"很难受吧,老弟……"

他卷了一支烟抽起来。红色火光照明了他丝线般的胡髭和鼻尖。齐甘一边把烟灰吹掉,一边说道:

"我说,你把猪毒死!办法很简单:在开水里放一把盐,猪喝了后,喉头就会肿起来,死掉……"

"干吗要这样干?"

"首先,可以免得我们大家遭罪,也是对老板的一种打击!而你自己呢——溜之大吉就是了!我叫萨什卡把你的身份证从老板那里偷出来。这我可以保证！干不干？"

"我不愿意。"

"不干也枉然！反正你是待不久的，——他要整你……"他双手抱着膝头，昏昏欲睡地摇晃着身体，继续以勉强可以听见的声音慢吞吞地说："我这是好心跟你说！真的，还是走吧……你留下——事情更糟，你使谢苗诺夫很恼火，他却找大家出气。你要当心，大家很不满意你，都想揍你一顿……"

"那么你怎么样？"

"什么？"

"你也不满意吗？"

他沉默了一会儿，眼睛不离纸烟的苍白的火光，然后很不乐意地说：

"我觉得，豆子不该种在泥淖里。"

"我讲的都对不对？"

"对倒是对，然而这又有啥用呢？一只老鼠搬不掉一座山，你说不说还不都是一样。老弟，你太相信人了。相信人是很危险的，你要当心！"

"相信你也危险吗？"

"相信我也危险。我算什么？难道我能执着什么吗？今天我是这样，明天就是另一个样……所有的人都是如此……"

天气很冷。发酵的面酸气刺人鼻子。周围像一个个小丘似的睡满了人，有的呼气，有的叹息，有的还说梦话：

"娜塔什……娜塔……哎哟……"

不知谁发出哞哞声和伤心的抽泣声，准是做梦挨人打了。肮脏的墙上有三扇闭住的黑窗户，——仿佛是通向黑夜的深地洞。窗台上滴着水，从面包烘房里传来一种轻轻的拍击声和吱吱声。这是面包师的帮手聋哑人尼坎德尔在和面粉。

齐甘若有所思地、温和地小声说：

"你应该到乡下去当教师——那多棒！生活又好又干净！这是正当的牢靠的职业，称心如意！我要是有点墨水的话，我马上就去当教员！我很喜欢孩子，也喜欢女人。不过女人总叫我倒霉。看上个把漂亮一点的，你就完了：老跟着她转，简直就像拴在一条绳子上了。如果我不是现在这个性子，如果我是一个庄稼汉，我可能就会娶一个好看的老婆，同她生出十个孩子来。真的！而这里的女人，不管是好看的或者不好看的，都很容易弄到手。我也不明白是怎么一回事！像采蘑菇一样，贪得无厌，已经采满了一篮子，看见一个，还要弯下腰去……"

他伸了个懒腰，宽宽地张开双臂，好像要拥抱谁似的，忽然严肃而认真地问道：

"关于猪的事究竟怎么样？"

"这不行。"

"真固执！你能得到什么好处？"

"不行。"

齐甘弯着腰，小偷似的溜回自己靠近火炉的角落。

一片静寂。我觉得好像在库津睡觉的桌子下面，他的狡狯的独眼在蒙眬发光。

幻想宛如一只吃惊的耗子沿着肮脏的屋子在熟睡的人群中窜来窜去，撞在潮湿的黑墙上，撞在肮脏的天花板的拱顶上，然后便精疲力竭地慢慢地死去。

"喂，"有人在说梦话，"拿过来……把斧子递给我……"

猪被毒死了。

第三天早晨，当我走进猪栏时，这些猪并不像平时那样，扑到我的脚下来，而是在黑暗的角落里挤成一团，对我发出一种从未听见过的干哑的哼哼声。我用灯光照照它们，发现猪的眼睛一夜之间变得很大，在白色的睫毛下凸了出来，悲戚而又惊恐地望着我，好像在埋怨人似的。沉重的喘息声使臭气熏天的黑夜震颤起来。暗夜里还荡漾着一种像人发出的哎哟哎哟的呻吟声。

"真干出来了!"我想道,心头不愉快地发紧。

我跑到作坊把齐甘叫到前室。他一边抚弄着胡须,一边微笑地走出来。

"是你叫人把猪毒死的?"

他左右脚倒换着步子,好奇地问道:

"死了?走,看看去。"

走到院子里,他讥讽地问道:

"你要去告诉老板吧?"

我没有吱声。他捋了捋胡子,抱歉似的说:

"这是亚什卡那小鬼干的。我和你谈话的时候,他听见了。昨天他就说:'巴维尔叔叔,这个我来干,我去放把盐!'我对他说:'不行'……"

但是,当他停在猪栏门前,眯缝着眼睛朝黑暗中看,并听见畜生的沙哑的喘息声时,他搔了搔下巴,皱着病态的鬼脸,不高兴地说:

"这事,真糟糕!我——虽然很会甚至很喜欢胡说八道,但真要干——我可不能!我决不能干……"

回去的时候,由于寒气,他缩了缩身体并发出呷呷声。他盯着我的眼睛,拖长声音说:

"这可怎么得了,我的妈呀!老板会发疯的!他会把亚什卡的脖子扭断……"

"这跟亚什卡有什么关系?"

"这是明摆着的,"齐甘眨了眨眼睛对我说。"在我们这里,总是小的为大的做替罪羊的……"

不过他立即又皱皱眉头,用尖刻的目光扫我一眼,很快地走进前室,不满地说:

"去吧,去报告……"

我去找老板:他刚刚醒来,肥胖的脸上满是皱褶,没精打采,湿头发紧贴在凹凸不平的颅骨上。他坐在桌子旁,两条腿宽宽地叉开,粉红色的长褂子盖到膝盖,一只烟色的猫躺在他膝盖上,就像躺在摇篮里一样。

老板娘把茶具放在桌子上,走起路来发出轻轻的沙沙声,有如一只看不见的手抓着一把破布在地板上拖来拖去似的。

"什么事?"他略带微笑地问道。

"猪闹病了。"

他把猫扔在我的脚边,捏紧拳头,公牛似的向我扑来,他的右眼闪闪发亮,左眼微微发红,含满了泪水。

"谁?谁干的?"他气呼呼地连问了几声。

"要赶快去找兽医……"

他紧靠近我,可笑地用巴掌拍打一下自己的耳朵,全身立即好像肿了起来,脸色发青,凶狠而又悲戚地叫道:

"魔—鬼……我全都明白……"

老板娘也走了过来。我第一次听见了她的声音。这声音像患感冒似的发颤:

"瓦夏,叫警察去,快点,叫警察……"

她那衰老皱瘪的脸在不停地颤动,大嘴巴吃惊似的张着,露出一口不整齐的黑牙。老板狠狠地把她推开,从墙上取下一件衣服,揉成一团挟在腋下,便朝门外冲出去了。

不过,在院子里,他朝猪栏的黑处望了一眼,听了听畜生的痛苦的嘶哑声后,冷静地说:

"去叫三个人来。"

当沙图诺夫、阿尔秋什卡和"大兵"从作坊里走出来时,老板看也没有看我们,就喊道:

"把病猪抬出来!"

我们抬出了四头肮脏的肥猪,放在院子中间。天刚刚有点亮。放在地上的灯光,照明了轻轻下落的雪花和张着大口的沉重的猪头。其中一头猪像被捕住的鱼一样,眼睛凸了出来。

老板把狐皮大衣披在肩上,低着头,默默地一动不动地站在奄奄一息的猪的旁边。

"你们去吧,干活去!……把叶戈尔叫来!"他闷声闷气地说。

"傻眼啦!"当我们走到堆着面粉的狭窄的前室时,阿尔秋什卡小声说道,"沮丧得都不会发怒了……"

"等着瞧吧!"沙图诺夫嘟哝道,"生木柴是不会一下子就着火的……"

我待在前室里,从门缝朝院子里看,在曚昽的晨光中,提灯的火光费劲地燃着,勉强可以照见四只灰色的口袋似的东西,它们随着嘶嘶声和沙哑声一起一伏。老板没有戴帽子,俯在它们上面,头发披到脸上。他就以这种姿势一动不动地站了许久,大衣像一口钟盖在他身上……后来我听见了喘息声,接着有人低声在说话:

"怎么,亲爱的,很难受吗?亲爱的……嗯……嗯……"

畜生却好像发出更大的哼哼声了。

他抬起头,举目四顾。这时我很清楚地看见,他满脸泪水。他正用两只手在拭眼泪——就像一个受了委屈的孩子的神态那样。他转过身去,在木桶里抽出一束谷草,又回过来,蹲着用谷草揩起肮脏的猪脸来,可是立即又把谷草扔掉了,站起来,开始在猪的周围来回踱着慢步。

一圈、两圈地踱着,步子越来越快,突然,他离开原地,绕着圈子跑起步来。他双手捏拳,向空中比画着,边跑边跳。大衣的下摆,打着他的脚,绊得他差一点跌倒了,于是便停下来,摇摇脑袋,小声地哭泣起来。终于,好像是他的脚扭伤了似的,又很快地蹲下了,像鞑靼人做祈祷那样,用两只手掌擦起脸来。

"怎么啦,我心爱的朋友们……怎么啦!"

叶戈尔叼着烟斗,慢吞吞地从一个昏暗的角落里走出来。烟斗不时地泛起火光,照亮了他的阴沉的脸,这张脸就像是由有许多裂缝的和多节的木头削出来的。在他的红耳朵的厚耳垂下面,一只耳环在闪闪发光。

"叶戈尔卡,"老板小声叫他。

"嗯?"

"可爱的猪被害了⋯⋯"

"是他干的吗?"

"不是。"

"那是谁?"

"是巴什卡和阿尔秋什卡。库津已经告诉我了⋯⋯"

"去揍他们一顿吗?"

老板抬起脚来,疲倦地说:

"不着急。"

"这些恶棍,"叶戈尔闷声说道。

"是啊,不过,畜生有什么罪过呢?"

叶戈尔啐了一口,唾沫却落在自己的靴子上,他抬起脚,用外衣的下摆去擦靴子。

灰暗、寒冷的天空紧紧地笼罩着狭窄的院子,勉强地透出一点晦暗的冬日的光亮。

叶戈尔走到奄奄一息的猪的身旁。

"得把它们宰啦。"

"为什么?"老板摇摇头说,"让它们再活一会儿,等死了再⋯⋯"

"现在宰了,可以卖给做香肠的。死了还有谁要呢?"

"香肠商人不会要,"谢苗诺夫说道,重又蹲下去,用手摸摸鼓胀的猪脖子。

"怎么不要呢?我去对他说:'你发了火,就吩咐把它们宰了。'就说是好猪⋯⋯"

老板没有作声。

"到底怎么办?"叶戈尔一个劲地问。

"怎么办?"

老板站起来,又在猪的周围踱起步来,小声唱着:

"我的小隐士,小滑头……"

老板停住了步,回头看了一眼,生气地说:

"宰!"

我们等待着灾难——报复的降临。我们认为,老板为了惩罚我们,将再增加一袋面粉的活。齐甘明明感到了自己的处境不妙,却仍旧装出精神抖擞的样子,满不在乎似的叫道:

"快点干啊!"

整个作坊都阴郁地沉默着,大家愤恨地看着我。库津嘟哝道:

"老板将惩罚所有的人——不管是有罪的还是无罪的……"

气氛变得越来越沉闷和忧郁,常常发生争吵。最后,当大家坐下来吃午饭的时候,"大兵"米洛夫无端地哈哈大笑起来,嘴角拉到了耳朵边,并且用勺子啪的一声打在库津的脑门上。

老头哎哟一声,一只手捂住脑门,吃惊地瞪着凶狠的独眼,发出如怨如诉的声音:

"弟兄们,这是为什么?"

响起了一阵吵闹声和叫骂声,三个人挥着拳头猛地冲到"大兵"跟前,"大兵"背靠着墙,笑着说:

"就打这个狡猾的家伙!叶戈尔对我说……谁毒死了猪,老板全知道……"

齐甘脸色苍白,奇怪地挺直身子,箭也似的从炉子那边跳过来,一把揪住库津的衣领:

"又是你?你干的坏事还少吗?你这个祸根,你不是为了该死的舌头吃过苦头了吗?!"

"难道不是事实吗?"库津用手捂着他瘦小而布满皱纹的脸,带着苍老的哭泣声叫道:"你不是主谋吗?我听见你唆使'粗嗓门'……"

齐甘喉咙里发出咯咯声,并挥起了拳头。阿尔秋什卡抱住他的肩膀:

"别动手,巴什卡,别忙……"

骚动开始了。巴什卡要从沙图诺夫和阿尔乔姆手里挣扎出来,咆哮着,乱踢脚,奇怪地翻着疯狂的白眼:

"放开我,我要干掉他……"

说实话的小老头让齐甘抓住自己肮脏衬衣的领口,唾沫四溅地喊道:

"什么也没有——我就什么也不说;要是有什么坏事,那我是要说的!你们这些无赖,就是挖掉我的心,我也要说!"

突然,他扑到亚什卡的身上,打他的脑袋,把他打倒在地,一边用脚踢他,一边跳起舞来,跳得如此轻快和敏捷,简直就像年轻人:

"就是你,你,你这个坏种,是你放的盐……"

阿尔乔姆跳将起来,一头朝老头的胸口撞去,老头啊的一声,倒在地上,呻吟起来:

"呜-呜-呜……"

亚什卡野兽般地大哭大骂,像一条恶狗似的扑到老头身上,撕破了他的衬衣,抡起拳头乱打。我竭力把他拉开,而周围却是一片沉重的跺脚声、沙沙声,浓浊的灰尘从地上腾起。几张野兽般的大嘴怒吼着,齐甘歇斯底里地叫喊,一场混战开始了。在我的后面已经有打耳光的声音和牙齿碰击的声音;鬈发的、斜视的、阴郁的大老粗列肖夫揪住我的肩膀挑战地说:

"出来,一个对一个!来,开始吧!"

被腐败的食物、腐臭的空气污染了的充满怨恨毒素的静止的坏血,涌上了人们的脑袋,大家脸色发青、发紫,耳朵充血,血红的眼睛直呆呆地望着,而紧闭的嘴巴使所有的人的脸都变成了颧骨凸出的狗脸了。

383

阿尔乔姆跑过来,对着列肖夫的野兽般的脸喊道:

"老板来了!"

大家像被一阵风刮散了,——一个个连忙敏捷地跳到自己的位子上,顿时鸦雀无声,只听见疲倦的、愤恨的喘息声;拿着勺子的手在颤抖。

在面包房的拱门里站着两个面包师:做咸面包的亚科夫·维什涅夫斯基,他是一个爱打扮、有洁癖的人;另一个是做普通面包的巴什金,这是一个患气喘病的胖子,紫红色的脸,一双猫头鹰的眼睛。

"不打架啦?"胖子失望而泄气地问。

维什涅夫斯基用布满灼伤伤疤的小而灵活的手捋了捋纤细的小胡子,以山羊叫的声音说道:

"唉,这些懒鬼,面虫……"

于是,人们便把未消的愤恨发泄在他们的身上了,整个作坊发出粗野的叫骂声。这两个面包师是大家不喜欢的人:他们的劳动比大家轻,但工资却比别人高。他们也以骂对骂,很可能,重又打起架来,不过,这时披头散发、哭哭啼啼的亚什卡突然从桌旁站起来,摇摇晃晃地要到那里去,接着,双手捂着胸口,一头栽在地上。

我把他抱到空气比较新鲜和充足的面包房里,放在木箱子上。他全身发黄,死人一样一动不动地躺着,活像一架骷髅。狂暴的行动停止了,笼罩着一种不祥的气氛,大家都有些胆怯起来,并小声地骂库津:

"独眼鬼,这是你把他打的!"

"坏蛋,你该坐牢……"

老头气冲冲地申辩说:

"这怎么能赖我呢?他有贫血症,或者就是什么病猝然发作了……"

阿尔乔姆和我使这孩子恢复了知觉。他慢慢地扬起他那快活而聪明的长长的眼睑,有气无力地说:

"到了吗？"

"到哪里，见鬼！"他哥哥忧郁地叹息一声，"你什么都要插一手，看我不揍你一顿……你怎么会跌倒的？"

"在哪里跌倒？"他诧异地抖动了一下眉毛问道，"我跌倒了吗？……记不清了……我做了个梦：我们划船——你和我——去捉虾……带着网，还有一瓶伏特加……"

他很疲倦，闭上了眼睛，沉默了一会儿，又用虚弱的很小的声音嘟哝道：

"现在我想起来了，我的胸口被打坏了……就是库津！他是我的仇人，我喘气都感到困难……老混账！我知道他……他把老婆打死了！扒灰的老家伙。我们是一个村子的，我全都知道……"

"你别说了！"阿尔乔姆生气地说道，"你最好睡吧。"

"我们的村子叫叶吉尔杰耶沃……我说话很困难，要不我就……"

他说着说着就睡着了似的，并且不断地用舌头舔着发黑的干嘴唇。

有人跑过面包房，高兴地嚷道：

"我们歇一会儿吧！老板喝酒去了。"

作坊里喧闹了起来，吹起了口哨，大家互相用温和的满意的目光望着：老板暂时不会为了猪的事进行报复，而且老板喝醉了酒，我们也可以少干一些活。

在危险的场合不露面的狡猾的瓦诺克·乌兰诺夫跳到作坊中央大声喊道：

"我们玩玩吧！"

齐甘闭上眼睛，鼓出喉核，以最高的男高音唱道：

哎，瞧那羊儿走在街道上……

二十个人拍着桌子应和着唱起来：

小羊在宽阔的街道上！
摆动着它的胡须

齐甘用脚打着拍子专心地领唱着，合唱到后来却出现了不体面的字眼：

……在不时地抖动！

在这小块肮脏的地板上，尘土飞扬，一个身体柔软的瘦子扭扭摆摆作出猥亵的动作，像一条被灼伤了的软体虫。

"再来一个！"大家向他喊道。这突然迸发的娱乐与刚才发作的一阵狂怒，同样令人难受和恶心。

快到晚上的时候，"小铃铛"的病更重了：他发高烧又气喘——吸进了许多有酸味的和含酒精的空气。他伸长嘴巴吐气，好像想吹口哨却没有力气似的。老要水喝，但喝一口便厌恶地摇摇头；他那浑浊的眼神里带着笑意，小声地说：

"我弄错了，不要……"

我用烧酒和醋给他擦身，他睡着了，盖满粉末的脸带着隐约可辨的微笑，卷曲的头发贴在鬓角上，好像全身都融化了，只有胸口还在那沾满干粉屑的又脏又旧的衬衣下面微微抖动着。

有的人却对我说：

"你别在那里冒充医生了！偷懒我们大家都会……"

我的心情很坏。在这些人中间，我越来越感到自己与他们不是一群，只有阿尔乔姆和巴什卡能理解我的心情。齐甘豪放地对我喊了几声：

"喂，小姑娘，别胆怯，和面去吧，大家等着吃面包呢？"

阿尔乔姆在我身边转来转去，尽量逗乐，但今天却做得不成功。

他伤心地叹气,并两次问我:

"你看亚什卡是不是被打得太厉害了?"

沙图诺夫用比平时更响亮的声音唱着自己心爱的歌儿:

　　站在十字路口,
　　且看命运之神往哪儿走……

晚上,我睡在"小铃铛"旁边地板上。当我正张罗着把面粉袋摊开的时候,他醒了,胆怯地问道:

"这是谁?是你,'粗嗓门'吗?"

他想坐却坐不起来:脑袋沉重地栽到当枕头用的一堆污黑的破布上。

大家都睡了,发出粗重的喘息声。带痰的咳嗽震颤着沉闷的有面包香味的空气;蔚蓝色的星夜冷清清地俯视着染污了的窗玻璃:星星非常渺小而又遥远。面包房的墙角里,点着一盏小小的洋铁皮制的油灯,灯火照亮了满架子盛着面团的碗盆,这些碗盆很像是被砍下来的秃头。在箱子上与面团睡在一起、缩成一团的是聋子尼坎德尔;在那张用来秤面团和揉面团的桌子下面,露出了面包师的一只满是伤疤的黄色的赤脚。

亚什卡小声叫我:

"'粗嗓门'……"

"嗳?"

"真寂寞……"

"那你就说说话吧,讲点什么给我听……"

"好,就讲家神……"

他静默了片刻,然后从箱子上下来,把滚烫的脑袋靠在我的胸口上,做梦似的用很小的声音说:

"这是在我爸爸坐牢之前的事。当时是夏天,我还小,睡在前堂顶棚下面铺着干草的车子上,好极了!我醒来的时候,看见家神在门廊梯阶上一跳一跳地下来:身子小得像拳头大小,全身是毛,灰中带绿,就像一只手套一样,没有眼睛。我大叫一声,妈妈马上打我一下,因为我不该大叫,不能惊动它,否则它生了气,永远离开我家——那就糟了!哪一家没了家神,上帝就不喜欢这家人。你知道家神是谁吗?"

"不知道,你说是谁?"

"它通过天使向上帝报告事情,天使从天上降到人间,不懂人的话,为的是不致被世俗所玷污,而俗人也不许听天使说话……"

"为什么?"

"不为什么。这是规矩。但我认为,这些都没有必要,或许,这会使人同上帝疏远!"

他精神好了,坐起来,越说越快,几乎像个健康的人:

"最好每个人有话都直接对上帝说,何必要有一个家神呢!如果招待不周,家神有时就要生气,这样它就把不该报告的事也告诉天使,——知道吗?比方,人家问家神:'这个庄稼汉怎么样?'如果家神不喜欢这个人,它就会生气地说:'这个庄稼汉是个坏人。'结果,他家里的倒霉事就没有完啦,——就是这样!人家老在喊呀喊呀:上帝,可怜可怜吧!而传到上帝那里时,话已走了样啦,上帝也不爱听这些话,——也生气……"

这孩子的脸色既阴沉又严肃,他眯着眼睛,望着顶板,顶板是灰色的,像冬天的天空一样;上面的许多湿斑像朵朵云彩。

"你爸爸是怎么死的呢?"

"由于充好汉。这也是在监狱里。他说,他能举得起五个人。他叫他们紧紧地抱在一起,他来举,刚刚把他们举起来,心脏破裂了,血流不止。"

"小铃铛"沉重地叹了一口气,又在我的身边躺下来。他把发热的面颊贴在我的手上说道:

"我爸爸力大无比!两普特重的秤锤他能举着一口气画二十个十

字,但是却没有活干,土地很少,少得很……简直没有吃的,只好去要饭。我还小,也在鞑靼人那里要过饭,我们那里住的鞑靼人都是善良的好人!父亲没活儿干,便去偷人家的马……他可怜我们这些孩子……"

"小铃铛"尖细的、已变得干哑的声音越来越低弱,越来越不连贯了。这孩子像老人似的咳嗽着,叹气道:

"偷得着还好,一家人能吃个饱,日子也过得比较松快……妈妈老是大哭大闹……要不就是喝酒、唱歌……她个子瘦小,但长得不难看……她老向爸爸嚷嚷:'我的亲人……死去的灵魂……'乡下人用棍子打爸爸,爸爸也不在乎!阿尔秋什卡本该去当兵……大家都期望他能成人……可是他不合格……"

这孩子不作声了。他呼气呼得很响,把我吓了一跳。我弯下身去听听他的心跳。跳得又弱又急,不过烧好像有些退了。

淡淡的月光从窗口投到肮脏的地板上。窗外清静而明亮。我走到院子里,仰望晴空,呼吸着严冬的空气。

我精神爽快了一些,感到有点冷,便回到面包房里。我大吃了一惊:在炉子旁边的黑暗角落里,有一团灰色的、形体不清的活的东西在蠕动,并且在轻轻地喘气。

"这是谁?"我哆嗦一下,问道。

发出了老板的熟悉的沙哑声:

"别嚷嚷。"

他像平时一样穿着鞑靼式的褂子,这使他像个老太婆。他好像要躲藏似的站在炉子后面,一只手拿着酒瓶,另一只手拿一只杯子。他的手好像在打战,玻璃发出叮当声。也听到了液体注入酒杯的声音。

"过来!"他叫我。我走了过去,他把杯子递给我,白酒从杯子里洒了出来。"喝吧!"

"我不喝。"

"为什么?"

"不是时候。"

"喝酒的人是什么时候都喝的。喝!"

"我不喝。"

他沉重地摇摇头。

"听说你是会喝的。"

"疲劳的时候,可以喝一两杯……"

他用右眼看看杯子,大声地呼了一口气,把酒泼在炉前的坑里,然后走过去坐在坑边,两脚横挂在坑上。

"坐吧,我想同你谈谈。"

在黑暗中我瞧不见老板那圆得像春饼一样的脸的表情,但他的声音却与平时不一样。我好奇地在他的旁边坐下来。他低着头,用手指慢慢地敲击着杯子,玻璃发出轻轻的叮当声。

"喂,你说说吧……"

"应该把亚科夫送医院……"

"那为什么?"

"他病了。库津打了他,很危险……"

"库津——这坏蛋。他把大家的事全都告诉我。你以为我会给他什么好处?收买他?在他那独眼的脸上我连一把灰土也不撒,更不用说给他钱了……"

他说话时虽然没精打采,却说得很清楚;尽管说话带有酒气,但并不像喝醉了的样子。

"我一切都知道!你为什么不愿意毒死猪呢?你就直说吧!你生我的气,我知道。我也生你的气。你说吧!"

我对他说了。

"原来是这样!"他沉默了一会儿,又说道:"就是说,我比猪还要坏?应当把我毒死,是吗?"

他好像冷笑了一下。我又说:

"那么,我就把亚科夫送医院去?"

"哪怕送他到剥皮场去也行,这跟我有什么关系呢?"

"要你出钱。"

"那可不行,"他冷漠地说,"从没有过这样的事。这样的话,全都想躺到医院去了!……我想问问你,你说说,你那天为什么……揪我的耳朵?"

"我生气了。"

"这我知道。我不是问这个!比如,你本可以打我的耳光,或打我嘴巴之类,而你为什么要揪耳朵,好像我在你面前是个小孩子似的……"

"我不喜欢打人……"

他沉默了许久,像打瞌睡似的发出轻轻的鼾声,然后坚决而清楚地对我说:

"小伙子,你是个怪人!你跟别人不一样……你的头脑跟大家不同……"

他说这些并无恶意,但显然有点不痛快。

"那么,你说……我是不是坏人呢?"

"您自己以为怎么样?"

"我,你瞎说,我是好人。老弟,我是个聪明人。瞧,你能写会说,说东道西,谈论星星,谈论法国人,谈论贵族……我承认,这很好,很有趣!我立刻就注意到了你;那天你第一次看到我时,你曾对我说,我会着凉,会死的……我总是一眼就能看出一个人的价值!"

他用短粗的手指戳了一下自己的脑门,吁了一口气,解释说:

"老弟,我这里的记忆力好着呢……我祖父有几根胡须我都还记得住!来,我们较量较量!怎么样?"

"较量什么?"

"我比你聪明。你想想:我没有文化,一个大字不识,只知道数数,可我干着大事业,有四十三个工人,一个铺子,三个分店,你有知识,却

391

给我做工。只要我愿意,我还可以雇一个真正的大学生,把你赶走;只要我愿意,我可以把所有的人都撵走,把家业卖掉,把钱喝光。对不对?"

"这里面我看不出有什么特别的聪明……"

"胡说!那么,什么才算聪明呢?如果我不聪明,就没有聪明人了!你以为聪明在言词里面吗?不,聪明寓于事业之中,此外再没有什么别的聪明了……"

他摇晃着自己肥胖、松弛的身体笑起来,虽然笑得不响,却很得意。他越来越醉了,继续倨傲地、含糊不清地说:

"你——连一个人都养不活,而我手下却有四十个人!如果我愿意,我可以养活一百人!这就叫聪明!"

他愈来愈使劲地转动着舌头,语调也变得严厉了,带一种教训人的口吻:

"你凭什么要认死理与我抬杠?这都是傻事!谁都不需要这样做,而对于你,——就更是有害。你要尽量多卖力,我才会承认你……"

"您已经承认了。"

"承认了?"

他思考了几秒钟,然后推一下我的肩膀表示同意了。

"对!我承认了。不过,你需要我提拔你,我也可以不提拔你……我当然什么都清楚,什么都知道!我们这里的加拉西卡是个小偷。瞧,他也很聪明,如果他不失足,他不会坐牢,他也可以成为老板!去剥别人的皮!这里的人都是小偷,连畜生也不如……简直是死尸!你却同他们亲热……这甚至不可理解,你竟会干这种蠢事。"

我发困了。一天累下来,肌肉和骨头都感到酸痛,脑袋沉甸甸的。老板的黏黏糊糊的声音,仿佛把我的思想也黏起来了:

"你说的关于老板的那席话是有害的。全是蠢话,是由于你年轻无知。要是别人的话,马上去报告警察所长,塞给他一个卢布,你就去蹲警察所了。"

他那又重又软的手拍了一下我的膝头,说道:

"聪明人都应立志当老板,而不是去找别的出路!普通的人是多数,做老板的是少数,这就闹出了种种不好的事……种种误解和不安定!你以后见识广了,知道的就多了,那时你的心也会硬起来,自己就会明白,最有害的人就是那些没有事干的人。应该让所有多余人都有事干,使他们不致游手好闲。一块木头朽了也可惜,用来烧火可以取暖。人也是这样,懂了吗?"

亚科夫呻吟起来,我便去看他:他仰卧着,紧皱眉头,张开嘴,双手直直地放在身体两边。这孩子有一种耿直的好强的性格。

尼坎德尔从木箱上跳下来,跑到炉坑跟前,撞上了老板,吓得一时愣住了,然后张开大嘴,负疚地眨巴着鱼眼睛,哼哼哈哈地说些什么,手指很快地在空中乱划。

"唔-唔,"老板站起来,一边往外走,一边滑稽地模仿着他的动作,"死笨蛋……"

等老板在门口消失之后,聋哑人给我使了个眼色,用两个指头揪着自己的喉结,喉咙发出一阵声音:

"嚯赫,嚯赫……"

早晨,我陪亚什卡到医院去,但没有钱雇马车,这孩子很吃力地边走边咳嗽,强忍着病痛说:

"简直喘不过气来,好像气管都给堵住了……真见鬼……"

街上,在银白色太阳的耀眼光辉下,亚什卡穿着又脏又烂的衣服,走在穿得又多又暖和的人群中,显得比平时更加瘦小,更加皮包骨了。他的美丽的眼睛,由于习惯了作坊里的昏暗,这时给阳光螫得充满了泪水。

"我要是死了,阿尔秋什卡也会完蛋的,他会去喝酒,傻蛋!他管不了自己。你,'粗嗓门',你要经常说说他……就说是我托咐的……"

他那黑色、干燥的嘴唇病态地歪扭着,孩子气的下巴颤动着。我拉着他的手,担心他会马上哭起来,我会殴打路上碰到的行人,砸碎玻璃,不成体统地大喊大叫,骂起街来。

"小铃铛"站住了,喘息了一会儿,像老年人一样庄重地说:

"你就告诉他,说是我要他听你的话……"

……回到了作坊,我才知道,还发生了一件不幸的事:早晨,尼坎德尔带着甜面包卷到分店去时,救火队的马把他撞倒了,他也被送进了医院。

"现在,"沙图诺夫用小眼睛看着我,很有把握地说,"你就等着第三起祸事吧,灾祸总是成三的:来自耶稣,来自圣徒尼古拉,来自圣徒叶戈尔。后来圣母对他们说:'孩子们,够了!'他们这才冷静下来……"

大家都不谈尼坎德尔。他是外人,不是我们作坊的。但大家却谈了许多关于救火队的马跑得如何快,如何有劲和有耐力等。

吃午饭时,加拉西卡露面了。他是一个狡猾、漂亮的畜生。这青年长着一双无耻的、淫荡的贼眼。他对自己所害怕的人都献假殷勤。他郑重其事地对我说,我将补尼坎德尔的缺,升为面包师的助手,薪金为六卢布。

"高升了!"巴什卡高兴地叫起来,但马上又皱起眉头问道:"这是谁的主意?"

"是老板的。"

"老板不是喝醉了吗?"

"一点儿都没醉!"加拉西卡冷笑着说,"昨天他确是在追悼死猪的亡魂,可今天,他已经神气活现,美滋滋地出去买面粉了……"

"想必,关于猪的事还没有完吧!"齐甘生气地慢悠悠地说。

大家都用恶意的、妒忌的目光看着我,带着一种恶意的冷笑。作坊里不时地、隐约地听到沉闷的、令人难受的话语:

"走运啦……"

"外人总是外人……"

沙图诺夫慢吞吞地玩味着一句有特殊含义的话：

"荨麻有种荨麻的地方,罂粟种在罂粟地里……"

当库津有什么坏念头要说的时候,总是说得闪烁其词的：

"鬼东西,我对你们吩咐过多少次了,——该把圣像拭擦干净！"

阿尔乔姆则大声地呵斥道：

"喂,狂吠什么！尖叫什么？"

……在面包房工作的第一夜,当我揉好一团面,并给第二团面放完酵母,坐在灯下读书时,老板来了。他像没有睡醒似的眯缝着眼睛,吧嗒着嘴唇说道：

"看书吗？这很好。这要比睡觉好,既不致让面团发酵过了头,也不会睡过了头……"

他说话声音很轻,然后把谨慎的目光投向在桌子下打鼾的面包师。他坐在我旁边的面粉袋上,从我手里把书拿了过去,合上放在自己的膝盖上,用手掌压了压它。

"你读的什么书？"

"关于俄罗斯人民的。"

"什么人民？"

"我说是俄罗斯人民。"

他斜视了我一眼,用教训的口吻说道：

"除鞑靼人外,我们喀山人是俄罗斯人,辛比尔斯克人也是俄罗斯人。那么,书上写的是谁呢？"

"写所有的俄罗斯人……"

他打开书,把它伸到胳膊远的距离,点点头,用那只绿色眼睛翻看了几页,很有把握地说：

"显然,你看不懂这本书。"

"何以见得？"

"这是明摆着的。没有图画？你该读带图画的书,读起来更有趣一些。那么,这里讲人民的什么事呢?"

"讲他们的信仰,他们的人情风俗,他们唱什么歌……"

老板合上了书,塞在自己屁股底下,并长长地打了一个呵欠,他没有在嘴上画十字,——嘴巴张得大大的,像一只蛤蟆。

"这大家都很清楚,"他说道,"人民信的是上帝,他们唱的歌曲有好的也有坏的,而人情风俗——是下流的!关于这方面,你问我好了,我能比一切书都更清楚地讲给你听。这不需要去请教书本,你到大街上、市场上、下等饭馆去看看,或者在节日到乡下去看看——在那里你才会看到风俗人情。要不,你到调解法官那里……或地方法庭去看看也行……"

"你说的不是本书的内容。"

他阴郁地看了我一眼又说:

"我说的什么,我比你更清楚。书本——童话加寓言……简直是谎话!难道在一本小书里能讲完人民的事吗?"

"不止一本书。"

"那又怎么样?俄罗斯人民有几万万,你不能个个人都写成书吧。"

他的声音里带着不满意的调子,眼睛上面的黄毛硬得竖了起来。这次谈话对我来说,好像是一场不愉快的梦,增添了我的烦闷。

"你是个怪人,脑子糊里糊涂!"他气呼呼地喘息着说,"你明白吗,这都是胡说八道,骗人!书讲谁?讲人。可是,难道人们对自己讲实话吗?你讲实话吗?都不会讲实话的。我也不讲实话,哪怕你剥我的皮,我也不讲!我可能在上帝面前也保持缄默,上帝若是问我:'喂,瓦西里,你说说,你有什么罪?'我就说:'上帝,你自己应该一切都知道,灵魂是你的,不是我的!'"

接着,他用胳膊肘在我的腰上推了一下,眨眨眼,笑了笑,又继续小声地说:

"我可以这样说!灵魂——是谁的?是上帝的,上帝的灵魂。他从我身上收回去了,那么——也就没有什么可说的了!"

他生气地像猪一样哼了一声,像洗脸似的用手掌摸一把脸,又不停顿地坚持说下去:

"上帝给过我灵魂吗?给过,而后来你拿回去没有呢?拿回去了!就是说,我们彼此不欠账了。账目两清!"

我觉得身体有点不舒服。油灯吊在我们后面的高处,我们的影子投在脚下的地板上。老板不时地昂起脑袋,黄色灯光照在他的脸上,鼻子由于影子而变长了,眼睛下面是一块块黑斑——肥胖的面孔变得十分可怕。我们的右边,差不多齐我们脑袋高的墙上有一扇窗户,透过落满灰尘的玻璃,我只看见蓝色的天空和一群黄色的星点,它们小得像豌豆。面包师在打鼾,他是个懒惰而又迟钝的人。蟑螂在地下爬动发出沙沙声,耗子也在搔抓什么东西。

"您信上帝吧?"我问老板。他用那只毫无生气的眼睛斜视我一眼,许久没有作声。

"关于这你不能问我。除了你干的活,你什么都无权问我。我可什么都能问你,而且你应该什么都回答。你想得到什么呢?"

"这你管不着。"

他一边思考,一边呼哧呼哧地喘气。

"这叫什么回答?你真无礼……"

他从自己屁股下取出书来,在膝盖上拍打一下,丢在地上。

"发家史!谁能知道我的经历?而你,根本还没有经历……而且将来也不会有!"

他忽然自鸣得意地笑起来,——这种奇怪而又沙哑的笑声是如此的低微、柔弱,不由地引起我对老板的一种怜悯的忧郁心情。而他却摇晃着自己的大肚皮,讪笑而又泄恨似的说:

"我知道!这样的宝贝我见过。我有一个在分店当掌柜的妍头,她的侄子是兽医学院的学生,他学过医马和医牛的专业。而现在——却是一个酒鬼,完全是我教会他喝酒的!他叫加尔金。他常常到这里来,讨几个戈比去买酒喝,如今成为流浪汉了。他也是经常想入非非!他叫嚷:'真理必定在某个地方,在人民中;在我的心灵中也存在对这个真理的渴望,可见在心灵之外也有真理!'而我给他喝酒,他却成了酒鬼,无耻之徒。他有时两眼瞪着我,——这是一双温柔的女人的眼睛,也不能说是虚伪的……总之,有点神经质。有一次,他喊道:'瓦西里·谢苗诺夫,你冷若冰霜,你是生活中可怕的人……'"

我该去生炉子了。我站起来,告诉老板我要去生炉子。他也站起来,打开箱子,用手掌拍拍面团说:

"对,是时候了……"

他连看也不看我一眼,不慌不忙地走了。

我心里感到轻松了,因为他那爱吹嘘的、使人腻味的声音已经消失,他那蛮横无理的话语也被带走了。

甜面包卷作坊的地板上沙沙地响起了光足的走路声。在黑暗中阿尔乔姆披头散发,像梦游病患者一样,两只好看的但不快乐的眼睛张得很大,磕磕绊绊地撞到我这里来。

"他在笼络你呀!"

"你怎么没睡?"

"不知怎的,好像胸口有点酸痛……他对你多那个——啊!"

"跟他在一起真难受。"

"那还用说吗!他是像铅块一样的人……狗东西。"

小伙子把肩膀靠在炉壁上,忽然用另一种声调,好像很冷淡地说:

"我弟弟被打坏了……你看,他会活着从医院回来,还是会被抬出去呢?"

"你说些什么?上帝会保佑他……"

他离开炉子,摇摇晃晃地回到甜面包作坊去,边走边没精打采地小声说:

"上帝保佑不了我们……"

同老板的夜谈像一场又一场的噩梦,没完没了地继续着:几乎每天夜里第一次鸡叫完了,即当魔鬼进地狱之后,他就出现在面包烤房里。这时我正好生起了炉子,打算在炉火前看书。

　　他圆滚滚、懒洋洋,从自己房门滚出来,呷呷地叫几声,就坐在浅坑边的地上,把一双赤脚放进像墓穴一样的坑里,一双短手伸在脸前,在火光照耀下眯起那只绿眼睛,仔细地察看着双手,透过黄色的皮肤,欣赏着浓浊的血液。奇怪的谈话整整进行了两个钟头,真叫我难受极了。

　　他的谈话总是从夸耀自己的聪明开始,说他虽然是个没有文化的大老粗,却能够使用一帮愚人和小偷,建立并从事一个大事业,——关于这一点他可以谈得海阔天空,只是有点有气无力,不时地停顿下来,像吹口哨似的吁着长气。有时使人觉得,他列举自己事业上的成绩时自己也感到枯燥无味,他是在强打精神,强制自己讲这些东西。

　　他有真正罕见的能耐,不过对此我早已不感到奇怪了:他善于巧妙地买进一批受潮变质的面粉,卖给莫尔德瓦商人成百普特发霉的面包圈。这种买卖的单调的骗术和明显的可耻性质使人听了生厌,它以最严酷的鲜明性突出了人的贪婪和愚昧。

　　炉子里的柴火烧得很旺。我坐在炉子前面,在老板的旁边。他的大肚皮耷拉下来,压在双膝上。炉火的粉红色回光不时地映在他的枯干的脸上。那只灰色的眼睛,像马具上的牌子那样一动不动,又像老朽的乞丐似的流着眼泪;而绿色的眼睛则像猫眼一样,不停地转动,带一种特殊的暗中窥伺人的神色,他的嗓音也很怪:时而是女高音似的温柔,时而是沙哑,气冲冲地发出断断续续的口哨声,蹦出一些不动声色而又蛮横无理的字句:

　　"你没有必要太轻信人,而且你的废话太多!人都是骗子,应当沉得住气去支配他们;看人要严厉,不要吭声——保持缄默!不要让人了解你,要让人家害怕你!让他们捉摸不到你想做什么……"

　　"我不想去支配人!"

"胡说！这是必不可少的。"

于是他又解释说：一些人应该做工，另一些人要管辖他们。而上司则应做到使前者驯服地服从后者。

"把多余的人赶走！即那些不属前者，不属后者，也不属第三者的——就让他们滚蛋！"

"他们到哪里去呢？"

"这我就管不着了。官府就是为懒汉、小偷、没用人设立的。能干人不需人管，他自己就是将军……省长不会知道我需要什么样的面粉，不需要什么样的面粉，他只要知道一点：什么人是有益的，而什么人是有害的。"

我有时觉得，在他的声音里有一种内心的倦怠感。也许，这是由于他在不自觉地追求某种别的东西而产生的哀伤？于是，我便集中高度注意力听他说话，一心要理解他，期待他说出某种另外的思想和言词来。

从炉子底下散发出耗子、焦树皮和干灰土的气味。污秽的墙壁朝我们吹来暖和的潮气；肮脏的被踏坏了的地板完全腐烂了，上面映出一道道月光，照亮了黑色的裂缝。窗玻璃沾满了苍蝇屎，不过使人觉得，被苍蝇弄脏的是天空本身。闷气、拥挤，而且一切东西都脏得似乎无法洗刷干净了。

难道人就应该过这样的生活吗？

老板慢条斯理地一字一句地说下去，好像一个瞎了眼的乞丐用发颤的手摸索着别人施舍给他的几个铜币。

"好吧，就算科学是好的……那么就让人们教教我用灰尘和泥土磨出面粉来呀！而事实是：盖了那么大的房子，号称什么大学，学生们——年轻的小伙子——却在酒馆里酗酒，在大街上胡闹，唱那些玷污圣徒瓦尔拉米的歌曲①，逛窑子，玩妓女，一般地说他们的生活

---

① 指当时在喀山大学生中流行的歌子《喀山河畔》。

过得像管家似的……在这之后,突然间他们竟成了医生、法官、教师、律师!能相信这些人吗?他们也许比我还更卑劣!谁我都不能相信……"

接着,老板舐着嘴唇,津津有味地讲起大学生如何地玩妓女的不堪入耳的细节来。

他谈女人谈得很多,而且厚颜无耻,不动声色,也不兴奋,带一种奇怪的探究式的沉思,并把声音压得差不多与耳语一般低。他从不描述女人的面貌,只谈胸部、臀部和大腿,听来令人厌腻。

"你老是说什么良心呀,正直呀,而我要比你更直率得多!你由于天性粗野,做得很不正直。我知道!前两天你在酒馆里对报馆的人说什么我这里的木箱子朽烂了,面粉撒在地板上,蟑螂很多,工人有梅毒,到处脏得很……"

"这些情况,我对你也说过……"

"对,是说过!可你没有说可以在报纸上登出来呀。报纸上一登,警察所、卫生局就都跑来了,——我给他们一共付了二十五个卢布。这就是你干的好事!"他用手在自己头顶上画了一个圈,"看见了吗?一切照旧,所有的蟑螂也完好。这就是你的报纸、科学和良心!这一切都可以反过来和你作对,蠢怪人!这里全区的警察都穿我送给他们的胶皮套鞋,所有当官的都靠我周济,你能怎么样!你却多管闲事,蟑螂要同狗过不去。唉,甚至同你说话都感到无聊……"

他真可能是觉得无聊了:他的脸沮丧、虚肿,他疲倦地闭上了眼睛,犬吠似的打了个呵欠,血红的嘴巴张得很大,露出一根细长的狗舌头。

在他之前,我已经见过许多灵魂肮脏、残酷、愚蠢的人;也见过不少好的、真正像人的人。我读过一些很好的书,我知道,很早以来,而且不论什么地方,人们都幻想着另一种生活方式,有些地方,人们为了实现自己的想望作过这样的尝试,而且现在还不倦地尝试。在我的心里早就长出了不满于现实的乳齿,在遇到这位老板之前就已经觉得,这牙齿相当坚实了。

可现在，每次谈话以后，我越来越清楚而又苦恼地感到，我的思想和幻想是多么脆弱，多么杂乱无章，被老板搅得乱七八糟。这使我心烦意乱，惶恐不安，眼前是一片漆黑和空虚。我知道也感觉到，他对我信仰的一切所持的冷漠的否定态度是不对的，我从未怀疑过自己所信仰的真理，但我却无法维护这一真理，使它免遭老板的蔑视。眼下已经不是要驳倒老板的问题，而是我能否捍卫住自己的内心世界，因为在厚颜无耻的老板面前我觉得自己无能为力，这一有害意识已侵入了我的心灵。

老板的才智粗浅，他把生活像树木一样用斧子砍去枝丫，劈成大小匀称的木柴块，密密实实地码在我的面前。

他急切地想用关于上帝、灵魂之类的话来激起我年轻人的好奇心。我也总是竭力把话题引到这上面来，老板却装模作样，好像并没有觉察到我的意图，他向我证明，我对生活的奥秘和复杂性了解甚少。

"要生活就免不了危险！生活有如一个情妇，要你付出一切，而你对她有多少要求呢？只有一个——得到欢乐！生活中必须见机行事：时而用软的一手，时而用硬的一手；有时则要当机立断，干净利索，豁出去干一下！一切就归你所有了。"

要是他的话使我气愤，我便直截了当地责问他，他却回答说：

"这与你毫不相干。我信不信上帝是我的事，不用你操心……"

每当我开始讲我所喜欢的事情时，他就先摇晃一阵脑袋，好像要给脑袋找到一个适当的位置，然后侧着一只小耳朵凑近我，默不作声地耐心听我说话，不过，他那长着翘鼻子的扁平的脸上总带着极其冷漠的表情，他的脸宛若中间有个小圆把儿的铜盖。

一种强烈的屈辱感支配了我，这不是为我自己，为自己而委屈我已经厌倦了，对生活的打击我处之泰然，嗤之以鼻。我之所以感到难以忍受的屈辱，是为了我心中已经萌生的真理。

最大的羞愧和苦恼就是当你不能很好地捍卫你所喜爱并为之而

生存的一切的时候,对一个人来说最大的痛苦莫过于心灵的沉默。

老板常常在晚上和我谈话,在面包工人看来,这是非同小可的事:一些人不再把我看成是个不安分守己和危险的人了,另一些人也不再认为我是个傻里傻气的怪人;对我的顺境,大部分人都掩饰不住自己的嫉妒和敌意,公然说我是个为达到自己目的善于钻营的狡猾奸诈的人。

库津捋着落满粉尘的灰色胡须,那只不自然的独眼看着一旁,用尊敬的口吻对我说:

"老弟,你现在很快就会升为管家……"

另一个人接着低声说:

"这下可够我们受的了……"

我身后不时传来一些刺耳的话:

"看来,靠着一张嘴,可以前途无量,步步高升……"

"去买好他……"

许多人已经用顺从的目光看着我的眼色,怀着委曲求全的心情随时准备为我效劳。

阿尔乔姆、巴什卡和另外两个人对我所说的一切都奉若神明,这使我和他们之间刚刚产生的友情蒙上了一层不愉快的阴影。有一次,我忍不住对齐甘发火说:这是干什么,没有必要这样,实在不像话!

"你听我说,你少啰唆!"他理解我的意思后回答说,一双狡黠的眼睛愉快地闪着蓝光。"既然比大伙儿都聪明的老板也跟你争论,那说明你的话是有些名堂的!……"

平时沉默寡言、性情孤僻的奥西普·沙图诺夫渐渐大胆地越来越接近我。每当我和他单独相遇时,他那双不易觉察的忧郁的小眼睛闪露出温和慈祥的神情,厚厚的嘴唇慢慢咧开,笑容可掬,颧骨高耸,表情呆板的脸也变了模样。

"怎么样,你的工作轻快些了吧?"

"轻快不了,只不过干净些……"

"干净些自然也就轻快些了!"他带一种箴言性的口吻说道,接着他把目光转向一个角落,像是漫不经心地随便问道:

"巴赫蒂尔曼-普拉纳是什么意思?"

"我不知道。"

看来,他不相信,他不好意思地干咳了几声,慢腾腾地移动着弯曲的双腿,一摇一摆地走到一旁。随即他又问:

"那萨瓦尔山-萨莫又是什么意思?"

他有不少类似这样的词,当他用像墓穴中发出的低沉的声音清晰地说出这些词的时候,听起来很奇特,让人感到有一种古老神话的味道。

"这些词你是从哪儿搬来的?"当我疑惑不解并好奇地问他时,他总是谨慎地反问道:

"你干吗要知道是从哪儿来的呢?"

接着,他好像要竭力为难我似的,突然又有所指地问:

"哈尔纳是什么意思?"

有时,晚上收工以后,或节日前夕洗完澡,齐甘、阿尔乔姆,随后是奥西普到面包烤房来找我,奥西普总是侧着身子,不声不响地悄悄走来。大家在一个黑暗的角落里,围坐在炉前的小坑旁,我把这个角落的尘土、脏物都打扫得干干净净,显得很舒适。在我们身后和右侧,沿墙放着几排架子,上面摆着盛面团用的碗盏,碗里的面团经过发酵,都鼓了起来,犹如一个个秃顶的脑袋从墙上偷偷地窥视着我们。我们喝着在一把大铁壶里用茶砖沏的浓茶。巴什卡建议说:

"我说,给我们讲点什么吧,要不然念几首诗也行!"

在灶上的箱子里我有几本普希金、谢尔宾纳[1]和苏里科夫[2]等作家的破旧的集子,这是我从旧书商那儿买来的。我就兴致勃勃地用抑

---

[1] 尼·谢尔宾纳(1821—1869),俄国诗人,主张"为艺术而艺术"。

[2] 伊·苏里科夫(1841—1880),俄国诗人,他的诗充满对贫苦人的同情,也创作了许多赞美俄罗斯大自然的诗。

扬顿挫的调子念道：

> 人啊，你肩负着多么崇高的使命，
> 上帝圣容的光辉照耀大地！
> 你虚怀若谷，囊括宇宙万物，
> 万物在你心中得到反响和回音……①

巴什卡像瞎子似的眨着眼睛，从一旁瞧着书页，惊讶地喃喃说：
"你瞧瞧！简直和《圣经》一样！这诗甚至可以在教堂里诵唱，真的……"

诗几乎总是使他格外激动，引起他忏悔的心情。有时，他反复吟诵令他感伤的诗句，他挥动双臂，还抓住自己的鬈发，狠狠地诅咒：
"是这样！"

> 贫穷既是我命中注定，
> 我对生活还有何祈求？②

"我的妈呀，一点儿也不错！真是这样。伙计们，因为生活没有出路，有时心里觉得自己真可怜呀！感到满腹辛酸凄苦……哎！是不是去当强盗？！……一块小小的石子连只麻雀也打不死，可你一个劲儿说：伙计们，要友好！友好又怎么样？有啥用！"

阿尔秋什卡听朗读诗的时候，舔着嘴唇，发出抽噎般的声音，就像在吞吃滚烫美味的食品。对自然风光的描写常常使他惊奇万分。我念道：

> 树木披着金黄色的盛装，

---

① 引自谢尔宾纳的《给人》一诗。
② 引自苏里科夫的《桥上》一诗。

枝叶在湖边低垂

　　"停一下！"他抓住我的肩膀，容光焕发，用充满喜悦和惊异的声音轻轻喊道："这我见过！在阿尔斯克附近的一个庄园，真的！"
　　"我说，你到底看见什么了？"巴什卡气冲冲地问。
　　"就是看见了！我是看见了，诗里也这样描写的……"
　　"嗨，你别打岔！该死的。"
　　有一回，阿尔乔姆迷上了苏里科夫的一首名叫《郊外》的诗，他一连三天用士兵歌曲《波尔塔瓦之战》的调子唱着这首诗，唱得大家都厌烦得骂起他来了。

　　我走着，漫无目的地走着，
　　东南西北，天涯海角，
　　反正都一样！
　　我的道路将把我带到何方……

　　只有沙图诺夫没有被诗打动，他完全无动于衷地听着，但对个别的词他却抓住不放，刨根究底要问个明白：
　　"等一等，乌尔纳①是什么意思？"
　　他这种抠字眼的怪僻使我不安，我想知道，他在探寻什么？
　　有一次，奥西普缠住我不放，没完没了的问题，问了好一阵才终于罢休。他善意地莞尔一笑，问道：
　　"怎么，让你烦了吧？"
　　随后他神秘地环顾了一下四周，悄声对我解释说：
　　"有一首秘密的诗，谁知道这首诗，谁就无所不能，这是一首通向幸福的诗！只不过暂时谁也不应该知道这诗的全文。诗中的词在一

---

① 意为骨灰罐（урна）。

定时期还分散在整个大地上,分别由不同的人所掌握。你懂吗,这样就需要把所有这些词收集起来,写出整首诗……"

他把声音压得更低,凑近我说:

"这首诗怎么念都可以,顺着念还是倒过来念都一样!我已经知道其中一些词,是个流浪汉临死前在医院告诉我的。老弟,有些走江湖的人到处奔波,一直在收集这些秘密的诗!一旦收集齐全,大家也就知道了……"

"为什么就能知道了呢?"

他用怀疑的眼光从头到脚打量了我一番,愤愤地说:

"为什么,有什么可问的!你自己清楚……"

"说实话,我什么也不清楚!"

"算了,"他嘟哝着走开了,"装蒜……"

……一天早晨,阿尔乔姆兴冲冲地跑到我这儿来,他激动得前言不搭后语地郑重说:

"'粗嗓门'!我自己编了一首歌子,真的!"

"是吗?"

"真的,不骗你!是在梦里编的,醒来后,这首歌还像轮子似的在脑子里转!你听着。"

他仰起整个身子,直起腰,声音不大,像吟唱似的拖长着声调念道:

> 太阳在河对岸已经偏西,
> 夕阳即将在林中消失,
> 牧人赶着一群牲畜,
> 而……村子里……

"下面是什么来着?"

他无可奈何地望了天花板一眼,脸色变得煞白,他咬着嘴唇,眨着

惊愕的眼睛,久久地说不出话来。随后他垂下狭窄的双肩,不好意思地挥了一下手:

"天啊,忘了,呸!全乱了!……"

结果这个可怜的阿尔乔姆竟然哭了。泪水从他那双大眼睛里涌流出来。他紧皱着枯槁而又瘦骨嶙峋的面孔,不知所措地摸着左胸,用负疚的口气说:

"真的忘了……多好的一首诗……连我的心也紧缩了……你……以为我是扯谎吧?"

他走到屋子的一隅,垂头丧气站了好长时间,最后,他晃了一下肩膀,弯着背去干活了。这一整天他都心不在焉,怒气冲冲的。到了傍晚,他喝得酩酊大醉,见人就要打架,还叫嚷:

"亚什卡在哪儿?我弟弟上哪儿去了?你们千刀万剐,都是些该死的……"

有人想揍他一顿,齐甘出来为他说情。我们用面口袋把喝醉了的阿尔乔姆裹住,捆上绳子,让他睡觉。

在梦中编的那支歌曲,他到了儿还是没有想起来……

老板的房间和面包烤房只隔一道用纸糊的薄板壁。当我念得很起劲,提高嗓门时,老板常常用拳头敲打隔板,为的是吓唬蟑螂和我们。我的几个同伴也就悄悄回去睡觉了,只有我一个人留下来。由于蟑螂的爬动,墙上的纸片发出簌簌的响声。

有时候,老板一声不响,犹如一团乌云,从门口飘进来,突然出现在我们中间,用一种刺耳难听的声音说:

"你们这些魔鬼,深更半夜不睡觉,早上睡懒觉,不知道什么时候才起来。"

这话是对巴什卡和其他几个伙计说的,冲我他唠叨说:

"是你这个唱圣歌的人想出来在晚上搞这么个新花招,都怪你!你等着瞧吧,你的那些书使他们的头脑变聪明以后,他们会首先打断你的肋骨……"

不过老板说这些话并没有训斥的味道,只不过为了装装样子,不是真想把我们赶走。他笨重地也坐到地上,跟我们在一起,怀着善意,宽容地说:

"好,念吧,念吧!我也听听,说不定我也会变聪明的……巴维尔卡,给我倒点茶!"

齐甘开玩笑说:

"瓦西里·谢梅内奇,我们请你喝茶,可你得给我们烧酒喝!"

老板没吭声,做了一个轻蔑的手势,肥胖的手握着拳头,拇指没有完全伸出来①。

有时,他来到我们这儿却用一种特殊的诉苦的声调说:

"伙计们,睡不着觉……该死的耗子抓得唰唰响,街上的雪也发出嘎吱嘎吱的声音:这是些讨厌的大学生在瞎逛,还有姑娘们常常到店里来,她们是来取暖的,这些野鸡!三戈比买个小甜面包,可总想在暖和的地方待上半个小时……"

然后开始大谈其做老板的哲理。

"所有人都这样:不给别人,光想捞!你们也这样,想找挣钱多而又干净的活儿干,你们就知道赶快把活儿干完好去闲逛……"

作为作坊的主脑,巴什卡感到屈辱,他和老板进行徒劳无益的争辩:

"瓦西里·谢苗诺夫,你还不知足啊!我们这就够卖命干的了,跟地狱里的鬼一样!你自己过去当工人的时候,可能……"

老板不喜欢提到这些往事,他把嘴一撇,用那只绿眼睛严厉地盯着面包师,默默地听了片刻,然后张开癞蛤蟆似的嘴巴,尖声尖气地提醒说:

"往事一去不复返,眼下谈的是这儿的事!这儿我是老板,我什么

---

① 一种表示嘲弄或轻蔑的手势,手握拳头,将拇指从食指与中指之间伸出。

话都可以说,你呢,按法律规定,得听我的,懂吗?'粗嗓门',念吧!"

一次,我念了《强盗兄弟》。大家都很喜欢这首诗,连老板也若有所思地点着头,说:

"这种事可能会有……怎么不可能呢?可能的。一个人什么事都能做得出来……什么事都可能!"

齐甘满面愁容地紧锁眉头,用手指捻着卷烟,使劲对着它吹。阿尔秋什卡神情恍惚地微笑着,在回味诗中个别的句子:

> 我们是哥俩:老大和我……
> 我们从小过着艰苦的生活……

沙图诺夫低头看着炉灶下面,咕哝了一句:

"我知道的诗比这更好……"

"那你就说说,"老板建议道,讥诮地打量着他那长着一双长手臂的蠢笨的身体。奥西普顿时难为情得连脖颈都涨红了,连耳朵也抖动了起来。

"我好像忘了……"

"别扭扭捏捏了,"齐甘耐不住性子嚷道。"不是你自己说的吗?"

阿尔秋什卡也故意激他:

"你知道更好的诗?那就念来听听吧!笨头笨脑的……"

沙图诺夫面带愧色无奈地瞧了我和老板一眼,然后叹了口气。

"好吧……你们听着!"

他像刚才那样,眼睛看着炉灶下面。那儿堆着盛面团的破碗、木柴、掸子上的韧皮——酷似没有嚼烂的食物在一直张着的黑洞洞的兽嘴里。他用喑哑的声音开始背诵:

> 噢,在伏尔加河岸上的树丛里,
> 一个绿林好汉即将毙命。

草寇用手按住胸前的伤口,
跪着向上帝祈求。
"上帝!请收容我罪孽的灵魂,
罪孽深重、不可饶恕的罪犯的灵魂!
我这个好汉本应出家为僧,
可我年纪轻轻已落草为寇!"

奥西普拉长声调在背诵,他埋着脸,身体弯得越来越低,一只手抓住脚趾,不知为什么把脚往上抬。仿佛他在施展巫术,洒血念咒。

我生来是要当好汉,而不是吹牛,
我活着是为了考验自己的灵魂,
为了磨炼自己我耗费了精力:
灵魂,上帝赐给了你什么?
灵魂,圣母教会你如何行善?
邪恶的妖魔又在你心田里
播下了什么种子?

"奥斯卡,你是个蠢货,"老板忽然抖动了一下双肩,恶声恶气尖着嗓门说,"你的诗全是胡扯,一点儿也不像书上写的那样,是你胡编的!笨蛋……"

"等等,瓦西里·谢苗诺夫,"齐甘有点粗鲁地打断了老板的话,"你让他念完!"

老板却激动地继续往下说:

"这些都太卑鄙无耻了!还来这一套,说什么灵魂,心田……干尽了坏事,害怕了,就哀号:上帝啊,上帝啊!喊上帝干吗?自作自受……"

我觉得,老板故意打了个哈欠,喉咙里带着嘶哑声又说道:

"灵魂,灵魂,其实什么也没有!"

暴风雪像毛茸茸的爪子在窗玻璃上抓挠,发出沙沙的响声。老板皱起眉头,望了望窗子,枯燥而又懒洋洋地以教诲的口吻说:

"依我看,只有十足的傻瓜才唠叨什么灵魂!别人对他说:该这么干!他却讲灵魂不允许,或什么良心……其实良心或者灵魂全都是一码事,就是为了不想干活!一种人相信,他们干什么都不行,就出家当修士;另一种人认为,他们可以为所欲为,因此就去当强盗!这是两种人,要区别开,不能混为一谈!命中注定该是什么就是什么……要干,就别管良心,别顾灵魂。"

老板好不容易站了起来,也不看旁人一眼,便向自己的房间走去。

"还是躺下睡觉吧……坐着瞎费脑筋。还来这一套……什么灵魂!……向上帝祈祷,这是再简单不过的了,就说当强盗,也不难。不,你们这些坏家伙还是干会儿活吧,怎么样?"

老板走出屋子,砰的关上了门,发出很响的声音。齐甘捅了一下沙图诺夫,要他继续说:

"好,说吧!"

奥西普抬起头,扫了大家一眼,轻声说:

"他扯谎。"

"你指谁?老板?"

"对,是他。他有灵魂,他灵魂不安宁。我知道!"

"这不关我们的事……你呀,就说你的吧!"

奥西普抖动了一下,从炉旁的坑边站起来,晃了晃自己的大脑袋,不慌不忙地走了。

"我记不得了……"

"你骗人!"

"真的。我要睡觉去了。"

"嘿,你呀,你再好好想想!"

"不了,该睡觉了……"

奥西普在昏暗中一摇一摆地走着,低声说:

"弟兄们,我们的生活太苦了……"

"真的吗?"阿尔乔姆嘟嘟囔囔地搭腔说。"我们可还不知道呢,亏你告诉我们,可真该谢谢你啦!"

齐甘认真地卷着纸烟,瞧了瞧奥西普的背影,小声说:

"这家伙不可靠……"

二月的暴风雪在呼啸、呻吟,拍打着窗子,烟筒里发出不祥的呜呜声;面包烤房里一盏小灯发出微弱的光线,昏暗的影子在轻轻晃动。不知从哪儿钻进了一股冷气,直吹我的腿脚。我在揉面,老板坐在箱子旁边的面粉袋上,说:

"趁你还年轻,一切事情都得考虑周到;你暂时还没有一个固定的手艺,你掂量一下各行各业,看有没有你力所能及又合你心意的工作……要深思熟虑,不用着急……"

老板撇开腿坐着,两膝离得很远。一条腿上放着盛有克瓦斯的长颈瓶,另一条腿上放着半杯褐色的克瓦斯。他低头看着像泥土一样黑的地板。我气恼地不时瞅瞅他那张轮廓模糊的胖脸,想道:

"你最好还是请我喝点克瓦斯吧……"

老板抬起头,倾听了一会儿窗外的呻吟声,然后压低声音问:

"你是孤儿?"

"这您已经问过了……"

"瞧你说话粗声粗气的,"他摇摇头,叹口气说。"声音粗鲁,说的话也粗鲁……"

我干完活,把粘在手上的干面刷净。他喝完杯子里的克瓦斯,咂咂嘴,又斟了满满一杯,递给我:

"喝!"

"谢谢。"

"嗯,喝吧。老弟,我一眼就看出,你是个能干的人。这样的人我什么时候都尊重,比方说,巴什卡是个偷鸡摸狗的贼骨头,可我看得起他,因为他爱干活,城里再找不到比他更好的面包师了!谁爱干活,谁在生活中就应得到器重,死后也受人尊敬。这是一定的!"

我关上面粉柜,去生炉子。老板清了清嗓子,站起身,像个灰色的圆球,从我身后滚了过来。他说:

"一个人做了有益的事,他的许多过错都可以得到原谅……他死了,坏事将随他一起消失,而他做的好事却流芳百世……"

他笨重地一屁股坐到地上,脚垂在炉前的坑里,把长颈玻璃瓶放在身旁,弯下腰往炉膛里张望。

"可能木柴放少了!"

"够了,木柴是干的,其中一半还是白桦木……"

"是吗?你真行……"

他尖声笑了,拍了拍我的肩膀:

"好,你处处都能动脑子,这一点我很清楚!这样很好!要爱惜所有的东西:柴啦,面粉啦……"

"人呢?"

"人也会有份的。你听我的,我不会让你吃亏。"

他抚摩着自己像肚子一样又鼓又胖的胸脯,说:

"我的心是好的,是个好心肠的人。你年轻无知,还不能理解,不过也该懂得了。老弟,人嘛……可不像大兵制服上的扣子只闪着一种颜色,而是五彩缤纷……你皱什么眉头?"

"啊,我该睡觉了,可您在这儿,我没法睡,听您说话挺有意思……"

"既然有意思,就别睡!等你当上老板,可以睡个够……"

他叹了口气,又说:

"不,你当不了老板;你什么时候也不会干出一番事业来的……你的嘴太能说,夸夸其谈,把精力全浪费在高谈阔论上。这样下去,你一辈子白活,没有给任何人带来好处……"

他突然骂了一大串不堪入耳的难听话,嘴里还发出哨音。他的脸像燕麦羹突然受到晃动似的抖动了一下。全身气得抽搐起来,血一下子涌到脖颈和脸上。他凶狠地瞪大了眼睛,发出轻微的奇异的尖叫声,好像在模仿窗外暴风雪的呼啸。窗外整个大地仿佛在悲哀地哭泣。

"唉,要是给我一些能干而又可靠的人该多好啊!我就可以干出一番事业来,扬名全省,甚至整个伏尔加河流域……可惜没有这样的人手!全是酒鬼,穷光蛋和窝囊废……而那些管理人员,是些无能的官吏……"

他把两只粗短的手伸到我面前,松开拳头,用手指在空中乱抓,像抓人的头发似的,使劲摇,用力扯,嘴里唾沫四溅,一个劲儿地唠叨,还发出急促的哨音:

"要从小,从小就注意,一个人有什么爱好,不能毫无选择地让人随便干个什么工作。要不然就会产生这样的结果:今天是商人,明天当乞丐;今天烤面包,过一星期,你瞧,又去劈木柴……办了学校,就强迫所有人都去:学吧!好像用同一把剪刀替所有的羊剪毛一样……还是应该让人发挥自己的特长爱好——自己的特长!"

他抓住我的手,把我拉到他跟前,继续凶狠地咬牙切齿说:

"你啊,还是好好想想,给他们说说,大家都是被迫违背自己的意愿生活,不是按自己的能力,而是由上司做主……谁能做主呢?是干事的人,我就可以做主,我清楚,谁该待在哪儿!"

他一把推开我,绝望地挥了挥手:

"跟当官的打交道,在别人手下听吆喝,这样一事无成,是干不出什么事业来的。所以我就想抛弃一切,逃跑到森林里去。逃跑!"

他摇摆着自己圆滚滚的身体,慢条斯理地低声说:

"没有真正的人,都是执行命令的!起步走!他就走;立正!他就站住。跟新兵一样。闹起来也跟新兵一样。一切都毫无结果,白费劲……也许上帝在苍天看着我们忙忙碌碌干些无聊的事,心想:嗨,去你们的吧,糊涂虫……不可救药的人……"

"你没有把自己看成是不可救药的人吧?"

他还在摇晃,没有立即回答。

"我自己嘛……至于我自己……不是每粒火星都会燃起熊熊大火,有的火星一闪就灭了。我自己嘛……才四十出头,要不了多久我会因为喝酒把命送掉,喝酒是由于生活中的烦恼,而烦恼……难道我这个人生来就为了做这点小事?我能经营有上万人的大生意!我会大显身手,使得那些省长们都大吃一惊!"

他的那只绿眼睛神气活现地闪着光彩,而那只灰眼睛却沮丧地望着炉火。过了一会儿,他两手用力一摊:

"这对我来说算什么?不过是个捕鼠的小笼子。要是给我五个有头脑又诚实的人,即使不是诚实的,哪怕聪明的小偷也行!我可以让你看看……成就!一番大事业,让所有人都感到惊讶,也得到好处……"

他疲乏地就地躺下,在肮脏的地板上舒展开身子,鼻子里发出了喘息声,他的双脚还垂在炉前的坑里,被炉火映照得通红。

"娘儿们也是,"他忽然悻悻地说。

"娘儿们怎么啦?"

老板望了一会儿天花板,欠起身子坐着,忧郁地说:

"要是女人懂得,少了她生活简直不可思议,在事业中她是多么重要就好了……可是女人不懂!结果,孤孤单单一个人……过狼一样的生活!寒冬和黑夜。雪和森林。咬死一头羊,就饱餐一顿,可是太寂寞无聊了!独自在嚎叫……"

他颤抖了一下,急忙瞧了炉膛一眼,然后严峻地看了看我,立即声色俱厉地用老板的口气唠叨起来:

"扒炉火,愣着干什么?听得出神了……"

他费劲地从炉前的坑里爬起来,站在那儿不时搔搔自己的腰,久久地凝视着窗子。玻璃窗外风雪交加,发出呻吟般的声音,漫天白雪隐约可见。

墙上昏黄的灯火发出咝咝声和哔唎声,熏黑了的玻璃罩几乎完全遮住了亮光。

"噢,天啊,天啊!"老板喃喃说着向甜面包房走去,毡鞋发出沉重的沙沙声,不一会儿他便消失在黑魆魆的拱门洞里。老板走后,我开始把面包放到炉子里;放完面包我便打起盹来。

"瞧着点儿,别睡过了,"在我头顶上响起了一个熟悉的声音。

老板背着双手站着,他的脸湿淋淋的,衬衣也是潮湿的。

"雪堆得像山一样,整个院子都被雪埋没了。"

他咧着大嘴,做出一副怪模样,看了我片刻,然后慢吞吞地说:

"要是下那么一次大雪,下它一个星期,一个月,从冬天下到夏天,世界上所有人都会死光,……什么铁锹也无济于事……是啊。这样也好!让所有该死的家伙一下子统统完蛋……"

他的灰色的影子,如同一个摆动着的两普特重的秤砣,左右摇晃着朝墙那边走去,进了拱门便不见了……

每天清晨我要送一篮咸面包到一个分店。老板的三个姘头我都认得。

一个是年轻的女裁缝,一头鬈发,体态丰满,穿一件紧身的并不华丽的灰连衣裙;呆滞的淡颜色的眼睛毫无生气地看着一切,苍白的脸上流露出寡妇式的忧郁神情。谈到老板的时候,即使他不在,她也胆战心惊,压低声音,称呼他的名字和父名,收货的时候,像是偷了别人的东西似的,慌慌张张,让人看了好笑……

"啊,面包,小面包,真可爱,"她用软绵绵的声音说。

另一个姘头身材颀长,穿着整洁,三十岁左右,丰腴的脸庞显得很虔诚,锐利的眼睛温顺地低垂着,说话的声音也温文尔雅。她收货的时候,想方设法克扣我。我深信不疑,这个女人匀称而想必又是冷冰冰的身上迟早一定会穿上带条纹的囚衣——监狱里的灰色长衫,脑袋上系一块白头巾。

她们俩都引起了我无法克制的厌恶,所以我总是尽量把货送到老板第三个姘头那儿去;由于她的分店比这两个远,别的送货人也就乐意把拜访这个奇怪女人的乐趣让给了我。

她叫索菲娅·普拉欣娜。她身体肥胖,两颊绯红。整个人像东拼西凑起来似的——有如匆匆忙忙拼凑捏出来的人,身体各部分极不相称。

她一头蓬松的波浪式的浓密头发黑里透蓝,和犹太女人的头发一样,而且总是不梳理整齐;在饱满绯红的两颊间长着一个不相称的鹰钩鼻,她有一双不寻常的眼睛:晶莹透明的大眼白上深褐色的瞳仁奇异地翻动着,眼中闪耀出孩子般喜悦的光芒。她的嘴也像孩子那样小巧圆润,下颏肥得出奇,紧贴着她肥胖而又难看地高高隆起的胸脯,她像个身体发胖的妇女。她邋里邋遢,披头散发,满身油污,上衣的扣子残缺不全,光脚穿着鞋,看上去有三十岁,而她的实际年龄才"十趴(八)"岁——她说话半通不通。她是个孤女,曾经沦为娼妓,是老板从巴龙斯克的妓院把她赎出来的。据她说:

"事情是这样的。我的生母死了,爸爸和一个德国女人结婚后也死了。这个德国女人又嫁给了一个德国男人,这样我就又有了爸爸和妈妈,他们俩都不是我的亲生父母,他们还都是酒鬼,那时我已经十三岁了,我又一直长得很胖,德国男人开始纠缠我。他们凶狠地打我的后脑勺和脊背。后来,那个男人和我同居,我怀了孩子,大家很害怕,都从家里跑了,跑得一个也不剩,房子也被卖了抵债。我跟着一个太太坐轮船到这儿来打胎,我身体恢复后,又被卖给妓院。都是些畜生干的事……只有坐轮船非常有意思……"

这是我们交朋友后她告诉我的。我们建立友谊的经过是很奇特的。

起先我不喜欢她那张怪模怪样的面孔,半通不通的话,懒洋洋的举止和扯着嗓门无休止的唠叨。第二次我把货送到后,她就乐呵呵地笑着说：

"昨天我把老板赶走了，把他的脸也抓破了，你看见了吗？"

我看见了，一边脸颊上有三道伤痕，另一边有两道。可我并不想和她攀谈，我没有吭声。

"你是聋子啊？"她问。"是哑巴？"

我还是没有理睬。她就朝我脸上吹了口气，说：

"傻瓜！"

这次就到此为止。第二天，当我蹲着往篮子里装卖剩下的发霉长毛的干硬面包时，她猛然压到我背上，用她柔软的短胳膊抱住我的脖子，大声叫道：

"背我走！"

我生气了，叫她放开我，可她却更使劲压在我的背上，催促着：

"喂，背我走呀……"

"放开我……要不然我就把你从头上摔出去……"

"不行，"她很自信地说，"这可不行，我是太太！要照太太的吩咐去做。背我走！"

她油光光的头发散发出一股噎人的发油味，她全身都充满着一股浓重的油味，像一台陈旧的印刷机。

我把她从我头上抛了出去，她的脚掌碰到墙上，她哼哼着，像受了欺侮的孩子一样，低声地哭了。

我既可怜她又对不起她。她背对着我坐在地板上，摇晃着身子，用扬起的裙子盖住了白皙瓷亮的双腿。脚上的鞋飞了。看到她裸露的腿，特别是看到她赤着脚的脚趾在颤动时，我对她的孤苦的处境产生了恻隐之心。

"我不是跟您说了嘛！"我怪不好意思地含含糊糊说着去扶她起来，她紧皱着眉头在哼哼：

"哎哟，哎哟……小无赖……"

突然，她用脚跺着地板，并无恶意地哈哈大笑起来，嚷道：

"给我滚,找你的畜生、豺狼去,滚!"

我赶紧离开,我非常难为情,狠狠地咒骂着自己。屋顶上空残冬灰蒙蒙的夜色正在隐去,雾气朦胧的曙光照进了城里,昏黄的街灯还没有熄灭,四周一片寂静。

"你听我说,"她打开了临街的门,在我身后大声喊道,"你别怕,我什么也不告诉老板!……"

过了两天,又该我给她送货。她满心欢喜地笑着迎接我,但刹那间,她若有所思地问道:

"你识字吗?"

接着她从账桌的抽屉里拿出一个漂亮的钱包,从里面取出一张纸条:

"你念念!"

我念了用清晰的笔迹写的两行诗:

> 我爸爸,盗用公款出了名,
> 盗用公款五万又挂零。

"啊,多无耻!"她失声骂了一句,从我手中夺回了那张纸条,气急败坏地匆匆说道:

"这是个可耻的混账东西给我写的,也是个小伙子,不过是个大学生。我喜欢大学生,他们和军官一样。这个大学生对我献殷勤。他这是写他的父亲!他父亲的模样很庄重,蓄着花白的胡须,胸前挂着十字架,还牵着狗散步。啊,我最不喜欢老人牵着狗,难道除了狗就再没有旁人了?儿子却骂他:小偷!瞧,甚至还写诗骂他!"

"他们的事儿和你有什么关系?"

"噢!"她惊骇地瞪圆了眼睛说,"难道可以骂父亲?他自己也到浪荡女人那儿喝茶……"

"你说说他到谁那儿?"

"到我这儿呀!"她诧异而又懊恼地大声说道,"你真是个傻头傻脑的糊涂虫!"

我和她建立了一种有点特殊的奇怪的关系,就是说,谈话投机:我们无所不谈,但看来,我们彼此又毫不理解。有时候,她十分认真而详尽地给我讲一些女人和姑娘们的事情,弄得我不由垂下眼帘,心想:

"怎么,莫非她把我当女人看待了?"

事情并非如此;自从我和她交了朋友,她见到我时再也不那么放荡,上衣的扣子扣上了,腋下的破洞也缝补了,甚至脚上还穿上了袜子。每次她出来含着微笑说:

"茶炊我已经准备好了!"

我们在橱柜后面喝茶,那儿放着她的窄床,两把椅子,一张桌子和一个陈旧的、样式古怪可笑的圆鼓鼓的五斗柜,下面的抽屉关不上。索菲娅经常不是左脚,就是右脚老碰到这个抽屉角,她用手打一下柜面,蜷起腿,蹙着眉骂道:

"大肚子混蛋!跟谢苗诺夫一样,又胖,又凶,又蠢!"

"难道老板蠢吗?"

她惊奇地耸起肩,连她的大耳朵也竖起来动了动。

"那当然啦!"

"为什么?"

"就是笨,明摆着的。"

"不过你还是说说,为什么?"

她答不上来,气恼地说:

"什么'还是'、'还是'!……总之就是个笨蛋……十足的大笨蛋!"

有一回,她几乎怀着满腔怒火对我解释说:

"你以为他跟我一起住呀?总共才两次,那还是在妓院,在这儿从来没有在一起住过。以前我坐到他的膝上,他胳肢我,还说:'下去!'他和那两个女人过。我真不懂,他要我干什么?这分店收入不好,我不会做买卖,也不喜欢做买卖。这一切都为了什么?我问他,他却尖声叫嚷:'这不关你的事!'这样的蠢事到处都有……"

她摇着头闭上了眼睛,她的脸变得像死人一样毫无表情。

"你认得那两个女人吗?"

"当然认得。他酒醉后,有时带这一个,有时带另一个到我这儿来,还像疯子似的大声吼道:'打她的嘴巴!'年轻的那个我没打过,她怪可怜的,一个劲儿在哆嗦;另一个女的我打过一次,她也喝醉了,所以我打了她。我不喜欢她。可事后我又感到不好受,我就抓了老板的脸……"

她陷入了沉思,身体好像蜷缩了似的,低声说:

"用不着可怜他,是头猪,可他怎么偏偏……是个财主……他要是个有病的叫花子才好呢。我对他说:'你过的是什么日子,傻瓜?好歹也该活得像个样子……娶个好媳妇儿,生儿育女……'"

"他不是有老婆吗?……"

索菲娅耸了耸肩,天真地说:

"他把一个人毒死了……他本该把那个人的老婆也毒死,是一个老太婆!可他简直是个疯子……一点儿也不愿伤害她……"

我想说明伤害人命是不应该的,可她却用若无其事的语气说:

"可就有人下毒药害死人……"

在她房间的窗台上有一盆盛开的凤仙花。有一次,她扬扬自得地问:

"这化(花)不错吧?"

"不坏。不过应该说'花'。"

"不,这不合适:印花布上的是花,而'化'是来自上帝和太阳的造化①。花是一回事,造化又是另一码事……我知道怎么说,粉红、天蓝、淡紫——这是花色……"

---

① 俄文中"花"是цветок,而светок是由свет(光)构成,发音很相近,译文为了谐音,权把светок译为"造化"。

422

和这些看来似乎并不复杂而实际上复杂得出奇的人打交道是越来越困难了。现实变成了噩梦、呓语,而书中所讲到的就像火焰一样燃烧得越加光耀夺目、绚丽多彩,可又像冬季的星星,离得越来越远。

有一回,老板用他那只绿眼睛直愣愣地盯着我,不过这次绿眼睛如锈铜似的毫无光泽。他怏怏不乐地问:

"看来,你常在分店那儿喝茶消遣?"

"我是喝茶来着。"

"哼,好一个喝茶!你当心点儿……"

他在我身旁坐下,重重地撞了我一下,皱起眉头,怀着近似钦佩的心情说开了,他品味着自己的话,发出像猫呷嘴的声音:

"姑娘长得顶好看,是吗?我跟你说……她可跟一般人不同!她对我说的话……无论谁,连任何一个神甫也说不出这样的话!是真的。我为了试探,还吓唬过她:'你这个蠢货,我把你打个半死,然后撵出去!'可她谁也不怕……她爱说真话,狡猾的女人……"

"您要真话干吗?"

"听不到真话,就感到烦闷,"他说得极其简单。

随后他吸了口气,用锐利的、怀有敌意的目光瞪了我一眼,好像我欺侮了他似的,满肚子怨气,絮絮叨叨地继续说:

"你以为生活就那么欢乐?……"

"哪儿的话!特别是在您的身旁……"

"在您的身旁!"他怪腔怪调地学着我说道。随着沉默了许久,垂头丧气,酷似赤日炎炎时被链条拴着的一条老狗,两腮耷拉下来,耳朵垂着,下嘴唇也像一小片破布耷拉着。炉火映照着他的牙齿,看上去牙齿是红色的。

"对傻瓜来说生活是欢乐的,而对聪明人来说……聪明人喝烧酒,聪明人不安分守己……他和整个生活对抗……我就是,有时候半夜,躺着躺着就感到后悔:哪怕虱子咬我一口也好啊!我当工人的时候,虱子就喜欢我……咬了我,就来财,准没错!现在干净了,虱子也不来咬了……一切都离开我了。剩下最不值钱的就是娘儿们……这是最难摆脱,最麻烦的事儿……"

"您不是要从人家那儿得到真话吗?"

他面带愠怒地扬声说:

"你以为人家就懂得比你少吗?人家?就拿库津来说,他害怕上帝,喜欢把别人说的实话报告给我……他以为这样我会出钱收买他。我自己也喜欢把变质的货卖个好价钱。拿去吧!"

老板对着炉火做了个轻蔑的手势。

"叶戈尔卡又粗又笨。笨得像个秤砣。你呢,也只会呱呱呱说些不吉利的话,实际上,你自己却想靠别人来养活。你要所有人按你的旨意生活。我可不愿意!连上帝都不约束我——他说,瓦西里·谢苗诺夫,你可以随心所欲地生活,我不对你发号施令,去你的吧!"

在炉火前,老板蜡黄的面孔上显出一点粉红色,油光光的满脸是汗,他的眼睛一动不动,像是睡着了似的,舌头也不听使唤了。

"索芙卡①直截了当对我说:'你不会过日子!'——'我不会?'——'就是不会:狼不像狼,猪不像猪……'——'那该怎么过日子呢,傻女人?'——'不知道,'她说,'你自己想想就会知道的……'事情就是这样,说我不会生活,这是事实,我不知道该怎么生活,也是实话!……而你们……"

他粗野地骂了一句,说话比刚才有精神了:

"我叫她'猫头鹰'。白天,她这个傻女人完全像个瞎子……夜里,也许她还是个傻女人……不过夜里她却……挺有勇气……"

他轻声地笑了,在这笑声中我感到了他对猪说"我的隐士,小滑头"时所流露出的那种温柔。

"我有三个女人,"他继续说,"一个是为了肉体上的需要——她

---

① 索菲娅的小称。

叫纳季卡,长一头鬈发,是个淫荡无度的女人!她表面上似乎什么都怕,而实际上天不怕地不怕。她既不害怕,又没有良心,只有一样——贪得无厌,是条马鳖。就连圣徒也会被她弄得晕头转向。我的库罗奇金娜是为了满足我精神上的需要。只能这样称呼她。她的名儿叫格拉什卡,格拉菲拉,但要称呼她库罗奇金娜……别的称呼不行!我喜欢戏弄她:'不管你祈祷多少次,'我说,'也不管你的神灯点了多少油,魔鬼在等着你!'她就怕鬼,怕死!她悄悄参与了造假钞票的勾当。这两天她交给我一张三卢布的假钞票,再早些日子给过一张五卢布的。'哪儿来的?'她说:'别人乘我不留神给我的。'她撒谎,她就是那个团伙里管把假钞票换出去的,她可以得到提成的好处。她是个聪明、狡猾的婆娘。要是不把她逗急了,跟她在一起就没有意思……逗急了,她就会发作起来,有时候连我都有点害怕……她会用枕头把人闷死。不用别的,就用枕头!把人闷死后就祷告:'上帝,原谅我,宽恕我!'这是真的!"

在明亮的火光照耀下,他整个丑陋的身体散发出一种刺鼻难闻的气味。炉火烤得他越来越厉害,越来越热。他热得汗流浃背,不停地转动着身子。所以从他身上就散发出一股令人窒息、油腻的气味,这气味和在酷暑炎日下从污水坑里冒出的臭味一样。我真想狠狠地骂他,揍他,激怒他,不让他这样继续说下去,可同时他又使你不得不注意听这些淫秽猥亵的话。这些话渗透着无耻的东西,但也道出了某种苦恼……

"所有人都说谎:傻瓜说谎是由于愚蠢,聪明人是出自狡猾。索芙卡说的是实话……她说实话……不为私利,也不是为了灵魂……哪儿有什么灵魂?她只不过想说就说罢了。我听说,大学生爱说实话……我到许多酒店去过,大学生在那儿纵酒狂饮……此外什么也没有。这是天大的谎话……他们只不过是些醉汉,除了喝酒……就是……"

他已经不理睬我,独自在喃喃低语,仿佛他忘了,我就坐在他的身旁:

"真话对另一种人来说……就像一个人爱上了名门闺秀……只见过一次,就一见钟情,终生难忘……但始终可望而不可即……就像是一场梦而已……"

当时很难判断:老板是醉了还是清醒,也许是病了?他舌头和嘴唇的动作显得笨拙困难,好像嚼不动他所臆想出来的生硬的词语。这次他格外令人嫌恶。我似睡非睡地瞧着炉膛,不再听他猫打呼似的乌乌噜噜的说话声了。

潮湿的木柴勉强地燃烧着,咝咝作响,冒出沸腾的泡沫和一缕缕青烟,红黄色的火焰裹着粗短的劈柴在颤抖,怒窜,一条条金蛇般的火舌舔着低矮的炉顶上的砖块,弯曲着爬向炉口,一股股浓重的稠烟又把它们压了回去……

"'粗嗓门'!"

"什么事?"

"你知道吗,你为什么使我惊奇?"

"您说过了。"

"对……"

他沉默了片刻,用乞讨般的声音拉长调说:

"你说过我会着凉,会送命的,这关你什么事!你这是……没考虑随便说说的,是开玩笑!"

"您还是去睡觉吧……"

他吃吃地窃笑,摇着脑袋,仍然用凄切的声音说:

"我希望他好,他却撵我走……"

我头一次从他嘴里听到希望别人好的话,我想试试老板是否真心诚意,就提出:

"您最好对亚舒特卡也做点好事。"

老板不作声了,有气无力地微微耸了耸肩。

在这次谈话的前两天,"小铃铛"回到了面包房。他头发理得平平整整,衣服穿得干干净净,整个人就像他的眼睛一样精神焕发。在住院期间他的眼睛变得更加炯炯有神。长满雀斑的小脸消瘦了,鼻子也翘得更高了。这孩子满怀着对未来的憧憬在微笑,他迈着一种特殊的步子,如同要从地面腾空跃起似的,在各个作坊走着,生怕弄脏身上的新衬衣。看来,他由于自己的一双清洁的手而感到不好意思,一直把手藏在裤兜里。裤子也是新的,是用粗布做的。

"这是谁把你打扮成新郎官的模样?"做甜面包卷的工人们问道。

"是尤利娅·伊万娜,"他用悦耳的微弱声音回答。他停步站在原地,把左手从裤兜里抽出来,不时挥着手说:

"是个女医生,上校的女儿;土耳其人齐膝盖砍掉了她父亲的一条腿。我也见过他,是个秃头。他对什么都说:算不了什么。"

亚什卡还兴奋地赞叹说:

"伙计们,医院里可真好,哎哟,可干净啦!"

"你右手拿的是什么?"

"没什么!"他答道,吓得瞪圆了眼睛。

"撒谎!拿出来看!"

他局促不安,整个身子不自然地扭着,他把手深深地往口袋里藏,肩膀也随着下垂。这一来,同伴们更感到好奇,他们决定搜他的身:大家抓住他,把他的衣服弄得皱皱巴巴,从口袋里掏出一枚二十戈比的新硬币和一个珐琅质的小圣像——圣母怀抱着婴儿。他们当即把硬币还给了亚科夫,轮流着看起圣像来。一个小伙计强作笑颜地一直伸着小手要看,后来皱起眉头泄气了。当"大兵"米洛夫把圣像递给他的时候,亚舒特卡毫不客气地拿过来往口袋里一塞就走了。吃过晚饭,他跑来找我,一副丧气的模样,衣服满是褶皱,沾了一身面团和面粉,不像不久前那种乐呵呵的样子。

"把礼物给我看看!"

他的蓝眼睛转到一旁:

"没有了……"

"到哪儿去了?"

"丢了……"

"是吗?"

亚科夫哀叹了一声。

"怎么丢的呢?"

"我把圣像扔了,"他小声说。

我不相信。他看出了我怀疑的神情,便画了个十字,说:

"向上帝起誓!我不骗你。扔到炉子里了……像松香一样冒着泡烧呀烧呀,就烧没了!"

这孩子突然抽噎了一声,一头扎到我的怀里,噙着泪说:

"一帮混蛋……都来摸,还有……'大兵'用手指抠……从边上抠掉一小块……该死的家伙。尤利娅·伊万娜给我的时候,先吻了一下……然后也吻了吻我……'给你,'她说,'拿着!这……对你……有用……'"

他竟失声大哭起来,我劝了他许久才劝住。他不愿让其他面包工人看见他掉眼泪,并且也不想让他们知道他是因为受了委屈而哭泣……

"亚什卡怎么了?"老板突然问起。

"他身体非常虚弱,不适合在面包房做工。您最好派他到商店去当个小伙计。"

老板咬咬嘴唇,思忖了片刻,冷漠地说:

"要是身体虚弱,到商店也不合适,那儿很冷,会着凉感冒……再说加拉西卡会没命地打他。应该让他到索芙卡的分店去……她是个邋遢鬼,那儿又脏又乱,到处是尘土,就让他到那儿去照料……活儿也不难干……"

老板朝炉膛里金黄色的火堆瞥了一眼,从炉前的坑里爬起来。

"该扒火了!"

我把一根长火棍伸进炉膛,这时我头上响起了老板枯燥而又懒洋洋的说话声:

"你这个人真愚蠢！幸福就在你的眼前，而你……咳，鬼迷了心窍，真是鬼迷心窍！……把你迷到哪儿去了？"

三月的太阳，像害怕弄脏了自己似的，小心翼翼地照着泥泞的街道，墙壁剥落的陈旧房子在路面上投下了一片漆黑的阴影；我们从早到晚被禁锢在城市中心的一个地下室里。潮气一天天增多，使人感到春天的临近。

正午过后，约摸有二十分钟，阳光照着作坊最边上的一个窗子，由于年久而变得五颜六色的玻璃显得十分美丽，给人带来愉悦的感觉。从打开的气窗可以听到雪橇滑铁在积雪融化了的石头路面上发出吱吱的尖叫声，街上的一切声音变得更加清晰响亮。

在甜面包卷作坊里，工人们不停地唱着歌，可这歌声不像冬天那样整齐，合唱也唱不起来，每个人各自随心所欲地唱着，常常变换歌曲，仿佛在这春天的日子里难以找到一支合乎自己心意的曲子。

你如此薄情变心把我抛，

齐甘在炉旁唱道，瓦诺克用有力的高腔应和着：

我永远被你毁掉……

他猝然停住，用唱歌似的高声高调说道：
"再过十天我们老家就要动手翻地了。"
沙图诺夫刚揉完面团，上身光着，汗淋淋地泛着油亮的光，他用韧皮带子扎好披散的头发，昏昏欲睡地望着窗子。
他的深沉忧郁的声音在低低回荡：

朝圣的香客从我身旁走过，

默不作声的香客连看也不看我……

阿尔秋什卡坐在屋子角落里,缝补着破面口袋,不时咳嗽几声,用少女般的声音哼着苏里科夫的诗:

我们亲爱的朋友……
你躺在……棺木中,
身上覆盖着棺布……只露出面孔……
瘦骨伶仃,面色蜡黄……

"呸!"库津朝他那边啐了一口。"蠢货,你唱的叫什么词儿……这群小恶魔,我可跟你们说过不下百次了……"

"嘿,我的亲娘啊!"齐甘忽然不唱了,异常兴奋地大声喊道。"世界上很快就会有好日子过了!"

接着他的双脚敏捷地踏着拍子,扯开嗓子唱道:

走来一个醉女人,
老远就听到她的笑声,
她正是我朝思暮想的——
心上人!……

乌兰诺夫应和着:

玛丽亚·瓦西里耶芙娜
征服了所有的小伙子,
四月一到,
她简直要上吊!……

在不和谐的歌唱声和断断续续的说话声中可以感到春天有力的召唤和对春天的紧张思考,因为春天总是唤起人们开始重新生活的希望。杂乱不齐的歌声在不停地飘荡,仿佛这些人在学唱一支新的合唱歌曲。使人感到鼓舞的不同声浪传进我的面包烤房,这些声音虽不协调,却同样美妙,令人陶醉。

我对春天也浮想联翩,我把春天比作一个热爱大地上的一切不惜奉献出自己的女性,这时我对巴维尔大声喊道:

玛丽亚·瓦西里耶芙娜
征服了所有的人!……

沙图诺夫把宽大的脸庞从彩虹般的玻璃窗移开,压过齐甘的回答声,呜呜噜噜地唱道:

这道路多么艰难,
这小路不为罪人开。

透过薄薄的隔板和缝隙,从老板的房间里传来了老太婆——老板娘的低三下四的苦苦哀求声:

"瓦西,亲爱的……"

老板连着狂饮了一个多星期,他耽溺于狂饮,萎靡不振,不能自拔。他已经喝到连话也说不出的地步,只会咆哮吼叫,两眼突出,目光呆滞,可能看不见任何东西:他像瞎子似的径直往前走。他全身浮肿,皮肤发青,活像一个淹死的人。他的耳朵胀大了,支起来,嘴唇耷拉着,露出的牙齿在他本来已经很可怕的脸上显得更是多余。有时他走出房间,慢慢腾腾地迈着短腿,脚跟过于沉重而又坚实地跺着地板,他朝人径直走去,一双视而不见的眼睛所显露出的可怕目光使对方赶紧躲闪到一旁。叶戈尔也喝得烂醉,跟在老板身后,一双像爪子般的大手拿着一瓶烧酒和杯子。他的整个麻脸红一块黄一块。呆板的眼睛半睁半闭,嘴张大着,宛如一个人的嘴烫了不能喘气一样。

他嘴唇不动弹,含糊不清地说:

"滚开……老板来了……"

灰溜溜的老板娘伴随着他们。她耷拉下脑袋,泪汪汪的眼珠似乎马上就要滚落到她手上的托盘里,把泪水洒到咸鱼、蘑菇和几个蓝色盘子里的小菜上。

作坊变得如同在地窖里那样寂静,充满了夜间沉闷的气氛。强烈的、刺激的气味随着这三个人从默默愣怔着的人们身旁飘过;他们引起了人们的恐惧和嫉妒,当他们消失在前室门外后,约摸有两三分钟时间整个作坊在压抑的气氛中鸦雀无声。

后来可以听到谨慎小声的议论:

"他会把身体喝垮的!"

"他?才不会呢!"

"伙计们,有那么多下酒的小菜!"

"香气扑鼻……"

"瓦西里·谢苗诺夫算完了……"

"应该数一数,他能喝多少!"

"这些酒你一个月也喝不了。"

"你怎么知道?""大兵"米洛夫谦和而又不失自信地说。"你试试看,给我喝一个月!"

"把你烧死……"

"不过,可以喝个痛快……"

我几次走到前室去看老板:在冰雪融化了的院子中间叶戈尔把一只棺材似的破旧木箱底朝上放在太阳下面;老板没戴帽子,坐在箱子当中,盛着下酒菜的托盘放在他的右侧,长颈瓶放在左侧。老板娘小心地坐在箱子边上,叶戈尔站在老板身后,扶着他的双腋,两个膝盖顶住他的后腰,老板的整个身子往后仰着,久久地凝望着严寒惨淡的天空。

"叶戈尔……你还有气儿吗?"

"有气儿……"

"凡有气息的,都要赞美耶和华?① 是凡有气息的吗?"

"凡有气息的……"

"给我倒—倒酒……"

老板娘像受惊的母鸡,慌忙把一杯烧酒塞到丈夫的手里,他把杯子紧贴着嘴,慢慢地吮吸。老板娘急急忙忙地不断画着小十字,接吻似的努着嘴,那模样既可怜又可笑。

接着她低声诉说道:

"叶戈鲁什科……他这样下去会把命送掉的……"

"老板娘……你别难受……没有上帝的意旨,什么事也不会发生的。"叶戈尔像在说呓语。

春天的太阳照在院子里石块之间一汪汪的水面上,映射出愉快耀眼的亮光。

一次,老板朝天空和屋顶扫了一眼,身子向前一晃,险些朝前栽倒在石铺的地上。他问:

"今天是谁的日子?"

"上帝的,"叶戈尔费力地说,好不容易扶住老板。谢苗诺夫伸直一条腿,又问:

"谁的腿?"

"您的。"

"胡说!我是谁的?"

"谢苗诺夫……"

"胡说!"

"上帝的。"

---

① 引自《旧约·诗篇》第一百五十篇第六节,但原经文是句号。

"对—啦!"

老板抬起那条腿往水洼里一踩,泥水溅到了自己的胸膛和脸上。

"叶戈鲁什卡!"老太婆用埋怨的声音叫道;叶戈尔用手指威胁着说:

"老板娘,我不——不能不顺着老板……"

老板眨着眼,不去擦脸上的泥水,问道:

"叶戈尔!头发不会掉下来吗?① ……"

"不会……没有上帝的意旨……"

"把头伸过来……"

叶戈尔弯下身,把自己蓬乱的大脑袋朝他手下伸过去,老板抓住这个哥萨克人的缕缕鬈发,从中拔出了几根头发,对着阳光端详了一会儿,把手伸向叶戈尔:

"收藏起来……别掉了……"

叶戈尔小心翼翼地从老板肥粗的手指上把揪下的头发拿掉,用手掌搓成一个小圆团,藏到花背心的口袋里。像平时那样,他的脸木木然毫无表情,两眼失神,只有那小心翼翼然而又摇晃不定的动作让人看出,他已喝得酩酊大醉。

"保存好,"老板喃喃说道,不时挥动手臂。"你要为一切负责……为每一根头发……"

看来,这一切他们干了不止一次:他们的动作已经很娴熟。老板娘冷漠地看着,只有她乌黑干瘪的嘴唇不停地在动。

"喝!"骤然间老板尖声嚷道。

叶戈尔把帽子歪戴到后脑勺上,露出一副可怕的面孔,他紧挨着老板坐下,用喝酒过度而嗓子沙哑的低音唱道:

---

① 自此句至下面"保存好……为每一根头发……"句,这一段谢苗诺夫和叶戈尔关于"头发"的议论,是据《新约·马太福音》第十章第二十九和三十节,以及《新约·路加福音》第十二章第六、第七节和第二十一章第十八节敷陈而成的。福音书上的中心意思是,只要信仰耶稣,虽遭人怨恨,也是连一根头发也不会损失的。

瞧,顿河的哥萨克①……

老板向前伸出一只手臂,手指攥在一起,像讨饭似的。

嘿,格列宾的年轻哥萨克……

老板仰起头哀号着:他那张粗野的像盲人的脸流满泪水,好像就要融化了似的。

奥西普和我一起站在前室里,正好遇上这样一次演唱,他悄声问:
"看见了吗?"
"看见又怎么啦?"

他望着我,嘴巴悲切地,似笑非笑地抖动了一下。近来他消瘦多了,一双蒙古人的眼睛似乎变大了。
"你怎么啦?"
奥西普靠在我身上,对我耳语道:
"不是有钱嘛?幸福吗?瞧,这就是所谓的幸福!记住……"

老板狂饮的那段时间,萨什卡在几个作坊里来回窜,也像一个醉汉似的:眼睛不安地闪烁着,两只胳膊像断了似的摆动着,汗涔涔的额头上火红色的鬈发在抖动。几个作坊的所有人都在议论萨什卡偷盗的事,并对他报以赞同的微笑。

库津拉长声调甜言蜜语地夸赞管家:
"啊,历山德拉·彼得罗夫是我们这儿了不起的人。噢,他会受到重用,步步高升的……"

其实只要能顺手牵羊,大家都偷,这是轻而易举的事,偷来的东西立即拿去换酒喝。三个作坊的人都喝得醉醺醺的。孩子们跑腿到酒

---

① 俄罗斯民歌。

435

店买烧酒,他们怀里装满了甜面包卷,找个地方换水果糖。

"你们这样干,要不了多久谢苗诺夫就会破产的,"我对齐甘说;他摇了摇漂亮的脑袋,表示不同意:

"老弟,一个卢布周转一次,就给他赚三十六个戈比……"

他说这话就像他完全确切知道老板资金的周转情况似的。

我笑了。巴什卡不以为然地紧蹙眉头:

"你对什么都可惜……你怎么能这样呢?"

"我倒不是可惜,是理解不了这种莫名其妙的事……"

"这种莫名其妙的事是不可能理解的,"沙图诺夫插了一句;整个作坊都在注意倾听这一谈话。

"你们夸老板能钻营,他就靠这种钻营和你们的劳动办起这个面包房,可你们又想尽一切办法来使他破产……"

几个人异口同声马上回答说:

"他才破不了产,不可能的事儿!"

"有面包,就吃,别犯傻!"

"只有他喝醉的时候,我们才能喘喘气……"

我的话不胫而走,立即被萨什卡知道了,他飞也似的奔进面包烤房。他长得身材匀称,瘦削,穿一件灰色上衣,龇牙咧嘴地大声叫嚷:

"你想抢我的饭碗?不,没那么容易,你很狡猾,可还太年轻……"

大家都目不转睛地盯着,看是否会打起来,萨什卡虽然爱闹着玩儿,可不轻举妄动,何况我和他之间已经打过一次"交道":我对他的吹毛求疵,老像蚊子咬人似的缠住不放感到厌烦。有一次,我郑重地对他说,要是他再纠缠不休,我就要揍他。事情发生在一个节日的傍晚,所有的伙计都各走各的散了,就剩下我们单独两人。

"来吧!"他说着脱去上衣,扔到雪地上,挽起衬衣的袖子。"上帝保佑,只能打身上,千万不要打脸!在商店里工作需要这张脸,你自己明白……"

萨什卡打输了,就央求我:

"亲爱的,你别对别人说你比我厉害,我只求你做到这一点!你在这儿是临时的,干一阵就走人,可我要跟这儿的人长期处下去!懂吗?就这样!为这我得谢谢你!走,上我那儿喝杯茶……"

在他的一间窄小的斗室里喝茶的时候,他异常兴奋地字斟句酌地说:

"亲爱的,如果简单地说,似乎我手不干净,这当然一点儿不错,但是实际情况怎样呢?"他从桌子对面向我弯下身子,眼睛里流露出愤愤不平的神色,说话就像唱歌一样,要我相信:

"我比谢苗诺夫差?比他笨吗?我比他年轻,长相不错,人又灵巧……要是给我个机会,我就牢牢抓住不放,哪怕让我管一个不大的买卖,我会立刻显示出自己的才能,大显一番身手,使人大吃一惊,赞不绝口!我有这样漂亮的相貌和身材,我可以跟一个家缠万贯的寡妇结婚,是不是?甚至可以娶个有嫁妆的妙龄女郎,凭哪一点我不配?我可以养活几百人,谢苗诺夫算什么?叫人看着都觉得恶心……只不过像条在岸上的鲶鱼,他应该在深渊里生活,可他却住在像样的房子里!真是天大的怪事!"

他把贪婪的红嘴唇努得圆圆的,尖声地吹了一声口哨。

"哎,亲爱的!高级僧正过着廉洁的生活,可谁都知道,他既无聊又苦闷,也抑制不住肉欲……你知道警察局的录事洛什金吗?《高级僧正戒律》是他写的。他虽然嗜酒如命,却是个值得仿效的人。在他的诫律里,诵经人就直截了当地说:

不,大主教,你错了。
不偷不盗活不了!……"

这个身体匀称灵活,长着一头红发的人使我想起古代的箭——缠上浸过松香的麻絮,燃烧着在漆黑的夜里朝谁飞去,谁就会遭到不幸和破产。

眼下，在老板狂饮的日子里，萨什卡格外贪得无厌，他像老鹰抓雏鸡似的，扑着去抓卢布，看着既令人厌恶又觉得有意思。

"事情闹不好要坐牢，"沙图诺夫在我耳边嗡嗡地说，"躲远点儿，可别卷进去……"

他对我越来越关心，可以说像对一个身体虚弱的人一样无微不至地照顾我，时而给我拿面粉、木柴，时而自愿替我揉面。

"这是为什么？"

他眼睛不看着我，喃喃低语说：

"你不要吭声！你把力气用在其他的事情上更好……要珍惜力气，人的力气要使一辈子……"

诚然，他也常问：

"什么叫句子？"

或者突然告诉我一些奇闻：

"鞭身教徒①说得对，圣母不止一个……"

"这话什么意思？"

"没什么意思。"

"你不是亲口说过，对所有人来说，上帝只有一个？"

"是啊！不过有各种各样的人，他们为了自己的需要就稍稍加以改变……比如说，有鞑靼人，莫尔德瓦人……问题就出在这儿！"

有一天夜里，他和我一起坐在炉旁，他说：

"我最好断一条胳膊，要不少条腿也行……或者得一种可以让人看得见的病！……"

"怎么回事？"

"我最好有一种明显的身体缺陷……"

"你怎么，疯啦？"

"一点儿也没疯。"

---

① 鞭身教派是十七世纪中叶产生于俄国的一种皈依基督的教派。该教派认为上帝、圣母可以在俗界永远复活和再现。

438

他回头看了看，解释说：

"你看，我曾经想，我会当一名巫师，因为我很喜欢巫术。我的外公也是巫师，父亲的叔叔也是。这叔爷在我们这一带还是颇有名气的巫师和巫医，又是个难得的养蜂行家，他闻名全省，他得到鞑靼人、车累米西人、楚瓦什人的公认。他已年逾百岁，七年前他要了个姑娘，是个鞑靼孤女，还生了孩子。他不能再结婚了，因为他举行过三次婚礼。"

他深深叹了口气，不慌不忙、若有所思地继续说：

"可你老说——骗人！靠骗人是活不到一百岁的！骗人谁都会，可这不能使灵魂得到宽慰……"

"等等，你说你要身体有缺陷干什么？"

"那是我心里产生一种新的想法……我想走得尽量远一点，最好能走遍整个世界！到处看看，各地的情况怎样……人们该怎么生活，在期待什么？就为这。可是像我这模样没有理由出去，要是有人问起，你干吗到处逛？我无言可答。所以我想，要是手残了，或者长个显眼的烂疮什么的……生烂疮不怎么好，别人见了会害怕……"

他沉默了，眼珠来回转动，一直看着炉火。

"你已经决定了？"

"没决定的事就不必说，"他喘着粗气说。"讲些还没有决定的事只会惊扰别人，现在已经够饿了……"

他绝望地挥了挥手。

头发蓬乱的阿尔秋什卡睡眼惺忪地微笑着，搓着脑袋，静悄悄地走过来。

"我梦见自己好像在游泳，要潜水，我就跑了几步，扑通！结果脑壳砰的一声撞到墙上！眼睛里流出了金光闪闪的泪水……"

他俊俏的眼睛里真的充满了泪水。

两天后的一个夜里，我把面包放进炉子，睡着了。一阵粗野的尖叫声把我惊醒：老板站在甜面包卷作坊的拱门的门槛上，不住地破口大骂，就像豆子从破口袋里撒落出来似的，他骂的脏话不堪入耳，一句比一句难听。

就在这当儿老板的房门砰的一声猛地打开了，萨什卡号叫着爬到门槛上，老板两手紧紧抓住门框，朝他的胸膛和两肋猛踢。

"哎唷……要踢死我了……"年轻人在叹息。

"嗨，嗨，"老板每踢一下，就平静地喊一声，萨什卡蜷着身体在他面前打滚，每当他想从地板上站起来时，老板就把他踢倒。

甜面包卷作坊里的工人都跑了过来，默不作声地挤在一起，在清晨的昏暗中看不清人们的脸，但可以感到，大家都惊恐失色。萨什卡滚到他们的脚下，苦苦哀求着：

"兄弟们……他会把我踢死的……"

工人们往后退着，身体向后倾斜，有如一阵风把腐朽的篱笆吹倒似的。阿尔秋什卡不知从哪儿倏地跳了出来，直冲老板的脸大喝一声：

"住手！"

谢苗诺夫急忙躲开。萨什卡像条鱼似的，往人群里一钻，逃之夭夭。

一时变得鸦雀无声，令人难堪的沉默延续了几秒钟，因为你还不知道，谁将取得胜利——是人还是兽。

"这是谁？"老板声音嘶哑地问，用手遮在眼睛上打量着阿尔乔姆，另一只手举到他头上。

"是我！"阿尔乔姆一面后退，一面拼命扯着嗓子大声应道；老板跟跄着向他迎过去，这时奥西普走上前去，脸上挨了一拳头。

"好哇，"他晃了晃脑袋，啐了口唾沫，冷静地说，"你慢着，别打人！"

这时巴什卡、"大兵"、老实的庄稼汉拉普捷夫、煮面包的尼基塔不是把手藏在身后，就是伸进口袋或腰带，他们朝老板走过去，向前探着头，如同牛羊准备用角顶撞似的。他们七嘴八舌，一起异乎寻常地大声嚷道：

"收起你这一套吧！我们是你买的不成？是吗？我们不答应！"

老板像长在腐朽的地板裂缝里，一动不动地站着。两手交叉叠放在肚子上，头稍稍歪向一侧，仿佛他在倾听他感到莫名其妙的吼叫。墙上昏黄的灯光微弱地照着黑魆魆的一群人，他们吵吵嚷嚷，声音越来越高，朝老板逼近，在一道光线中有时可以看到一个好像脱离了身子的龇着牙齿的脑袋，大家都在大叫大嚷，诉说积怨，煮面包工人尼基塔的声音最响，压过所有的人：

"你耗尽了我们所有的力气！你在上帝面前有什么可夸耀的？咳，你这个老东家！"

像脏水开了锅似的骂声四起，有人已经在谢苗诺夫的鼻子前挥舞着拳头，而他却像睡着了似的站在那儿。

"你是靠谁发的财？是靠我们！"阿尔乔姆嚷道。齐甘像照本宣科似的说：

"好，你听着，我们不同意每天要做七口袋面粉的面包……"

老板垂下双手，向右转过身子，一声不吭，脑袋古怪地左右摇晃着走开了。

……甜面包卷作坊里气氛和睦，人们兴高采烈，扬眉吐气。大家认真地，齐心地干起活来，似乎用新的眼光——信任、温柔、羞赧的眼光在互相打量。齐甘像公鸡打鸣似的尖着嗓子说：

"加油干，伙计们，使出全身的力气！嘿……一切都有条不紊，老老实实地干！我们让他这个小宝贝看看我们干的活儿！凭良心，痛痛快快干！"

拉普捷夫肩上扛着一袋面粉，站在作坊中间，舔着嘴唇，发出咂嘴的声音，说：

"干得多来劲……要是团结一致，齐心协力……"

沙图诺夫称着盐，瓮声瓮气地说：

"齐心协力揍起老东家来也顺手。"

大家都如同春天的蜜蜂一般，阿尔乔姆格外高兴，只有库津老头带着难听的鼻音在唱他的老调：

"小鬼们，你们呐，真该打……"

灰蒙蒙的寒雾吞没了钟楼、清真寺的高塔和住宅的屋顶，仿佛城市的脑袋被削去了，从远处看，人也好像是没有脑袋似的。潮湿的雾气在空中弥漫，使人透不过气来，周围的一切都染上了暗淡的银白色，只有夜灯没有熄灭的地方还闪着珠宝似的色彩。

水滴从屋檐上沉重地落在人行道的石头上，马蹄在鹅卵石的路面上发出清脆响亮的声音。在雾气笼罩的高空中，一个看不见的报告祈祷时间的人在清真寺的塔尖上发出哭泣般悲戚的声音，召唤人们做早祷。

我背着一篮面包走着，我想无止境地走下去，穿过雾霭，来到旷野的大路上，迎着春天冉冉升起的朝阳，向远方走去。

一匹高大的灰色带黑斑的马高高地抬起前蹄，低垂着脖颈从我身边奔驰而过；一双血红的眼睛闪着凶狠的光。叶戈尔直挺挺坐在赶车的座位上，紧紧地拉住缰绳，宛如一尊木雕；老板歪歪斜斜地躺在马车上，虽然天气已经暖和，他却还穿着一件厚实的狐皮大衣。

这匹灰色的烈马不止一次把马车撞得粉碎；秋天，有一次老板和叶戈尔被抬回来，满身污泥和血迹，肋骨也折断了，可他们俩都喜爱这匹马，精心照料，把它喂养得膘肥体壮，马浑浊的眼睛布满血丝，目光呆笨，给人一种不愉快的感觉。

有一回，叶戈尔在替马洗刷（在这之前不久，这匹马咬伤了他的肩膀），我对他说，最好还是把这匹烈马卖给鞑靼人的兽皮厂，叶戈尔直起腰，用沉重的刷子对着我的脑袋嚷道：

"走开！"

要是我想找叶戈尔谈话，他总是回避我，低着头，气鼓鼓地走开

了。只有一次,他出乎我意料地从我身后抓住我的肩膀,摇晃了我一下,低声含糊地说:

"我比你这个喀查普①的身体要棒得多,像你这样的三个人都不在话下,我用一只手就可以收拾你!懂吗?要是老板……"

他说这话的时候情绪极大,他激动得甚至难以控制自己,他的太阳穴青筋暴起,渗出了汗珠。

谈到叶戈尔,天不怕地不怕的亚舒特卡说:

"他四肢发达,头脑简单!"

街道渐渐变窄,空气更加潮湿,报告祈祷时间的人停止了像唱歌似的召唤,远处马蹄在石路上发出的铿锵声也停息了,四周万籁俱寂,像是在等待着什么。

干干净净的亚什卡穿着粉红的衬衣和雪白的围裙给我开门,他接过篮子,在我耳边悄声提醒说:

"老板……"

"知道。"

"他在发脾气……"

从柜子后面立即传来了怨声怨气的叫唤声:

"'粗嗓门',到这儿来……"

他坐在床上,几乎占了床的三分之一。索菲娅半裸着身体,侧躺着,头枕在叠放着的手掌上,一条腿弯曲着,另一条裸露的腿伸到老板的膝盖上。她含着微笑,用一只亮得出奇的眼睛迎面望着我。看来,老板并不管她,她半头浓密的头发梳着辫子,另一半头发披散在红色揉皱的枕头上。老板一只手托着她一条小腿的踝骨处,另一只手的手指轻轻弹着她琥珀色的黄脚指甲。

"坐下。我说……我们认真谈谈……"

他抚摩着索菲娅的脚背,喊道:

---

① 十月革命前乌克兰人对俄罗斯人的蔑称。

"亚什卡,准备好茶炊!'猫头鹰',起来……"

她懒洋洋地娇声说:

"不想起……"

"好了,好了,起来吧!"

老板把她的腿从自己膝盖上推开,咳了几声,用嘶哑的嗓音慢吞吞地说:

"不想干的事多着呢,该干的就得干! 不痛快,也得忍着……"

索菲娅笨手笨脚地从床上下来,腿一直裸露到膝盖以上,老板责备说:

"索芙卡,你一点儿也不害臊……"

她编着辫子,打了个呵欠,说:

"害不害臊跟你有什么关系?"

"这儿就我一个人吗? 瞧,还有年轻小伙子在……"

"他认得我……"

亚什卡面带愠色地紧蹙双眉,鼓起两腮,端着茶炊走来,这茶炊和他一样,小巧,整洁,像炫耀似的分外干净。

"真见鬼,"索菲娅骂了一句,猛地一下把扎好的辫子解开,把波浪形弯曲的头发撂到肩后,随即坐到桌旁。

"你说,"老板开口说,若有所思地微微眯起那只聪慧的绿眼睛,另一只死气沉沉的眼睛紧闭着,"是不是你教会他们胡闹的?"

"您晓得……"

"当然。你干吗要这么干?"

"他们的日子很不好过。"

"真奇怪! 谁的日子又好过啦?"

"您的日子就过得很好。"

"宁(您),宁(您)!"他故意丑化地学着我。"就你懂得多! 索芙卡,给他倒茶。有柠檬吗? 给我点柠檬……"

桌子的上方是一扇窗子,在铁皮做的气窗上生锈的风叶在低声歌唱,茶炊也在哼哼低吟,老板的说话声并不妨碍我去听这些歌唱般的声音。

"咱们直话直说。既然是你叫他们胡作非为,破坏秩序,那就也应该由你来平息他们。要不然,怎么办?否则说明你一点本事也没有。'猫头鹰',我说得对吧?"

"不知道。这我不感兴趣,"她冷淡地说。

老板霎时间变得高兴起来:

"傻瓜一个,你什么也不感兴趣!这样以后你怎么过日子呢?"

"我才不跟你学呢……"

她靠在椅背上坐着,用勺子在蓝色的小杯子里搅着茶——杯子里放了五块糖。白色的短上衣敞开着,露出高耸结实的乳房,上面布满凸起的青筋。她那张像拼凑起来的脸犹有睡意,又像在沉思,嘴唇像孩子似的奋拉着。

"这样吧,"老板用变得和悦的眼光打量了我一番,继续说,"我想把萨什卡的位置给你,怎么样?"

"谢谢。我不要。"

"为什么?"

"这对我不合适……"

"怎么不合适?"

"就是——不合我的心意。"

"又是心意,灵魂!①"老板叹口气,用极其粗野污秽的语言臭骂了一通"灵魂",以恶毒嘲讽的口吻,尖声尖调地说:

"哪怕拿灵魂给我看一次也好,让我用指甲碰碰,是什么样的?真是咄咄怪事:大家都这么说,可哪儿也没有见过!除了像树脂一样黏糊的使人摆脱不了的愚蠢外,哪儿也没见过什么灵魂!你们呐……只要稍微有点诚实的人,就一定是傻瓜……"

---

① 俄语中 не по душе("不合心意")中的 душа 一词也作"灵魂"讲。

索菲娅慢慢抬起睫毛,眉毛也随着稍稍扬起。她冷笑了一声,快活地问:

"你见过诚实的人吗?"

"我自己从小就是诚实的!"他用一种我从未听到过的声音提高嗓门说,手掌在胸脯上一拍,然后用手朝少女的肩膀上推了一下:

"就说你吧,是个诚实人,那又有什么用?还不是个傻瓜!对不对?"

她笑了,好像有点不自然:

"瞧,你看到的只是像我这样的诚实人……我算什么诚实人……亏你想得出!"

老板的眼睛闪着光,激昂慷慨地大声说:

"我过去做工的时候,谁我都愿意帮忙,——来,我帮你!我乐于帮助人,我喜欢我周围的人都高高兴兴……不过,我也不是瞎子!要是大家都像虱子爬到你身上……"

我的心情变得十分沉重,甚至想大哭一场。一种不可思议的,像窗外的雾气一样潮湿的模糊不清的东西注入了我的心胸。我就和这样一些人生活在一起?我感到在他们身上有一种无法解决的,命中注定的终身的不幸,天生的心灵和智慧上的畸形。他们使我产生了痛心的怜惜,而我又因为无力帮助他们感到压抑,并且他们的这种我所不能理解的毛病也传染了我。

"到三一节①二十卢布,干吗?"

"不干。"

"二十五个卢布呢?怎么样?有了钱,就会有女人……就会有一切!"

我本想跟他说些什么,好让他明白,我们是不可能在一起生活、工作的,但一时我找不到要说的话。在他严峻、期待和不信任的眼光下

---

① 每年夏季在耶稣复活节之后第五十天的节日。

我感到窘迫。

"让他走吧!"索菲娅说着往杯子里加糖;老板摇摇头:

"你是怎么啦,吃那么些糖?"

"你心疼啦?"

"对身体有害,笨驴!你本来就一身胖肉……我说,怎么样?这么说,咱俩谈不到一起。你是彻底跟我作对啰?"

"我要求结账……"

"那……好,当然可以!"他思索着用手指不断地敲着桌子。"好吧,好吧!我是仁至义尽,这样我可以少受亏损。你喝茶呀,喝……相逢不愉快,散伙不打架……"

我们长时间闷声不响地喝着茶。茶炊像吃饱的鸽子在咕咕地叫。气窗发出如怨如诉的响声,宛如一个乞讨的老太婆的声音。索菲娅眼睛盯着杯子,在沉思、微笑。

突然老板又用和悦的声音问她:

"你在想什么,索芙卡?嗯,要编马上编!"

她吓得哆嗦了一下,叹了口气,犹如一个患了重病的人有气无力、平平淡淡、费劲地说了一些稀奇古怪的话,但这些话都像钉子似的深深扎进了我的记忆,使我永生难忘:

"我想的是:举行结婚仪式后应该当夜把新郎新娘两人单独锁在教堂里,那就……"

"呸!"老板生气地啐了口唾沫。"亏你想得出来……"

"是——啊,"她拉长声音说道,紧锁双眉,"说不定这样爱情会更牢固……这样一来,你们这些无耻的家伙就……"

老板稍稍抬起身子,用力推了一下桌子:

"住嘴!又来这一套……"

她不吱声了,把桌子受震时移动的茶具重新摆好。

我站了起来。

"好,你走吧!"老板满脸重霜地说。"走吧。没什么!"

街上仍然是雾气溟蒙,房子的墙壁上挂着浑浊的水珠。在昏暗的湿漉漉的雾气中稀疏的黑色人影慢慢地移动着。附近传来铁匠干活的声音——两把铁锤有节奏地在敲打,好像在问:

"这是人吗?这是生活吗?"

我在礼拜六结了账,礼拜天伙伴们在一家肮脏但却舒适的小酒馆里为我饯行,参加的人有沙图诺夫、阿尔乔姆、齐甘、不爱说话的拉普捷夫、"大兵"、煮面包的尼基塔和瓦诺克·乌兰诺夫。瓦诺克穿着一条花九十戈比买的闪光毛料裤子,裤筒散在靴子外面,在新的粉红色布衬衣外面套着一件缀着玻璃钮扣的过于花哨的背心。色泽鲜艳的新衣服盖住了他无耻的眼睛中闪耀着的蛮横的神情,一张老态龙钟的小脸变得非常呆板,他一举一动都流露出担惊受怕的谨慎神情,似乎他总在担心,他的衣服会绽开,或者有人会走过来从他狭窄的肩上脱去那件背心。

头天晚上大家在澡堂洗了澡,今天又在头发上抹了发油,这使他们身上焕发出节日的神采。

齐甘在吩咐倒茶斟酒,他像商贩叫卖似的不时喊道:

"跑堂的,拿开水来!"

他们又喝茶,又喝烧酒,所以不一会儿工夫,大家都醉了,但一个个都很温和,并不吵闹。拉普捷夫紧靠在我肩上,把我挤在墙上,在说服我:

"最后一次了,你给我们说两句吧……我们很想听你说话,你知道,你的话讲得直率,在理!……"

沙图诺夫坐在我对面,垂下眼睛,看着桌子下面,对尼基塔解释说:

"人都是过客……"

"这要看在哪儿过,"煮面包工叹气说,"怎么个过法……"

大家瞅着我,使我感到窘迫和黯然神伤,仿佛我要到遥远的地方去,永远不能和这些人见面了,今天我觉得他们格外亲切和可爱。

"我不是还留在这个城里吗?"我多次对他们说,"我们还会见面的……"

齐甘摇晃着乌黑的鬈发,关切地照应着,为了一视同仁,给大家斟同样浓的茶,他压低自己洪亮的嗓音说:

"你虽然还留在城里,可是不会再挨我们这儿的臭虫咬了。"

阿尔秋什卡和蔼地轻声笑着解释说:

"从今后你跟我们不在一个锅里吃饭了……"

小酒店里很暖和,丰盛的菜肴香气扑鼻,引起人们的食欲,马合烟的烟雾像一片薄薄的蓝云在飘浮缭绕。酒店的一隅窗子开着,倒挂金钟的串串紫色穗状花序随风摆动,窗外树枝上的尖叶在摇曳,在这春光明媚的日子里,从街上自由地传来了令人陶醉的各种声音。

在我对面的墙上有一座挂钟,钟摆像是疲惫不堪地垂着,一动不动。颜色发暗的钟面已经没有指针,酷似沙图诺夫那张宽阔的面孔,今天他的脸好像比平时绷得更紧。

"我说,人都是过客,"他执拗地重复着。"人走着,走着,就走过去了……"

他的脸变成褐色,眼睛俏皮地笑了笑,和善地闭上了,说:

"我喜欢傍晚坐在门口看着过路的行人,素不相识的人们来来往往,不知道他们要到什么地方去……说不定其中哪个人……有颗善良的心。愿上帝赐给他们一切!"

从他的睫毛下流出了酒醉后几滴小小的泪珠,但随即便消失了,仿佛落在滚烫的脸上立刻就蒸发了似的。他声音沙哑地说:

"愿上帝慷慨恩赐,让他们一切如愿以偿!好,现在让我们为友爱,为交情干杯!"

干完杯大家热情地互相亲吻,差一点把摆着杯碟的桌子推倒。我的胸中像有夜莺在歌唱,我心里深深地热爱着所有这些人。齐甘捋齐了胡子,顺手从嘴唇上抹去了俏皮的笑容。他也发了一通议论:

"我的妈呀,有时候,兄弟们,心情很痛快,真像莫尔德瓦的古丝里琴在弹奏!前几天,当大家那样齐心一起反对谢苗诺夫的时候,还有今天,就是现在……我们可以干得多么出色,啊?我干脆把自己看作是个高贵的人,这就够了!是个贵族老爷啦,真的!对任何人都寸步不让!随便你对我说什么,不管说什么实话,我都不生气。你就是骂:'巴什卡是小偷,下流货!'我不同意……也不相信!因为不相信,所以也就不会生气了!现在我也知道该怎么生活了……奥西普对人的看法是对的!老弟,以前我认为你是个愚昧无知的人,原来你并不是!你说得对,我们大家都是应该受到尊敬的人……"

这天早上煮面包工人尼基塔沉郁地低声说了第一句话:

"大家都是非常不幸的人……"

但是在大家愉快友好的谈话中,这句话并没有引起人们的注意,正像说这句话的人在当时在场的人们中不为人注目一样:他已经有点醉意,两眼失神,昏昏欲睡地坐着,带着病容的瘦骨嶙峋的脸好似一片枯黄的槭树叶。

"友谊就是力量,"拉普捷夫对阿尔乔姆说。

沙图诺夫对我说:

"你好好听别人的话,收集起来,看能不能凑成一首诗?"

"我怎么会知道是不是凑成了呢?"

"会知道的!"

"即使凑成了,要不是那一首诗呢?"

"不是哪一首?"

奥西普疑惑地打量了我一眼,思忖了片刻,说:

"不可能是别的诗!为大家带来幸福的诗只有一首,没有别的!"

"可我又怎么能知道就是这一首呢?"

他低下眼睛,神秘地对我悄声说:

"可以认得出的!这是大家一眼就可以看出的!"

瓦诺克在椅子上转来转去,通红的眼睛环视着已经挤满顾客而又

喧闹的小酒店,他呻吟般地哼哼说:

"咳,现在最好来唱歌吧……唱吧!"

突然,他两手紧紧抓住椅子,弯下腰,蜷缩着,慌张地悄声说:

"嘘……老—老板来了!……"

齐甘抓起一满瓶烧酒,眼疾手快地放到桌子下面,但马上又毫不犹豫地把它放回原处,面有愠色地说:

"这儿是酒店……"

"就是嘛!"阿尔乔姆扬声附和着说,随后大家都不吭声了,假装没有看见。老板圆滚滚的肥胖身体神气十足地在桌子间慢慢地滚到他们这边来。

阿尔乔姆首先看见他,欠起身来,高兴地向他问好:

"瓦西里·谢梅内奇,过节好!"

谢苗诺夫在离他们两步远的地方站住了,用那只绿眼睛默默地仔细端详着所有人,伙伴们也默不作声地向他点头致意。

"拿把椅子来,"他用平静的语气说。

"大兵"蓦地站起来,把自己的椅子端给他。

"你们在喝烧酒?"他坐下时深深地吁了口气,问道。

"我们在喝茶,"巴什卡冷笑着说。

"用瓶子喝……"

仿佛整个小酒店变得无声无息,在紧张地等待着一场闹剧的发生。这时奥西普·沙图诺夫站起来,往自己的杯子里斟了些烧酒,递给老板,语气温和地建议说:

"瓦西里·谢梅内奇,跟我们大伙儿一起为我们的健康干一杯吧……"

老板好像故意慢慢腾腾地抬起粗短沉重的手,不知他是要打掉杯子还是准备接过杯子,真叫人心里很不好受。

"可以,"他终于开口说道,手指紧紧攥住高脚玻璃酒杯。

"那我们也为你的健康干杯!"

451

老板咂了咂嘴,那只绿眼睛往酒杯里看着,又重复了一遍:

"可以……来,就算为你们的健康干杯吧!"

他把烧酒往自己那张蛤蟆嘴里一倒。巴什卡黝黑的脸上泛出了块块红晕,他用摇摇晃晃的手很快把所有杯子斟满了酒,声音高亢地说:

"瓦西里·谢苗诺夫,你别生我的气,我们也是人!你过去也做过工,你知道……"

"好了,好了,别说奉承话了,不必要,"老板平心静气、闷闷不乐地打断了他的话,用一种像在回忆什么的目光轮流审视着每个人,他把视线停留在我的脸上,冷笑了一声,说:"也是人……你们不是人,是囚犯……来,大家喝……"

俄罗斯人的宽容后面总隐藏着几分狡黠,一颗微弱的火花在老板的眼里闪了一下,这火花在大家的心里立即燃起熊熊的火焰——伙伴们的脸上显出了温柔的微笑,眼睛里流露出一种腼腆的、好似愧悔的神情。

大家碰杯,一饮而尽,齐甘又扯起嗓子嚷道:

"我想说几句真心话……"

"别嚷嚷!"老板皱着眉头说道,不愿听他的话,"你干吗直冲着耳朵嚷?再说,谁要你的真心话?需要的是干活……"

"等等,难道你没看见这三天我是怎么干活的吗?"

"你呀,最好还是不要去听别人的那一套……"

"不,你说:你看见我怎么干活了没有……"

"这么干是应该的。"

"以后还这么干!"

老板扫了大家一眼,摇摇头,又重复说:

"这是应该的。干得好,我不会有意见,就是好!喂,'大兵',去要一打啤酒。"

这盼咐声听来颇有得意的味道,因而更加增添了他慈善为怀的心

绪,他闭上眼睛,继续说:

"跟外人我喝的酒有湖水那么多,可是跟自己人,好久没有机会……"

饱受生活折磨、渴望温暖的一颗颗心,这时候终于软化了。大家围坐得更紧密了。沙图诺夫叹口气,仿佛代表大家说道:

"过去我们压根儿也没想跟你过不去,而是生活实在太苦,一冬天弄得大家精疲力尽,所以就发生了那么件事。"

我感到自己在这个双方言归于好的节日聚会上是多余的,它变得越来越没有意思,啤酒很快把已经喝够烧酒的人们灌得晕头转向,他们越来越兴奋地用像狗一样的目光看着老板那张古铜色的面孔,此时此刻我也觉得这张面孔与往日不同:绿眼睛表现出温存、信任和忧愁的神情。

老板深信不疑,好像只要他一张口,别人就会理解他,他很随便地心平气和地说着话,一面把怀表的表链绕在手指上:

"我们是自己人……我们这儿在座的,大概都是来自同一个地方,都是同乡……"

"亲爱的,没错儿!是来自同一个地方,"喝醉了的拉普捷夫颇为感动地喊了起来。

"狗干吗要有狼性呢?这样的狗看不了家……"

"大兵"大声吼道:

"立—立正!听着……"

齐甘偷偷地窥视着老板那只聪慧的眼睛,用像狐狸似的声音叫道:

"你以为我什么也不懂?"

气氛变得更加欢快了——又要了一打啤酒,奥西普伏在我身上,舌头僵硬地说:

"老板……像大主教……都一样,老板是修道院里的修士大司祭!……"

"真没想到他来了,"阿尔乔姆悄悄附和着说了一句。

老板默默地一杯接着一杯机械地喝着啤酒,有时威严地咳几声,仿佛要说什么似的。他并不注意我,只不过有时把视线停留在我的脸上,但毫无表情,就像什么也没有看见似的。

我悄悄离开座位,来到街上,可是喝醉了的阿尔乔姆追上了我,他哭了,他号啕痛哭着说:

"哎,老兄……现在只剩下……剩下我一个人了!……"

我好几次在街上遇到过老板;我们互相点头打招呼——他用肥胖的手庄重地略微抬起暖和的便帽,问道:

"日子过得还可以吧?"

"还可以。"

"嗯,好好过吧,"他开恩似的说,用审视的目光打量一番我的衣着,然后神气地腆着滚圆的大肚子走了。

有一次我们在啤酒店的门口相遇,老板建议说:

"要不要喝点啤酒?"

我们走下四级台阶,来到一半在地下的一个小房间,老板穿过屋子走到一个较暗的角落,稳稳当当地坐在一张粗腿的凳子上,他向四周环视了一遍,像是在数桌子——除了我们那张,还有五张,桌上都铺着粉灰色的旧布。柜台后面一个头发花白的矮小的老太婆昏昏沉沉地晃动着系了条深色头巾的脑袋,手里织着袜子。

十分坚固厚实的灰色石墙上挂着一幅幅画:有一幅画的是猎狼,另一幅是少了一只耳朵的洛里斯-梅利科夫将军的画像,第三幅画的是耶路撒冷,第四幅上画着几个袒胸露臂的少女,在其中一个少女的宽阔的胸上用印刷体字母写着:"薇罗奇卡·加拉诺娃,受到大学生们的宠爱,价值三戈比",另一个的眼睛被扎破了。这些荒唐的、彼此毫无关系的乱涂乱抹的画看了使人感到无聊。

透过门上的玻璃,可以看到一幢新房子绿色屋顶上面被晚霞染红了的天空,一大群寒鸦在高空中盘旋。

老板鼻子里不时发出轻微的呼噜声,他一边仔细观察这间沉闷的像地窖似的屋子,一边懒洋洋地问我挣多少钱,对工作是否满意。可以感觉到,他并不想说话,只是一种无法排遣的俄罗斯人的忧愁攫住了他,他才这样问长问短。他慢慢吞吞地吮吸着喝完了啤酒,把空杯子放在桌上,用手指弹了一下杯口,杯子倒了,在桌上滚动,我把它挡住了。

"干吗挡住?"老板低声说。"让它掉下去……摔碎了,我们赔钱……"

教堂急促的钟声在召唤人们去做晚祷,钟声惊吓了在天空中飞翔的寒鸦。

"我喜欢这样的地方,"谢苗诺夫指着屋角说。"既安静又没有苍蝇。苍蝇喜欢太阳、温暖……"

他突然带着讥讽温和地笑了笑:

"索芙卡是个傻女人:跟一个助祭勾搭上了!是个秃顶,病病歪歪,当然也是个嗜酒如命的醉鬼。他是个鳏夫。他给索芙卡唱教堂的赞美歌,索芙卡便像个孩子似的一个劲儿哭……她对我却声嘶力竭地嚷……我我又有什么?我觉得好玩……"

他话没有说完就吞了回去。接着他开玩笑地继续说:

"我曾有过一个想法:让你和索菲娅成亲……我想看看,你们俩怎么过日子!……"

我也觉得是玩笑,我笑了,他也跟着笑了——他发出抽泣般的轻微笑声。

"你们这些鬼东西!"他抖动着肩膀,低声号叫着。"你们这些鬼家伙和我们拜的不是一个神……"

他用手指从两只不同颜色的眼睛里挤出几滴泪珠。

"你知道奥斯卡吗?他是头公羊,他不干了,走了……"

"上哪儿去了?"

"好像是去朝圣……论他的年龄和手艺,他早该当上面包师了,他是个能干活的人,手艺不错,不过……"

他摇摇头,喝完了啤酒,从手下面看着天空,说:

"寒鸦真多啊!它们在举行婚礼……'粗嗓门'老弟,你说:什么是多余的,什么是必要的?老弟,这个谁也说不确切……助祭说:'对人来说是必要的,对上帝来说就是多余的……'当然,他这是喝醉了说的。每个人都想为自己不体面的举止找个理由来辩解……在每个城市里有多少多余的人——不计其数!大家都又吃又喝,可是喝的是谁的,吃的粮食又是谁的?嗯……这一切是怎么回事,怎么会出现这种情况的呢?"

他蓦地站起来,一只手伸到口袋里,另一只手向我伸过来。他的脸带着沉思的神情变得松弛了,一只眼睛神情专注地眯缝着:

"该走了,再见……"

他拿出沉甸甸的旧钱包,用手指在里面翻着,低声说:

"前两天在小酒店里警察局分局长还打听你……"

"他打听什么?"

老板皱着眉头看了我一眼,冷漠地说:

"问你的性子如何,爱不爱饶舌……我说:性子不好,是个长舌头。好了,再见!"

他把门开得很大,两腿稳稳地用力踩着磨损了的台阶,慢悠悠地腆着大肚子走到街上。

打这以后我就再也没有遇见过他。过了大约十年,一个偶然的机会使我得知他的老板生涯是如何结束的:一个狱吏给我拿来[①]用一块旧报纸包着的香肠,就在这块报纸上我读到一篇通讯,内容如下:

> 复活节前的礼拜六,本市出现一个颇为有趣的情景:商界享有盛名的经营咸面包和甜面包卷的瓦西里·谢苗诺维奇·谢苗诺夫哭得像个泪人似的

---

① 一九○一年四月十六日至五月十七日高尔基因为进行革命活动被关押在下诺夫戈罗德城监狱中。

坐着马车在大街小巷中奔波。他到各债主家里,哭哭啼啼要他们相信,他破产了,并要求他们送他去坐牢。由于大家知道他的买卖兴隆,他的话无人相信;对他坚持要在狱中度过复活节这一盛大节日的愿望,人们只是一笑置之。这个与众不同的人的古怪是众所周知的。可是事过数日,谢苗诺夫失踪了,商界大为震惊和沮丧。他欠下将近五万卢布的债未还,他还变卖了一切可卖的东西!这一破产的欺诈性质已是确凿无疑的了。

下文谈到了对潜逃的破产者毫无结果的搜寻,提到债主们的无比愤慨,并列举了谢苗诺夫的种种不轨行为。我站在窗前,读完这块油迹斑斑的脏报纸,陷入了沉思。这些欺诈性的、由于经营不善造成的不幸破产事件和为富不仁、穷途末日的畏罪潜逃现象在我们俄罗斯层出不穷,司空见惯。

这是什么弊病,什么样的不幸呢?

一个人活着,立志要有所建树,便把许许多多旁人的力量、才智和意向吸引到实现自己意图的轨道上来,消耗了大量人力,但是突然又任意地把事业抛弃,半途而废,并且往往连自己也一起被生活摒弃、淘汰。人们繁重的劳动也就白白地葬送,紧张的有时是痛苦的工作因而毫无结果。

……监狱围墙陈旧而低矮,并不可怕;在这墙外一座酿酒垄断企业的巨大的红墙大楼转眼间已拔地而起,耸入春光明媚的天空。在它的旁边,在密如蛛网的脚手架中正在建设一座民众文化教育馆①。

再往前——是沟壑纵横,覆盖着一片绿色草皮的贫瘠的旷野,左面,在一条沟壑的边缘上,是一片凄凉的黑压压的树林子,树下面是一块犹太人的坟地。金黄色的毛茛在旷野上摇曳。一只黑色的大苍蝇在肮脏的窗玻璃上盲目地飞扑,我想起了老板曾低声说过的话:

"苍蝇喜欢太阳,温暖……"

忽然,在我眼前浮现出像阴暗地窖似的啤酒店和在潮湿的墙上那

---

① 是十九世纪末本世纪初由俄国知识分子倡议建立的民众文化教育团体。高尔基曾参加下诺夫戈罗德城的民众文化教育馆的工作,该馆在一九〇五年俄国第一次革命期间曾从事革命宣传工作。

几幅毫无内在联系的花花绿绿的画：猎狼，耶路撒冷，薇罗奇卡·加拉诺娃，"价值三戈比"，少了一只耳朵的洛里斯-梅利科夫。

"我就喜欢这样的地方，"响起了老板的声音。

我不愿意想起他，我就望着旷野：在它的边缘上是一片绿色的森林，浩荡的伏尔加河从森林后面的山脚下流过，仿佛她宽广的河水流经你的心田，平静地荡涤着一切污垢。

"什么是多余的和什么是必要的？"脑海里又讨厌地响起了老板的话语。

我仿佛看见，他肥胖的躯体歪躺在马车上，随着车子的颠簸在摇晃，他的绿眼睛不时用尖利的目光看着从车旁掠过的一切。像一尊木雕似的叶戈尔直挺挺地坐在赶车的座位上，两只手臂像绷紧的弦似的向前直伸着，灰色的烈马迈着快速有力的腿，马蹄在冰冷的石头路面上发出铿锵的响声。

"叶戈尔……我是属于谁的？咬死一头羊，饱餐一顿，可是多么无聊！"

我胸中有样东西在扩大，使人窒息。我由于对那种也许只是因为懒惰和"新兵"的奴隶般的胡闹，而是对因为精力过剩而不知所措和找不到用武之地的人充满了难以忍受的怜惜，似乎心脏都膨胀起来了。

我为他非常惋惜——不管他是什么人，反正都一样，惋惜那白白耗费的精力，他激起我强烈的、互相矛盾的心情，正像母亲心目中的一个调皮的孩子那样，应该打他，可又想爱抚他……

一幢巨大的红色楼房正在建设，在它四周脚手架的木板上撒落了许多石灰，瓦工的小小身影沿着这些木板在忙碌地移动，他们小得像蜜蜂，紧紧围着楼顶。他们使这幢楼房一天天增高。

看着这些从事大事业的人的活动，我想起了在这个没有安排好的大千世界上一位"过客"——奥西普·沙图诺夫，他正孤独地、不慌不忙地走在纵横交错的道路上，用怀疑的目光仔细打量着一切，敏感地倾听着各种话语，看它们是否能凑成一首"为所有人带来幸福的诗篇"？

旧　　事

张佩文　译

这部中篇小说描写的是一九〇五年革命失败后,沙俄斯托雷平反动时期,部分知识分子丧失革命信念,转而追求个人身心安宁的消极悲观的生活态度和精神状态。一九一五年作者在《致莫纳尔希斯特》的信里指出:"……过去和现在,我一直都在写同一个问题,即对生活持消极态度是多么有害,我们多么需要有一种积极奋发的生活态度……"一九一七年二月革命以后,提到这部作品时,高尔基对友人说,他还未能描写新事物,写的"依然是些旧事"。本书涉及的主题在后来的长篇巨制《克里姆·萨姆金的一生》中得到进一步的发展。

　　本篇写于一九一五至一九一七年之间,最初刊印在一九一八年出版的选集《遗教》中。译自苏联六十卷本的《高尔基全集》第十一卷。

是十月初的一个清晨,在去米亚姆林城的路上,有辆乡下的四轮大车正碾着坑洼不平的车辙,慢慢腾腾、摇摇晃晃地走着;车上的两只提箱中间蜷缩着一个身穿灰大衣,头戴皱巴巴的帽子的年轻人,他前仰后合地打着瞌睡;侧身向他,坐着一个头发蓬乱、皮袄上尽是些窟窿的庄稼人,他身子一颠一颠的,也在打盹,一面还低声催赶着马儿:

"快,驾,驾!"

阴冷的大地上空灰蒙蒙的,凝然不动地悬挂着一片秋天的静谧。

那匹皮毛粗糙的瘦马,踏着冻结了的泥泞将大车拉上一道丘岗后,四只蹄子撑着晨间铺满寒霜的土地,浑身热气蒸腾,粗声粗气地喘了起来。它的头发蓬乱的主人跳下车,一瘸一拐地走上前去,用粗呢上衣的下摆为它拭去嘴上的白沫,朝下面远处望望,伸出一只生铁般的手,闷声闷气地说道:

"喏,那就是米亚姆林……"

在一片树林环抱的盆地上,在白色的刈草场、绿色的越冬麦田,以及黑色的翻耕过的土地之间有三座教堂,教堂周围密密麻麻挤满了矮小的屋宇,而在这参差错落的矮屋群中,正如乞丐身上布满污垢的皮疮一样,红一块,黄一块地突起一幢幢石砌的楼房。一条微微发蓝的河流,冒着蒸汽绕过城市形成一个半圆,沿着草地向树林流去,林中稀稀落落点缀着赤杨与白杨的黄色斑点。

这一切,过路人乍一看就不喜欢,但是他惟恐不作声会使车夫见怪,便低声说了一句:

"好开阔呀!"

461

庄稼人用鞭柄敲了敲前轮的辐条,淡淡地反驳道:

"老远看起来挺开阔,住些时你就不这么想了!"

过路人晃晃脑袋驱赶着睡意,觉得农夫的话听来是如此令人不快的耳熟。

大车在土墩上颠簸着隆隆地驶下丘岗,车夫断断续续地诉说着生活的艰难,年轻人却眯起灰色的眼睛望着那承受着寒秋的晨光、渐渐临近的城镇,不安地思忖着:

"我是从哪儿知道这些的呢?是读过类似的东西吗?"

他模模糊糊地忆起一个人的故事,那人在京城寄居多年之后,在怀着良好的意愿返回故里的途中,也听到车夫在诉说生活的艰难困苦,他同情地听着。除此之外,这个过路人再也想不起什么了。他自己从未在县城中住过,他是初次这样,在秋季的早晨,乘着乡下的四轮大车来到这个城市,但他对这初次看到的事物却产生一种越来越强烈的似曾相识的感觉,这种感觉使他心头充满了静静的忧伤。车夫摘下帽子用一只手慢慢地画着十字,迷惑不解地说道:

"平平常常的日子,可是在敲钟。准是死了阔人。您进城干吗?"

"有事,"乘客回答说,随即又加了一句:"去供职。您认识赛德尔吗?"

"锯木厂的吗?怎么不认识。这方圆一百俄里的人都知道他。"

"人很好吗?"

"他吗?好,挺阔气!"

一缕缕灰中透红的羽状浓烟从一座烟囱里冒出来,袅袅地升向低沉沉的天空,在那拱形的苍穹之下抹着厚厚一层烟灰色的乌云;在寒冷的静谧之中,钟声如同叹息一样嗡嗡作响,一只喜鹊在翻耕过的土地上喳喳地叫个不停。城郊一带低矮的小屋从地上爬起来,用它们那些有如混浊的眼睛似的窗口凝视着大路,疑惑地打量着这个外来的客人。来客也在仔细审视着那一排排参差不齐、由栅栏和篱笆连接起来的矮屋。

从一小簇屡弱的白桦树丛中传出一阵骨折般的喀嚓声。乘客纳闷地眯起眼睛,朝发出声音的地方瞧了瞧。

"这是什么在叫?"

"喜鹊,"庄稼人说时也感到有些奇怪,"你没听出来吗?"

"没听出来,"乘客难为情地笑着说,"我是个城里人,地地道道的城里人……从没在乡下待过!"

"到客店,还是到齐加诺夫那儿去?"

"到齐加诺夫那儿,"乘客附和着他的后一句话,望望前方弯弯曲曲的街道。

"好吧。你姓啥叫啥?"

"我叫巴维尔·尼古拉耶夫·斯马金……"

"是信神的吧?"农夫问了一声,但是没等回答便吹了声口哨,用缰绳把马一抽,让马跑将起来。

一个女人用彩绘的扁担挑着两桶水婀娜多姿地在街上走着,崭新的水桶节律均匀地来回晃动,白铁在阳光下闪烁着银光。那女人步态轻盈,走在结着薄冰的黑土地上宛如飘在空中一样。尽管早晨很冷,她却只穿着一件半旧的粗纹白布上衣和一条揉皱了的褐色裙子。她身材高大而匀称;红润的圆脸上生着一双笑眯眯的淡蓝色眼睛;她发现过路人在欣赏她,便将扁担换了换肩,绽开孩子般的小嘴嫣然一笑,低下头,加快脚步,如同夏季的最后一天从街上掠过似的,拐过了街角,斯马金感到犹如清风扑面一样,不觉精神为之一振。

"这是个安分的女人,"车夫扭过头冲着斯马金挤了挤眼说。"这里的娘儿们是第一流的,保你满意……"

他咳了一声,沉默片刻之后又加了一句:

"很会侍候人,她这是到泉边挑的水,就是说,为了沏茶……这儿的井水不好喝。"

斯马金叹口气,带着温和的笑意低声说道:

"标致得很,是真正的俄罗斯式的美。"

他们顺着路面已毁、卵石散乱的街道驶向一个广场，然后在一幢赤褐色的两层楼房前停了下来；楼房的上层有八扇窗户，下层有六扇，在六扇窗户的正中是带栏杆的门廊。

"到啦！"车夫冲着教堂画了个十字说。

从门廊里不慌不忙地走出一个围着面袋做的围裙，趿着一双破鞋的独眼胖子，他咳了口痰，往马蹄下面一啐，拎起两只提箱，不太情愿地对来客说了一声：

"您请！"

斯马金在一个角落里为自己选了一个小单间，房里的两扇窗户对着广场和撒满秋季落叶的花园；他脱去外衣边洗脸，边问那个仆役：

"您怎么称呼？"

那人一面用围裙边擦拭溅有果子羹或调味汁的镜子，一面瞧瞧斯马金，怨声怨气地问道：

"您以为我是店主吗？"

"不，我只不过是想知道您叫什么？"

"马卡尔·彼得罗夫。可名字管什么用？中午以前我就得结账离开这儿，""独眼龙"依然是那样满腹牢骚，垂头丧气地说，一边往镜子上吐着唾沫。

"那么，马卡尔·彼得罗维奇，您给我弄点茶吧！"斯马金笑嘻嘻地求他。

"得查身份证，"马卡尔走开时提醒他说。

斯马金打开一扇窗户朝广场那厢望去，只见在教堂的白色背景上，在围墙里面，立着三株枝丫交错，业已半秃的高大槭树；微带金黄的棕色树叶在一片片地往下落着。在那清冷的高空中，迅速移动着边缘上镶着玫瑰色的白云，它们是那样清澈透明，以致透过它们还能看到深邃的蓝天。教堂后面的房屋形成一条曲线，迸射出各种鲜艳的颜色，看到它们，斯马金不由想起京城画展上那些一向使人感到惶惑的，色彩斑斓的图画。

现在,仔细望着这漆得五颜六色的房屋、屋顶、招牌,以及反射在玻璃窗上的阳光,斯马金想道:

"怪不得我觉得这个城市这样眼熟!"

教堂围墙的一根白柱子上贴着一张黄色的海报,上面写着:"应观众的要求将重演取材于当代生活的大型话剧。"斯马金不禁笑了笑,并想起了那个挑水的女人:

"她大概也常去看这些大型话剧吧……"

广场与城市上方一片沉寂。一个穿着树皮鞋,背着背囊的大胡子农夫小心谨慎地迈着步子打由旅馆旁边经过,他东张西望,像是在林中迷了路似的,秋天的薄冰在他脚下发着轻微的窸窣声。马卡尔把一个哗哗开着的茶炊端了进来。他一面摆着茶具,一面歪着头讲了起来:

"这是最好的房间,连迈马钦斯基从家里逃出来时都待在这儿……"

"他既然要逃,干吗又待在这儿呢?"斯马金开着玩笑说,可马卡尔用他那只独眼望着昏暗的镜子里的自己,仍像是履行一项枯燥乏味的职责一样,慢条斯理,不太情愿地继续讲道:

"他跟老婆一吵嘴就跑。他总爱胡闹。喏,这镜子上就是他扔肉丸子扔的……"

"他是什么人?"斯马金问,一面向"独眼龙"建议:"您坐下来不好吗?"

那人疑惑地躲开桌子,微微一笑,眨了眨那只暗淡无光的眼睛,说:

"谢谢,我不是主人……"

"可您还是坐下来,一道儿来喝茶吧!"斯马金乐呵呵地执意要他坐下。但是马卡尔仍是不肯。

"我喝了,我站着没关系。您一个外地人自然对什么都感兴趣,我站着也能说。常有人向我问这问那的,我干的就是这号差事。"他说完随之叹了口气。

最后,斯马金终于使他坐在了桌旁,他更深地叹息了一声。

"迈马钦斯基究竟怎样?"

"他总是冒烟①。"

"您是想说,他的举动很古怪吧?"斯马金纠正了他。可"独眼龙"还是说:

"总是冒烟,爱胡闹,他常受人欺侮,可他自己也常欺侮别人……"

"是吗?"

"是的。他的职务兴许是法官,不过,他处处受排挤。他老婆是本地人,是博戈莫洛夫家的,是个傻头傻脑的买卖人家的闺女,可他是个做官儿的,嫌有这样的老婆不体面,不愿跟她住在大城市,所以就来到了这里。"

马卡尔那张带有睡意、皮肤粗糙的脸上现出了笑容,他捋了捋稀稀落落、剪得参差不齐的胡子,更加有声有色地讲了起来。

"他在众人街上盖了一栋房子,在屋顶上高高地竖起一根拴着绳子的木头杆子。他要是在家,就让看门的把一双靴子升到木杆顶上,好让大家都能看见——迈马钦斯基在家!他想出的这个主意很有道理:老爷们上街不能不穿靴子呀……"

"您说的这是真的吗?"斯马金笑问。

"开玩笑干吗?我向来说的都是真话。他要的只是乐子,致于怎么个乐法,反正都一样……他还用油漆把这儿的一个女人涂成了黑人呢……"

走廊里响起了丁零零的铃声。马卡尔用手掌的一侧擦了擦嘴唇,临走时又提醒说:

"您把身份证准备好,是要拿我是问的……"

斯马金环顾一下四周;这个不久前才用黄色壁纸裱糊过的小房

---

① 马卡尔把 чудит,(举动古怪),读成了 чадит(冒烟)。

间,看上去好像从没住过人,窄铁床上铺的灰色被褥不禁使人联想起医院来。他很想到外面走走。白云业已散开,但并未融化;有点发白的太阳在碧蓝的天空中照得人两眼发花,被雨水洗净的城市显得更加五彩缤纷。花园和菜园里闪耀着一串串珊瑚般的花楸果,在清澈透明的空气中分外显眼。从四面八方映入眼帘的尽是金黄色的白杨、红红绿绿的屋顶和蓝色护窗板;在这纷呈的杂色之上,教堂的葱头状的金色屋顶融在空中,泛着油光,十分悦目。光秃秃的黑色树木就像不会作画的幼儿胡乱涂抹出来的一样,从那并不复杂的花纹之中透过斑斑的红色、绿色、棕色,举目望去煞是好看。

这座小城使斯马金想起了尼日尼市场上那些贩卖东方丝绸的货棚,它们也是这样琳琅满目,令人眼花缭乱。斯马金看惯了石头京城那种乌烟瘴气的晦暗色调,因此在欣赏这欢悦的晨间秋色和清明的远方时,内心里充满了喜悦,滋生出一种清新爽朗、大为所动的感情,以致很想叫住某位市民,对他说:

"你们的城市真美!"

这时他不由想起一些动人的诗句,而且忖度着,去认识和理解这个小城的生活,并参与其间将会是多么美好。

路上遇到的行人不多。从几家大门里匆忙走出一些裹着灰色披肩的黄脸妇女,她们一面画着十字,一面向集市跑去。

一个形容枯槁、饥容满面的米亚姆林人正在用笤帚扫着人行道上的垃圾,把行人的脚溅脏了也满不在乎;人们责骂他,但是并不太凶,仿佛认为他有权溅脏他们的靴子和衣服一样。他如聋似哑,只顾做着自己的事,连他自己的膝盖以下也都溅满了泥污。一个垂头丧气的男孩儿正去上学,米亚姆林人故意拿笤帚扫了他的靴子一下。

"混账,"男孩并没有动气,但很自信地骂着跑开了,扫街人怒气冲冲地挥动着笤帚追了上去。

斯马金轻轻吹着口哨,深深吸了一口充满秋叶气息、使人联想起蘑菇味道的潮湿的空气,之后弯进一条不深的死胡同,只见眼前立着一幢有五扇窗户的平房，房子的阁楼上也开有两个窗口；阁楼的屋顶上竖着一根红、蓝、白三色条纹的木杆，杆子顶端挂着一双破靴子。

"啊哈，那位迈马钦斯基就住在这儿，"斯马金揣度到这一点，迟疑地笑了笑。

"这种古怪行径俏皮、有趣吗？"他问自己，然而却难以回答。

这时从宅院里传来一阵不很响亮的马嘶和不知什么东西发出的沙沙声。阁楼上有一个窗口被绿色的护窗板封得严严实实，从另一个窗口里却鼓出一个暗红色的东西，看上去仿佛那阁楼正闭着一只眼睛打量来客。宅后有一株高大的榆树，上面架着几个鸦巢，活像几顶黑色的帽子，在板棚的檐子底下露出一个为椋鸟准备的绿色木匣。

一个高身量的男子不客气地往斯马金脸上投了一眼，晃晃悠悠地从他身旁走了过去，此人身穿一件腰间缀有扣带的灰色旧大衣，戴着一顶揉皱了的便帽；他走过去，停在五步开外的地方，转过身，用一只发颤的手摘下便帽，殷勤地问了一声：

"您搞不懂吧？"

这个人长着一头支支棱棱、又粗又硬的灰发，在他那张长脸的正中翘着一个软塌塌的大鼻子，一双醉眼含着善意的微笑。

"外来的，我猜中了吧？从穿着上就能看得出来。让我自我介绍一下吧，鄙人是裁缝休金，伊凡·萨韦利耶夫……"

他用小指搔了搔眉毛，指着屋顶问道：

"这种把戏您怎么看？"

"真好玩，"斯马金说。

"一点也不，"裁缝嚷嚷着脚下一绊，碰了斯马金一下，"一点也不好玩，这只不过是表示他对全城人的蔑视，也包括我在内……"

他俩彼此一挤一抗地走在朽木板铺的狭窄的便道上，裁缝还在尖声吵嚷着：

"您知道，迈马钦斯基先生很会独出心裁。这种人这里有的是。他们只图自己舒服，别人即使统统在沼泽里淹死他们也不管……"

在城市明朗的上空一片静谧,街道上同样是空荡荡的,安静得很;一只棕毛狐狸狗从一家大门的门槛下钻出来,嗅了嗅过路人的脚印,没精打采地打了个哈欠。

"这儿的警察局在什么地方?"斯马金问道。

裁缝猛地一闪身躲开他,站定以后说:

"喏,一拐弯就是。"

"我得到那儿去一趟,"斯马金摘下帽子说。

裁缝没把手伸给他,迅速向后一转,但又马上站下来,抡开手臂捶了一下自己的胸脯,喊道:

"我真后悔!看错了人……"

说罢加快脚步一摇一晃地走开了,看上去活像一根临风摆动的高高的杆子。斯马金感到莫名其妙,耸了耸肩,向警察局走去。

这是一个肮脏的房间,墙上密密麻麻糊满了四四方方、业已发黄的公文和布告。一个身量不高、宽肩膀、大脑袋、蓄着一头粗硬白发的人瞪着一双圆眼瞧着斯马金。他只穿着件衬衣,正在缝着一只被扯下来的上衣袖子,面前放着一杯克瓦斯。他挑起双眉,两只大耳朵一扇一扇的,严峻地问道:

"您有何贵干?"

"您是守卫吗?"

"是文书。"

"请原谅。"

"没关系。"

斯马金将通行证递给他,文书一只眼瞟着那张纸片,另一只打量了一下斯马金的脸,含糊地说了一句:

"嗯……懂得此地的规矩吗?"

几只绿头苍蝇在肮脏的窗玻璃上拼命地撞来撞去;在温暖的屋角里跪着一个头发剪得很短、身材瘦弱的男孩,他在不声不响地擦着一摞写满字的公文。文书用通行证遮着脸好像在打盹,但是突然断断续

续打了个哈欠,斩钉截铁地大声说道:

"您给我五个卢布,我可以让您免去一切麻烦!"

"好吧!"斯马金急忙答应下来,他既感到窘困,又表示感激地笑了笑。

"嗯,好!"文书接过钱以后说,随即对着亮光仔细地看着那张钞票补充道:"这对您比较方便,也对我有好处。来,认识一下,我叫菲诺格诺夫,康斯坦丁·马特维耶夫,人物不大,可有事是用得着的。跟我握手吗? 荣幸之至……"

他令人不快地笑笑,上唇一掀,下唇往下一咧,用几个粗大的手指握了握斯马金的手。他的唇髭是修剪过的,下巴上撅着一撮很浓的银白胡子。

"您的脸盘儿很讨人喜欢,"他突然宣布,"请问,您是合法出生的吗?"

斯马金惊愕地瞧了瞧他那双看不清是什么颜色,像肉冻一样颤动着的鹌鹑般的眼睛,冷冷地说道:

"是的,合法出生,可您为什么要知道这个?"

"是我自己想问问,纯属个人兴趣。愿您很好地安顿下来!"

斯马金走到门口时,文书站起身来说:

"您要是还没租到房子,可以到科普捷夫那儿看看。"

接着他对如何能找到科普捷夫家作了详细说明。

"清楚了吗?"

"谢谢您!"

"很乐意为您效力!"

"这人真讨厌,"斯马金走在街上时想。"一定是个恬不知耻的家伙,多么怪的一张脸……"

吹来一阵清风,天上出现了片片浮云;云影像抹布一样,一个劲地要把城市的色彩抹去,它们爬过街道,在化开的水洼上慢慢腾腾地移动着。

在一个板棚的斜顶子上站着一个赤着脚,粉色衬衣上套着件西服背心的大胡子男人,他挥着一根很长的掸子,尖厉刺耳地吹着口哨。一群鸽子在他头顶上方不很乐意地盘旋着,银白的翅膀一闪闪的越飞越高。不知什么地方有人在扑扑地拍打着地毯或皮袄。有个磨刀工在霍霍地磨刀。

一个醉醺醺的,围着皮围裙的铁匠走出院子,一脚踩进水洼,破鞋子里灌满了泥浆,他扯开嗓子喊了一声:

"得了吧!"

而后,坐在一个短木桩上,把鞋子里的水倒出来,用一个手指抠起里面的污泥来,边抠边往大门上甩。

已是近午时分,但是对于一个住惯了熙来攘往、车水马龙的京城的人来说,这个小城似乎尚在沉睡。这里的生活音响产生得十分勉强,人们的生活步调又那样不相协调;一声喊叫发出之后,犹如一块浮云似的,迅即消失在寂静之中,于是重又出现一片沉寂,使人产生一种想要听到些什么的愿望。这种愿望是斯马金过去未曾有过的,他为此感到快意,但有时,一声与另一声之间相隔太久,又使他惊奇不已。

他不禁想起大城市里的永不停息的喧闹声,那是一种生气勃勃、激发思想的喧闹,是一种巨大、浩瀚的事业所发出的音响。

"这里人们生活得着实安静……"

他弯进一条小巷,小巷从两道篱笆之间爬上一个小丘,丘上铺满了被人畜踏平,业已褪色的野草。

丘岗顶上坐落着一幢灰色的小屋,屋子的三扇窗户上装着蓝色的格状护窗板。斯马金记得,早晨一踏进这个城市,他就已经看见过这幢洁净的,围着高大而坚固的篱栅的花园住宅。

他故意很响地叩了一下院门上的铁环,走进了院子。院子中央的水井旁边站着一个手拿扫帚,留着尖胡子,五十岁左右的瘦子,他不打招呼,蹙起鹰钩鼻子上边的金黄色眉毛,以探询的目光望着斯马金的脸。

"也是一张鸟也似的面孔,"斯马金瞧着他,不由想起了那位文书。

"您好,这儿是科普捷夫家吗?"

"是谁家,都在大门上写着哪!"那人没好气地回答说。

"这儿出租房间吗?"

"是谁说的?"那人问时把头仰得老高,凸出的喉结又尖又红。

"警察局的文书。"

"啊!出租。阁楼。"

"您本人就是科普捷夫先生吧?"

"我就是,"主人高傲地表示他说得对,而后把扫帚端端正正地靠在井架上,一面往屋里走,一面口齿清晰地说道:

"挺好的房间,像个首饰匣子!一月四个卢布,少了不行。"

斯马金很喜欢这个明亮的房间;从房中的一扇双层窗户里可以望见草地和河的对岸。

"春天这里一定非常好!"他把自己的想法说出了声。

"冬天也不错,"主人毫不客气地打量着斯马金说。"很暖和。您做何营生?"

"我将要在这儿的一位工程师那里工作。"

"噢,就是说,跟赛德尔一起整治沼泽地喽……"

"能让我在您这儿搭伙吗?"

"搭伙?"

科普捷夫沉吟起来,同时仍在仔细打量着房客。他的眼睛十分奇特,有些发灰的眼白向外努着,金黄色的眼珠仿佛浸泡和融化在里面一样。他的脑袋也像镀了金似的;波浪形的头发稍许有些发红,不甚稠密,但是闪耀着带有金属色调的丝光,唇髭和胡子的毛色更有光泽。

斯马金没等他回答便说道:

"我应该预先就告诉您,我是受行政处分被驱逐出彼得堡的……"

科普捷夫冷笑着问道:

"是因为政治问题吧?"

接着又笑了笑说:

"这不可怕,不是先前那种时候了。我考虑的是,收您多少饭钱才能让您和我都不吃亏……"

他们很快便讲妥了。看来,斯马金讨得了房主的欢心,因为科普捷夫把他送出大门时竟以长者的口吻对他说:

"看得出,您办事不太在行,所以我来给您出出主意:给那个独眼龙两个戈比小费,给拉您来的车夫四个戈比就行了。咱们这是背地里说说!"

他把院门关上以后喊了一声:

"泰西娅!"

一个女人的声音从花园里含含糊糊地应道:

"噢……"

"去把阁楼收拾一下……"

"是他的女儿,还是妻子?"斯马金望着在一片片屋顶上方摇曳着的黑色树枝,一面慵懒地揣度着。

一头大山羊唧呱唧呱地踩着泥巴迎着他走了上来,现在它停下来,两只前蹄撑在黏糊糊的泥地上,斜着一只业已褪了色的老眼,瞧瞧这个人,气冲冲地抖抖胡子,用犄角往空中顶了两下,向篱笆那边跳开去了。

斯马金摘下帽子向山羊鞠了个躬,说:

"您太客气了!"

他觉得自己像孩子一样快乐,很想说笑一番,可记忆却一再向他提示着一首忧郁的歌:

> 跨过河流,越过葱郁的森林
> 绵亘着沃野千里,碧草如茵,
> 哎嗨,我这个孤儿啊,走遍大地,
> 去寻找自己的好运……

"在这儿是找不到好运的,可歇息一下总还是可以的,"他想。

他在客店里收拾好东西,给了马卡尔半个卢布。那人用他那只混浊的眼睛把硬币端详了好一会儿,装进裤兜,慢吞吞地道了谢:

"谢谢您的好意。您现在到哪儿去?"

"您必需知道吗?"斯马金开着玩笑说。

"得知道,回头要问我的。"

"谁问?"

"警察局。什么人到什么地方去,我都得知道……"

"是吗?"斯马金好奇地打量着他那慵懒、笨重的身躯高声说道。"我要是不说我搬到哪儿去呢?"

"那他们自己会弄清楚,""独眼龙"淡淡地说道。"这儿所有的人都像笼子里的鸡雏儿,他们个个都很清楚。"

"是吗? 那您就报告他们,说我在科普捷夫那儿租了个住处。"

"喔,是这样,"马卡尔带着敬意喃喃地说道。"科普捷夫可是我们这儿的名人……"

"本人也是名人!"斯马金开着玩笑说;"独眼龙"歪着脑袋仔细打量了他一番,表示同意:

"的确,您很富态,是位长命先生……"

后来,他捏着一只耳垂建议道:

"您什么时候要是想找女人的话,我可以效劳,我知道,哪些女人……"

"不怕作孽吗?"斯马金掩饰着微笑,惊呼了一声,但是"独眼龙"仍然是那样淡淡地安慰着他:

"不是哪个女人都愿意平白无故地作孽,有的是因为穷……"

斯马金惊愕地望望他,已是神色严肃地问道:

"因为穷就可以作孽吗?"

"这是没办法中的办法,""独眼龙"说。"因为穷,才有咱们的寡廉鲜耻,瞧,马车来啦……"

"独眼龙"把斯马金的提箱放进那辆四轮轻便马车,冲他鞠了个躬说:

"祝您平安!您要自重!"

"说得多好啊,"斯马金坐在一摇一颠的马车上时想。"'您要自重!'语重心长啊。关于贫穷的那番话说得也不错。"

他回想着"独眼龙"那张粗糙、呆板的面孔暗自喟叹:

"真怪,看上去像个死人,可竟能说出这种话……"

当他走进科普捷夫家的院子时,在门廊下迎接他的正是他初到这个城市时看见过的那个女人。

"您请。"她嗓音清脆地说了一声,伸手来接他的箱子,那只手臂直露到肘部,红红的,冒着水汽,并且有一股令人恶心的硫黄皂的气味,另一只手也是湿的,她把它在围裙上蹭了蹭,同时把提得很高的裙子往下扯了扯。

"真是奇怪的机遇!"这个想法在斯马金的脑中闪过。

他放开手里那只沉甸甸的书箱,瞅着那张生着一双蓝眼睛的好看的脸庞,惶惶然地笑着;那女人也认出了他,满脸绯红,一直红到了脖根,随即垂下眼睛,低声重复了一句:

"您请!我丈夫进城了,他马上就到。"

"我并不要找他,"斯马金说。

那女人的额头和双鬓都闪耀着小小的汗粒;她穿着一件乡间的粗麻布衬衣,用一条红色绦带将衬衣收拢在丰腴而白皙的颈子周围形成一圈皱襞;胸前的领口开得很大,裸露着粉色的肌肤。

"您是女主人吧?"他问时向她伸出一只手。"让我们来认识一下,我叫巴维尔·尼古拉耶夫·斯马金。"

她没同他握手,只是鞠了个躬,小声说道:

"谢谢您……"

说罢便轻巧地提起箱子,走上通向阁楼的扶梯。

"让我自己来吧,"斯马金急忙抢上前去,但是她用左手把他拦开了。

"这怎么行,怎么能让您提呢?"

他跑向大门口去取另外一只箱子,同时问自己:

"我这是高的什么兴呢?荒唐之至。这次碰面有什么奇怪的;不是说过吗:都像笼子里的鸡雏儿……"

但他毕竟还是感到欣喜和愉快。

他再次碰上那女人是在扶梯的半中腰,她闪在一边,让他过去,一面背起双手,胸部因而向前挺了出来;她觉察到这一点,便立即迈着轻快的步子重又迅速地向上走去。

"其实我已经见过您了,您认出我来了吗?"斯马金问。

使他感到惊异的是,她在扶梯上端停下来竟说:

"不,我不认识您……"

"您记得吗,早晨?您挑着水,我在车上坐着,您还冲我笑了笑呢?"

"先生,您这是什么话,"她不悦地低声说。"我怎么能冲着一个素不相识的人笑呢?"说时她那两道黑黑的浓眉皱在了一起,嘴唇不安地抖动一下,并成了一条线。

"您可别在我丈夫面前这么说,那我可就没脸见人了,"她一本正经地把话讲完。

"哦,原来如此,"斯马金弄懂是怎么回事以后便笑嘻嘻地佯称:"嗯,那是我搞错了……"

她迟疑地笑了笑,那双蓝眼睛湿湿的,颜色变得更深,樱桃小口像朵花儿似的绽开来,比晨间更加美丽。

"您随意安顿一下吧!"她说罢又在门口向他躬躬身,把包着毛毡和漆布的房门关严,便离去了。

斯马金咂咂嘴自言自语地说:

"多漂亮啊!不过,巴维尔,你可要自重……"

两周来,白天黑夜没完没了地下着雨,雨点如同银灰色的尘雾一样,无穷无尽地洒落下来,敲得铁皮屋顶沙沙作响,并且不停地在玻璃窗上簌簌地流淌。湿淋淋的树木仿佛浇上了一层琉璃,街道的水洼上泛着一层层皱纹,一条条缓缓的细流徒劳无功地冲刷着污泥。

雨有时停一两个小时,于是天空就会亮堂一阵,但是在河对岸的草地上空,依旧笼罩着灰蒙蒙的阴霾,把远方的树林遮没,将原野压缩成一个圆圈,而湿漉漉的城市就像被阴雨牢牢地钉在这个圆圈正中泡涨了的土地上似的,它寂然无声,显得那样柔弱无助和凄凉。大地被无边无际的、铅色屋顶似的云层遮住,云层一天天加厚,越来越低地垂向地面,它驱赶着光亮,缩短着白昼,大有使城市失去月亮与星光,永远埋没在晦暗、潮湿的黑夜中的势头。

大都会里的生活却不在乎什么天气,它不倦地在宽阔的街道上涌流;被人类摄取到的灿烂的灯火,将一片片光亮从窗洞和商店的橱窗里投射在人行道上;一串串球形的街灯,在那不可驾驭的雨流和重重浓雾之中,像幻景一样闪烁着霓虹般的光芒;电车迸发出一闪一闪的蓝色火花,各种颜色的车灯川流不息地奔驰着,——总之,在大城市里人永远看得见自己,永远感觉得到由他创造出来并甘心为他服务的、取之不尽的光亮。

可是在这里,习惯于快走的斯马金晚上下班回来,走在坑洼不平、黑乎乎的人行道上时,总要格外小心,不时要用雨伞触触看不见的篱笆;穿过街道时,总要打着手电觅路而行,即使如此,回到家来还是要弄得两脚精湿、一身污泥,尽管他生性温厚而随和,可终究禁不住要心头冒火。

令人懊丧和可气的是,一路经过的窗口都被护窗板封得严严实实,周围又湿又黑;那一片漆黑、那扑哧扑哧响的泥泞、那一条条稀里哗啦响个没完的水流,以及经他的脚一踩,从水洼里发出的、似乎含有怒意的啪嚓声,都使斯马金感到气恼,他气的是,这一切都显得如此趾高气扬,并且剥夺了许多他一向珍视的宝贵时光。

吃晚茶或用晚饭时他对房东说:

"又黑又脏其实算不了什么,是很容易排除的,可是你们却听之任之!"

科普捷夫的那双金黄色眼珠,带着嘲讽意味闪了两闪,鹰钩鼻子鼻翼两旁的皱纹颤了两颤。

"不错,是算不了什么,"他表示同意。"但是,我们都是些穷住户,路灯是要花钱的,这是一。我们并不喜欢彼此串门,这是二。这三嘛,说起脏来,京城里也脏得很,而且还外加其他许多乌七八糟的东西。"

从头一天起,斯马金就感到这个干瘦有力的人是以居高临下、抱着讥讽和傲视的态度来对待他的。他请他就餐时总是说:

"请用饭,京城来的政治家先生。"

在用午饭时则常问:

"这小县分的吃食还可口吗?"

饭食的油性很大,非常丰盛,所以斯马金便学作主人的腔调开着玩笑说:

"尊敬的斯捷潘·伊里奇,吃这种伙食,一天要工作十二小时才行。"

"是吗?可我们吃了就睡。特别是吃了饺子和包子以后容易发困,而且吃过饺子和包子做的梦也特别,总是梦见圆乎乎的东西:什么木桶呀、车轮子呀、秤砣呀,等等。有一回我梦见一头大象,过去只在画里见过;活生生的大象只见过一次,那是在集市上马戏班子里看见的。我梦见这头象直冲我走过来,用长鼻子扯着我的耳朵说,'伊里奇,孩子们在你花园里打树上的苹果呢,快去!'可这正是在大斋期期间。瞧,这梦怎么能相信呢……"

他夸着又粗又硬、修得整整齐齐的唇髭,露出一嘴鼠牙笑了笑。

斯马金知道,科普捷夫曾在本地充任过近三年的"纯俄罗斯人同盟"[①]的主席,但是后来辞去了这个光荣职务。

---

① 指帝俄时代的反动黑帮组织"俄罗斯人民同盟"。

"可以问问吗,您为什么辞去这个职务呢?"

"可以,"科普捷夫说,"没什么秘密。亲爱的先生,我就像刚生下来的热乎乎的鸡蛋那样鲜亮透明;不管你怎么照,一个黑点儿都没有!我所以辞去它,只因咱们这儿的老百姓不可靠,中午以前还算老实,可一到傍晚就成了贼!"

他从座位上跳起来,两手将套在棉布衬衫上的暖背心往下抻抻,扯了扯裤腿,在房间里大步踱了起来,他脚上那双用彩色毛线织的软底便鞋把地板蹭得沙沙直响。

"大家要咱把国家整顿好,平息骚乱,可咱们呢,却忙着揩公家的油,"他悻悻地冷笑着说。"哼,我不是政治家,我为人正直,没儿没女,没人需要我为他去偷,去摸。我对他们说了该说的话就完事了!"

他抬起左手碰一下右肩,猛地平甩出去,像是把什么东西砍下来一样,骄傲地指着开向果园的窗户。

"我丰衣足食,喏,就是靠它们来养活!是我祖父栽的,养活过我父亲,也把我养活得满不错。内行人一眼就看得出,都说科普捷夫家的莱茵特苹果是最好的!"

他指了指墙壁,只见墙上有个衬着黑丝绒的镜框,里面挂着一枚刻有"劳动勤奋,技艺精湛"字样的银质奖牌,之后他朝镜台那边点点头,在镜台上的金色木框里十分引人注目地贴着一张园艺协会授予的荣誉会员证书。

"就是这样!"他加了一句。

科普捷夫在心平气和的时候,讲话的声音往往会渐渐低得如同耳语一样,声音愈低,吐字愈真,语气也愈加坚定。可是情绪激动时,他往往又抻背心,又抻裤腿,总之,像是要把身上穿的东西统统都扯下来那样撕扯着自己,同时话声急促,语无伦次,一个劲地尖叫,连他自己也不知道在说些什么。这种时刻,他就像燃着没有热力的干柴的炉膛一样,噼噼喇喇迸溅着火星,暴响一阵。

另一天傍晚,雨水在护窗板上打着细碎的鼓点儿,厨房里的茶炊发着阴郁的呜呜声,泰西娅把杯盘弄得叮当直响,这时科普捷夫冲着她喊了一声:"把门关上!"随后转过身来,低下额头用尖厉的目光盯着搭伙的房客,突然开口说道:

"您当然是根据那些左翼的小报来评判黑帮组织的,可您并没亲眼见过我们这些黑帮分子,那么,您就瞧瞧吧!这些左翼分子就像狼不懂得吃浆果一样,根本不了解俄国的老百姓……"

"那,右翼分子呢?"斯马金问道。

房东走到他跟前表示着由衷的诧异和遗憾:

"您难道看不见,如果不是从政治,而是从实际着眼,右翼分子正是人民的根基,是真正的老百姓吗?您要是这样看问题,就会懂得一个简单的道理:人民既然信奉上帝,承认神权,那么他否定人世间的统治当局只不过是一时糊涂而已。咱们的老百姓从根本上来说是不好权势的,也不懂得专横跋扈。可是他懂得,以人的愿望来对抗神的法规是狂妄可笑的!"

接着,他很有把握地重复了一句:

"是的,他懂!"

随后,他又以平和些的口气补充道:

"当然,比起您来,我们是没学问的人,不过,我们尽管愚昧无知,有欠聪明,可我们是维护良心的。"

平时,斯马金并不觉得有反驳他的必要;为了尽量弄清房东的思路,以及他那让人莫名其妙的感情变化,斯马金往往只是委婉地提出些问题。但是这次他却提醒科普捷夫说:

"不久前您不还说,老百姓很不可靠,说他们中午以前还老实,一到傍晚就成了贼吗?这怎么能同良心一致起来呢?"

科普捷夫用手掌对准心口拍了一下胸脯,喊道:

"在这儿什么都能一致起来!要知道,谁能褒贬老百姓?我,黑帮分子!不是冷言冷语,而是发自内心。这颗心,既悲痛又恭顺,正是这颗不怎么聪明的俄罗斯的心是一盏良心的长明灯!是的,先生!耶稣基督是怎样教导我们的？他教导我们活着要凭良心，而不是凭智慧。《圣经》里什么地方说过生活要靠智慧来指引？哪儿也没说过，我们的教堂也没教过这个，而我们正是按宗教的教义来生活，来考虑问题的……"

泰西娅捧着茶炊走了进来，科普捷夫不知怎的立刻便冷静了下来。斯马金发现，几乎每天午饭后房东都要读一份首都的反动报纸，可总是藏起来不让房客看见。

"他这是不愿让我和他从同一个来源汲取智慧，"斯马金一面忖度，一面暗笑。

房东除了读报，还读一些历史小说；在房间一角的书架上放着一摞翻破了的旧书，其中有《谢列布良内公爵》①、《库杰亚尔》②、卡赞采夫的厚厚的小说《逆流而上》③以及萨利阿斯的几本书④。

"没读过《战争与和平》吗？"斯马金问。

"是列夫·托尔斯泰伯爵写的那本吗？没读过。"

"那为什么呢？"

"没工夫，也不想读。我知道他的那些想法！"

"也许不尽然吧？"

"对，一棵大树上的叶子是不能完全数过来的！再说，我要别人的想法干吗？有时候，我自己的想法就够烦人的了。"科普捷夫边说边审视着房客的脸。

斯马金感觉到房东是想让他多讲，于是便想：

"等着吧，老头子！"

---

① 俄国诗人和剧作家阿·康·托尔斯泰（1817—1875）所写的历史小说，一八六二年出版。
② 俄国历史学家、人种学家尼·科斯托马罗夫（1817—1885）所写的历史小说，一八八二年出版。
③ Н·卡赞采夫（1849—1904），俄国反动小说家，《逆流而上》写于一八八八年。
④ 叶·安·萨利阿斯·德·图尔涅米尔（1840—1908），俄国作家，著有《普加乔夫起义军》、《自由思想者》等长篇历史小说。

他一面揪着淡黄色的唇髭,一面打量着这个小小的房间,房间有两扇窗户,间壁上挂着一面很大的镜子,房间里十分拥挤地摆着些拼凑起来的家具。室内所有的什物都像涂了油似的锃光瓦亮,而且总是有一股厨房的气味。沉重的玻璃柜里塞满了茶具,以及大量糖制的复活节红蛋和银勺子;柜子旁边的圆钟不慌不忙、小心翼翼、嘀嗒嘀嗒地走着。圆钟下面是一面奖牌和一张弯腿呢面的牌桌,这桌子看上去似乎把桌腿压得一天天越来越弯,眼看就要像个小骆驼似的趴在地上了。桌旁围着几把沉重的椅子,椅背是七弦琴形状的,椅座稍呈紫红色。瓷砖砌的壁炉寒光熠熠,不由使人觉得,无论什么时候,用什么东西,都难把它烧热。室内所有的物件都显得那样招摇和惹人注目,同时又是如此恼人的格调不一,但是它们都很结实,并且都像在那棕色的油漆地板上生了根一样。在这个花里胡哨、挤满家具什物的房间里,女主人活像一条大鱼,悄然无声而又灵活敏捷地弯来转去,用长长的睫毛遮掩着她那双美丽异常的眼睛,她不理睬房客,却对炉子、橱柜、前屋角的圣像,以及待在卧榻上的绿眼黑猫不时发出亲切的微笑。

丈夫对她的态度很怪,他对她的在场似乎是勉强予以容忍的。他很少同她讲话,即使讲,也是片言只语;当她认真地谈家务时,他一声不吭地听着,往往没有听完便厌恶地挥手打断她或是呵斥两声:

"得啦!我知道!去吧!"

有时晚饭后,宾主二人在桌旁坐上一两小时,相互以言语和目光打探着对方,对此,斯马金颇感快意。

泰西娅在厨房收拾完家什以后,常把门打开,只闻其声,不见其人地问上一句:

"斯捷潘·伊里奇,我可以去睡吗?"

"好吧!"

卧室就在餐室隔壁,透过薄薄的隔扇可以听到女主人的叹息声、低声祷告和宽衣的声音,以及在她身体的重压下,那张放着五个枕头,蒙着用杂色绸块拼成的厚被的双人床所发出的吱吱声。

"你安静些!"科普捷夫像吆喝马匹似的呵斥着妻子。

斯马金想象着这个女人被她的干练的丈夫用毛烘烘的双臂搂在怀里的情景时,不由产生一种嫌恶与激愤之情,但是却并不可怜她。

一次,他下楼来吃茶,正碰见女主人面对茶炊,一动不动地在桌旁坐着,她正在聚精会神地端详着自己那张映在铜炊上的面影。

"在顾影自怜吧?"他笑着高声问道。

泰西娅打了一个哆嗦,跳起身,惊慌万状地向四下看看,而后微微一笑,说:

"当家的睡过了头!"

说罢便到卧室去了。

"斯捷潘·伊里奇,起床吧!"她请求着。

科普捷夫哼哼了一阵,用听来十分真切的声音嚷道:

"咳呀,我做了一个有趣的梦!"

泰西娅轻轻地发出一声惊呼,喊喊喳喳地说了些什么。

"那有什么要紧,我是你丈夫嘛!"科普捷夫说。

只听一声响得像是打了一记耳光似的亲吻,随后则是房东嘟嘟囔囔的话声:

"傻女人,出嫁五年了,连正正经经接个吻都不会。真笨!"

泰西娅走出卧室,皱着眉,眼睛向下,科普捷夫却喜眉笑眼,满面春风。

"您已经下来啦?你怎么不告诉我?"他责备妻子说,接着便马上说笑起来。

"我喜欢做梦,梦里有真有假,搅在一起真是妙极啦……"

圣母节那天,斯马金下楼吃晚饭,看见主人的桌旁坐着菲诺格诺夫;文书像老相识似的同他招呼过以后立即问道:

"住处还满意吗?"

"很满意。"

"对主人也满意吧?"

"对主人也满意。"

科普捷夫笑着瞧了瞧斯马金,对客人说:

"斯马金先生是个机灵人!"

文书也笑了笑。他穿着一件毛茸茸的灰色厚呢上衣,更像猫头鹰了。他们边吃边喝;房东盛赞用苹果泡制的露酒。

"简直是毒药!"他眯起眼品着滋味,赞不绝口,十分殷勤地频频为客人和房客斟酒;他兴致勃勃,满脸发烧,越来越红。当泰西娅收拾完桌子躲进厨房时,他冲着她的背影挤挤眼,问斯马金:

"这娘儿们漂亮吧?"

"是的。"斯马金说,随即不由自主地叹了口气。

"瞧,叹气呢!"科普捷夫叫嚷着哈哈地笑将起来,文书的耳朵扇了两扇,在他那毛烘烘的脸上现出一些肥厚的皱褶,银针似的头发颤动了起来,他舒舒肩,挺起胸脯,最后,也发出一阵沉厚、淫猥的笑声。

"我这位,还有迈马钦斯卡娅都是全城数一数二的。"科普捷夫自夸道。

文书正颜说道:

"迈马钦斯卡娅的嘴太大,因此,也就……"

他不以为然地摇了摇头。

"她比我的这位胖,我的这位弯起腰来就像棵小白桦。在教堂里我故意让她站得离迈马钦斯卡娅近些,让人们看看,究竟谁的更胜一筹。"

他们谈女人谈了好久,但是在他们的谈吐之中既没有他们那种年龄的人所固有的,崇尚抽象议论的情趣,也没有那种人们由于厌腻,常用富于刺激性的回忆作为谈助的成分。他们讲起女人来,就像适才品评苹果酒和江鳕肝馅的黄油煎包一样,津津有味、直截了当。

"臭味相投,"斯马金暗自判断道。

他觉得很不自在,这两个人似乎突然把他抛置脑后,不予理睬了。

"是不是走呢?"他问自己。

但是文书和房东引起了他的强烈兴趣,有好几次,他都想同他们争论一番,刺一刺他们,可是望着文书那方方正正、软软绵绵的身躯,望着他那发了霉似的长满白毛的脸和那双固执而呆滞的鸮眼,终究还是忍住了。

"这块木头是点不着的!"

房东并不需要外来的刺激,他坐在椅子上向上一耸一耸地扯着自己的衣服,话越来越多。他那金黄色的瞳孔扩散开来,眼白发红,低低的喉音变得柔和而又多愁善感:

"哎呀,我的老天,他们站在水里直没到膝盖,"他用手指捅捅斯马金的肘部解释说:

"我说的这是沼泽地里的工人们。'该收工啦,伙计们!'我说。"不行,"他们说,'否则春天一到,整个活计都算白干啦!'可您明白,巴维尔·尼古拉耶夫,人们靠的就是干活儿,就是说,活计干得越多,对他们越有利,对吧?那么,就让春汛把已经干的活儿淹掉好喽,把它们统统毁掉好喽,对不?反正钱已经到了手,再干,还可以再拿钱嘛,可他们却说,不,不行!为什么不行呢?"

说着,他凑近斯马金,颇为动情地回答自己的问题:

"良心上过不去!瞧,这就是咱们可爱的人民。他敦厚得很,可以把他搅混一天、两天、甚至一年,可他很快又会澄得清亮亮的……他经得起搅和!"

科普捷夫眯起眼睛,摇头晃脑,拿腔作调地说着:

"我爱我的人民,他是无价之宝!他苦难深重,可怜得很,咱们的日子有时悲惨得让人心头发紧,唉,算啦!咱们挺得住,等得到,忍受得了……"

斯马金听着房东的话非常吃惊,他的声音是那样恳切,他看上去并没有醉。

"我这样看,"文书开了腔,声音很大而且突然,但是科普捷夫用手自右向左一挥,制止了他。

"等一等!"

随即对斯马金说:

"其实,我也理解你们这号人,我知道,左翼分子里头也有有良心的俄罗斯人,而且知道,他们一定会成为右翼!……随便什么瘸子和罗锅儿,俄罗斯都能把他们正过来。"

在这暖融融的、被两盏灯照得通明的房间里充满了油腻的菜肴、酒精以及苹果的气味。泰西娅捧进了茶炊。带着哨音的水汽嘘着她的脸;她姿势优美地歪着脖梗儿望着一边,并且像是在对谁发出亲切的微笑。油腻的、甜滋滋的气味变得越发浓烈了。

"改革、手枪、革命,这统统都是恶症,"科普捷夫一面抻着裤腿,一面情绪激昂地说着。"这都是从法国传来的,这种有毒的荨麻把咱们搞得浑身火烧火燎的,就是因为它,咱们俄国的这张皮上才起了咱们的同胞,左翼分子这种燎泡!非得把这种病连根除掉不可,一定会除掉,等着吧!这是从拿破仑那会儿传开的,可是如今——够了!"

他用他那心爱的手势劈了一下,擦着汗津津的脸住了口。

泰西娅在斯马金身旁坐下时,膝盖碰了他一下,吓得她把茶杯掉在了茶碟上,她的脸一红,说道:

"对不起……"

"没关系,"斯马金说着往旁边挪了挪,科普捷夫轮番地看了看他俩,问道:

"怎么回事?"

"我没留神碰了先生他……"

"碰了先生他,碰了先生他,"科普捷夫揶揄地模仿妻子的声调说。"当心点儿!"

"没什么大不了的,"斯马金说。

"她会把茶杯摔碎的……"

"我这样看,"文书用他那指头很短的手擦了擦两腮说道:

"凡属造反的人,比如:教派分子、政客、酒鬼,甚至还有好多小偷、强盗,都是非法出生的,都是男女自由姘居,以及其他淫乱行为的产物,也就是不合法的、血统混杂的私生子。"

"瞧,您好好听听吧,"科普捷夫在椅子上坐坐稳,向房客提出忠告,菲诺格诺夫则瞪着一双圆眼直盯着斯马金,如同宣读官厅的文书似的继续说着。

"凡属出生完全合法,又是用自己的家庭和阶层的精神培育起来的人,都应当被公认为正品。所有的私生子都应该当作冒牌货,褫夺公权,贬为国家和社会中农奴一类的人。"

斯马金瞧着文书那张坚定而阴郁的面孔心想:"这只猫头鹰是在开玩笑吗?"

但是那人正如同秋雨一样,慵懒而又固执地继续说着。

"零四年,我还在喀山的一所外族中学当副主任的时候,就曾给一个高级机关打过报告,说明这件事的必要性,报告很受那里的一位有学识的人的称赞。"

斯马金觉得,室内似在飘着又重又湿的雪片。文书的不紧不慢、平平淡淡的嗓音既未盖过小心翼翼的钟摆声,也未将窗外淅淅沥沥的雨声冲淡,使人感到百无聊赖。

泰西娅不声不响地从碟子里喝着茶,望着茶炊上自己的面影,科普捷夫削着苹果,用小刀整整齐齐地去下一层薄薄的粉色果皮。

"只有在童年时代人们才生活得幸福,因为孩子们的生活是无忧无虑的,成人们在为他们工作。所以应该注意让人们终生保持儿童的感情和思想状态。您懂吗?生儿育女,也就是说受孕怀胎,应该受到一个专门委员会的监督,为的是,第一:不让人们超过法定的数字繁殖后代;第二:务必要对父母血统的纯洁性施行监督。既然能改良狗种,甚至改良鸡种,那么人种也可以改良,也就是说朝着儿童的方向加以简化。这是惟一能根本改变生活的措施,而其他的改革都无非是些骗局和幻想,因为它们改变不了人的内部,也就是心灵里的任何东西……"

"要稳定人的头脑,"科普捷夫一边把苹果啃完,一边煞有介事地指出。

"请听我说,斯捷潘,"菲诺格诺夫拦住他,仍旧不紧不慢、平平淡淡地说了下去。

"除了简化,不可能有什么改良,智慧是不能简化生活环境的,这一点自有人类以来就很清楚。您懂吗?"

斯马金觉得,文书不知还能讲上多久,而且越来越让人窒闷。

"怎么,"他边擦额头边问,"这张生活蓝图只是为俄国设计的吗?"

"必定是为世界各国人民的,"菲诺格诺夫答道。"只有确立普天下的一致,咱们才能取得安宁和秩序。"

"各国人民不会同意您的,"斯马金说。

"我们强迫他们同意,"科普捷夫用拳头捶了一下膝盖喊道。"不管是照菲诺格诺夫想出来的法子,还是照别的样子,全世界都得按咱们这种方式过,俄罗斯的方式,——凭良心……"

"我住在莫吉廖夫的时候,"菲诺格诺夫刚一开口,房东便打断他,又喊了一声:

"我们强迫他们同意!"

斯马金想要反驳,但是科普捷夫不予理会,信口喊着:

"您是照外国的书本学的,您该学学俄国人的想法,弄清老百姓都想些什么。您嚷嚷着改造,可您知道老百姓是什么材料造的吗?咱们的老百姓是铁铸的,几千年、几万年都经得住,他不是为了什么鸡毛蒜皮铸造出来的,而是为了耶稣基督!"

斯马金,也喊了起来,但同时却暗地责怪自己按捺不住火气,可是科普捷夫根本不听他的,径自像放连珠炮似的说着。

"不对!你们这些书呆子把伊凡雷帝叫做暴君,可您知道老百姓是怎么说他的吗?"

他往椅背上一倒,挥挥手,拖长了音调说道:

噢,幸福的时刻业已来临,
我们的雷帝把俄罗斯恩宠,
他爱俄罗斯,把别国的土地兼并。①

"瞧,老百姓要的是什么,是要沙皇把别国的土地并入俄国,就是说,让他去夺取地盘儿!你们说雷帝是野兽,可老百姓说他是英明的君主!你们怎么能说到一起呢?是的,在民间,伊凡雷帝享有盛名,可你们……您知不知道,他是怎样嘉奖搭救了他儿子的大臣尼基塔·罗曼诺夫②的吗?"

科普捷夫眼珠一闪一闪的又唱了起来:

钦赐你一文保护证书:
若有人偷了教堂,打死了农奴,
拐走了有夫之妇,
逃往你的领主庄园,
投靠老臣你罗曼诺夫,
就让他在你处,不予引渡……③

文书用手掌摩挲着他那呆板的面孔,随着歌子的节拍摇晃着脑袋,斯马金自觉无力制止口若悬河的房东,便索性不再吭声,而是怀着

---

① 引自有关叶尔马克征服西伯利亚的民歌,但歌词稍有改动。
② 尼基塔·罗曼诺维奇·罗曼诺夫(?—1585),领主,沙皇米哈伊尔·费多罗维奇·罗曼诺夫的祖父。
③ 歌词引自十六世纪一首有关伊凡雷帝和他儿子的历史民歌。

越来越大的兴趣听他滔滔不绝地讲了下去。

"在咱们这儿，不管谁犯上作乱，总是打着沙皇的旗号：格里什卡·奥特列比耶夫①也好，拉辛②，或是普加乔夫③也好，都是这样，甚至贵族们也是反对尼古拉·巴夫洛维奇，而拥戴康斯坦丁的④！这说明：老百姓不是要自己统治，而是要别人来统治自己……"

文书不喜欢科普捷夫的历史观；他皱着眉阴沉沉地说：

"可是，不管什么叛乱都是叛乱！你呀，斯捷潘，讲的可不对头……"

"对头！"科普捷夫尖声喊道，"也许从理智上讲不对头，可从感情上说，就是这么回事……"

但是文书又说了一遍：

"叛乱终归是叛乱！没必要闭眼不看……"

斯马金望了望他，明白文书已经大醉；他那张脸，皮肉松弛而且发肿，两只凝胶状的眼睛向外努着，变得愈发没有生气，在这张夜枭般的僵死的面孔上流露出一种严酷可怕的表情。科普捷夫瞅瞅他，安静了下来，并且附和着他说：

"当然，叛乱终归是叛乱……"

"就是嘛，"菲诺格诺夫说。"为沙皇和为耶稣基督是一回事！绝不许……"

女主人一直没有作声，她那张粉色的脸庞变得通红，而且汗涔涔

---

① 格里戈里·奥特列比耶夫（？—1606），楚道夫寺院的修道士，冒险家，波兰大地主入侵者的傀儡，于一六〇五至一六〇六年冒充伊凡雷帝之子季米特里皇太子，僭夺俄国王位，一六〇六年五月在莫斯科人民举义时被杀，史称"伪季米特里一世"。
② 拉辛（？—1671），顿河哥萨克，一六六七至一六七一年俄国农民起义的杰出领袖。
③ 普加乔夫（约1742—1775），顿河哥萨克，为反对农奴制压迫，于一七七三至一七七五年领导了俄国历史上最大的一次农民起义。
④ 一八二五年十一月，沙皇亚历山大突然死亡，他没有后嗣，应由其弟康斯坦丁继位，但亚历山大一世在位时他已声明放弃皇位。这样皇位就轮到其第三个兄弟尼古拉头上。因为放弃皇位的文书没有公开，所以亚历山大一死，彼得堡贵族便向住在华沙的康斯坦丁宣誓。

的,她不时用藏在袖子里的手帕擦汗。房里就如同没她一样。

科普捷夫解开背心和衬衣领子,把胡子尖攮进嘴里,用嘴唇捻来捻去。

"你们清楚了吧?"菲诺格诺夫端详着自己的手掌突然问了一声,他想从座位上欠起身,可是不能。

泰西娅笑了一声,丈夫用一个手指点着,轻声威吓她说:

"去睡吧!"

她站起来,向客人们行了个礼,像个半大孩子似的,顺从地走开了。

"我吃得太撑啦!"菲诺格诺夫望着她的背影说。

大家沉默了一会儿,随后科普捷夫问了文书一声:

"你带没带雨伞?"

"带了,"文书没有立即回答,"该回去了……"

他环顾了一下房间,又说了一次:

"回家……"

"我也该走了,"斯马金说着站起了身,但是主人对他使了个眼色,同时摇了摇脑袋。

菲诺格诺夫瞎子似的扶着桌缘站起来,舒展一下肩膀,瞧瞧斯马金,闷声闷气地说:

"但愿……"

可是他没说出但愿什么,同斯马金握了握手,摇摇晃晃地迈开那双短腿,喉咙里呼呼噜噜,步履蹒跚地向门口走去。科普捷夫送他去了,斯马金坐在卧榻上暗想:

"都是些什么人啊!……"

女主人从厨房里探出头来。

"都走啦?"她小声问道。

"是的,我们让您烦透了吧?"

"没什么。他们有时一直坐到天亮,"她说罢就不见了。

科普捷夫回来了,他走到房客跟前解释道:

"您要是先走,他就会留下来,所以我对您使了个眼色,意思是让您等一等!泰西娅,拿点克瓦斯来,您要克瓦斯吗?"

"不啦,谢谢。"

"别拿了,泰西娅!是个很有头脑的人,但是,白白毁了!"

"他走得到家吗?"

"走得到!他已经习惯了,是个夜猫子,夏天里他能一直逛荡到天亮呢。他有个儿子,因为抢劫被判了苦役,是零七年的事。第二个老婆是个放荡女人,丢下他跑了;还完全是个女孩子,十七岁,跟他总共过了五个月。这样就只剩下了他,他脸也不刮——刀子、叉子、锥子……凡是尖东西他都害怕。"

说着用他那肮脏的,握力很大的五指抓住斯马金的手摇撼了几下:

"咱们过了一个挺不错的晚上,是不是?我这个罪人,就喜欢玩玩、乐乐……"

"您在各方面都同意他的看法吗?"斯马金问。

科普捷夫皱着额头说:

"他的好多看法都是动脑筋动的,他爱动脑筋是因为受过不少委屈。要从内部,从家庭着手来改造生活,这话是对的。血统纯也是件大事!我们这里有一个怪人,就是检察官迈马钦斯基,很有学问,他逢人便说,土耳其人和中国人就毁在多妻制和血统混杂上。你看,要是这样,谁乐意有土耳其人那样的遭遇呀?"

"晚安!"斯马金表示了祝愿。

他回到楼上自己的房间,燃起蜡烛,慢慢脱去衣服,怀着深深的倦意想道:

"所有这些对我都是多么陌生啊,太陌生了……"

他趴在床上挺直身子,熄掉蜡烛;望着那被浮云遮住,像一块白斑似的惨淡的月亮,这时,万籁俱寂,阒然无声;虽然他那件背心在门旁的墙上挂着,但是就连背心口袋里怀表的嘀嗒声都显得那样响亮和扰人。

"我的举止失当,"斯马金在思量着。"难道我缺乏同他们争论的思想见解和足够的事实吗?"

他想起科普捷夫的夸夸其谈和他那带有俯就意味的讥讽,不禁感到汗颜。

"我的祖父生活在使用松明和脂油蜡烛的时代,父亲点的是煤油;我可以使用电灯,可这又怎样呢?我比祖父和父亲生活得更好,更安宁些吗?这统统是些微不足道的孩子的把戏!是的,发明了留声机、电影,看得出,这很有趣,可是又怎么样呢?这只不过是些玩具而已!对于心灵,又有何宽慰呢?"

菲诺格诺夫的声音,仿佛木梆子似的,瓮声瓮气地响着:

"要深居简出,少同人来往!"

云中透出的银光已经在窗外消融。窗前一团漆黑,雨点不断在铁皮屋顶上轻声洒落着。

在楼下房东的屋里不知是何重物轰地倒了下来,之后,房门砰的响了一声,接着,这些响声立刻即被静寂一扫而光,但是一分钟过后,从地板底下又透过一阵奇怪的咕咕哝哝的声音——不知是谁又急又响地讲起话来。

斯马金闭起眼睛,想象着女主人那张永远是半睡半醒,似乎总是为梦境所扰而疲惫不堪的面容,以及她那健壮魁梧的躯体。她生活得该是多么乏味啊!

他迟迟未能入睡。阵阵忧伤伴着轻微的雨声静静地袭上心头。

直到清晨他也没能睡着,当淡白色的秋阳照进室内时,他起床来,走近窗前,久久地眺望着田野和河的彼岸,默默地观察着一只兔子怎样连蹦带跳地在鲜亮嫩绿的越冬麦地上飞奔。

太阳很快便隐没在云层里了,湿漉漉的城市着上了灰色,发胀的土地暗了下来。

冬季很快就来了，来得如此突兀；从傍晚起就下起了稠密而潮湿的大雪。翌日清晨，屋顶和地上已铺满厚厚的一层，方兴未艾的严寒把雪压得紧紧的，光秃的树木缀满了朵朵银花，粉装素裹的大地焕然一新，宁静而洁白。

屋顶看上去同包着闪光锦缎的棺盖惊人地相似，远方的森林已经变白，河流倒映着灰色乌云，浓浓地着上了一层深蓝。树梢、为椋鸟准备的木匣、屋顶上的烟囱，都戴着毛茸茸的帽子，被秋风秋雨洗劫过的萧瑟万物都暖暖和和地披上了厚厚的绒装。

在方形窗口中出现的是一幅崭新的图画——一块半圆形的地面，它寂静无声，闪闪发亮，纹丝不动，不见一个人影。斯马金站在窗前，似乎初次看见这乍临的冬日，怀着极大的快意欣赏着这美丽的景色。

"若有阳光倾泻在这一切之上该有多好啊！"他一面这样向往，一面看着从烟囱中袅袅升起的炊烟：一处的烟又灰又浓，另一处则呈淡蓝，在青灰色的天幕上依稀可见。

这里的许多事物他都是初次感受到，但他不愿向自己承认这一点，因为他已是三十岁的人了，他已惯于认为自己是熟悉生活的；使他甚感屈辱和难堪的是，几乎每天都要遇上某种他所不理解的东西，尽管他从文学作品中，从报纸上，从某些在偏僻的县城中待过的友人口中也曾模模糊糊地知道一些。

他越来越常感到，他对日常生活所具有的知识是支离破碎和范围狭窄的，对他来说，这个城市的许多事物都像对于一个外国人那样陌生。他发现，他对外省的认识，概念多于事实，而所知的事实又多半带有趣闻性质。过去，他可以驾轻就熟地将这些既可笑又可悲，往往会使人产生憎厌、嫌恶以及悲愤之情的趣闻非常顺理成章地加以概括和解释，但是如今，当种种趣闻在他亲眼目睹之下形成时，他却觉得这县城生活的创造者的心理是他所不甚了了的。

"不，你等一等，"午饭时科普捷夫喊道。"一旦我们，小小的县城，显露身手，大干起事业来，是会让你们见识见识的！我们会打掉你们这些京城里的人的威风,我们不是大都会里的人,可我们就像一个人,所有人都是一副面目!我们会建立自己的秩序,自己的城市,我们有七千人,全省的人都跟我们在一起,还有各个村子,会有很多很多人!什么,先生?俄国有一亿五千万人?"

他感到吃惊,疑惑地望着斯马金,猛地抻了一下背心。

"这数目准吗?得看看历书……"

不过帝国的人口数量着实使他不安;他沉默了一会儿,扭扭脖子,轻蔑地一笑,又讲了起来。

"这里面掺杂着外族人——亚美尼亚人、犹太人、吉尔吉斯人。可以把所有这些贱民赶走,或是变成农奴就是啦!什么权利也不给他们,那么他们自己就会跑掉,谁爱上哪儿去就上哪儿去,可以到中国去,那里的地方大得很……"

但是这个计划还是不能让他放心,他一个劲儿地询问斯马金,在俄国有多少俄罗斯人?

"五千五百万大俄罗斯人!占百分之四十三……嗳,不对吧!我计算过——还要多些,嗯,是的……"

房东有些垂头丧气,但是晚饭时他又变得和气和快活起来,他伸出一只小小的,攥得很紧的拳头,要斯马金相信。

"力量不在于数字,数字说明不了什么,力量在于堡垒!有人拿一千卢布换回十个,可另外一个人拿十个卢布能换回五百。要紧的是智慧!"

"可您是看不上智慧的呀!"斯马金提醒他。

"这是什么话?"

"您不是说,生活不能凭智慧,而是要凭良心吗;可您鼓动把所有的外族人都赶走,这哪里还有良心的地位呢?"

"他们要是照咱们这样生活,我就不碰他们,可以!所有人的良心都应该一样。我总不能按加尔梅克人的规矩和良心过,要让加尔梅克人随我的规矩,因为我比他聪明,另外,事业是一码事,信仰又是另码事！再说，如果仔细琢磨一下，什么叫良心呢？良心就是共同商议好的理所当然的东西①，也就是人所共知，大家一起通过的规矩！这就是良心！所以，如果五千五百万人大家一起通过一个共同的决定，那么其他人都应该让步！……"

斯马金清楚地看到，在这一团乱糟糟的文字和概念中根本没有他的思想、观念的立足之地。他所讲的一切，房东并没有听进去，而是统统被挡在根深蒂固的怀疑和鄙夷的高墙之外了。

起初，他一气之下，曾以激烈的言词把房东的议论称之为：

"一派胡言，胡说八道……"

但是，经过一番对房东的仔细观察，他觉得，这个生性泼辣的人并不愚蠢，他只不过是词不达意，不善于将自己的本质的看法形之于恰当的言语罢了，他所使用的词句正如同湿木块上的霉菌一样，不知是怎样滋生出来的。

斯马金，作为一位晚婚并早亡的银行职员的儿子，从少年时代起便开始过着对他这个阶层来说已是司空见惯的困苦生活；为了帮助母亲和妹妹，他坚持求学。他非常清楚，获取知识是他赖以立稳脚跟，生存下去的惟一支柱。他深知自己没有什么特殊的天赋，因而一向靠顽强的劳动来克服重重障碍；作为一个中等天分的人，他并没有很大奢望，但是他已惯于相信自己的力量和敬重自己。

在同生活的各式各样的冲突中，他毕竟还是意识到了自己对生活的种种弊端应负的责任，因此当国家的健康力量奋起举事的暴风骤雨般的年代②来到时，当时还在大学二年级学习的斯马金，便沉稳而又干练地投入了急剧的事变旋涡之中，由于直接体验过人与人之间富于戏剧性的复杂关系，他并不特别激进，而是处世灵活并富有耐性，但他毕竟还是被事变很远地引向了左边，然而他为此所遭到的灾难却有逊于

---

① 此处系利用俄语中"共同的"（совметное）、"商议的"（советное）、"当然的"（вестимое）三个词的前一部分组成"良心"（совесть）一词的文字游戏。

② 指一九〇五年的革命。

别人,在退出这场未遂的战斗时所蒙受的精神创伤也相对的少些。

他在自己身上终究培养起一点对于生活、对于人们、对于他自己的情绪的幽默感,尽管这未免使他的人格有些双重化,但却在艰难的日子里帮了他的大忙。他安之若素地经历着社会意识和社会感情崩溃的腐朽年代,他依然相信人类历史建立起来的真理,依然信仰西方世界以无数代人的鲜血和神经创造出来的,支撑着全世界、全星球的文化殿堂的意识形态。

但是如今,身居这个像密林一样宁静的木城之中和低矮的天空之下,他开始感到一种同他的那个真理大有径庭的东西,即另一种黑暗、混乱、令人毛骨悚然的世界观。他的脑子就像溶化在一种肥厚、黏滞、糨糊般的东西里一样;他觉得他的精力在减退,于是便安慰自己:

"这是消极印象一时占了上风所致;是因为过去的印象丰富多彩,互相交替,而现在的印象却贫乏而又单调的缘故。您寂寞得过早了,先生!您要自重!"但是戏言并未使他得到安慰。

从此以后,斯马金在晚间常常出门到旅馆去同裁缝休金打台球。

裁缝在清醒的时候总是悲观地看待一切和自己,他满腹牢骚,唉声叹气,哧哧地抽动着鼻子。

"这儿的年轻人只是对时髦的小玩意儿感兴趣,当然还有娘儿们;娘儿们,您知道,像苍蝇一样,能把人一点点折磨死,"他说时一眼闭,一眼睁,用球杆瞄准着球。"红球向右路进!……你讲点超乎一般的事情,他们就会笑话你,说什么,'你裤子都做不好,还搞政治,真德行!'他们当然是胡扯,我给本地所有有名望的人都做过衣服,他们都很满意,尽管这些人都没什么身段。他们的肚子太大,比起彼得堡来,这儿的人可真叫肥实。"

他把瘦弱的身体俯在球台上,一条长腿向后劈着,把球杆在手指上久久地碾来碾去,打空了以后便用舌头把手指舔上一舔。

斯马金常常赢他,裁缝便愈发变得愁眉苦脸,摇晃着大麻纤维似的头发,接着发他的牢骚:

"我很不走运！我在不着边际的空论里断送了自己的青春，却并没有因此而增长多少特别的聪明才智，心里反而充满了苦闷。什么对，什么不对？在各种生活事变当中我东张西望，想知道正确的轨道究竟在哪儿？可就是看不见。思想上孤孤单单，生活里也是如此。在彼得堡并不觉得孤独，那儿到处都有自己人。虽然素不相识，可一看眼神儿，就知道是自己人，在这儿呢，人们瞧着你时，心里只有一个问题：你有几分是骗子？……结婚吗？我也常这么想，但是本地的女人，其块头之大，精神之空虚，实在让人发怵。再说，我并不相信日子会过得牢靠，要是突然不得不逃到什么地方去怎么办？也许不会，但是我毕竟是要逃的，因为我认为我的生活就等于流放。"

他陪着斯马金走在昏暗的街道上时，讲话更大胆了：

"在彼得堡我毕竟有书可读，也常去看戏，而且是工会会员，常想实现自己的夙愿。在这儿书本不吃香，也没时间，闲得什么也干不下去！在那里，在酒馆里言论自由，可在这儿，你讲讲看！说脏话可以，说真话却不行！奇怪得很，可环境使然。"

他笑了笑，不好意思地说：

"我就剩下一点在京城里养成的习惯了：怕警察。那次你拐进警察局的时候，我都吓呆了，心想：跟我认识的手段可真巧妙啊！"

有一回，他脱下帽子，光着脑袋站在那儿，邀请斯马金：

"请到我那儿吃杯茶吧！"

他住在一幢隐藏在小花园后面的小屋子里，房子总共有两间；头一间是他的作坊，紧挨着它，在半截隔扇后面，放着一张床铺、一张桌子、两把椅子和一架风琴。

"您会弹琴？"斯马金问。

"在学；是偶然在一个鞑靼人那儿买的，学着弹。您知道，冬天里挺解闷儿的；外边鬼哭狼嚎地刮着风，吵得要命，我便坐下来弹琴，把外边的声音压下去……"

他从桌子的一个抽屉里取出两本黑皮装帧的书，把它们并在一起

拍了拍,亲切地笑着说:

"瞧,这也是自我排遣的上品。《堂吉诃德》,读过吗?好东西!有插图,"他说着笑将起来,一面像抚摩小猫似的抚摩着书本。

"我有时觉得自己就很像堂吉诃德,特别是鼻子,还有这个瘦劲儿,只不过没有胡子。我曾想留撮胡子,可它爱长不长的,还总往右歪……惹得人们笑话起我来了,这样我就把它剃掉了……"

说着,他弯下腰凑近临窗而坐的斯马金,神色严肃地说道:

"可不能让他们笑话咱们,对不?"

"对,"斯马金说时笑了笑,觉得裁缝很快就博得了他的好感。

一个长得圆乎乎的,眼睛滴溜溜乱转的小老太婆端着茶炊走了进来,房间里迅即充满了火炭味。休金皱皱眉,带有质问的口气说道:

"伊里因尼什娜,是不是又带着煤气味儿呀?"

"老爷,你把气窗打开不就得了,"老太婆出完主意便走开了。

"听见了吗?"休金冲着她的背影讥讽地挤挤眼,"他们就是这样对待自己生活里的种种不便的:您知道,他们认为,似乎既然有气窗,那么就该随便把什么烟气都放进来……"

斯马金哈哈大笑,他这一笑使裁缝精神倍增,他一面热热闹闹地说下去,一面沏着茶,匆忙之间还用开水把手指烫了一下:

"我的管家们淳朴得可爱,常常把泔水泼一院子,倒在房前花园的树木底下。我说:'这会发出臭味儿,招惹苍蝇,传播疾病的!'可他们却不以为然地说:'那要太阳干吗?您懂得太阳是管什么的吗?'这就是说,如果把太阳往下放一放,那么他们就会拿它当煎锅使,在里面煎蘑菇呢!"

他伤心地摇晃着一头向上竖起的灰发。显出一副半大孩子似的笨手笨脚、无可奈何、滑稽可爱的神态。他那又细又长的手指总是伸到不该伸的地方,慌慌忙忙、冒冒失失地乱抓一气。他替客人倒杯茶,却放到了一边,而把糖罐恭恭敬敬地递了过去,同时仍在用他那悦耳的男高音讲个不停:

"这儿的人在各方面,包括同他们自己,都很难处!而且喜欢恶作剧。当然,在彼得堡恶作剧也有的是,不过,在那儿是另一种性质,在那儿我感觉得出人们发火的原因,在那儿一个人不戴眼镜就能看见他是怎样被撕扯、被搞得精疲力竭的。在那儿他有理由愤愤不满,尽管表现的方式非常粗野。生活是横不讲理的,而且立刻就能分辨出哪是我,哪不是我,所以就由于受到许多屈辱而感到绝望起来。可这儿的人,并没有什么不满,个个都蠢得不相上下,而且没有什么愿望可以促使他们激动。不,他们当然也会激动,不过只是在没遇到吃食的时候,一旦能吃上一口,就不吭声了,肠子塞满了就打盹。而闲着没事干的时候就无缘无故,像野兽似的大搞恶作剧……"

裁缝说着话忘记把茶炊的龙头关上了,直到托盘里的水洒到他的膝盖上时才把它关上。他若无其事似的站起来,弯下腰,用那双青筋暴露、骨瘦如柴的手捏起膝盖上的裤腿往两边抻了抻,接着说了下去:

"这些无聊的行为真让我有气,您知道,往四下里瞧一瞧,想一想,你会突然害怕地意识到,这不正是歌里唱的那种异国他乡吗!"

茶炊在吱吱作响,仿佛里面有耗子在戏耍;风在扯动护窗板,撞击墙壁;烟囱里面发出呜呜的响声。斯马金默默地听着裁缝的发颤的声音,感觉得到,此人是多么饥饿,多么急于满足他想和类似他的人交往的渴望。

"异国他乡?"斯马金想道,"不,这太荒唐了……"一瞬即逝的片断回忆使他记起了另一些同样贫穷和不舒适的房间,但是那里充满了对世界、对生活怀有更广泛兴趣的明显迹象,那些房间的墙壁上悬挂着一些名人的肖像,书架上书籍林立。那里常就一些重大问题和欧洲所发生的事件进行热烈的争论;想到这些,耳边便响起了另一种言词和那些激愤的演说;显而易见,在那儿,在那座巨城的某些小小的陋室之中繁衍着另一种生活,它同这儿的生活毫不相干。从那儿所获的生活印象更丰富、更多样、更富于刺激,在那些印象的激发下,一个人可以很快地成长。生活犹如高高抡起的铁锤,在它的重击下,弱者销声匿迹,强者变得更强。而这儿的生活则困乏已极,恰似迟迟不肯退去,漫无尽头的秋夜一样,节奏缓慢而又漫无目的。在这种晦暗,潮湿,犹如恹恹病体的生活中,像霉菌一样,滋生着菲诺格诺夫及科普捷夫之流的荒诞离奇的幻想,思想总是围绕着一些日常琐事转来转去,而且还有一种死气沉沉、惶惶不可终日、抑郁之中带有怨恨,以及某种与人性相悖的东西。

休金似乎一刻比一刻更聪明,从而变得越来越有趣了,他尽情地谈着,不时地笑一笑:

"他们彼此又是怎样对待的呢,这些骇人听闻的事情简直让你无法理解!比如:在圣母升天节那天,小市民希绍夫把自己的鸽子放了出来,他那群鸽子非常好,富商卢金也是个养鸽迷,总想猎到希绍夫的鸽子,他一看见它们,便立刻把自己的鸽子也放了出来,可是匆忙之间把掸子给弄断了。猎鸽子的活动是一件迷人的事;所以掸子断了他就赶忙脱下自己的裤子,而且,简直是罪过,连衬裤也一道儿脱了下来,他站在屋顶上咯咯地大声笑着,像在澡堂里一样,您知道,一面还挥动着裤子。那天是节日,又是临近傍晚的时候,街上有好多妇女;有些女人是根本不喜欢看见一个男人站得那么高,而且是什么都露着的,他们当然都像小狗似的尖声叫唤起来。卢金的邻居,税务官斯塔罗库莫夫总怕老婆变心,是个有名的醋坛子,他抄起一管双筒猎枪,从窗口里冲着富商就开了枪。砰砰砰的一连五枪,虽然霰弹没打中目标,可商人却吓坏了,他坐在屋顶上便号了起来:'杀人啦!'聚了一群人,又是笑声,又是枪响……"

"这是个笑话嘛,"斯马金笑着说,"我好像听见过,或是读到过……"

裁缝生了气,从椅子上跳起来,激烈地反驳道:

"得了吧,我讲笑话干吗?他们现在还正在打官司呢。您问问菲诺格诺夫,是他替卢金写的状纸,控告税务官在光天化日之下用霰弹谋害他,而斯塔罗库莫夫则控告卢金伤风败俗。"

裁缝滑稽地挥挥手，郁郁地继续说道：

"说得倒轻巧——笑话！如果还有什么别的和它不同的事情，那倒还可以把它叫作笑话，但是其他的事情并没什么两样，而且这件事还引起了全体居民的兴趣，这样一来，您知道，它就根本不是笑话，而是现实生活里的历史事件了。您总是用自己的尺度衡量一切，可这儿有这儿的尺度。"

继之，一些所谓历史事件就像从排水管里排出来的一样，从休金的嘴里倾泻出来；他说得很急，上气不接下气，连喊带叫：

"试问这是笑话吗？迈马钦斯基把他那个喝醉了的厨娘脱个精光，刷上一身漆地板的棕色油漆，就这副模样把她从院子里赶了出来。她告了他，可他反诬她偷窃，于是就完了……厨娘倒被拘留了起来。"

斯马金直坐到午夜已过，他起身告辞，裁缝则请求他：

"让我送送您吧！"

正是融雪的季节，黑夜用又湿又重的丧服把城市裹得严严实实。寥寥无几的路灯活像几根粗粗的钉子，使黑夜显得更加浓重，这是它们把夜幕牢牢钉在地上的。钉子很粗，可它们那些金黄色的帽子却小得那样难看，夜色在吮吸它们，于是它们便变得越来越小。

休金也像一盏被黑夜吮吸着的路灯，他迈着两条长腿，踩着又湿又软的积雪，状若沉思，喃喃地说着：

"如果有人向我提出一个地理问题：米亚姆林是个什么样的城市，那么我就会直截了当地回答他：'米亚姆林是个住着清一色的野蛮人的地方，那儿的每个人干的都不是自己的事情！'这是真的！迈马钦斯基先生是个小丑，却当了一辈子检察官，市长博戈莫洛夫是个商人，可同时又有一副修道士的性格，他应该去当大主教。您知道，其他人也统统是这样。"

他沉默片刻，又补充道：

"再比如，我喜欢音乐，而我却是个裁缝！不过，再见吧！由衷地感谢你的来访……"

斯马金热情地邀请他到自己的住所去：

"您来吧，好不好？明天就行！"

但是休金嗫嗫嘴唇，叹息一声，不好意思地说道：

"不，最好还是您到我这儿来！您知道，我有点怕您那位房东，我不喜欢他那副硬邦邦的嘴脸……透着那么狠毒……"

他站在斯马金面前，高个子，面色焦黄，摇摇晃晃，使斯马金再次想起那些被寒冷和黏滞的夜色吮吸着的路灯。斯马金由衷地可怜这位裁缝；他理解这个很不如意、苦闷终日的人，从他身上发出一种颤抖、模糊，但又十分熟悉的光亮。

"我很喜欢您！"他诚恳地对休金说，后者也同样朴实而恳切地答道：

"我也喜欢您。您知道，那天在迈马钦斯基家门口一见到您，我就看出来了，您站在那里，困惑地张望着。我心想，唉，真可怜……我知道，一个有知识的人处在这种不寻常的生活环境里有多不容易……"

这种始料未及的怜悯使斯马金感到好笑，他就这样怀着内心的微笑回到了家。

像通常那样，是泰西娅开的门，她在衬衫外面披了一件短皮袄，穿着一双沉甸甸的包着皮边的毡靴。

"对不起，总麻烦您，"他看了看她那睡眼惺忪的脸庞小声说。她回答的声音也是那么小：

"没什么。"

她闩好门以后，同他并排走着，叹息了一声。

"您该雇一个用人，"斯马金劝她说，随即在扶梯下站住脚，向她伸出一只手。她正敞开皮袄的前襟，因此没有看见他的手，淡漠地答道：

"我的那位不肯雇人！他说，瞧你有多壮，自己对付得了……"

"晚安。"

"谢谢，"那女人过了一会儿才回答。

斯马金脱去衣服往床上一躺，立刻被凝重的沉寂所包围。他觉得，自己仿佛躺在幽暗的湖底一样，身上压着暖融融的湖水。躺了约有半个小时之后他又跳将起来，点起了灯。夜色抖动一下扑向屋角，宛如一团团肮脏的棉絮，变得愈发浓重。

他不由想起不久前同赛德尔工程师的一席谈话。工程师瘦小枯干、皮肤黝黑，穿着一件棕色的瑞典皮上衣，他坐在沙发上盘着两条细腿，一根接一根地抽着名贵的纸烟，也像休金那样，如饥似渴、滔滔不绝地讲着，讲时面带沉思，声音嘶哑。

"旧俄罗斯文学完全正确，它把个人看作是注定要被整个俄国历史置于社会祭坛之上的最必要的牺牲品。您尽管可以不同意，但是俄国历史的全部哲理正在于此！这个可爱的，但深为不幸而又处于彻头彻尾无政府状态的国家，要求许多代人来为她进行忘我的工作。这项工作应该是持续不断的，因为我们生活在一块很不稳定的土地上，只消我们由于疲倦，或误认为我国知识分子业已做了他能做和该做的事而稍一停顿，这块土地就会把一整座胡夫金字塔[①]吞没。由于这种从社会公益心到无政府主义和社会虚无主义的不断摇摆，知识分子的紧张繁忙的生活便统统成了心力智慧之光的徒然耗费。"

他有些谢顶，鹰钩鼻子，眼珠的颜色深得活像两粒樱桃，身子笼罩在埃及烟草的甜滋滋的云雾中，不住地摇来摆去。他凝视着曲曲弯弯、盘旋缭绕的烟雾，似乎想把他那神经质的面容和惊悸不安的眼神隐藏在烟幕后面，同时用婴儿般的手指捋着黑黑的唇髭和尖尖的胡子，自言自语似的发着议论：

"工作，顽强的工作，自觉地接受西欧文化的形式和原则——这就是我们的任务。只有如此我们才能得救！这当然并不新鲜，但却常常被人遗忘。只要我们还活着，我们就不能在思想上摇摆于亚洲与欧洲之间。特别是最近几年，当我们的希望的钟摆日益偏向东方而不是西方的时候，我们就更须要摈弃这种极其有害的摇摆。"

[①] 胡夫金字塔：古埃及最大的金字塔，位于开罗近郊吉萨，约建于公元前二十七世纪，是世界最著名的古建筑之一。

他在沙发上忙乱地驱赶着烟雾,焦躁地高声说道:

"总要一再重复这类老生常谈委实太令人厌烦,太可怕了!俄罗斯人啊,你们真是个奇怪的民族!其他任何民族也没有你们这样可爱和有趣,同谁在一起也不像在你们中间这样艰难和徒劳无益,这真是悲剧!"

赛德尔说罢,跳下沙发,在室内快步踱着,并带着苦笑讲了起来:

"这里有一个任意妄为的家伙,一个姓迈马钦斯基的,是个痛风病患者,实际上是个畜生。我一再向他证明,他那片林子是非常好的林子,但是,如果他现在不立刻允许我治理他那块毗连我目前正在排水的地段的土地的话,过上两三年树林就要变成沼泽。他说:'不,我不准你在那儿干,不过,谢谢你预先提醒我马上就会遇上的倒霉事!'他说:'春天我要找个水利工程师,来确定一下你们的工程对我的财产所造成的威胁,只要我的林子里一进水,我就对你们那个部门提出起诉,要求赔偿损失。'我对他说,在他打官司的时候,他的林子就要泡到水里了,因为我们的工程进行的结果就会形成这样的地势条件,我指出,不渗水的地层是朝他那个地段倾斜的,他听了以后哈哈大笑!他说:'我是个法学家,我会证明我所拥有的权利,而且也有力量来维护它。'其实,并不是公家侵犯了他的权利,而是自然条件,它才不管什么法学家不法学家呢!再说,他算什么法学家?他纯粹是个无政府主义者!"

斯马金从床上站起身走近窗前;玻璃窗上涂着一层不甚透明的灰蒙蒙的东西,透过这层湿膜可以模糊地看见屋顶上的斑斑白雪。他转过脸来,在一面小圆镜里照见了自己那双忧心忡忡、微微眯着的明亮的灰眼睛。

"相貌平常,"他喃喃地说着,一面轻轻揪着淡褐色的胡子和掩在嘴上的唇髭,他那张嘴不大,嘴唇软绵绵的。

"凭这副相貌也未必会有什么非凡的作为,"他打着趣,但立即懊丧地对自己说:

"别出洋相了,朋友,躺下睡吧!"

他躺下来,熄了灯,但是睡不着。凝重如铁的沉寂使他气恼,这沉寂像死神那样好客,把所有的声音和生命的迹象统统都吞没掉了。

"哼,这有什么了不起?"斯马金不满地思量着,"平常得很……"

……一个农夫赶着一辆载满干草的马车走在泥泞的街道上,那马突然摔倒在地,产了马驹。农夫默默地卸着病马;将自己的帽子踩在泥泞和血泊里也未察觉。那马眼向上翻,粗声粗气地喘着,打着响鼻,它那双温驯的眼睛扑簌簌地流着泪,一根断辕顶住它的腰部,眼看就要把它的皮戳穿。浑身滑溜溜的马驹在大车的前轮下面一踹一踹地蹬着蹄子,脑袋碰着轮胎,脸上沾满了污泥,半睁半闭的眼睛一眨眨地流露着惊讶的神气。有二十来个男男女女还有孩子在一旁围观,他们在狠狠地骂着那个庄稼人:

"莽撞鬼,没看见套的是匹什么马吗?坏蛋。野蛮的家伙……真该揍他一顿……"

谁也不愿帮帮那个农夫,只是在斯马金替他从污泥里捡起帽子塞进干草里以后,才有一个老太婆撩起裙子,画了画十字向马驹俯下身去。

斯马金想起这些十分不快,但是县城的生活画面径自像漂在昏暗的河水上的彩虹一样,一幕幕浮现在他眼前。

……一个神态端庄的老磨刀工在磨刀,磨石的另一边站着一个棕色头发的小市民,他上身穿着一件大学生制服,戴一顶阔边呢帽,像个流浪乐师似的站在那里,在灰色的磨石上小心翼翼地磨着他那兽爪般的黑色指甲。

"留神,别把指甲蹭掉了,"磨刀工警告他,但是小市民用挖苦的口吻问道:

"怎么,你心疼磨刀石吗?"

他话音刚落便惊叫一声,难听地骂了一句,将一个手指擩到嘴里吮了吮,把血吐出来后喊道:

"你这是拿我开心呀!"

"上帝保佑……"

"胡扯,你是故意的……"

他伸出左手照着老人的脸上就是一下,老人晃了晃坐到了地上,小市民却一面吮着手指,吐着唾沫,一面直冲着斯马金走过来,瞧着他的脸,嘴里骂骂咧咧:

"恶鬼……"

……斯马金在上班的路上几乎每天都能碰到一个十岁左右,模样儿像个惹人讨厌的小虫子似的小姑娘。

"看在基督的分上行行好吧,"她神情漠然地低声说着。

她整个看上去都是那样灰暗、苍白、萎靡不振,但是在她那张瘦削的小脸上却炽烈地燃烧着一双并非儿童所应有的眼睛,显而易见,在这个小小的躯体内在不断滋长着一种野兽般的,对所有人的仇恨,这种仇恨谁也无法扑灭。

生活的碎片一段接一段地飘过,汇成一团色调单一的乌云;从这团乌云中,如同秋天的阴霾一样,慢慢地渗出一个骇人的结论:人们不仅很少意识到他们有着共同的社会利益,甚至不清楚他们之间还存在着动物的亲缘。大家相互敌视,但这不是那种由不同阶层之间的矛盾所引起的富有生气的敌对,也不是由于物质与精神的需求不断扩大而产生的敌意,这是一种人与人之间的僵死而愚蠢的互不信任,是那种精神贫乏、胆小如鼠、将个人安宁置于一切之上的人们的相互猜忌。

斯马金躺在床上,两手放在脑后,悻悻地来回翻着身,使他感到抑郁和气恼的是,这一阴暗的结论并不取决于他的意志,似乎自然而然就形成了。

为克服这种幻觉,使自己镇静下来,他再度追忆起赛德尔说的话,——工程师面带沉思、眼睛含笑、满怀深情地曼声说道:

"俄国人的旺盛的才能着实令人惊异!他那徒手取胜的能力是多么奇妙啊!他思想上愚昧,理论上无知,全凭他的猜测和他那神秘的机智行事。"——"但是,他白白地浪费了多少精力和时间啊!"斯马金指出。"这且不去说它。可是天哪,倘若这个民族能用欧洲的文化成果武装起来,凭着他的天赋条件,百年之内定会创造出奇迹的!"

斯马金本想反驳他,但是忍住了,——当一位在俄国最难生存,并处于最卑贱地位的犹太人,向他,一位俄国人,倾诉自己对俄国的真诚爱戴时予以反驳,是很不妥当的,因而也是荒唐的。

凌晨,窗外的夜色已呈朦胧的淡灰色,斯马金方始沉沉睡去,并做了一场噩梦:在一个带有拱形的天花板、半明半暗的房间里,一身修道士打扮、戴着一顶丝绒僧帽的科普捷夫手里拿着一把大梳子逼近他说:

"来吧,先生,让我给你梳梳头!"

斯马金顺从地坐在一张铺着毯子的板凳上,科普捷夫把他的脑袋从肩上取下放在自己的膝盖上,像端详西瓜似的看来看去,一面气呼呼地嘟囔道:

"慢着,等等,这不是我的脑袋吗!"

他用手一拍,把自己的脑袋连同僧帽一起拍了下来,随即把斯马金的脑袋安在自己的颈子上,双手的动作就像一名大司祭戴法冠时一样。

"你瞧见了吗?是我的!"

斯马金的无头躯干像空的一样轻飘飘的,他牢牢地抓住凳子,生怕身子会飞起来,但是他终究没能待住,竟然向上一蹿,肩头碰上了天花板。醉醺醺的休金出现了,他扯下大衣上的几枚钮扣,抛向四面八方,一面扯开嗓门唱道:

"播下理智、善良、永恒的种子……"

而后,斯马金躺在花园里湿漉漉的草地上,一只黄脑袋、黑身子的啄木鸟,紧贴着斯马金头顶上方的树干,用一只快活的棕色眼珠向下望着他问道:

"您懂了吗？"

泰西娅在园中走来走去，含着笑小声说道：

"壶已经开了，连壶盖都噗噗直响，我眼瞧着它挪不动……该起床了，到时候啦！"

斯马金睁开了眼睛，——房东站在他面前，关心地说：

"我来看看贵体如何？已经是中午了，可您房里还没动静。我寻思，兴许是中了煤气？您晚上怎么不把门锁上呀？"

"锁门干吗？"斯马金清醒过来以后问。

"是这样……锁上门睡得踏实。"

他从房间里走出去，在门口摸着铁挂钩说：

"门插关儿挺结实的……"

斯马金开始穿着衣服，只觉噩梦过后，自己就像病了一场。

过了几天，斯马金去上班时遇见了那个讨饭的小姑娘，她默默地向他伸过来一只红红的小手，在得到一个铜板之后，用伤了风的喉咙气哼哼地大声说道：

"妈妈吩咐我领你去。"

"领我去哪儿？"他惊讶地问道。

"去她那儿。"

他瞧瞧她那饥饿的面容和那双破鞋。

"你妈妈是什么人？"

"本地的一个娘儿们。"

"她是干什么的？"

"在生病，"小姑娘来回倒着脚郁郁地答道，随即又加了一句："喝酒喝的。"

"咳呀，瞧你这副神气，"斯马金将手放在她肩上伤心地说，但是她立即摆脱掉他的手，粗鲁地问道：

"你去不去呀？"

"你们住得远吗?"

"拐过弯去就是。"

"走吧,你怎么这样气虎虎的?"

小姑娘边走边瞅了瞅他的眼睛,也提了个问题:

"你不是本地人?"

"不是,怎么?"

她加快了脚步。他们走进一座旧屋前的院落,屋子已向左倾斜,随后,斯马金来到一个昏暗、简陋的房间,炉子的一角和两个充当柜橱的抽屉把它同厨房隔开来。在窗户下面的地板上,背靠墙壁坐着一个披头散发、衣衫褴褛、打着赤脚的瘦弱女人,她的一只手在膝上放着,以痛苦而紧张的声音说:

"领来了吗?"

她困难地往旁边一歪,两手撑着地板试图站起来,结果,无望地跪在那里说:

"先生,您是住在科普捷夫家的吧?看在耶稣基督的分上,请您告诉他,——我是他的侄女,我女儿是他的侄孙女,——您就这么对他说,我快要死了!我瞎了,勉勉强强能看得见一点东西,您是位好心肠的先生,常给我小女儿一些施舍,所以我就让她弄清您是什么人?我受惩罚没关系!可女儿并没有罪。科普捷夫没有孩子,兴许会收留她……"

她以深沉的漠然态度吃力地讲着,显然,她并不十分重视自己的话,认为人家未必会相信她。从她身上散发出一股霉烂物、伏特加和洋姜的气味。在她周围,在这个晦暗、狭窄的斗室里不知怎么显得格外肮脏,脏得触目惊心,而她自己就像一个瘦骨架子突出在各种肮脏物之中,她用暗淡无光的眼睛凝视着斯马金的双脚。斯马金转过身看了看那个女孩,只见她脱掉鞋子,用手又搓脚跟又揪脚指,好像要把它们拧下来似的。

"我告诉他,"他答应着,伸手向她递过一些钱去。她没看见他的手,眼睛仍旧一动不动。

"给钱呢,接住呀!"女孩声音不高地说。

"基督保佑您!"

那女人用一只颤巍巍的手接过对她的施舍,像瞎子通常所做的那样,用手指触摸着硬币。

"拉娅,搓一点洋姜来,"她要求着。

"您要洋姜干吗?"斯马金问。

"治眼睛,敷一敷,"女人淡漠地解释说,女孩脚后跟碰着地板,皱着眉,也是那样淡漠地说道:

"没有洋姜了……"

斯马金走了;母女俩都没再说一句话。斯马金曾目睹过不少贫穷的景象,而且也不是个禀性柔弱的人,但是这一回,他才初次体验到对贫穷的憎恶,以及面对如此猖獗的贫困时所产生的痛苦与隐怒。

傍晚,斯马金向科普捷夫讲到了后者的侄女和侄孙女的情况,并且竭力讲得心平气和而具有说服力;房东用手指在桌上轻轻地敲着鼓点儿,一声不响地听着;泰西娅听时眼睛里含有恐惧,并且小心谨慎地叹着气;每叹息一声,都要偷偷看看丈夫的脸色,后者却是那样令人莫测的平静,他坐在那儿专心致志地观察着自己手指的动作。

"就要死了吗?"斯马金讲完以后,他说。"这没什么,对于这类情况,一般都称之为:狗有狗的下场!可我不这么说。不该咱们来说。死就让她死好喽……"

他想了想,眉毛一挑一挑地又讲了起来,讲得十分流畅,而且似乎故意要讲得刁钻古怪:

"出自对您的尊敬,巴维尔·尼古拉耶维奇先生,我必须向您详细讲讲,因为我不希望一位来日方长、年轻而又有学识的人对我产生不正确的看法……"

他喉咙里咯咯地响了两声,轻咳了一下,朝着门口点着头对妻子说:

"出去！"

"您对您的夫人真够严厉的，"泰西娅躲进厨房以后，斯马金说，科普捷夫动了动眉毛，一面抽动和缩紧他那干瘦有力的身体，一面接着说了下去：

"此外，作为比您年长的人，我看到，您对生活的底蕴还不甚了了，您还不知道它的主要支柱是什么；您总是根据书本儿来想事论事，我们可是按照英明的古老风尚过日子的，依靠这种风尚千百年来整个的生活都过得顺顺当当。毫无疑问，过上很久很久，比起新的生活秩序来，您的思想兴许也会过时，但是目前，这些新秩序还没到咱们这儿，所以还是要按咱们这一套过日子。"

主人不慌不忙的讲着，声音越来越低。这格外引起斯马金的注意，他觉得，似乎到现在才弄明白，科普捷夫竟会讲得如此圆通和顺理成章，竟会如此灵巧而娴熟地运用自己的嗓音。

"当然，可以不等房子用到头，就把它拆掉，不过这只是在有材料盖新屋的时候才是对的，可是要知道，你们这些生活新手，并没有拿出盖新房的材料来……"

"为此，还需要时间，"斯马金指出。

科普捷夫谨慎地小声笑了笑：

"嘿嘿！怎么能允许这样呢——拆吧，可同时却不知道拿什么材料来盖新的。当家做主就应该什么事都有个算计。不错，是当众干的：想出了一个杜马，可思来想去，什么正经事都没想出来①……"

他冷笑几声之后，不知在听什么，仔细谛听了一会儿，随后提高嗓门，马上厉声说道：

"塔季娅娜的事是这样的。我的兄弟，她的父亲萨韦利，像常言说的，从小就显得没出息，总爱胡思乱想，总是'怎样呀，什么呀，干吗呀？'问这问那的。这样就产生了所有其他的毛病：人变懒了，喝酒、猜

---

① 杜马，旧俄时代的议会，与"思维、思想"(дума)同字同音；此处仍为科普捷夫的文字游戏。

字面儿①、打牌,什么都来。我们的父亲去世得很早,我是老大。萨韦利凑凑合合混到服兵役的年龄,可是从团队里回来以后比先前更坏。在他东游西逛的时候,我一直在干活儿。他一回来就嚷着要分家,而且要求对半儿分。打了场官司;当然是我有理,他拿到判给他的那份产业以后,马上娶了亲,挥霍了起来:他那儿整天大吃大喝。第三年上,他喝醉以后在我们这儿水深、坑多的瓦塔尔卡什河里洗澡时淹死了,于是就撇下了他的穷老婆,还有就是这个塔尼卡。"

科普捷夫又侧耳听了听,悄悄站起来,踮着脚走到了厨房门口,随即猛地打开门,怒气冲冲地喊道:

"你没事坐在这儿干吗?你听什么?"

他回到桌旁时说:

"婆娘们因为心善,"他特别强调"因为心善"这几个字,"搞不懂这类事情。"

斯马金好奇地瞧了瞧他,突然想:

"他对妻子越来越粗鲁,是不是在逗弄我呢?干吗要逗我呢?很像是在逗弄……"

"嗯,就是这样,他的老婆很快也跟着他进了棺材;是病死的,当然,她本来就不结实。她死后留下塔季娅娜才四岁,我自然是把她收养了下来,我把她一直宠爱了十三年。她的身子骨儿像她妈妈,脾气像她爸爸;我寻思了一阵就让她读书识字去了,我想,也许她将来能成为一个教区小学的女教员。她很文静,模样儿不错,信神又很虔诚,学得也好,当时还没有发现她有什么不规矩的地方。可忽然有个教堂的助祭常常偷偷摸摸地到我们家来,他叫亚什卡·季霍烈茨基,是个有妇之夫;会弹吉他,眼睛总这么斜来斜去的,穷得分文没有,可是整天嘻嘻哈哈。他也会读书,常给她一些本本儿,可读书识字就像病一样,让人们彼此都觉得很有趣儿;那些痨病鬼也总是你问我,我问你的;您

---

① 猜测硬币哪一面有字的赌博。

513

过得怎么样啊,有什么感觉?"

科普捷夫脸上的表情变化多端,时而带着嘲讽,时而又故意作出一副苦闷的样子,可是声音始终都很平稳,如同机锯一样,只是偶尔在所锯的树杈上吱地尖叫一声。他不时地把斯马金迅速地瞅上一眼,颤动着睫毛,眼睛里闪烁着金色的火花;斯马金一面听着在这一片静谧中犹如溪水般的潺潺的语流,一面在想:他所看见过的那个女人与科普捷夫现在所讲的是多么惊人的迥然不同。

科普捷夫继续讲着,讲得声音更低,他双眉紧皱,似乎浑身的毛发都根根竖起了似的:

"肉欲的问题当然是一种复杂的,不完全清楚的事情。照上帝的说法,肉欲到死都是精神的牢狱,可按魔鬼的说法,生活的主要乐趣都是从它那儿来的!另外,它本该随着死亡毁灭和消失,但是很多人的例子都说明,它是会死灰复燃的。这种事很难追根问底。这里边儿有神的秘密,就像咱们在圣徒传里读到的一样,是为了考验精神强大的人的;咱们不是能议论这种事情的人。各式各样类似亚什卡那样的人只知道空谈,所以注定要过那种犯忌讳的生活;我们是知道的,为了克服肉欲,规定的有斋戒、祷告;宗教婚姻是对抗淫乱行为的铜墙铁壁。甚至你们中间也有人,像托尔斯泰伯爵一样,反对女色,但是我认为,这只不过是这位有自由思想的老爷的过激行为。大主教倒是不结婚,而且是生活在世俗中的,可是,也不能让大家都去当主教呀。当然,什么都得有个一定之规,什么都得有个禁忌。菲诺格诺夫讲的那一套是对的。不能让一头良种猎犬配一头看门狗,否则生出的狗崽简直不知是什么玩意儿,良种就没了!没有任何法律约束的父母生下的孩子就是这种混杂的血统。您最好请教一下菲诺格诺夫,让他给您解释一下贵族这个词是什么意思……"

科普捷夫忽然满脸充血,涨得通红,甚至耳朵也绷得很紧,脖子也变粗了,就仿佛他的体内有什么东西崩裂了似的。他贪馋地喝了一杯克瓦斯,闷声闷气、前言不搭后语地说了下去,激动得无法自已。

"她和亚什卡厮混上了,可这里什么事情都瞒不住,人们的活动就像在玻璃罩子里一样。我一再盘问她,她对我撒谎。我把她关进贮藏室,上了锁,可她竟能设法逃出去,我曾经用过一个聋老婆子当下人,还有个看门的,都没有看住!忽然城里到处传着一个谣言,似乎我,斯捷潘·科普捷夫……"

他嘭地一声捶了一下自己的胸脯,尖声叫道:

"我破坏了她的贞操,而且在她同亚什卡干了丑事以后我占有了她,似乎她躺在那儿睡觉的时候,我就像接生婆似的,把她的周身都看了个遍!全城的人都在笑,汪汪地乱吠,上街都不行,简直想一头扎进河里!哼,这种事是不可饶恕的……"

他差点没喘过气来,一下子变得很老;他皱皱眉,急匆匆地说道:

"不可饶恕,不能!有人教唆她控告我糟蹋她——怎么糟蹋她了?我抓住她的辫子晃了晃,把她赶到了街上……"

他满头冒汗,胡子簌簌发抖,牙齿咯咯地响着,——他逐渐振作了起来,搓搓膝盖,好像打算从桌子上跳过去。

"后来,谢天谢地,及时来了一九〇五年,一切都沸腾起来了,围着我的污泥浊水也都在这场大火里烤干了。就是这么回事!"他讲完以后站起来,全身抖了抖,像是在摆脱什么;而后,穿过整个房间走到门口,从那边用一个手指威吓着斯马金,又说了一遍:

"这种事是不可饶恕的!她就要死了吗?我情愿自己出钱埋掉她,也不愿把她留在世上。我有这样的权利!"

他说罢,用手向空中劈了一下,斯马金感到很沮丧。他并没有去想,房东这番话里有多少真理,多少谎言,因为不管这个真理属谁,它都像是一只肮脏的、强有力的手,扼得他喘不过气来。他觉得,似乎科普捷夫让他看到了一片杂草丛生的田野,一片难以翻耕和无人翻耕的荒原。

"事情的经过真惨,"他喃喃地说道。再多已无话可说,再说也是于事无补的了。

科普捷夫全身抖得非常厉害。

"是啊,"他靠着炉壁很不自然地曼声说道,"那个东西像臭虫一样从所有缝隙里爬了出来,就是那个——你们把它叫作什么来着?生活里没有个坚强堡垒,人们就会土崩瓦解。"

斯马金默默地站起身回阁楼去了,他觉得自己像是中了煤气……他所获得的大量印象,如同皮癣一样,使他痒得钻心,烦躁不安,坐卧不宁。生活在他面前一页又一页地展示出来,每一页上都纵横交错地布满了旧事物的不祥印记。

像一切具有和他同类思想感情的人一样,他认为这种旧事物是虚弱的,似乎是轻而易举即可排除掉的;生活的新形式一旦形成,所有邪恶、腐朽、有毒的东西就会被镇压下去和消灭掉。但是现在,想到他的所见所闻,他不由地询问自己:

"在这里,新的形式将何以落足呢,那种像磁石一样,可以将一切富于人性、健康而美好的事物吸引过来的牢固的精神轴心又在哪里?"

他觉得,似乎旧事物只是表层在腐烂,而它的根须却在土内埋得很深,并且在不断地萌发着新芽。这些新芽只是在那些生活步伐迅速,生活的矛盾冲突激化的地方才能枯萎,但即使是在那些地方,在它们腐烂时也还在形成一层层某种亚洲式的感情和观念。在一定时期之内这层东西并不明显,像是死的,但是每当生活进程有所减缓的时候,在这未曾根除的旧事物的沃土中即会滋生出大量畏葸的思想、怯弱的感情,以及专横霸道和东方式的残忍。斯马金开始认为,正是这类思想感情才能用以说明近几年来的所有悲剧:大批变节行为和凶残暴行、具有淫荡秽行性质的性的狂热、自杀的传染病,以及从运动转向苟安的机械性的普遍倒退等。他回想起,他的同志以及他所信赖过的一些人多么离奇而迅速地变化着;那些曾经宣传过要以积极态度对待生活的人怎样成为麻木不仁的悲观主义者,而那种对于社会问题的炽烈兴趣,又怎样被猖獗的社会虚无主义和对生活中的伟大事业所持的东方式的冷漠态度所取代。

但是,在那些巨大的中心城市里停滞现象不可能持久,也不那么危险,因为那里的生活本身就包含有趋向不断成长的潜在力量,那里经常转动着资本的钢磨,那里随时都有对于美好事物的向往,像旋风一样拔地而起。

可是在这附着于地球上的千千万万个自古以来就停滞不前的地方;在这些被惧怕现实的铁壁所包围、充满了对未来的怀疑的地方;在这些被生活遗忘,而生活于其中的人们已失去自信的城市里;在这些腐朽的地方,生活的反抗将长期得不到抑制。

"我们将要建立自己的城市,"他想起了房东的夸耀,于是便想,科普捷夫这类顽固的残暴之徒,大司祭阿瓦库姆[①]一类的人物,将会长久地反抗新的风尚,并且有的是反抗的手段:他们像石头一样富于耐性。

三月初,科普捷夫埋葬了自己的侄女。这一天天气很坏,街上寒风呼啸,鹅毛大雪随风飞舞。科普捷夫用头巾将耳朵扎起来,跟在拉着漆成赭石色的棺木的雪橇后面,摇晃着脑袋,用帽子拍掉肩上一片片肩章似的积雪,对斯马金说:

"这个至少要费我两张红票子,可是我并不吝惜!"

斯马金来送葬是想看看科普捷夫和那个小姑娘的举动;小姑娘坐在雪橇上棺木的脚头,裹着妈妈的破烂衣服,浑身都糊满了雪。一个高大的黑胡子车夫在橇旁迈着大步,斯马金和房东走在雪橇后面,踩着无声无息沸腾着的皑皑白雪。

车夫和两个看守人将棺木抬到了墓穴旁边。斯马金手拉着女孩嘟囔着:

"您干吗要把她带来?"

"不这样怎么办?"科普捷夫惊讶地说。"死的是她母亲,而不是一只猫。"

墓穴中几乎积了半坑雪。科普捷夫往里面张望了一下,皱皱

[①] 阿·彼得罗维奇(1621—1682),大司祭,俄国旧教派的卫护者,反对宗教改革。

眉,说:

"该把雪挖出来,不过,反正都一样!赖卡,你怎么不祷告啊?"

女孩瞧了瞧他,把嘴唇上的雪舔去,用肮脏的小爪子画了个十字,又瞧了瞧他那表情生动、几乎是喜气洋洋的脸。"扔土,"他命令道,在土块敲打着棺木时,他叹息一声说道:

"这就是咱们的一生!可咱们还在吵嘴、抬杠、相互妨碍……"

从墓地上回来时,他面色阴郁、心事重重地重复着:

"不应该互相妨碍,对于这一点都有法律规定。可她,死去的这个女人,就找了我好多麻烦?要不是她,嘿,我早就飞黄腾达了!可是我刚刚张开翅膀,啪的一声!就像挨了一枪。亚什卡在报上如此这般地写了我一通儿,说,瞧,这就是那些爱国志士们的主席……狗崽子!"

"可您不是说过,您离开那个同盟是由于其他的原因吗?"斯马金提醒他说。

"我离开的原因多着哪!"科普捷夫结结巴巴地说着,斜眼打量着那个女孩。

"坐上去,赖卡,"走出围墙以后他吩咐她,随后,他咳了一声也重重地坐上了雪橇。

"您把她带到哪儿去?"斯马金问。

"此地有个老太婆,菲诺格诺夫的熟人……您回家吗?我也马上就到!走吧!挪一挪,赖卡……"

雪橇滑行而去,渐渐消失在风雪之中。斯马金静静地走向白雾迷漫,隐约可见的街道。他边走边想,这一切有多么简单,简单得多么令人难受。他曾经看望过两三次科普捷夫的侄女。对他稍稍熟悉一些之后,她曾鼓起勇气,用痛苦而嘶哑的声音向他谈到自己的经历,并一再地说:

"当然,是我不好……"

从她那艰涩的叙述中斯马金了解到,这个人一度有过某种信仰和某种向往,但是像一个青蛙似的,遭到了践踏。

"您有什么过失呢?"他问她。

她闭起自己失明的双目回答说:

"可不是吗,当然是我的过错。"

关于女儿她什么也没有说,也没向斯马金请求过什么;小姑娘也不吭声,像一个哑巴;她似乎只会说:

"施舍施舍吧,看在耶稣基督的分上!"

斯马金在通往自己房间的扶梯上遇见了手里拿着扫帚和抹布的泰西娅。

"埋啦?"她问。

"是的,您怎么没去?"

"他不让去,"那女人微笑着答道。"老天爷,您身上有多少雪呀!"

泰西娅用她擦拭灰尘的抹布为他掸着大衣上的雪。

"谢谢,"他说着经过她身边向上走去,她用胯股碰了他一下。

一个时期以来,斯马金察觉到,他对这个温顺而缄默的人发生了兴趣,不是作为一个女人,——他要自己相信,——而是作为一个他从未见过和他所不理解的人。

她就像盛在一只巨大而美丽的器皿中的油液那样平静,她对于丈夫竟是如此奇特的言听计从,总是像狗那样,瞧着他的眼色,注意窥伺着主人的意愿。这种驯顺的目光使斯马金感到懊丧。他觉得这女人很像他看到过的一幅德国画家所作的画,——画中是一个站在井边的女奴,但是有时透过她的驯服和缄默,斯马金感到她有一种自恃有能力控制丈夫的自信,——在房东因为什么家务没有搞好而骂她时,她不动声色,不顶嘴,也不表示怕他,在这种时刻她似乎比丈夫站得更高。

当她做着女红抬起头来,温存的眼睛微微带着笑意,一面谛听着谁也没听见的某种声音,一面透过窗上的玻璃凝望空阔的灰色天空时,——那副神态让人看了着实感到愉快。

有一次,斯马金下楼吃晚茶时,正值女主人一个人在:科普捷夫感到不适,正在厨房的炉炕上睡着,她坐在桌旁丈夫的位置上,背对窗户,面向房门,双手托腮,脸上带着欢悦的笑容。

"想什么想得这么出神?"斯马金问。

她很乐意地轻声答道:

"没什么。有时候自己也不知道想些什么。"

"您过得不寂寞吗?"

她非常好看地弯着颈子,望着厨房门仔细听了听,清清楚楚地说道:

"当然啦,要是他更年轻,更快活些就好了!"

"喔哟!"斯马金暗暗惊呼一声,但立刻生起自己的气来,她却一面给他倒茶,一面继续说道:

"哪个女人都想让年轻人爱她。当然不是总想这个,可是也想这个。"

她笑着瞧了他一眼,问道:

"想一想不算罪过吧?"

"要是有人知道你的邪念,"她自己回答自己,"如果有人受到你的邪念的诱惑,那才算罪过,可是咱们的念头谁能知道呢?"

斯马金觉得,他不能,也不会维持这种谈话,所以难为情地缄口不言。

这次谈话之后,他感到,女主人看他时目光似乎更亲切了些,甚至似乎在同他调情,但是他挖苦自己一通儿,打断了这个想法:

"巴维尔,这是丰厚的肉食和面食在你身上起的作用。"

泰西娅没有文化,但是有时在他同科普捷夫争论的时候,她是那样专注地听着他讲,以至他不禁希望:

"但愿这个美人的理智能够觉醒!"

一个早晨,他打开房门,只见女主人正对着耳窗站在那里晾晒洗过的衣服;她向上伸着双臂,他看见了她那裸露到肩部的右臂和腋下

黑黑的一块,他不好意思地关上了房门,但过了一分钟,房门被打开了,女主人站在门口,像镶在一副镜框里似的,微笑着说:

"您怎么不去喝茶?我的那位已经喝过茶进城去了。"

"您真漂亮,"他赞叹道,用眼睛爱抚着她,她表示同意:

"据说,挺漂亮!"

他们默默地相互对视了几秒钟,后来,她不慌不忙地把门关上了,斯马金在镜子前面梳着头暗想:

"要是另外一个人处在我的位置上会爱上她的!"

他下得楼来,看见泰西娅两手放在颈后,咬着嘴唇,站立在房间中央。像通常那样,她早晨不穿外衣,只穿一件无领的粗麻布内衫,颈子周围系一根绦带,布裙上面罩着围裙。她说话时没把手臂放下:

"您睡得真久!"

"我睡着得晚,"他解释说,一面稍有点舍不得地把眼睛从她身上移开。

"您老是在读书吧?"她轻声问道。"可我爱睡觉,爱做梦。有时梦见自己很幸福。"

她叹口气,向斯马金椅子后面走去,站在了窗前。他觉得泰西娅正在看着他,这使他既感到愉快,又感到心神不宁。

"又忘了浇花了,"她突然说了一句,慢慢地向厨房走去。

"她感到寂寞,想同我谈谈,可是我不会,"斯马金企图向自己说明些什么,但是什么也没有说明。科普捷夫明显地改变了对他的态度,过去他喜欢挑逗他,竭力想惹他来争论。但是在这种改变态度的背后,斯马金感觉到,房东对他怀着一种强烈而不安的关注;现在科普捷夫讲起话来比较冷淡、审慎,似乎害怕房客。

"您不在报纸上写文章吗?"一次他完全出人意料地问道。

"不,过去写过一点儿。"

"可毕竟是写过……"

他不止一次地想要谈女人,一再盘问斯马金:

"您怎么这样过日子,像个和尚似的,嗯?我们这儿有这样的娘儿们……"

斯马金常常回避这个话题,而且看得出,这使房东感到诧异,甚至有些见怪。

"这是尘世上的,人人都有的事情,"他颤动着眉毛嘟嘟囔囔地说。

斯马金有时晚上到裁缝那里去,裁缝总是摊开长长的双臂,发着牢骚:

"您知道,我喝酒喝上瘾了!除去犹太神秘哲学,找不到任何安慰。在风琴上弹不出什么快活的东西来,只能弹些《不许玛莎到河那边》①和《命运啊,你是我的命运吗》②这一类歌子。笃信宗教的乐器,见它的鬼去吧!我读完了您推荐的《战争与和平》。"

"怎么样?"

裁缝带着歉意笑了笑:

"不知道您怎么看,但是在我看来,还是《堂吉诃德》比较好些!您知道,"他想了想,解释说,"堂吉诃德身上更富于人性;滑稽可笑,甚至似乎呆傻,但是很有人性。那个桑丘,还有骑士本人都离人比较近,可这本《战争与和平》,尽管它是本俄国书,但是人似乎比较靠后……处在前面的是思想……"

休金更加衣冠不整和烦躁不安,灰色的两颊和鼻子附近都出现了一些红红的血丝,眼睛含笑时总带有疚歉和惊悸不安的神气。

"我有点事儿,想同你商议商议,"他开了几次头,但是没讲完便又岔到他心爱的话题上,谈起县城的生活来了。

斯马金明白,裁缝心里产生了另一种感情,即爱上了谁,这种感情在他那双和善的眼睛里熊熊燃烧,看得十分明显。

"要结婚了吗?"他问。

"不完全是,"裁缝喜气洋洋地说着,不知为什么把衬衫领子也解

---

① 俄罗斯东北部民歌。
② 弗·克列斯托夫斯基的诗,后来成为普遍传唱的民歌。

开了。

"是爱上了谁吧?"

"正是这么回事!我被打动了……有这么个情况。"他往斯马金跟前凑了凑,望着后者的脸,那眼神,就像一条狗过厌了没主的日子似的。"劳您驾,跟我一起去一趟,您知道,就是那种俱乐部似的地方,不过又不完全是。常在那里聚会的是两性青年,有些类似乡下的晚间聚会……"

斯马金很乐意地答应了,他很想做件让裁缝高兴的事,同时也很想看看在米亚姆林城"两性青年"是怎样娱乐的。

于是他就这样,在天气变化无常的三月的昏黑夜晚,顺着县城弯弯曲曲的小巷,经过一幢幢窗户紧闭、鸦雀无声、死一样沉寂的房屋大踏步地走着。在一些大门后面听得见唔唔呶呶的,狗在发威的声音,有几只猫儿在屋顶上拼命地叫喊;空中的月亮,如同一个金色的球儿似的在飞云中滚动,投下片片阴影。一道道篱笆和围栅长长地伸展开去,在它们后面竖立着一把把大扫帚般的树木,在阴影压制下的屋宇,好像时而从地上爬起来,时而又躺下了似的。

"小心点儿,"休金手里拿着两个纸包走在前面,边走边提醒。

斯马金有一种奇怪的感觉:他似乎正走在茔地上寻找某人的坟墓一样。

"其实,这连个住家都不是,而是过去的一间浴棚,"休金神秘地讲着。"房子都烧啦。本来是一个商人的一大片家产,但是全家人碰巧都死了,这个地方就拨给县城来办救济慈善事业。事情还没有顾得办,就着了火。幸存的这间浴棚就交给了一个女人,她仗着她穷,就在这儿举办这些娱乐晚会。她实际上是这儿看守土地的。往这边走!"

他们穿过篱笆上的一个豁口来到一片空地;空地上有一座半坍的炉子,烟囱已经折断,从一堆堆垃圾中横七竖八地伸出一些烧焦了的椽子、柱子。

"本来炉子还在,都让人扒光了,"裁缝一本正经地解释着。"当心点儿,这儿到处都是坑！人们在这儿大偷一气,偷得很出色,这些人干这一行很卖力！"

空场尽头,在几簇树木中间立着一幢黑魆魆的茅屋;从茅屋护窗板的缝隙里射出几束金黄色的光亮,像几根支撑在地上的长矛一样;茅屋恰似一台水磨,喧声不止。

他们打开前室的门,走进一个长长的房间;前室里点着一盏小洋铁灯,房间的前角摇曳着一团黄色的灯光,灯下的桌子上放着一个裹着一团蒸汽的大茶炊。茶炊后面坐着一个胸部扁平、穿着红上衣的女人,她的左右两侧是两个青年女子;一个胖胖的、黑眼睛,像是个牧师的女儿;另一个稍瘦,亚麻色的头发,脸庞儿气鼓鼓的。

"玛莎没来吗?"休金诧异和惊惶不安地喊了一声,一面同从炉子后面探出头来的一位脸上刮得光光的先生打着招呼。

"请来认识一下:根科夫,叶戈尔。"

"格奥尔吉,"光脸先生用低音说道,紧紧地握了握休金的手指。

"这是我们的音乐家。这是殷勤的女主人,普拉斯科维亚·谢苗诺芙娜,"他忙不迭地向斯马金作着介绍;他称呼那个胖姑娘帕莎,管瘦些的叫斯捷帕;她俩都是默不作声地向各人点点头,随即悄悄地耳语了起来。

"米申卡今天来不了啦,警察局把他关起来,"女主人说。

"我太高兴啦!"休金欢呼了一声,立刻向斯马金解释道:"他是我的对头,完全是个野人,爱打架,熏鸡蛋连皮一块儿吃。"

"可你就不能!"从放着床铺的那个角落里传出一个清脆的声音。

裁缝小声对斯马金说:

"市长的儿子,阿廖沙·博戈莫洛夫……"

在床上倚着几个枕头半躺着一个十七岁左右、淡色头发的小伙子。他那张圆乎乎的好看的脸庞像是画在白枕套上的一样,不过作画者在这个青年的美貌中过分地突出了他那柔媚和敏感的气质。

"你干吗总盯着人家,"博戈莫洛夫对裁缝说。"你试试把鸡蛋连皮吃掉,你就不能!"

"我是不能,"休金表示同意。"不是每个人都能当猪猡……"

"潘卡①,到这儿来,"小伙子喊了一声,女主人压低了声音对斯马金解释说:

"阿列克谢·谢苗诺维奇这会儿的心绪不好,他的脑袋疼……"

房门忽然敞开,门口出现了一个眯着眼睛、吉卜赛女郎模样的女人,她身量不高,体态匀称,穿着一件十分服帖的黑色裙衣。

"这就是她!"休金高兴地喊道。

"你好,傻瓜,"那个女人向他打着招呼,把头巾一摘便扔到了角落里的什么地方。

"这就是巴维尔·尼古拉耶维奇,"裁缝搓了搓手,作了介绍。

她以品评的目光把斯马金上下打量了一番,问道:

"这位巴维尔有何见长?"

大家都笑了,她却咬着朱唇走到镜子跟前,整理起她那蓬乱的深色头发来。

休金也精神抖擞地把他那一绺绺竖起的灰发弄得松松的,但是瞅了瞅斯马金,羞得满脸通红。

这里的一切都使人感到无聊和别扭。那个手风琴手坐在炉旁昏暗的角落里轻轻地演奏着《妈妈宠我,爱我》,那个小伙子像猪似的哼哼唧唧地在床上胡乱折腾,帕莎姑娘轻声尖叫着哀求道:

"列涅奇卡②,您别拧我!您这是怎么啦?"

休金显然是想施展和表现一下自己的豪放;他响亮地咳了两声,命令女主人把两包酒菜打开,随后,用肘部和肩膀碰了碰总像是在生气的斯捷帕姑娘,但是他想起了斯马金,便负疚地朝斯马金脸上瞅了几眼,发着窘,不以为然地摇了摇脑袋。这使斯马金感到气恼,他竭力不再理睬裁缝。

---

① 帕莎的昵称。
② 阿列克谢的昵称。

"帕莎,"休金请求道,"唱个歌儿吧!好吗,斯捷帕?"

"可以,"面带怒容的姑娘说,同时用她那两只斜眼打量了一下斯马金。

"我就在这儿唱,"帕莎高声说道,于是她们便分作两部、拖长声音、十分和谐地唱了起来:

> 我无言地望着黑色披肩,
> 悲伤折磨着我冰冷的心田……①

唱过两句以后,帕莎住了口,斯捷帕则将两只眼珠斗在一起,用低音郁郁地唱道:

> 当我是那样轻信的时候……

"哎哟,"帕莎尖叫一声,就像有人用刀子扎了她;她透过牙缝咝地吸了口气,并吃惊地呻吟起来:

"妈呀,他可把我……"

休金的女友把茶杯往桌上一放,用手帕擦了擦嘴唇,不慌不忙地走到那个年轻小伙子跟前,抓住他的头发,摇撼着说:

"不许胡闹,不许胡闹……"

小伙子双脚乱蹬,两只拳头往空中杵来杵去,竭力想打到她,一边喊叫着:

"放开!"

但是她灵巧地躲闪着,用右手挡开他那胡乱挥动的双手,仍旧在教训着他:

"我们不是你这个狗崽子的母狗、洋娃娃和玩意儿!"

---

① 引自抒情歌曲《黑色披肩》(普希金诗,А·Н·韦尔斯托夫斯基曲),但引文不确切。

大家都在谨慎地笑着,女主人也在苦笑,但是眼睛却惶惶不安地转来转去,不时地扫视斯马金一下,休金却兴奋地小声对他说:

"真有点性格,是不是?"

"这种娱乐的法子可真怪,"斯马金低声说着,勉强按捺住要离开的念头。

"会快快活活地玩一玩的!"裁缝很有信心地担保着。

床上的厮斗结束了。博戈莫洛夫在哭鼻子,帕莎和玛丽亚则在抚慰他:

"真不害臊,还哭呢!"

"我闹着玩的,可她……"

"谁打人就揍谁,"玛丽亚一面把他的鬈发理齐,一面用教训的口吻说。

房间里有一股煤炭的气味。圆木砌成的墙壁由于深深吃进去的烟炱已成了黑的,填在圆木间槽沟里的沥青、麻刀都翘了出来;天花板油亮油亮,仿佛漆了一层油漆,新地板是黄橙橙的,又光又平。

那个年轻小伙从床上跳下来,走到镜子跟前用一把白色的小梳子梳着他那头神气活现的鬈发。

"玛什卡,你真粗暴,"他一面搔首弄姿,摇晃着他那由两条裹着黑色散腿裤子的细腿支撑着的身子,一面责备她。他身材细弱,胸脯很窄,一件天蓝色的绸衫挂在他那尖削的肩膀上晃晃荡荡,着实难看,他就像一个下等酒馆里的跳舞卖艺的。

斯捷帕在斯马金身旁坐下来,用肘部捅捅他,疑问地望望他的眼睛;之后他问帕莎:

"您再唱一个好吗?"

"可以。您喜欢什么歌,城里的?"

"乡下的。"

"我们不会唱乡下的,只会唱新歌。"

"可您开头唱的那首歌眼看就要上百年了。"

"您胡说,"她直截了当地说。"这首歌是人们在我记事时开始唱的,可我总共才二十二岁……"

玛丽亚坐在休金的膝上,搂着他的细脖子,问斯马金:

"寂寞吗,老爷?"

"不,"他客客气气地撒了个谎。

她用手把休金竖立着的头发弄得松松的,说:

"我也不喜欢那些老歌,歌里好多东西尽是瞎扯,还总是哼呀咳的……"

她皱起眉头闭上眼睛,用浓重的鼻音唱道:

灰色的小鸽子啊,它在呻吟,
日日夜夜啊,放着悲声……①

"您扭下它的脖子,它就不呻吟了!我们都是些英雄女子,我们喜欢下诺夫戈罗德城的歌曲,从集市上来的。小鸽子早就从我们的歌儿里飞走了,歌里只剩下了真理。叶戈尔,把琴拉起来……"

玛丽亚从休金膝上跳起来站在房中央,昂着头、叉着腰,在不甚响亮的琴声伴奏下唱了起来:

我已经忘记,我何时曾是少女,
从十岁开始,我便辗转在他人之手,颠沛流离……②

那两个姑娘和博戈莫洛夫也和了上去:

随便同什么人接吻,在白天,在夜里……

---

① 当时流行的抒情歌曲,И·德米特里耶夫词,Ф·杜比扬斯基曲。
② 用 Е·格列比翁卡的歌曲的旧调改编的新歌。

"哎嗨,"休金用高音唱道:

> 顺手牵羊——不失良机……

手风琴嘶叫得更欢,节奏鲜明地奏着喀马林乐曲①,玛丽亚一面加快这支放荡不羁的歌子的节拍,一面合着眼迈起舞步在房间里跳将起来:

> 姑娘她很有心计,
> 她乐享自由,也不惧牢狱。

女主人捋着一把裹在纸里的梳子当乐器,休金拍着手,忘情地唱着:

> 爱我吧,毁了我吧!

玛丽亚用鞋后跟跺着碎步,宣叙着一腔真情:

> 我不向任何人吐露心声
> 不同任何人连在一起。

> 我什么也不想,无思无虑!

休金高声接唱了一句,将手指插进嘴里发出一阵刺耳的哨音,玛丽亚则转向斯马金,将两条黑腿高高地一抬一抬,不知羞耻但又姿态优美地扭来扭去,一面还尖声叫着。

---

① 喀马林乐曲,俄罗斯民间歌曲或舞曲,以欢快、剽悍著称。

529

这是一种号叫和呻吟着的,令人伤情的俄罗斯式的欢悦,斯马金还从未领略过它那大胆和不顾一切的戏剧性魅力和它所充分宣泄出来的郁积已久的亚洲式的苦闷。

桌子上的器皿叮叮当当地响着,炉档在震荡,桌子上方的灯光一蹿一跳地抖个不停,手风琴像是在乞讨似的发着难听的鼻音。

舞蹈结束以后,裁缝热烈地吻了吻玛丽亚的手,并敬给她一杯不知什么做的深红色的露酒,但是她把他的手一推,闪动着深色眼睛,上气不接下气地高声喊道:

"伏特加,亲爱的,伏特加!"

大家开始饮酒。斯马金不好拒绝,生怕这些本来就很难过的人见怪,也随同大家一同喝了起来。他很想离开这里透口气,但又非常想留下来。

年轻的博戈莫洛夫紧偎着玛丽亚,含着眼泪对她说:

"你要不是这样可爱,我非把你宰掉不可!宰掉!"

后来帕莎和斯捷帕唱了一支如泣如诉的歌儿:

> 我要买上三个戈比的火柴,
> 把它在热水中化开,
> 我将在可怕的痛苦中死去,
> 永远沉沦在地狱……

人们哭啊、跳啊,重又喝起酒来;由于毫无节制的狂欢,由于对谜一般的生活所怀有的恐惧,也由于对另一种生活的模糊的期待和对自己的怜惜,三位姑娘已失去理智,那个瘦弱的,穿着天蓝色绸衫,冒着汗的半大孩子在她们中间,在这个活像地窟一样熏黑了的浴棚里,惶惶不安地晃来晃去。他碰到姑娘们的身上时,便下流地搂抱她们,发出醉醺醺的笑声,同时比画着拳头,威吓着斯马金,警告他:

"是我的,不许你动,我打死你!"

他那漂亮的脸蛋儿看上去愚鲁而又可怜,尚带有稚气的眼睛混浊异常,蓬乱的鬈发滑稽可笑地贴在汗涔涔的鬓角上面。

斯马金看着这一切,暗想:

"这种可怖的景象要比列夫·托尔斯泰某次在阿尔扎马斯所经历的还要强烈,还要可怕①……"

午夜过后,他试图悄悄离去,但是休金在那片空地上赶上了他,休金急急忙忙、带有歉意地说道:

"您要走吗?咳,对不起!我明白,这对您说来,不同于作弥撒!"

而后,他又压低了声音,挨近斯马金问道:

"喂,怎么样,您对她有什么看法?"

"以后有时间再说吧!"

"不,请您还是现在就说!"

裁缝神情如此激昂,并不像是醉了。

"她会毁了您的,"斯马金环视一下空场,说了出来。

几秒钟令人不快的沉默过得十分缓慢,之后,休金坚决而清醒地说:

"这很可能。她有一副什么样的性格啊!她的心不是心,而是只刺猬。但是,您知道,我下定了决心。我简直听不得这首歌——'从十岁开始,我便辗转在他人之手,颠沛流离,'您说是不是?我真想大哭一场,甚至忏悔一番,尽管我并没有这方面的过失,我没有糟蹋过姑娘。我下定了决心……"

"您会遭殃的,"斯马金忧伤地轻声说道。

"也许,我能对人有所帮助,哪怕是对一个人,啊?您知道,"他把手搭在斯马金肩上感慨万端地说,"我这样觉得,为了所有受辱的妇女,我有义务竭诚地去爱某一个!人们生活得太不成样子,太没奔头了,我自己也一样。就让我为人受点折磨吧,因为除此之外,我什么也

---

① 此处指列夫·托尔斯泰于一八六九年目击阿尔马扎斯地方的庸俗生活后所获的印象。

不会做,所以——哪怕是受点折磨也好,是不是?"

斯马金抑郁地沉默着。

"咳,巴维尔·尼古拉耶维奇,"裁缝没等回答便深沉地叹息一声说。"我想把自己献给某个人,咱们的大事,咱们的幻想破灭了,所以就……我一个人不能生活!她也是一样。我对她说:'玛莎,你是个聪明人,难道能这样生活吗?'可她说:'我什么生活都不指望。'这怎么能叫我不难过呢,啊? 不指望,可她总共才二十五岁呀……"

从浴棚那边,从树下,传来了玛丽亚带有讥讽的喊声:

"你说起来还有完没完呀,傻瓜?"

休金抽搭一声走开了,临走还说了一句:

"请原谅,我决定了……"

"你决定了什么?"玛丽亚问。

"再见,"斯马金对她说,但是她没有回答,却挑衅似的大声唱道:

孩子,你白白地走来走去,
白白地把小脚儿拍打……

斯马金郁郁地走在一条条巷子里,心绪很坏;那个挤满了疯子的黑色的苦难洞穴,如同一大块暗淡的光斑,久久不离他的眼前;耳边还在响着那些无耻而丑恶的歌曲的片断;他回想着手风琴得意扬扬的带有鼻音的号叫,接着,所有的东西连同人们一起都迅急地飞进了黑暗的空冥之中。过去他也听见过这些歌,但从未感觉到其中所包含的可怕的东西;他也看到过这一类的饮宴,但是现在才开始懂得,其中的欢乐不多,却充斥着绝望与苦闷。

他回想起,他在中学七年级时曾受雇于一位阔老太太,作她孙儿们的补习教师,他一到,突然有一群凶恶的小狗从各个角落和房门里向他脚边扑将过来,它们咬他的腿,撕扯他的裤子,他用帽檐打它们,把它们抛开,他十分痛苦,感到自己孤立无援而又滑稽可笑。

现在也是如此,纷乱的思绪像一群牙尖齿利的恶狗,从四面八方扑来,咬啮着他的心。

"我本打算在这里休息一下的,"他苦笑着提醒自己。

"堂吉诃德,"他想到休金十分反感,但是当他想起,俄国的堂吉诃德们的业绩很少能超过休金的所作所为时,不禁为自己的这种反感抱愧。

"受点折磨——我们是会的,可帮助人——却没学会!看来,自己受点折磨比积极帮助别人要容易些……"

城市里依旧游荡着云影,月光照在水洼的冰面和屋檐下的小冰柱上发出珍珠般的光泽。

"俗话说,破碗耐用,"他想,"可我们究竟什么时候才能不再修补破碎的心灵呢?什么时候才能有坚固而又完整的心灵出世呢?"

他想起了裁缝的妙语:

"他们认为,既然有气窗,那么什么样的浓烟都可以容忍!"

他苦苦地想着一个问题:在俄国,曾经说过而且现在仍在说着多少富有见地、发自肺腑的话,可是这些话对生活来说却毫无裨益:它们像星星似的浮在离开人们很远很高的地方,装饰着生活,闪烁着亮光,但是正和星星一样,没有改变生活中的任何东西,丝毫也没有!这十分灵活的祖国语言径自以本身的内在力虽构成许多和善、圆通、丰满的俗语,以及一些甜如蜜糖、温和适口的词语,轻柔而又娴熟地涂抹着深深的内心创伤,使人忘却在生活中遭受的屈辱,使精神贫乏者的辘辘饥肠得到虚假的满足。

"'您要自重',这一忠告实际上是一个被摈弃于世外的人提出的……"

和通常一样,是女房东为斯马金开的门,她没有完全穿好衣服,浑身散发着温热的气息。

"对不起,麻烦您,玩得太久了,"他说了常说的几句话。

"年轻人就该玩玩,"她轻轻插好门闩答道。

他等了等她,同她肩并肩向屋内走去,他初次发现,她的身量比他高。

"我的那位生病了,睡不着……"

"他怎么啦?"

"腰疼……晚安!"

他来到楼上自己的房间,对这一天的经历感到郁郁不欢,这个城市的生活情景在脑中纠缠不去,他又度过了一个不眠之夜。

也许,这种生活和那很久没有清过池底的稠密的死水并不完全相像。所以不像,不是因为水面上滑行着某种懒洋洋的小甲虫,从而泛着阵阵细细的涟漪,而是因为所有衰败和沉入池底的东西都在污泥中腐烂得很快。

"新歌里唱的都是真理,"泼辣的玛丽亚说,同时也记起了聪明的科普捷夫所说的话:

"真理,真理!我自己就能给你想出各式各样的真理。真理——这只是一句话。每个人想信什么真理,就信什么真理,可对所有人来说上帝只有一个!您能给我找出一个所有人都清楚的真理吗?不,一个面具套不下所有人的脸……"

科普捷夫并没有衰亡;他即使在腐烂,那么也会像花岗岩那样缓慢。

"'阿里'是个古字,"菲诺格诺夫以教导的口吻说。"这个字跟'阿瓦'是一个字,就是'父亲'的意思。'贵族'(阿里—斯托—克拉特),意思就是:'人们的百倍的父亲'①,您懂吗?由此可见,人们应该服从自己这一群里最优秀的人。"

他竖起根根毛发,预先举起一个胡萝卜似的手指,以防别人打断他的话,接着说了下去:

---

① 俄语"贵族"(аристократ)一词按音节拆开,即成为"阿里—斯托—克拉特"(ари—сто—крат),"сто"是"一百","крат"是"次"或"倍"。

"比如说,杜马(不是您说的那个政治意义上的杜马)就是虚伪和欺骗;不,优秀的人应该是在人民的劳动和苦难中产生的。您读过扎顿斯克隐修士季洪①的书吗?……"

这个人无疑是见识很广的,思想也顽固得很,他身上有一种阴暗可怕的东西。

有一次,科普捷夫冲着房客挤挤眼说:

"他不信任理发师!"

"那是为什么?"

"哼,"菲诺格诺夫耸起宽阔的肩膀高声说道。"什么事情都可能发生! 一个人拿着把剃刀在你的喉咙上刮来刮去,说不定他那空脑袋瓜子里会突然出现一个想法——让我来试试! 人是容易受引诱的。即使没有这种情况,可街上若有人一喊'着火啦!'或是'救命!'那么他吓得一失手,嚓地一下你就完了!"

他用一个手指往颧骨下边捅了捅,解释说:

"可这儿有给脑子供血的颈动脉!"

圣诞节前,斯马金在市场上的几扇猪胴旁边遇上了文书;菲诺格诺夫笑嘻嘻地微张着嘴,用一个手指顺着深深剖开的猪背画来画去,抠着冻得像石头那样硬的肥油,凝胶状的眼睛流露出一种令人毛骨悚然的非常激动的表情,斯马金好像被一种不祥的预感推了一下,不由得打了个哆嗦。文书看见旁边的斯马金,晃晃肩膀,叹口气,说道:

"咱们这儿猪养得真棒!"

此后斯马金便对他心存疑惧,怀着难以克制的嫌恶之情。

而科普捷夫则承认他的朋友比他更加聪明、更有见识,所以总是极其专注地听着朋友的慢条斯理的议论,并且经常同他商议家务和城里的事情,询问一些城里和县里的新闻,无条件地相信文书所讲的东西,而文书的谈话永远是以浓重和阴暗的色彩强调着人们倾向于杀

---

① 扎顿斯克隐修士季洪(世俗名季莫费·萨韦利耶维奇·基里洛夫,1724—1783),俄国教会作家。

人、偷窃、淫逸放荡和说谎的天性……

"人常常为一种特殊的魔力所驱使,"他进行着说教,"一些自作聪明的人把它称之为富于求知精神的智能,其实它自古以来就是盲目的,不管它贸然地碰上什么,总是对自己说:让我来试一试!这种盲目的亚当式的求知精神是要求有人牢牢地驾驭和管束的……"

"对,"科普捷夫表示赞同。

但是他并不永远都同意他朋友的哲学,他曾对斯马金说:

"我不理解他那关于优秀人物的说法,我怀疑,是不是这样?在世俗里就像在沼泽里一样:大家都像蛤蟆似的呱呱地叫得一模一样!其实,优秀人物,我的先生,总是逃避世俗的,而不是像孩子们在水洼里似的,在罪孽里浪荡……"

科普捷夫是杜马的议员,但是很少参加会议。

"尽是没完没了的扯皮,"他讥讽地说,"当然,受人尊敬,这就像士兵的铜钮扣,谁从老远都能看见是个兵。"

但是在冬天,市长要求审议建立一所女子初级中学的问题时,科普捷夫激烈反对这个主张,一再证明让女子接受技工教育的必要性。傍晚开完会,他向斯马金夸耀说:

"大家给当局拆了台!要女子中学干吗?看小说吗?不,可是要让我的老婆自己会给自己做鞋子——这才是正理!"

他在城里颇有影响;在街道上居民们都毕恭毕敬地向他行礼,可他对他们只是稍微点点头。一些小市民常常到他这里讨论本市的事情,各式各样反对市长的措施和运动都是在这儿策划的,而市长是赞成文化普及的。

斯马金越来越确信,虽然房东谈吐中的逻辑不可捉摸,但是他的嗅觉却非常敏锐,即便只是想要稍稍改变一下生活秩序,促使其前进的任何企图均能被他察觉。

他多次试图向房东说明科学的创造作用。科普捷夫用心地听他讲,然后则说:

"我对科学其实并没有反对意见,我知道,没有它,连一把锁也做不成。不过,到头来,科学家毕竟还是想要超出上帝,这一点是瞒不了人的!"

有一回,斯马金懊丧地说:

"您尽是些亚洲式的想法!"

"您别生气,"科普捷夫笑着回答说,"咱们不是想法不一致,而是行动。想法算得了什么? 想法就像那玻璃上的霜一样……"

当斯马金劝他读几本托尔斯泰的作品时,机灵的房东笑着说:

"可实际上伯爵是完完全全反对您那套思想感情的,据我看,它对菲诺格诺夫更合适,对您怎么也不适合。这儿说得明明白白,拿破仑算不了什么,库图佐夫才是好样的,他懂得老百姓倾向什么,总是打胜仗,尽管他是个独眼龙。"

斯马金向房东解释了很久,说这本书里有极美的内容,但是他的话像通常一样,到不了科普捷夫的心里去,因为这个黄眼珠的人认为,最重要的是书中含有教益的部分,关于所有其他的东西他说:

"我明白,写得很妙! 特别是娘儿们,看得出,他不喜欢她们……"

"依您看,托尔斯泰的主要教导是什么呢?"斯马金终于问道。房东毫不作难地答道:

"啊,那就是:别拿自己的小聪明打搅老百姓,因为老百姓是最聪明的。别祖霍夫明白了这一点,所以就甘拜了下风……"

"真是中国的万里长城,"斯马金心想,"万里长城!"

他开始明白,他是生活在两种不可调和的世界观的危险的夹缝中间的,一种是要屈从于生活的奥秘,另一种则力求认识它们;一种是渴望安宁,要人循规蹈矩,安分守己,另一种却是要以智慧和意志的力量推动生活前进,想把人培养成能控制这个星球的斗士;一种相信奇迹,并且在等待奇迹,另一种则在创造真理。